À propos de *Tyranaël*...

« Un chef-d'œuvre, l'archétype de ce que devrait viser et atteindre la SF [...]
Un travail de démiurge impeccablement maîtrisé, un monde recréé à l'échelle 1 avec tous ses détails [...]
Dans *Tyranaël*, on a le sentiment d'approcher de si près l'étrangeté de l'Autre que cela provoque un merveilleux, et trop rare, vertige ! »
Galaxies

« De grands et beaux romans. Riches, évocateurs, porteurs d'une vision. Il fait bon s'y perdre. »
La Presse

« Cette saga cosmique rappelle les œuvres d'Asimov ou de Herbert [...]
De la science-fiction intelligente qui amène à voir autrement le réel et le possible. »
Nuit blanche

À propos d'Élisabeth Vonarburg...

« Ampleur du souffle et de la vision, bouffée de poésie, discret romantisme, solidité des intrigues [...] voilà pour Vonarburg. »
Le Magazine littéraire

« L'écriture de Vonarburg est
sens
magnifi
Isaac Asimov

« CE QUI FRAPPE LE LECTEUR CHEZ ÉLISABETH VONARBURG, C'EST LA LUXURIANCE DES UNIVERS QU'ELLE NOUS PROPOSE. »
Le Quotidien

« QUI SAIT QU'UN DES MEILLEURS AUTEURS DE SCIENCE-FICTION DU MOMENT VIT À CHICOUTIMI ? ELLE S'APPELLE ÉLISABETH VONARBURG. »
L'actualité

« L'ÉCRITURE DE VONARBURG COMBINE LE RÉALISME DE LA SCIENCE-FICTION AVEC DES ÉTUDES DE CARACTÈRE INTENSÉMENT DRAMATIQUES GRÂCE AUXQUELLES ELLE EXPLORE LES THÈMES DE LA LIBERTÉ ET DE L'ÉMERGENCE. »
The Montreal Downtowner

« ÉLISABETH VONARBURG
EST UNE FORMIDABLE ÉCRIVAINE. »
Julian May

« L'ŒUVRE DE VONARBURG A UN SÉRIEUX DONT EST GRANDEMENT DÉPOURVUE LA SCIENCE-FICTION AMÉRICAINE, MÊME PARFOIS LA MEILLEURE. »
Pamela Sargent

« L'ÉCRITURE DE VONARBURG EST D'UNE GRANDE SOBRIÉTÉ, NERVEUSE, PRESQUE CARDIAQUE, PRÉCISE, LIMPIDE ET, BIEN SÛR, SANS FIORITURES. »
Lettres québécoises

« VONARBURG A UN ŒIL ACÉRÉ POUR LES SINGULARITÉS PSYCHOLOGIQUES ET ELLE SAIT PLACER LES DÉTAILS RÉVÉLATEURS ;
ELLE EST CONSCIENTE DES PIÈGES MORAUX OÙ MÈNENT LES INTRIGUES DE SES ROMANS, ET L'ABSENCE DU PRÊCHE Y EST ADMIRABLE. »
Interzone

La Mer allée avec le soleil

Tyranaël –5

DU MÊME AUTEUR

L'Oeil de la nuit. Recueil.
Longueuil : Le Préambule, Chroniques du futur 1, 1980.

Le Silence de la Cité. Roman.
Paris : Denoël, Présence du futur 327, 1981.

Janus. Recueil.
Paris : Denoël, Présence du futur 388, 1984.

Comment écrire des histoires : guide de l'explorateur. Essai.
Beloeil : La Lignée, 1986.

Histoire de la princesse et du dragon. Novella.
Montréal : Québec/Amérique, Bilbo 29, 1990.

Ailleurs et au Japon. Recueil.
Montréal : Québec/Amérique, Littérature d'Amérique, 1990.

Chroniques du Pays des Mères. Roman.
Montréal : Québec/Amérique, Littérature d'Amérique, 1992.

Les Contes de la chatte rouge. Roman.
Montréal : Québec/Amérique, Gulliver 45, 1993.

Les Voyageurs malgré eux. Roman.
Montréal : Québec/Amérique, Sextant 1, 1994.

Les Contes de Tyranaël. Recueil.
Montréal : Québec/Amérique, Clip 15, 1994.

Chanson pour une sirène. [avec YVES MEYNARD] Novella.
Hull : Vents d'Ouest, Azimuts, 1995.

Tyranaël

1- *Les Rêves de la Mer*. Roman.
Beauport : Alire, Romans 003, 1996.

2- *Le Jeu de la Perfection*. Roman.
Beauport : Alire, Romans 004, 1996.

3- *Mon frère l'ombre*. Roman.
Beauport : Alire, Romans 005, 1997.

4- *L'Autre Rivage*. Roman.
Beauport : Alire, Romans 010, 1997.

5- *La Mer allée avec le soleil*. Roman.
Beauport : Alire, Romans 012, 1997.

La Mer allée avec le soleil

Tyranaël –5

Élisabeth Vonarburg

Données de catalogage avant publication (Canada)

Vonarburg, Élisabeth, 1947–

Tyranaël

L'ouvrage complet comprendra 5 v.
Sommaire: 1. Les rêves de la mer - 2. Le jeu de la perfection - 3. Mon frère l'ombre - 4. L'autre rivage - 5. La mer allée avec le soleil.

ISBN 2-922145-13-1 (v.5)

I. Titre. II. Titre: Les rêves de la mer. III. Titre: Le jeu de la perfection. IV. Titre: Mon frère l'ombre. V. Titre: L'autre rivage

PS8593.O53T97 1996 C843'.54 C96-940935-4
PS9593.O53T97 1996
PQ3919.2.V69T97 1996

Illustration de couverture
JACQUES LAMONTAGNE

Photographie
ROBERT LALIBERTÉ

Diffusion et Distribution pour le Canada
Québec Livres

Pour toute information supplémentaire
LES ÉDITIONS ALIRE INC.
C. P. 67, Succ. B, Québec (Qc) Canada G1K 7A1
Télécopieur: 418-667-5348
Courrier électronique: alire@alire.com
Internet: www.alire.com

Dépôt légal: 4e trimestre 1997
Bibliothèque nationale du Québec
Bibliothèque nationale du Canada

Les Éditions Alire inc. bénéficient des programmes d'aide à l'édition du Conseil des arts du Canada (CAC) et de la Société de développement des entreprises culturelles du Québec (SODEC)

10 9 8 7 6 5 4 3e MILLE

À mon père

Ce dernier volume de *Tyranaël*, tout comme les tomes 3 et 4, a vu le jour grâce à une bourse du Conseil des arts et des lettres du Québec, à qui j'exprime encore une fois toute ma gratitude.

La citation de la page 33 est tirée de *L'Homme révolté*, d'Albert Camus.

Remerciements

Le récit qui s'achève avec ce volume est mon premier rêve de science-fiction à s'être transformé en une histoire, le premier que j'aie écrit – et réécrit, et réécrit... En plus de trente ans, il a subi bien des métamorphoses en même temps que moi. Mais certaines de ces métamorphoses lui sont venues plus spécifiquement de rencontres, et je désire remercier ici ces visiteuses et ces visiteurs après lesquels le paysage se réorganisait autrement.

Dans l'ordre d'apparition: René Ferron-Wherlin, Jean-Joël Vonarburg, François Duban, Bertrand Méheust, Aliocha Kondratiev, Danielle Martinigol, Bruno Chaton, Maximilien Milner, René Beaulieu, Serge Mailloux, Gérard Klein (pour les licornes), Daniel Sernine, Jean-Claude Dunyach, Wildy Petoud, Joël Champetier, Jean-François Moreau, Yves Meynard, Jean Pettigrew, Sylvie Bérard – et Denis Rivard, stratège émérite, patiente épouse, et inestimable pierre de touche pour ce volume 5.

Enfin, et surtout, le dernier visiteur, la source des ultimes métamorphoses – les plus essentielles – Norman Molhant, écosystématicien et encyclopédie extraordinaire. Plongeant avec abnégation dans mon paysage au détriment du sien, il m'a donné l'occasion d'éprouver ce rare plaisir, que seule la science-fiction sait m'offrir, de voir mes fantasmes et mes rêves correspondre parfois à ceux de l'univers. Sans lui, cette histoire n'aurait jamais été ce qu'elle devait être. Si elle ne l'est pas, j'en suis seule responsable.

Ceux qui connaissent le jour de Brahma
qui dure mille âges
et sa nuit, qui ne prend fin qu'après mille âges
ceux-là connaissent le jour et la nuit.
Et la foule des êtres,
indéfiniment ramenée à l'existence,
se dissout à la tombée de la nuit
et renaît au lever du jour.
Et toutes les créatures sont en moi
comme dans un grand vent
sans cesse en mouvement dans l'espace.
Je suis l'être et le non-être,
l'immortalité et la mort.
– Qui pourrait tuer l'éternité ?

Baghavad Gita

TABLE DES MATIÈRES

Tyranaël...

Au début du XXIe siècle, la Terre a connu des catastrophes climatiques et écologiques qui ont bouleversé l'économie et la politique mondiales. Le grand élan généreux de la Reconstruction a duré environ un siècle; on a établi des colonies sur la Lune et sur Mars, puis l'une des sondes du programme Forward a décelé une planète de type terrestre autour d'Altaïr, dans la constellation de l'Aigle. La première expédition découvre une planète apparemment désertée depuis au moins trois siècles par ses indigènes humanoïdes et où se manifeste un phénomène inexplicable, dont la première apparition imprévue décime l'expédition, laissant des naufragés qui vont devenir les premiers colons. Ce phénomène apparaît lors d'une éclipse totale de lune, recouvre toute la planète jusqu'à une altitude de mille mètres, annihile l'énergie électrique sur mille mètres supplémentaires et absorbe toute matière organique vivante ; à cause de sa couleur bleue, les colons lui donnent le nom de " Mer ", d'autant que les anciens indigènes y naviguaient; ces derniers avaient par ailleurs remodelé l'immense continent principal en bâtissant de nombreuses digues pour faire obstacle à cette " Mer ". Celle-ci est présente pendant la moitié de la longue année de la planète, soit un peu plus de deux ans terrestres, puis disparaît lors d'une éclipse totale de soleil. Après la seconde expédition, on commence à coloniser la planète, qu'on nomme Virginia, du nom de la première enfant qui y est née. La non-disponibilité de l'électricité pendant la moitié de l'année force les colons à utiliser des technologies archaïques astucieusement modernisées (vapeur, air comprimé, gaz, ballons, etc.). On a depuis le début délibérément fermé les yeux sur les nombreuses énigmes irrésolues de Virginia, à commencer par la disparition des indigènes, mais quelques chercheurs plus audacieux s'entêtent. L'un d'eux, Wang Shandaar, découvre des indices portant à croire qu'une autre race différente des indigènes a très longtemps vécu sur Virginia ; il s'embarque sur la Mer pour disparaître avec elle, persuadé qu'il est possible de survivre à cette disparition, et malgré l'expérience malheureuse de l'*Entre-deux*, un bateau en voyage expérimental sur la Mer, dont l'équipage a péri le cerveau brûlé ; on n'entendra plus jamais parler de Shandaar. Des dizaines de saisons plus tard, les sphères métalliques des pylônes, un vaste réseau d'artefacts indigènes, se mettent à briller sur tout le continent lorsque Simon Rossem, un adolescent apparemment autistique, pénètre dans une île du nord jusqu'alors interdite par une barrière mortelle pour les humains. Et Simon semble manifester par la suite des capacités psychiques inhabituelles...

Tout cela, c'est Eïlai qui le voit et nous le voyons avec elle dans le premier tome de *Tyranaël*, *Les Rêves de la Mer*. Eïlai est une Rani, une humanoïde pourvue d'un don bien difficile à supporter : elle Rêve d'autres univers. Et elle a Rêvé l'arrivée de Terriens sur sa planète, Tyranaël, avec des conséquences funestes pour les siens comme pour les nouveaux venus. Mais, comme toujours, elle ignore si ses Rêves se réaliseront dans son propre univers. Cependant, ce Rêve-là a bouleversé la vie de tout son peuple, comme il a bouleversé la sienne et, pendant toute sa vie, tout en essayant de comprendre les humains à travers ses Rêves et ceux d'autres Rêveurs, Eïlai s'est efforcée de faire la paix avec ce qui doit être – et avec ce qui ne sera peut-être jamais.

Dans *Le Jeu de la Perfection*, nous accompagnons Simon Rossem pendant les cent cinquante saisons suivantes : incompréhensiblement pourvu de longévité, sinon d'immortalité à la fin de sa première longue vie, il "meurt" et "ressuscite" à plusieurs reprises. Lors de sa deuxième vie, il découvre un certain nombre de données concernant les Anciens grâce à de mystérieuses plaques évidemment conçues par et pour des télépathes, mais il ne peut s'y consacrer : il doit continuer à surveiller la mutation qui se développe et se diversifie chez ses compatriotes, ainsi que les transformations subies par la société virginienne elle-même dans ses relations de plus en plus conflictuelles avec la Terre.

Simon et les siens ont eu tout le temps d'organiser des réseaux et des groupes clandestins de mutants, et même dc les laisser fonctionner de façon autonome. Voilà bientôt qu'un groupe s'implique secrètement dans le mouvement indépendantiste virginien, auquel il va permettre d'arriver au pouvoir puis de mener à bien l'insurrection armée devenue nécessaire. Simon veille, d'autant qu'est impliqué le jeune Martin Janvier, arrière-petit-fils de son frère Abraham. Puissant télépathe, Martin n'est hélas pourtant pas le compagnon – le confident, le complice – que Simon souhaiterait pour adoucir la terrible solitude où le plongent ses trop nombreux secrets...

Et, comme Martin – comme Simon lui-même –, les mutants sont aussi des êtres humains, avec leurs peurs, leurs désirs, leurs idéologies parfois divergentes. Que va-t-il advenir de leur solidarité et de leurs idéaux maintenant qu'ils sont au pouvoir sans avoir encore révélé leur véritable nature ? Quant à lui, Simon ne sait combien de vies il lui reste, mais il va continuer à se promener à travers le continent sous diverses identités, aidant là où il le peut, admettant son impuissance quand il le doit. Une des plaques déchiffrées décrit un jeu fort prisé des Anciens, le Jeu de la Perfection, où, semble-t-il, qui perd gagne. Simon veut espérer que même s'il perd des batailles et, qui sait, la guerre même, il trouvera moyen de ne pas perdre totalement son âme...

Mon frère l'ombre se déroule cent soixante saisons plus tard. Un jeune homme nommé Mathieu s'échappe d'une étrange prison souterraine. D'abord sans mémoire, il retrouve peu à peu des souvenirs tandis qu'il erre dans le labyrinthe. Il ignore tout de ses origines, mais il est un "tête-de-pierre", ou encore un "bloqué".

Dans le labyrinthe, il rencontre un Ancien nommé Galaas, qui lui fait subir une bizarre aventure initiatique. Le parcours imite la légende d'Oghim, dont Mathieu ignore tout, mais que nous découvrons en alternance avec ses aventures. Au sortir du labyrinthe, Galaas s'avère cependant être une créature artificielle lorsque la disparition de l'électricité le pétrifie au retour de la Mer.

À Morgorod, la grande ville proche de l'île où il était emprisonné, Mathieu se rend dans le ghetto où sont confinés les têtes-de-pierre comme lui. Après un pogrome qui le chasse du ghetto, il est recueilli par un artisan, Egan Merril, dans la famille accueillante duquel il passe deux saisons de paix relative, prétextant l'amnésie pour couvrir ses innombrables ignorances. Il apprend que les têtes-de-pierre sont les descendants des derniers colons terriens imposés à Virginia par la Terre juste avant la sécession définitive de la planète au cours d'une guerre victorieuse contre les troupes d'occupation terriennes. On a depuis perdu tout contact avec la Terre, qu'on pense victime de catastrophes et de conflits terminaux. Une épidémie d'origine terrienne a tué plus de quatre-vingts millions de Virginiens – d'où le statut de pestiférés qu'ont encore les têtes-de-pierre. Mais c'est surtout parce que presque toute la population virginienne est constituée de sensitifs capables de percevoir les émotions d'autrui, hormis celles des têtes-de-pierre.

Des télépathes, les " Gris ", règnent en secret sur Virginia, asservissant la population à son insu. Mathieu est-il donc le seul à savoir la vérité ? Non, les Gris ont apparemment des opposants, les “ Rebbims ”. Ce sont eux que Mathieu va rejoindre, un peu malgré lui, lorsqu'il est pris en charge par un curieux petit vieillard nommé Abram Viateur. Abram confie Mathieu à la famille des Bordes, dans le lointain Sud-Est, tous des mutants. Mathieu apprend qu'il appartient à la lignée des Janvier et ne devrait pas être un bloqué mais un puissant télépathe.

Une variante nouvelle de la mutation est explorée par “ le groupe ”, la synergie qui s'établit entre les enfants vivant chez les Bordes et une jeune fille pourtant bloquée, Nathalia. Les quelques expériences de Mathieu avec le groupe indique qu'il est un catalyseur, un peu comme Nathalia : une fillette, apparemment une proto-Rêveuse dans le groupe, Rêve d'une des licornes familières de l'endroit, Étoile, qui a attaqué Mathieu le jour de son arrivée, effrayée de n'avoir pas senti sa présence; les licornes sont en effet, à leur manière, des créatures pourvues de télépathie.

Mathieu et Nathalia deviennent amants. Abram revient chez les Bordes, très fatigué, pour essayer de les convaincre de faire d'autres essais avec Mathieu et le groupe, en utilisant de l'aëllud – la drogue même employée par ses geôliers pendant les cinq saisons perdues de Mathieu. Après sa réticence initiale, Mathieu accepte. Vu le résultat peu concluant de l'essai pour lui, il décide qu'il abandonne les expériences : il s'est résigné à son état.

Le choc de ce dernier essai semble avoir donné le coup de grâce à Abram, qui décline à une vitesse alarmante. Seul Lefèvre, un télépathe et un ancien Gris vivant avec les Bordes, est persuadé qu'il survivra. Pourtant, Abram disparaît : il s'est jeté dans la Mer, déclarent les licornes consultées. Lefèvre est particulièrement effondré : selon lui, une mutation particulière a produit parmi les Virginiens un homme pourvu d'une très grande longévité, qui serait Abram. Il va consulter les membres voisins de la secte des Immortels, des télépathes qui ont adopté les mœurs des Anciens et se joignent à la Mer après avoir atteint "l'Illumination". Mais ils n'ont pas senti la présence d'Abram dans la Mer.

Mathieu, immunisé contre l'influence psychique de la Mer, va seul assister à sa disparition vers le milieu de l'après-midi. La licorne Étoile, toujours à la fois très farouche et très curieuse à son égard, l'invite à monter sur son dos. Il s'exécute, la licorne part au galop... et plonge dans la Mer. Qui disparaît quelques secondes plus tard.

Mathieu se retrouve sur une plage, en pleine nuit, accueilli par une foule d'Anciens joyeux et fervents. Une brève communication télépathique avec Abram lui confirme qu'il est passé avec la Mer, il ne sait où, qu'elle ne l'a pas absorbé. Des milliers de saisons auparavant, Oghim, le premier Rêveur, a eu la vision d'un étranger non-Rani sortant de la Mer. Mathieu, devenu télépathe en passant avec la Mer, est la réalisation du Rêve d'Oghim, le premier Virginien à entrer en contact avec les Anciens...

Dans *L'Autre Rivage*, les descendants de Mathieu Janvier et des passeurs qui lui ont succédé se sont croisés avec les Ranao sur Atyrkelsaõ, de l'Autre Côté de la Mer, donnant naissance à une race d'hybrides, les halatnim. Ceux-ci, au fil des générations, perdent leurs facultés psychiques et même, à leur grande horreur, voient réapparaître parmi eux, après six générations, des têtes-de-pierre totalement bloqués. Le petit Lian est l'un d'eux, et se révèle de surcroît être un *naïstaos*, que la Mer ne peut absorber. Désespérée, sa mère a emmené Lian vivre loin de tout dans une réserve sauvage, avec son deuxième père, un pur Rani. Personne n'a encore été capable de retourner sur Virginia avec la Mer.

À la fin de l'adolescence, Lian est pris en charge par Odatan, un passeur, qui l'emmène subir son eïldàran, l'"ouverture des portes", au cas où il serait une nouvelle variante de la mutation comme lui-même autrefois. Car

Odatan n'est autre que Mathieu Janvier, l'Étranger annoncé par Oghim. Il semble pourvu d'une longévité inhabituelle depuis son passage, six générations plus tôt. Lian se sent de plus en plus à l'écart dans la société rani. Quand son eïldàran échoue, il se rend avec un compagnon chez les Chasseurs, des marginaux vivant dans les îles. Après avoir subi des expériences terribles parmi les Chasseurs, Lian repart sur le continent à la recherche de son vrai père, qu'il ne retrouve que pour le perdre à nouveau, pour toujours.

Profondément ébranlé par tous ces chocs, dans un geste suicidaire, Lian se jette dans la Mer au moment où elle va partir, et se retrouve de l'Autre Côté. Il est en réalité le premier d'une nouvelle variété de passeurs, capables de revenir sur Virginia. Mais il s'en moque. Ce qui compte pour lui, c'est que personne ne semble remarquer ses différences parmi les gens qui l'ont recueilli. Il semblerait ne plus y avoir de mutants sur Virginia. Recruté pour la guerre saisonnière que se livrent, après le départ de la Mer, les Fédéraux et les rebelles réfugiés dans le sud-est du continent, il comprend pourtant que les mutants sont toujours bien là, dans les deux camps. Après avoir perdu dans une étrange embuscade son ami et amant, Grayson James, Lian gravement blessé devient un héros de guerre et retourne à Bird-City.

Là, il découvre que les gens de la commune où il a vécu deux saisons n'ont jamais existé, personne aux alentours n'en a jamais entendu parler. Un étrange vieillard, contact d'Odatan sur Virginia par l'intermédiaire de la Mer, le recueille et lui fournit des explications décousues sur la situation. À moitié fou de désespoir et de culpabilité, Lian lui échappe et erre dans les rues. Il se retrouve au beau milieu d'une grande manifestation ouvrière, férocement réprimée par les forces de l'ordre. En état de choc, il est arrêté le lendemain par la police municipale.

Alors qu'il passe devant la façade du Présidium, il y voit soudain le Signe de la Mer et subit, à retardement, son eïldàran. Il parvient à résister à la Mer en s'entourant d'une barrière qui semble agir comme un miroir et renvoie l'énergie à sa source. Une fois amené devant les membres les plus puissants du Présidium, des surtélépathes, il reconnaît Grayson parmi eux – mais il sait depuis déjà un moment que celui-ci l'a dupé, même s'il l'a vraiment aimé. Grâce à son pouvoir télépathique déclenché par l'eïldàran, Lian leur dit toute la vérité. Ils sont incapables de l'accepter et deviennent catatoniques. Lian en profite pour s'échapper dans les souterrains du Présidium. Là, dans la Salle de la Mer, il entre en contact direct avec celle-ci, et perd conscience.

Pendant ce temps, depuis quatre cents ans, des Terriens sont en route vers Virginia dans une station de Lagrange désamarrée de son orbite dans le système solaire de la Terre, en prévision de ce qu'on croyait devoir être la catastrophe finale. La technologie qui avait permis la colonisation de Virginia, la propulsion Greshe, s'est perdue. On espère en retrouver les données sur Virginia. Alicia, la fille du " capitaine " de Lagrange, est envoyée en mission sur la planète à cet effet, seule : elle doit prouver ainsi qu'elle est apte à hériter de la fonction de son père, lequel préfère son fils d'un autre lit. Elle noue une alliance secrète doublée d'une relation amoureuse avec un Virginien plus sympathique que les autres, Graëme Anderson.

Elle trouve enfin les précieuses données, mais elle découvre aussi la vérité sur les Fédéraux, et sur Graëme Anderson : ils l'ont manipulée depuis le début. Furieuse, désespérée, elle s'enfuit avec Bertran, un agent double des rebelles. Il lui confirme ce qu'elle voulait ignorer : les Fédéraux, et les rebelles, sont des télépathes. Par ailleurs, à la suite d'un sabotage qui a mal tourné, Lagrange est désormais immobilisée pour très longtemps dans le système solaire de Virginia.

Après un long périple, Alicia et Bertran rejoignent un cirque. Ce sont des membres d'un mouvement né chez les rebelles, "les enfants d'Iptit", qui s'emploient à doter un maximum de gens de la barrière-miroir permettant de résister à toute influence télépathique : le début de la fin a commencé pour les Fédéraux, les anciens Gris, les mutants qui avaient choisi de tenir le reste de la population en esclavage. Bertran fait lire à Alicia un livre intitulé *L'Autre Rivage*, œuvre d'un certain Nathan Leray, qui doit lui permettre de mieux comprendre tout ce qui s'est passé jusque-là, l'existence des Ranao de l'Autre Côté, la Mer et tout le reste.

Alicia découvre qu'elle est enceinte de Graëme et, malgré sa rage, décide de garder l'enfant. Elle est en train, lentement mais sûrement, d'être convertie à Virginia, qui était seulement pour elle jusqu'alors le champ de bataille où elle menait une guerre secrète contre son père. Un autre rebelle rejoint le cirque, un vieillard nommé Simon Fergusson : il est temps pour Alicia de contacter les siens et de rétablir la vérité pour contrecarrer la propagande des Fédéraux. Ce qu'elle fait, en se coupant volontairement toute possibilité de retourner dans la station.

Un curieux antagonisme semble régner entre Fergusson et Bertran, mais Alicia n'en comprend pas la raison ; elle est de toute façon encore sous le choc de tout ce qui lui est arrivé. Après le contact avec Lagrange, les deux hommes l'emmènent chez les rebelles, où elle sera en sécurité. Ils rencontrent Graëme au bord de la Mer revenue. Il explique à Alicia qu'il hait la mutation et croit pouvoir y mettre fin en croisant systématiquement les Lagrangiens "têtes-de-pierre" avec des mutants. On l'abandonne à ses mensonges, ses illusions et sa folie.

En Licornia, Alicia rencontre l'auteur du livre. Ce n'est autre que Lian, et nous comprenons alors que tout cela se déroule une vingtaine de saisons après la propre expérience de celui-ci avec Graëme Anderson – Grayson James. Il reconnaît en Simon Fergusson le petit vieillard qui avait essayé de l'aider et qu'il croyait mort depuis. Celui-ci lui déclare que " c'est une très longue histoire ". Bertran disparaît le lendemain, laissant à Simon Fergusson une mystérieuse sphère argentée que celui-ci semble reconnaître avec stupeur.

Deux saisons plus tard, la Mer repart, emportant les premiers passeurs virginiens depuis cent dix saisons : le contact va être rétabli entre les deux rivages de la Mer. Le don de Lian, calciné par son unique contact avec celle-ci, reparaît parfois. Mais cela ne lui importe plus. Il attend avec Alicia leurs enfants, des jumeaux ; et ils élèvent aussi Maria, la fille de Graëme Anderson, qui vit toujours et viendra peut-être un jour les rejoindre, s'il réussit à surmonter sa folie, et à se pardonner tout ce qu'elle lui a fait commettre...

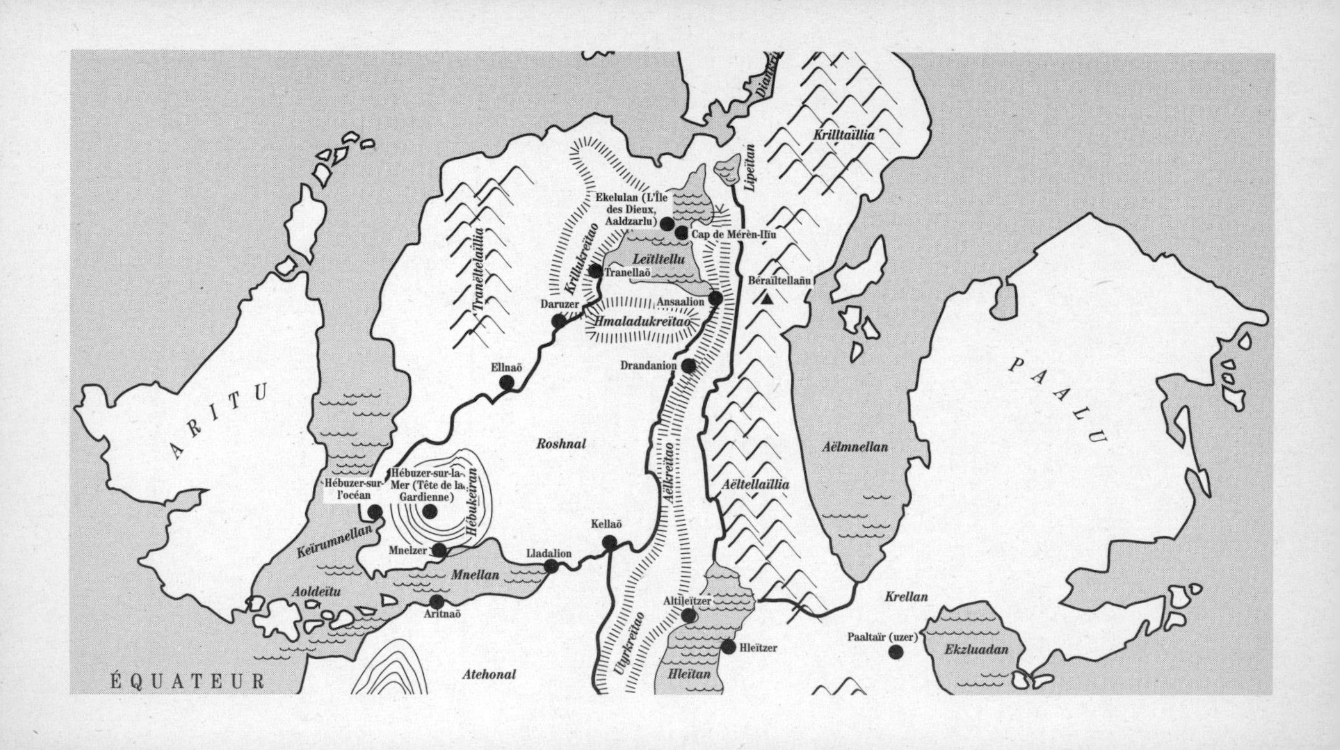
Krilltaïllia
Lipeïtan
Ekelulan (L'Île des Dieux, Aaldzarlu)
Cap de Mérèn-Iliu
Tranëïtelaïllia
Krillukreïtao
Leïtltellu
Tranellaõ
Bérailtellañu
Daruzer
Ansaalion
Hmaladukreïtao
Drandanion
Ellnaõ
ARITU
PAALU
Roshnal
Aëlmnellan
Hébuzer-sur-la-Mer (Tête de la Gardienne)
Hébuzer-sur-l'océan
Hébukeïran
Aëlkreïtao
Aëltellaïllia
Kellaõ
Keïrumnellan
Mnelzer
Lladalion
Mnellan
Aoldeïtu
Aritnaõ
Altileïtzer
Krellan
Hleïtzer
Paaltaïr (uzer)
Ulyrkreïtao
Ekzluadan
ÉQUATEUR
Atehonal
Hleïtan

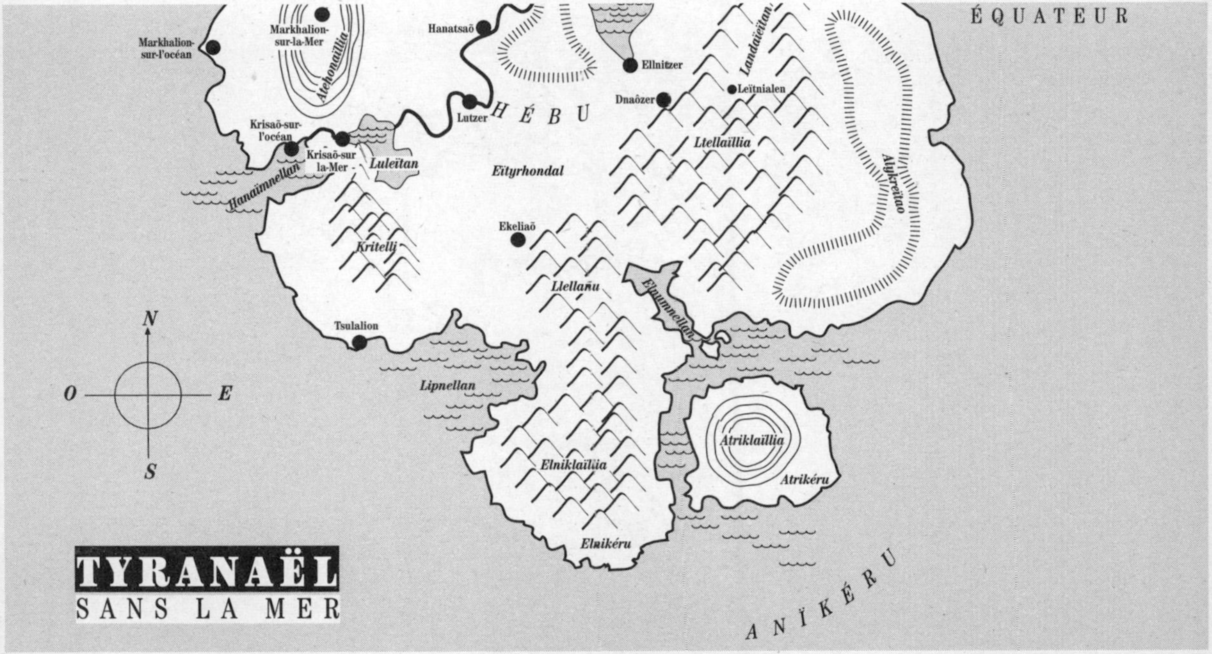

TYRANAËL
SANS LA MER

ÉQUATEUR
Markhalion-sur-l'océan
Markhalion-sur-la-Mer
Atehonaïllia
Hanatsaõ
Ellnitzer
Landaïeïtan
Leïtnialen
Dnaôzer
Lutzer
HÉBU
Krisaõ-sur-l'océan
Krisaõ-sur la-Mer
Luleïtan
Hanaïmnellan
Eïtyrhondal
Ltellaïllia
Alykreïtao
Ekeliaõ
Kritelli
Llellañu
Elnumnellan
Tsulalion
Lipnellan
Atriklaïllia
Atrikéru
Elniklaïllia
Elnikéru
ANÏKÉRU
N
O
E
S

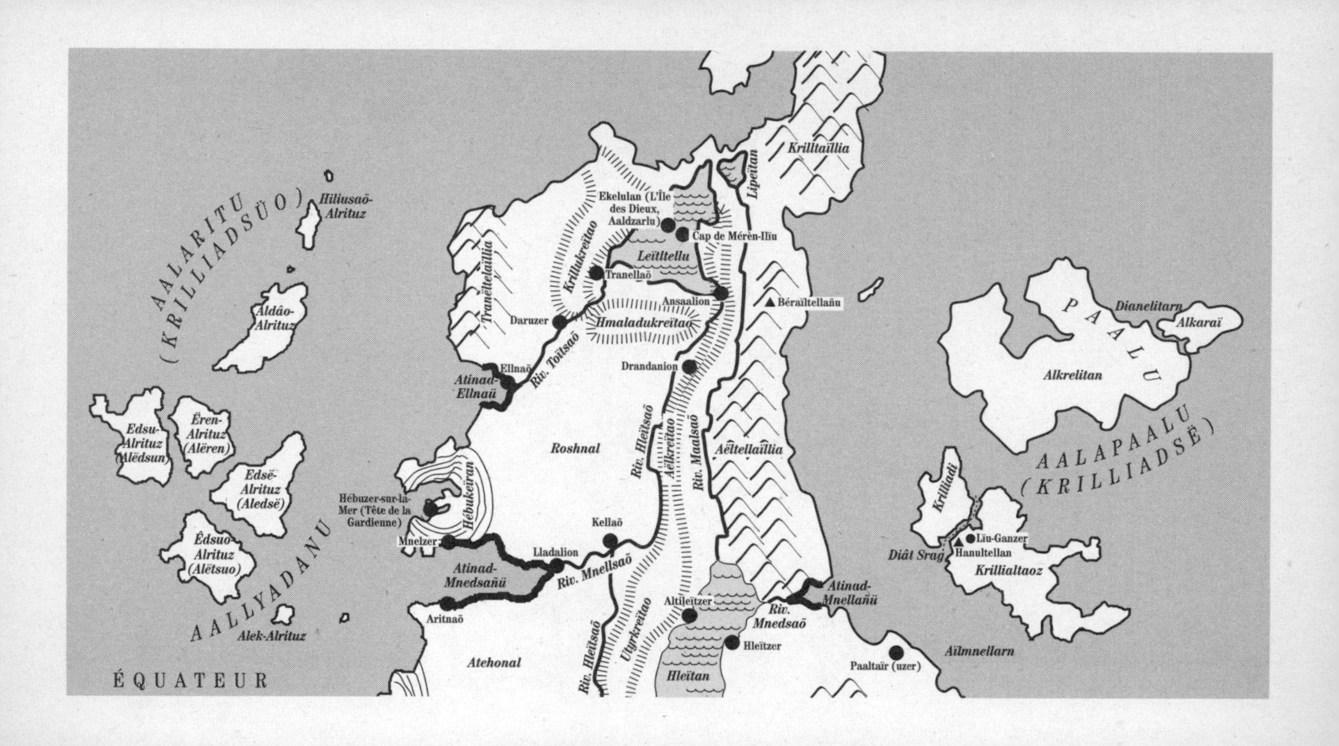
AALARITU (KRILLIADSÜO)
Hiliusaõ-Alrituz
Aldâo-Alrituz
Edsu-Alrituz (Alëdsun)
Ëren-Alrituz (Alëren)
Edsë-Alrituz (Aledsë)
Êdsuo-Alrituz (Alëtsuo)
AALLYADANU
Alek-Alrituz
ÉQUATEUR
Tranëitelaïllia
Krillukreïtao
Ekelulan (L'Île des Dieux, Aaldzarlu)
Cap de Mérèn-Iliu
Leïtltellu
Tranellaõ
Ansaalion
Hmaladukreïtao
Daruzer
Riv. Toïtsaõ
Ellnaõ
Atinad-Ellnaü
Drandanion
Lipeïtan
Krilltaïllia
Béraïltellañu
Aëltellaïllia
Roshnal
Riv. Hleïtsaõ
Aëlkreïtao
Riv. Maalsaõ
Hébukeïran
Hébuzer-sur-la-Mer (Tête de la Gardienne)
Mnelzer
Kellaõ
Lladalion
Riv. Mnellsaõ
Atinad-Mnedsañü
Aritnaõ
Atehonal
Riv. Hleïtsaõ
Utyrkreïtao
Altileïtzer
Hleïtzer
Hleïtan
Riv. Mnedsaõ
Atinad-Mnellañü
Paaltaïr (uzer)
Aïlmnellarn
PAALU
Dianelitarn
Alkaraï
Alkrelitan
AALAPAALU (KRILLIADSË)
Krilliadi
Lïu-Ganzer
Hanultellan
Diât Srag
Krillialtaoz

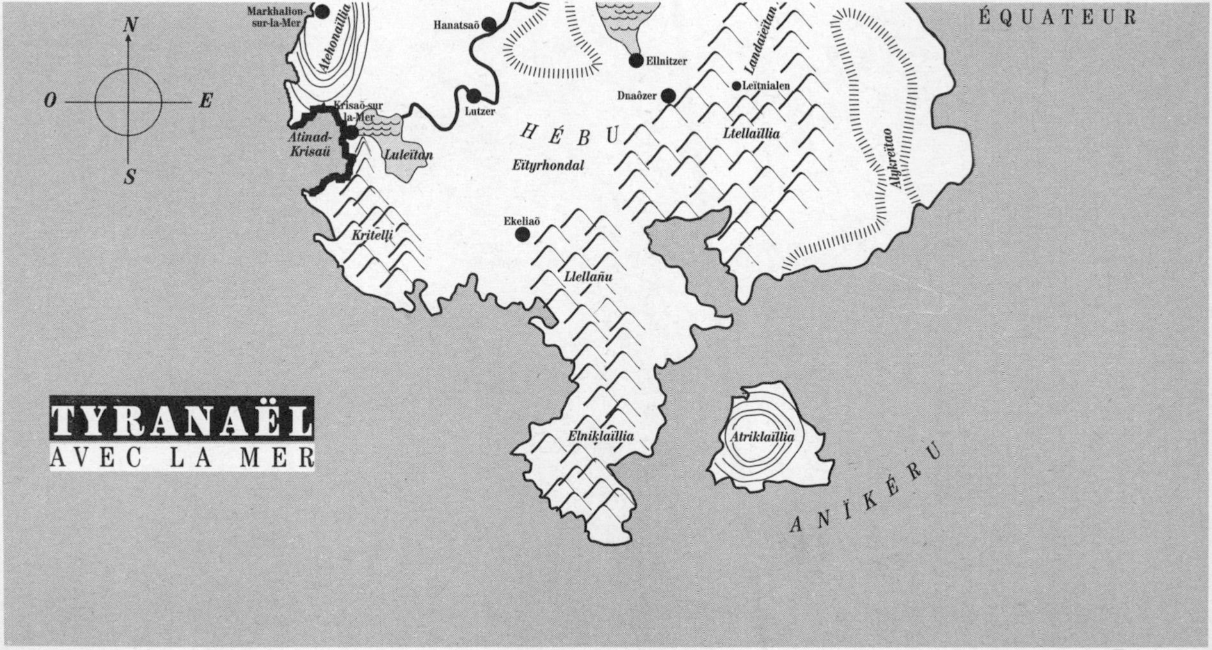

TYRANAËL
AVEC LA MER

ÉQUATEUR
N
O
E
S
Markhalion-sur-la-Mer
Atehonaïllia
Hanatsaõ
Ellnitzer
Landaëïtan
Leïtnialen
Dnaôzer
Lutzer
Krisaõ-sur-la-Mer
Atinad-Krisaü
Luleïtan
HÉBU
Eïtyrhondal
Ltellaïllia
Alykreïtao
Ekeliaõ
Kritelli
Llellañu
Elniklaïllia
Atriklaïllia
ANÏKÉRU

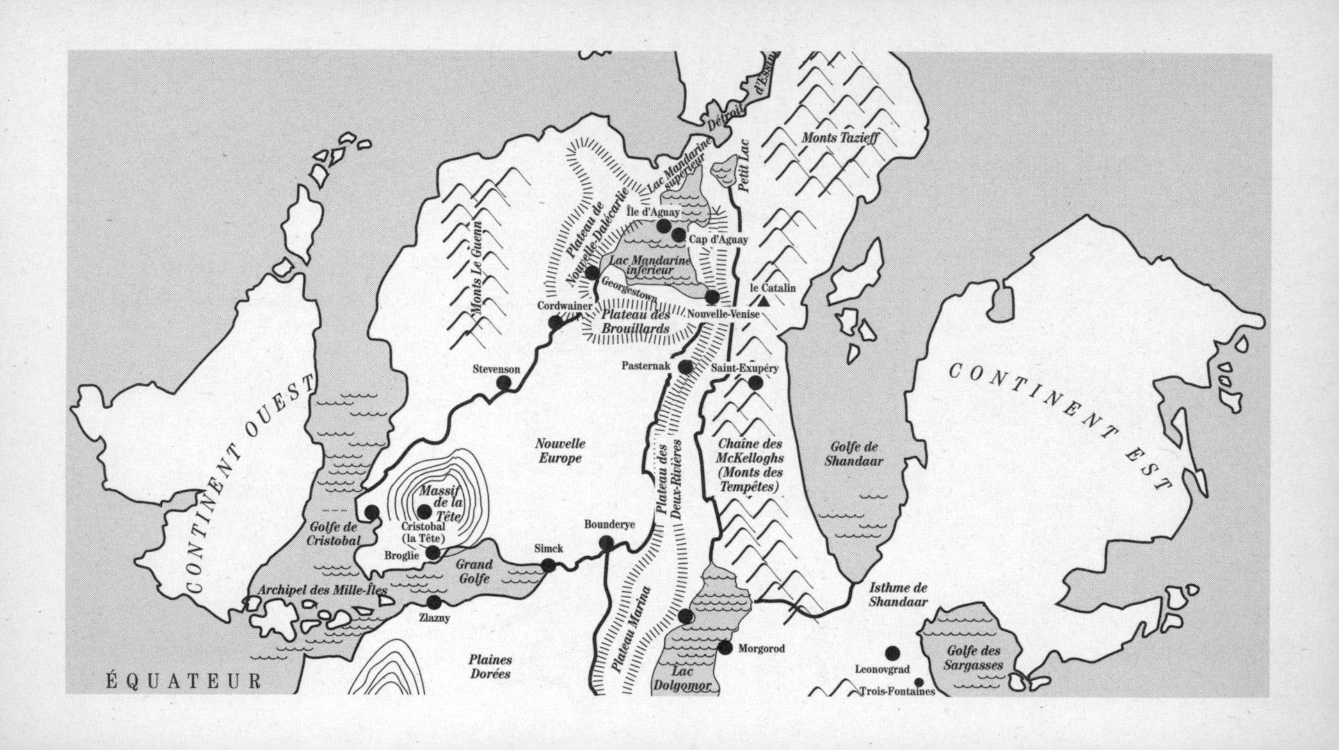
Détroit d'Essine
Monts Tazieff
Lac Mandarine supérieur
Petit Lac
Plateau de Nouvelle-Dalécarlie
Île d'Aguay
Cap d'Aguay
Lac Mandarine inférieur
Monts Le Guenn
Georgestown
le Catalin
Cordwainer
Plateau des Brouillards
Nouvelle-Venise
Pasternak
Saint-Exupéry
Stevenson
CONTINENT OUEST
CONTINENT EST
Nouvelle Europe
Chaîne des McKelloghs (Monts des Tempêtes)
Golfe de Shandaar
Plateau des Deux-Rivières
Massif de la Tête
Cristobal (la Tête)
Golfe de Cristobal
Bounderye
Broglie
Simck
Grand Golfe
Archipel des Mille-Îles
Zlazny
Isthme de Shandaar
Plateau Marina
Morgorod
Golfe des Sargasses
Plaines Dorées
Leonovgrad
Lac Dolgomor
Trois-Fontaines
ÉQUATEUR

ÉQUATEUR
Bird-City
Massif Stanley
Bellac
Dalloway
Breughel
Arcimboldo
CONTINENT PRINCIPAL
Joristown
Vichenska
Tihuanco
Montagnes Rouges
Lac Doré
Plaines Bleues
Baie des Fraîcheurs
Licornia
New Sonora
Esperanza
Monts Alcubierre
Monts Schoelzer
Fjord Blanc
Southern City
N
Cap Termaine
O
E
Golfe de Vriès
Massif du Finistou
Chaîne du Finisterre
S
Finistou
Finisterre
ANTARCTIQUE
VIRGINIA
SANS LA MER

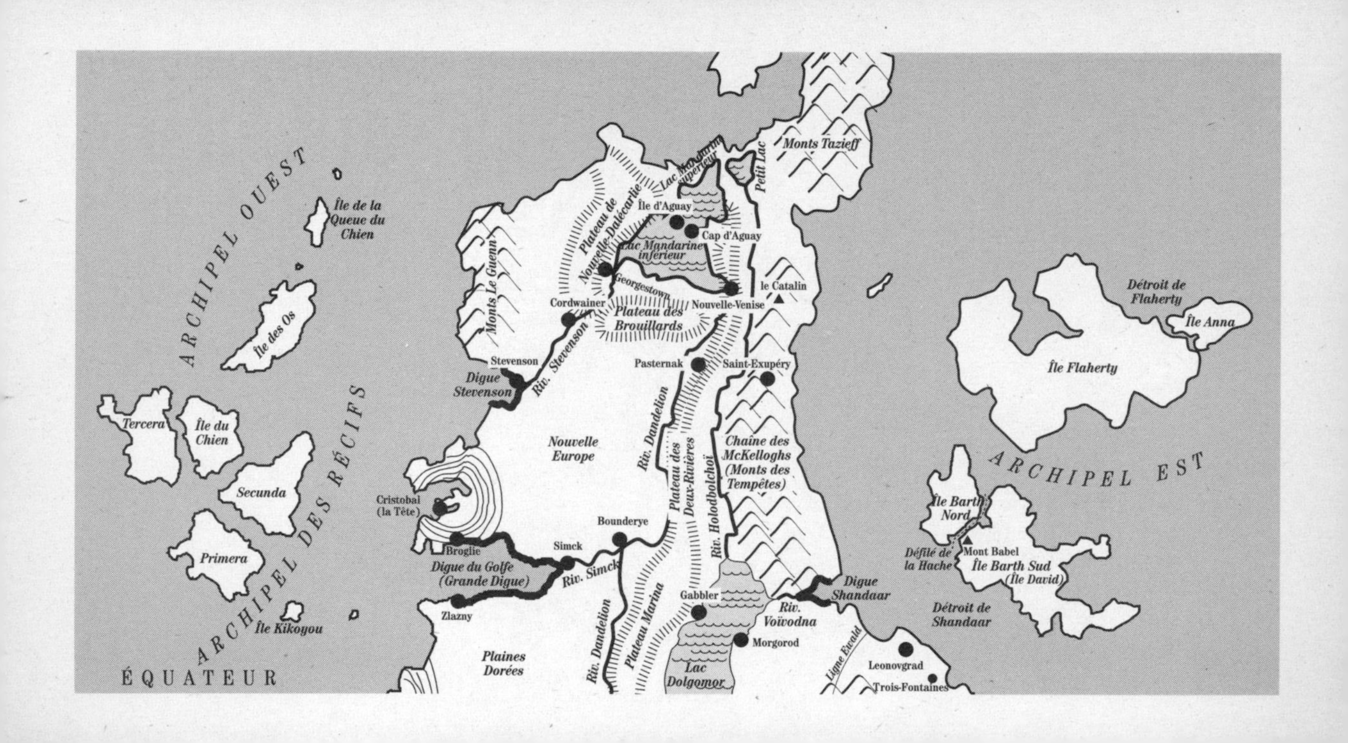
ARCHIPEL OUEST
Île de la Queue du Chien
Île des Os
Tercera
Île du Chien
Secunda
Primera
Île Kikoyou
ARCHIPEL DES RÉCIFS
ÉQUATEUR
Monts Le Guenn
Plateau de Nouvelle-Dalécarlie
Lac Mandarine supérieur
Île d'Aguay
Cap d'Aguay
Lac Mandarine inférieur
Petit Lac
Monts Tazieff
Georgestown
Cordwainer
Plateau des Brouillards
Nouvelle-Venise
le Catalin
Stevenson
Digue Stevenson
Riv. Stevenson
Pasternak
Saint-Exupéry
Nouvelle Europe
Riv. Dandelion
Plateau des Deux-Rivières
Riv. Holodbolchoï
Chaîne des McKelloghs (Monts des Tempêtes)
Cristobal (la Tête)
Bounderye
Simck
Broglie
Digue du Golfe (Grande Digue)
Riv. Simck
Zlazny
Plaines Dorées
Riv. Dandelion
Plateau Marina
Gabbler
Lac Dolgomor
Morgorod
Riv. Voïvodna
Digue Shandaar
Ligne Ewald
Leonovgrad
Trois-Fontaines
Détroit de Flaherty
Île Anna
Île Flaherty
ARCHIPEL EST
Île Barth Nord
Mont Babel
Défilé de la Hache
Île Barth Sud (Île David)
Détroit de Shandaar

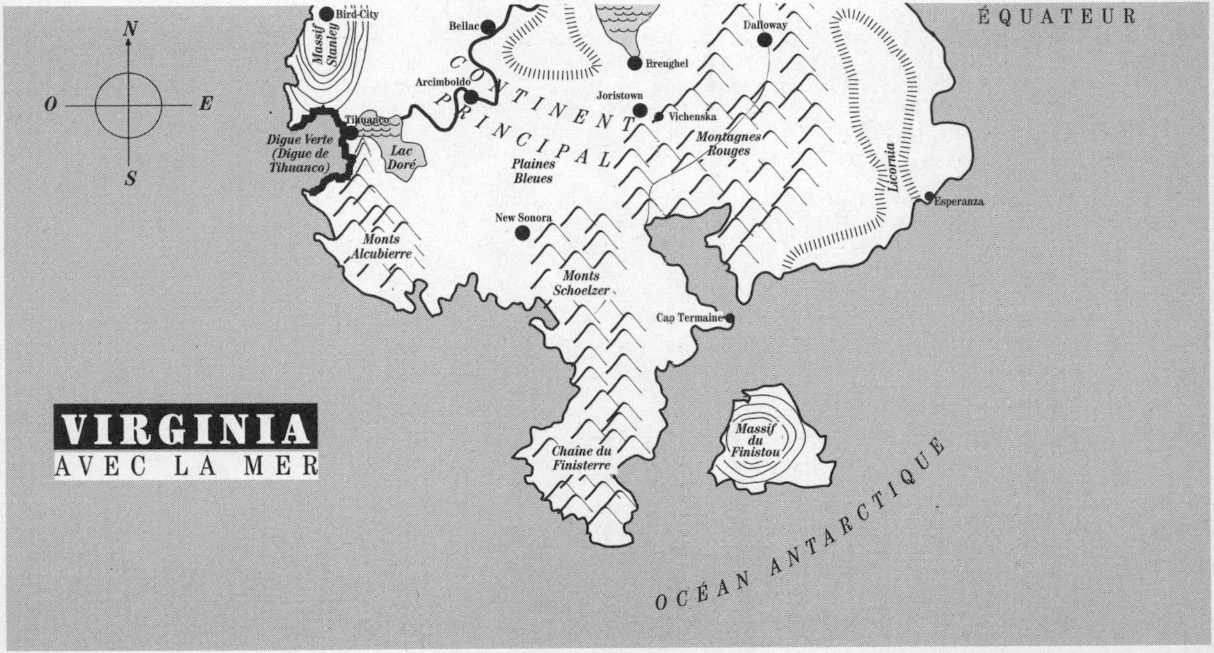

VIRGINIA
AVEC LA MER

N
O
E
S
ÉQUATEUR
Bird-City
Massif Stanley
Bellac
Breughel
Dalloway
Arcimboldo
CONTINENT PRINCIPAL
Joristown
Vichenska
Tihuanco
Digue Verte (Digue de Tihuanco)
Lac Doré
Plaines Bleues
Montagnes Rouges
Licornia
Esperanza
New Sonora
Monts Alcubierre
Monts Schoelzer
Cap Termaine
Massif du Finistou
Chaîne du Finisterre
OCÉAN ANTARCTIQUE

Première partie

1

Taïriel attend que l'oiseau ait décidé qu'elle ne constituait pas un danger et se soit réinstallé sur le petit surplomb à trois mètres d'elle. Un nouveau nid, il faudra le signaler aux surveillants des voies ; les sigrues ne sont pas très grosses, mais elles ont un bec crochu et acéré, et aucun varappeur n'aime leur disputer la falaise du Parc, surtout en période de couvage.

« Ça va, Tiri ? »

Estéban, une quinzaine de mètres plus haut. Il a entendu le concert de sifflements et le fracas d'ailes.

« Ça va ! »

Taïriel se remet en route en essayant de retrouver sa concentration. La brûlure familière sur le devant des jambes, dans les mollets, les épaules et les avant-bras. Les mouvements infimes qui déplacent le centre de gravité, la conscience au bout des doigts, l'impression, par moments, qu'une sorte de champ magnétique vous relie à la pierre, à la bonne prise à venir. Être seulement un corps, pas d'émotions, pas de passé ni de futur, juste le présent, la pesanteur et la pierre de la falaise, personne à prendre en considération, ou bien d'une façon purement pragmatique, penser vertical, qui est au-dessus, qui en dessous. Estéban, au-dessus.

Non décidément, plus de concentration. Elle avait pensé, au moins, pendant qu'ils seraient dans la falaise, Estéban serait seulement le premier de cordée, raté, maudite sigrue. Allons, plus qu'une centaine de mètres et c'est le sommet... Une petite pause, la joue collée contre la pierre chaude. Le nez sur une couche de granit provenant en droite ligne de Paalu. Juste en dessous, de l'andésite d'Aritu. Après, ce sera du gabbro de Paalu. Une vingtaine de mètres d'épaisseur, tranche après tranche, un peu d'Aritu, un peu de Paalu. Les anciens Ranao ont passé des Années à racler la terre et les roches de régions entières dans les deux continents qui seraient recouverts par la Mer, afin d'édifier les falaises artificielles des Digues et d'en tapisser les versants cultivés. Quel acharnement dans le souvenir... Un paradis pour minéralogiste, en tout cas.

Juste un peu plus loin à sa gauche, tout près de la voie qu'ils ont choisie et histoire de faire varié, miroitent les facettes écarlates de la large veine oblique de paragathe qui traverse toute la falaise ; plus loin, à une cinquantaine de mètres, la protubérance bleue de la Tête – qui n'est pas la Tête à cette distance, juste une surface arrondie et lisse. Des silhouettes sont accrochées dans le bleu, se mouvant avec une lenteur délibérée dans la voie parallèle. Une des plus difficiles de la falaise : on suit le relief droit de la face de la Tête le long du Cou jusqu'à la Joue – une longue courbe en surplomb. Là, en général, on passe le surplomb et on continue le long du visage ; mais les cinglés suivent le surplomb – *sous* le surplomb – vers le haut de la Mâchoire, pour rencontrer le difficile relief arrondi de l'Oreille, et puis, mais là on est pratiquement arrivé et c'est une promenade en comparaison, l'aplat incliné du Bandeau. La sculpture géante ne semble lisse qu'à distance, le ciseau du sculpteur rani a laissé quantité d'aspérités plus que suffisantes dans la pierre et il y a des interstices dans la roche, mais l'enduit bleu qui recouvre la Tête rend les prises parfois problématiques. C'est la Tête, un monument historique : aucune technique destructrice, uniquement les pattes-de-mouche en céral et fibre de carbone. Partout ailleurs que dans la voie du Cou, les puristes y vont à la loyale, poudre de craie et mains nues. Mais dans la voie du Cou, sans pattes-de-mouche, impossible. Taïriel l'a fait une fois, avec le harnais et les pattes, mais elle a finalement dû aller chercher l'autre voie qui longe la Tête, dans la falaise, celle où elle se trouve maintenant. Elle essaiera encore avant de partir, histoire de se prouver qu'elle peut le faire. Mais pas aujourd'hui : elle n'allait pas pousser le pauvre Estéban dans la Tête elle-même pour la dernière escalade de la saison.

Une des silhouettes qui rampe le long de la Mâchoire, à une vingtaine de mètres, dévisse brusquement. Taïriel n'a même pas le temps de réagir, la fille s'immobilise en l'air presque aussitôt, puis va reprendre des prises un peu plus haut, dans un endroit moins difficile. L'idiote devait n'utiliser que quatre pattes au lieu de cinq, et elles ont décroché en succession... Sifflets et quolibets tombent le long de la paroi, venant de ses compagnons d'escalade. Sans doute des batzi aussi – ce sont eux, en général, qui choisissent les voies les plus difficiles. Très mal vu, pour des hékellin varappeurs, d'être obligé de se tirer d'affaire ainsi. Incompétence. Pas sportif.

Et en plus, ça déconcentre tout le monde dans les environs, nous autres simples mortels qui devons nous débrouiller comme tous les grimpeurs depuis le fond des temps, sans capacités particulières. Taïriel reprend son ascension avec plus de lenteur, les dents serrées. Adieu l'état de grâce, il va falloir se rendre au sommet à force de muscle et d'obstination ; cette idiote de batzi vient soudain de lui rappeler l'abîme de plus d'un kilomètre qui s'ouvre sous ses pieds.

Une fois arrivée en haut, à moitié hissée par Estéban sur la dernière dizaine de mètres, elle reste étalée dans l'herbe un moment, le souffle court. Puis – elle a quand même sa fierté, et c'est elle la meilleure varappeuse des deux, grâce à sa petite taille et à sa souplesse – elle se redresse et déboucle son harnais.

« Je suis crevé, dit Estéban, généreux. Cette fille m'a complètement déconcentré. Pas toi ? »

Il lui tend une ration énergétique, elle mord dedans en acquiesçant. Suspendus ventre en l'air sous le surplomb de la Mâchoire, accrochés à leurs cordelles, leur harnais et leurs pattes amovibles, les hékellin qui lui ont gâché sa dernière escalade continuent à ramper. Leur logique lui échappe : en voulant prouver qu'ils sont capables de ne pas utiliser leur pouvoir, ils sont amenés à prendre des risques qui les obligent justement à l'utiliser. À vrai dire, on peut respecter leur choix de l'escalade la plus périlleuse ; on peut aussi respecter les téleps qui choisissent d'être poètes, romanciers ou comédiens et se collettent " à la loyale " avec le matériau de la communication humaine courante. Mais d'un autre côté, se nier ainsi... Une façon de se faire accepter par ceux qui ne possèdent pas de pouvoirs, certes. Mais... pathétique, ou arrogant ? " Nous nous nions pour nous abaisser à votre niveau... "

Non, ce n'est pas ce que faisait Grand-Père Natli en n'utilisant jamais son pouvoir ; c'était, comme ici sans doute, "je ne veux pas profiter de ce que tout le monde ne possède pas". Et puis cette batzi n'allait pas s'écraser onze cents mètres plus bas pour le principe, quand même ! Un peu honteuse de sa mauvaise foi, Taïriel fait quelques mouvements d'assouplissement – elle se sent toute raide.

Ils enroulent les cordes avec soin et rangent leur équipement dans les sacs à dos. Estéban s'étire, encore luisant de sueur, magnifique : « On va se baigner ? Je pue ! » Taïriel assure son sac sur son épaule : « C'est parti. »

Elle descend avec lui vers la zone des étangs, en aval de la colline de la Tête, terriblement consciente de sa proximité. Elle aime l'odeur de sa sueur, elle. Estéban Fukuda, son très lointain demi-cousin, son exaspérante obsession. Que ressent-il ? Quelle différence si elle percevait ses émotions ? Sans doute pire, elle *saurait* qu'elle n'a aucune chance. Alors que là, au moins, elle peut continuer à fantasmer.

Elle serre les dents, dégoûtée d'elle-même. « Han'maï, quel âge as-tu, Taïri ? » dirait Grand-Père Natli. Elle essaie de retenir cette pensée, trop tard. Une fois de trop, le souvenir. Plus là pour lui remettre les idées en place, Grand-Père Natli. Deux saisons qu'il est mort, et encore cet élancement quand elle pense à lui, ce recul douloureux comme si elle venait de se brûler. Est-ce que ça cesse un jour, ce manque ? Elle pouvait tout lui raconter, il comprenait, même s'il ne pouvait pas tout savoir d'elle : un bloqué, comme elle, dans sa jeunesse – elle déteste le terme “ dormeur ” qu'on utilise maintenant, comme s'ils étaient des somnambules condamnés à ne jamais se réveiller ; elle, en tout cas, à vingt-six saisons, tout le monde sait bien qu'elle ne se débloquera jamais, elle ne se sent pas somnambule du tout, parfaitement réveillée, merci, parfaitement lucide. Vingt saisons, Grand-Père Natli, quand il est passé avec la Mer et qu'il s'est débloqué, mais avant, de l'Autre Côté, aveugle et sourd et muet comme elle – et il s'en souvenait. Il ne la ménageait pas, lui, comme ses parents et Kundé ont toujours eu tendance à le faire – tellement exaspérant ! « Décide de ce que tu peux changer et ignore ce sur quoi tu n'as aucun pouvoir. Ce qui est ainsi est ainsi. C'est autrement dans un autre univers, mais il y en a aussi où tu n'as jamais existé. Tu vis ici et maintenant. À peine trois pour cent de hékellin dans la population ; si les quatre-vingt-dix-sept pour cent restants passaient leur temps à se tordre les mains en pensant à ce qu'ils auraient dû être ou pourraient être, on ne ferait jamais rien ! » Ce doit être pour cela qu'il lui a enseigné l'escalade : leçon de choses. Pas le temps de se tordre les mains, quand on fait de l'escalade. Mais parti, Natli. *Mort*. Ils font tous une petite grimace involontaire quand elle rectifie en leur présence, les hypocrites. Surtout Kalyàn.

Ah non, c'est jour de fête, elle ne va pas penser à sa mère aujourd'hui ! Natli... difficile d'échapper à cette pente-là, le jour du Retour de la Mer. Mais non, se concentrer sur Estéban, les longues cuisses d'Estéban, ses fesses musclées, son torse de nageur – il a enlevé son t-shirt. Pas le bon gabarit pour faire un varappeur, mais... Taïriel détourne les yeux, traversée par un élancement de désir, et le retour inévitable du souvenir. La cabane qu'il s'était construite avec son père au fond du parc de la Villa Doven, leur grande maison de famille près de Cristobal. Plus qu'une cabane, une véritable maison en bois rond, solidement arrimée entre les troncs multiples du grand racalou, à cinq mètres du sol, avec une galerie tout autour et un escalier – pas de corde à nœuds pour Estéban, qui aimait déjà son confort. Une seule grande pièce d'un luxe inouï : une fenêtre dans chaque mur, deux gros coffres de jouets, des étagères de livres tout écornés sur le mur du fond, et deux vieilles chaises longues à la toile toute élimée, mais si larges qu'ils y tenaient à deux. Elle avait six saisons, lui sept. Un jeu d'abord, mais grave ; ils ne jouaient jamais au docteur : pas de faire semblant, une exploration délibérée. Il voulait savoir, et il voulait savoir avec elle, ça ne le dérangeait plus qu'elle soit différente, il ne se moquait plus, il était curieux, elle était devenue curieuse en retour. La première fois, ils s'étaient interrompus : toute une procession de perce-oreilles noirs et jaunes était soudain sortie d'un des montants en bois de la chaise longue où ils se trouvaient assis l'un contre l'autre ; elle avait poussé un petit cri de surprise et, du coup, ils avaient oublié ce qu'ils faisaient, Estéban avait couru chercher sa loupe et ils s'étaient traînés à quatre pattes sur le plancher pour observer les bestioles de plus près. Ils ne les avaient plus jamais revues par la suite – ils avaient compris pourquoi lorsque la chaise longue s'était écroulée sous eux. Après, Estéban avait monté un lit de camp, avec des tubulures métalliques. Trop étroit pour deux, mais ce n'était pas pour dormir. Oh, ils avaient beaucoup exploré pendant ces vacances-là ! Surprise, ils pouvaient se faire plaisir l'un à l'autre – ça crée des liens. Ensuite, le père d'Estéban était mort, sa mère s'était remariée, le nouveau père voyageait beaucoup avec sa famille, quatre saisons sans vacances à Cristobal pour

Taïriel. Ils s'étaient envoyé des cartes postales, et même des petites lettres, avec des photos, pour rester en contact. Estéban était venu à Sanserrat avec sa famille pour le baptême de Kundé, mais il y avait trop de monde autour d'eux, et puis, c'était tellement étrange de se voir pour de vrai, il avait tellement grandi, à onze saisons il faisait une tête de plus qu'elle – c'est elle qui ne grandissait pas vite, mais le résultat était le même.

Et puis, après son retour à Cristobal, la " vraie lettre ", comme elle y avait toujours pensé par la suite ; la première : il avait été heureux de la voir, déçu de ne pas avoir plus de temps avec elle, il lui parlait de sa vie, de son nouveau père qui aurait bien voulu un fils à lui, et elle lui avait répondu avec ferveur et chagrin en lui parlant de Kalyàn, de Merriem et de Kundé, et qu'elle se serait bien passé d'avoir une deuxième mère, la première était déjà assez pénible, et une demi-sœur, surtout *normale* – le choc l'avait fait régresser, Natli se bagarrait de nouveau avec elle pour qu'elle cesse d'utiliser ce terme. Elle s'était interrompue, le cœur battant de détresse : comprendrait-il ? Lui aussi, il avait des lignées, il aurait dû être, sa famille était déçue : " seulement normal ", Estéban. Elle au moins, elle était bloquée – elle pouvait se débloquer, elle se débloquerait, Kalyàn le répétait assez souvent (ah, les empoignades avec Natli !). Mais pouvait-elle parler ainsi de Kundé à Estéban ? Son premier choix conscient : lui envoyer la lettre telle quelle, en se disant – elle se rappelle même dans quels termes mélodramatiques elle s'était formulé cette pensée – que cela détruirait leur amitié ou la rendrait éternelle. Et il avait bien répondu. Ou du moins dans des termes interprétables comme tels ; il n'a nullement eu conscience de l'importance de cette lettre pour elle, elle s'en est bien rendu compte en relisant sa réponse, beaucoup plus tard – avant de détruire toutes leurs lettres dans un grand geste de désespoir rageur.

Se souvient-il seulement ? Il ne parle jamais de tout cela, et elle, bien sûr, ne s'y risquerait pas. Quelquefois, elle a l'impression d'être la seule à se souvenir. Idiote. À son âge, une fixation aussi absurde. Mais c'est bientôt fini, une dernière indulgence. Une dernière chance avec Estéban, ces vacances du Retour de la Mer. Il l'a invitée à passer la semaine avec lui à la Villa Doven, juste elle et lui, ses parents ne sont pas là. Mais elle se fait sûrement des idées, c'est trop gros. Deux saisons qu'elle vit à Cristobal – pas chez eux, mais presque, à quatre coins de rue, ils se voient pratiquement tous les jours, et tout d'un coup... Elle s'en va terminer ses études à Morgorod, il a soudain pris conscience du fait qu'il ne la verra presque pas pendant deux saisons ?

"Presque." Double idiote. Tu es prête à traverser le continent pour le voir quelques jours en coup de vent pendant des vacances ? Non, elle ne retournera *pas* sur la côte ouest pendant son séjour à Morgorod ! De fait, elle aurait dû aller étudier tout de suite à l'Institut Polytechnique, au lieu de choisir l'université Flaherty. C'était de la complaisance pure et simple de céder aux arguments de sa mère, "Tu seras moins loin de nous à Cristobal, et puis, il y a de la famille, là-bas, on sera plus tranquilles." Entendre : Estéban. Oh, rien ne ferait plus plaisir à Kalyàn, la réunification des deux branches de la famille, et sa fille devenant une Fukuda. Kalyàn pour, Natli contre. Ç'aurait dû être une raison suffisante de mettre fin à cette histoire avec Estéban, non ?

Non, c'est moi qui décide, pas eux.

Oh, vivement que ces deux saisons soient passées, et après, direction Lagrange, couper le cordon une fois pour toutes, tous les cordons, quatre cent mille kilomètres dans l'espace, ça devrait suffire ? Plus de soucis à se faire, plus d'incertitudes, plus d'angoisses. Dans Lagrange, personne pour savoir ce que vous ressentez, encore moins ce que vous pensez, et vous n'êtes pas obligée d'oublier que vous l'ignorez aussi. Tout le monde à égalité. Au moins, pour cela, elle a le choix. Pas choisi d'être une bloquée, pas choisi ses parents ni ses lignées ! Estéban... Mais pour être aussi obstinée dans sa fixation, elle doit bien l'avoir choisi aussi.

Si elle avait eu le choix, pourtant, elle ne serait sans doute pas venue au Parc de la Tête pour les festivités du Retour de la Mer. De nombreuses activités se déroulent à plusieurs endroits de Cristobal pour le Retour et la nouvelle Année, mais celles qui évoquent de près ou de loin les Ranao sont rassemblées au Parc de la Tête ; Estéban a toujours eu un faible pour l'exotisme. Faut-il qu'elle ait envie d'être avec lui ! Il sait pourtant bien ce qu'elle en pense... Le Parc, aujourd'hui, c'est un lieu de rassemblement pour les hékellin, les halatnim et généralement les pro-Ranao. Pas qu'on soit anti, diantre non, pas avec les sacro-saintes lignées dont Kalyàn est si fière ! Hybride de troisième génération, moi. Mais ça ne se remarque pas à l'extérieur, au moins, ou alors juste la peau brune si douce, dépourvue de pilosité, qu'Estéban aime caresser ; yeux brun-vert, cheveux très noirs – longs, brillants, épais et lisses, vraiment rani, mais sinon un faciès à pommettes saillantes et nez court et busqué, un peu asiatique, un peu africaine, un peu tout, une Virginienne moyenne. Trop petite, avec son mètre à peine soixante-dix, mais il y a des garçons qui aiment ça, ils se sentent protecteurs. Même Estéban, qui l'appelait " Mini " quand ils étaient tout petits. Ça et les blagues sur sa double invisibilité – jusqu'à la bagarre épique, ah je suis invisible, eh bien on va voir, et vlan ! les grands coups de pieds – après quoi il avait compris, sans doute avec l'aide de son père. Estéban pouvait être vraiment infect, quand il était petit – mais cela se comprenait. Heureusement, après, il est devenu curieux. Mini est devenu un terme affectueux. Il a arrêté... eh bien, après la vraie première fois, quand elle a eu seize saisons.

Dans un silence au moins amical, enveloppés par le vent chaud de la Mer et les parfums qui s'intensifient à mesure que l'après-midi glisse vers la soirée, ils gagnent la zone des étangs en suivant l'une des arêtes de pierre dorée qui constituent la chevelure de la Tête. L'auditorium-amphithéâtre creusé près du plus grand des étangs, le lac Charmine, accueillera plus tard dans la soirée un concert de pièces anciennes et modernes, le sempiternel Œniken, mais aussi des compositeurs ranao – Atiungiz Boril Someliad et Kellain, un classique, un moderne – et Mozart, qui connaît une résurgence depuis quelques Années : Gabriel Allimandros, le directeur métis de l'Orchestre de Cristobal, l'a remis à la mode dans des orchestrations utilisant des instruments ranao – apparemment les halatnim aiment la musique préhistorique, il y aura aussi du Haendel, ce soir. Des bouffées mélodieuses arrivent avec les sautes de vent : on répète.

Beaucoup de monde dans les allées, sur les pelouses. Les banki du Parc sautent partout, très excités par l'afflux des visiteurs. Une acrobate-contorsionniste joue avec un essaim d'oiseaux-parfums, passant d'une figure à l'autre au ralenti, et les oiseaux suivent, comme une seconde peau vibrante et mouchetée dont les couleurs se transformeraient à chaque mouvement. Curieux comme on a adopté le setlâd "banki" mais pas "lladao" ; il est vrai qu'en virginien " oiseaux-parfums " est plus heureux que "chachiens".

Au détour d'un chemin, deux garçonnets costumés respectivement en antérieur et postérieur de licorne jaillissent des buissons, lancés à la course l'un derrière l'autre, et manquent Taïriel de peu. Ils poursuivent leur route en lançant par-dessus leur épaule une excuse approximative. Des enfants et des adolescents costumés, il y en a de plus en plus à mesure qu'on se rapproche de l'amphithéâtre : le grand concours sera jugé avant le concert. Voici une princesse hebaë, plumes et perles cousues sur sa tunique de peau, faux tatouages sur les joues et les bras ; deux guerriers archaïques paalani, armures à petites plaques, casque héraldique à gueule de karaïker – pauvres gamins, ils doivent mourir de chaleur là-dedans ! Et un petit Iptit blond tout de vert vêtu – normalement, c'est seulement le chapeau de paille à large rebord qui est teint en vert, mais il y a eu croisement culturel dans l'imaginaire virginien entre le mythe rani, le Petit Peuple et, apparemment, Robin des

Bois – ou bien est-ce Cupidon ? – car cet Iptit tient un arc minuscule. Si tu es Cupidon, vise donc Estéban !

Dans les allées entre les étangs, entourés de spectateurs de bonne volonté, jongleurs et musiciens amateurs s'essaient ; certains passent le chapeau, ce qui n'est pas très rani, mais on ne le leur fait pas remarquer, même pas cette femme aux traits ranao prononcés, qui n'a pas dû arriver il y a très longtemps avec la Mer. Rien n'empêcherait de tenir à Cristobal une partie des célébrations du Parc. Sinon la fameuse et sempiternelle discrétion. On exagère. Même en faisant remonter seulement à 165 le début de l'Ouverture – avec l'arrivée des premiers passeurs venus d'Atyrkelsaõ, mais prudemment demeurés dans le Sud-Est chez les encore Sécessionnistes à l'époque – on est en 190, ça fait cent saisons ! Ou près de cent soixante-dix si on fait coïncider le début de l'Ouverture avec la parution de *L'Autre Rivage*. Après tout ce temps, les gens devraient être assez habitués. Mais non, toujours la philosophie des Enfants d'Iptit : la seule vérité qui compte, c'est celle qu'on a trouvée soi-même, pas celle qu'on vous force à voir. Là, pas de doute, il faut vouloir : faire trente-cinq kilomètres pour se rendre au Parc, et camper sur place si on rate le dernier bus d'une heure du matin et si on ne dispose pas d'autre moyen de transport. Les gens de Cristobal qui ne veulent rien savoir des hékellin, des halatnim et des Ranao le jour du Retour peuvent continuer à les ignorer bien tranquillement, ça, c'est sûr ! Le reste du temps aussi, d'ailleurs, en ce qui concerne hékellin et métis : les premiers sont indécelables, et les seconds encore peu nombreux, à peine dix mille dans tout le continent. Si on désire ignorer, on le peut sans problème.

Une exception, quand même : le bateau des passeurs, le matin du Retour. On va l'attendre au port de Cristobal, sur le quai cérémoniel – comme on vient le regarder partir avec la Mer deux saisons plus tard. Ni tambours ni trompettes, pas de discours, pas d'officiels, mais les croyants, les curieux, les touristes. Le symbole, on peut se le permettre. Discrets, oui, cachés, non : la devise des hékellin... Et parfois ce n'est pas seulement symbolique, il y a même des passeurs sur le bateau, cela dépend des Années. Encore rare, cette mutation, de l'Autre Côté de la Mer, sur Atÿrkelsaõ, et plus rares encore les passeurs qui ont envie de venir sur Virginia même après cent vingt-quatre saisons de paix entre Virginiens. Quoique la réhabilitation de l'ancienne ligne Ewald les attire, maintenant : il y en a davantage depuis 172. Les Virginiens aussi : le grand coude à coude des anciens ennemis pour effacer la dévastation dans les montagnes Rouges, restaurer les sols et la végétation, encourager la vie à revenir... La Rédemption de la Ligne, comme ils disent.

Elle a beau sourire, elle en garde un bon souvenir, malgré le côté un peu trop fervent de l'atmosphère au camp où elle est allée faire son service civique, comme tout le monde, entre dix-huit et dix-neuf saisons. Beaucoup de halatnim et de gens du Sud-Est dans son groupe, une grande délicatesse à son égard, et pas trop voyante : plutôt plaisant. Mais elle, éternelle idiote, elle passait son temps à attendre les lettres d'Estéban, qui, avec une saison de plus qu'elle, avait déjà fait son service et lui écrivait moins qu'elle ne lui avait écrit alors, mais elle ne le remarquait pas. La haute époque de leur relation, ces échanges passionnés, d'une intimité si totale, si nue ; ils communiquaient tellement bien – par lettre ; ils se manquaient tellement l'un à l'autre – à distance. Et pendant un moment, elle a cru, elle a voulu croire. Oh, elle s'en est raconté, des histoires ! Jusqu'à La Lettre, simultanément apogée et dégringolade ultime, elle se rappelle, son cœur a vraiment, littéralement, cessé de battre un instant quand elle a lu : " J'ai pensé que je devrais te dire que je t'aime" et puis tout de suite après, " mais non, ce ne serait pas la vérité, il faut utiliser le terme rani, " et il passait au setlâd pour lui dire qu'il l'aimait " en elle-même ", comme une amie très chère, très intime, essentielle à sa vie, son âme sœur, *mais*. Crève-cœur. Interrogations interminables, nuit d'insomnie, lettre-torrent de lave en réponse, aussitôt déchirée. Mais elle n'a eu le sentiment de réagir vraiment que lorsqu'elle a fait dans sa tête le tour des garçons disponibles dans son groupe, "froidement", et choisi ceux qu'elle mettrait dans son lit. Elle s'est arrêtée après le premier – trop gentil, elle a aussitôt mis fin à la relation, si étrange, ce garçon qui n'était pas Estéban ; mais plus autant de chagrin, après, curieusement. Agréable sensation de reprendre le contrôle de sa vie...

Même si toute cette belle maîtrise de soi s'est écroulée à la première lettre d'Estéban angoissé de son soudain silence. En rentrant du service, pourtant, la destruction des lettres, trois boîtes pleines. Il était venu l'accueillir à Sanserrat, chez elle, sur son territoire, ils devaient passer toute la semaine ensemble sur la Digue. Brève joie de le revoir enfin et, ensuite, l'horreur, discussions aussi vaines qu'ininterrompues, une nuit encore plus affreuse à se promener dans leurs anciens chemins, ensemble mais sans pouvoir se trouver, deux étrangers. Assis au bord du canal, vers trois heures du matin, les gravillons jetés dans l'eau en silence – après une autre crise, ses questions à elle, ses réponses à lui, ou plutôt ses hésitations, son indécision ; il tenait beaucoup à elle, ils avaient tant partagé, elle faisait partie de sa vie – mais juste pas comme ça... Soudain furieuse – mais quel manque de lucidité, Estéban, ou elle-même, elle ne savait plus trop, quelle lâcheté, quelle complaisance ! – elle s'était entendue dire: «Tu t'en vas. Tout à l'heure. Je t'emmène au port, le premier bateau, et tu t'en vas.» Il était resté bouche bée, l'avait suivie sans rien dire. Elle avait tenu à lui acheter son billet et avait tourné les talons, l'œil sec, sans même avoir envie de rester pour entendre le vapeur s'éloigner dans le brouillard de la Mer. Assis sur le rebord du bassin, quand elle était rentrée, Grand-Père Natli ; ils savaient tous deux qu'il l'attendait. «Je l'ai mis dans le ferry», avait-elle déclaré sans s'arrêter en passant près de lui. Et il avait simplement dit: « Voilà ma Taïri. » Le surnom de son enfance, parce qu'elle courait partout, parce qu'elle était vive et emportée et volontaire, comme Tov Taïri, le Gardien des licornes. Elle s'était sentie très forte et très adulte, ce matin-là.

Et six saisons plus tard, elle est encore là, avec Estéban, il l'invite à passer une semaine seule avec lui et elle accepte tout de suite au lieu de rentrer à Sanserrat pour l'anniversaire de Kundé, et il l'emmène au Parc le jour du Retour de la Mer, comme la première fois, mais qu'est-ce que ça veut dire, qu'est-ce que c'est que cette histoire, à la fin, il ne va pas se décider maintenant, pas maintenant qu'elle va partir pour Morgorod et pour Lagrange !

Ils arrivent au lac Charmine, et là, surprise : une bonne vingtaine de gars et de filles les saluent de grandes exclamations. Est-elle vraiment si surprise ? C'était trop beau. Peut-être n'a-t-il jamais eu l'intention d'être seul avec elle au Parc, ni même à la Villa Doven. Il comptait les retrouver tout du long et n'a pas jugé bon de lui en faire part, ça allait de soi pour lui. Imbécile, elle projette comme une malade et voilà le résultat – contente de toi, Taïriel ? Pourtant, d'après ce qu'ils disent, ce serait vraiment un hasard, ils ont décidé au dernier moment de venir au Parc... Incertaine, mortifiée, elle met son maillot et plonge sans attendre, alors qu'ils sont encore tous sur la rive en train de s'étonner de la coïncidence et de faire les présentations. Elle nage furieusement vers le milieu du lac, se retourne sur le dos, bat encore des pieds puis s'arrête, sa première rage épuisée. Elle se dirige ensuite plus posément vers un des rocs plats bordant la petite île qui marque le centre du lac, s'y hisse et s'y étend. Là-bas, près de la rive, la joyeuse bande a commencé une partie de ballon dans l'eau. On l'appelle. Elle ignore. On cesse de l'appeler. Elle s'en moque. Après un moment, quand même, elle va se mettre à l'ombre de l'arbre-à-eau dont c'est le domaine : le soleil est encore assez à la verticale pour être dangereux. Imperturbable beau temps en cette fin d'après-midi, ciel bleu : le Vent de la Mer a presque dissipé la fine couverture de nuages en altitude. Taïriel ferme les yeux, attentive à la brise sur sa peau qui picote en séchant, à la plaisante langueur de tous ses muscles – être là, maintenant, dans le simple cercle de sa peau, loin de tous les autres, maîtresse de son minuscule univers.

Quand elle retourne sur la rive, le soleil a disparu derrière la colline de la Tête et c'est l'heure du souper. On ne commente pas sa longue absence. Estéban lui fait un petit signe de la main, « Bien reposée ? ». Tout le monde a apporté de quoi pique-niquer – Taïriel soupçonne de nouveau Estéban, qui avait dit "on trouvera sur place" lorsqu'elle avait remarqué qu'ils n'emportaient rien ; il y a des vendeurs ambulants dans le Parc, à vrai dire ; mais le calme conquis dans la petite île au centre du lac s'est déjà effiloché. Taïriel mange en échangeant avec les autres quelques monosyllabes. Elle connaît presque tout le monde. Les amis d'Estéban, les siens aussi, par défaut, elle ne s'en est guère fait de son côté à l'université. Toujours trop nombreux ; quelquefois, ils oublient carrément sa présence, comme c'est presque toujours le cas dans des groupes de plus de quatre ou cinq personnes. Et elle déteste se rappeler à l'attention d'autrui. Pas qu'elle désire ardemment faire partie de leurs conversations – Estéban mériterait mieux que ces snobs.

Elle essaie de réévaluer avec lucidité la situation. Même si leur présence est vraiment un hasard, cela augure mal. A-t-elle réellement envie de passer le reste de la soirée avec tout ce monde ? Va-t-elle rester là simplement parce qu'Estéban y est ? Où, au fait, Estéban ?

Près d'une des filles inconnues, une blonde lumineuse à la peau couleur de caramel. Ils sont en train de se faire réciproquement goûter ce qu'ils ont dans leur assiette. Un scénario se dessine en un éclair dans l'esprit de Taïriel, brûlant comme une giclée d'acide : il savait que cette fille viendrait au Parc avec les autres, il s'est arrangé pour... Non, il ne peut pas avoir fait ça, tu dérailles, Taïriel, il ne peut pas m'avoir utilisée comme *prétexte* pour venir au Parc, il ne peut pas être aussi... cruel, ou aussi inconscient ?

Je m'en vais. Je lui dis bonsoir, je lui demande les clés de la villa et je m'en vais. Je devrais m'en aller. Ça va être une horreur, cette soirée, je le sais. Mais elle ne bouge pas. Elle s'imagine la discussion avec Estéban si elle s'en va – ou bien pis : Estéban ne discutera même pas. Et puis, il y a le concert, elle voulait vraiment assister au concert, elle se donnera jusqu'au concert. Les bus partent toutes les heures jusqu'à une heure du matin.

Ils se rendent en bande à l'auditorium après avoir soupé. Un bref espoir encore : Estéban l'attend pour marcher avec elle ; dans les gradins, ils sont assis ensemble. Mais la blonde – elle s'appelle Matila – se retrouve assise juste devant Estéban. Au bout d'un moment, elle se sert de ses jambes comme d'un appuie-dos. Il se penche vers elle, lui murmure à l'oreille. Elle se retourne en faisant voler ses cheveux, lui adresse un sourire éblouissant, se réinstalle plus à loisir.

Le début du concert est à la fois un éclair indistinct et une longue torture. Taïriel applaudit de façon mécanique à la fin de chaque pièce. Plusieurs fois, en voyant des gens profiter d'une pause pour se lever et quitter l'auditorium, elle est prête à les imiter. Elle ne sait ce qui la retient – rage, obstination, elle ne se laissera pas chasser... Après un moment, elle fait un effort délibéré pour se perdre dans la musique, ça marche presque. Après l'apothéose finale – la brève et tumultueuse pièce de Kellain – elle se lève comme tout le monde pour l'ovation debout, et avec sincérité. Elle s'est presque reprise. Encore quelques heures, le Retour de la Mer, le feu d'artifice, et on ira dormir. Elle devrait quand même bien être capable de tenir jusque-là ? Pas la peine de provoquer un esclandre – surtout un esclandre que personne ne remarquera si elle s'en va discrètement, comme elle le pourrait. Mais pourquoi s'en aller ? C'est une belle soirée. Après le concert, le groupe a perdu quelques membres, en a gagné d'autres, reconnus et hélés dans la foule. La blonde Matila est toujours là, bien entendu, à gauche d'Estéban. Qui a pris la main de Taïriel, et pourquoi pas ? Il parle avec animation du concert, elle lui répond dans le ton. Une belle soirée. Tout le monde s'amuse. Il y a encore les jongleurs, les acrobates, les musiciens. On chante en chœur. On blague. Elle rit. Estéban lui tient toujours la main, la regarde parfois avec une tendresse complice. Ce peut encore être une belle soirée pour eux, trop de monde mais tant pis, ils sont ensemble, n'est-ce pas ? Ils rentreront ensemble. Et même, il y aura d'autres jours, d'autres soirs. Toute une semaine.

Les lunes sont levées lorsqu'ils quittent l'auditorium, il fait presque aussi clair qu'en plein jour. Beaucoup de gens se retrouvent dans les prairies qui séparent les cheveux de pierre dorée ; celle où se sont installés les amis d'Estéban est délimitée par deux épaisses haies de prunelliers roses ; quelques arbres-trolls à l'air comiquement renfrogné s'appuient à l'un des affleurements rocheux ; le ruisseau de drainage court le long de l'autre escarpement de pierre. Taïriel s'assied avec les autres là où ils ont monté les tentes, entre les arbres-trolls ; quelque chose lui dit qu'elle ne rentrera pas dormir à la Villa Doven, mais elle en avait déjà pris son parti. On a amené des braseros, les flammes sautent et crépitent, on fera un barbecue pour la collation de fin de soirée. Ma foi, elle a faim.

Des gens traversent la prairie par petits groupes, montant vers le sommet de la colline où ils s'installeront pour voir arriver la Mer. D'autres ont grimpé sur les cheveux de pierre. Des enfants, encore costumés, dansent en farandoles excitées un peu partout, et de préférence là où c'est le plus périlleux : sur les arêtes rocheuses. Une farandole trop excitée rencontre un passant trop distrait : il perd l'équilibre en essayant d'éviter les enfants, tombe, se fait rattraper de justesse par une forêt de bras tendus, la dizaine de membres du groupe situés le plus près de l'affleurement rocheux. On le dépose à terre, avec des rires et des « Vous ne trouvez pas que vous volez un peu bas ? » – stupide : si le type était un batzi, ils n'auraient pas eu à le rattraper.

Mais cela fait partie de l'ambiance joviale de rigueur, et l'homme sourit, rajuste ses vêtements, remercie. Le jeune homme : à peu près leur âge à tous, la vingtaine. Très petit, guère plus grand que Taïriel. Une tignasse claire, un visage osseux, l'air un peu perdu – on le serait à moins ! On l'invite à s'asseoir, on lui tend une saucisse grillée, qu'il prend, un verre de vin qu'on change pour une bouteille de bière avant même qu'il ne l'ait demandé : un sensitif, de toute évidence. Les autres ne l'auraient pas rattrapé aussi vite dans sa chute, ni accueilli aussi aisément, sinon.

Ronde de présentations – l'inconnu s'appelle Samuel – puis, tout en mangeant et en continuant à boire sec, on échange des commentaires décousus mais volubiles sur les enfants, les costumes, le concours – certains membres du groupe récupérés après le concert étaient allés assister à la parade, et d'autres se souviennent de leurs propres beaux jours de déguisés pour la Fête. On a même là un ancien triple gagnant, avis à la population ! Voilà que tout ce beau monde déjà éméché se lance dans une étude comparative des gagnants des trois dernières Années, avec un luxe de détails qui laisse Taïriel éberluée : elle ne savait pas Estéban si savant en matière de tissus, de coupe et d'accessoires ! L'inconnu écoute et parle peu, puis davantage lorsqu'il s'agit soudain non plus de la fabrication des costumes mais de leurs significations. Il a l'air d'en connaître un bout sur les Ranao et glisse souvent au setlâd, comme malgré lui. Pas l'air d'être un métis – mais elle sait bien que cela ne veut rien dire. En tout cas, il est d'une exquise politesse : personne ne se froisse quand il reprend un détail ou une explication, et pourtant, à mesure que la discussion se fait plus obscure, il rectifie de plus en plus souvent.

Après un moment, tout de même, le sujet est épuisé, la conversation se défait ; des petits groupes se forment autour d'autres thèmes, on mange encore, on boit encore. Taïriel essaie de s'intéresser à son voisin qui semble vouloir s'intéresser à elle, mais elle manque trop de conviction et il finit par aller voir ailleurs. Elle se lève, passe d'un groupe à l'autre, terriblement réveillée – l'alcool lui fait toujours cet effet, dans un premier temps. Dans le groupe réuni autour d'Estéban (et de Matila), et où se trouve aussi le dénommé Samuel, on parle de musique, le dernier concert de Rockwall Arkallad, qui s'y trouvait ou non, qui a aimé, ah non, moi, j'ai trouvé ça infect, et on dérive sur des grandes questions fumeuses, du genre " à quel point peut-il y avoir des croisements entre la culture virginienne et celle des Ranao, *réellement ?* ". Là-dessus, le nommé Samuel demande, de sa voix sérieuse et posée : « *Qui* est Rockwall Arkallad ? »

On le regarde avec incrédulité et on lui explique qui, en vérité, est Rockwall Arkallad – un hurleur virginien à la mode, geignard et agressif, que Taïriel ne supporte pas, mais elle ne va pas le dire parmi tous ces fans. De là on passe à d'autres artistes, des groupes, des chanteurs – Samuel ne les connaît pas non plus. L'un des gars du groupe s'exclame, très ivre : « Eh, tu as passé ta jeunesse en prison ou dans un cloître ? »

L'autre ne se froisse pas, répond bizarrement : « C'est juste qu'on n'est pas tous jeunes en même temps.

— Eh, tu ne serais pas un Immortel en rupture de ban ? » lance une des filles, une boutade.

La blonde Matila énonce d'une voix lente et docte – elle doit commencer à être ivre aussi : « Il n'y pas d'Immortels ici, la secte est concentrée dans le Sud-Est.

— Faux », rétorque un autre, battant au poteau Taïriel qui allait le dire elle-même, « il y en aura pour accueillir le bateau des passeurs demain matin sur le Quai. »

Le dénommé Samuel intervient, un peu déconcerté : « Les Immortels ne vivent pas cloîtrés. Mais non, j'ai juste longtemps habité dans le Sud-Est.

— Vous n'avez pas l'accent », rétorque Taïriel, qui se sent soudain l'esprit de contradiction.

« J'ai une bonne oreille », répond l'autre en lui souriant très naturellement, comme s'il ne remarquait pas pour la première fois cette bloquée parmi eux. Une bonne oreille, et un excellent entraînement à la politesse – ce qui est en effet caractéristique des gens du Sud-Est. Taïriel s'assied dans le groupe, en face d'Estéban et de sa stupide Matila, en se demandant distraitement comment sa vie aurait été différente si l'arrière-grand-mère Mikaëlla était restée vivre là-bas au lieu de venir s'installer sur la Digue du Golfe. Mais tant qu'à faire, elle préfère avoir grandi sur la Digue. Elle est allée visiter le Sud-Est, pendant qu'elle faisait son service dans les montagnes Rouges, ce n'était pas très loin – le berceau de la famille, cartes postales expédiées dans tous les azimuts ; elle a trouvé le décor comme les gens un peu trop austères pour son goût. Un peu trop polis, aussi, les gens.

La conversation continue à rouler ses vagues confuses autour d'elle, et elle observe, comme à son habitude, en se disant qu'elle n'a pas assez bu, qu'elle est trop lucide – quand même, Taïriel, tu ne vas pas recourir à cette échappatoire infantile, te saouler pour oublier, quel cliché. Mais c'est irritant : ils ont bu comme elle, et l'alcool est un handicap à la sensitivité, mais ils se comprennent encore à demi-mot, alors qu'elle doit toujours pédaler pour remplir les trous, comprendre les allusions, reconstruire le non-dit. Estéban a passé son bras autour de Matila, ça c'est clair, très clair, imbécile, elle se déteste, elle les déteste ! Elle se lève presque pour s'en aller. « Oui, dites donc, remarque quelqu'un, la Mer va revenir. » Elle se rend compte qu'en effet la nuit a changé : une lumière violacée baigne le paysage, l'éclipse est bien entamée – depuis quand ? Du coup, tout le monde se lève et son geste à elle ne veut plus rien dire, alors elle suit le mouvement, morose.

Les deux petites lunes ont commencé leur transit depuis longtemps quand ils arrivent au sommet de la colline et traversent la foule pour redescendre de l'autre côté, vers le front de la Tête – il y aura davantage de place là, plus près de la Mer quand elle reviendra. Les gens sont assis. Peu de bruit – on parle à mi-voix, ou pas du tout : on contemple la progression de l'éclipse. Les petites lunes se sont alignées, leur ombre portée unique glisse sur la face à la phosphorescence violine de la lune, comme un œil qui se tournerait avec lenteur vers l'ouest. Taïriel s'assied à son tour, un peu au hasard – elle a perdu Estéban de vue. Le cercle sombre est presque rendu au centre de la lune éclipsée. Quelque part à la gauche de Taïriel, une voix d'homme s'élève brusquement, grave et résonnante, pour le premier chant rituel, celui de la Chair. Plusieurs voix masculines s'élèvent de la foule, un peu en désordre, pour l'accompagner. Taïriel se rend compte qu'on chante derrière elle. Elle se retourne: Samuel, un baryton un peu rocailleux.

Silence. Une voix de femme va-t-elle... Oui, bien sûr, un soprano passionné, et ma foi, pourquoi pas ? Taïriel entonne le deuxième verset avec d'autres femmes dispersées dans la foule, pour le chant de l'Amour. Ça s'impose, n'est-ce pas?

Les enfants, maintenant, pour le chant du Monde, qui se chante en canon. N'en manque pas, des enfants – ivres de fatigue, ça fausse pas mal dans les aigus, mais le canon arrive à sa conclusion. Et le dernier chant éclate, le chant de la Mer, et le chœur s'enfle de voix qui n'avaient sans doute pas chanté auparavant, parce que c'est le chant de la Paix, le chant qui a été diffusé sur toutes les ondes le jour où a été signé le traité de Léonovgrad, le 37 Août 159, et qu'on l'entend dans toutes les cérémonies officielles depuis, après l'hymne virginien. Sans doute l'alcool, ou la fatigue, ou bien, porté par la musique, quelque chose de la conviction de la foule est passé à travers sa barrière, mais Taïriel a soudain les larmes aux yeux tandis qu'elle chante aussi, plus d'ironie.

Et la Mer apparaît, un point, un éclair embrassant tout l'horizon obscur, une gigantesque vague qui vient en une fraction de seconde se poser sans un bruit contre la falaise, dérobant jusqu'aux yeux le visage de la Tête. La foule pousse un grand soupir collectif. Et Taïriel est renvoyée à sa solitude: après l'éclair initial, elle ne distingue qu'un épais brouillard. Pour les autres, c'est une brume plus ou moins légère, traversée par l'éclat bleuté de la Mer. Et pour certains, la Mer seule, dans son unique splendeur énigmatique.

Des crépitements secs et sourds, des sifflements, un mouvement dans la foule, des cris ravis : le feu d'artifice commence à déployer ses splendeurs éphémères au-dessus du Parc. Taïriel se retourne : soleils éclatants, chandelles et ombrelles aux fastueuses pulsations, nébuleuses où s'allument des novae multicolores, ça, elle peut le voir.

Mais bientôt les feux s'éteignent, les dernières étincelles retombent. On aperçoit les nuages de fumée qui s'élèvent de l'endroit d'où l'on a tiré les fusées mais, avec le Vent de la Mer qui souffle toujours de l'ouest, on ne sent heureusement rien. La luminescence violine cède peu à peu à la claire lumière habituelle de la lune tandis que le croissant de l'éclipse s'amenuise en devenant plus foncé. La foule commence à se disperser. Taïriel s'est levée, indécise. Elle ne reconnaît personne parmi ceux qui l'entourent. Où sont passés les autres membres du groupe ? Le dénommé Samuel a disparu. Estéban, il y a longtemps qu'elle l'avait perdu. Mais elle sait où il est. Lui et sa Matila. Sur la Tête, dans la grotte de Tayguèn – la grotte semi-circulaire qui s'ouvre dans le bandeau là où devrait se trouver la représentation du joyau central. Là où vont se cacher les amoureux. Là où Estéban l'a emmenée, la nuit où ils ont décidé de faire enfin l'amour, tous les deux, il y a si incroyablement longtemps, hier, au Retour de la Mer aussi, elle venait d'avoir son quatrième anniversaire, seize saisons. C'est là qu'ils se trouvent, elle le sait, elle en est sûre. Ils n'ont pas le droit. Il n'a pas le droit.

Au lieu de suivre la foule qui se dirige vers le Parc, Taïriel continue à descendre vers la Tête. Une fois arrivée au bandeau, dans la pente plus abrupte, elle choisit ses prises avec précaution – elle a bu – mais le parcours n'est pas très difficile, tout le monde le fait couramment sans matériel spécial, et la lumière des lunes est bien suffisante pour voir où on va ; l'enduit bleu est luminescent, de surcroît. Elle se laisse glisser sur le rebord inférieur du bandeau, le suit sur une centaine de mètres ; c'est comme un balcon à la phosphorescence bleutée dans la nuit, mais sans garde-fou ; à unc cinquantaine de mètres, le mur opaque du brouillard s'élève dans le ciel, rectiligne, à perte de vue – mais elle n'est là ni pour la Mer ni pour le brouillard. Elle arrive au médaillon central, constitué de cinq hémisphères de tailles décroissantes emboîtés les uns dans les autres, ce qui constitue une sorte d'escalier bombé ; il monte en larges marches vers la cavité verticale qui s'ouvre dans le dernier hémisphère, un peu comme une pupille rani mais en réalité plus irrégulière : lorsqu'on la voit à distance, combinée avec les sculptures de l'hémisphère voisin, elle dessine le signe setlâd pour "èl", la racine de l'éternité.

Taïriel escalade la première marche au ras de la paroi du bandeau, l'oreille tendue, à la fois angoissée et maladivement curieuse d'entendre... quoi, des bruits compromettants ? Quand elle en prend conscience, elle ferait presque demi-tour ; mais on finit ce qu'on a commencé. Et non, pas par masochisme. C'est peut-être tout ce dont elle a besoin, en fin de compte, voir Estéban avec une autre là où elle s'obstine à se rappeler leur rencontre. Trop loin, de toute façon, même sur la quatrième marche elle n'entendrait rien : l'acoustique de la grotte est un peu particulière.

Puis elle s'immobilise : une silhouette est debout au bord de la marche, à une dizaine de mètres à sa gauche. Ni la taille ni le profil d'Estéban. Avec un petit sursaut étonné et soulagé – ou déçu, elle ne sait – elle reconnaît Samuel. Est-il allé à la grotte, l'a-t-il trouvée occupée ? Il ne l'a pas entendue arriver et n'a pas non plus senti sa présence, bien sûr. Elle pourrait continuer à grimper en se collant à la paroi derrière lui, il ne la verrait pas. Elle hésite. Il est tourné vers le brouillard, vers la Mer, les pieds au ras du rebord. Immobile. Une immobilité bizarre, à la fois rigide et vibrante. Avec une brusque angoisse, Taïriel fait un pas vers lui, se retient, mais il a dû l'entendre, ou peut-être a-t-elle laissé échapper un son étranglé, car il se tourne vers elle – elle voit son visage, pendant une fraction de seconde, une expression terrible de souffrance, remplacée presque aussitôt par de la surprise et un embarras irrité.

« Je viens toujours là... après le Retour », ment-elle, pour dire quelque chose et justifier sa présence. « Mais vous pouvez rester », ajoute-t-elle en feignant une humoristique générosité. Comme il ne bouge toujours pas, elle le rejoint d'un pas nonchalant, s'assied sur la marche d'un mouvement qu'elle espère naturel, les jambes pendant le long de la paroi. Centre de gravité plus bas, plus sécuritaire pour le rattraper si jamais il saute. Mais après un moment il s'assied aussi. Que dire maintenant pour remplir le silence ? Tout ce qu'elle imagine paraît complètement stupide et sans rapport. Que dit-on à quelqu'un qui était peut-être sur le point de se suicider ? Ou bien elle l'a lu complètement de travers, c'est possible aussi.

Il la prend au dépourvu : « Vous voyez la lumière ? » demande-t-il sans la regarder.

Un peu choquant comme sujet de conversation – personne ne l'aborde jamais avec elle depuis longtemps – mais pourquoi pas, si cette curiosité peut le retenir ? « Non, juste l'éclair et ensuite du brouillard.

— Vous avez essayé l'induction sur la Mer, au Retour ou avant le Départ ?

— Comme tout le monde dans mon cas, jusqu'à l'âge légal. Ça n'a jamais rien donné. Et après, j'avais autre chose à faire. Ce n'est pas comme si c'était une tare, n'est-ce pas ? » Un peu trop agressive malgré elle, là.

Mais l'autre ne semble pas s'en formaliser : « Certainement pas. Vous avez quel âge ?

— Vingt-six

— Ah », dit-il d'un air entendu, les yeux toujours perdus dans le brouillard qui n'en est sans doute pas pour lui.

Oui, trop vieille maintenant pour que ça se débloque. Mais il insiste: « Le Cercle de Cristobal ? »

Le Cercle et ses docteurs psi, les séances d'entraînement, les jeux et les exercices, oui, merci. Pendant dix saisons, une fois par saison, c'était bien assez. « Je ne crois pas à l'acharnement thérapeutique. »

Il hoche la tête, murmure: « Votre droit. »

Peut-être que c'est un Immortel, en fin de compte, pas du tout en rupture de ban, venu sur la côte ouest pour le Retour et les éventuels passeurs de demain. Il semble tellement calme, tellement posé à présent, sans âge, elle croirait presque avoir rêvé ce qu'elle a vu tout à l'heure.

« Et vous ? » demande-t-elle, pour déplacer le centre d'attention et voir aussi comment il interprétera la question. Elle se rend soudain compte qu'ils se vouvoient depuis le début de la conversation – inhabituel entre jeunes, même qui ne se connaissent pas. Mais elle n'arrive pas à s'imaginer en train de lui dire " tu " – et de toute façon, il a commencé en la vouvoyant ; on est plus formel dans le Sud-Est. Pendant un moment, elle croit qu'il ne l'a pas entendue car il reste silencieux, les yeux au loin.

« Je suis seulement réfractaire à la Mer », dit-il enfin.

Taïriel reste médusée. Voilà pourquoi il la regardait ainsi. Il ne peut pas la rejoindre ! Un Immortel, alors ? Pas mal trop jeune pour avoir atteint l'Illumination ! Il a plutôt déjà essayé de se suicider en se jetant dans la Mer, pour se rendre compte qu'elle ne l'absorbait pas. Dans quel pétrin s'est-elle fourrée ?

Mais il précise : « Je suis tombé dedans par accident », d'un ton un peu las, comme s'il avait prévu sa réaction – il doit être habitué.

Elle s'abstient de commenter. Peut-être un Immortel quand même. Assez horrible, pour un croyant, de découvrir ainsi que la Mer ne veut pas de vous.

« Tayguèn aussi était réfractaire à la Mer », murmure-t-il. Taïriel reste un instant déconcertée par le changement de sujet. Puis elle voit le lien : ils se trouvent au pied de la grotte de Tayguèn, c'est le visage de celle-ci que le sculpteur rani a taillé dans la falaise artificielle de la Digue de Cristobal, il y a des millénaires.

« Tayguèn ? Ce n'était pas... une grande prêtresse, je veux dire, une Communicatrice-avec-la-Mer ? Et une surtélépathe ? »

Tout en le disant, elle se rend soudain compte de l'implication possible : Samuel en est-il un aussi ? Elle retient son petit mouvement de retrait, embarrassée : réflexe superstitieux stupide, les téleps ne sont plus dangereux pour personne maintenant. Et surtélépathe ou non, il ne pourrait rien contre elle ; elle est *totalement* bloquée, même pas besoin de l'immunisation de la barrière-miroir pour se protéger des incursions mentales non souhaitées. Ou souhaitées, le cas échéant.

« Oui, mais c'était une réfractaire à la Mer.

— Plutôt une contre-indication pour la fonction de Communicatrice, ne peut s'empêcher de murmurer Taïriel.

— Au contraire. Mais les réfractaires étaient devenus très rares chez les Ranao, à l'époque. »

Si elle n'est certainement pas en mesure de le suivre sur ce terrain, ce serait une bonne occasion de s'éloigner du rebord du bandeau. Elle se lève et s'étire. « La plaque n'en parle pas, non ? »

Comme elle l'espérait, il se lève aussi et, quand elle se met à gravir la marche supérieure, il en fait autant. Ils escaladent les marches en silence. Elle l'observe du coin de l'œil : il est souple et agile. Elle s'immobilise sur le seuil de la grotte. Aucun bruit. Il n'y a pas d'enduit à l'intérieur mais, comme toujours en cette période de l'Année, le mince rayon de lune qui se glisse par la faille de la colline tombe directement sur la plaque d'adixe argenté sertie au fond de la grotte. Samuel va en effleurer la surface d'un geste comme machinal. « Tayguèn. » Presque une invocation. Il tourne le dos, mais Taïriel entend sa mélancolie.

« J'ai dû lire son histoire quand j'étais petite », dit-elle pour le distraire. « Assez abracadabrant. Elle a repoussé une invasion de... d'extraterrestres massacreurs, " Ceux-des-étoiles-noires ", c'est ça ? En utilisant la Mer comme amplificateur mental, et en contrecoup son cerveau a brûlé, ou quelque chose de ce genre.

— Quelque chose de ce genre. » Samuel semble plutôt amusé, à présent.

Il retourne s'asseoir à l'avant de la grotte mais, et Taïriel en est soulagée, en tailleur, loin du rebord, juste à la limite de la surface éclairée par les lunes. Elle s'assied près de lui dans la même position, le dévisage un moment de biais, un peu perplexe quant à la marche à suivre.

« Vous avez l'air de savoir beaucoup de choses sur les Ranao, en tout cas. Vous faites quoi, dans la vie ? »

Il hésite : « Historien.

— Spécialisé dans les Ranao.

— Pas vraiment.

— Où, dans le Sud-Est ? Ma famille vient de là.

— À l'est de Léonovgrad, sur la côte. »

Le ton est bref, à présent – le moment des confidences est passé ? Juste quand elle deviendrait presque curieuse. Mais tant qu'il répond...

« Vous êtes venu étudier à l'université Flaherty ? »

Il dit « Non » puis ajoute à mi-voix, vaguement amusé : « Mais ce serait une idée... »

Il semble méditer, se redresse avec un soupir et se tourne vers elle : « Et vous, vous êtes de Cristobal ?

— Sanserrat, près de Simck, sur la Digue. J'étudie à Flaherty. » Elle déclame : « Ingénieure mécanique spécialisée en structures, propriétés et applications des gels secs : aérogels et vacuogels. »

Il la dévisage avec intérêt : « Pour Lagrange. »

Eh, il a compris ! Il aurait pu dire " pour Dalloway ", mais il l'a bien jaugée – facile, à vrai dire : une bloquée profonde n'irait pas à Dalloway. « Oui. »

Il murmure : « Davantage de contrôle là-haut. »

Elle tressaille : « Comment ça ?

— Eh bien, c'est un environnement plus... simple, sur bien des plans. Ce n'est pas pour ça que vous y allez ? »

Elle ne sait que répliquer, à la fois scandalisée et éberluée. Pour qui il se prend, ce type ?

Ou bien, un peu de tolérance, Taïriel, après le Retour de la Mer – la Mer qui lui est interdite –, il est encore trop bouleversé par ses propres émotions pour s'embarrasser de politesse.

« Entre autres. L'installation de la propulsion Greshe sur Lagrange, tout le reconditionnement de la station... C'est une entreprise historique, quand même.

— Ils devraient en venir à bout de votre vivant. Vous partirez avec eux ? »

Elle se mord les lèvres. Justement la question qu'elle se pose elle-même. Une partie des Lagrangiens s'est assez amadouée pour venir visiter Virginia et même s'y installer, après la Paix de Léonovgrad ; elle en connaît plusieurs, dans la petite colonie installée en permanence à Morgorod – quand elle est allée voir ce qu'avaient à offrir l'université et l'Institut Polytechnique, elle en a profité pour proposer sa candidature à Lagrange par leur intermédiaire. Elle s'entendait bien avec eux – pour le temps qu'elle est restée là, une demi-semaine. Mais les Lagrangiens purs et durs, c'est autre chose, d'après les commentaires et le non-dit de ceux de Morgorod. En particulier la place des femmes. Elle trouve déjà assez déplaisants ceux qui descendent de façon occasionnelle – on vient s'encanailler ou faire du tourisme parmi les indigènes et ensuite on repart dans son éden bien aseptisé. Alors, ceux qui ne sont *jamais* descendus, et avec qui elle devrait vivre à perpétuité si elle partait avec la station... Elle a décidé de son orientation définitive sept saisons plus tôt, au retour du service, dans un grand élan de passion purificatrice après le fiasco avec Estéban : Lagrange lui avait semblé l'endroit idéal pour reprendre sa vie en main. Un peu moins convaincue, maintenant qu'elle a une idée plus précise des Lagrangiens. Et puis surtout, la perspective d'être coincée à vie dans cette station – un choix irrémédiable...

« Je verrai d'abord comment je m'y trouve quand j'irai y vivre et y travailler. Une chose à la fois.

— Ne pas limiter ses options.

— C'est ça. »

Il médite encore en la dévisageant avec un certain intérêt : « Il y a le projet de Dalloway, aussi... » Il rectifie de lui-même : « Mais ça leur prendra plus longtemps pour construire le vaisseau, c'est vrai. Et retourner dans le système solaire terrien pour voir ce qu'est devenue la Confédération... Pas nécessairement un but très excitant. »

Elle ajoute, un peu sèche : « Et je n'ai pas la qualification requise pour Dalloway. » Le projet rassemble des anciens Fédéraux pas vraiment convertis, des indécrottables mécontents, des vagabonds compulsifs – et tous des hékellin, presque exclusivement.

Il a très bien compris : « Des kerlïtai y travaillent, et ils ont l'intention de partir avec l'*Ulysse II* si le projet aboutit de leur vivant », remarque-t-il sans se troubler.

Croit-il l'adoucir en utilisant le terme rani pour “ dormeurs ” ? Elle secoue la tête, sourcils froncés : « Pas pour moi. »

Il esquisse un sourire : « Ce n'est pas tellement l'idée du voyage qui vous intéresse, hein ? Seulement la prouesse technique.

— Un accomplissement en soi, rétorque-t-elle. Et vous ?

— Je ne suis ni un aventurier ni un ingénieur, finit-il par dire. J'applaudirai au départ de Lagrange, ou à celui de l'*Ulysse II*. Mais je n'ai pas envie de partir. Je comprends bien l'attrait de l'espace, le fantasme ascensionnel, s'arracher à la pesanteur, à la terre, à la matière... Mais ça ne me touche pas... affectivement. Quand j'ai envie de contrarier les lois naturelles, je fais de la varappe.

— Contrarier les lois naturelles ? » Elle examine le concept, perplexe ; ce n'est sûrement pas ainsi qu'elle voit la chose, que Grand-Père Natli lui a appris à la voir. « Quand je fais de la varappe, moi, c'est plutôt le contraire : une admission des lois naturelles, et l'apprentissage du contrôle.

— Ça dépend», dit Samuel avec un brusque sourire véritablement amusé, qui le métamorphose en l'illuminant. «Si on refuse la loi de la gravité, on monte, si on l'accepte, on meurt.»

Taïriel ne peut s'empêcher de protester en riant, encore prise au dépourvu : « Question de point de vue ! » Elle pense à l'incident de l'après-midi, la fille en train de flotter à quelques mètres de la paroi. «Vous ne diriez pas ça si vous étiez un batzi !

— La loi s'applique à eux comme aux autres. Leur don leur permet de la compenser, voilà tout.

— Eh bien, alors, on va dans un endroit où la loi ne s'applique pas forcément – dans Lagrange, par exemple. Il y a des endroits de Lagrange où l'on ne peut pas *tomber*...

— Exact. Mais c'est vous qui désirez aller dans Lagrange, pas moi.

— Les cavernes à varappe ne se trouvent pas dans la zone axiale de la station.»

Il ne sourit plus de la même façon : « Bien sûr. De toute façon, on contrôle bien mieux en remontant ses pentes qu'en les descendant.»

Le dialogue a pris une tournure vaguement surréaliste depuis un instant, et Taïriel ne sait plus très bien de quoi ils sont en train de parler. Mais elle sait aussi que le jeune homme s'amuse. Quelle qu'ait été son humeur lorsqu'elle l'a surpris dans les marches, il s'est remis. Elle se lève. « Vous n'avez pas l'intention de dormir là ? » Avec un temps de retard, elle espère qu'il vient droit du Sud-Est, ignore la réputation de la grotte et ne verra aucun sous-entendu dans la question.

«Je n'avais pas d'intention particulière», murmure-t-il.

Elle décide d'y entendre un commentaire sur sa présence dans le Parc. «Vous savez qu'à cette heure-ci, les derniers bus sont partis ?»

Il dit «Ah oui...», et la suit sur le chemin en encorbellement qui s'éloigne de la grotte en longeant le bandeau. «Vous campez au Parc avec vos amis, vous ?

— Oui. »

Brusquement ramenée à sa propre situation, Taïriel se demande où Estéban a bien pu aller avec sa Matila. Mais est-ce bien important, après tout ? Curieusement, elle n'est plus aussi ulcérée de les imaginer ensemble que lorsqu'elle voulait les surprendre dans la grotte. « Vous pouvez rester avec nous, si vous voulez. Ce ne sont pas les couvertures qui manquent. »

Ils gravissent le pan fortement incliné du bandeau puis s'engagent dans la chevelure de pierre, dont les fils sont presque jointifs à cet endroit. La rumeur du Parc est plus calme, de la musique s'élève du côté de l'auditorium, une session d'improvisation, sans doute : les musiciens amateurs se sont emparés des lieux après le concert. Sous les lunes déclinantes, entre les arêtes rocheuses, des tentes légères s'éparpillent un peu au hasard dans les prairies, certaines éclairées de l'intérieur, d'autres déjà obscures ; quelques feux brûlent encore, autour desquels on discute et rit à mi-voix ; la lueur douce des lampadaires à gaz ponctue les allées principales ; dans les allées secondaires, et près du lac Charmine, quelques lampions et lanternes de papiers sont encore allumés, des lueurs multicolores qui vacillent çà et là. Taïriel est un peu perdue dans la pénombre mais Samuel a l'air de savoir où ils vont, et elle finit par s'en remettre à lui. Elle l'observe à la dérobée : il a un air un peu étrange dans la lueur des lunes, avec cette tignasse ébouriffée et ce mince visage ; il serait plus grand, ou beaucoup plus petit, il aurait l'air d'un elfe. Pas déplaisant. Presque séduisant, même, tellement il ne ressemble pas à Estéban.

Elle se rend compte de ce vers quoi elle glisse et se reprend avec un sursaut à la fois amusé et un peu scandalisé. Tu n'as plus dix-huit saisons, Taïriel, et pour prouver quoi à qui ? Si ça se trouve, Estéban n'est même plus là.

Mais si, et l'ineffable Matila aussi, collée contre lui. Un petit groupe est encore en train de discuter de Dieu sait quoi en finissant les dernières bouteilles autour du feu qui s'éteint. « Hé, Tiri, tu étais où ? » lance Estéban – il a l'air un peu ivre. « À la grotte de Tayguèn », réplique-t-elle, stupidement satisfaite à l'idée qu'il va peut-être interpréter de travers, mais il se contente de dire " Ah ", sur un ton approbateur, l'imbécile, et de leur tendre sa bouteille au passage. Samuel décline, Taïriel accepte et termine la bouteille en quelques rasades tout en se dirigeant vers l'endroit où elle a laissé ses affaires. Elle déplie son sac de couchage – elle avait pris le grand à deux places, quelle stupidité. Ou enfin, toujours utile, si elle voulait essayer, mais elle n'a pas vraiment envie d'essayer avec Samuel – il ne doit pas se trouver dans l'état d'esprit adéquat non plus, et puis ça n'a pas l'air d'être son genre.

Elle se couche avec un soupir, les bras repliés sous la nuque. Si ce type veut aller ailleurs, il est bien libre. Il enlève sa veste, la roule en boule, un oreiller, et s'étend sur le sac de couchage. Juste à la distance correcte. Mais sur le côté, tourné vers elle. Faut-il interpréter ? A-t-elle envie d'interpréter ? Elle se sent trop morne et fatiguée tout à coup. Dire qu'elle était partie avec tant de joie anticipée pour le Parc au début de l'après-midi, et maintenant, goût de cendres, l'absurdité de toute cette journée, qu'est-ce que je fais là ? Elle jette un coup d'œil au jeune homme, voit qu'il la regarde. Tout bas, sans sourire, il demande : « Ça va ? » et elle reste interdite. Il ne peut pas savoir. Et quelle importance pour lui de toute façon ? Mais il la dévisage avec une gravité un peu timide, et elle finit par dire : « Ça ira, oui. »

Et là il ajoute, « Ça passe, vous savez », et elle ne peut se méprendre sur ce qu'il veut dire, sur ce qu'il a compris. Était-ce si visible ? Il l'a vue une ou deux heures avec Estéban et ça lui a suffi ? Elle n'a même pas la force de se fâcher ni de feindre. Il fait trop nuit. « Ça prend longtemps », murmure-t-elle d'une petite voix misérable.

Il insiste, convaincu : « Mais ça passera. »

Elle se l'est dit des centaines de fois, et voilà qu'un inconnu le lui dit et, à la violence de la protestation qui lui monte aux lèvres, au désir imbécile qu'elle a de s'accrocher à son chagrin à défaut d'autre chose, elle sait bien qu'il a raison. Elle le sait depuis longtemps ! Dans le dernier de ses tumultueux carnets d'adolescence – à l'apogée de sa grande crise avec Estéban, pendant le service –, elle avait recopié cette citation trouvée elle ne se rappelle plus où et qu'elle connaît encore par cœur : " À défaut d'un bonheur inlassable, une longue souffrance ferait au moins un destin ; mais non, et nos pires tortures cesseront un jour. Un matin, après tant de désespoirs, une irrépressible envie de vivre nous annoncera que tout est fini et que la souffrance n'a pas plus de sens que le bonheur. " Pour l'irrépressible envie de vivre, je n'en suis pas encore tout à fait là, songe-t-elle avec un amusement lointain ; mais au moins le stade où le chagrin – car enfin, n'exagérons rien, Taïriel, " souffrance " est un terme un brin trop romantique – commence à sembler bien plus exaspérant que douloureux. Assez, là, avec Estéban ! Renouvelons le répertoire, sapristi !

Elle se met à rire tout bas, voit la surprise puis le sourire hésitant du jeune homme, et acquiesce : « Ça passera. »

2

À l'aube, Taïriel se réveille collée contre une épaule. Samuel. Il a rabattu le sac de couchage sur eux : il fait humide en cette saison, tôt le matin, surtout dans le Parc, avec le Vent de la Mer qui souffle toujours. Elle redresse la tête avec précaution, mais il dort à poings fermés, les cheveux dans la figure, mèches blondes brillant comme de la soie dans la lumière rasante du soleil qui diffuse à travers les nuages. Il a la peau très claire à la lumière du jour – sans doute un réfractaire aux injections anti-solaires, aussi. L'air lisse, bien plus jeune que cette nuit, peut-être le bénéfice du sommeil qui innocente presque tout le monde. Non qu'il soit coupable de quoi que ce soit. Partagée entre l'amusement et la lassitude – elle déteste ces lendemains de la veille – elle regarde autour d'elle. Une douzaine de petits monticules humains engoncés dans des sacs de couchage, entre des cadavres de bouteilles et les restes du barbecue. Personne ne remue dans les deux tentes. Les oiseaux du Parc font pourtant un tapage infernal. Elle replace sa tête contre l'épaule accueillante. Elle va bientôt avoir besoin d'uriner, mais en même temps elle n'a pas envie de bouger, elle préfère profiter pendant encore un moment de cette pure sécurité animale, la proximité d'un autre corps, même inconnu.

Malheureusement le propriétaire du corps se réveille, tournant la tête vers elle avec un profond soupir. Elle s'écarte. Le jeune homme marmonne : « Non, restez, c'était bien... » Elle demeure en appui sur son avant-bras et le dévisage avec scepticisme tandis qu'il cligne des yeux dans la lumière en ébauchant un sourire. Elle n'avait pas remarqué pendant la nuit comme ses iris étaient pâles.

Il s'assied en se passant les mains sur la figure. « Avez-vous bien dormi ? Dites-moi que je ne ronfle pas. »

Elle choisit de plaisanter aussi, l'échappatoire la plus facile: «Je ronflais trop fort pour vous entendre.

— Vous ne ronflez pas du tout !

— Je ne sais pas, je n'ai jamais dormi avec moi. »

Il s'étire, les deux bras au-dessus de la tête. « Même pas la gueule de bois, murmure-t-il, comme surpris.

— Vous n'avez pratiquement rien bu.

— Quatre bières, au moins. »

Elle retient un commentaire ironique sur les folles nuits du Sud-Est.

Il l'observe un instant, se met à rire tout bas et tend les mains : « Samuel. » Sa poignée de main est agréable, ferme et discrète à la fois.

« Je sais. Moi, c'est Taïriel. Et vous n'avez pas oublié : nous n'avons pas été présentés.

— Taïriel. "L'éternité aux pieds rapides."

— Poétique, à cette heure-ci ? On devrait vous abattre ! La traduction habituelle, dans ma famille, c'est "Arrête donc de courir !" »

Il sourit : « Pourquoi, vous êtes toujours pressée ?

— Pas toujours, mais j'aime l'efficacité. »

Il a vraiment l'air très jeune, presque aucune ride d'expression ; à peine vingt saisons, si ça se trouve ! Elle ne l'aurait jamais cru à l'écouter parler, cette nuit : cette voix lente, délibérée... Il ne discutait pas pour marquer des points, et avec l'autorité naturelle de qui n'a rien à prouver. Le vent lui rabat les cheveux sur le front. Encore plus elfique le jour que la nuit, ce Samuel, avec ces cheveux blond-blanc et ce mince visage ciselé, aux joues creuses et aux pommettes saillantes... Les yeux, surtout, plus triangulaires qu'en amande sous des paupières bizarrement bridées – et d'un bleu-gris si pâle, comme ces chiens huskies qu'ils ont en Nouvelle-Dalécarlie. Pas déplaisant, mais bizarre.

De toute façon, c'est le matin, le moment où l'on se quitte. Elle se lève. Son premier réflexe est de rouler bien sagement le sac de couchage, mais qu'Estéban s'en occupe donc ! Qu'Estéban s'occupe de tout, le matériel d'escalade et le reste. Elle ramasse son petit sac à dos de ville qui lui a servi d'oreiller, vérifie que tout est bien là, jette un dernier regard sur les silhouettes anonymes endormies. Elle ne va pas chercher Estéban. Et elle ne va pas retourner à la Villa Doven – c'est lui qui a les clés. Mais même. Elle retournera chez elle à Cristobal. Fin de l'épisode, fin de l'histoire, fin. Pas de discussions, pas de grandes tirades. Juste un pied devant l'autre.

« Bon, eh bien, bonne journée. »

Elle tourne les talons sans attendre de réponse. Se rend compte que l'autre lui a emboîté le pas. Elle précise : « Je vais prendre le bus.

— Moi aussi. »

Elle hausse un peu les épaules et continue son chemin. Au moins, il n'essaie pas d'engager la conversation. Il cueille quelques baies au passage dans les prunelliers, lui en offre ; elle accepte en silence. Une fois rendue dans la partie plus civilisée du Parc, elle va se soulager dans des toilettes publiques puis s'asperge la figure d'eau à une fontaine et boit. Il en fait autant de son côté. Ils n'ont pas échangé une parole depuis un quart d'heure. Pas mal. Et il n'a même pas l'air de se forcer ; il semble prendre simplement plaisir à cette petite promenade.

Alors qu'ils longent le lac Charmine, un jeune banker roux, qui les suivait depuis un moment d'un arbre à l'autre en jacassant, se laisse tomber devant eux avec un petit sifflement et bondit vers Samuel pour s'installer à califourchon sur ses épaules ; les banki sont attirés par tout ce qui brille, celui-ci a apparemment été fasciné par ses cheveux, étincelants comme de l'or blanc au soleil puis éteints dans l'ombre. « Non, tu ne les emporteras pas avec toi ! » prévient Samuel en immobilisant les mains du banker. La bestiole se résigne, appuie son menton sur le crâne blond et se laisse transporter, les yeux mi-clos. Taïriel doit admettre qu'elle est jalouse : elle n'a pas de succès avec les animaux indigènes, trop bloquée pour eux. Mais, avec Samuel comme intermédiaire, le banker lui consent une curiosité passagère, se laisse même caresser.

Ils sont les seuls à l'arrêt du bus ; Taïriel s'assied sur un des bancs, observant Samuel et le banker qui jouent un moment dans l'herbe au bord de la route. L'animal décide soudain de retourner chez lui dans le Parc, démarche élastique et queue en tire-bouchon. Samuel vient s'asseoir près d'elle, un peu essoufflé. Elle observe un instant son profil aquilin. Vingt saisons ? Plus jeune ? Plus vieux ? Est-ce que ça fait une différence ?

« Vous êtes où, à Cristobal ? »

Il semble hésiter : « Carghill Sud. »

Zone résidentielle chic. Ni un hôtel ni une maison étudiante.

« Ça fait longtemps que vous êtes là ? »

Il regarde ses mains ouvertes sur ses cuisses devant lui, la paume, le dessus. « Quelques jours.

— Et vous allez rester longtemps ? »

Il murmure enfin, avec une sorte d'hébétude : « Je ne sais pas. »

Elle le revoit sur la première marche de la grotte de Tayguèn, et une inquiétude renouvelée lui fait demander : « Vous avez de la famille, ici, des amis ? »

Il murmure, les yeux au loin, « Non... non ». Puis semble se reprendre. « Mon... grand-père. » Il tourne la tête vers elle d'un air curieusement interrogateur, en cherchant ses mots. « Il vient... de mourir. En me laissant... une fortune. » Il répète à mi-voix, avec un accent d'ironie : « Une fortune. »

Taïriel reste muette pendant que son évaluation de la situation fait un quart de tour.

« Vous savez comment c'est, dit-il avec une brusque intensité, quand on pensait aller dans une certaine direction, être une certaine personne, avoir une certaine sorte de vie... et soudain, tout est différent ? »

Oh, ça, oui, surtout après cette nuit ! « Tout à réapprendre. »

Il hoche lentement la tête, puis renverse son visage sous le soleil, les yeux fermés, en murmurant : « Tout à réapprendre... », et elle ne sait pas s'il est désespéré ou simplement incrédule.

Le gazobus arrive bientôt, vide en cette heure plus que matinale du jour de l'An, mais ponctuel. Ils y grimpent, adressent leurs vœux à la conductrice qui fait de même, scandaleusement fraîche et dispose. Ils s'asseyent l'un à côté de l'autre à l'avant dans un silence somme toute convivial, Samuel près de la fenêtre contre laquelle il s'appuie, bras croisés, yeux clos.

Il n'y a personne sur la route aux quelques arrêts, le bus ne ralentit pas et descend bientôt vers le creux de la baie, le long du mur de brouillard. Taïriel se sent à la fois physiquement vaseuse et mentalement hyperlucide – un état curieux mais pas inintéressant, peut-être devrait-elle boire plus souvent. Les incidents de la nuit passée commencent à prendre du flou. Ce qui surnage le mieux, c'est encore son dernier échange avec Samuel, à l'instant. *Tout à réapprendre*. Quand même un peu exagéré en ce qui la concerne. Plutôt... un pas de côté, et le monde se présente sous un autre profil. Cette soudaine prise de distance à l'égard d'Estéban n'est pas éphémère, elle le sent, un nouveau chapitre commence. Pas totalement, elle est toujours la même Taïriel bien bloquée, mais Morgorod et Lagrange n'ont plus tout à fait le même sens. Moins une fuite. C'en était donc une ? En partie. Un peu vexant, mais il faut bien l'admettre. Ne pas nier cette honnêteté nouvelle, cela fait partie de l'après-Estéban.

Cette expression-là, par contre, elle aime : "l'après-Estéban". Et le plus drôle, c'est qu'Estéban n'en a pas la moindre idée. Il va peut-être la chercher dans tout le Parc, revenir à la Villa en désespoir de cause... Elle se redresse brusquement sur son siège. Ses affaires sont à la Villa, elle devra recontacter Estéban ! Voilà qui contrarie son sens du geste. La scène parfaite, ce serait qu'il revienne à la Villa après l'avoir cherchée partout, et que toute trace d'elle y ait disparu.

« Qu'y a-t-il ? » demande Samuel.

Elle le croyait endormi, mais il la regarde. Elle lui explique.

« La Villa Doven ? »

Devant sa brève mimique surprise, elle s'excuserait presque de fréquenter des gens aussi huppés : « Estéban est mon très lointain demi-cousin. La partie snob de la famille, si on veut. »

Il fait une petite moue : « Reprendre toutes vos affaires, hein ? Pas un peu trop démonstratif ? »

Elle proteste, à la fois surprise et reconnaissante d'être aussi bien devinée, mais en s'efforçant toujours d'être honnête : « Je ne veux rien lui démontrer à lui, je veux que ce soit net pour moi – et puis, j'ai besoin de mes affaires.

— Ça peut s'arranger », dit Samuel.

Il saute sur la sonnette d'arrêt du bus et, au kiosque suivant, près de la Villa, il débarque avec elle – tiens, il savait qu'on était tout près ? Mais les brochures touristiques en parlent : maison historique, site classé, tout le tremblement. Elle devine ce qu'il veut faire, elle devrait protester, mais en même temps elle trouve à l'entreprise un caractère parfaitement approprié. Elle veut effacer Estéban de sa vie, comment mieux débuter qu'en effaçant sa présence à elle de la sienne ?

Ils attendent que le gazobus se soit éloigné, puis contournent le mur entourant la villa et l'escaladent du côté de la Mer, là où vraiment personne ne pourra les voir. Les chiens ne sont pas un problème, ils connaissent bien Taïriel, lui font fête et ne semblent pas un instant envisager de traiter Samuel comme un intrus. La maison est fermée, bien entendu, mais, avec une habileté inattendue, Samuel déclenche la serrure des grandes portes-fenêtres de la terrasse, et ils entrent. Taïriel se rend aussitôt dans sa chambre, suivie de Samuel, et rassemble ses affaires en évitant avec soin de penser à ses espoirs quand elle les a rangées dans la penderie et la commode. Pas de mélo, Taïriel. On coupe, c'est tout.

Samuel s'est assis dans un fauteuil et regarde autour de lui. « Le grand luxe, murmure-t-il.

— Oui, pas vraiment mon genre, mais de temps en temps, c'est amusant. » Elle ferme sa deuxième valise et se redresse en rejetant ses cheveux en arrière. « Puisque vous êtes riche, maintenant, vous pourrez essayer aussi. »

Il se lève, s'apprête à empoigner la valise. « Je ne sais pas. Il y a des habitudes difficiles à changer.

— Ah, mais vous avez toute la vie devant vous pour en trouver d'autres », plaisante-t-elle.

Il se fige : « C'est vrai », murmure-t-il enfin. Il n'a pas trop l'air d'y croire.

Une heure plus tard, ils reprennent le bus suivant, qui est presque plein, lui : cette ligne se rend sur le port, où vont se conclure les cérémonies du Retour. Taïriel a craint de voir des figures connues parmi les passagers, mais non, les amis d'Estéban doivent encore être tous en train de cuver dans la prairie. Après cette équipée à la Villa Doven, elle se sent excitée, vaguement angoissée aussi, comme doit l'être Samuel pour d'autres raisons, mais, oh, elle le comprend très bien, tout va si vite, tant d'inconnu sur l'autre versant – mais Grand-Père Natli serait content d'elle, elle a repris les rênes.

Comme presque tout le monde, ils restent jusqu'au terminus du port. Là, normalement, Taïriel prendrait le bus qui remonte Bounderye Sud pour aller chez elle. Mais pendant leur brève hésitation à tous deux, au débarcadère du gazobus, elle a déjà décidé qu'elle allait le suivre – il se rend certainement au Quai de Cérémonie. Il ne l'intéresse pas plus que ça, elle veut seulement s'assurer qu'il est bien calmé. Le bateau, les Immortels, les passeurs éventuels, il y a longtemps qu'elle n'en est plus curieuse, mais se prendre soi-même à contre-pied, c'est aussi une façon d'affirmer sa liberté, non ? Et puis, elle n'a vraiment rien d'autre à faire.

Dédaignant les calèches sans s'être consultés, ils se dirigent à pied vers le Quai de Cérémonie, qui se trouve à quelques centaines de mètres. Ils longent les ondulations gazonnées d'herbe-attila d'un jaune verdâtre, seule concession de Cristobal à ce qui est théoriquement l'Hiver des tropiques, puis s'engagent dans l'allée bordée de tingalyai qui escalade les trois terrasses pour mener au sommet de l'esplanade. Des petits groupes de gens se rendent dans la même direction qu'eux. Avant de commencer à descendre dans les vastes gradins écarlates de l'amphithéâtre, Taïriel voit qu'on s'active autour du bassin, en haut des écluses – on a ouvert les portes du hangar. Le bateau ne devrait pas tarder à arriver.

Si Samuel est un Immortel, il ne le manifeste pas : il va s'asseoir au niveau de la deuxième écluse au lieu de rejoindre les habits bleus qui se trouvent sur le Quai. Il ferait tache, de toute façon, en vêtements de ville. Taïriel le suit. Le gigantesque amphithéâtre semble désert – guère plus de trois mille personnes dans un site pouvant en accueillir cinq fois plus, mais si tôt un matin de jour de l'An, ce n'est pas mal. Nettement plus que la fois où elle est venue assister à l'arrivée du bateau, il y a... Vingt saisons, la première fois qu'elle est venue à Cristobal. Le temps file, quand on s'amuse...

On croirait que chacun, ou chaque petit groupe, profiterait de ce vaste espace, mais non, tout le monde se concentre de part et d'autre du canal. Ou du moins les spectateurs. Les acteurs, eux, si on peut les considérer comme tels, se sont regroupés sur le quai proprement dit, devant le mur du brouillard. Taïriel a assez d'imagination, et elle a vu suffisamment de reproductions : on contemple l'éclat bleu de la Mer jusqu'à l'horizon, plus ou moins voilé d'une légère brume. Il y a là, en avant, une vingtaine de tuniques bleues – des Immortels – et la chorale, une centaine de personnes, parmi lesquelles quelques hautes silhouettes caractéristiques des halatnim d'Atyrkelsaõ.

Deux femmes d'âge moyen viennent s'asseoir sur le gradin immédiatement inférieur, appareils photos sur le ventre, larges chapeaux de paille. « Je te dis que ce sont des Ranao », déclare l'une, qui reste debout en sortant l'appareil de son étui ; à son accent, et à la pâleur de ses épaules découvertes par sa robe légère, comme celles de sa compagne, Taïriel devine des Lagrangiennes et ne peut retenir une petite grimace. Des touristes.

« Impossible, dit l'autre, les Ranao ne passent jamais. Seulement les métis.

— Mais regarde-les ! » insiste la première, l'objectif à l'œil. « Bon sang, comment ça marche, ce truc, on ne peut pas zoomer ? »

Et non seulement des touristes lagrangiennes, mais des touristes lagrangiennes découvrant les joies de la photographie archaïque sur Virginia quand la Mer est présente.

Samuel se penche : « C'est manuel. » La femme se retourne, les sourcils froncés. « Manuel, le zoom », répète-t-il en indiquant du doigt la roulette qui active le mécanisme. Le visage de la femme s'éclaire. « Ah, mais oui, bien sûr, j'avais oublié. »

Elle braque de nouveau son appareil sur le petit groupe des halatnim, marmonne : « Ne me dis pas que ce ne sont pas des Ranao ! Peau dorée, cheveux rouges... Et celle-ci a même les yeux violets ! »

Samuel a l'air de s'amuser : « Ce ne sont pas des Ranao, dit-il. Votre amie a raison, les Ranao ne peuvent pas passer avec la Mer. Seuls les hybrides, les halatnim, ont développé cette capacité. »

Les deux femmes se sont retournées vers lui, maintenant. Il conclut : « Mais bien sûr, depuis le temps, les halatnim de l'Autre Côté sont parfois indistinguables des Ranao.

— Et les autres, en bleu, ce sont des, euh, des hékel, c'est ça ? » demande la première femme, qui est la plus âgée. Elle roule exagérément le son "r" initial.

« Non, dit Samuel, aimable, il n'y en a pas encore sur Virginia. » Taïriel a envie de lui donner un coup de coude ; s'il commence, ça n'en finira jamais ! Il conclut : « Ces gens sont des Immortels. »

La femme fait une grimace : « Ceux qui se jettent dans la Mer ?

— Seulement quand ils ont atteint l'Illumination », intervient Taïriel – si on satisfait toutes leurs curiosités d'un coup, elles retourneront peut-être à leurs photos et les laisseront tranquilles. « Ceux-là ne le feront pas. Ils viennent accueillir les passeurs. Personne ne se jette à la Mer en public. C'est quelque chose de très privé. Un acte religieux.

— Et seulement au Départ de la Mer », complète Samuel à mi-voix.

La femme retient un frisson en murmurant « Mais quand même... » Elle prend quelques photos puis se rassied sans rien ajouter.

La curiosité de l'autre n'est pas encore éteinte : « Mais c'est ce que font les... » Elle cherche dans le livre qu'elle tient à la main, hérissé de petits papiers collants de couleurs. « ... les Baïstoï, non ? Ils se jettent tous ensemble...

— C'est différent. Et nous n'en avons pas non plus. Les Ranao envoyaient, et envoient encore, des jeunes gens et des jeunes filles rejoindre la Mer en dehors de l'Illumination, d'excellents télépathes, tous volontaires. Ils servent... de relais de communication avec elle. De tampon, surtout, afin d'atténuer son effet au contact pour ceux qui la rejoignent, pour ceux qui voyagent sur elle, et pour les Communicateurs.

— On dit ici qu'ils contribuent à contrôler les ouragans, les tremblements de terre...

— Quand la Mer est présente, oui, quelquefois, avec son aide.

— Et ils ont vraiment modifié la trajectoire des lunes pour arranger les éclipses avec la Mer ?

Samuel se met à rire : « Mais non ! Plutôt l'inverse : il se trouve que la Mer a choisi de faire coïncider ses allées et venues avec les éclipses.

— Le sens du spectacle, la Mer », remarque la femme avec un amusement un peu incrédule.

Taïriel se retient. Curieux, si on parle sérieusement de ce genre de sujets devant elle – dans sa famille, ou entre Virginiens, en tout cas – elle est la première à ironiser, mais si ça devient des curiosités, de la chair à touristes, elle se fait férocement protectrice ? Qu'est-ce que ce sera dans Lagrange ! Elle n'avait pas envisagé cet aspect de sa future situation d'immigrante – elle voyait surtout l'attrait d'une société entière de gens dépourvus de la moindre étincelle psychique et entièrement dévoués à une entreprise technologique grandiose à laquelle elle pouvait contribuer... Mais va-t-elle se mettre à défendre constamment chaque aspect de Virginia, une fois rendue là-haut ?

Samuel n'a pas commenté non plus la remarque de la touriste. Et heureusement, les chants débutent, une voix isolée d'abord, comme toujours pour le premier verset, et ensuite la chorale au complet. Ce sont des professionnels, l'exécution est impeccable. Plus beau ici, techniquement : le son ne se perd pas comme dans l'immensité du Parc – les gradins ont été conçus pour le réverbérer. Mais moins émouvant. Moins spontané, même si Taïriel reconnaît la voix de l'homme qui a entonné le premier verset du chant de la Chair, puis celle de la femme pour le chant de l'Amour : ceux qui ont aussi lancé les chants la nuit précédente. Et surtout il y a bien moins de monde qu'au Parc. Ce devait être – doit être – beaucoup plus impressionnant quand les gradins sont remplis à capacité comme chez les Ranao pour la cérémonie du retour du bateau, ou pour le départ des Baïstoï.

Le troisième chant se termine, les voix claires des enfants. Enfin, le chant de la Paix, et Taïriel retrouve un peu de son émotion de la veille, car les spectateurs chantent aussi dans les gradins. Puis le silence. Ou presque, pour Taïriel : les deux femmes échangent des murmures devant elle, la plus jeune lit à la plus âgée la traduction des chants dans son livre ouvert à la page adéquate.

Elles sursautent toutes deux, et Taïriel aussi, lorsque les Immortels regroupés à l'avant du quai, près du brouillard, poussent le grand cri de joie traditionnel, repris un peu en désordre dans les gradins à mesure que d'autres voient aussi la vague arriver de l'horizon, portant le petit point sombre du bateau.

Taïriel ne voit rien – les Lagrangiennes non plus. Elles pourraient avoir recours à leur bouquin mais la plus jeune a apparemment décidé qu'elle avait mieux à portée de la main ; elle se retourne vers Samuel : « Et maintenant, qu'est-ce qui se passe ?

— On vient de repérer le bateau.

— Vous le voyez, vous ?

— Oui. »

La femme le dévisage avec curiosité, mais sans recul : « Vous êtes un télépathe. Un... danvéran, en setlaod, c'est ça ? »

L'accentuation de “danvéràn” n'est pas correcte et elle prononce “set-la-od” en trois syllabes, sans diphtongaison, mais elle a fait un effort. Elles viennent peut-être de Morgorod – au moins des sympathisantes.

Samuel hoche la tête. « On dit setlâd depuis des siècles », précise-t-il quand même.

La femme hausse les sourcils: « Mon livre...

— ... date peut-être un peu, sourit Samuel, toujours aimable. Nous avons appris la langue archaïque, de ce côté-ci, par l'intermédiaire des plaques mémorielles. Mais elle a continué à évoluer de l'Autre Côté. Il y a une excellente librairie, au Musée, si vous voulez des données plus récentes là-dessus. »

Puis, à voix basse, il se met à leur décrire ce qui se passe à mesure que le bateau se rapproche ; il faut admettre que c'est moins frustrant ainsi, avec cette voix humaine. On n'a qu'à fermer les yeux et prétendre qu'on n'est pas aveugle.

C'est le petit bateau traditionnel rani, vingt mètres de long, hauts bastingages, proue en col de cygne, avec la voile carrée portant en quartiers les couleurs et les symboles des peuplades ranao, le tigre et la licorne des Paalani, la rame et l'épi des Aritnai, pour le Sud la harpe et la flèche, pour le Nord le poisson et le globe. Peint à droite de la proue sur la coque blanche, le grand œil solaire aveugle, avec sa couronne de rayons noirs ; à gauche la lune violette de l'éclipse, avec sa pupille sombre. Lorsque les premiers passeurs halatnim sont arrivés officiellement d'Atyrkelsaõ, en 170, ils se trouvaient sur ce bateau – une copie exacte de celui des Baïstoï, le premier présent rani aux Virginiens.

Il vient s'arrêter au bord du quai, en douceur, et l'énorme vague se retire pour disparaître dans la surface bleue qui redevient étale – invisibles pour Taïriel, mais le murmure de Samuel les dessine dans son imagination. Un frisson fervent parcourt les gradins. « Il y a des passeurs cette Année, murmure Samuel, toujours aussi calme. Une dizaine. Ils nous font des signes, certains rient, d'autres pleurent. Des jeunes filles et des jeunes hommes, vêtus de bleu et de blanc. Ce sont des couleurs rituelles, celle de la Mer et celle de Hananai, la divinité des Ranao. Ils vont descendre la passerelle, maintenant. »

Et oui, Taïriel peut voir enfin, la passerelle se détache du brouillard pour se poser sur le quai, lancée depuis le bateau.

Les Immortels s'avancent à pas lents vers les arrivants. Un grand silence s'est fait dans la foule. Taïriel se rend compte qu'elle s'est levée, comme tout le monde, emportée dans l'excitation générale. Elle regarde fixement l'extrémité de la passerelle qui repose sur le quai. Une erreur, de venir là. Impossible de ne pas penser à Natli. Plus d'ironie. Les récits de la petite enfance, qu'elle écoutait, bouche bée : Grand-Père était venu d'un autre monde. Une porte s'était ouverte avec la Mer dans la fabrique de l'univers et un jour, il y avait longtemps, il avait franchi cette porte afin de venir vivre sur Virginia. Quelque part existait une autre Virginia, qui s'appelait Atyrkelsaõ, semblable et différente à la fois, d'où la Mer partait et où elle retournait, dans son grand respir immémorial. Et les Ranao y vivaient. La Mer leur avait choisi cet autre monde, ils avaient accepté d'aller y vivre en abandonnant la planète où ils étaient nés et qu'ils nommaient alors Tyranaël. Parce que des Terriens y débarqueraient peut-être un jour. Peut-être : ainsi l'avait vu la Rêveuse Eïlai.

La petite Taïriel protestait toujours à cet endroit : les Ranao avaient changé d'univers *à cause d'un rêve* ? Natli avait rectifié : beaucoup de Rêves après le Rêve initial, par beaucoup de Rêveurs, et il y avait eu autrefois le précédent de la Mer, également annoncée par les Rêveurs. Mais toutes ces précisions n'avaient jamais réussi à la convaincre : comment pouvait-on partir de chez soi ainsi, sur la foi d'un *rêve ?* Sa mère-Kalyàn essayait alors de lui expliquer en quoi les visions des Rêveurs diffèrent des rêves ordinaires, fenêtres ouvertes sur tous les possibles de Hananai, sur des milliers d'autres univers – mais c'était bien trop compliqué, trop abstrait, elle voyait bien que Grand-Père Natli n'était pas d'accord avec Kalyàn : « Bien assez difficile déjà de vivre une seule vie ! S'il fallait s'exciter sur tous les autres univers... »

Avec un effort, elle se détache de ses souvenirs. La tête lui tourne un peu – la nuit sans sommeil, le brouillard trop proche de la Mer, les immenses gradins de paragathe plus solennels encore d'être presque déserts, le murmure paisible et pourtant intense de Samuel penché vers les deux femmes... Normal d'être impressionnée.

Tout le monde l'est autour d'elle, d'ailleurs, mais il faudrait faire un sondage pour savoir qui dans les gradins est un croyant, et qui un simple curieux. S'il y a davantage de monde chaque Année, l'amphithéâtre est vraiment très loin d'être plein, quatre-vingts saisons après les premiers passeurs officiels. Une grande vague de curiosité, au début, certes, voire d'hystérie – mais on avait le doigt sur le pouls de Virginia, plus encore que maintenant : il ne fallait pas rater l'Ouverture, on veillait à éviter les dérapages. La ligne du parti : chacun a droit à son ignorance, ses illusions ou sa folie, mais il ne faudrait pas que cela devienne dangereux pour autrui ; la Ligue virginienne s'est vite calmée après les attentats de 170 ! Il faut admettre que les passeurs en plus des Lagrangiens qui commençaient à descendre de leur Élysée en orbite lunaire, ça faisait un peu beaucoup à la fois pour les esprits faibles... Mais on s'habitue à tout. Grand-Père Natli résumait très bien : « La Mer s'en vient, la Mer s'en va, mais les humains doivent vivre leur vie, avec ou sans elle, chaque jour. »

Les passeurs émergent enfin du brouillard – les deux touristes lagrangiennes se sont reprises et photographient à tour de bras. Une dizaine de jeunes gens et de jeunes filles de haute taille, tous des halatnim, même si on peut en effet difficilement les distinguer des Ranao, désormais. Ils ont eu le temps de se faire au choc de se trouver soudain télépathes en reprenant conscience après le passage : ils naviguent depuis minuit en direction de la côte, poussés par le Vent de la Mer. La vague les a portés seulement pour entrer dans le port, le geste traditionnel de la Mer pour manifester sa bonne volonté.

Une très jeune fille descend en premier. Elle s'agenouille au sortir de la passerelle et embrasse la dalle polie du quai.

« C'est une dânan, une enfant du souvenir », explique Samuel à mi-voix à la femme qui s'est retournée vers lui d'un air interrogateur. Non, ni une secte ni un parti, pas plus que les darnao – les enfants du devenir. Ils travaillent ensemble sur Atyrkelsaõ comme sur Virginia, les uns à assurer la continuité, les autres à permettre le changement : les deux faces d'une même médaille. Oui, il y a de fortes chances que tous les passeurs de cette Année appartiennent à l'un ou à l'autre courant : ils sont plus unis que jamais depuis qu'il faut redonner vie aux montagnes Rouges dévastées par la guerre sur l'ancienne ligne Ewald.

Des silhouettes bleues entourent les arrivants, on ne les voit plus ; d'autres Immortels s'enfoncent dans le brouillard pour aller décharger le bateau ; les passeurs viennent presque toujours les mains vides, mais la cale déborde de caisses de présents de toutes sortes, de monceaux de lettres, de plaques de psirid imprégnées par les hékel ranao et contenant des nouvelles officielles de ce qui s'est passé depuis une Année de l'Autre Côté. Ce sera la même chose lorsque le bateau repartira en sens inverse, dans deux saisons.

La chorale s'est remise à chanter. Quand on a fini de décharger le bateau, on le tire à l'aide de treuils et de cordes dans le bassin de la première écluse, pour l'instant occupé par la Mer – sans grand effort apparent, ce qui surprend les deux touristes. « Il n'y a pratiquement pas de friction sur la Mer, une fois la masse mise en branle, leur rappelle Samuel. Et le bateau est fait d'un bois relativement léger. » Puis on ferme l'écluse du côté de la Mer, pour remplir le bassin d'eau. Le morceau de Mer coincé dans l'écluse rampe à la verticale le long de la porte pour aller rejoindre la masse bleue qui s'ourle le long des quais. C'est la partie la plus bizarre du spectacle pour Taïriel – et, elle le suppose, pour les deux Lagrangiennes – plus bizarre que pour ceux qui voient réellement ce qui se passe. Un pan très localisé de brouillard se déplace peu à peu pour laisser apparaître le bateau, comme si on avait une gigantesque tache dans l'œil, qui disparaîtrait en réintégrant le mur opaque au ras du quai. Les deux femmes continuent à mitrailler l'écluse – elles seront déçues quand elles feront développer leur pellicule : le brouillard n'est pas un brouillard, et n'apparaît jamais sur les enregistrements ; Taïriel remarque que Samuel s'est abstenu de le leur rappeler ; sans doute n'a-t-il guère envie d'essayer de leur expliquer que le brouillard est “ une matérialisation mentale de la présence de la Mer pour les humains ”, comme le décrit une des brochures mises à la disposition des touristes dans le port !

Après la première écluse, la procédure est simple, répétitive, et lente : le bateau va monter d'une écluse à l'autre puis entrer dans le grand bassin ; de là, on le tirera dans le hangar. Il y restera en cale sèche pendant deux saisons, après quoi il ressortira pour le Départ de la Mer, avec les éventuels passeurs virginiens – et quelques Immortels et non-Immortels ayant atteint l'Illumination, qui se jetteront à la Mer une fois hors de vue de la côte. Pour rejoindre l'éternité.

Et moi, se dit Taïriel en se levant comme tout le monde, car il n'y a plus rien à voir ni à entendre, je serai toujours une bloquée – une kerlïtai, comme le disait si aimablement Samuel hier soir – et j'aurai toujours ma vie à vivre ! Mais elle flotte encore assez dans l'aura résiduelle de sa récente libération d'Estéban pour l'accepter avec une relative équanimité : chacun son chemin sous le regard de Hananai, comme disent les Ranao. Il y a longtemps qu'elle en a pris son parti.

Ils saluent les deux Lagrangiennes, auxquelles Taïriel conseille à leur demande un restaurant où elles pourraient prendre un bon petit-déjeuner. « On va manger aussi ? » demande-t-elle à Samuel après leur départ, pour lui donner une chance de mettre fin à leur rencontre s'il le désire : il semble plus sombre qu'affamé – peut-être pas une bonne idée d'aller assister à l'arrivée du bateau, si ça devait lui rappeler des choses déplaisantes !

Il se reprend avec un effort visible : « Vous connaissez encore *un autre* bon restaurant ouvert le jour de l'An ? »

Il continue à la vouvoyer, alors. Mais ce n'est pas désagréable, cette distance, cette réserve souriante et un peu timide. La fausse intimité du tutoiement automatique chez ses compagnons, à l'université et parmi les amis d'Estéban, l'a toujours agacée de la part de gens dont la première chose qu'ils remarquent chez elle, et la seule qui compte pour eux, c'est qu'ils ne pourront jamais être “normalement” intimes.

Elle sourit et l'entraîne dans la direction opposée à celle qu'ont prise les deux touristes : « Des tas ! »

Le port est calme, il ne recommencera à s'éveiller que le lendemain ; seuls les hôtels et quelques restaurants y sont ouverts en ce jour de l'An. C'est le port des anciens Ranao, partiellement remis en service quand la Mer est là : demain, on rouvrira les entrepôts, les bureaux, les ateliers des petites compagnies de cabotage qui desservent la côte et relient en particulier Cristobal à la région du Golfe. Et les employés et autres travailleurs saisonniers reviendront s'installer dans les environs – branle-bas de déménagements, la semaine qui suit le Retour et le Départ, à Cristobal et partout dans les villes côtières. On n'en est pas encore aux grandes migrations des Ranao, cependant : quand la Mer s'en ira, dans deux saisons, une dizaine de milliers de personnes à peine s'installeront à Cristobal-sur-l'Océan, la ville ancienne encore intacte sur la côte, huit cents kilomètres plus à l'ouest. Et personne n'appelle cette Cristobal-ci “ Cristobal-sur-la-Mer ” – sauf les halatnim fraîchement débarqués, mais ça n'a jamais pris dans la population; même dans leur propre famille, le nom se perd d'une génération à l'autre. Comme Père-Jorgy a coutume de le dire en riant, on appellera sans doute Cristobal " Cristobal-en-pleine-terre " avant d'adopter l'appellation rani, autant dire jamais. Mais il ne faut jamais dire jamais, n'est-ce pas?

Ils s'éloignent de la partie la plus touristique du port pour se rendre au *Gargantua*, un restaurant à buffet à volonté plus dans les prix de Taïriel. Samuel va se servir dans la section rani, revient bien chargé – un bon appétit, au moins ; elle s'est toujours méfiée des gens qui n'aiment pas manger. Elle remarque qu'il a pris des rouleaux tagnagi – ses préférés – et ne peut s'empêcher de remarquer: « Les tagnagi ne sont pas très bons ici. La pâte est trop épaisse. Si vous êtes un amateur de cuisine rani, il faut aller chez Arkad, de l'autre côté du port. Pas mal plus cher, mais ça ne devrait pas être un problème, eh?»

Il hoche la tête en prenant une bouchée de tagnag, fait une légère grimace amusée: «Sûrement pas aussi... nourrissant non plus!»

Taïriel acquiesce en entamant son assiette de petites crêpes au fromage. Ils mangent pendant plusieurs minutes sans rien dire, aussi vorace l'un que l'autre. Samuel termine son dernier tagnag, pousse un soupir de contentement et se met soudain à rire tout bas.

«Quoi?

— Des passeurs viennent de débarquer d'un autre univers et nous sommes en train de nous empiffrer.

— Encore heureux, réplique Taïriel. S'il fallait se trimballer partout d'un air inspiré, on n'en finirait pas. J'ai toujours trouvé bien réconfortant d'être incarnée, moi.»

Avec un temps de retard, elle se dit que ce n'était peut-être pas un commentaire très délicat, si Samuel souffre d'être réfractaire à la Mer. Mais il se remet à rire, à peine ironique: « À vrai dire, moi aussi. Quelqu'un a dit que Dieu se trouvait dans les détails. Pour s'empêcher de devenir dingue devant lui-même, sans doute!

Le salut est dans les petites choses bien ordinaires. Comme ces femmes qui se protégeaient avec leurs appareils photographiques. »

Taïriel entame son assiette de fruits : « Elles ne se protégeaient pas ! Elles ne voyaient pas la même chose que nous, c'est tout. » Elle rectifie : « Que vous, ou les croyants, ou les Immortels, ou les Virginiens ordinaires. Et même moi, finalement, je n'ai pas vu la même chose qu'elles : bloquée, peut-être, mais virginienne quand même. »

Il la dévisage avec intérêt, cuillère en suspens au-dessus de son bouillon de lamshker. « Et qu'avez-vous vu ?

— Du brouillard, comme d'habitude. Des gens qui débarquaient d'une passerelle. Un bateau qu'on tirait dans un bassin d'écluse.

— Et qu'est-ce que j'ai vu, selon vous ? »

Elle hésite, un peu embarrassée, mais il semble quand même pourvu d'un certain sens de l'humour : « Un grand mystère ? »

Il fait tourner sa cuillère dans sa soupe, les yeux baissés. « J'ai vu la Mer porter le bateau, et des passeurs en descendre.

— Vous avez vu plus que ça ! »

Il finit par dire : « Pas vraiment. » Il se redresse pour attaquer sa soupe avec une énergie renouvelée : « On s'habitue à tout, même au mystère !

— Vous vous seriez bien entendu avec mon grand-père Natli, ne peut-elle s'empêcher de sourire. Et c'était un passeur, pourtant ! »

Samuel hoche la tête : « Ils sont souvent ainsi, maintenant, murmure-t-il. Mais les tout premiers passeurs avaient la foi...

— Dans le Sud-Est, vous voulez dire, en 165. Les premiers premiers.

— Oui. » Son regard se fait lointain. « Et ils sont arrivés en même temps que la Mer, pas plusieurs heures après... Encore sous le choc. L'une d'entre eux ne s'en est pas remise. Trois jours de délire et... » Son visage se crispe, il recommence à manger.

Taïriel est un peu décontenancée : « Je ne savais pas...

— C'est à ça que ça sert d'être historien», remarque-t-il avec une légère amertume, entre deux cuillerées.

«Quoi, à supprimer des données? Ce n'est pas dans l'histoire officielle.

— Si. Ça dépend de quels documents on veut consulter, c'est tout. »

Taïriel fait une petite moue : « Alors, comme ça, l'université de Léonovgrad est un nid d'Enfants d'Iptit? " À chacun ce qu'il veut croire, à chacun ce qu'il peut croire"? »

Il hausse un peu les épaules sans répondre.

« Si vous ne vous excitez pas sur les mystères de la Mer, vous aimez être mystérieux vous-même, on dirait. » Une insistance pas très convenable, mais elle se sent toutes les audaces, aujourd'hui.

« Non, finit-il par dire avec simplicité. C'est juste que je commence une nouvelle vie et que l'ancienne me paraît sans rapport. »

Son intonation est si calme, si égale, que Taïriel ne se sent même pas rebuffée. Elle hoche la tête en pignochant dans le reste de ses fruits: «J'aimerais bien couper d'une façon aussi radicale », murmure-t-elle. La nuit est loin, et ses petites illuminations. Elle sait bien qu'elle reverra Estéban, qu'il y aura encore des discussions pénibles, que ce ne sera sans doute jamais *fini* proprement.

«Estéban, dit Samuel avec gentillesse.

— Même si je voulais, je ne pourrais pas ne jamais le revoir, la famille trouverait ça bizarre après tout ce temps.

— Mais si vous allez dans Lagrange, vous pourriez très bien ne pas revenir ici avant très longtemps. »

Elle examine l'idée, sent bien son recul instinctif. Et qu'est-ce que ça signifie, alors, ça? Elle ne va quand même pas réévaluer aussi son engagement envers Lagrange, il y a des limites à tout chambarder à la fois dans sa vie ! Elle ne va pas se laisser tourner la tête juste parce qu'elle a rencontré ce type qui se trouve être un télep, mais avec qui elle semble s'entendre si facilement. Circonstanciel : il est en état de choc, à un tournant de sa vie, elle aussi. Ça passera.

« Qu'est-ce que vous allez faire de votre matinée ? demande-t-elle.

— Je ne sais pas », encore, mais cette fois il semble le prendre d'une façon plus positive : il ajoute avec son sourire un peu éberlué : « Je suis libre comme l'air.

— Moi aussi. On pourrait aller se promener dans Cristobal. »

Il hésite à peine : « D'accord. »

Elle consulte sa montre : « Le Musée ouvrira bientôt, le temps de s'y rendre. Il y a l'expo permanente d'Atyrkelsaõ. Ça vous dit ?

— Pourquoi pas ? »

La semaine du Retour est une grosse période touristique. Même s'il est encore tôt, deux bus sont déjà arrêtés sur la Place devant l'entrée principale du Musée, et des groupes bavards prennent à tour de bras des photos de l'immense complexe situé sur la place centrale, au moyeu de la roue de grands canaux et d'avenues qui découpent Cristobal en tranches. "Le temple" entend dire Taïriel, en setlâd, alors qu'ils passent près d'un des groupes – un touriste qui veut paraître au courant. Il retarde. Même les Ranao ne les appellent plus ainsi, ces édifices ; le terme en vigueur depuis plusieurs siècles, de l'Autre Côté, " haëkelliaõ ", se traduit littéralement par " maison des assistants ". Ni l'un ni l'autre terme n'a jamais pris sur Virginia. Le complexe est devenu le siège du gouvernement provincial, juste après l'Indépendance, en 62, mais c'est toujours " le Musée ". La force de la tradition. C'était sa fonction essentielle à l'aube de la colonisation et Musée il est resté. On se contente de dire " Parlement " quand on se rend dans cette partie-là du complexe, "Musée" pour l'autre – au moins, les entrées sont distinctes, plus pratique pour les taxibus.

Taïriel et Samuel précèdent de justesse les groupes jacassants au guichet, passent dans le tourniquet et pénètrent dans la vaste cour intérieure. La partie du complexe occupée par les bureaux du gouvernement provincial est fermée pour encore deux jours, il y a très peu de monde. De fait, toute l'activité et le bruit se concentrent autour du bassin et plus spécifiquement sur l'îlot du tingalyai. Samuel s'immobilise en murmurant : « J'avais oublié... »

Taïriel regarde comme lui l'arbre-à-eau complètement enfermé dans l'échafaudage de tubes métalliques, et où les scies finissent de couper les dernières petites branches mortes ; on les empile, après les avoir dépouillées de leur feuillage d'Hiver et débitées en tronçons, dans des remorques à côté du bassin. Pourquoi Samuel a-t-il l'air si affligé ? Les arbres-à-eau vivent longtemps, près de deux mille saisons, mais ils ne sont pas éternels. Une vague d'obsolescence en frappe en ce moment des dizaines sur tout le continent, sans doute plantés à peu près au même moment par les anciens Ranao.

Du coup, les touristes les ont rattrapés, s'arrêtent aussi ; on pousse des exclamations, on prend des photos. Ainsi réduit à son tronc principal, le tingalyai est plus bizarre qu'impressionnant. Au moins, quand il avait ses branches et son feuillage, c'était un arbre – un monstre d'arbre, la variété géante qu'on trouve seulement dans les anciens temples, mais un monstre majestueux dont les proportions s'accordaient bien avec celle de la cour et du complexe environnant. Il n'en reste à présent qu'une énorme bouteille de bois sombre, plantée sur son réservoir renflé de près de vingt mètres de diamètre, bas et trapu, qui s'effile brusquement pour devenir une longue tige de seulement quatre ou cinq mètres de large, jusqu'au niveau du toit-terrasse – cinquante mètres.

« Le Mois dernier, quand on a raccordé les canalisations souterraines à celles des autres tingalyai du complexe », explique le guide qui a rejoint son troupeau, « on en a profité pour faire des fouilles sous la cour. On a mis à jour quantité d'artefacts archaïques : Cristobal a été bâtie sur le site d'une cité aritnao plus ancienne, ce n'est pas, comme Bird-City – Markhalion – une ville nouvelle construite en prévision de la nouvelle côte dessinée par la Mer. Vous pourrez voir ces artefacts tout à l'heure.

— On va replanter un autre arbre ? » demande un petit garçon à l'air inquiet.

— Oui, bien sûr. Vous pourrez aussi visiter la pépinière du Musée. »

Guide et touristes s'éloignent. Samuel ne bouge pas.

« Les Ranao ont planté cet arbre il y a près de deux mille saisons, murmure-t-il. La première génération des tingalyai cultivés dans leur île des Morts. Sa graine provenait d'un arbre nourri par les restes d'un Rani encore plus ancien. Il était en pleine force de l'âge quand les premiers colons terriens se sont installés ici. Et maintenant, il est mort. »

Taïriel hésite. Si c'est pour avoir des idées morbides, il vaudrait mieux changer de place. Elle prend le bras de Samuel : « Vous voulez voir les artefacts mis à jour dans la cour ou tout de suite l'expo permanente ? »

Il se laisse entraîner sans répondre et elle décide pour lui : l'exposition permanente. Au moins, ce sont des objets récents. Plus ou moins : la collection a été inaugurée en 175 ; depuis, les présents de l'Autre Côté s'y accumulent, ceux du moins qui n'ont pas été envoyés à un individu en particulier. L'exposition occupe une enfilade de grandes salles, au troisième niveau. Tableaux, sculptures, tapisseries et tapis, bijoux, vases, et même des objets usuels, des vêtements, de petits meubles...

Samuel tombe en arrêt devant une bizarre statuette d'environ trente centimètres de haut, faite exclusivement de résilles métalliques dessinant en creux un homme dont bras et tête se terminent par des branchages, eux-mêmes vite invisibles sous un entrelacs de filaments extraordinairement fins qui s'arrondissent en une sphère presque parfaite. « L'homme-plumetier, un motif traditionnel hébaë, commente Samuel avec animation. D'habitude, ces statuettes sont en bois de tingai incrusté de filigranes métalliques reproduisant en cursive setlâd le nom du personnage-symbole, mais là, on a en quelque sorte retourné la statuette pour la faire exister en creux... Typiquement halatnim. »

On passe d'une salle à l'autre par un corridor où des tableaux sont accrochés. Ou plutôt sertis, pour certains d'entre eux, des tableaux de pierres d'Hiver, explique Samuel à qui Taïriel n'a rien demandé ; elle se retient de remarquer qu'elle n'est pas ignorante à ce point – il semble si fasciné. Les pierres, de la résine de proto-tingai fossilisée dans des conditions particulières, changent de couleur avec la température ; une fois qu'on les a réduites en poussière et mélangées à un support transparent et neutre, on peut en contrôler avec une grande précision les métamorphoses en variant l'épaisseur de la couche et la chaleur ; ce genre de tableau est souvent placé à un endroit spécifique de la maison où l'intensité thermique varie d'un moment à l'autre de la journée. Les pierres ne sont pas rares – on trouve un peu partout dans le Nord des gisements parfois profonds de plusieurs mètres : les arbres-rois ont existé pendant des millions de saisons dans leur forme initiale avant que les anciens Ranao les modifient et qu'ils cessent en conséquence de pleurer leur résine en Automne. Mais elles sont en général de taille réduite, et il faut en collecter longtemps avant de pouvoir envisager d'en faire des tableaux autres que miniature. Taïriel a un cube presse-papiers sur son bureau, qu'on fait changer en le touchant. Ces tableaux-ci sont de dimensions plus que respectables, au moins quarante centimètres de côté ; pourvus de leur propre source de chaleur, ils se modifient en continu.

Le premier est un paysage, rivière et forêt, qui passe à travers les saisons. Dans le second, une scène citadine, lumière et couleurs changent du matin à la nuit. Dans les deux cas, la perspective se modifie insensiblement, l'œil du spectateur est promené de gauche à droite dans le paysage, puis en sens inverse. Exécution impeccable. Samuel est pourtant passé sans s'attarder. Mais il s'est immobilisé devant le troisième tableau, en faisant : « Ah ! » Taïriel va le rejoindre et contemple le tableau, déconcertée.

« Non-figuratif », dit-elle en faisant une petite moue : des formes géométriques flottent au hasard sur le support métallique argenté servant de " toile ", en passant d'une couleur primaire à une autre.

« Les Ranao aussi peignent des motifs non figuratifs en couleurs primaires, réplique Samuel. Mais ce sont des motifs organisés de façon symbolique et qui changent de couleurs selon des séquences traditionnelles, lorsque ce sont des tableaux en pierres d'Hiver. Le bleu, pour le nord et les Tyranao, rouge, l'est et les Paalani, vert le sud et les Hébao...

— ... jaune pour les Aritnai et l'ouest, d'accord, complète Taïriel. Et alors ?

— Plusieurs couches de symbolique sont liées aux couleurs et aux points cardinaux chez les Ranao, aux figures géométriques aussi, d'ailleurs, et on les intègre toujours dans n'importe quel tableau : l'axe nord-sud pour représenter le principe féminin, par exemple, l'axe est-ouest pour le principe masculin, l'horizontale pour le soleil, la verticale pour la lune... Ainsi, les tableaux précédents sont absolument traditionnels, pas du tout " figuratifs " au sens où nous l'entendons. Ils n'ont pas été peints d'après nature mais construits de toutes pièces selon la symbolique rani, aussi bien dans leur séquences de couleurs que dans leur structure spatiale et dans chacun des détails qui les composent. Ce tableau-ci, au contraire, doit être d'origine halatnim. »

Taïriel contemple figures et couleurs qui continuent à se succéder avec lenteur, et au hasard – chaque couleur et chaque figure doit avoir sa propre source de chaleur.

« Comment le savez-vous ? Le titre est... » – elle se penche pour regarder la plaque – « ... " Han'maï ". »

Drôle de titre pour un tableau. Et dans quel sens – le rani traditionnel, “ sous le regard de Hananai ”, ou le sens dérivé équivalant au “Mon dieu ! ” virginien choqué ou désolé ? Ou bien encore l’explétif plutôt profane qu’est en train de devenir l’expression sur Virginia, au grand dam des halatnim croyants ?

Le changement suivant du tableau la prend par surprise : le cycle des couleurs a recommencé au début, mais plus rapidement ; les figures géométriques d’une même couleur se combinent pour esquisser maintenant un objet représenté en trois dimensions, avec une orientation différente pour chaque couleur.

« Astucieux », dit Taïriel après le second changement de perspective, prête à aller plus loin.

« Ce n’est pas fini, attendez », murmure Samuel.

En retenant un soupir, elle assiste au troisième puis au quatrième changement d’orientation des parallélépipèdes.

« Le cycle suivant devrait être le dernier », dit Samuel.

La répartition et l’intensité de la chaleur ont encore changé : une seule forme apparaît maintenant, une sorte d’étoile à six branches disposées autour d’un polygone central irrégulier, mais dont les pointes seraient tronquées...

« Un cercueil ! dit soudain Samuel. Vu dans six perspectives différentes ! »

Taïriel regarde sans rien voir, puis tout d’un coup il se fait comme un déclic dans son cerveau. Oui, un cercueil – sans creux pour accueillir un corps, conçu comme un cristal aux arêtes biseautées, et décomposé en solides géométriques. Beaucoup d’ingéniosité pour pas grand-chose. Combien de temps a-t-il fallu à l’artiste pour créer ce tableau ?

« La tradition rani permet cinq positions possibles pour le sujet d’un tableau figuratif, poursuit Samuel, quatre qui correspondent aux directions des points cardinaux, droite, gauche, dessus, dessous, et une cinquième, de face, ce que nous considérons comme la perspective “ classique ” : celle que nous déterminons lorsque nous regardons le tableau. Pour eux, cette perspective-là est celle de Hananai, tout comme il y a un cinquième point cardinal traditionnel, “ la direction de Hananai ”, exactement à mi-chemin entre le nord et l’est. Et ce tableau s’appelle “ Han’maï ”... » Il se met à rire, à la fois admiratif et incrédule : « Seuls des halatnim pourraient avoir ce genre d’idée...

— Quoi, la multi-perspective cubiste ?

— Non, les Ranao utilisent la multi-perspective dans le figuratif au moins depuis l’apparition des Rêveurs, il y a plus de sept mille saisons. Mais toujours pour produire une désorientation contrôlée. Connaissez-vous le graveur Escher ? Un artiste du XIXe siècle terrien, qui jouait beaucoup avec la perspective – la plupart de ses œuvres sont très populaires sur Atyrkelsaõ depuis l’Ouverture. Un malentendu culturel : pour les Occidentaux, à la fin du précédent millénaire, la démolition de la perspective classique correspondait à la mort de Dieu et à la libération du Moi tout-puissant, en attendant sa prochaine disparition. Alors que la multi-perspective est un motif religieux pour les Ranao, le symbole des nombreuses demeures de Hananai dont les Rêveurs prouvaient l’existence – un grand choc culturel pour les anciens Ranao, les Rêveurs. »

Il examine le tableau, qui a recommencé son cycle depuis le tout début, et où les figures géométriques rouges flottent dans le vide. « Ici, le regard de Hananai, la perception de l’ensemble, c’est seulement la fin, la mort. »

Sa voix a baissé d’un ton, et Taïriel soupire intérieurement. Cette visite au Musée n’arrête pas de renvoyer le pauvre garçon à ses obsessions ! D’abord l’arbre-à-eau et maintenant ce tableau... Elle essaie de le faire changer de direction : « Et qu’est-ce qui vous fait dire que ce tableau a été créé par un halatnim plutôt que par un rani, alors ? »

Il la regarde d’un air un peu surpris : « Le motif, voyons – le déséquilibre, la mort en relation avec Hananai sans aucun détail pour représenter en même temps l'autre aspect de la divinité créatrice de vie. Le nombre six et son faux équilibre. Et la subversion de la technique : donner à chaque couleur sa propre source de chaleur au lieu de varier l'épaisseur des couches, séparer les couleurs, les grands axes de l'espace, les détacher de toute leur symbolique traditionnelle... Pas rani du tout. Ironique, ambivalent, ambigu – comme le titre du tableau, " Han'maï "... Évidemment halatnim ! Nous n'avons pas du tout la même relation à la mort que les Ranao – et les halatnim ranao sont quelque part entre les deux. Ça prendra très longtemps. Il a fallu près de quinze cents saisons après l'arrivée de la Mer pour que les anciens Ranao cessent d'enterrer leurs morts dans des cimetières. »

Il ne va pas partir dans l'histoire archaïque des Ranao ? Elle est venue là surtout pour lui et elle veut bien à la grande rigueur subir des considérations sur les conséquences esthétiques des hybridations culturelles en cours sur Atyrkelsaõ, mais... Elle n'est jamais retournée au Musée après sa seule visite avec Estéban et sa famille, il y a plus de dix saisons, justement parce que toutes ces histoires du passé rani sur Virginia lui indiffèrent !

Il s'interrompt brusquement en plein élan, la regarde de biais avec un petit sourire embarrassé : « Ça ne vous intéresse pas du tout. »

Elle ne va pas mentir pour lui faire plaisir : « Non. J'ai pris Études terriennes en option à l'université, la première saison, pas Études ranao. »

Il semble un peu surpris : « Vous êtes une halatnim...

— De troisième génération », réplique-t-elle un peu agacée – nettement plus compliqué que cela, même si on part de Natli, mais elle ne va pas entrer dans les détails. « Dois-je pour autant être un réceptacle de culture rani ? Je vis sur Virginia. »

Il semble réfléchir un instant : « Bien sûr », murmure-t-il. Du bras, il fait un geste englobant la salle : « Comment voyez-vous tout ceci, alors ? Ça vous intéresse tout de même un peu ? »

Elle réfléchit en cherchant une formulation diplomatique, pour ne pas le froisser inutilement : « Dites-moi, Samuel, est-ce que les aérogels et les vacuogels vous intéressent ?

— Non », concède-t-il après un instant de flottement, mais il a vu où elle veut en venir : « Je peux en apprécier l'utilité et l'ingéniosité dans la vie quotidienne, cependant.

— Eh bien, moi, c'est pareil ici. Quand vous regardez tous ces objets, vous les voyez... dans une perspective historique, par rapport au passé. Moi, je les vois simplement ici et maintenant, en eux-mêmes, au présent. J'en trouve certains beaux, d'autres non, c'est tout. Peut-être superficiel, mais c'est comme ça. »

Il sourit sans l'ombre d'une réticence, plutôt amusé : « Pas superficiel. C'est certainement pour cela d'abord qu'ils ont été créés – pas pour des spécialistes maniaques comme moi. Je me tais. On continue ? »

Ils passent à travers les autres salles et quand ils en sortent, c'est l'heure de la collation de mi-matinée. Ils se rendent à la cafétéria du troisième niveau, qui donne sur le bassin ; les touristes ne s'y trouvent pas encore en masse. Taïriel et Samuel vont s'installer près des fenêtres. Autour de l'arbre, au niveau du toit-terrasse, on continue à s'affairer. On a choisi la méthode rani – la seule praticable, de toute façon, pour cette variété géante d'arbre-à-eau : on monte un échafaudage pour couper les branches ; ensuite, on scie le tronc par le haut, rondelles après rondelles évacuées au plus haut niveau de l'édifice, où est installé le treuil. Le plus difficile, c'est une fois rendu juste au-dessus du réservoir : le tronc fait plus de quinze mètres de diamètre – au lieu de découper des rondelles, on est obligé de trancher par sections. Mais après, c'est un jeu d'enfant : les parois du réservoir font deux mètres d'épaisseur à tout casser.

Le martèlement des compresseurs à gaz qui actionnent les scies mécaniques est plutôt fatigant. « Ils ne pourraient pas travailler les soirs, en dehors des heures de visite ? remarque Taïriel ennuyée.

— Il faut agir vite, une fois le réservoir siphonné.

— Ah bon ? » Elle continue à tartiner son pain de pâté.

« S'il reste sur pied trop longtemps, l'arbre ne sèche pas, au contraire, les couches ligneuses molles pourrissent, il ne reste plus que les couches imperméables. Non seulement on perd le bois, mais l'arbre s'effondre sous son propre poids, d'une façon plutôt explosive, et les échardes sont dangereuses. » Il la dévisage d'un œil un peu incrédule. « Vous ne le saviez pas. »

Elle fait la moue : « Un arbre-à-eau, c'est un arbre-à-eau. Ça donne de l'eau et ça vit infiniment plus longtemps que moi. Ai-je vraiment besoin d'en savoir plus ? »

Il sourit : « Assez rani, comme question. »

Elle hausse un peu les épaules en mordant dans sa tartine.

« Votre grand-père était un passeur, n'est-ce pas ? »

Elle se raidit un peu : « Oui. Et alors ? Il a choisi de venir sur Virginia. Et il n'a jamais fait toute une histoire de son statut, ni de son passé. C'était le présent qui l'intéressait. Et l'avenir, à la rigueur.

— Mais vous parlez le setlâd.

— Minimum vital, dans ma famille on n'y coupe pas. Grand-Père ne s'en servait pas très souvent, exprès pour faire bisquer ma mère. Vous ne mangez pas votre salade de rattèles ? »

Il pousse son assiette vers elle, la joue appuyée sur un poing.

« Ça leur est égal aussi, à votre famille, que vous soyez une bloquée ? »

Elle lève les yeux, surprise, un peu choquée. Moins par le contenu de la question que par le fait qu'il l'ait posée. Pas très réservé, pour quelqu'un du Sud-Est ! Mais il l'observe avec une expression attentive ; aucune ironie, aucun sous-entendu : de la curiosité, mais sincère.

« Ça dépend qui. Mon grand-père s'en moquait.

— Pas votre mère. »

Taïriel entend malgré elle l'écho d'une des altercations de Kalyàn et de Natli, après la sempiternelle rengaine de Kalyàn : “Taïriel est une dormeuse, mais quand elle se sera éveillée... ” « Taïriel n’est pas “ une dormeuse mais ” ! » l’avait interrompue Natli irrité. « Taïriel est Taïriel. Maintenant. Et si elle ne s’éveille pas, elle sera toujours Taïriel ! »

Elle pourchasse avec soin dans l’assiette les derniers bâtonnets de rattèles. « Ma mère est une petite télépathe. Très fière du passé familial. Tant qu’elle a pu croire que je me débloquerais... Et même après l’âge limite. Mais elle ne peut plus se le faire croire, maintenant. Et puis, ajoute-t-elle par acquit de conscience, c’est une croyante, alors... » Elle s’apprêtait à conclure sur un ton un peu dédaigneux “ rejoindre la Mer, y retrouver les êtres chers, tout ça ”, se retient à temps pour ménager Samuel. Et en toute honnêteté, Kalyàn est sans doute sincère sur ce plan : la mort de Natli l’a durement touchée, malgré toutes leurs disputes – à cause de toutes leurs disputes ?

Samuel hoche la tête, pensif. « Le reste de la famille est plus... tolérant ?

— Ma mère n’est pas intolérante ! proteste Taïriel, un peu honteuse. Elle fait beaucoup d’efforts. Mon père... c’était surtout pour elle qu’il s’en inquiétait. Il s’est vite résigné. Mère-Merriem, elle s’en fiche, et Kundé aussi. Ma demi-sœur. »

Samuel hausse les sourcils : « Vous êtes des alnadilim, alors, Kundé et vous ? » dit-il en setlâd. Puis, de nouveau en virginien : « Rares, sur Virginia, les familles élargies à la rani. »

Taïriel se retient de réagir. Un historien, ce type, ne pas oublier. Il doit la voir comme une espèce d’artefact vivant ! Le ton du commentaire était toujours aussi sincèrement intéressé, elle se contente donc de déclarer : « Ça se supporte.

— Même autour ?

— Plus ou moins. Comme les halatnim. »

Plutôt moins que plus à Sanserrat. Elle se rappelle quelques bagarres épiques, à l’école, au moment où Merriem est venue habiter à la maison, et après la naissance de Kundé. Mais ça s’est tassé. Tout passe.

Elle finit son verre de jus de pêche, prend son plateau et se lève: «On continue?»

Samuel la contemple un instant, tête un peu rejetée en arrière, puis son visage s'illumine d'un brusque sourire: « On continue. » Il fronce le nez: « Mais pas les salles de Ktulhudar, d'accord?»

Ils se dirigent vers les poubelles à recyclage et Taïriel lance par-dessus son épaule: «Pourquoi?

— Je les connais vraiment par cœur.»

Taïriel se fige, et il arrive à sa hauteur. Mais quelle idiote ! Il doit connaître *tout le Musée* par cœur ! En tant qu'historien... Les collections se trouvent en long, en large, en travers et en sim sur le Réseau. Et dans le Sud-Est, ce n'est quand même pas la préhistoire, du moins à Léonovgrad, ils sont branchés.

« Quoi ? » demande-t-il, surpris par sa soudaine immobilité.

Elle se tourne vers lui : « Vous connaissez parfaitement bien le Musée, en fait.»

Il hésite, esquisse une petite mimique d'excuse : «Oui... le Réseau... Mais puisque vous aviez envie d'y aller...

Elle éclate de rire: «Non, c'était pour vous!»

Il reste un instant interdit puis se met à rire à son tour. Il va vider son plateau, le pose sur la pile et se retourne vers elle: «Alors, allons nous promener ailleurs. Vous n'avez pas une belle petite usine de gels secs à me faire visiter?»

Elle se débarrasse à son tour de son plateau en riant de bon cœur: «Ah non, alors!» Puis, d'un air de conspiratrice : « Non, je vais vous montrer ma Cristobal à moi.»

Ils s'enfoncent dans le dédale de passages et d'escaliers qui mènent de la cafétéria à la cour – la disposition des lieux, dans les complexes des anciens temples, n'est pas très rationnelle pour un esprit virginien: terrasses, esplanades, escaliers intérieurs et extérieurs s'entrecroisent en des chemins tortueux et contre-intuitifs. Comme elle s'y attendait, ils se perdent, mais Samuel pose simplement la main sur une plaque indicatrice : « Troisième corridor à gauche », dit-il après avoir perçu le message imprégné dans l'adixe, « et l'escalier jusqu'au premier niveau. »

Alors qu'ils se dirigent vers la cour – ils aperçoivent de temps à autre l'échafaudage et le tronc renflé du tingalyai qui se rapprochent, bon signe – ils passent dans un vaste couloir orné de statues archaïques placées sur des socles bas ; les murs sont décorés d'une fresque en mosaïque représentant d'anciens artisans au travail, plus grands que nature – un ferronnier, une savetière et une couturière, des boulangers... Le couloir est bloqué entre deux statues par un groupe de touristes agglutinés devant quelque chose, appareils photos cliquetants. « Ces portes se retrouvent dans tous les temples anciens », dit la voix de la guide invisible. « Elles ont été découvertes en 56, par hasard. Rien ne les avait jamais révélées dans les enregistrements effectués par les premiers explorateurs...

— Excusez-moi... pardon... » marmonne Taïriel en essayant de se faufiler entre les touristes et le mur de gauche.

« Non, attendez, dit Samuel derrière elle. J'aimerais voir ça.

— Quoi, c'est une des portes menant aux souterrains, vous connaissez aussi !

— Je sais, mais j'aimerais voir en direct », dit-il avec une souriante insistance. Taïriel indulgente le suit au premier rang des spectateurs.

La guide, une jeune femme brune, est enfoncée dans une partie de la fresque représentant un tapissier au travail. On ne voit de son corps que la moitié gauche. L'autre disparaît, comme dans de l'eau, dans le cadre du métier devant lequel est assis l'artisan.

« On a fini par conclure, plus tard, que ces portes étaient destinées à des hékellin dont la mutation avait atteint un certain degré d'intensité. »

Taïriel s'adosse à la statue la plus proche, avec un petit soupir. Exactement la même tirade que lors de sa visite au Musée avec Estéban. Maintenant, la jeune femme va s'enfoncer complètement dans la porte et disparaître à leur vue – ou du moins à la sienne et à celle des autres spectateurs ; Samuel étant un télépathe qui voit la Mer sans brume, les illusions de la porte n'existent pas pour lui. Exclamations et soupirs étranglés des spectateurs, comme à un signal convenu. La voix de la guide leur parvient toujours depuis l'escalier invisible : « Le psirid contenu dans l'arche et dans le mur environnant projette dans l'espace de la porte, sur plusieurs molécules d'épaisseur, l'image de la mosaïque et du mur...

— Mais quelle est la source d'énergie ? » demande quand même un sceptique. « Il n'y a personne de vivant pour... »

La tête de la guide se détache du mur, puis son torse – nouvelle vague de cliquetis photographiques. « Le complexe est au deux tiers bâti de pseudo-pyrite. Comme vous le savez, cette roche a la capacité d'absorber l'énergie lumineuse sous forme de tensions par effets photo-électriques et piézo-électriques combinés, et de la restituer au contact des êtres vivants – ou, plus lentement, en leur présence. C'est cette énergie qui alimente le psirid. Il a été imprégné autrefois par un hékellin rani à effet physique, un keyrsan – dans notre terminologie, un manos.

— On pourrait dire que la pierre est de la psyrite, alors », remarque l'inévitable petit malin de service – s'imagine-t-il que la blague n'a pas été faite un milliard de fois ?

Les touristes gloussent, la jeune femme sourit avec bonhomie : « Si on veut, quoique le métal mérite davantage notre terme " psirid ", puisque c'est lui qui contient les informations nécessaires.

— C'est comme la plaque que vous m'avez fait toucher tout à l'heure », dit une adolescente à l'air sérieux sous ses courtes boucles crépues. Ciel, elle prend des notes dans un petit carnet !

« Oui et non : le psirid des portes a été imprégné par des hékellin, et il a besoin de la pseudo-pyrite pour être actif. L'énergie qui active les plaques vient du cerveau humain. Pour les plaques, le mieux est encore de penser " livres " : un livre est un agent passif, il a besoin de vous, lectrice, de votre énergie mentale, pour " parler " – si vous ne savez pas lire, si vous ne pouvez donc fournir l'énergie mentale appropriée, le livre reste muet. La modulation des plaques est très étroite, très... spécialisée, elle ne vise que les hékellin, et au contact direct. Mais vous avez raison, on a d'abord pensé que le processus des portes était similaire à celui des plaques. On a donc fait des expériences, avec des instruments automatisés, pour voir jusqu'à quelle distance il agissait sur le cerveau humain. Et on a constaté que les instruments continuaient à enregistrer la mosaïque et le mur même quand il n'y avait personne à cent mètres alentour. »

La jeune femme revient entièrement dans le couloir en souriant. « Et à deux cents mètres, et sans doute plus loin, mais on a renoncé à évacuer le complexe dans son entier pour continuer la vérification ! »

Un rire discret passe dans l'assistance. « L'hypothèse la plus vraisemblable, et qui nous a été confirmée depuis par les Ranao, c'était que le psirid puisait l'énergie nécessaire dans la pierre dorée. »

Et maintenant, pour reprendre un peu les rênes de sa narration, elle va les inviter à toucher le mur. Les gens ne se précipitent pas. Taïriel ébauche un petit sourire sarcastique. Estéban avait voulu y aller, lui ; elle avait quant à elle résisté avec conviction ; déjà bien assez d'avoir consenti à cette visite, elle que les Ranao ennuyaient à mort ; et puis, elle n'avait pas besoin de se faire rappeler son statut de bloquée, même si en l'occurrence Estéban, comme tout non-hékellin de l'assistance, avait été incapable de sentir autre chose que du mur sous le bout de ses doigts, puis sous le plat de la main, de ses deux mains... Comme le jeune homme qui se tourne maintenant vers la guide, les yeux agrandis.

« Les hékellin d'un certain niveau peuvent voir les portes, commente la jeune femme, à travers la couche de molécules " peintes " dans l'air. Et les franchir, c'est-à-dire résister à l'autre projection couplée à cclle de la mosaïque, qui vous persuade d'être en train de toucher de la pierre et de la céramique. On pourrait dire que, d'une certaine façon, ces hékellin peuvent annuler la "programmation" du psirid.

— Mais si j'étais immunisé, avec la barrière-miroir... », demande le courageux expérimentateur

« Voyez-vous la brume, sur la Mer ?

— Oh ça, oui ! »

La jeune femme sourit : « Vous la verriez même avec la barrière-miroir, n'est-ce pas ? Or la Mer intervient dans la fabrication du psirid. Vous verriez et toucheriez quand même le mur. Même les dormeurs subissent ces illusions. »

La jeune femme amorce un mouvement pour continuer la visite ; Taïriel jette un coup d'œil à son compagnon : en a-t-il enfin assez ?

« Les Ranao ne voulaient pas qu'on trouve les plaques, dans les souterrains, c'est pour ça qu'ils ont programmé les portes, hein ? » dit soudain Samuel, du ton le plus naïf.

La guide cherche des yeux qui a parlé, le trouve, lui sourit : « Non, c'était pour nous protéger de la Salle de la Mer, qui se trouve dans les souterrains. Vous en avez une reproduction en modèle réduit, au second niveau sud. Elles sont bardées de psirid très fortement chargé. Seuls des hékellin d'un niveau suffisant peuvent y pénétrer sans trop de danger.

— Qui a mis les plaques dans les souterrain, alors ? Je croyais que les Ranao avaient décidé de ne rien laisser derrière eux en partant. »

Le visage de Samuel est le portrait de la plus sincère perplexité. Taïriel s'adosse au mur en croisant les bras, avec un autre soupir. Qu'est-ce qu'il fait, il vérifie si la guide a bien appris sa leçon et peut répondre à n'importe quelle question idiote ?

« Les Ranao n'étaient pas, ne sont pas, une culture monolithique. Ils ont longtemps et beaucoup débattu avant d'en arriver à la décision de quitter Tyranaël, et à celle de ne laisser que leurs édifices et infrastructures. Certains n'étaient pas tout à fait d'accord. Ils sont restés plus longtemps que les autres, en ne passant sur Atyrkelsaõ qu'au dernier moment. Certains ont même choisi de mourir ici, sur ce qui était pour eux encore Tyranaël. Et certains ont décidé de nous laisser les plaques.

— Mais ils ne savaient même pas si nous viendrions », remarque quelqu'un d'un ton hésitant.

Le ton de la jeune femme se fait grave : « Ceux-là croyaient que nous viendrions, l'espéraient, même – car sinon, leur peuple aurait abandonné la planète pour rien, n'est-ce pas ? Ils ont voulu laisser quelque chose, un signe de foi en la possibilité d'un contact futur. Ils savaient que si nous venions, la planète nous transformerait – leurs Rêveurs nous avaient vus transformés. Et ils ont laissé les plaques, en sachant que nous n'y aurions pas accès avant d'être assez transformés pour être en mesure de les lire.

— Les Ranao n'ont pas toujours démenti avoir laissé les plaques ? » demande la même personne qu'auparavant, un homme trapu dans la cinquantaine, l'air un peu méfiant.

« Eh bien, leur histoire officielle n'en fait pas mention, en effet, ils l'ont découvert assez récemment, avec les premiers passeurs virginiens. Ceux qui avaient laissé les plaques s'étaient mis d'une certaine façon hors la loi, ils n'allaient pas s'en vanter. Et c'était il y a près de mille deux cents saisons. Les historiens ranao sont des gens très méticuleux. Ils cherchent encore des confirmations.

— Je vois », dit l'homme en hochant la tête.

La jeune femme se détourne avec un sourire éclatant : « Et maintenant, nous allons visiter la salle des Étendards. » Elle s'éloigne à grands pas dans le corridor, suivie de ses moutons murmurants.

Taïriel se retourne vers Samuel et proteste : « Je croyais que vous connaissiez le Musée par cœur ? »

Il se remet en marche. « Je voulais savoir ce qu'on répondait aux curieux plus curieux que les autres », répond-il avec un petit sourire d'excuse.

La déformation de l'historien, encore... « Et ça va, c'est correct, vous êtes content ? »

Il hausse légèrement les épaules : « Oui. » Il tourne soudain la tête vers elle avec un petit sourire malicieux : « Et vous, avez-vous appris quelque chose ?

« Rien que je n'aurai oublié dans cinq minutes », répond-elle en exagérant sa grimace narquoise.

Il se met à rire.

3

Ils prennent le ferry du Grand Canal Neguib, qui encercle la ville ancienne et longe le port, jusqu'au Canal Bounderye, un des quatre grands canaux qui, avec les avenues correspondantes, découpent la ville en quartiers triangulaires égaux. Mais ensuite, après le trajet en bus le long de la rue Courtier jusqu'à l'avenue du Parlement Nord-Ouest, ils marchent. « J'espère que vous avez de bonnes chaussures », a remarqué Taïriel en descendant du bus. Il a souri : « Ne vous en faites pas pour moi. »

Taïriel a conquis Cristobal à pied. Pas toute la ville : la partie dont elle connaît presque par cœur les recoins est une zone d'environ vingt kilomètres carrés délimitée par l'avenue du Parlement. Son appartement se trouve dans Orlemur Nord-Est à la hauteur du petit canal

Desmond, en plein milieu du quartier Greshe, entre l'avenue et le Grand Canal qui portent ce nom – Greshe, l'inventeur de la propulsion du même nom, un signe, c'est ce qui a déterminé son choix malgré l'éloignement relatif de l'université, une fois qu'elle a décidé, quand même, de refuser l'hospitalité des Fukuda.

Elle a deux visions très différentes de Cristobal : quand elle était toute petite, elle allait directement en vacances chez ses cousins, à la Villa Doven – la ville était simplement ce qu'on traversait depuis la gare ou depuis le port, ou ce qu'on visitait de façon ponctuelle. Quand ils sortaient, c'était surtout pour se rendre au Parc de la Tête : la ville n'existait pratiquement pas pour elle, elle n'y avait jamais *vécu*. Lorsqu'elle y est arrivée deux saisons plus tôt, elle a dû l'apprivoiser ; elle s'y est employée de façon systématique en parcourant chaque fois qu'elle en avait l'occasion un cercle de plus en plus vaste autour de son quartier, variant les itinéraires, le long des rues et des canaux ou dans les labyrinthes de ruelles et de sentiers qui séparent maisons et immeubles. Estéban l'y a un peu aidée, et à vrai dire certains endroits où elle pense emmener Samuel sont des coins-à-Estéban, mais s'y trouver avec quelqu'un d'autre, aujourd'hui, leur enlèvera pour ainsi dire leur charge estébanienne, leur rendant leur virginité. Du moins elle l'espère.

Elle délaisse les rues principales, préfère les ruelles et leurs trajets inattendus ; c'est ainsi qu'elle a découvert ici ce parc miniature rempli de buissons de roses sauvages au parfum entêtant, et là ce petit passage voûté à l'entrée obstruée d'arcandas nains, oublié sous le petit canal Helmer. Il faut se plier en deux pour passer, mais si on pose la main sur la paroi la pierre dorée s'illumine bientôt, révélant une fresque rani protégée par le même épais vernis que toutes les autres dans la cité – un produit qui fusionne avec la pierre à travers la peinture ; lorsqu'elle était petite, elle a gagné une médaille lors d'un concours, à son école, pour en avoir reconstitué la composition par ses propres moyens, un moment déterminant dans le choix de sa future carrière. Elle sourit en effleurant le vernis, mais ce n'est évidemment pas à cela que Samuel pense. Il pousse un petit sifflement : « Troisième dynastie aritnao, un vestige de la ville originelle. Cette fresque ne se trouve pas dans le répertoire du Musée, dites donc. Vous ne l'avez pas signalée ? »

Taïriel se mord les lèvres, un peu embarrassée, et il conclut à sa place, avec un petit sourire : « Mais vous n'êtes pas une historienne. » Un clin d'œil : « Ça restera entre nous, alors. Il y en a d'autres. »

Taïriel tient d'autant plus à sa fresque secrète que le quartier voisin, entre l'avenue et le Grand Canal Bounderye Est, a été très endommagé pendant les troubles de la Sécession. On a abattu depuis les édifices pseudo-modernes qui l'avaient remplacé et on l'a reconstitué en suivant aussi exactement que possible le plan d'origine, bâtiments et fresques, mais ce n'est pas pareil.

« Je croyais que les Ranao vous faisaient bâiller ? remarque Samuel.

— Ce ne sont pas les Ranao, c'est la ville que j'aime », réplique-t-elle, soudain consciente d'être un peu de mauvaise foi. « Une question d'esthétique, pas d'Histoire. »

Il fait « Ah ! », l'œil pétillant. Mais s'abstient d'autres commentaires.

La collation de mi-matinée est déjà un peu loin. Ils achètent un gros sac de chips de tutuàn à un vendeur ambulant. « Aucune valeur nutritive », remarque Samuel. Taïriel se met à rire – c'est ce que dit toujours son père. « Elles sont séchées au four, pas frites ! Et au naturel, pas de sucre ajouté.

— Même résultat. La chaleur dénature les vitamines.

— Ne me dites pas que vous êtes un maniaque de la nutrition ! »

Il se fourre une poignée de chips rosâtres dans la bouche et sourit au travers en postillonnant : « Moi ? Quelle idée ! »

Même si les méandres de leur itinéraire leur font en général éviter les voies principales, ils se retrouvent finalement dans Parlement Sud-Est et remontent l'avenue vers la place du Musée, sous les feuillages alternés des tingalyai et des majestueux arbres-rois. Pour ce que Taïriel a l'intention de faire ensuite, ils doivent se rendre au terminus central des bus afin de remonter Bounderye vers l'Université.

Le chemin le plus court pour se rendre à l'édifice du terminus, de l'autre côté, au bord du canal qui double l'avenue du Rond-Point, c'est de traverser la place en diagonale. Au passage, ils lancent le reste des chips aux volées de petits becdors qui picorent sur les dalles écarlates ; quelques bailladao voient le remue-ménage et fondent bientôt du haut des terrasses et des clochetons du Musée, curieux. Samuel, intrépide, leur offre des chips, bras tendu, et l'un des grands oiseaux vient les piquer avec délicatesse au bout de ses doigts. Les autres se contentent de se poser dans un battement d'ailes bleues et blanches, enjambant ensuite de leurs longs pas dédaigneux les becdors qui s'en soucient comme d'une guigne et continuent à picorer avec ardeur. Samuel réussit à attirer l'un des petits oiseaux rutilants jusque dans sa main et il le soulève pour le montrer à Taïriel avec un sourire ravi. Bon, oui, très bien, mais s'il continue à faire joujou comme ça, ils rateront leur bus !

« ... et la place était absolument pleine, mais pleine, on aurait voulu tomber, on n'aurait pas pu. Près d'un million de gens, imaginez-vous, serrés comme des sardines, au coude à coude... »

Devant la grande entrée Est du Musée, ils longent un groupe assez important, des gens du Nord à leur accent, et plutôt une commune que des touristes, car il y a trop d'enfants et d'adolescents parmi eux. Ils sont rassemblés en demi-cercle autour d'une très vieille femme appuyée sur une canne. Samuel ralentit – ah non, pas encore, mais il n'a donc jamais rien vu, ce garçon ? Taïriel ne peut s'empêcher de murmurer : « Le bus est dans dix minutes... »

Il lui sourit avec une ironie gentille : « Il n'y en aura pas d'autres ? »

La vieille femme continue sans les avoir remarqués : « ... une muraille de corps autour du Palais... »

Taïriel s'immobilise avec un soupir ostentatoire. Il veut l'écouter, c'est ça ? Si vieille soit-elle, cette grand-mère-là ne peut pourtant pas avoir été présente lors de la grande émeute de 159. Ses parents, peut-être. Une histoire de famille. Mais que voulez-vous faire avec un apprenti-historien ?

« ... et la police et la garde nationale étaient barricadées à l'intérieur...

— Ils s'étaient déclarés pour le gouvernement provincial dans la matinée, remarque Samuel à mi-voix pour le bénéfice de Taïriel. Quel que fût le résultat du vote sur la conscription. »

Elle se retient de lever les yeux au ciel. Souffre-t-il de la maladie du spécialiste, s'imaginer que tous les autres sont des ignorants ? Elle connaît l'histoire de l'Ouverture jusqu'à plus soif, cela fait partie de *son* histoire familiale. Mais elle ne va sûrement pas le lui dire, s'il réagit ainsi à la moindre provocation !

« ... du coup, on se trouvait défendre la police et la garde ! » poursuit la vieille femme avec un petit rire caquetant.

Taïriel décide de prendre les opérations en main. « 32 Février 159 », récite-t-elle d'une voix sépulcrale en entraînant fermement Samuel par le bras. « L'assemblée provinciale siège depuis l'aube, les troupes blindées arrivent de la Base San Augusto, au sud-est de la ville. Pendant ce temps, la province de Nouvelle-Dalécarlie tient son référendum sur la deuxième conscription – déclaré illégal par Morgorod, mais les Vieux-Colons en ont toujours fait à leur tête depuis le début de la colonisation. L'armée a pris position partout à Morgorod après les émeutes. Les Fédéraux veulent se battre jusqu'au dernier soldat pour la base stratégique de Dalloway attaquée par les rebelles, la population n'est pas d'accord. Les Fédéraux n'ont pas voulu reconnaître, jusque-là, à quel point leur mainmise sur les esprits s'est affaiblie à la suite du travail de sape des Enfants d'Iptit et des rebelles clandestins. Là, ils sont obligés : la Nouvelle-Dalécarlie vote massivement contre la conscription, l'assemblée de l'Ouest aussi, et en plus, à Cristobal, les troupes blindées fraternisent avec la foule. Le gouvernement central est remplacé par le gouvernement plus modéré de Graëme Anderson qui commence les pourparlers de paix secrets avec les rebelles. Le 37 Mars, Dalloway tombe définitivement, et cinq Mois plus tard, c'est la Paix de Léonovgrad. Fin. »

Samuel se laisse entraîner, mais il remarque : « Ce n'est pas ce que raconte cette vieille femme. C'est ce que ses parents ont vécu ce jour-là, sur la place. Imaginez, Taïriel. Imaginez-vous au milieu d'un million de gens, tous portés par la même certitude, la même volonté. Face à ces blindés, à ces soldats dont vous ne voyez pas le visage derrière les casques, mais vous savez que ce sont vos enfants, ou les enfants qui jouaient avec les vôtres dans la rue d'à côté quand ils étaient petits. Imaginez-vous en train de leur parler, de plaider avec eux, de les exhorter. Imaginez les adolescentes qui grimpent les premières sur les voitures pour embrasser les soldats. Et imaginez... » Sa voix baisse d'un ton, presque altérée : « ... le choc des puissances invisibles, les télépathes arc-boutés les uns contre les autres, les Fédéraux désespérés, sentant le pouvoir leur couler entre les doigts – prêts à tout... Ç'aurait pu être un épouvantable massacre, ce jour-là, à Cristobal. Il s'en est fallu d'un cheveu. Quand les troupes fidèles au gouvernement central sont arrivées, on s'est battu pendant trois jours dans toute la ville. »

Il s'est immobilisé, le regard au loin, les traits crispés. Elle s'arrête aussi, un peu déconcertée par sa passion : « Mais les bons ont gagné. Il ne faut peut-être pas trop d'imagination, pour être un historien, dites donc. L'objectivité doit en prendre un coup. »

Il la dévisage, puis se détourne en murmurant avec un petit soupir : « Je n'ai jamais dit que j'étais un bon historien. »

Ils arrivent enfin au terminus conjoint des bus et des ferries, au bord du canal, où Taïriel se procure des horaires qu'elle épluche en attendant leur bus. Elle veut se rendre au Jardin botanique terrien, qui se trouve à côté de l'Université, et ensuite revenir dans le quartier Bounderye Est pour voir le spectacle de la troupe Saraï Kennyata – le Cycle de l'Adaïmionide au complet, dans le setlâd original, Samuel devrait apprécier ! Et non, ce n'est pas l'histoire qui intéresse Taïriel, c'est la musique et les acrobatiques numéros de danse. Mais ce sera serré. « On pourra aller faire la méridienne à l'université », marmonne-t-elle à mi-voix sans s'en rendre compte.

« Qu'est-ce que vous nous concoctez là ? » demande Samuel avec une intonation amusée.

Elle le lui explique, en lui montrant les heures encerclées. Il secoue un peu la tête, comme indulgent : « Ah, l'illusion du contrôle...

— Quelle illusion ? proteste-t-elle. Un horaire est un horaire !

— Il suffit de manquer un de vos bus ou de vos ferries pour que ça ne marche plus.

— Ce ne sont pas les miens, mais ceux de la ville, et ils ne sont jamais en retard. C'est pour ça que je peux planifier.

— Une panne, un accident, un encombrement... un tremblement de terre ! »

Elle est obligée de se mettre à rire : « Vous ne planifiez jamais, vous, alors ?

— Ça m'arrive. » Son sourire s'efface, un de ces brusques nuages de mélancolie qui passent sur lui de temps à autre. « Mais je me soigne. J'essaie de danser à la limite de mes désirs et...

— ... de la réalité », anticipe-t-elle.

Une petite moue souriante : « ... de la malléabilité de l'univers. »

Elle fait une petite moue en retour : « Ça sonne comme une citation.

— *L'Autre Rivage.*

— Oh. » Elle hausse un peu les épaules ; ça fait des siècles qu'elle l'a lu ; mais la convergence de Samuel avec les Immortels, d'une façon ou d'une autre, redevient une possibilité. « Je suis une future ingénieure, moi. Quand on applique des aérogels, le truc, c'est de savoir exactement dans quelle zone de malléabilité on se trouve : quand ça craquera.

— Vous avez assurément choisi un domaine où la malléabilité est plus contrôlable, dit-il en souriant.

— L'Histoire l'est moins. »

Le voilà de nouveau mélancolique : « Pas mal moins. Les choses humaines sont si terriblement plastiques...

— Et c'est pour ça que j'ai choisi un métier où il n'y a pas d'humain dans les équations. Plus honnête. »

Il rit : « Un aérogel, "honnête" ?

— Façon de parler ! »

Depuis quelques minutes, la lumière a changé, le ciel s'est couvert. Une des averses violentes mais tièdes de Cristobal au Retour éclate brusquement, poussée par le vent ; les becdors se soulèvent en nappes piaillantes, et le premier mouvement de Taïriel est de se mettre à l'abri comme eux, mais tous les gens qui attendaient le bus se sont entassés dans le kiosque, il n'y a plus de place – et de toute façon Samuel est resté en arrière, hilare, les bras en croix, le visage renversé sous la pluie. Elle l'observe un moment tandis que l'eau lui ruisselle dans le cou et entre les seins, puis elle en prend son parti et va le rejoindre. « Et maintenant quoi, vous allez vous mettre à chanter ? »

Il esquisse un entrechat : « Oh, vous aimez les vieux films ? Gene Kelly ? *I'm SIN-ging in the rain...*

— Seulement quand il *danse* ! Et en fait, je préfère Fred Astaire, ou Karel Antoniuk.

— Quelle hérésie, les citer dans une même phrase ! Antoniuk était... un sportif, pas un danseur. Ce n'est pas la hauteur du bond ni le nombre de pirouettes, c'est – il saute d'une dalle à l'autre, bras étendus, sur la pointe de pieds – la *grâce* !

— Restez historien ! » conseille Taïriel, amusée.

La pluie s'arrête aussi soudainement qu'elle a commencé. Samuel aussi, avec un large sourire, les cheveux plaqués sur le front. Taïriel grimace et souffle sur les mèches qui lui dégouttent dans la figure : « On ne va pas prendre le bus dans cet état !

—Vous voyez bien », dit Samuel en enlevant sa veste – il aurait aussi bien pu ne pas en porter, sa chemise est détrempée.

Taïriel essore sa robe légère autant qu'elle le peut, ses cheveux. « D'accord, on en prendra un autre. Mon appartement n'est pas très loin, un kilomètre et demi en coupant à travers les ruelles. »

Ils repartent vers le nord-est le long du Canal Greshe ; les sandales mouillées de Samuel font un bruit de souris à chaque pas et, au bout d'une dizaine de mètres, Taïriel n'y tient plus et se met à rire. Il les retire et marche pieds nus. Il a lissé ses cheveux assombris par l'eau, dégageant un front haut et bombé ; mais c'est surtout sa bouche qu'on remarque de profil, sinueuse et pulpeuse comme celle d'un enfant. Taïriel cesse de l'observer et saute par-dessus une flaque, curieusement détachée. S'il arrive quelque chose entre eux, c'est bien, sinon, en fin de compte, c'est bien aussi.

Une fois à l'appartement, elle va passer un de ses longs t-shirts qui lui tombent aux genoux, en lance un à Samuel avec une serviette. « Vous êtes en train de dégouliner sur mon tapis », constate-t-elle en se frottant vigoureusement les cheveux. Il passe dans la salle de bain, éclate de rire et revient : elle n'a pas regardé quel t-shirt elle lui donnait, c'est celui avec les petites fleurs partout.

« Le vôtre vous ressemble davantage », dit-il. Celui avec la licorne lancée au galop. « Tov Taïri ?

— Un cadeau de mon grand-père. »

Il lui sourit. Elle sent à la façon dont il la regarde qu'il est tenté, qu'il y pense. Et, comme elle flotte toujours dans cette espèce de bizarre sérénité, un moment de grâce où elle ne se sent pas gênée de ne pas deviner, de devoir demander pour savoir, elle demande, et il dit que oui, il y a pensé, et elle ?

« Moi aussi.

— Revanche ?

— Oui, et ensuite pour me prouver je ne sais quoi à moi-même. Mais là, c'est fini. »

Ils se dévisagent. Ils sont presque de la même taille, les yeux dans les yeux. Elle dit encore : « C'est drôle, je n'ai jamais rencontré de télep, je veux dire, à peu près de mon âge. Et je m'entends mieux avec vous au bout d'une demi-journée... » Elle l'admet : « ... qu'avec Estéban après... toute ma vie ou presque.

— Ah. Mais nous n'avons pas d'histoire, pas de passé. Pas de responsabilité. Juste nous, ici et maintenant. »

Il caresse pensivement son épaule nue, du bout d'un doigt. Laisse retomber sa main. Elle dit avec calme, toujours sereine : « Ce n'est pas encore tout à fait l'heure de la méridienne, mais la nuit a été longue. »

Il acquiesce. Elle englobe l'appartement d'un geste du bras : il y a un sofa dans la petite salle de séjour. « Vous avez le choix », et ils savent exactement tous les deux ce qu'elle veut dire. Elle se rend dans sa chambre. Il n'y pas de porte.

Après un bref moment, il entre à son tour ; comment fait-il pour ne pas avoir l'air idiot avec ce t-shirt à fleurs ? Il s'assied sur le lit où elle s'est étendue ; elle se pousse pour lui faire de la place. Il lui effleure les cheveux. Elle lui caresse le bras en retour – il a la peau très douce, presque comme un bébé. Il se penche, l'embrasse avec délicatesse sur les lèvres. Elle est un peu déconcertée quand même, il semble si anxieux. « Ce n'est pas la première fois ? » Certains Immortels font vœu de chasteté...

Il rit, à la fois embarrassé et amusé : « Non ! Non... Mais... c'est la première fois comme ça depuis longtemps ».

Elle ne commente pas, tapote le lit près d'elle ; il s'étend sur le côté, la contemple, appuyé sur un coude, puis, comme s'il prenait une décision, se penche et l'embrasse encore, très doucement, les yeux grands ouverts. Il l'observe avec intensité tandis qu'il la caresse en se mordant les lèvres, maladroit un peu, fervent, avec lenteur – un éclair d'Estéban la traverse, les premières fois qu'il la touchait. Mais, avec moins d'effort qu'elle ne l'aurait cru, elle l'écarte. Elle se sent toujours calme, détachée, très tendre en même temps. C'est bien, faire l'amour avec quelqu'un dont on n'est pas amoureuse : rien à attendre, rien à prouver, pas de panique, pas de vision-tunnel, on peut être *curieuse*... Il jouit assez vite, avec désolation, mais non, veut la caresser, mais non, elle n'a pas réellement envie, pas maintenant, son plaisir à lui l'a étrangement satisfaite, elle préfère ainsi, elle tombe de sommeil. Blottis l'un contre l'autre, ils font la méridienne sous le ventilateur qui tourne au plafond, hypnotique.

La sonnette de la porte d'entrée les réveille, trois heures plus tard. Taïriel passe son t-shirt et va ouvrir. Estéban, bien sûr. Qui doit voir Samuel dans la chambre par-dessus l'épaule de Taïriel, car il change d'expression. Elle attend, satisfaite d'être aussi calme.

« Je t'ai cherchée partout dans le Parc, tu aurais pu me prévenir !

— Je ne savais pas où tu étais.

— Tu pouvais laisser un message à la Villa !

— Je n'y ai pas pensé, excuse-moi.

— Comment es-tu entrée, au fait ? »

Samuel s'est levé et s'approche, drapé dans le léger dessus de lit – plus digne qu'en t-shirt à fleurs, c'est certain. « Je suis cambrioleur à mes heures. »

Le silence est un peu inconfortable. Taïriel s'efface pour laisser entrer Estéban. « J'allais faire du café, tu en veux ? »

Il la suit tandis que Samuel disparaît dans la salle de bain. Une fois dans la cuisinette, il proteste à mi-voix : « Tu ne le connais même pas, Tiri !

— Depuis quand es-tu le gardien de ma vertu ? J'ai passé toute la matinée avec lui. Un garçon charmant.

— Comme si tu pouvais le savoir ! »

L'argument la laisse sans voix. Elle essaie de se contenir : « Je suis peut-être une bloquée, Estéban, mais pas une imbécile. »

Il se mord les lèvres, s'obstine : « C'est pour te venger, c'est ça ? Je ne savais pas que Matila et les autres seraient au Parc ! »

Elle sent son calme s'effilocher, mais Estéban ne peut pas le savoir, et elle en profite – c'est la première fois qu'elle s'en sert aussi délibérément contre lui. « Je viens de te dire que je ne suis pas une imbécile, je crois ? » dit-elle d'une voix neutralisée avec effort. « Et j'ignorais devoir me venger. »

Il hésite, déconcerté, boudeur : « Ça ne te ressemble pas de faire ça. »

Elle maîtrise mal un autre élan de colère et lui retourne avec un amer ressentiment : « Comme si tu pouvais le savoir ! Et peut-être que tout le monde change, Estéban, même moi ! »

Elle retourne dans la salle de séjour avec les tasses et tout le nécessaire ; il la suit ; Samuel s'est rhabillé. Ils boivent le café dans un silence encore plus inconfortable qu'auparavant, mais Taïriel ne se sent pas en humeur de faire la conversation pour le principe, et si les deux autres ne veulent rien dire, très bien.

Estéban se lève : « J'organise une petite fête, jeudi, pour l'anniversaire de Morgan. Tu viendras ?

— Morgan ? Ah, Morgan », fait Taïriel en exagérant son incompréhension puis son indifférence – c'est un des amis d'Estéban. « On verra. » Samuel ne dit rien.

La porte se referme. Taïriel reste immobile, crispée, la poitrine douloureuse, cette fois c'est vraiment fini, quoi qu'il arrive ensuite, elle le sait, elle le sent, pourquoi n'en est-elle pas plus soulagée, idiote, comme une gamine qui rajoute de l'eau dans son verre, même quand il n'y a plus de trace de sirop, pour se faire croire que le verre est encore plein !

« Tu veux que je parte ? » demande Samuel d'un ton égal.

« Tu peux bien faire ce que tu veux ! »

Il dit avec simplicité : « Je voudrais rester. »

Elle est prise au dépourvu, sent avec rage qu'elle va se mettre à pleurer.

« Le désamour passe aussi », murmure Samuel.

Du coup, les larmes disparaissent. Avec lui, elle peut se permettre d'être agressive : « Tu me trouves stupide, hein ? »

Il murmure avec un doux reproche : « Orgueilleuse. »

Elle se laisse tomber dans le sofa : « C'est juste que... comment ai-je pu être aussi bête aussi longtemps ?

— Vois les choses du bon côté, dit-il avec un humour inattendu, si tu l'as été, tu ne l'es plus. »

Elle hésite, bascule du côté du sourire. « J'aurais seulement voulu... ne pas m'énerver. Finir dans le calme.

— Difficile. Ça fait toujours un trou, les fins, on tombe. Mais la nature a horreur du vide, tu sais. »

Il sourit. Elle proteste à moitié : « Toi ?

— Je ne sais pas. Et toi non plus. C'est la beauté de la chose, non ? »

Il est sérieux, malgré sa désinvolture apparente. Elle le dévisage, puis sourit à son tour, avec gratitude, avec incertitude – mais il a raison, c'est la beauté de la chose : « Juste nous, ici et maintenant. »

Il vient la prendre dans ses bras et elle se laisse aller contre lui avec un soupir.

« Il faudrait que j'aille chercher quelques affaires », dit-il au bout d'un moment.

Elle se met à rire, un peu estomaquée ; il ne perd pas de temps. « Pas beaucoup de place pour déménager chez moi !

— Je n'ai pas grand-chose. Je voyage léger. »

Quand il revient, deux heures plus tard, il n'a en effet qu'une petite valise et un sac à dos. Elle lui fait de la place dans une penderie et dans la salle de bain. Alors qu'il vide le sac à dos, un objet lui échappe et roule par terre en cahotant. Elle le ramasse au passage : une petite sphère d'adixe argenté, lisse, avec trois cabochons de paragathe rosée.

« Joli. Qu'est-ce que c'est ? »

Il regarde la sphère, les sourcils froncés : « Héritage. » Il hausse les épaules : « Valeur sentimentale.

— Et ça fait quoi ? »

Il hésite un peu. « Ça lui rappelait qu'il avait le choix, finit-il par dire à mi-voix. À mon grand-père. »

Elle ne peut s'empêcher de manifester sa surprise et il secoue la tête en soupirant : « Vieille histoire de famille. »

Elle médite un moment : « Tu l'aimais, ton grand-père ?

— Tous les grands-pères ne sont pas comme le tien, Tiri », dit-il après une petite pause.

C'est sans doute une fin de non-recevoir, mais du coup elle a envie d'insister : « Tu as encore de la famille, dans le Sud-Est ?

— Non. » Avec un sourire ironique, il répète : « Je suis libre comme l'air. »

Elle plaisante : « Tu veux dire que je peux t'emmener dans mes bagages à Morgorod, à la fin de la semaine ?

— Pourquoi, tu veux m'emmener à Morgorod ? » enchaîne-t-il sans broncher.

Elle se met à rire, sans trop savoir s'ils sont sérieux ou pas, mais sûrement pas, pas si vite ! « Qu'est-ce que tu ferais à Morgorod ! ? »

Il ne sourit plus vraiment, murmure : « Oh, je trouverais bien quelque chose pour m'occuper. »

Taïriel le dévisage, indécise. Son côté pragmatique s'est réveillé malgré elle ; Estéban n'a pas tout à fait tort. « C'est vrai que je ne sais pas grand-chose de toi. »

Il a un petit sourire triste : « Ça te rassurerait d'en savoir davantage ? L'illusion du contrôle ? »

Elle fronce les sourcils. Il ne va pas déjà lui faire le coup d'Estéban, s'imaginer qu'il a sa clé et sait ce qui la fait fonctionner ? « Non, mais si je te dis " pour mieux comprendre ", tu pousseras un cri d'horreur et tu parleras d'illusion de la compréhension ? »

Avec une brusque tendresse amusée, il se met à rire : « Ni l'un ni l'autre. C'est seulement... » Il redevient sérieux. « ... trop tôt pour moi, trop... nouveau. Je ne suis pas vraiment prêt à parler de moi. Même pas prêt à me demander si j'en ai envie ! » Il la dévisage avec une gravité un peu désolée : « C'est tout ce que je peux dire pour l'instant. À partir de là, c'est toi qui décides. »

Aucune agressivité, un simple énoncé de fait et, conquise à nouveau par ce calme, elle décide, en un éclair – foin des calculs pour une fois, n'est-ce pas précisément le sens de tout ceci ? « Je peux attendre. » Elle écoute l'écho de son impulsion en elle et admet avec un étonnement presque joyeux : « Je peux attendre. On a le temps. » Puis, avec un petit sourire entendu : « Au moins jusqu'à la fin de la semaine. »

Ils passent l'après-midi ensemble, sans se presser, sans trop planifier non plus – une longue promenade sous les multidômes du Jardin botanique terrien, une des premières entreprises conjointes de Lagrange et de Virginia à ne concerner ni de près ni de loin la propulsion Greshe : Lagrange a fait don de quantité d'espèces qu'on ne possédait plus dans leur état non hybridé. Ensuite, ils vont se baigner, font une rapide collation et prennent le ferry qui les emmène dans le quartier étudiant, vers l'université Flaherty ; ils traînent chez les bouquinistes et lèchent les vitrines en discutant de façon sporadique, une façon indirecte de se connaître – Samuel a raison, c'est ce qui compte, qui il est maintenant, qui elle est, pas les détails de leur biographie passée.

Ils vont voir un spectacle, pas le Cycle de l'Adaïmionide qui ne se donne qu'en matinée, mais une pièce virginienne, du théâtre traditionnel dans une salle de poche où n'entrent pas plus de cinquante personnes ; c'est une histoire de vies parallèles, bien jouée, mais trop statique pour Taïriel. Et puis, on se prend si terriblement au sérieux, pour une thématique si usée... Les retombées de l'Ouverture n'en finissent pas !

« Elles ne peuvent pas *finir*, Tiri. Nous ne pouvons désapprendre ce que nous avons appris sur la Mer et tout le reste. »

Avec une petite moue obstinée, Taïriel répète le credo de son grand-père : « Même si c'est autrement dans un autre univers, je vis ici et maintenant.

— Oui, mais ce que tu vis ici et maintenant n'est pas gravé dans la pierre. »

Elle est bien obligée d'acquiescer : même si elle ne sait pas de quel côté, sa vie vient de prendre un tournant, elle ne va pas le nier. Mais elle ne va pas se mettre non plus à défendre la prédestination, une idée qu'elle déteste. Bien assez d'être biologiquement déterminée – une bloquée ! « La malléabilité est quand même toute relative. Sans même parler de celle de l'univers : celle des humains. J'ai tendance à nous voir comme... des matériaux à mémoire. Ça peut changer de forme si le stimulus adéquat est appliqué, dans un sens ou dans l'autre, on évolue, on régresse – mais à partir de la forme de base.

— On a quand même un certain contrôle sur les stimuli, non ?

— Ah, c'est toi qui défends le contrôle, maintenant ?

— Vases communicants. »

Il la regarde avec une tendresse un peu hésitante, puis se penche vers elle et l'embrasse.

Quand ils font l'amour, après être rentrés, il prend l'initiative, attentif – et habile ; ça faisait peut-être longtemps, mais ce n'est pas un novice ; elle en est presque un peu déçue, malgré le plaisir. Mais quand elle se met à l'explorer à son tour, il répond avec une ferveur angoissée, presque incrédule même, une inexplicable gratitude. Elle en éprouve un sentiment étrange, non pas tant de pouvoir que de libération. Elle le regarde dormir et elle pense, déconcertée, qu'elle n'est pas amoureuse de lui, ne sait même pas si elle le sera. Son seul point de comparaison est Estéban – un peu limitatif, à vrai dire. Elle était (était !) amoureuse d'Estéban, mais ça voulait dire quoi, "amoureuse" ? Une fixation, une habitude, un désir toujours frustré, Estéban. Et en réalité... Il y a des couches et des couches de contrôle. D'elle ou de lui, qui dépendait le plus de l'autre ?

Et puis, avec Estéban, elle pouvait tout imaginer parce qu'elle savait secrètement qu'il n'y aurait rien, elle pouvait se permettre tous les fantasmes, avec lui comme *outil*, ça ne l'engageait pas. En fait, elle n'a jamais... respecté Estéban ! Elle l'a désiré, elle s'en est servi pour meubler sa solitude – elle n'aime pas trop se voir ainsi, mais c'est la vérité, Taïriel ! Samuel, c'est tout différent. Pas une simple condensation-prétexte de ses besoins imaginaires ou réels, mais une véritable personne – bien plus opaque, bien plus fascinant qu'Estéban – à la limite, plus réel.

Au petit matin, elle se réveille pour le voir appuyé sur un coude, en train de la contempler. Ils font encore l'amour, les yeux mi-clos, rêveusement, et elle se laisse flotter avec lui vers un plaisir intense mais sans hâte. Après, il caresse les contours de son visage, comme s'il avait toujours été aveugle et voyait pour la première fois.

Arrivé au creux de son cou, il soulève la fine chaîne de sirid et d'or qui ne la quitte jamais, sourit : « “ Sois comme le collier autour de ceux qui t'aiment, brille comme l'or devant les nations, coupe comme le sirid la main de tes ennemis. ” Un collier d'adulte, Tiri ? C'est une coutume rani, pourtant...

— Mon grand-père me l'a donné. »

Il joue avec le collier, pensif : « À part les raisons... familiales, as-tu d'autres raisons de ne rien vouloir savoir des Ranao ?

— Ce n'est pas assez important pour moi pour que je veuille ou ne veuille pas savoir ! Je n'irai pas chercher de l'information, je ne la refuserai pas si elle se présente, mais ça m'est *égal.*

— La façon dont les Ranao ont habité cette planète-ci, l'ont modifiée, l'influence que ça a pu avoir sur nous, que ça peut encore avoir...

— Ils ne l'habitent *plus*. Ils sont de l'Autre Côté de la Mer. Les passeurs d'Atyrkelsaõ sont toujours des halatnim, et jamais après la neuvième ou la dixième génération, quand ils sont devenus trop ranao. Et quand ils viennent vivre ici, ils font presque tous comme mon grand-père, ils s'intègrent.

— Quitte à ce que la génération suivante veuille retrouver ses racines.

— Mais moi je ne suis pas ma mère, et je m'en fiche. Je vis ici et maintenant. Déjà bien assez d'avoir près de huit cents saisons d'histoire virginienne à porter, je ne vais pas encore me farcir celle des Ranao. La vie est trop courte, Samuel ! »

Il la contemple un moment puis l'embrasse en souriant : « C'est vrai. »

Le lendemain, il lui propose pourtant de retourner au Musée pour la vente aux enchères du bois du tingalyai – une coutume adoptée des Ranao. Elle accepte en riant : « Pourquoi pas ? J'ai l'esprit large, qu'est-ce que tu crois ! » Et puis, les profits vont à des œuvres charitables et au Musée. Il y a pas mal de monde dans la cour quand ils arrivent : les artisans du bois se sont réunis pour l'occasion, certains venus d'assez loin, ébénistes, sculpteurs, quelques-uns célèbres ; d'autres personnalités connues se trouvent là : Samuel désigne le vieux Manuel Céruelo dans la foule, Taïriel plaisante, « Manuel qui ? », mais elle connaît tout de même l'architecte qui aide à la restauration de Bird-City après avoir veillé à celle de Cristobal.

Avant les enchères, on invite les visiteurs à se rendre dans les deux salles d'exposition consacrées aux œuvres d'arts, objets usuels et meubles en bois d'arbre-à-eau, ainsi qu'aux artefacts ranao anciens sortis exprès des collections. Le bois a un aspect très particulier avec l'alternance de ses couches claires aux minuscules alvéoles et de ses couches imperméables noires, vitreuses. Le travail en est très délicat, et certains objets exposés constituent de véritables tours de force. Samuel manifeste une appréciation de connaisseur mais s'abstient avec sagesse de commenter après le premier avertissement amusé de Taïriel.

La vente aux enchères a lieu près du bassin. Dans l'îlot, qui fait terriblement nu maintenant comme d'ailleurs toute la cour, plus de trace de la souche : on a coupé au ras du sol, et un enzyme a digéré le reste du tronc et les racines. Samuel explique, et cette fois Taïriel accepte l'explication, qu'on laissera la terre reposer quelques semaines en assimilant cet engrais avant de replanter un autre tingalyai. Ils se promènent, comme les autres visiteurs, entre les lots de bois. Les plus gros, les larges rondelles du sommet et la plupart des sections du réservoir, ont déjà été attribués dans la matinée, avant la méridienne ; mais il reste toutes les branches, et les retailles. La cour est pleine de bois autour du bassin rectangulaire. Pas de parfum, malheureusement, même pas une vague odeur de sève : le tingalyai est une des rares essences d'arbre presque inodores, et ce bois-ci est déjà sec. Les acheteurs potentiels se promènent entre les lots et inscrivent leur enchère sur les cartons destinés à cet effet. Il y en a pour tous les prix. Samuel dépose une enchère sur une toute petite tranche de branche où se trouve un nœud. Taïriel se met à rire : « Et tu vas faire quoi, avec ça ? » Samuel sourit : « Souvenir. » Et c'est vrai que le bois brut est beau ainsi, lisse, avec ses zébrures noires et blanches bizarrement déformées par le caprice du nœud.

Heureusement, ils ne sont pas obligés de rester jusqu'à la fin : on commence par les petits morceaux et les simples particuliers, pour finir par les plus grosses branches et les enchères importantes. À l'amusement général, deux ou trois personnes proposent des trocs, selon la coutume rani, et on les accepte après la discussion de rigueur. Personne ne dispute cependant son petit morceau de bois à Samuel, qui repart joyeux comme un enfant. Une fois retourné à l'appartement, il sort un petit canif à lames multiples et se met à travailler les couches tendres, puis le nœud. Quand il a terminé, il tend à Taïriel la silhouette bien reconnaissable d'une licorne au galop : « Cadeau. »

Deux, trois jours passent, il s'installe, et c'est comme s'il avait toujours été là. Comparé à Estéban, il est délicieusement facile à vivre ; organisé mais adaptable. Affectueux, sensuel, joueur – mais discret. Autonome, un peu comme un chat. Et en plus, il ne la connaît pas depuis qu'elle est toute petite, il ne considère pas comme acquis qu'il sait tout d'elle. Et s'il est toujours conscient de son blocage – elle le voit, parfois, à la façon dont il en tient compte dans ses réactions, dans son comportement à son égard – il ne l'utilise pas sournoisement pour satisfaire ses propres fantasmes de pouvoir. Oh, elle commence à voir Estéban dans une tout autre lumière...

Au bout du sixième jour, elle admet qu'elle est en train de s'attacher à Samuel, mais d'une façon... détendue, pas d'autre terme pour se le décrire. Elle découvre avec lui les plaisirs de l'insouciance, des caprices, de l'improvisation. Quelquefois, on dirait que Samuel les découvre avec elle – quand ils vont danser, elle doit tout lui apprendre, par exemple. Ils s'entendent bien physiquement, aussi, ce qui ne gâte rien, et Samuel semble toujours considérer chaque nuance du plaisir comme un cadeau, ou un miracle.

Le septième jour de la semaine, au lieu d'aller à la Villa Doven pour la fête du dénommé Morgan, ils célèbrent plutôt leur anniversaire à eux, une idée de Samuel. « Pour une demi-semaine ? » proteste quand même Taïriel.

Il finit par dire: «Beaucoup, pour moi.»

Elle ne sait trop comment interpréter cette confidence, ou cet aveu. «Et c'est quoi, ton maximum?»

Il penche un peu la tête sur le côté pour l'observer en silence, les yeux voilés: «C'est jamais», murmure-t-il.

Peut-être n'aurait-il pas dû organiser cette petite célébration ; voilà que Taïriel est soudain consciente que le temps coule à rebours, maintenant : plus que sept jours avant son départ pour Morgorod, six jours... Elle ne sait pas trop ce qu'elle veut, et rien ne semble a priori impossible avec Samuel, mais elle a conscience qu'une échéance approche. Et lui, y pense-t-il? Il semble un peu distrait, parfois préoccupé. Le soir du cinquième jour du décompte, alors qu'ils sont à table dans la cuisinette et qu'il fait tourner le pied de son verre entre ses mains, les yeux perdus dans le vague, elle décide de prendre l'initiative, sur le mode léger.

« Alors, tu ne sais pas comment me dire que tu n'iras pas à Morgorod ? »

Il la dévisage comme s'il n'avait pas compris, puis lui prend la main d'un air anxieux : « Non, non ! Pas du tout. Je suis juste... je ne sais pas, fatigué. Encore sous le choc, peut-être. »

C'est vrai qu'il a les traits tirés, des petites rides qu'elle ne lui avait pas vues auparavant – presque des poches sous les yeux, pauvre Samuel ! « Tu devrais peut-être aller voir un médecin ? Une petite dose de vitamines ? »

Il ébauche un sourire en réponse au sien, mais son regard reste soucieux. Elle hausse un sourcil faussement sévère : « Allez, on ne fait pas l'amour ce soir, il faut que tu te reposes. »

Il proteste comme requis et la chasse jusque sur le lit. Ensuite, tandis qu'ils reprennent leur souffle, elle se demande fugitivement si elle devrait relancer le sujet de Morgorod, mais décide de s'abstenir : inutile d'ajouter au stress de Samuel. Il ne dira rien jusqu'au jour fatidique, et elle le verra faire ses bagages et la suivre à la gare comme si cela allait de soi – ce serait bien dans son genre !

Le lendemain, après le petit-déjeuner, il dit : « Je vais suivre ton conseil. Médecin, vitamines, abracadabra. »

Il sourit, mais elle se rend compte qu'il force un peu. Elle se contente de hocher la tête : « On se retrouve quelque part ? »

Il hésite : « J'en aurai peut-être pour un moment. J'ai aussi quelques affaires à régler. Je reviendrai pour la collation, avant la méridienne. »

Elle s'abstient de commenter, mais elle se sent stupidement excitée toute la matinée, malgré ses efforts pour se calmer. Mélange de plaisir et d'angoisse légère. Elle est soudain certaine qu'il viendra à Morgorod. Eh, est-elle en train de devenir amoureuse pour de bon ? Elle décide de faire un extra pour la collation d'avant la méridienne – c'est jour du marché sur la place Karillian, à deux pas de chez elle, et il y a là un excellent traiteur halatnim qui prépare des plats ranao typiques.

Quand elle revient, tard, les bras chargés, Samuel n'est pas encore là. Bien, elle pourra mieux préparer la surprise. Elle va poser les sacs sur le comptoir de la cuisinette et commence à sortir ses emplettes de leurs emballages. Après avoir vidé en tout dernier le confit d'atéhan dans un plat, avec soin afin de ne pas trop émietter la chair tendre du poisson, elle soulève le couvercle du bac à recyclage – le bocal en verre ne passe pas par l'ouverture.

La sphère d'adixe est à moitié enfoncée dans les déchets. Les cabochons ont été pulvérisés, le métal rayé est cabossé par endroits.

Taïriel reste bouche bée, sans oser toucher à la sphère, tandis que des idées sans suite se bousculent dans sa tête. Qui ? Comment... Ce n'est quand même pas Estéban... Et pourquoi juste la sphère ? Il aurait aussi bien pu saccager toutes les affaires de Samuel... Mais qu'est-ce qu'elle raconte, c'est absurde, Estéban ne ferait jamais une chose pareille, et il n'a même pas de clé de l'appartement !

Par acquit de conscience, elle va vérifier dans la penderie.

Les affaires de Samuel ont disparu. Et la valise, et le sac à dos.

La pierre écarlate du mur, près de la penderie, est marquée de fines rayures, des éclats ont sauté par endroits ; de petites dépressions irrégulières entament la bande plus tendre de tellaod dorée, juste à côté. Comme si on avait frappé le mur à plusieurs reprises avec un objet très dur, et rond. La seule chose assez dure pour rayer ou faire éclater de la paragathe, c'est de l'adixe – ou de la paragathe. La sphère était rangée dans la penderie.

déchets, le disputant aux ongles acérés des machines ; soudain, avec un bruit mouillé, les entrailles se déversent de la cavité abdominale pour se draper sur le conteneur fracassé.

L'homme s'écarte de justesse, haletant, se précipite vers un autre des caissons où les outils animés offrent à mi-hauteur un torse de femme écorché et à moitié démembré. Il tire sa large dague et décapite le cadavre, puis il plonge la lame à plusieurs reprises dans l'abdomen sanglant, l'ouvre enfin de bas en haut. À chaque coup, comme si c'était sa seule façon de pouvoir respirer, il laisse échapper un hurlement bref. Il dérape brusquement dans le sang, se retrouve par terre au milieu des morceaux de chair et des membres épars, se met à quatre pattes tant bien que mal et rampe vers un conteneur fracassé auquel il s'accroche pour se remettre debout. Il n'a pas cessé de hurler, le même hurlement rythmé, rauque, animal.

Taïriel revient à la conscience, sa propre bouche distendue sur un cri silencieux. Choc en retour, implosion, elle se recroqueville en chien de fusil, elle suffoque – terreur, refus, c'était un rêve, c'était un rêve !

Au bout d'un moment, elle s'assied, essaie de respirer à fond, plus un hoquet qu'une respiration au début, ça fait mal, elle a mal partout comme si c'était elle qui avait été massacrée dans tous ces corps. Elle regarde autour d'elle, secouée d'un violent tremblement nerveux ; c'est son appartement, elle se trouve sur le sofa, devant elle la petite table basse, avec une feuille griffonnée...

Samuel, deuxième choc, elle se fige, Samuel est parti, Samuel... Mais l'énorme horreur rémanente du rêve vient rouler sur elle à nouveau, oblitérant le chagrin. Malgré ses efforts pour s'en détourner, les images sanglantes continuent à exploser devant ses yeux. Elle se lève futilement pour leur échapper, fait quelques pas au hasard, éperdue. Continue sur sa lancée jusqu'à la salle de bain, ouvre le robinet d'eau froide, s'asperge la figure, passe carrément la tête dessous. Elle se rend compte qu'elle sanglote à petits hoquets, sans larmes,

Taïriel, pétrifiée, n'arrive pas à penser. Son regard passe des cintres vides au mur cabossé, et elle ne peut pas aligner deux idées cohérentes. Finalement, en automatique, elle se rend dans la salle de bain pour se faire couler un verre d'eau. Enregistre au passage que les affaires de toilette de Samuel ne sont pas là non plus. Retourne dans la salle de séjour, les jambes molles, pour se laisser tomber dans le sofa. Et remarque la feuille pliée en deux sur la table à café, avec son nom dessus.

Le message est bref, l'écriture hachée part dans tous les sens : *Tiri, je dois partir. Tout est de ma faute. Essaie de me pardonner un jour.*

Et, en setlâd, d'une écriture presque illisible : *M'deyaõ alnaamaï*. “ Je t'ai aimée en nous-mêmes ” – je t'ai aimée.

La signature, réduite à un S, a troué le papier.

4

Le début du rêve est très tranquille, paisible même : une grande salle qu'on découvre progressivement, ou comme si le décor se construisait au fur et à mesure. Des murs de pseudo-pyrite lisse, où ne se distinguent pas les jointures des pierres individuelles et le long desquels s'alignent des étagères sans support visible, couvertes d'objets de toutes tailles, mais plutôt petits, parfois minuscules, à la destination énigmatique ; certains semblent en métal, d'autres en matériaux indéterminables, peut-être du verre ou de la céramique. D'un plafond supposé, car on le voit pas, pendent de bizarres stalactites inégales – non, des bras manipulateurs, certains descendent assez bas pour qu'on puisse en distinguer les articulations (mais pas les toucher : on n'a pas de corps, apparemment) ; certains sont rigides, d'autres ressemblent à des tentacules annelés, mais chaque bras se ramifie en d'autres bras plus petits qui à leur tour se ramifient, de plus en plus microscopiques, pour se terminer par des fils de la taille d'un cheveu ou moins. Des outils, en tout cas, car on peut reconnaître des forets, des fers à souder, des lasers, des scalpels, des seringues, des micro-pinces.

On, c'est Taïriel. Jusque-là pur regard, elle se condense enfin dans la surprise et la curiosité : c'est un laboratoire ? Un atelier ? Une salle d'opération ? Elle n'en a jamais vu de tels.

Soudain, sans bruit, une demi-douzaine de longs conteneurs rectangulaires s'élèvent du plancher ; ils devaient se trouver en dessous. Environ un mètre de haut et deux mètres de long, à la base opaque, mais autrement translucides, remplis d'une substance bleutée. On y distingue les contours de corps nus.

Dans le premier caisson flotte une femme nue, jeune, peut-être vingt-cinq saisons. Pas morte : sa poitrine se soulève, très lentement. Que respire-t-elle ? La substance bleutée doit être un fluide. Une Rani, en tout cas : aucune pilosité corporelle, le semis de taches sombres en parallèle sous les seins, à intervalles réguliers, et, à la place du nombril, la petite bande de peau un peu froncée qui marque la résorption du sac vitellin. Et c'est une pure Hébaë : courbes généreuses, cheveux rouge sombre mi-longs et ondulés, suspendus en auréole autour de sa tête dans le fluide bleuté, peau de cuivre rouge, larges pommettes, sourcils presque jointifs au-dessus des yeux clos.

Un mouvement à gauche. Taïriel tourne de ce côté son regard désincarné. Un homme vient d'entrer ; il marche vite, en martelant le sol. Un Rani aussi, mais un mélange de Paalao et de Tyrnaë : grand, cheveux noirs à l'épaule, lisses et drus, peau au miroitement

doré, et des yeux violets chargés d'éclairs. Ses riches et archaïques vêtements sont en totale contradiction avec l'environnement technique aseptisé : pantalon bouffant de peau fauve, sandales de cuir épais lacées jusqu'aux genoux, tunique d'apparat paalao à larges épaulettes, au torse moulé et incrusté de minces bandes alternées rouges et noires en cuir clouté de sirid ; une ceinture portant l'étui d'une large dague enserre la taille, du métal articulé en écailles de serpent comme, autour du cou, la collerette princière.

L'homme s'approche des conteneurs, en fait le tour, un tigre dans une cage. Il semble vibrer d'une énergie féroce. Il s'arrête près du caisson de la Hébaë. Reste immobile, tendu, pendant un long moment. Puis avec un hurlement rauque, il abat un bras sur le couvercle, qui se délite – ce n'est pas du verre. L'autre bras frappe à son tour, avec la même violence : le couvercle se fend dans toute son épaisseur, un fluide bleuâtre, apparemment liquide, commence à gicler. Au plafond, des bras mécaniques s'éveillent brusquement, se rétractent ou se déplient, pour fondre sur le conteneur et arracher les morceaux du couvercle éclaté, dans un grand jaillissement de fluide bleuté, mais il en reste assez pour que le corps flotte, sans manifester aucun signe d'éveil. Des pinces articulées s'en emparent et commencent à le mettre en pièces. Craquements d'os, déchirements, des morceaux de chair sanglante s'éparpillent, un nuage rouge diffuse en brusques volutes dans le liquide restant, mais les bras s'obstinent, un bouillonnement obscène dans le conteneur.

D'autres bras rétractés en pilon sont allés faire éclater les autres conteneurs, puis se sont déployés en griffes pour en déchiqueter les occupants. Un des corps est suspendu à la verticale, un jeune Paalao empalé par la poitrine comme une carcasse de viande sur un croc de boucher ; pinces et scalpels s'activent à le dépecer – rien de chirurgical, un massacre de chairs déchirées, d'os disloqués. Le Rani s'acharne en hurlant sur le corps du jeune homme, à mains nues, couvert de sang et de

s'asperge avec encore plus de fureur en augmentant le débit du jet d'eau. Au bout d'un moment, les tremblements diminuent, elle attrape une serviette au hasard et se frotte les cheveux, avec des frissons intermittents. Son cerveau se remet en marche par saccades aussi. *Qu'est-ce que c'était que ce rêve ?* Effroyablement long, d'une impitoyable précision, elle s'en rappelle chaque détail – se détourne aussitôt avant de déraper dans les images toutes prêtes à resurgir.

Le haut de sa robe est trempé, elle l'enlève, passe un t-shirt. Se remet à trembler incontrôlablement. Mais cette fois, pas question. Elle va fouiller dans son tiroir à pharmacie, trouve un produit vaguement adéquat, les comprimés qu'elle prend à la veille d'un examen pour se calmer tout en gardant la tête lucide, en avale deux avec un verre d'eau, va se rasseoir dans le sofa à grandes enjambées raides, comme un robot rouillé, non, ne pas penser à des robots, les bras et leurs pinces mécaniques viennent claquer en bourrasque devant ses yeux, s'effacent.

Elle continue à respirer le plus délibérément possible en attendant que le relaxant agisse. Son regard tombe sur la feuille de papier toujours posée sur la table base. Samuel. Penser à Samuel, plutôt. Réel, Samuel, pas un rêve. Absent, mais quelque part dans Cristobal, sûrement. Elle ne se rappelle même plus l'adresse qu'il avait évoquée, dans Carghill... Et de toute façon, elle ne va pas le chercher ! Parti. Une fuite ? *Tout est de ma faute.* Quoi, tout ? Eux deux, ou bien... Cachait-il quelque chose ? Des silences ne sont pas forcément des mensonges. Et sur quoi aurait-il menti ainsi, pour quelles raisons ? Un télep sadique se jouant d'une malheureuse bloquée ? C'est fini depuis longtemps, ces histoires-là ! Les psis des Cercles ne permettraient pas une perversion de ce genre – ou alors, ils ne font pas correctement leur travail.

Et s'ils ne font pas correctement leur travail ?

Dans ce cas, elle a été eue dans les grandes largeurs, et Samuel restera bien vivant pendant encore des

Années pour se jouer d'autres malheureux imbéciles qui ne se doutent de rien, à moins qu'il ne devienne imprudent et qu'un psi ne le repère. Qu'elle ne le dénonce ? Arrête, Taïriel, c'est stupide. Le message laissé par Samuel est la simple vérité. Dans ce qu'il dit comme dans ce qu'il ne dit pas, mais qui est facile à reconstituer. Il n'a jamais eu l'intention de rester, au mieux ils se sont donné ce qu'ils avaient à se donner, c'était ici et maintenant, il y avait une date de péremption, terminé, point final. Pas la peine d'en faire une montagne. Ce n'est pas comme si elle avait vraiment tenu à ce qu'il l'accompagne à Morgorod ou ailleurs. Simple paresse de sa part à elle, facilité sentimentale. Il lui a rendu un service.

Le relaxant doit commencer à agir, il faut croire. Bon sang, c'est maintenant qu'elle aurait besoin de la fameuse satlàn qu'elle n'a jamais voulu apprendre avec Grand-Père Natli ! Pour voir jusqu'à quel point elle se sent mieux, elle évoque le peut-être laboratoire, la forêt des bras mécaniques, la lente montée des caissons translucides...

Non, trop tôt – le retour d'horreur terrifiée lui donne presque la nausée. Un rêve, juste un rêve, mais comment a-t-elle pu rêver une chose pareille ? Elle ne rêve jamais, ou du moins ne se rappelle jamais avoir rêvé, elle ne dormait même pas...

Elle ne dormait même pas.

Mais non. Elle a dû s'endormir, elle ne peut pas ne pas s'être endormie là sur le sofa. C'était près de la méridienne... Elle consulte sa montre : pas tout à fait seize heures. La méridienne n'est même pas officiellement commencée. Elle est rentrée vers seize heures moins le quart. Très tard pour la collation, elle se rappelle, elle s'était dit, un peu inquiète, que Samuel aurait peut-être mangé quand elle serait rentrée. Posé les courses, défait les paquets, rangé... trouvé la sphère... été à la penderie...

Elle se mord les lèvres. Elle a pu s'endormir quand même, une réaction nerveuse, peut-être, après avoir lu le message de Samuel. Une façon de couper le courant. Elle s'est endormie. Sûrement. Évidemment. Puisqu'elle a rêvé.

Elle le dit tout haut, pour entendre sa voix, l'autorité des mots : « C'était un rêve. » Un cauchemar incompréhensible dans ses détails horriblement précis, mais un rêve. Ordinaire. Une bloquée ne peut avoir que des rêves ordinaires, ça finit là.

Elle va dans sa chambre, tire les rideaux et se couche. Se rappelle le confit d'atéhan laissé sur le comptoir de la cuisinette, se relève pour aller le placer dans le frigo en se refusant tout chagrin. Elle le mangera elle-même. Plus tard. Pas faim maintenant. C'est l'heure de la méridienne, elle va faire la méridienne.

Elle se redresse dans son lit avec un cri étranglé, le cœur battant à tout rompre. S'est-elle endormie ? Elle ne sait pas, mais le rêve rouge s'attarde, telle une épouvantable aurore. Tout en cherchant son souffle, elle jette un coup d'œil à l'horloge murale. Seize heures trente-cinq.

Elle se lève, va prendre deux comprimé de plus – c'est le double de la dose prescrite – et se recouche.

Après le troisième réveil en sursaut – chaque fois plus tôt dans le rêve: la dernière fois, c'est au moment où le Rani fracasse le couvercle du conteneur – elle se lève. Et elle a dû dormir quand même, les aiguilles de l'horloge indiquent dix-huit heures dix, il reste seulement une heure à la méridienne. Inutile d'insister. Complètement vaseuse, normal. Une douche, rapide, et très froide. Et du café, serré. Ensuite, aviser. En parler à quelqu'un ? Estéban... Ah non, elle ne va pas retomber dans cette vieille habitude-là, pas Estéban, pas maintenant ! Aller marcher. Ses meilleures idées lui arrivent souvent en marchant. De toute façon, ça lui fera du bien de bouger.

Elle déambule sans destination précise, suivant au hasard les méandres des ruelles et des petits canaux de traverse. Le quartier est tranquille, comme aux alentours la rumeur de la ville – la méridienne n'est pas terminée. Puis elle se rend compte qu'elle est partie vers l'ouest, et qu'une heure a dû passer, car elle arrive à l'avenue Greshe, la rumeur a changé de tonalité, la circulation commence à augmenter. Elle attend le changement du signal de circulation, traverse avec les autres piétons. Sursaute violemment en entendant un concert de klaxons. Elle se trouve plantée dans le passage piétonnier, seule. Le signal a changé. Des automobilistes lui adressent des mimiques exaspérées. Elle se hâte de sauter dans l'herbe du terre-plein médian, le cœur battant, regarde défiler le flot des véhicules sur l'autre voie. Que s'est-il passé ? Elle traversait et elle s'est arrêtée en plein milieu du passage ? Si elle était plongée dans ses pensées, elle ne se rappelle pas lesquelles.

Elle hésite à traverser quand elle le peut. Pourquoi vers l'ouest ? Après Greshe, c'est Carghill, elle ne va sûrement pas aller par là ! Elle décide de longer plutôt Greshe vers le nord-est jusqu'à la hauteur du petit canal Alcioran et d'en suivre la courbe vers l'est. Elle a un peu faim, plutôt bon signe : elle ira manger un morceau dans un des petits restaurants ethniques de Bounderye.

Elle marche le long de Greshe et soudain, sans transition, elle se retrouve au bord du canal Alcioran. Son esprit n'a pas gardé trace de la durée ni de l'espace intermédiaires. Elle en était bien à encore cinq minutes de marche ! Mais pas une image, pas une pensée. Un blanc. Qu'est-ce que c'est que ça ? Elle consulte machinalement sa montre. Une heure et demie depuis qu'elle est partie de chez elle. Elle en a perdu des bouts... Elle se remet en route, déconcertée, un peu inquiète. Elle n'a jamais eu de ces absences !

Le trajet jusqu'à Bounderye est très étrange. En pointillés. Elle essaie de prêter délibérément attention à son environnement physique, un décor familier, facile, elle se raconte mentalement le trajet, elle va passer sur le trottoir de gauche de la rue Alcioran, où se trouve un artisan qui fabrique des bijoux rigolos avec du matériel de récupération, ensuite, au troisième racalou, elle retraversera pour longer de nouveau le canal jusqu'au pont piétonnier circulaire dont elle s'amuse toujours à faire le tour quand elle en a le temps, à la jonction d'Alcioran avec le Canal Greshe... Mais, parfois quelques secondes, parfois plusieurs minutes, c'est comme si sa conscience s'allumait et s'éteignait à intervalles irréguliers : il lui manque le deuxième racalou, par exemple, et elle se retrouve du côté Greshe de la passerelle circulaire sans se rappeler avoir gravi les marches.

Elle s'immobilise. Pas question de continuer vers Bounderye. Elle tourne les talons et rentre chez elle en suivant les ruelles et les berges des canaux de traverse pour éviter d'avoir à franchir des rues. Maintenant qu'elle est aux aguets, l'impression de pointillé est plus nette. Et la sensation de vide qu'elle a dans l'estomac, ce n'est plus de la faim, c'est de l'anxiété. Une fois chez elle, elle erre un instant dans l'appartement, misérable, exaspérée, mais qu'est-ce qui lui arrive, à la fin ? Se retrouve dans la salle de bain devant le tiroir à pharmacie d'où elle a tiré un flacon de somnifère. Le referme à la volée. Non. Trois jours et demi avant de partir pour Morgorod, pas question de laisser ça traîner. Ce n'est peut-être rien du tout, mais c'est le moment de suivre son propre conseil et d'aller consulter un médecin. Tant pis si elle en a pour le reste de la journée.

Elle se rend en taxibus – pas de risques inutiles – à l'urgence de l'hôpital Letellier, dans Bounderye Est, près de l'université. L'hôpital a son dossier complet, mais elle fait le parcours habituel du combattant et répond aux questions, non, pas de traumatisme physique récent ou lointain, non, pas d'histoire d'épilepsie ni d'hypothyroïdie, non, elle n'a pas fait de collation avant la méridienne ni après, rien mangé depuis onze heures du matin, non, pas de diabétiques dans sa famille, et oui, elle sait qu'elle doit être à jeun depuis douze heures pour la glycémie. Du coup, son estomac manifeste son esprit de contradiction : elle a terriblement faim de nouveau. On lui donne un rendez-vous pour vingt-trois heures.

Elle va acheter un livre au hasard d'un bouquiniste proche de l'hôpital, une vieille biographie d'Adrien Greshe, et revient s'installer sur la pelouse du parc de l'hôpital – au moins, si elle a une absence, personne ne s'en rendra compte. Mais une heure, puis deux, passent au complet sans un seul blanc. Suffit-il de l'abracadabra de l'hôpital pour que les symptômes disparaissent ? Abracadabra, le terme employé par Samuel... Est-il allé à l'hôpital, ou dans une clinique ? Non, c'était juste son prétexte. Résolument, elle retourne à son livre.

À l'heure prescrite, sans avoir repéré d'absence notoire, sinon parce que le livre est plutôt ennuyeux, elle est à la clinique externe ; on l'appelle presque tout de suite. Prises de sang, flacon d'urine... « Allez manger et revenez dans deux heures. » Elle va à la cafétéria, fait son premier vrai repas de la journée et avec un grand plaisir – la nourriture est plutôt bonne – puis traîne en lisant des journaux abandonnés sur une table, à l'affût des absences. Aucune ! Décidément... Puis c'est le temps de revenir. Nouvelle ronde de prélèvements. Résultats dans une heure. Et c'est reparti. Incroyable, le temps qu'on peut perdre dans ces hôpitaux quand la Mer est là ! Ou bien cela n'a pas d'incidence sur ces examens ? Elle n'en sait rien, en réalité, la médecine, ce n'est vraiment pas son domaine. Elle a terminé la biographie de Greshe, elle n'a pas envie d'aller acheter un autre livre ; elle s'offre un petit voyage à peu de frais dans le passé en lisant les magazines obsolètes de la salle d'attente.

Tout revient négatif. « Avec la Mer, bien sûr, on ne peut faire ici ni électroencéphalogramme ni scan, dit le jeune interne qui s'occupe d'elle. Impossible d'éliminer l'hypothèse de l'épilepsie, même si vous n'avez pas d'historique. » Il la dévisage un instant, hésite, et elle complète à sa place – ça, elle sait : « Ou l'hypothèse de la tumeur au cerveau. »

Il hoche la tête : « Il faudra prendre des rendez-vous à l'hôpital Caëtano. »

Un des doubles hospitaliers de Letellier, qu'on réactive seulement pendant les deux saisons où la Mer est présente. Comme l'institut Golheim, il échappe à son influcnce – de justesse, on les a aidés en surélevant les sommets sur lesquels ils sont perchés dans le Massif de la Tête ; Caëtano se trouve à cent kilomètres au nord-est de Cristobal, Golheim à deux cent cinquante kilomètres au sud. Il y a des trains express et des gazobus, mais...

— Combien d'attente ? »

Le jeune homme fait une petite grimace « En cette saison, c'est comme à Golheim, il faut compter trois ou quatre semaines pour le scan. Mais l'EEG...

— Pas la peine, dit Taïriel en se levant. Je vais à Morgorod dans trois jours. Étudier à l'Institut Polytechnique. » Renseignement superflu pour l'interne, mais ça fait du bien de se reconnecter à la planification initiale.

« Dans ce cas, on va vous prendre les rendez-vous nous-mêmes, par la Tourcom, et on vous le confirmera par pneumatique avant votre départ. Vous passerez tout de suite. »

Elle attend – l'interne a la main sur la clenche de la porte. Il l'observe, hésitant : « N'y a-t-il vraiment eu aucun traumatisme récent ? Psychologique, je veux dire. Perte d'un être cher, mise à pied, changement radical dans votre vie... Ces absences peuvent aussi être des symptômes de stress. »

Elle proteste : ils n'ont même pas fait les examens neurologiques ! Elle y a pensé, mais elle a répondu négativement à ces questions pendant l'entrevue préparatoire. L'épisode Estéban ne suffit sûrement pas à susciter ce genre de réaction. Pas même l'épisode Samuel. « Je supporte très bien le stress, on m'a testée pour ça. » Les recruteurs de Lagrange, qui doivent bien savoir ce qu'ils font, oui ?

— Mais quand même », insiste le jeune homme.

Elle hausse les épaules : « Pour une amourette qui a mal tourné ? »

Le jeune médecin ébauche un sourire qui se veut complice : « Le département de psychologie se trouve juste à l'étage au-dessus. Tant qu'à faire... »

Il a raison. Éliminer toutes les possibilités, c'est la seule façon rationnelle de procéder. Autant se débarrasser tout de suite de cette idiotie-là.

Elle change donc d'étage pour se rendre au bureau du psychologue, un docteur Robert Lasconti, c'est écrit dessus quand il entre en consultant son dossier. Un grand homme massif et plutôt laconique qui se livre encore à un interrogatoire, mais avec des questions différentes. Elle est obligée de mentionner le rêve récurrent. Le psychologue lui demande évidemment de le lui raconter. « J'aurais pensé que mon récent traumatisme amoureux vous intéresserait davantage », remarque Taïriel, sans dissimuler son ironie.

L'autre sourit avec bonhomie : « J'en suis encore aux symptômes éventuels. »

Elle raconte, le plus succinctement possible, en essayant de ne pas mettre d'images sur les mots : l'étrange laboratoire, les dormeurs dans leurs caissons, le Rani massacreur et sa horde d'instruments en folie.

Le psychologue hoche la tête en feuilletant son dossier. « Vous avez vu des "dormeurs" qui se font massacrer de façon très... spectaculaire », résume-t-il enfin d'une voix égale, pour enchaîner sans changer d'intonation : « Vous êtes une dormeuse. Comment le prenez-vous ?

— Une bloquée, rectifie Taïriel avec un sourire suave. Et plutôt bien, ce sont les autres qui ont un problème, en général. » Elle voit où il veut en venir, elle a subi l'introduction aux sciences de l'esprit au secondaire, comme tout le monde. Quelles foutaises ! « Voyons, rêve symbolique, la première massacrée est une jeune femme du même âge que moi, agressivité retournée contre soi. Et puis, ce Rani est une figure de... mon grand-père, tenez, je lui en veux de m'avoir " abandonnée " en mourant, j'ai hérité de lui mes gènes de bloquée, et donc c'est lui, ou une figure transposée, qui massacre ces "dormeurs". Ça vous dit ? »

Le psychologue ne commente pas l'interprétation de Taïriel, ni son sarcasme de moins en moins déguisé. Il se contente de demander: « Pourquoi de votre grand-père plutôt que de votre mère ou de votre père, vos gènes de bloquée ? »

Elle se retient de lui éclater de rire au nez, c'est tellement absurde: « Ma mère et mon père sont de tout petits télépathes. Et vous ?

— Oh, je ne suis pas télépathe du tout, juste un sensitif ordinaire. » Un sourire indulgent: « Il en faut encore, n'est-ce pas ? Me parleriez-vous de votre grand-père ? »

Elle le dévisage, soudain exaspérée: « Oh, je vous en prie ! Tant qu'à faire, je préfère encore aller au Cercle ! »

Il croise les mains devant lui sur son bureau, sans broncher: « Ce serait peut-être une idée aussi. »

Elle s'en va en se retenant de claquer la porte. Elle attendra d'être à Morgorod pour avoir une idée plus précise avec les examens neurologiques ! Elle n'a pas eu une seule absence depuis au moins quatre heures. Elle ébauche un sourire : c'est peut-être terminé, pas d'abracadabra, seulement une fluctuation statistique faussement causale, comme les pannes d'instruments qui s'évaporent dès que paraît le spécialiste. Elle ne prendra pas de taxi pour rentrer, en tout cas, finies les dépenses somptuaires ! La bourse de Polytechique n'est activée que le 17 Janvier, à la rentrée. Vingt-six heures quarante, bientôt l'heure du souper – ah non, elle n'a pas encore faim ? Juste le temps d'attraper le 440 Ouest. Elle se dirige vers le kiosque du bus, où attendent une douzaine de personnes.

Soudain – elle a l'impression de seulement battre des paupières – le kiosque et ses alentours sont vides. Les files de voitures qui l'instant d'avant attendaient au feu de circulation ont toutes disparu. Et l'horloge du kiosque indique vingt-six heures cinquante-cinq.

Elle hésite un moment, le cœur battant, partagée entre l'exaspération et l'angoisse. L'idée de rentrer chez elle et de se retrouver seule lui est intolérable. Le Cercle, alors. Elle fait signe à un taxibus affichant

Place du Musée-Bounderye-Ouest, s'y engouffre, salue les deux autres passagers, paie son écot pour la distance et se rencogne sur la banquette arrière. Après tout, c'est logique : une autre des possibilités à éliminer. Autant aller au Cercle d'ici qu'à celui de Morgorod, au moins ce sera fait et elle pourra se concentrer là-bas sur les choses importantes. Comme les examens neurologiques.

Encore une absence, au moment où elle va débarquer du taxibus au terminus de la place. Et cette fois, c'est curieux, elle en a eu comme un pressentiment – était-ce cela, cette impression fugitive d'être au centre d'une vaste cloche de silence obscur et vibrant au ralenti ? Du coup, elle s'immobilise au lieu de descendre les trois marches de la fourgonnette. L'instant d'après – mais maintenant elle reconnaît cette sensation insidieuse de manque – elle entend la voix excédée de la conductrice, à l'avant: «Alors, vous y allez ou pas ?»

La configuration des piétons, sur la place, a changé du tout au tout. Taïriel marmonne une vague excuse, et descend pour se diriger d'un pas pressé vers le Musée.

Le Cercle se trouve dans le Musée ; mais on ne dit pas " Cercle " quand on se rend au Cercle, tiens. Pas encore ; peut-être jamais non plus. Les psis sont trop discrets. N'occupent même pas un étage entier, juste une vingtaine de salles et de bureaux dans l'aile ouest. Taïriel passe sous la voûte d'entrée côté Parlement – il est tard, la grande cour intérieure est assez calme ; des employés du gouvernement ou du Musée qui vivent sur les lieux prennent le café aux tables installées au bord du bassin rectangulaire. Le nouveau tingalyai n'a pas encore été planté, mais toute trace de l'ancien a disparu. Le restaurant du rez-de-chaussée est encore ouvert, Taïriel de nouveau affamée va s'y acheter à manger – décidément, si elle n'avait à se fier qu'à son estomac, elle s'estimerait en excellente santé ! Tout en mordant dans le premier sandwich, elle s'engage dans le labyrinthe des couloirs, escaliers, terrasses et cours intérieures, en suivant les flèches aimablement fournies pour la majorité des usagers, le commun des mortels non télépathes incapables de déchiffrer les plaques de psirid collées un peu partout.

Musée et bureaux du gouvernement sont fermés, mais le Cercle est ouvert trente-cinq heures sur trente-cinq. Après avoir signalé sa présence à la secrétaire – une jeune femme aimable qu'elle ne connaît pas, le personnel de soutien a eu le temps de changer dix fois – Taïriel va s'asseoir sur un des bancs de pierre ; il n'y a personne dans la salle d'attente, ou du moins dans le petit jardin intérieur qui joue ce rôle, autour de la vasque de la fontaine ; le décor n'a guère changé : les arbustes sont plus hauts, il y a des plantes et des fleurs nouvelles dans les bacs et la mini-pelouse autour de la vasque, et on a changé les segments du toit de composites : celui où il y avait la fente a disparu et les autres sont plus transparents que dans son souvenir ; mais la disposition générale est la même.

Cinq saisons depuis l'ultime entrevue avec les psis, le lendemain de son anniversaire : à vingt saisons, son statut de dormeuse-qui-ne-s'éveillera-pas devenait définitif. Finie la visite saisonnière de contrôle, finis les examens – et plus de petit tour en barque sur la Mer quand elle est activée, avant le Départ ou après le Retour, “ pour voir, au cas où ”. Ils lui ont posé la question rituelle, voulait-elle continuer, elle a dit non, et elle est repartie avec Grand-Père Natli, qui l'avait l'accompagnée comme témoin.

Elle se trémousse sur le banc. Agaçant de se retrouver là. Peut-être aurait-il mieux valu aller au Cercle de Morgorod, en fin de compte : on ne l'y connaît pas.

Elle entend la voix de Garal Christiansen avant même qu'il entre, soupire – il fallait que ce soit lui, ils ne pouvaient pas l'avoir mis à la retraite entre-temps ? Il n'a pas tellement changé non plus, ses courts cheveux crépus sont complètement blancs, voilà tout. Toujours aussi mal sanglé dans l'uniforme officieux des psis, pantalon léger et gilet bleu marine, chemise blanche à collet, manches retroussées dans la tiédeur hivernale ;

la même longue face plate et noire à la peau imberbe, la grande bouche lippue qui semble faire la moue, les mains croisées à hauteur du plexus, – elle l'appelait " le curé ", quand elle était petite – le terme lui venait d'Estéban, dont la famille est catholique.

Il la salue, sans manifester s'il l'a reconnue, pas une ombre de sollicitude souriante non plus, oh, le numéro est très au point. Elle le suit dans la petite salle qui lui sert de bureau – toujours le même ameublement spartiate : deux fauteuils face à face devant la grande fenêtre donnant sur une terrasse intermédiaire de deuxième niveau, les murs sans décoration, sinon les larges veines de pseudo-pyrite qui y courent en parallèle dans la pierre écarlate. Elle s'assied dans le premier fauteuil qui s'offre ; le vieil homme s'assied dans l'autre.

« Que pouvons-nous faire pour toi, Taïriel ? » demande-t-il.

Jamais de fioritures, avec lui, son seul avantage. « Je fais un rêve récurrent. Et j'ai des absences. »

Il hoche la tête sans rien manifester de particulier. « Peux-tu me raconter le rêve ? »

Elle s'exécute une fois de plus, toujours sans s'éterniser sur les détails : « Une sorte de laboratoire, avec des caissons transparents. Il y a des Ranao dedans, qui semblent dormir. Un Rani costumé en prince arrive et commence à tout démolir et à massacrer tout le monde. »

Il l'a écoutée sans l'interrompre. « Qu'en penses-tu ? » demande-t-il quand elle a terminé. Juste la bonne intonation : il n'a aucune idée préconçue, non-non, il veut simplement savoir ce qu'elle en pense – oh, il s'entendrait bien avec le psychologue de l'hôpital.

« Je crois que c'est physique. Les absences m'inquiètent plus que le rêve. C'est un rêve ordinaire. Je ne perçois rien de ce Rani, pas d'émotions, pas de pensées, juste les miennes. Je le vois, c'est tout.

— Un rêve récurrent. Et sans participation. Mmmm. Tu ne te rappelais même pas avoir rêvé, quand tu étais enfant.

— Maintenant non plus. Seulement ce rêve-là. »

Il hoche la tête, les sourcils froncés. « Et tu as des absences ? Des périodes indéterminées pour lesquelles tu ne te rappelles pas tes actes et tes pensées, rien, des blancs ? As-tu remarqué aussi une augmentation d'appétit ? »

Elle se mord les lèvres, admet à contrecœur : « Oui. Mais ça doit avoir une cause physique, comme les absences.

— Épilepsie ou tumeur au cerveau, puisqu'on a écarté les autres possibilités, remarque Christiansen. Tu préférerais ?

— Ça se soigne », rétorque-t-elle, butée. Puis elle prend conscience de ce qu'il vient de dire : « Comment savez-vous qu'on a écarté les autres possibilités ? »

Il considère ses mains croisées : « Tu as toujours un dossier chez nous, dit-il enfin en relevant la tête. Quand tu es allée à l'hôpital, une... sonnette d'alarme s'est déclenchée. On nous a communiqué les résultats. Morgorod en fera autant. Mais je suis très heureux que tu sois venue nous trouver, Taïriel. Si tu es bien en train de t'éveiller, et de t'éveiller en Rêveuse, le Cercle est là pour t'aider, tu le sais, que ce soit ici ou à Morgorod. »

Elle reste un instant bouche bée, puis elle s'étrangle : « Mon dossier au Cercle aurait dû être détruit quand j'ai eu cinq Années ! Je ne m'étais pas débloquée et j'étais majeure ! Et mon dossier médical est confidentiel, pour qui vous vous prenez, de quoi vous mêlez-vous ? »

Christiansen semble plus attristé qu'embarrassé. « Qui d'autre pourrait s'en mêler, Taïriel ? dit-il d'une voix raisonnable. Avec tes lignées, tu devais quand même bien t'en douter. Tu es une descendante de Lian Flaherty par ta mère-Kalyàn et de Mathieu Janvier par ton grand-père Natli – lequel était un passeur... Ces dossiers-là ne peuvent jamais être détruits. Ils restent dormants, tout au plus. »

Elle le dévisage, suffoquant d'incrédulité rageuse, puis elle balbutie : « C'est illégal, vous aurez de mes nouvelles ! » et s'enfuit.

Elle se calme un peu une fois rendue au bord du canal qui entoure la place du Musée. C'est vrai qu'elle aurait dû s'en douter. Qu'elle se fiche de ses lignées comme de son premier bec Bunsen ne signifie pas que tout le monde en fait autant, et surtout pas les psis du Cercle. Mais ça ne veut rien dire ! Et bien sûr qu'elle avait faim, elle a mangé à des heures complètement bizarres, elle n'a pas eu de méridienne convenable aujourd'hui... Non, tant qu'on n'aura pas le résultat des examens neurologiques, que les psis aillent au diable !

Quelle heure est-il ? Vingt-neuf heures quarante, déjà ? Retourner chez elle, et alors quoi ? Passer encore une soirée à compter les pointillés et à ne pas dormir ? Elle aurait dû demander au médecin de lui prescrire quelque chose... Mais elle a déjà ce qu'il faut, et ça n'a servi à rien. Trois jours encore avant d'aller à Morgorod. Enfermée chez elle, de peur de se casser la figure ou de se faire écraser pendant une absence malencontreuse ! Ça va être gai. Elle regrette presque d'être partie aussi vite du Cercle. Mais non, elle sait bien comment ça aurait fini : ils l'auraient gardée " en observation ". Pas question !

Elle examine la place autour d'elle, les gens qui se promènent bras dessus, bras dessous en cette belle soirée tiède de vacances. Tout à coup, avec une intensité idiote, elle déteste Cristobal – comme si c'était la faute de la ville ! Mais l'idée de devoir y rester encore trois jours est soudain horripilante. Non. Changer le mal de place, retourner à Sanserrat. Elle pourrait même y rester et partir de là pour Morgorod, le voyage serait plus court... ah non, il faudrait faire toutes les valises maintenant ! Mais une journée... Après tout, c'est demain l'anniversaire de Kundé. Elle avait eu l'excuse du voyage tout proche à Morgorod pour ne pas s'y rendre, mais elle a le droit de changer d'avis, n'est-ce pas ?

Acheter en vitesse un cadeau à Kundé, filer à l'appartement, bourrer l'essentiel dans le sac à dos – il y aura de quoi à Sanserrat si elle a besoin d'autre chose – se rendre à la gare et prendre le billet : une heure, moins si elle court pour rentrer et si elle prend un taxibus pour aller à la gare ; elle peut attraper le train de trente heures quarante-cinq pour Broglie, ce n'est pas le direct mais tant pis, cinq heures de voyage, et ensuite le caboteur pour Simck.

Aïe, voyager sur la Mer alors qu'elle est encore active... Mais non, ça n'a jamais rien fait, aucune raison de penser que ça fera quoi que ce soit maintenant. Elle ne va pas se terrer dans un trou et ne plus bouger à cause d'un rêve stupide et de quelques blancs de mémoire ! Le caboteur, sur la Mer, jusqu'à Simck. Par le train, ça prend trois heures de plus. Et là, on a même le Vent de la Mer dans le dos, un quart d'heure de moins, même pas dix heures de voyage. Ensuite le bus jusqu'à Sanserrat – elle devrait y être pour la méridienne. Ce sera juste pour le train, mais si elle l'a, elle est bonne. Sinon, le train de minuit est un direct, mais il y a cinq heures d'attente pour le caboteur suivant, à Broglie, non-non-non, elle va attraper le train de trente heures quarante-cinq !

Qu'est-ce que vous nous concoctez là ? Le souvenir inattendu de Samuel la transperce comme un coup de poignard, mais elle l'écarte avec brusquerie. Il n'y aura pas d'imprévu. N'a-t-elle pas aperçu un marchand ambulant de colifichets, en descendant du taxibus, tout à l'heure ? Oui ! Observons les coutumes ranao, pour une fois : le cadeau du tout important quatrième anniversaire doit être une plaisanterie. Elle examine en hâte les bijoux – trop jolis – les foulards... ah, davantage de possibilités, là... mais non, encore trop discrets. Non, voilà, ce sac gigantesque en vraie fausse peau de karaïker, plein de poches et de rabats à velcro. Kundé qui perd toujours tout – et qui est si à cheval sur la rectitude écologique – c'est parfait. Et pas très cher, non plus.

Elle replie le sac emballé sous son bras et se met à courir coudes au corps le long du Canal Greshe en direction de son appartement.

Elle arrive sans incident à Sanserrat le lendemain comme prévu, avant la méridienne, descend à pied depuis le port vers la gare des gazobus, pour se réveiller, un trajet familier même après deux saisons ; le manque de sommeil la rend vaseuse. Il ne fait pas très beau, la semaine de la Mer touche à sa fin, le ciel hésite entre pluie et soleil. Dans le train, elle a dormi une heure, réveillée par le rêve – heureusement, personne ne l'a remarqué – et somnolé deux ou trois fois sur le bateau, sans rêve ; quelques absences, mais l'activité de la Mer n'a apparemment toujours aucun effet sur sa... condition. Elle s'assied sur un des bancs en faisant d'un œil distrait le tour de la grande place ombragée de racalous et de plataniers, inchangée. Quand le bus pour Sanserrat arrive, elle reconnaît avec une surprise un peu amusée le chauffeur, Ser Lusci : il conduisait l'autobus scolaire quand elle était petite. Il ne la reconnaît pas ; sans importance. Si près de la méridienne, il n'y a pas grand monde dans le bus mais elle reprend sa place d'écolière, juste derrière le chauffeur – elle évitait ainsi les bagarres et les amours du fond. Ensuite, une heure de route méandreuse, le bus dessert presque tous les petits hameaux en serpentant à travers le paysage immuable de la Digue qui descend en pente douce vers l'est : champs, bosquets, canaux, routes, groupes de fermes et de maisons ; et voilà la sphère brillante du pylône au-dessus des petits arbres, et le pylône lui-même – dernier signal pour tous les enfants de Sanserrat de redevenir tranquilles, de se rajuster et de récupérer leurs affaires, car on était presque arrivé.

Taïriel suit le trajet habituel des ruelles et des allées à partir de la place aux quatre fontaines où s'est arrêté le bus ; elle pourrait le faire les yeux fermés aussi, il y a des automatismes qu'on ne désapprend jamais, sans doute. Voici enfin l'allée de tondelliers refermés en dôme odorant sur le chemin, avec au bout la maison écarlate et dorée sous sa couronne de verdure. Vraiment beaucoup de voitures autour. Tout le ban et l'arrière-ban de la famille doivent s'être réunis pour l'occasion. Mais d'un autre côté, se perdre dans l'océan familial, c'est peut-être exactement ce dont elle a besoin pour se changer les idées.

Elle est prête pour la surprise et la joie générales quand elle entre dans la salle commune où se termine la collation d'avant-méridienne. Mère-Merriem vient l'embrasser la première, puis Kundé lui saute dans les bras, le visage illuminé. Leur père Jorgy est plus calme, mais visiblement heureux de la voir aussi. Mère-Kalyàn l'embrasse enfin, plus surprise que joyeuse : « Tu n'as pas amené Estéban ?

— Non. »

Un petit flottement : « Comment va-t-il ?

— Bien, je suppose. »

Kalyàn hésite encore un peu, puis soupire : « Mais où vas-tu dormir, on a mis Sophie dans ton ancienne chambre ! »

Kundé intervient : « Tante Sophie peut dormir avec moi ! »

Pleine de bonne volonté – toujours un peu vaseuse à cause du manque de sommeil, ça aide – Taïriel se laisse ballotter d'embrassade en embrassade. Heureusement, les Kudasaï eux-mêmes ne sont pas une famille nombreuse de leur côté : Kundé, Merriem, Kalyàn et Jorgy, et Grand-Mère Janis, mais bébés et aïeuls sont déjà couchés pour la méridienne. Il y a quand même tout un dégât d'oncles, tantes, cousines et cousins plus ou moins éloignés, comme prévu. Toute la tribu du côté Flaherty-Coralàn, les Malkovitch et les Popielsco, avec leurs trop nombreux enfants, petits-enfants et arrière-petits-enfants, plus d'une douzaine de personnes à eux tout seuls ; les Hoa, les Hamerlin, les Venici, les Thomas. Du côté Anderson-Coralàn, seulement Kaël Fukuda. Ni Connor ni Fianna ne sont venus – ni Estéban, bien sûr, qui était censé passer les vacances comme elle, avec elle, à Cristobal, tout le monde doit le savoir, mais personne ne fait de commentaire.

« Alors, Tiri, toujours dans la mousse spatiale ? » demande Tomas Malkovitch, la plaisanterie traditionnelle depuis que sa fille, la petite Deirdra, à qui Taïriel avait essayé d'expliquer ce qu'elle étudiait, avait ainsi résumé la chose.

« Tu pars toujours à Morgorod le 15 ? Mais tu vas être crevée, avec tous ces voyages ! remarque Maricke Harmelin pleine de sollicitude.

— Au moins, une fois dans Lagrange, elle sera tellement loin qu'on sera sûr de ne plus la voir ! » lance le cousin Francesco, à la blague.

« J'espère bien que non », dit Kalyàn un peu sèchement, et un bref silence embarrassé passe dans l'assemblée.

— Oh, ati, ce n'est pas comme si tu t'ennuyais de moi », ne peut s'empêcher de remarquer Taïriel – la fatigue aidant, elle est moins prudente.

— Ce n'est pas pour moi, c'est pour toi », réplique Kalyàn. Et d'enchaîner sur le refrain familier – incroyable, deux saisons, mais ça recommence au quart de tour dès qu'on revient: « Vivre ainsi dans un environnement complètement artificiel... »

Parmi des barbares incroyants, oui, on sait. Taïriel pousse un ostensible soupir exaspéré.

« Mais je parie que la cuisine te manquera », intervient Merriem avec souplesse. « As-tu mangé au port ? J'ai fait du tinganod pour une armée... »

Taïriel serait bien prête à accepter la distraction pacificatrice de Merriem, mais, exaspérée, elle sent une absence venir. Bon prétexte, au moins. « Je suis fatiguée, je vais me coucher. » Elle se dirige vers l'escalier, « Non, je connais encore le chemin, à tout à l'heure ! » Elle laisse derrière elle les voix enjouées, grimpe les marches aussi vite qu'elle le peut, a juste le temps de refermer la porte.

Revient à elle, impossible de dire combien de temps après, partagée entre l'anxiété et une sorte de bizarre soulagement à l'idée qu'elle a pu réagir à temps – cette brève angoisse prémonitoire... C'est ainsi, les auras épileptiques, non ? Au moins, quelque chose de concret. Et qui se soigne bel et bien, si c'est de l'épilepsie.

Elle lance son sac sur le lit, jette un regard circulaire sur sa chambre d'adolescente, que sa mère s'est empressée de convertir en chambre d'invité. Posters, cartes et reproductions ont disparu, comme sur l'étagères ses médailles de natation et son trophée de la Foire des Sciences, pour la reconstitution du vernis des fresques. Et les boîtes vitrées de sa collection de roches, quand elle pensait devenir géologue... Elle ouvre la penderie pour ranger ses affaires. Pratiquement vide, la penderie. Ses anciens habits doivent être bien pliés dans des caisses, ou recyclés depuis longtemps. Elle referme la porte coulissante, se laisse tomber sur le lit en se passant les mains sur la figure, soudain épuisée. Elle n'est plus cette Taïriel-là, ne la serait plus même sans ce rêve imbécile et ces absences. Pas unc bonne idée d'être venue là, après tout, réflexe obsolète, elle aurait dû s'en méfier. Que peut-elle attendre de Sanserrat ? Grand-Père Natli n'y est plus.

Elle est réveillée par quelques coups frappés à la porte. Il fait sombre, à la fenêtre la pluie fouette les vitres en losanges. La méridienne est largement passée – elle a dormi, elle n'a pas rêvé, est-ce un bon signe ? Et elle a extrêmement faim. Elle dit « Oui ? », en s'étirant, heureuse de se sentir plus dispose. Kundé entre avec un sourire un peu hésitant : « Si tu veux manger, tu ferais mieux de descendre maintenant, les sauterelles vont tout nettoyer. »

Elle acquiesce, va se passer de l'eau sur la figure et se change rapidement.

« C'est drôlement bien que tu sois venue », dit Kundé. Puis, après une petite pause : « Est-ce que ça va ? »

Elles se regardent. Taïriel soupire. Son blocage ne lui a jamais servi à grand-chose avec Kundé. Elle hausse un peu les épaules : « J'ai vraiment fini avec Estéban. » Elle pourra peut-être s'en tirer avec ce fragment de vérité ?

Peut-être, impossible à dire ; Kundé fait « Oh », puis vient l'embrasser en répétant tout bas : « Je suis contente que tu sois venue, quand même. »

Taïriel lui rend son étreinte. « Moi aussi », murmure-t-elle, et pour le coup c'est vrai, elle est contente pour Kundé qui est contente. C'est important le quatrième anniversaire, peut-être pas la majorité officielle mais l'âge adulte chez les halatnim. Elle dévisage sa sœur, un peu incrédule. Kundé a quatre Années, seize saisons. Kundé, le bébé déconcertant qui s'arrêtait de pleurer et souriait dès qu'elle la prenait dans ses bras ; le bébé obstiné qui la suivait partout à quatre pattes, puis en titubant sur ses petites jambes, " mais qu'est-ce que tu me veux, à la fin ? " – la petite sœur normale qu'elle n'a pas réussi à détester malgré tous ses efforts, et même quand Kundé s'est avérée télépathe à la plus grande joie de Kalyàn dont ce n'est pourtant même pas la fille.

Taïriel prend le cadeau dans la penderie. Kundé se détourne en se cachant les yeux, « Je n'ai rien vu ! ». Elles descendent par l'escalier intérieur dans la salle commune. Tout le monde est là, cette fois, une quarantaine de personnes autour de la table des adultes et de celles des petits – et Kundé, fort satisfaite, va s'installer à la grande table. On n'a pas encore donné les cadeaux – « On t'attendait », souffle Kundé. Elle est née dans la matinée ; les Ranao fêtent ordinairement l'anniversaire après la nuit qui suit le moment de la naissance : les nouveau-nés doivent avoir connu " la nuit et le jour " ; on devrait souhaiter l'anniversaire de Kundé le lendemain matin, si on observait la stricte coutume rani. Mais les Virginiens ont adapté avec la méridienne, et même Kalyàn Natliu Kudasaï, si puriste, a toujours laissé faire ; mais elle a aussi choisi de porter le nom de son mari, à vrai dire...

Un concert de salutations et de vœux bouffons accueille Kundé, comme c'est la tradition. Les petits la poursuivent pour la chatouiller, on fait mine que les cadeaux ne sont pas pour elle, on l'asperge de confettis, on plante des graines rondes et piquantes d'atlevet dans ses cheveux et sur ses vêtements. Puis chacun donne son cadeau, avec les commentaires plaisants appropriés. Mais les rires se calment lorsque Jorgy s'avance pour passer autour du cou de Kundé le seul véritable présent sérieux, la chaîne de sirid et d'or qui marque l'accession à l'âge adulte. Taïriel se sent la gorge serrée malgré elle – comment ne pas penser à son propre anniversaire, au visage ému de Natli ? Elle entonne avec les autres les paroles rituelles en setlâd : « Sois comme le collier autour de ceux qui t'aiment, brille comme l'or devant les nations... »

Et soudain un élancement douloureux, inattendu, le souvenir de Samuel en train de jouer avec sa chaîne.

Ensuite, on passe aux tables dans un joyeux désordre. On a préparé tous les plats favoris de Kundé. Taïriel, installée entre Francesco et Maricke, plonge aussi avec voracité dans les pâtés d'atéhan, la salade de sarsinit mariné et le tinganod de Merriem à la croûte parfaite comme toujours, pas trop molle, pas trop dure, et d'une belle couleur vieux rose bien égale partout.

L'absence frappe sans prévenir. Quand Taïriel reprend conscience, ses voisins la regardent d'un air inquiet. Ça n'a pas dû durer trop longtemps, malgré tout, les autres ne se sont rendu compte de rien plus loin autour de la table. « Ça va, Tiri ? » souffle Maricke, les yeux agrandis.

« Oui, oui » – elle essaie un petit rire, pas trop convaincant mais tant pis. « Je pensais à quelque chose, un problème d'ingénieure, tu sais comme je suis ! »

Elle sent qu'ils continuent à l'observer d'un air sceptique, mais se refuse à leur rendre leur regard et, après un moment, ils recommencent à manger. Elle n'a plus très faim, mais elle s'oblige à terminer ce qu'il y a dans son assiette – ça ne peut pas être bon de rater trente-six repas comme elle le fait depuis plusieurs jours ! Ensuite, elle se rend utile, passant les plats entre les deux tables, débarrassant les assiettes, puis restant à la cuisine pour la vaisselle, à la grande surprise de Jorgy et de Tante Sophie, mais ils ne refusent pas son aide. Le peu de bien-être qu'elle avait éprouvé plus tôt a disparu ; elle essaie de masquer sa nervosité, à l'affût de l'aura prémonitoire, mais ça semble calmé. Une fois la vaisselle essuyée et rangée, plus d'excuses, cependant, il faut retourner dans la salle commune.

Les trois bébés jouent, certains avec les cadeaux de Kundé – le sac offert par Taïriel fascine Marco et Elsa, qui ne cessent d'en faire et d'en défaire les multiples poches ; et les trois petits, Sybil, Frédric et Deirdra, plus tellement petits à huit et douze saisons, essaient sournoisement de s'insinuer parmi les adultes qui prennent café, thé et liqueurs. La conversation va et vient, paresseuse après le repas copieux. On continue à échanger des nouvelles des uns et des autres – la tribu des Popielsco est arrivée peu avant Taïriel, semble-t-il, et n'avait pas encore eu le temps de contribuer à la mise à jour de la multi-saga familiale. Au moins trois générations sont rassemblées là, et on a la mémoire terriblement longue. Taïriel écoute d'une oreille distraite, partagée entre l'amusement et l'ennui. En deux saisons à Cristobal, elle a perdu l'habitude.

Kaël Fukuda vient s'asseoir près de Taïriel, tropisme inévitable : ils ont seulement une saison de différence, tous les autres sont bien plus jeunes ou bien plus vieux ; le plus proche d'eux est Francesco, bien qu'il soit né en 182, mais depuis qu'il est père, il a pris un terrible coup de sérieux. Kaël se penche vers Taïriel en soufflant : « Moi, j'étais obligé de venir, délégué familial, mais c'est quoi, ton excuse ?

— L'anniversaire de Kundé », réplique Taïriel, un peu raide.

Il fait la moue : « Je te croyais à Cristobal avec Estéban. »

Elle essaie de ne pas réagir. Son penchant pour Estéban a toujours été le secret le moins bien gardé de la famille, même si on a toujours été poliment discret sur le sujet chez les Fukuda. Mais la discrétion n'a jamais été le fort de Kaël.

« Je me suis décidée au dernier moment. »

Il hausse les sourcils : « Tu pars d'ici pour Morgorod ?

— Non.

— Oh. Mmm. Vraiment au dernier moment, alors. Comment va Estéban, au fait ?

— Bien », dit encore Taïriel plus sèchement qu'elle ne l'aurait voulu ; elle se lève sous prétexte d'aller reprendre du thé.

« ... et elle a fait son eïldaràn à Bird-City », est en train de dire Sophie. « Il y avait une bonne vingtaine de hékellin, il paraît. Aucun résultat, mais quand même... »

Sybil, qui est une petite télépathe, s'accroche à la main de sa mère Arielle, tout excitée : « Je la ferai aussi, dis, ati, je la ferai à Bird-City, mon eïldaràn ?

— Bien sûr, ma chérie, sourit Kalyàn.

— Mais ça ne donnera rien non plus ! s'exclame Taïriel scandalisée. Sybil n'a aucune raison de le faire. C'est quoi, ça ? La dernière *mode* ?

— Une manifestation de respect envers la Mer, dit Kalyàn un peu raide.

— Pour des jeunes qui n'ont pas la moindre chance de voir le Signe ? Et puis, on est sur Virginia, ici, à la fin ! On n'a pas besoin d'adopter n'importe quelle coutume rani juste parce que ça fait décoratif ! La forme sans la substance, mais quelle hypocrisie ! Grand-Père doit se retourner dans... »

Elle s'arrête juste à temps, entend le silence, voit tous les regards fixés sur elle, atterrés, incrédules ou choqués.

« Ton grand-père aurait tout donné pour que tu t'éveilles et voies le Signe, dit enfin Kalyàn d'une voix altérée.

— Ce n'est pas vrai, proteste Taïriel, ça lui était complètement égal ! C'est toi qui...

— Taïriel ! » intervient Jorgy alarmé.

Taïriel se mord les lèvres, les regarde tour à tour – l'air consterné de Kundé, de Merriem, les visages éberlués des petits, les aïeuls qui secouent la tête, sévères ou étonnés – et l'expression blessée de Grand-Mère Janis, ça, c'est le pire. Elle hausse les épaules avec violence et quitte la salle commune à grands pas, escalade quatre à quatre l'escalier menant à sa chambre. Furieuse, effondrée, elle ouvre la penderie à la volée et y reprend ses affaires qu'elle jette sur le lit. Mais qu'est-ce qui lui a pris de venir là ? Elle ne restera pas une minute de plus, pas une minute !

La porte s'ouvre. Taïriel se retourne, prête à l'invective, se retient en voyant Merriem. Qui ne dit rien, d'abord, et Taïriel, avec exaspération, continue à bourrer son sac. Merriem est une sensitive ordinaire, ce qui ne lui sert pas plus avec elle que la télépathie de Kundé – mais comme sa fille, elle n'en a jamais eu besoin. Si jamais elle demande ce qui ne va pas, je hurle, se dit Taïriel.

« Il faut que tu retournes au Cercle, Tiri. »

Taïriel s'immobilise, foudroyée. Murmure enfin : « Ils sont au courant ?

— Garal Christiansen m'a fait prévenir que tu étais allée le voir. » Une petite pause, une esquisse de sourire hésitant. « Je ne leur ai encore rien dit. Ce n'est pas sûr, après tout, hein ? »

Mais Taïriel n'a pas envie d'être apaisée. « Vous saviez tous qu'ils gardaient un dossier sur moi, qu'ils me surveillaient toujours, et vous ne m'avez rien dit ? »

Merriem ne se démonte pas : « Natli a toujours insisté pour qu'on te laisse tranquille, et ton père y a veillé. » Indulgente comme à son habitude, elle ne dit pas " malgré Kalyàn ", mais Taïriel sait à quoi s'en tenir. « Tu ne manifestais aucun intérêt pour la question, en plus... Et ce n'est pas une " surveillance ", Tiri, plutôt le principe. Avec tes lignées... »

Ah non, pas elle aussi ! ? « Mes lignées ne justifient pas la conservation illégale de mon dossier, ni la communication de mon dossier médical au Cercle !

— Légalement, c'est un peu flou, remarque Merriem imperturbable. Un des mandats du Cercle est de veiller à la sécurité réciproque des hékellin et des non-hékellin...

— Comme si je pouvais être dangereuse !

— Pour toi-même, ma chérie. » Et cette fois, la soigneuse neutralité de Merriem se fissure : « Ces absences... », murmure-t-elle avec anxiété.

Taïriel ferme son sac, les dents serrées.

« Ils peuvent t'aider, Tiri.

— Et si je ne veux pas qu'on m'aide, c'est mon droit aussi, et c'est la loi ! »

Elle s'enfuit comme une voleuse, sous la pluie, par l'escalier extérieur de la terrasse.

Elle fait du stop à la sortie du village, trempée, misérable, éveille la pitié d'un jeune facteur qui a fini sa tournée du matin et revient à Simck après sa méridienne à Sanserrat. Grâce à sa conduite pour le moins sportive, elle parvient à attraper de justesse le bateau de vingt et une heure vingt-cinq. En réalité, elle le rate : dans sa hâte, elle s'est trompée de côté d'embarcadère et elle est montée à bord du mauvais bateau – elle n'a pas pris le temps de vérifier le nom sur la poupe. Ce n'est pas un transport régulier : il se rend à près de quatre mille kilomètres de là, dans l'archipel des Récifs, à Primera puis à Secunda. Quand elle s'en rend compte, il est trop tard, ils ont déjà quitté le port ; elle se giflerait, mais la contrôleuse la rassure avec bonhomie : « On fait escale à Broglie de toute façon. En fait, vous serez rendue plus tôt qu'avec le *Tess Claërt*, on ne dessert pas la Digue, nous. »

Taïriel se battrait quand même – ce genre d'étourderie ne lui ressemble pas. Après un moment, cependant, elle se calme. La contrôleuse a raison. En fin de compte, c'est une heureuse erreur. Faire à bonne fortune bon cœur.

Le voyage de retour sur la Mer est sans incident non plus. Deux ou trois absences, pas très longues, que personne ne remarque. Tout le monde est à vrai dire trop occupé, comme à l'aller, à se protéger de l'influence de la Mer avec l'aide des psis de service. Elle, elle n'a pas à s'en soucier – un des avantages d'être une bloquée. Pas mal de téleps parmi les pionniers des îles, que ce soient celles de l'Ouest ou celles de l'Est – beaucoup d'anciens Fédéraux sont allés s'y installer dans les Années qui ont suivi la Paix de Léonovgrad. Mais pas mal de gens ordinaires aussi. Et tous ne sont pas des mécontents. Il y a même une assez forte proportion de halatnim. Après tout, les îles étaient les seuls endroits véritablement intacts de Virginia puisque personne n'y avait jamais mis les pieds depuis le début de la colonisation. L'idéal pour ceux qui voulaient recommencer à zéro...

Elle s'endort, épuisée, vers trente-deux heures, et à un moment donné elle fait de nouveau le rêve sanglant, mais elle doit commencer à y être habituée car elle ne se réveille pas, ou du moins, elle recommence, ou continue, à dormir. À la première image, elle s'est dit, à la fois accablée et furieuse, ah non, pas encore ! Elle sait exactement ce qui va se passer, elle décide de ne pas se laisser impressionner. Et elle se trouve capable de maintenir cette distance pendant tout le rêve. Elle en est très satisfaite, alors même qu'elle rêve, parce que rien ne pourrait être plus différent de ce qui devrait se passer si réellement elle était en train de se débloquer en Rêveuse. Et ça ne veut pas dire non plus qu'elle pourrait être une Rêveuse d'un nouveau genre, comme le prétendrait sans doute le vieux Christiansen !

Et puis, dans le train qui l'emmène de Broglie à Cristobal, elle rêve à nouveau. Un autre rêve. Très bref, très simple, très statique, pas menaçant du tout : un homme en train d'observer ce qu'elle reconnaît comme le lac Mandarine et la Barrière de l'île d'Aguay. Pendant une fraction de seconde, elle le voit de l'extérieur – un grand Virginien d'une quarantaine de saisons, aux cheveux argentés et aux yeux verts. Et pendant une autre fraction de seconde, elle est lui. Elle partage ses pensées et ses émotions. Simples aussi : amusement sarcastique, impatience, c'est trop bref pour en savoir davantage, un éclair.

Mais de ce rêve-là Taïriel sort épouvantée, avec un cri étranglé qui suscite la surprise et l'inquiétude de ses compagnons de voyage. Elle les rassure comme elle peut et passe le reste du trajet dans le couloir, face à la vitre obscure striée de pluie intermittente.

Le train arrive à la gare un peu avant minuit. Le Cercle est ouvert, même à cette heure-ci, mais elle n'est pas en état. Elle rentre chez elle en bus, puis à pied, ivre de fatigue, s'écroule sur son lit sans même se déshabiller. Tout à l'heure. Plus tard. Et si elle rêve encore, tant pis. Un peu plus, un peu moins, elle n'en est plus à ça près.

Deuxième partie

5

Elle se réveille dans la matinée, après un sommeil hanté par le rêve du massacre, non moins sanglant pour être maintenant connu par cœur et tenu à distance. Mais c'est la faim qui la réveille, en réalité. Il est très tard, l'heure de la collation de mi-matinée est bien passée. Elle fait deux repas en un sans états d'âme en dévorant une partie des provisions achetées pour la petite fête qui n'a pas eu lieu avec Samuel. Ensuite, elle se dirige d'un pas vif vers le Musée, par les ruelles et les allées. Aux terrasses des cafés, dans les petites rues autour de la place, sont assis des filles et des garçons nonchalants et rieurs ; le sursis de la semaine de vacances s'achève, mais on a bien l'intention d'en profiter jusqu'à la dernière seconde.

Taïriel marche en attention flottante, aux aguets de l'aura obscure qui lui annoncera une autre absence.

Elle arrive par le côté Greshe du complexe central, et ne fait pas tout le tour pour aller chercher l'entrée du Musée du côté ouest. Elle emprunte le raccourci qu'elle utilisait souvent avec Natli au temps des rencontres saisonnières, à travers l'aile où résident les employés vivant sur place ; c'est privé, mais il suffit de ne pas hésiter et de sembler savoir où l'on va, ce qui est son cas. Ensuite, elle rejoint l'aile ouest pour monter au quatrième où le Cercle a ses locaux, en longeant d'abord les salles d'entreposage et d'archivage à la jonction du Musée proprement dit et de sa zone administrative, au rez-de-chaussée.

En passant devant une haute porte ouverte à deux battants, elle entend une voix masculine à l'intérieur de la salle: «On recommence, à mon signal, lentement.»

Elle se fige. C'est la voix de Samuel.

Elle fait deux pas en arrière, jette un coup d'œil, à demi dissimulée par un des battants de la porte. Une vaste salle au plafond haut entièrement couvert de panneaux à gaz qui laissent flotter une lumière douce et égale sur les murs tendus de tapisseries et d'étendards aux couleurs vives. Dans de nombreuses cases et vitrines sont exposés des artefacts divers, armes, céramiques, bijoux. Au fond, à gauche, la large cage désactivée d'un envirosim. Mais la majeure partie de la salle est invisible, dérobée au regard : une dizaine d'employés du Musée en combinaison de travail s'affairent autour d'un treuil mobile à la flèche duquel est suspendu un parallélépipède d'environ quatre mètres de long, plus large à la base qu'au sommet, empaqueté dans des couches épaisses d'isolant et sanglé dans un harnais ; ils l'ont extrait du socle trapu où il devait être enfoncé. On en devine la forme à travers l'isolant, des faces planes alternant avec des arêtes biseautées ; la base également biseautée s'affine après sa plus grande largeur, sans toutefois devenir une pointe. Le treuil est coincé contre le mur de droite, le sommet de sa flèche se trouve presque au ras des panneaux à gaz, le mât a tout juste la place de pivoter; un chariot de transport à grosses roues occupe toute la partie arrière de la salle, avec sa remorque-plate-forme où se trouve une énorme caisse coussinée à claire-voie, ouverte à une extrémité; on en est au stade où le bloc est lentement couché en position horizontale dans la caisse ; les employés qui vérifiaient la tension des câbles sautent de la remorque.

« On y va », dit la voix familière.

Samuel. Il a coupé ses cheveux en brosse. Il semble plus vieux ainsi, le relief de son visage est plus dur. Sa fraîcheur lisse a disparu. Mais c'est bien lui. Il n'est pas parti, il se trouve toujours à Cristobal ! Il travaille au Musée ?

La manœuvre continue, avec une lenteur prudente. Ils en ont bien pour encore une demi-heure, à cette vitesse-là. Taïriel fait demi-tour, cherche et trouve un gardien. « On est en train de déménager la salle O3-414 ? Je voudrais des renseignements. »

De bureau en bureau, elle se retrouve au département des prêts inter-muséaux. « Deuxième terrasse à droite, suivez les flèches. » Elle remercie et grimpe en hâte sur la deuxième terrasse. Une jeune femme aux courtes boucles brunes l'accueille d'un air aimable.

« On transfère une partie du matériel exposé dans une de vos salles, au rez-de-chaussée... Je dois... retrouver Samuel, un message urgent, improvise-t-elle. Le gars qui s'occupe de l'opération. »

La jeune femme est déconcertée : « Dans la salle O3-414, oui, mais vous devez faire erreur sur la personne, il s'agit de Simon Fergus, l'assistant au curateur du musée Shandaar, à Nouvelle-Venise.

— C'est une blague entre lui et moi, excusez-moi », improvise Taïriel sans se démonter, tout en épiant le bureau à la recherche de n'importe quel indice. Au-dessus d'une pile est placée une luxueuse chemise de papier glacé, avec photographie couleur pleine page, un grand cristal bleu posé à la verticale sur un socle, et un nom écrit en majuscules setlâd, que Taïriel déchiffre à l'envers, « Ktulhudar ». Elle parie et demande : « Vous prêtez le sarcophage ?

— Oui, au Shandaar, pour leur exposition sur la Huitième Dynastie paalao.

— Ça fait longtemps que vous étiez prévenus ? »

Un léger flottement, et ça n'a pas tellement l'air d'être de la surprise devant cette question pourtant un peu bizarre ; plutôt de l'incertitude ; puis la jeune femme a un sourire amusé : « Oh oui, des Mois. Vous pensez bien, un prêt comme celui-ci, ça ne s'improvise pas ! »

Taïriel ne fait pas de commentaires, elle ne veut même pas penser : « Ils partent quand ?

— Aujourd'hui. Tout à l'heure, par le train de quatorze heures cinquante-cinq. » Le regard de la jeune femme tombe brusquement sur la chemise et son visage prend une expression navrée : « Il a oublié le dossier de presse ! Vous pouvez le lui donner ? Ils doivent encore être dans les parages. » Elle tend la chemise à Taïriel, qui la saisit machinalement.

Et se pétrifie. Sur la photographie, une fois mise à l'endroit, on distingue très bien le corps nu du roi-guerrier pris dans le cristal, mains croisées à plat sur la poitrine dorée, yeux grands ouverts. Des yeux violets, sous la frange de cheveux noirs et drus, un long visage sévère aux méplats accusés...

Le visage du Rani, dans le rêve.

Taïriel laisse échapper le dossier, qui répand ses photos et ses feuillets par terre. La jeune femme vient l'aider à ramasser.

Taïriel se relève, le dossier reconstitué entre les mains, marmonne un au revoir et tourne les talons, la tête bourdonnante. Elle continue sur sa lancée le long de la terrasse tandis que son cerveau se remet à fonctionner. Ktulhudar. Le Rani massacreur de son rêve ? Elle a rêvé de Ktulhudar. Elle ne l'a jamais vu. Elle avait eu tellement mal aux pieds, lors de cette unique visite adolescente, qu'elle avait fait demi-tour avant même d'arriver aux salles. Estéban avait été furieux... Ou si, sûrement, elle a vu des photos, des tridis, à l'école, mais il y a si longtemps...

Samuel déménage Ktulhudar, qui est le Rani de son rêve. Samuel, qui ne s'appelle pas Samuel.

Elle se rend compte qu'elle a redescendu l'escalier, – pas une absence, une distraction légitime –, et se trouve de nouveau dans le couloir qui la conduira à l'escalier menant au Cercle. Ou vers la salle O3-414. Un coup d'œil à sa montre, presque quatorze heures.

Elle se trouve dans la cour du Musée quand sa raison la rattrape, mais elle continue à marcher d'un pas vif, sort sur la place, cherche des yeux un taxibus couvrant la zone Bounderye Nord-Est. Qu'est-ce que tu fais, Taïriel ? Tout lui crie que c'est absurde, mais non, elle saute dans le taxibus, paie le double tarif – pas d'autres arrêts pour des gens se rendant dans la même zone – et retourne chez elle. « Attendez-moi là, je prends juste mon sac, on va à la gare ensuite, d'accord ? » Le chauffeur acquiesce, philosophe. Une fois à l'appartement, elle bourre quelques vêtements plus chauds dans le sac, redégringole l'escalier extérieur de la terrasse au pied duquel l'attend le taxibus. « Toujours aucun arrêt pour personne ? » demande le chauffeur.

« Non. »

À la gare, billet en poche, elle va vérifier le quai où le train n'est même pas encore arrivé. Près de vingt minutes d'attente. Ça va être difficile de ne pas penser. Est-ce l'énervement ? Pas une seule absence depuis le Musée. Non, ne pas penser à ça non plus. Kiosque à journaux. Une brassée de revues scientifiques. Rien dans son domaine, bien sûr, mais tant pis, ça lui occupera l'esprit. Elle va s'asseoir sur le quai, feuillette la première revue, trouve un article modérément intéressant sur les nouveaux polymères 3D à structure récursive, commence à lire. Se rend compte au bout d'un moment qu'elle a lu trois fois le même paragraphe sans en rien retenir.

Quatorze heures quarante. Le train vient se ranger le long du quai dans le halètement de sa locomotive, pas trop tôt. Taïriel se lève et assure son sac sur ses épaules tout en partant à la recherche de son wagon, numéro 9. Départ dans dix minutes. Et ils auront eu le temps de charger la caisse du bloc dans un camion au Musée, de le convoyer à la gare de fret et de le transférer dans un wagon ? Terriblement serré. “ Un prêt comme celui-ci ne s'improvise pas ”. Pourquoi ai-je comme un doute ? Wagon 5, 6... Assistant au curateur. Il a bien dit qu'il était historien. La Mer ne serait pas là, elle se mettrait en rapport avec la Tour à l'un des terminaux de la gare et ferait une recherche, au moins au Musée Shandaar... La préposée aux prêts a été convaincue, en tout cas. Mais tout le monde n'est plus aussi généralement immunisé contre les télépathes, il peut l'avoir manipulée ; il aurait fallu voir les papiers de transfert. Wagon 7... Retour à cette hypothèse, alors, un télep tordu ? Et qui ferait quoi avec le sarcophage de Ktulhudar ? Une bonne grosse blague – oui, pour se faire repérer par les psis du Cercle, " attrapez-moi si vous le pouvez " ? Ça ne cadre pas avec ce qu'elle a vu de lui ! Mais bien entendu, ce qu'elle a vu de lui ne veut plus rien dire. Sinon, quoi ? Le sarcophage est destiné à un collectionneur privé mégalomane, Samuel, ou Simon, ou quel que soit son nom, est un criminel de haut vol ?

Elle se fige, les mains sur les rampes des marches menant au wagon 9, traversée par une brusque illumination angoissée. Dans ce cas-là, il ne prendra évidemment pas le train, le camion est en route pour n'importe où, quelque part sur une *route* ! Imbécile, tu aurais dû y penser avant !

Elle hésite, atterrée, furieuse, quand soudain, elle est habitée tout entière par... c'est indescriptible. Samuel. Samuel se trouve dans la gare. Elle ne le voit pas, mais elle *sait* où il se trouve – à l'entrée sud, venant du côté de la gare de fret.

« Vous montez ou pas ? » demande une autre passagère impatiente.

Elle monte, s'efface pour laisser monter les autres voyageurs, jambes molles, le cœur battant la chamade. Non, impossible, ça ne ressemble à rien, ni des pensées ni des émotions, non, ce n'est définitivement *pas* de la télépathie, mais elle peut le sentir traverser l'aile nord de la gare, comme... – elle ferme les yeux pour se concentrer sur la sensation – une pression ou une chaleur qui s'intensifieraient, ou une lumière, mais rien de tout cela non plus, elle traduit, c'est seulement une certitude. Une aimantation. Il est le nord et elle l'aiguille de la boussole.

Elle respire à petits coups, la bouche entrouverte, elle a presque la nausée. Non. Non. Tout ceci doit être... lié à Samuel, d'une façon ou d'une autre. Il lui a fait quelque chose pendant qu'ils étaient ensemble. Une drogue ? Il joue avec elle. Il a tout manigancé depuis le début. Comment, pourquoi, peu importe, c'est la seule explication possible. Trop de coïncidences. Ce n'est pas elle, c'est lui.

Il se rapproche. Il se trouve sur le quai, en tête du train. Il monte dans le train. Il s'arrête, il a dû trouver sa place : la pression ne change plus, l'aiguille de la boussole ne tremble plus.

Taïriel se force à prendre de grandes inspirations, le dos à la porte coulissante donnant sur le soufflet. La cloche retentit, le train s'ébranle. Il a pris de la vitesse et les quais de la gare ont disparu quand elle se décide à entrer dans le compartiment. Presque plein – les vacances du Retour se terminent. Après avoir fourré son sac dans le porte-bagages, elle se laisse tomber dans le fauteuil d'allée qui porte le bon numéro, le souffle encore court, et sa voisine se méprend en souriant : « De justesse, hein ? »

Elle hoche la tête machinalement, ferme les yeux en appuyant sa nuque au dossier. Encore cinq minutes, le temps de se reprendre un peu plus. Cinq minutes, et elle va aller le trouver. L'affronter. Il ne pourra pas se sauver, dans le train. Ensuite elle descendra au prochain arrêt et retournera à Cristobal, d'où elle repartira comme prévu pour Morgorod. Reprendre le fil de sa vie interrompue. Sans aller au Cercle ni rien, ce ne sera plus nécessaire, tout sera réglé parce que c'est à cause de Samuel, il l'a écrit lui-même, n'est-ce pas, elle avait seulement mal interprété : " tout est de ma faute " – dans le futur, pas dans le passé. Il va défaire ce qu'il lui a fait, quoi que ce soit, sinon, il y aura un scandale, il sera arrêté, elle n'est pas complètement démunie, croit-il pouvoir s'en tirer à si bon compte ?

La fureur l'aide paradoxalement à retrouver ses esprits. Elle sort le dossier de presse qu'elle a plié dans une des poches de son sac, se lève et se dirige vers la tête du train. Sent la pression augmenter à mesure qu'elle se rapproche, mais la rage la soutient, elle continue à marcher.

C'est un compartiment-couchette, où il est assis, seul, dans le sens de la marche, un livre sur les genoux. Il ne l'a pas sentie approcher, ou bien il fait semblant. Il lit. Elle reprend son souffle avant de pousser la porte coulissante, déconcertée sans savoir pourquoi. Il semble très fatigué, son visage est creusé de nouvelles rides. On lui donnerait aisément la trentaine.

Il lève les yeux. La voit.

Peut-il feindre une telle stupeur, un tel désarroi ? Et pourquoi, s'il a tout manigancé ? Ça fait partie du jeu ? Taïriel pousse la porte, se laisse tomber sur la banquette en face de lui, lui tend le dossier de presse.

« Tu as oublié ça au Musée. Alors, Samuel ou Simon Fergus ? »

Il continue à la dévisager, son expression est devenue complètement neutre ; essaie-t-il de se figurer ce qu'elle peut savoir ? Mais, sans méfiance ni défi, plutôt avec lassitude, il dit : « Simon Fergus, mais ça ne change pas grand-chose. »

Elle jette sur la banquette le dossier qu'il n'a pas pris : « À quoi ? »

Il hausse les épaules sans répondre, pose le livre près de lui, couverture vers le haut. Taïriel y jette un coup d'œil machinal, le logo est familier... Une maison d'édition d'Atyrkelsaõ. Un présent de l'Autre Côté. Cadeau personnel, ou bien Samuel se trouve sur la liste des privilégiés qui ont accès en priorité aux prêts. En tant qu'ancien passeur, Grand-Père Natli y était inscrit. Mais ce type n'est sûrement pas un passeur.

« Bon livre ? » demande-t-elle d'un air entendu, mordante.

« De la poésie, Chandra Salinà Kandianu. Un des fleurons de la nouvelle culture halatnim. »

Il s'est repris, c'est visible. Un peu distant, mais comme vibrant en même temps d'une tension mal réprimée.

« Comment es-tu là ? » dit-il d'un ton bref.

Elle ne répond pas tout de suite, déconcertée. Il ne le sait donc pas ? Cette espèce de boussole à Samuel, en elle, ce n'est pas lui qui l'a mise là ?

« Je t'ai vu au Musée, je t'ai suivi.

— Tu devrais être en train de te préparer à partir pour Morgorod ! »

Elle hausse les épaules : « Ça attendra un peu. »

Il secoue la tête, l'air soudain désolé. Elle le dévisage : ces cernes autour des yeux pâles, cette expression défaite... Toutes les autres hypothèses s'évaporent. Il ne reste plus que Samuel, ces neuf jours ensemble, sa fuite sans explication.

« Je n'aurais jamais cru que tu étais un lâche. »

Il n'a pas la réaction escomptée ; il reste un moment figé puis laisse échapper un petit rire navré : « Oh si !

— Tu aurais dû me le dire, que tu ne voulais pas rester », dit-elle, la voix rauque malgré elle. « J'aurais pu le supporter. »

Des émotions contradictoires se pourchassent sur son visage ; il finit par dire à mi-voix : « Pas moi.

— Tu me devais la vérité !

— Je ne te dois rien du tout ! »

Sa voix s'est brisée sur le dernier mot, il la fixe d'un œil furieux. Elle reste médusée par cette violence soudaine, un peu effrayée – a-t-elle pu se tromper à ce point sur lui ?

Mais il s'affaisse un peu, accablé. « Non, murmure-t-il après le long silence. Tu as raison. »

Il s'appuie au dossier moulé de la banquette, prend une grande inspiration en croisant les bras. « Je suis allé consulter un médecin, dit-il d'une voix neutre. Je souffre d'une forme inhabituelle de progéria. Vieillissement accéléré. D'abord indécelable, mais une fois que c'est déclenché... J'en ai pour à peu près une Année. »

Elle reste muette, foudroyée, et il poursuit : « J'ai failli ne pas te laisser de message du tout. Imiter ton économie avec Estéban. Et puis j'ai changé d'avis. Lâcheté, comme tu disais. » Sa voix s'est durcie, il regarde au loin. « Mais sans détails. Tu m'excuseras, tant qu'à être remémoré, je préférais que ce soit avec chagrin et colère plutôt qu'avec compassion. Ça coupe mieux. »

Elle le dévisage, encore incrédule. Les pattes d'oie aux coins des yeux, les plis de la bouche amère, entre les sourcils le grain de la peau, le subtil relâchement des joues le long de la mâchoire... Elle souffle enfin : « Han'maï, Samuel, je suis désolée...

— Moi aussi, rétorque-t-il. Justement ce que je voulais éviter. »

Elle baisse la tête, mais c'est pour ne plus s'hypnotiser sur ce visage familier et pourtant secrètement travaillé par... Des images imprécises mais non moins horrifiantes se bousculent dans sa tête – pas vraiment des images, elle ne veut pas d'images, mais c'est *l'idée*, l'idée de tout ce temps, la vie entière d'un corps compressée en quelques saisons... Son esprit vacille. Elle se raccroche comme elle peut : « Tu es sûr ? Tu as fait tous les examens...

— J'y ai passé la matinée entière. Et une fois qu'on a une idée de ce qui se passe, il suffit de tests assez simples pour confirmer.

— Mais il n'y a pas... » Elle ne veut pas dire "cure", – guérit-on la vieillesse ? Et elle ne sait rien de cette maladie. Défaut génétique, déséquilibre hormonal et cellulaire ? « Ça devrait au moins... pouvoir se ralentir ? »

Il ne répond pas tout de suite. « Peut-être. »

L'intonation est presque dédaigneuse, et Taïriel relève la tête, scandalisée : « Tu n'as pas demandé ? »

Il la contemple un moment, puis, avec un bref sourire féroce : « J'ai autre chose à faire.

— Que de vivre ? !

— Que de survivre », dit-il, tranchant.

Elle lance, éperdue, un peu à l'aveuglette : « Toi, Samuel, orgueilleux ? »

Les plis du visage éteint se creusent davantage ; les yeux pâles se voilent. Il baisse la tête, laisse tomber d'un ton las : « Ce n'est pas ça. Et c'est Simon. S'il te plaît. »

Elle acquiesce en retour, tout bas : « Simon. » Leurs regards se croisent à nouveau. Il se penche soudain vers elle, mains entre les genoux, coudes en appui sur les cuisses. La dévisage de tout près avec une douceur navrée, hésite et remet l'une de ses mèches en place. Puis, de l'air grave mais exigeant de qui n'a pas de temps à perdre en à-peu-près et dissimulations, il murmure : « Pourquoi es-tu là ? Tu ne m'aimes pas à ce point, Tiri. Pas en neuf jours. »

Elle consent, d'une voix qui s'éraille : « Après... avoir lu ton message, j'ai... fait un rêve. Mais je ne dormais pas. »

Elle voit à son changement d'expression qu'il comprend – yeux agrandis, mais aussi cette lueur d'intérêt... Elle précise, tout de suite irritée : « Un rêve ordinaire. Je voyais, c'est tout. Mais – un ton plus bas, atterrée de le reconnaître ainsi – je ne dormais pas. Depuis j'ai des... absences, comme des fugues. Parfois quelques secondes, parfois quelques minutes. J'ai consulté des médecins, tout a l'air normal, mais il faudra compléter avec les examens neurologiques.

— As-tu fait d'autres rêves ?

— Le même, tout le temps. Toujours en rêve ordinaire. Et puis un autre, très bref, une fraction de seconde. Mais là...

— Tu l'as fait avec quelqu'un.

— Ça ne veut rien dire ! Ça arrive aussi dans les rêves ordinaires, non ?

— Mais dans les rêves ordinaires, nous coïncidons avec nous-mêmes. Ce sont nos pensées, nos émotions, nos perceptions. Était-ce toi ? »

Elle doit admettre que non.

Il reprend, avec une extrême douceur: « Peux-tu me le raconter, ce rêve-là ?

— Juste un type... qui regardait la Barrière de l'île d'Aguay. »

Il se raidit. Encore de la surprise, mais dans une autre tonalité, plus tendue. « Un type ?

— Un type ordinaire ! Ça a duré une fraction de seconde, je te dis ! »

Il se reprend, avec un effort visible de patience. « Et l'autre rêve, le premier ? »

Elle hésite. C'est là que ça se tient, le véritable nœud. Et si Samuel – Simon – n'est pas impliqué... Mais non, il doit l'être, ça n'a pas de sens ! « Une sorte de... laboratoire, avec des caissons transparents et des Ranao endormis dedans. Un homme arrive et... se met à massacrer tout le monde. Un Rani. »

Il semble complètement pris au dépourvu : « Un Rani ? »

Elle serre les dents. « Pas n'importe quel Rani. » Elle fait une pause, mais il n'y a plus d'échappatoire, maintenant. « Je retournais au Cercle, à cause du second rêve, le type qui regardait la Barrière, quand je t'ai vu au Musée. Je suis allée me renseigner. La fille m'a donné le dossier pour toi. Ktulhudar. C'est le Rani de mon rêve. »

Et de le dire ainsi à voix haute, à quelqu'un, une incompréhension terrifiée la submerge, elle plonge son visage dans ses mains en murmurant: « Mais c'est pas vrai, c'est pas *vrai* ! »

Il lui prend les poignets avec douceur ; mortifiée, elle se dégage en essayant de retrouver son calme.

« Tu étais déjà allée au Cercle ?

— Une première fois, oui. Mais c'est impossible, pas à mon âge, pas comme ça ! Il doit y avoir une autre explication ! »

Il reste un moment silencieux, toujours penché vers elle, puis se redresse : « La mutation n'a jamais cessé d'évoluer, dit-il d'une voix lente. Il n'y a jamais eu de Rêveurs de ce côté-ci. Oh, brièvement, on a cru, il y a environ une centaine d'Années, au moment où on expérimentait avec les groupes... mais ça n'a pas duré. À la place, on a eu les bloqués – et les passeurs. Une autre version du don, la capacité de se transférer physiquement d'un univers à l'autre avec la Mer, au lieu des visions. Mais maintenant que les échanges des lignées ont repris, que des passeurs sont venus de l'Autre Côté... Ton grand-père en était un, n'est-ce pas ?

— Je ne suis pas mes lignées, lance Taïriel avec une rage obstinée. Je suis moi ! »

Il l'observe un instant, et soudain, avec un petit sourire, un appel à la complicité : « Qui donc parlait des êtres humains comme matériau à mémoire ? »

Elle reste un instant maussade, rétorque : « Qui parlait de contrôle des stimuli ? »

Il secoue la tête avec mélancolie : « Contrôle relatif, Taïriel. Et dans ce cas particulier... » Il réfléchit : « Tu leur as parlé de moi, au Cercle ? »

Elle tombe des nues : « Non, pourquoi l'aurais-je fait ? »

Un long silence, puis, comme à regret : « Dans les groupes, pour les proto-Rêveurs, il y avait... un catalyseur. Un inducteur, plutôt – un catalyseur n'est pas affecté. Quelquefois un télépathe. C'est encore un peu ce qui se passe pour certains types de bloqués. Il se peut... que je sois cet inducteur, pour toi, même si je n'ai jamais rien fait pour cela. C'est très différent aussi de ce qui se passait dans les groupes, mais... » Il regarde au loin avec une sorte de fascination clinique. Semble se secouer, et reprend : « Ktulhudar est un de mes violons d'Ingres. Ou une de mes obsessions, si on veut. Il se peut qu'il te vienne de moi – comme le petit morceau de rêve sur la Barrière, l'homme du bord du lac. Quoique... Ktulhudar en train de massacrer des dormeurs ? »

Il a de nouveau l'air fasciné, comme si c'était un *cas*, comme si c'était *intéressant*. Taïriel proteste, furieuse : « Mais je ne suis pas une hékellin, pas même une sensitive, je suis une *bloquée* !

— En train de s'éveiller. Possiblement une nouvelle variante de la mutation. Une variante des Rêveurs. »

Non, pas une Rêveuse ! La violence de son refus la laisse tremblante. Elle ne peut pas être en train de se débloquer. Pas maintenant. Pas comme ça. Pas elle. Elle allait à Morgorod, elle allait dans Lagrange, elle avait réussi à se débarrasser d'Estéban ! Elle s'entend penser tout cela et c'est absurde, insignifiant, grotesque, ça n'a pas de rapport, elle vient de basculer dans une autre vie, mais non, non, ce n'est pas possible, pas une Rêveuse, pas elle, pas maintenant !

« On n'a pas fait les examens neurologiques », insiste-t-elle d'une voix entrecoupée, au bord du sanglot. « Ça peut être de l'épilepsie, une tumeur au cerveau ! »

Il dit, gentiment, avec tristesse, comme le vieux Garal Christiansen : « Tu préférerais ? »

Elle secoue la tête, désespérée, en essayant de reprendre son souffle.

« Tu aurais pu attendre de faire faire les examens », remarque-t-il avec une impitoyable douceur.

Elle se rencogne contre la vitre, regarde le paysage défiler de l'autre côté du couloir, les dents serrées. Cela ne veut pas dire qu'elle y croit, à ce déblocage ! Oui, elle aurait pu, elle aurait dû, elle en aurait le cœur net, mais Ktulhudar au Musée, et Samuel au Musée, c'était trop – et cette boussole intérieure, qu'est-ce qu'il en dirait, hein, de ça ? Mais elle ne va pas lui en parler, pas maintenant, trop c'est trop, et puis, il a déjà répondu. Inducteur. Comment ces rêves peuvent-ils lui être liés, elle n'est toujours pas télépathe, elle ne sait rien, elle ne sent rien ! Un brusque retour de refus horrifié la plie presque en deux – pas une Rêveuse ! Être en proie à ces absences, à ces visions, *toute sa vie* ? Sans jamais pouvoir les empêcher ? C'est comme si elle s'était trahie elle-même : le fait que sa volonté ne lui servirait plus de rien la rend malade de frustration incrédule. Elle laisse échapper un petit gémissement.

« Tu dois être fatiguée, dit Samuel-Simon avec une soudaine sollicitude. Tu n'as pas dû beaucoup dormir. C'est l'heure de la méridienne. Tu es dans un compartiment-couchette ?

— Non, j'ai pris ce qui restait. Mais je ne veux pas dormir. »

Il se lève pour déplier la couchette. « Il faut. Ça aide, au contraire.

— Et toi ?

— Je dormirai sur la banquette. »

Elle se couche. Il a raison, elle tombe de sommeil. Il lui caresse les cheveux avec une tendresse désolée, appuyé au rebord de la couchette. Elle contemple ce visage familier, transformé, une panique de chagrin la soulèverait presque, pour lui, pour elle, mais elle est trop fatiguée. Elle murmure : « C'est trop injuste... »

Il lui embrasse le front : « Dors. »

Quand elle se réveille, il est presque vingt heures, elle a raté la collation, et elle est affamée – encore ! Samuel, Simon, est en train de lire et lui adresse un sourire lointain quand elle se laisse tomber de la couchette et la replie dans son compartiment. Il lui désigne un paquet de sandwichs et un thermos. Elle dévore.

« Il faudra que tu ailles au Cercle, à Nouvelle-Venise », dit-il du ton de quelqu'un qui a pris une décision.

Inducteur ou non, s'imagine-t-il qu'il va décider pour elle ? « Non !

— Ils peuvent t'aider. Ces fugues se contrôlent jusqu'à un certain point. Les sens-tu venir ? »

Elle admet que oui, réticente.

« On peut les retarder, comme les visions, afin de ne pas être pris n'importe où. Il y a des entraînements, aussi, pour supporter le choc des visions. Et les psis du Cercle peuvent t'accompagner dans ton éveil, Tiri. Le rendre moins... pénible. Il y a des méthodes, même si tu es une nouvelle variante. »

Le surnom affectueux la met en rage : il essaie de la manipuler ! « Ce n'est peut-être pas ça ! Peut-être que ça va passer ! Ton histoire d'induction, là, c'est seulement une hypothèse. »

Il hoche la tête : « De fait, un terme pratique, mais nous n'avons jamais compris ce qu'il recouvre. Et les

Ranao ne nous ont été d'aucun secours, ils n'ont jamais connu ce phénomène. Ou une seule fois, autour d'Eïlai, celle qui a Rêvé de nous la première. Mais ils n'ont jamais bien compris. La petite était l'inductrice, le Communicateur partageait ses visions... Ça n'a pas duré, de toute façon. Avec nos proto-Rêveurs, impossible de déterminer si leurs visions étaient du passé, du futur ou d'un univers parallèle ! Et elles étaient bien plus fragmentaires que les tiennes... Mais elles étaient induites, c'est certain. Nous n'avons jamais pu écarter l'hypothèse qu'il s'agissait d'un déblocage simplement télépathique, une variante. Ponctuel, induit, et seulement pendant la transe en commun du groupe et de l'inducteur...

— Nous ne sommes pas en *transe* !

— Je sais. Et ce serait seulement toi et moi, pas de groupe. Encore une variante, et encore parmi les bloqués... »

Il regarde au loin, songeur. Le cas l'intéresse, c'est sûr !

« Je ne vais sûrement pas me débloquer maintenant, en quoi que ce soit ! Pas à vingt-six saisons ! Et je ne veux pas être une cobaye de Cercle ! »

Il revient à elle, finit par murmurer, avec une sorte d'amusement déchirant : « Oh, je te comprends très bien. » Et pourtant, il insiste : « Mais même si les examens sont incomplets, avec tes lignées, et avec ces symptômes, tu dois bien te douter... Tu es une scientifique, non ?

— Ah bon, toi aussi tu connais mes dossiers soi-disant détruits et soi-disant confidentiels ! » s'exclame-t-elle avec une ironie mordante, à côté, mais n'importe quoi pour retarder l'échéance. « Et tu es quoi, déjà, légalement ? Un aspirant-historien, un ex-assistant au curateur du Musée Shandaar ? Un kidnappeur d'artefacts historiques ?

— Quoi que je sois, je suis aussi un télépathe », finit-il par dire sombrement.

Elle donne une petite tape rageuse sur le livre qu'il tient toujours : « Et pas n'importe lequel, hein ? Sur la liste de priorité de l'Autre Côté ? »

Il la dévisage avec une écrasante lassitude: «Quelle importance, Tiri ? Ce n'est pas moi qui suis en train de m'éveiller.

— Je ne suis pas en train... »

Il lui pose les doigts sur la bouche avec un sourire désolé, et elle renonce, honteuse malgré elle. Intellectuellement elle sait bien ce qui doit se passer, elle ne va pas continuer à nier la convergence des indices. Mais elle ne veut pas. Elle ne veut pas ! Elle prend la main de Simon dans la sienne, murmure d'une voix brouillée contre sa paume: «Pas une *Rêveuse* ! »

Il lui embrasse la main sans rien dire. Ils demeurent un instant suspendus puis, sans qu'elle puisse dire qui a amorcé le mouvement, ils s'étreignent. Elle a envie de pleurer. Il respire à petits coups pressés, comme s'il avait mal.

Mais il se reprend le premier, se détache d'elle. « Si j'avais su plus tôt, pour tes lignées..., murmure-t-il d'une voix rauque

— Qu'est-ce que ça aurait bien pu changer ? » proteste-t-elle, blessée.

Il ouvre et referme la bouche à plusieurs reprises, les traits contractés, secoue enfin la tête et soupire : « Pas grand-chose. Rien. » Il la dévisage encore avec cette terrible tendresse triste: «Rien du tout. »

Il s'appuie au dossier de son siège, le regard perdu dans le vide. Après un moment, elle se force à revenir aux sandwichs et au contenu du thermos – du bouillon de légume chaud. Autant prendre des forces, puisque apparemment c'est ce que lui recommande son organisme.

Une fois le thermos vide et les emballages des sandwichs bien proprement pliés et jetés dans la poubelle, elle se passe les mains sur la figure. « Je devrais aller faire un brin de toilette... » Mais elle n'a absolument pas envie de quitter le compartiment ; la présence de Simon – puisque Simon il y a – semble la seule certitude tangible dans son univers. Elle sent gonfler un retour de panique, l'écarte en hâte avec la première idée qui lui passe par la tête: « Qu'est-ce que tu fais avec le sarcophage, alors, tu l'emmènes vraiment au musée Shandaar? »

Il fait une petite moue, puis se décide: « Non. Même si j'ai vraiment été assistant au curateur du musée. J'emmène Ktulhudar dans l'île d'Aguay. » Avec un petit sourire sans joie, il ajoute à mi-voix : « Toujours voulu faire ça. Maintenant ou jamais. »

Taïriel le dévisage avec incrédulité. « Mais on ne peut pas aller dans l'île. La Barrière vous frit la cervelle si on y pénètre! »

Il hausse un peu les épaules : « Pas depuis un moment. » Il lui adresse un petit sourire en biais : « Tu devrais te tenir au courant.

— Les vieilleries ne m'intéressent pas, je ne suis pas une historienne », lui rappelle-t-elle, butée.

« Les Ranao ont installé la Barrière pour protéger leur île des Morts, qui était un territoire sacré pour eux. Tu le sais, cela? »

Taïriel acquiesce, agacée de ce soudain paternalisme, inhabituel chez Simon. Non, inhabituel chez Samuel. *Simon* est un inconnu : « Même principe que les portes secrètes des souterrains, en plus puissant, récite-t-elle avec ennui. Trop puissant pour nous.

— Pas exactement. La Barrière devait être invisible et simplement nous détourner de l'île, comme... une suggestion post-hypnotique. Bien trop puissante pour qu'on y résiste : “ rien d'intéressant là-dedans, inutile d'y aller ”. Comme elle est doublée d'une projection pseudo-holographique enregistrable par nos instruments, comme les portes, on se contenterait des images prises à distance et depuis les airs – qui montreraient seulement de la forêt bien normale. Et, comme pour les portes, une fois suffisamment transformés, nous aurions pu franchir la Barrière sans problème.

— Mais les premiers explorateurs sont morts en essayant de la traverser.

— Ce qui a beaucoup surpris, et navré, les Ranao d'Atyrkelsaõ quand ils l'ont appris. »

Taïriel hausse les sourcils. Simon s'interrompt, la dévisage: « Que sais-tu exactement?

— Ce qu'on apprend à l'école ! » réplique-t-elle, exaspérée. Au début de la colonisation, on avait prétendu que c'étaient des radiations bêta à courte portée – pourtant bien simple de vérifier que ce n'en était pas! Comme on n'était pas équipé pour offrir des explications plus satisfaisantes au grand public, on était resté avec l'hypothèse radiations, que tout le monde avait adoptée, le fameux Syndrome Virginien des colons ayant frappé, " Je ne veux rien savoir ! ". Après l'Ouverture, on avait mieux compris: une installation des Ranao.

« Mais si l'intention des Ranao était vraiment de protéger l'île d'une façon bénigne, ils se sont plantés », reprend Taïriel en faisant un effort pour se calmer. « On a bel et bien essayé de franchir la Barrière au tout début de la colonisation, on s'est fait frire la cervelle, et tous les instruments automatiques qu'on a envoyés dans l'île, aussi bien au début qu'après l'Ouverture, ont frit aussi. »

Simon pousse un grand soupir et s'adosse à sa banquette en se croisant les bras: « Eh oui... »

Il ne poursuit pas, et Taïriel finit par s'exclamer : « Eh bien, raconte, je suis suspendue à tes lèvres ! »

Il l'observe sans sourire pendant un instant, puis détourne les yeux. « Tous les Ranao ne sont pas passés en même temps de l'Autre Côté avec la Mer...

— Oui, je sais, des optimistes ont laissé les plaques dans les souterrains du Musée.

— ... et des fanatiques religieux, ou du moins faut-il le supposer, ont modifié la Barrière pour la rendre plus infranchissable, indépendamment de toute suggestion mentale. En modulant l'image projetée de façon à la faire concorder plus ou moins avec l'hypothèse radiations, puisque après leur modification la Barrière était devenue visible.

— Et avec de quoi frire les instruments automatiques?

— Il faut croire », murmure Simon. Il contemple le paysage qui défile à la fenêtre.

Taïriel fait une petite moue : « Pas possible pour des manos, mais pour des kvaazim...

— C'est ce qu'on a supposé aussi. » Il a un petit sourire entendu auquel Taïriel n'entend rien : « Sauf les Ranao. »

Le silence se prolonge. Il n'expliquera pas. Taïriel se trémousse avec impatience sur la banquette : « Et qu'est-ce qui te fait croire que toi, tu pourras franchir la Barrière ? »

Il revient à elle avec un petit soupir : « Un surtélep nommé Bas-Hakim a essayé de le faire, il y a quelques Années, et il a... rebondi. Plutôt secoué, mais bien vivant et le cerveau intact. Apparemment, même les supposés fanatiques n'avaient pas l'intention de nous interdire l'île à perpétuité. »

Taïriel ouvre de grands yeux : « Et toi, tu seras capable de passer ? » Elle prend conscience des implications, conclut un ton plus bas : « Tu es un surtélep. »

Il la dévisage avec tristesse, murmure enfin : « Ça change quelque chose pour toi ?

— Pour moi, non, vraiment pas, réplique-t-elle en haussant les épaules. Je suis toujours bloquée, jusqu'à nouvel ordre !

— Et si tu ne l'étais plus ?

— Il y a la barrière-miroir. Tu aurais beau être le télep le plus puissant de la planète, la barrière-miroir n'en serait que plus efficace. »

De façon inattendue, il se met à rire : « Eh bien, c'est toujours ça !

— Quoi donc ? »

Il redevient sérieux : « Plus personne n'a peur des télépathes. À part les incurables paranoïaques. »

Elle ne peut s'empêcher de remarquer, étonnée, presque amusée : « Es-tu paranoïaque à leur propos ? Ils sont en minorité, maintenant.

— Oui, je sais. Et le taux de renouvellement de l'immunisation avec la barrière-miroir est de seulement soixante-quinze pour cent. En baisse constante d'une génération à l'autre depuis l'Ouverture. Mais il y a des habitudes difficiles à oublier. »

Son regard s'est de nouveau perdu sur la rivière qui déroule ses méandres en aval de la voie ferrée.

Taïriel attend encore un peu puis, comme il ne semble pas vouloir reprendre la conversation : « Et tu es tellement un surtélep que toi, tu ne rebondiras pas sur la Barrière ?

— J'ai de bonnes raisons de croire que je pourrai passer, dit-il avec simplicité.

— Mais je ne suis *pas* télépathe, moi, jusqu'à nouvel ordre. »

Il se raidit, incrédule : « Tu ne vas pas venir avec nous !

— Qui ça, nous ?

— Je retrouve un ami à Cap Sörensen. J'aurai besoin de son aide pour le transport et l'installation, c'est un manos. Mais tu ne vas pas venir !

— Et pourquoi pas ? Ce n'est pas comme si j'avais autre chose à faire.

— Aller au Cercle de Nouvelle-Venise ! Te faire faire un scan et un EEG ! Aller à Morgorod pour étudier à Polytechnique, est-ce que je sais ! Ta vie à vivre !

— Ma vie à vivre ! » Elle laisse échapper un rire rauque. « Comme si je pouvais étudier ! Et tu as dit toi-même que les examens sont inutiles.

— Je n'ai absolument pas dit ça !

— Tout comme ! Et puis, si tu es l'inducteur, comme tu dis, il ne faut pas que tu sois dans les environs ? »

Il secoue la tête, exaspéré : « Tu ne peux pas venir avec moi ! » C'est déjà plus une protestation qu'une dénégation.

« J'en ai besoin, murmure Taïriel, obstinée. Le rêve... Ktulhudar... J'en ai besoin.

— Pas moi ! »

Ils restent un instant dressés l'un contre l'autre, puis Simon s'appuie sur son accoudoir, une main sur les yeux. Taïriel n'ose pas bouger. Il pousse enfin un long soupir, se redresse pour la contempler avec un accablement résigné. « Pourquoi pas, après tout ? murmure-t-il. Tu ne devrais pas plus être affectée par la Barrière que par la Mer. Et de toute façon, je pourrai vous protéger. Au pire, on rebondira.

— Ton manos n'est pas télépathe non plus ?

— Si, mais pas assez. »

Elle assimile les informations implicites, avec un triomphe maussade. « Et pourquoi tu veux l'emmener là, ce sarcophage ?

— Celui de la princesse Eylaï se trouve dans l'île. L'ancêtre d'Eïlai la Rêveuse, l'épouse de Ktulhudar. Elle était morte avant lui. Selon la légende, après la mort du Prince lors de la bataille de Hanat-Naïkaõ, les Envoyés divins sont venus chercher son cadavre et l'ont emporté dans leur île. Il avait demandé à toujours demeurer près de son épouse Eylaï. C'est dans l'île qu'est sa véritable place.

— Je croyais qu'on avait trouvé le sarcophage dans les ruines de Dnaõzer ? »

Il regarde au loin, les sourcils froncés : « Non, il y a été mis pour qu'on le trouve.

— Par les mêmes plaisantins que ceux des plaques et de la Barrière ?

— Sans doute. Les Ranao ont été très choqués lorsqu'ils l'ont appris. C'était aussi pour protéger ces deux sarcophages qu'ils avaient installé la Barrière.

— Ils n'avaient qu'à les emmener avec eux ! »

Simon soupire : « Non. Ktulhudar et Eylaï devaient demeurer pour veiller sur les morts. Ou, du moins, sur la terre nourrie pendant des siècles par les morts, puisque tout le reste a été déménagé. Ce sont deux personnages essentiels de l'histoire comme de la mythologie rani. » Il ébauche un petit sourire : « Je ne vais pas te faire un exposé sur les comportements culturels ranao. Ou sur les luttes de factions qui ont entouré le Grand Passage. Les Ranao ont laissé là ces deux sarcophages, et ils ont installé la Barrière pour les protéger et protéger l'île, et c'est tout. »

Taïriel le dévisage avec un certain scepticisme : « Et tu fais œuvre pie en allant remettre le sarcophage de Ktulhudar à sa place. »

Simon finit par dire, comme si c'était une évidence : « Il est temps d'aller dans l'île. »

Il n'élabore pas davantage, et elle se résigne à ne pas poser d'autres questions auxquelles il ne répondra sûrement pas. Elle recommencerait presque à le soupçonner – mais de quoi, à part de vouloir faire plus dans l'île que replacer le sarcophage ? Des fouilles illicites, peut-être. En plein Hiver ? Le climat est doux dans la région du lac Mandarine, c'est vrai. Mais pourquoi s'encombrerait-il de ce sarcophage s'il veut faire des fouilles ? Elle se rembrunit. "Toujours voulu aller dans l'île." Elle ne cesse d'oublier la situation de Simon : le temps lui est terriblement compté, désormais. Elle l'observe à la dérobée, partagée entre la compassion et une secrète horreur : il n'y a qu'à le regarder pour savoir qu'il dit la vérité. Samuel, l'elfe étrange, le très jeune homme rencontré au Parc de la Tête, n'existe plus. Cet homme-ci s'appelle Simon, et il est fatigué.

Et pour le reste, s'il ne dit rien, que peut-elle y faire ?

6

Simon a repris son livre. Après plus d'une heure de silence, Taïriel commence à en avoir sérieusement assez. Et le voyage jusqu'à Nouvelle-Venise va durer près d'une journée !

Elle revient à elle pour voir le visage attentif de Simon. Comprend qu'une absence a encore frappé. Il demande seulement, d'un ton juste assez neutre: «Des images?

— Non.»

Elle se rencogne contre la vitre.

«Curieux, murmure-t-il. Les aïlmâdzi enfants Rêvent bien quand ils dorment, au début, mais chez les Rêveurs ranao adultes, c'est lors de ces fugues qu'ont lieu les visions. Et tu n'as pas l'impression que ton rêve te vient lors d'une absence du même type?»

Partagée entre l'irritation et l'angoisse, elle le regarde fixement puis dit entre ses dents serrées: «Écoute, Simon, faisons un marché. Je ne te pose pas de questions, tu ne me poses pas de questions.»

L'expression attristée de Simon se mue peu à peu en un léger sourire, qu'il essaie de retenir.

«Quoi?»

Il hésite puis, avec un humour prudent: «Sûre que tu pourras tenir ta part du marché?»

Elle est tentée de rétorquer "Oui!" mais se retient. Dit à la place, un peu butée: «Tu ne répondrais pas, de toute façon.»

Un silence, une moue un peu attristée: «Ça dépendrait des questions.»

Elle le dévisage, puis essaie: «Des questions sur toi, tu ne répondrais pas.»

Une pause: «Mais des questions sur toi, oui, si je peux.»

Elle se croise les bras et regarde par la fenêtre sans répliquer, morose.

Comme s'il parlait pour lui-même, il remarque: «Il y a des façons de retarder et contrôler les fugues, les transes – les absences. Quand on connaît la satlàn, ou d'autres disciplines de méditation, c'est plus facile.»

Elle concède: «Je n'en connais pas.»

Il est surpris mais ne commente pas. «Ça s'apprend, reprend-il après un moment.

— Mais ça ne supprime pas les absences. Les fugues.

— Non. » Son expression se fait intense et grave : « Il ne faut pas essayer de supprimer les visions, c'est dangereux.

— Ce sont des rêves, marmonne Taïriel toujours butée. Je les fais toujours quand je dors.

— Sauf que tu ne dors pas. »

Elle ment à moitié : « Je n'en sais rien ! » Soutient le regard attentif de Simon puis admet : « Parfois, j'ai vraiment l'impression d'avoir été en train de dormir. »

Il hoche la tête, accommodant : « Possible. Ce ne sont certainement pas les visions traditionnelles. »

De nouveau agressive : « Et tu es un spécialiste ? Un psi de Cercle ?

— Non. Mais j'ai beaucoup étudié les comptes-rendus des aïlmâdzi ranao et de leurs techniques. Et nos groupes, avec les proto-Rêveurs. » Il lui sourit gentiment, toujours avec cet arrière-ton de tristesse qui ne le quitte presque jamais : « Essaie... »

Elle réfléchit un moment, en soulevant ses cheveux sur sa nuque – il fait chaud, le soleil donne à plein par la vitre. Mais la perspective de ces trente-trois heures oisives... : « D'accord. Montre-moi. »

Il ne cache pas sa satisfaction : « Étends-toi sur la banquette, bien à plat. Les mains croisées sur la poitrine. » Il lui prend les mains et les lui place, en lui entrelaçant seulement le bout des phalanges. « Ferme les yeux.

— Pas très pratique si ça frappe en pleine rue », remarque Taïriel.

Il rit : « On ne fait pas ça. C'est plutôt... une disposition intérieure à développer. À force d'entraînement, ça devient une seconde nature, un réflexe conditionné. Tu verras. Ce que je vais essayer de te montrer ici, ce sont les rudiments indispensables. Contrôle du souffle, relaxation... » Il réfléchit un moment. « Tu es une varappeuse. Tu as dû faire de la visualisation ? »

Suivre une voie dans sa tête, oui, toujours, la veille d'une escalade : elle se rejoue des escalades passées, histoire de réactiver et d'affiner les réflexes.

« Bien. Ça aidera. Tu n'es pas claustrophobe ? Bon. Essaie de te voir allongée à l'intérieur d'une bulle, ou d'un œuf, d'une membrane translucide et élastique.

— À quelle distance ?

— La distance à laquelle tu te sens confortable. Essaie de voir ton souffle comme... une traînée de particules lumineuses, qui circule à l'intérieur de tout ton corps, du bout des pieds au bout des doigts...

— Anatomiquement incorrect, remarque-t-elle, ironique. Les poumons sont dans la cage thoracique.

— Oublie ton anatomie. Respire lentement mais normalement, pas besoin de prendre de grandes inspirations. Seulement te concentrer sur l'image. Le souffle qui entre, dedans, qui emplit tout ton corps et qui ressort, dehors, le rythme et le mouvement de la lumière, dedans... dehors...

— Comme si j'étais un gigantesque poumon.

— Si tu veux.

— Je vais m'étouffer, dans ton œuf. Oxyde de carbone. »

Il se met à rire : « La membrane est poreuse. Filtre biphasé, laisse entrer l'oxygène, laisse échapper l'oxyde de carbone.

— Hi-tech, dis donc.

— Tiri...

— D'accord, d'accord !

— Si visualiser une lumière ne te convient pas, tu peux imaginer un flot coloré. Il peut même changer de couleur si tu veux...

— ... avec l'oxyde de carbone.

— Par exemple. Mais ça peut être autre chose aussi : comme... une vague qui enlève peu à peu des grains de sable. Toutes les tensions, les chagrins, les colères, les questions irrésolues... »

Sa voix s'est faite plus grave et Taïriel ne peut s'empêcher d'ajouter : « ... la plaque artérielle...

Il ne dit rien pendant un long moment et elle rouvre les yeux pour voir qu'il attend en la regardant avec patience, détendu, les bras croisés – la posture traditionnelle rani, comme Natli quand elle était insupportable.

« Je ne le ferai plus. »

Il attend encore un peu, puis remarque. « En fait, tu as un peu raison : le processus est physique aussi, bien entendu. Je m'en sers souvent pour m'endormir, par exemple. C'est une question de dosage. Mais pour ce qui nous intéresse, gardons l'image de l'érosion, d'accord ? »

Elle fait une petite moue : « Jusqu'où ? »

Il acquiesce : « Seulement jusqu'à un certain point. Et oui, si on pousse trop loin, ça devient dangereux. C'est ce que je disais tout à l'heure. On se vide. »

Sérieuse, maintenant : « On peut supprimer les rêves et les absences, alors ? »

Silence. Puis : « On peut les retarder tellement que ça revient presque au même. » Encore une pause. « Entretemps, on devient fou. Et le corps ne suit pas non plus. Les aïlmâdzi qui ont essayé de supprimer leurs visions n'ont guère vécu plus de quarante saisons. »

Taïriel remarque, refroidie et amère : « Tout un choix... » Et elle pense soudain un peu tard que Simon, qui n'en a pas, de choix, vivra à peine le dixième de ces quarante saisons.

Mais il n'a pas l'air d'y songer et dit avec douceur : « Le tout, c'est de rester au point optimal de la courbe, Tiri. » Il a un brusque sourire amusé : « Ou de penser que ce qui s'érode d'un côté se reconstruit de l'autre, si on veut conserver la métaphore géologique. »

Il la fait se recoucher, lui passe une main légère sur les yeux. « Respire. Suit le mouvement du souffle à travers tout ton corps... dedans... dehors... »

Elle ne sait combien de temps a passé, mais un léger fourmillement lui court sous la peau. Elle continue à respirer. Après un autre laps de temps indéterminé, elle murmure : « Tu sais, quand on fait la planche dans l'eau sur le dos sans bouger ? On inspire, et on flotte plus haut, on expire et on s'enfonce un peu... mais tout le temps ça reste élastique, fluide autour...

— Tu flottes dans ta bulle, murmure Simon approbateur, et ta bulle flotte aussi, elle respire avec toi... dedans... dehors... en haut... en bas...

— Je vais m'endormir », souffle-t-elle, avec un amusement lointain.

Il souffle en retour : « C'est permis. »

Quand elle se réveille, elle se sent très reposée. Simon n'est pas là – mais l'infaillible boussole intérieure lui dit qu'il ne se trouve pas très loin. Elle consulte sa montre : deux heures ont passé au moins. Et si l'absence pressentie s'est manifestée entre-temps, elle ne s'en est pas rendu compte. Pas de rêve non plus.

Simon arrive avec une grande bouteille de jus de fruit, qu'il lui tend.

« Je me suis endormie.

— Fréquent chez les bloqués.

— Mais ce n'est pas le but de l'opération...

— Non, pas exactement ! La prochaine fois, on verra comment tu peux rester éveillée. »

Elle boit en regardant le paysage par la fenêtre – la gigantesque plaine de la Nouvelle-Europe avec ses canaux et ses champs interminables ; ils se trouvent encore dans la zone la plus désespérément plate ; de tous côtés, c'est d'une écrasante monotonie ; seul le ciel immense, avec ses forteresses de nuages, rachète le paysage.

« Et finalement, ça fait quoi ?

— Quand on utilise la satlàn, on se choisit un mantra qu'on récite dès qu'on sent venir la transe. Un déclencheur mental, autoconditionnement. Même la simple évocation de la bulle peut jouer ce rôle, couplé avec le contrôle du souffle. Le temps de se trouver un coin tranquille. »

Et c'est tout ? Beaucoup de bruit pour pas grand-chose. Elle soupire, tout en relevant ses cheveux en un chignon approximatif, mais elle n'a pas de barrette. Son sac se trouve toujours dans le wagon numéro 9. Elle se lève. « Je vais chercher mes affaires. »

Elle s'attendrait à ce qu'il dise quelque chose, dans le genre " tu n'es pas obligée de rester là ", mais il hoche simplement la tête en ouvrant un autre livre, un gros. En provenance également d'Atyrkelsaõ, mais elle ne lui posera pas cette question-là. Pas encore.

Vers la fin de l'après-midi, ils traversent une région où l'on a commencé à reboiser et où des langues de forêt séparent les zones de cultures trop intensives. Taïriel s'ennuie à mourir. Elle a lu une à une les revues scientifiques achetées à la gare de Cristobal. Elle a lu avec plus d'attention le dossier de présentation de Ktulhudar. Elle observe Simon, sur la banquette d'en face, qui lit toujours son livre rani. Il a l'air totalement concentré. Comment fait-il ? Taïriel se couche, les mains entrelacées à la hauteur du plexus solaire.

« Une autre prémonition ? » dit aussitôt Simon en levant les yeux, comme elle l'avait espéré.

« Non, mais je prendrais bien une autre leçon. »

Il ébauche un sourire un peu las : « Il faut d'abord t'habituer à respirer et à visualiser. Tu peux le faire sans moi. » Il retourne à sa lecture.

Piquée, elle ferme les yeux. Dedans. Dehors.

Au bout d'un moment, elle a encore l'impression qu'elle va s'endormir, elle flotte, elle ne visualise pas la bulle du tout, mais elle voit son souffle comme une bouffée lumineuse qui passe en elle en s'obscurcissant et qui ressort pour se dissiper dans l'espace, puis des particules brillantes se condensent à nouveau autour d'elle pour être aspirées, diffusent depuis ses poumons jusqu'à la surface interne de sa peau où elles rebondissent avec lenteur tandis que le vent intérieur change de direction et les expulse de nouveau...

Sans transition, elle se trouve dans la salle, avec ses stalactites mécaniques encore inertes. De toutes ses forces elle veut être ailleurs, mais en vain. Elle essaie d'observer les objets énigmatiques sur les étagères : si elle ne regarde pas le centre de la salle, elle ne verra pas les caissons... mais elle entend le léger ronronnement presque subliminal du mécanisme élévateur et, comme si sa conscience était un élastique, elle se retrouve en train de les regarder monter du sol. Elle essaie de fermer ses yeux désincarnés, mais ils n'ont pas de paupières. Elle essaie de se détourner, mais sa volonté n'a pas de prise maintenant que la vision s'est emparée d'elle, et elle voit le Rani, Ktulhudar, entrer de son pas furieux, elle le voit abattre en hurlant ses poings sur le couvercle du premier caisson, et les bras mécaniques se livrent à leur danse féroce, et elle voit tout, tout, jusqu'à la fin, jusqu'au moment où l'homme dérape dans le sang et les chairs déchiquetées, et va s'accrocher au caisson le plus proche pour se redresser, en hurlant par à-coups, avec régularité, comme on respire, comme s'il ne se rendait même pas compte qu'il hurle.

Elle n'a pas le sentiment d'ouvrir les yeux. Ses yeux ont été ouverts tout du long. Elle sent tout son corps se contracter, se mord les lèvres jusqu'au sang pour retenir son propre cri. La contraction se transforme en un violent frisson, suivi d'une détente presque aussi douloureuse. En s'y reprenant à deux fois, elle s'assied. Simon, immobile en face d'elle, la couvre d'un regard navré mais attentif. Il lui tend la bouteille d'eau minérale qu'elle saisit à deux mains pour boire avec avidité, s'en faisant dégouliner sur la poitrine.

Elle lui rend la bouteille, se laisse aller contre le dossier de la banquette, les yeux fermés, tout en faisant jouer ses muscles endoloris. Pourquoi a-t-elle mal partout ? Simon lui tend une barre nutritive. Elle murmure : « Pas tout de suite... »

Il n'insiste pas. Puis, après quelques instants, à peine interrogateur : « Toujours la même chose ? »

Elle hoche la tête ; la curiosité de Simon est trop discrète, et elle trop épuisée pour obéir à son réflexe d'irritation.

« Pas de variante du tout ?

— Non. » Elle se redresse avec lassitude : « Pourquoi ? On est censé voir trente-six versions différentes ?

— Pas forcément, mais quelquefois des détails s'ajoutent, la vision dure plus longtemps...

— Oh, ça dure bien assez longtemps pour moi. Quelle heure est-il ?

— Vingt-sept heures douze. »

Surprise : « Seulement ? Il me semblait...

— Ça a duré quatre secondes et trois dixièmes. »

Elle le dévisage avec une fureur incrédule. Puis elle le gifle, ou du moins elle essaie, il l'arrête à temps, elle s'écrie, « Tu as *chronométré*, tu fais des *expériences* ? ! » Elle veut se jeter de nouveau sur lui, mais il la maintient avec fermeté. Elle halète, en sanglots secs, s'arrache à lui et s'enfuit dans le couloir.

Elle s'enferme dans les toilettes et s'asperge d'eau froide pour se calmer. Il ne l'a pas suivie, lui dit la boussole intérieure. Il a intérêt ! Elle se met machinalement en route pour retourner dans le wagon numéro 9 à sa place vide. Une autre personne occupe le siège voisin, un homme âgé en train de dîner et dont le pique-nique a débordé sur son siège à elle. Il débarrasse en s'excusant. Elle allonge le siège en position repos et ferme les yeux en s'efforçant d'évaluer froidement la situation. Quelles options ? Descendre au prochain arrêt. Mais maintenant son sac à dos se trouve dans le compartiment de Simon. Et le prochain arrêt... Elle interroge son voisin. « Cerpitano, – il regarde sa montre – dans un peu plus de deux heures. »

Il sera presque trente heures. Et le prochain train en direction de Cristobal... Les horaires se trouvent dans son sac, évidemment. Sûrement pas avant le lendemain. Bon, elle retourne à Cristobal. Et après ? Juste le temps de tout empaqueter pour se rendre à Morgorod. Si Simon a dit vrai, s'il est l'inducteur, peut-être que tout va s'arrêter une fois qu'ils seront chacun à un bout de l'hémisphère. La distance doit jouer, sûrement ?

D'accord, scénario idéal : tout cesse, les absences, les rêves, elle se rendort. Mais ce serait trop beau. Il faut passer en revue toutes les possibilités. Le pire scénario, alors : ça continue, ça s'aggrave.

Une vague de rage désespérée lui fait fermer les yeux. Avec un effort surhumain, elle se contient. Évaluation des dégâts, Taïriel. D'accord, pire scénario, tu n'es plus une bloquée, tu deviens une Rêveuse, même sans Simon. Pas forcément débloquée, au reste – on peut ne pas être du tout télépathe, pas même une sensitive, tout en étant une Rêveuse. Uniquement dans les visions, le contact – c'est-à-dire les visions normales, où on rêve avec, en participant. Un comble ! Mais bon, ce n'est pas le problème. Une Rêveuse, nouveau modèle, avec ou sans participation. Un cas. Les psis des Cercles viennent examiner la bestiole sur toutes les coutures. Adieu Morgorod, Polytech, Lagrange. Peut-être pas Polytech, si elle voulait vraiment continuer dans ces conditions-là – le pourrait-elle seulement ? C'est quoi, la fréquence “normale” des absences, des transes, des visions ? Si c'est une nouvelle variante, la norme des Rêveurs ranao s'appliquerait-elle ? Mais mettons Polytech. Lagrange, absolument pas. Hors de question. Fini. Elle irait où, alors, avec son éventuel diplôme final d'ingénieure spécialiste en gels secs ? Dalloway, ce serait le seul endroit possible. Gai, si elle est toujours une bloquée. Même si Simon disait qu'il y a des non-hékellin aussi là-bas.

Pas terriblement vraisemblable, Polytech et Dalloway, mais possibles. Possibles. Cependant, comme disait Natli : “Il y a toujours au moins trois possibilités. Le pire, le meilleur et entre les deux. C'est dans l'entre-deux que ça se complique. »

Entre les deux, ce serait quoi ? Elle ne se débloque pas totalement. Elle ne devient pas une Rêveuse à temps complet – ou enfin, à la fréquence normale, quelle qu'elle soit ; les visions se manifestent de temps à autre seulement, aux moments les plus inopportuns, bien entendu. Ou, pire, elle est condamnée à une seule vision, toujours la même. Il y a bien eu l'autre, l'homme au bord du lac Mandarine, mais une seule fois, et si brève... Un millième de seconde, cette vision-là, si l'autre scène, si abominablement longue, n'a duré que quatre secondes... Mais cela n'appuierait-il pas la thèse d'un rêve ordinaire et non d'une vision ? C'est quoi, la durée "normale" d'une vision ?

Elle pousse un soupir exaspéré. Il faudrait demander à Simon, il a l'air tellement au courant !

Encore plus entre-deux, Taïriel : pas de déblocage en Rêveuse, approximative ou non, mais en pseudo-télépathe. Les manifestations en seraient pratiquement les mêmes de toute façon. Et ce serait encore lié à Simon.

Pas si terrible, dit soudain une petite voix froide, Simon sera mort dans une Année.

Elle s'enfonce dans son siège en fermant les yeux, horrifiée, avec un sentiment de nausée.

« Ça va ? » demande un peu timidement le vieil homme près d'elle.

Elle le rassure comme elle peut, embarrassée : « Oui, c'est tellement long, ce voyage...

— Vous allez à Nouvelle-Venise ? »

Elle dit « Oui », pour couper court à la conversation, mais elle ne sait toujours pas. Elle se force à reprendre le fil de ses réflexions. On en était à " lié à Simon ". Mais il faut envisager le cas de figure " Simon n'est pas le seul". Ou même "Simon n'est pas un paramètre dans l'équation."

Vraisemblance ? Faible. Cela a commencé juste après son départ – choc du sevrage ? Elle voit Ktulhudar – Ktulhudar est le violon d'Ingres de Simon ; elle voit la Barrière de l'île d'Aguay – il a l'intention de traverser la Barrière... Deux sur deux. Et la boussole intérieure, trois.

La boussole qui lui indique que Simon est en mouvement et qu'il vient dans cette direction. Ce n'est pas le côté du wagon-restaurant. Il la cherche ? Il avance vite. Elle rouvre les yeux, hésitante. Elle ne va quand même pas se sauver ? Elle voit sa silhouette se dessiner dans le soufflet, à l'autre extrémité du wagon, puis il ouvre la porte coulissante et entre. Mais ne va pas plus loin. Il la regarde. Il ne l'a pas cherchée parmi les passagers, comme s'il avait toujours su exactement où elle se trouvait. A-t-il cette boussole intérieure, alors, lui aussi ? Elle ne va pas feindre de ne pas l'avoir vu. Il est un peu loin pour qu'elle puisse déchiffrer son expression. Calme – patient ? Si étrange, avec ces cheveux en brosse. L'air fatigué. Vieilli. Chaque heure, pour lui... une journée ? Il ne bouge toujours pas. Pourquoi ne vient-il pas la chercher ? Il a fait sa partie du chemin, il attend qu'elle l'imite ? Elle n'a pas d'excuse à lui présenter, c'est lui qui... Et qu'est-ce qui lui fait croire qu'elle veut le rejoindre ?

Mais la petite voix raisonnable est très claire : le moindre mal, Taïriel. Le Cercle de Nouvelle-Venise, avec Simon qui est peut-être, sans doute, l'inducteur du déblocage, quelle qu'en soit la nature. Examiner cette équation-là d'abord. Pas tellement d'autre choix rationnel. Il doit bien le savoir. Il vient la chercher parce qu'il est coincé avec elle comme elle avec lui, maintenant qu'il sait ce qui se passe. Simon a le sens du devoir.

Elle le contemple encore un moment, abattue, le cœur serré. Voilà où ils en sont, maintenant, un fardeau réciproque ?

Elle se lève et se dirige vers lui ; à mesure qu'elle s'approche, elle se rend compte qu'il n'est pas si calme ; qu'il la regarde arriver avec une expression de... gratitude ? Il pousse la porte coulissante, la retient pour elle. Une fois qu'ils sont dans l'autre wagon, alors qu'elle s'apprête à ouvrir à son tour la porte vitrée du compartiment, il lui pose une main sur le bras pour l'arrêter, dit d'une voix altérée : « Taïriel, pardonne-moi. Je me suis trompé, j'ai pensé qu'une approche plus... technique te conviendrait mieux. Si tu le désires, nous n'en parlerons plus. »

Prise au dépourvu, elle reste d'abord muette, le voit baisser la tête avec accablement et s'empresse de dire : « Non ! Non, tu as raison. Je n'en sais pas assez... pour bien évaluer la situation. Tu peux sûrement m'aider. »

Il la dévisage, un sourire hésitant sur les lèvres, et pendant quelques secondes, il est de nouveau Samuel.

Elle se détourne, traversée par un élancement de chagrin : « Obligé, hein ? Tu avais bien besoin de ça ! »

Il la prend par les épaules : « Oh, Tiri, même si je n'étais pas obligé. Je *veux* t'aider. » C'est dit sans passion, avec cette pénible douceur triste, mais avec une conviction si profonde aussi... Elle le dévisage en se mordant la lèvre pour retenir les larmes qui lui sont brusquement montées aux yeux. Puis, quand elle sait qu'elle peut parler de façon intelligible, elle demande : « C'était quoi, nous deux, Simon ? »

Il reste longtemps silencieux, puis son visage se détend – ou se défait, difficile à dire : « Une grâce, Tiri », murmure-t-il d'une voix étouffée. « Une merveille. Pour moi, c'était ça.

— C'était. »

Il se raidit un peu : « Ce le sera toujours...

— Mais c'est fini. »

Il soupire en la lâchant : « Il vaut mieux. Tu dois bien t'en douter ? »

Elle dit « Oui », en baissant la tête. L'un derrière l'autre, ils retournent en tête du train.

Avec le décalage horaire, ils arrivent le lendemain en plein milieu de la méridienne à Nouvelle-Venise, au pied de la Tourcom, après avoir traversé le long et pourtant gracieux pont Stonehein qui enjambe la Dandelion et que les premiers colons ont réussi à ne pas défigurer en y installant les rails du chemin de fer ; les arches de pierre écarlate sautent d'îlot en îlot puis s'abaissent et disparaissent tandis qu'il se transforme en route à deux voies pour se rendre jusque dans les hauteurs qui surplombent la ville. On a une vue superbe, depuis le viaduc. Dommage qu'ils ne soient pas venus faire du tourisme.

« Tu ne t'occupes pas de ta caisse ? » s'étonne Taïriel en suivant Simon sur la place de la Tour

« Elle va directement à Cap Sörensen. »

Il est redevenu laconique et un peu distant, avec ce courant sous-jacent d'impatience réprimée, comme si le voyage avait seulement été un sursis pour lui. Taïriel n'insiste pas. Elle meurt de faim. Ils s'arrêtent dans un restaurant puis vont prendre des chambres dans une petite Maison des Voyageurs proche de la gare. Elle se couche, étonnée de constater qu'elle tombe de sommeil. Ce n'est pourtant pas faute d'avoir dormi dans le train – en pointillés, à vrai dire, presque chaque fois qu'elle a fait les exercices indiqués par Simon ; et avec une récurrence plus fréquente du rêve sanglant, toujours semblable à lui-même. Le rôle de Simon dans toute l'affaire se confirmerait – ce qui semble le laisser un peu perplexe quand même. Mais il a insisté à plusieurs reprises que l'expérience des fameux groupes et de leurs proto-Rêveurs – Han'maï, ça remonte à presque quatre cents saisons ! – ne s'applique sans doute que de très loin à son cas.

Son cas.

Après une demi-méridienne sans incident, pourtant, elle le rejoint dans la petite salle à manger du rez-de-chaussée où l'on met une collation gratuite à la disposition des voyageurs. Tout en passant avec méthode à travers son assiettée de fromages et de fruits, elle l'observe à la dérobée. Il mange distraitement, les sourcils un peu froncés. Elle prend sa décision.

« On n'ira pas au Cercle maintenant. »

Il tressaille. Le regard pâle se fixe sur elle : « Quoi ?

— On n'ira pas au Cercle tout de suite. L'île d'abord.

— Ils nous attendent !

— Tant pis. »

Il n'a vraiment pas l'air content : « Taïriel...

— Espérais-tu te débarrasser de moi aussi facilement ? » demande-t-elle, en ne plaisantant qu'à demi.

Il hausse les épaules. « Sois raisonnable ! Il est plus urgent de...

— Ça a attendu jusque-là, ça peut attendre encore un peu.

— Il faudra bien que tu y ailles. Retarder ne sert à rien.

— Ce n'est pas ça ! » proteste-t-elle ; elle se penche un peu vers lui : « Simon, je veux que tu fasses ce que tu es venu faire ici. Après, on ira au Cercle. »

Il la dévisage, les traits contractés ; un petit muscle saute dans sa mâchoire. « L'île sera toujours là. »

Elle hésite, mais elle dit : « Le Cercle aussi. Pas toi. »

Il se fige. Elle pose sa main sur la sienne, navrée mais résolue : « Simon, je t'en prie. »

Il laisse échapper un profond soupir. « Taïriel, tu ne sais pas ce qui peut se passer. La Barrière...

— Tu l'as dit toi-même, au pire, on rebondira. »

Il secoue la tête, cherchant ses mots. « Ça ne t'a rien fait de te trouver sur la Mer, mais si par extraordinaire la Barrière avait sur toi l'effet que la Mer a sur les bloqués habituels...

— Me débloquait, tu veux dire ? Pourquoi aurait-elle cet effet ? Et puis, je me serais débloquée, problème résolu ! »

Elle redevient complètement sérieuse en voyant son expression : « Tu te penses capable de me protéger de la Barrière, mais pas de me protéger si je me débloque, c'est ça ? »

Il hésite un instant puis admet : « Non. Non, je pourrais. Mais... » Il se mord les lèvres, de nouveau désespéré de lui faire comprendre, mais comprendre quoi ? « On ne sait pas ce qui peut se passer dans l'île !

— Qu'est-ce qui *peut* se passer dans l'île, Simon ? »

Il se ferme. Baisse la tête et murmure : « Normalement, rien.

— Alors pourquoi t'en inquiéter a priori ? » rétorque-t-elle, irritée – que s'obstine-t-il à dissimuler ? « Tu emmènes bien ton ami, là, le manos. Que peut-il m'arriver qui ne lui arriverait pas à lui ? Tu peux en protéger un mais pas deux ? »

Il relève la tête et la contemple un moment, les sourcils froncés. Puis, de façon totalement inattendue, il se met à rire. C'est de l'ironie, elle ne sait dirigée contre qui, mais elle préfère. « Trois. J'essaie de me protéger aussi. Mais bon, d'accord, tu viens avec nous. »

Ils vont prendre le ferry à l'embarcadère de la Rive Est. Taïriel est contente d'avoir emporté quelques vêtements plus chauds ; il fait doux à Nouvelle-Venise, malgré la saison hivernale et la latitude, mais par rapport au climat du Golfe auquel elle est habituée, c'est frais – agréable, mais frais. Et, une fois sur le lac, le vent est carrément frisquet. Cinq cents kilomètres de cabotage le long de la côte rocailleuse, vers le nord – avec des arrêts fréquents, on en a au moins pour tout l'après-midi. Et combien d'absences – de transes, comme dit Simon – et de rêves ? Ce ne sont pas les quelques leçons du train qui vont l'aider à en venir à bout. Mais Simon a pris une cabine pour deux. Elle pourra toujours tester l'efficacité des exercices de respiration.

Le paysage de la côte change rapidement ; la mosaïque de petites terrasses qui s'étagent en gradins autour de Nouvelle-Venise disparaît pour faire place aux austères escarpements de granit rose où s'accrochent arbres-rois et racalous, la moitié de la taille qu'ils atteignent dans le sud, mais obstinés à profiter du moindre amoncellement d'humus ; ils disputent la place aux résineux de plus en plus nombreux, mais bientôt ce sont les sapins zébrés qui dominent, rayant les falaises de leurs branches alternativement sombres et blanchâtres – d'un blanc verdâtre en cette saison, leur champignon symbiotique étant presque dormant l'Hiver. On s'arrête dans des villages de pêcheurs et de bûcherons blottis dans des anses, là où débouchent les innombrables petites rivières descendues du haut plateau séparant le lac de la Holobolchoï. Le royaume des Vieux-Colons. C'est la première fois que Taïriel monte si loin au nord. Pendant les deux premières heures, elle reste sur le pont à contempler les falaises de plus en plus majestueuses – la côte est de la fosse d'effondrement est la plus accidentée ; les couches de roches la fascinent, toute l'histoire géologique de la région, granit rose, granit bleu, paragathe dans toutes les nuances de rouge, et quelques veines de pseudo-pyrite

– les vrais massifs de pseudo-pyrite se trouvent surtout à l'ouest et au nord-ouest, dans le plateau de Nouvelle-Dalécarlie et le plateau des Brouillards ; par moments, elle oublierait presque la raison de sa présence.

Après deux heures de voyage, le temps s'est notoirement rafraîchi, il y a même des arbres saupoudrés de neige ici et là dans les hauteurs – les falaises commencent à atteindre trois ou quatre cents mètres de haut par endroits ; alors qu'elle est partie chercher un autre pull-over dans sa cabine, une prémonition de transe la traverse. Elle se couche, se met à respirer comme Simon le lui a appris, en essayant de juguler son angoisse et en visualisant son souffle. À la place, c'est l'homme aux cheveux argentés et aux yeux verts qu'elle voit, encore un éclair : il regarde, encore, la Barrière. D'abord elle le voit, ensuite elle est lui, elle ressent son impatience, son amusement sarcastique – et aussi, c'est nouveau, une violence réprimée mais diffuse, comme un orage qui s'alourdit.

Une fois sortie de sa transe, elle se rend d'abord à la cafétéria du ferry – elle sait maintenant qu'elle doit manger même si elle n'a pas faim tout de suite, chaque fois qu'elle a une absence, à plus forte raison une vision. Simon se trouve toujours sur le pont ; elle va le rejoindre. Pas grand monde – la plupart des passagers sont des gens du coin, qui connaissent le paysage par cœur ; ils sont rassemblés dans les compartiments voyageurs, à l'avant et au milieu du pont, lisant, bavardant, jouant aux cartes. Simon est assis à la proue du côté bâbord sur un des bancs mis à la disposition des passagers, engoncé dans sa parka sombre, le regard perdu sur le lac aux eaux d'un vert jaunâtre – le lac Mandarine ne mérite pas son nom aujourd'hui sous le ciel plombé. Elle s'assied près de lui, le cœur serré : il a l'air si las, les traits creusés... Il lui jette un bref coup d'œil, reprend sa contemplation.

Elle finit par dire : « J'ai revu ce type qui regarde la Barrière. »

Une étincelle d'intérêt s'est allumée dans le regard pâle quand il se tourne vers elle : « Comment est-il, physiquement ?

— La quarantaine, mais les cheveux tout gris. Une espèce de combinaison grise. Des yeux verts. Très verts, même. » C'est le caractère le plus frappant de l'inconnu, de fait. « Pas très sympathique.

— Pourquoi, pas très sympathique ? » demande Simon après un petit silence.

Elle fait la moue en essayant de cerner l'impression fugace : « Difficile à dire. Comme s'il attendait de jouer un mauvais tour à quelqu'un. »

Simon regarde de nouveau le lac. Son visage est-il plus dur ?

« Ça veut dire quelque chose ? hasarde Taïriel.

— Pas plus qu'avant », dit-il d'un ton bref.

À Cap Sörensen, une grosse bourgade située sur la côte ouest du cap d'Aguay, ils abordent à la nuit tombante sous un petit grésil qui ne demande qu'un ou deux degrés de moins pour devenir de la neige. La Barrière occulte presque tout l'horizon à l'ouest, une masse indistincte à la phosphorescence verdâtre. Taïriel a commencé à l'apercevoir en arrivant à Cap Sörensen – ce qui serait relativement logique s'il s'agissait bien de radiations à courte portée.

« Tu la vois, toi ? » a-t-elle demandé à Simon.

« Je vois quelque chose. Pas nécessairement comme toi, mais une barrière. »

Après le débarquement, il vérifie que la caisse est bien arrivée et les attend dans un entrepôt du port. Puis ils prennent un taxi et traversent la moitié de la ville pour se rendre à l'Hôtel Central, sur la place du même nom – le seul hôtel de la ville. Il n'est pas vingt-sept heures, mais on soupe tôt en cette saison : les rues sont désertes, les demeures illuminées. Le grésil est en train de se transformer en neige. Taïriel frissonne, en se demandant si la veste qu'elle a emportée sera suffisante. Elle pensait “ Nouvelle-Venise ”, mais les localités situées plus de cinq cents kilomètres au nord sont un peu plus fraîches.

Presque personne dans la salle du restaurant, chichement décorée de guirlandes et de boules colorées – vraiment pas la saison touristique ici, même si c'est le dernier jour des vacances de la Mer. Taïriel s'attendait à ce que l'ami de Simon se trouve là, mais non. Ils vont s'asseoir dans un coin, passent rapidement leur commande. Taïriel en profite pour prendre une bouteille de Bergen, une bière brune fortement alcoolisée brassée dans la région, et qu'on trouve encore difficilement à l'extérieur.

« Il arrive quand, ton manos ?

— Tout à l'heure. »

Simon est encore plus distant, ou distrait. La proximité de l'île, sans doute. Taïriel baisse le nez sur sa soupe et se fait discrète. Puis elle voit Simon se redresser un peu en tournant la tête vers l'entrée du restaurant. Un vieil homme massif et de haute taille regarde de leur côté, immobilisé sur le seuil, à la main le bonnet qu'il vient de retirer, crâne chauve, ou rasé de près, collier de barbe tout blanc ; il balaie machinalement les flocons de sa veste doublée de fourrure. Il a l'air de quelqu'un qui essaie de ne pas être étonné. Simon ne l'a pas prévenu qu'elle serait là, sans doute. L'homme se remet en mouvement, s'approche en retirant ses gants et en les bourrant dans son bonnet, les yeux fixés sur Simon. Au moins quatre-vingts saisons, mais encore bien solide, évalue Taïriel, surprise, en le dévisageant sans discrétion puisqu'il n'a pas l'air de lui prêter attention. Elle aurait cru les amis de Simon moins âgés ! Il retire sa veste, la place sur le dossier de la chaise en face de Simon, s'assied en ménageant un peu ses genoux. Ses yeux noirs, entourés de rides profondes, n'ont pas quitté Simon un instant. Il souffle, sans inflexion interrogative, mais comme s'il n'y croyait pas tout à fait : « Simon. »

Simon esquisse un sourire un peu contraint : « Guillaume. » Puis se tourne vers Taïriel : « Guillaume Frontenac, l'ami dont je t'ai parlé. Taïriel Kudasaï.

— Oui », dit le vieil homme. Il savait donc qu'elle venait ? Il lui a tendu les mains, machinalement, et elle les prend. D'habitude, quand on se livre à cette opération, on la regarde avec une certaine curiosité – aucune sensation en la touchant, juste la peau sur la peau – mais le dénommé Frontenac est bel et bien au courant, car il ne manifeste rien. De toute façon, son regard revient aussitôt sur Simon.

« Tu m'avais prévenu, mais... »

Simon l'interrompt d'un ton bref. « Oui. Tu as trouvé un bateau ?

— Personne ne voulait rien savoir. Les superstitions ont la vie dure. J'ai été obligé d'en acheter un. Au prix fort.

— Peu importe. Le reste de l'équipement ?

— Pas de problème. »

Le serveur vient prendre la commande, mais Frontenac l'écarte, « J'ai déjà mangé. » Puis il se ravise : « Donnez-moi une bière. Une Bergen. » Il recommence à contempler Simon, se reprend avec un petit sursaut, regarde ses mains. Le silence est inconfortable.

« Vous êtes de la région ? » s'enquiert Taïriel.

Il se tourne vers elle avec une sorte de gratitude. « Oui. Je suis né à Onnedan. Mais j'habite ici. Enfin, à côté, sur le Cap. Vous êtes de Cristobal ?

— Sanserrat, sur la Digue, à côté de Simck. »

Le vieil homme sourit : « Une fille du Sud.

— Oui, et je crois que je ne suis pas équipée pour le climat. Il neige toujours ?

— Ça devrait s'arrêter dans la nuit. On prévoit un temps assez dégagé pour demain.

— Je crois que j'aurais quand même besoin de vêtements plus chauds. » Surtout si on doit trekker dans l'île. « Les magasins sont ouverts, ici, le dimanche ?

— La matinée, oui.

— On part quand, Simon ? »

Il a continué à manger pendant tout leur échange et répond sans lever la tête : « Après que tu te seras équipée. Tu as assez d'argent ? »

Elle hausse les épaules: «Je ferai un chèque.

— Je m'en occuperai, si ça ne te dérange pas. Tu n'aurais pas dû faire toutes ces dépenses si tu n'étais pas venue.»

Elle réfléchit quelques secondes, évalue l'état de son compte en banque, hausse les épaules: «D'accord.»

Il se remet à manger. La bière arrive, Frontenac boit une large rasade directement au goulot puis, l'air un peu embarrassé, en verse dans son bock. Taïriel finit de siroter la sienne. Le silence est pénible pour Frontenac, de toute évidence – pour Simon, impossible à dire, mais sans doute aussi ; pour elle, simplement énigmatique.

Le vieil homme prend une brusque décision, se lève et enfile sa canadienne. « Eh bien, je vais vous laisser manger et vous reposer. On se reverra demain au port. Je vous attendrai au troisième quai à partir de douze heures, ça ira?»

Taïriel va protester qu'elle n'a pas besoin de beaucoup de temps pour se trouver des habits convenables, mais Simon répond, sans regarder Frontenac: « Ça ira très bien. À demain, Guillaume.»

Le vieil homme s'éloigne d'un pas un peu lourd.

Taïriel est certaine que Simon ne répondra pas mais elle demande, pour le principe : « Vous vous êtes rencontrés quand tu travaillais au musée Shandaar?

— Oui», dit-il, la prenant au dépourvu.

«Il avait l'air plutôt étonné de te voir.»

Simon s'essuie avec soin les lèvres avant de prendre une gorgée de son verre de vin rouge. «Il y a longtemps qu'on ne s'est pas vus.» Il pose sa serviette en repoussant sa chaise. «Je vais me coucher. Mets l'addition du repas sur ma chambre. Réveil à sept heures, ça ira?»

Elle le regarde quitter le restaurant ; son pas est presque aussi pesant que celui du vieux Frontenac.

Le lendemain matin, après un déjeuner rapide, ils vont acheter des habits. Il ne neige plus et le ciel est dégagé, dans les gris perle lumineux, mais il fait froid.

Par les rues déjà dégagées, Simon emmène Taïriel dans un magasin où elle pourra s'équiper au complet – il connaît apparemment très bien la ville. Rossem & Fils équipe les chasseurs et les pêcheurs, et pour un prix somme toute raisonnable. Elle ressort avec des bottes souples et fourrées bien chaudes qu'elle apprécie à la place de ses baskets, un pantalon solide et une veste de buckyte matelassée et imperméable, à capuchon, « qui laisse bien le corps respirer », comme l'a dit le vendeur. Il est à peine dix heures quarante-cinq quand ils ressortent du magasin. Sur la place où se trouve l'hôtel, les enfants d'une école proche courent et jouent autour de la fontaine gelée en se bousculant. Quelques boules de neige mal ajustées s'écrasent soudain autour de Simon et de Taïriel ; Simon ne fait ni une ni deux, ramasse de la neige mouillée et renvoie une boule bien tassée. Il a l'air de meilleure humeur ce matin.

Pendant la collation de mi-matinée, qu'ils commencent tôt et étirent sur près d'une heure, Taïriel sent venir une autre transe. Elle se lève et monte à l'étage – heureusement, ils n'ont pas encore rendu leurs chambres. Elle est plus ennuyée que fâchée, maintenant. Commence-t-elle à devenir blasée ? On s'habitue à tout. Au moins les exercices de relaxation lui retirent-ils de son angoisse en l'obligeant à se concentrer sur autre chose. Comme les quelques fois précédentes, elle passe de la relaxation à la vision sans transition perceptible. Le rêve du massacre. Une éternité. Quelques secondes. Elle se redresse en sueur, le souffle court. Va boire un grand verre d'eau, se voit dans le miroir de la salle de bain, mèches collées aux joues, regard fiévreux, yeux cernés. Encore heureux qu'elle ne participe pas à ce rêve-*là* ! Son cœur se serre d'une brusque angoisse presque superstitieuse. Elle n'aurait pas dû penser ça. Et si ça arrivait, la prochaine fois ?

Elle se passe de l'eau froide sur la figure, décidément, Taïriel, tu t'aggraves, mais son ironie est sans conviction.

Simon ne fait pas de commentaires quand elle redescend. Il s'en va régler la note. Elle empoigne son sac à dos, il jette sur son épaule son propre grand sac de cuir, et ils se rendent au quai numéro 3, où les attend Guillaume Frontenac.

Il ne les attend pas : il se trouve sur le bateau rangé au bord du quai et supervise le transfert de la caisse, sur fond de Barrière – elle occulte tout l'horizon, moins luminescente en plein jour, mais massive, comme une chaîne de montagnes en forme de dôme, d'une étrange régularité. Le pont arrière du bateau est juste assez large pour un gros tout-terrain traînant une remorque ouverte. On est en train de descendre la caisse sur la remorque.

Taïriel contemple la scène, un peu déconcertée : « Je croyais que c'était un manos, ton ami.

— On est discret, dans le Nord. Et pourquoi avoir recours à lui quand une grue peut très bien faire l'affaire ? »

Il se dirige vers les opérateurs de la grue. Laissée à elle-même, Taïriel choisit de grimper à bord. C'est un vapeur ordinaire, sans doute un bateau de pêche reconverti pour la croisière ou le cabotage. " Obligé de l'acheter " – il a les moyens, Guillaume Frontenac ! Ou Simon. Mais il n'a pas acheté l'équipage qui vient avec : pas de matelots visibles. Personne dans la cabine de pilotage. Simon et lui devraient suffire, à vrai dire – on suppose qu'ils savent piloter un bateau de ce type, ou du moins le vieux Guillaume ; quoiqu'elle ne jurerait pas que Simon en est incapable, à ce stade.

La caisse repose maintenant bien centrée sur la remorque du tout-terrain – et le bateau est nettement plus bas sur l'eau qu'auparavant. Taïriel rejoint Guillaume et l'aide à défaire les câbles. Puis Simon franchit à son tour la passerelle. Pour se rendre à la cabine de pilotage. Taïriel ne peut s'empêcher de rire tout bas. « C'est lui qui va piloter », constate-t-elle à mi voix.

« Oui », dit Frontenac d'un air étonné, mais par sa remarque, non par le fait que Simon va prendre la barre.

Elle se tourne vers lui, toujours amusée: «Vous n'êtes pas un marin, vous.

— Non, pas vraiment», dit le vieil homme amusé aussi, mais sûrement pour une autre raison.

«Vous faites quoi?

— Je suis menuisier. À la retraite.»

Taïriel lui adresse son plus beau sourire. «C'est pour ça que Simon sait si bien travailler le bois?»

Il ne bronche presque pas, mais elle devine qu'il ne se prêtera plus très longtemps à l'interrogatoire: «Sans doute.

— Vous le connaissez depuis longtemps?» Une question quand même normalement anodine, il devrait y répondre.

«Oui.

— Je le croyais né dans le Sud-Est.

— Il y a vécu.»

Le vieil homme ajuste son bonnet sur son crâne luisant. «Je n'ai pas eu le temps de faire la collation. Je serai dans la cambuse, si vous avez besoin de quelque chose.

— Non, ça ira. Je vais regarder le paysage», dit-elle en retenant son ironie. Et regarder Simon nous sortir du port, seul maître à bord après Dieu.

7

Au sortir de Cap Sörensen, ils remontent la côte vers le nord le long du cap d'Aguay. La Barrière se rapproche, un véritable mur à cette distance, à la luminescence verdâtre un peu tremblante, et dont les dimensions se perdent dans le lointain. Simon paraît surpris lorsqu'elle lui décrit ce qu'elle voit: les hékellin latents, ordinairement, distinguent des mouvements, un effet métallique... Curieux qu'elle n'y ait jamais pensé en ces termes : la plupart des bloqués sont bel et bien des hékellin – des mutants, chez qui la mutation a pris la forme d'une protection trop efficace: personne n'entre, personne ne sort.

« Seulement les télépathes latents voient la barrière ainsi, précise Simon. Tous les hékellin ne sont pas des téleps. »

Taïriel, prise un peu au dépourvu, va dire "je sais", mais se rend compte qu'elle utilise malgré tout le terme, comme tout le monde, pour désigner les mutants en général – au-dessus du niveau le plus répandu, celui des sensitifs. Sans distinction entre les divers pouvoirs. Les téleps se trouvent ainsi confondus dans la masse... Manos et batzi n'ont jamais suscité les mêmes angoisses. Un truc des téleps pour se faire oublier?

«Et toi, tu la vois métallique?

— Fumée.

— Tu vois au travers?

— Non. »

Son humeur bavarde lui est déjà passée. Taïriel contemple à travers la vitre de la cabine de pilotage le dôme qui lui paraît si solide, à elle. « Si personne n'y est jamais allé, comment sais-tu où aborder, si même l'île est abordable?

— Il y a des cartes, Taïriel, dit-il avec une indulgence un peu impatiente. Les Ranao y allaient. Elles se trouvent sur la table. »

Elle interprète par habitude à la rani l'inflexion descendante de la phrase: il ne veut plus parler. Elle se résigne à examiner les cartes placées sur la table de navigation. Certaines ont été établies d'après les reconnaissances aériennes des premiers colons. L'île y est simplement une île, en effet, avec sur sa rive est une petite baie échancrée qui fait face à l'extrême pointe du cap d'Aguay, à environ trois kilomètres de distance. En forme de cuvette un peu ovale, l'île, à peu près trois cents kilomètres de large ; la vaste dépression du centre est plus basse que le niveau du lac. D'après les cartes, il n'y a que de la forêt, épaisse, et le réseau hydrographique est limité. Les cartes ranao, par contre... La première doit montrer l'île avant que les Anciens aient tout démonté en prévision du Grand Passage : un petit port avec plusieurs débarcadères et une vingtaine d'édifices dans la baie qui fait face au cap d'Aguay, un autre port en face du cap Middledom, à l'ouest de l'île ; une route capricieuse relie les deux ports, en passant par le centre de la cuvette. Trois autres routes, épousant aussi le relief du terrain, convergent au centre, où dans un vaste espace circulaire trône un grand édifice en forme de pentagone. Cinq petites rivières, un peu trop régulières dans leurs méandres pour ne pas avoir été aménagées, prennent leur source dans les collines et viennent se jeter dans le canal qui entoure l'édifice central ; elles alternent avec les routes. L'autre carte ne montre plus ni le port ni l'édifice central et son canal de ceinture, mais routes et rivières s'y trouvent toujours. « C'est le même genre de plan que celui des grandes villes, remarque Taïriel.

— Pas tout à fait », dit le vieux Frontenac qui vient d'entrer dans la cabine en se soufflant sur les mains. « Les villes ont quatre grands axes, avenues et canaux. Le canal et l'avenue de ceinture fonctionnent comme le cinquième côté le faisait dans l'architecture archaïque rani.

— La direction de Hananai », hasarde Taïriel.

Frontenac lui adresse un sourire approbateur : « Exactement ! » À l'intonation, elle devine qu'il est au courant de ses lacunes, et commente avec un petit sourire à l'adresse de Simon : « J'ai eu de l'aide. » Simon regarde le lac droit devant lui sans réagir.

Le vieil homme se penche sur la carte et tapote du doigt l'un des côtés du pentagone : « Et la direction de

Hananai, pour les anciens Ranao, c'était le nord-est. L'entrée principale du temple se trouvait là.

— Pourquoi le nord-est ?

— Parce que le nord est le point cardinal traditionnellement consacré aux Tyranao, et l'est l'endroit où se trouvait, où se trouve toujours, le Catalin. Le Père des Montagnes pour les Ranao du continent, la montagne sacrée – et le lieu de résidence des Èkelli.

— Leurs divinités archaïques, dit Simon dans leur dos.

— Leurs divinités archaïques », semble concéder le vieux Guillaume, sans se retourner.

Taïriel sait quand même ce que sont les Èkelli et sa brève curiosité porterait plus sur le ton de l'échange : un différend ? Elle dégage la seconde carte. Les rivières y sont toujours visibles, ainsi que les routes, mais le pentagone du temple a disparu ; seule demeure sa vaste aire circulaire, où apparaît maintenant le relief d'une colline ronde. « Et ça, c'est quoi ? » demande-t-elle en suivant du doigt les tracés concentriques en pointillés épais qui se succèdent depuis la première ligne de collines jusqu'au cœur de l'île.

« La pseudo-pyrite qui alimente la Barrière en énergie. Une partie en est souterraine, l'autre en surface, sous forme de blocs massifs d'un millier de tonnes chacun. »

Taïriel, un peu estomaquée, fait une évaluation rapide. Près de deux kilomètres et demi entre chaque ligne de blocs, et entre chaque bloc... « Ils ont dû déménager l'équivalent d'une montagne de pseudo-pyrite !

— Le cirque de Felstadt, dans le massif du même nom, en Nouvelle-Dalécarlie.

— Oh... », murmure Taïriel, surprise par une soudaine nostalgie ; elle a toujours pensé qu'un jour elle irait faire cette escalade spectaculaire, dans le décor grandiose du cirque et de ses cascades. Tout cela est soudain terriblement irréel, le rêve d'une autre vie... Elle n'avait jamais pensé qu'il pouvait s'agir d'une carrière de pierre, ce cirque. Mais les anciens Ranao n'auraient jamais laissé une telle blessure dans le paysage, bien entendu ; ils ont tout remodelé. Pour les Virginiens, c'est un parc provincial. « Et on va où, alors ?

— Au centre », répond Frontenac en tirant une petite pipe de sa poche de poitrine et une blague à tabac de son pantalon. « C'est là que se trouve le sarcophage d'Eylaï. » Il bourre sa pipe – l'odeur épicée de l'anicot fait presque éternuer Taïriel.

« Dehors, Guillaume », dit Simon d'une voix ferme, comme un rappel.

Sans broncher, le vieil homme se dirige vers la porte. Après une hésitation, Taïriel le suit, un peu éberluée. Ils quittent le poste de pilotage et vont s'installer à la proue. Le vieil homme a allumé sa pipe et fume d'un air pensif, les yeux mi-clos.

« Vous lui obéissez toujours au doigt et à l'œil ? » ne peut s'empêcher de demander Taïriel, un peu ironique. Frontenac semble sûrement plus causant que Simon, ce matin.

« Mmm ? Oh, Simon ? Il ne supporte pas la fumée d'anicot, c'est tout.

— Et il en a beaucoup, de ces phobies ?

— Ancien fumeur », répond Frontenac.

Taïriel a ouvert de grands yeux, mais le vieil homme a refermé les dents sur sa pipe comme s'il n'avait plus l'intention de dire un mot. Allons bon ! Elle s'essaie encore, sans conviction : « Vous croyez qu'on réussira à traverser la Barrière ? »

Frontenac hoche la tête, les yeux toujours fixés sur les eaux jaunâtres du lac. « Si quelqu'un peut nous faire traverser, c'est Simon. Ne vous inquiétez pas. Au pire...

— On rebondira », conclut-elle à sa place, avec une moue résignée : il ne lui en dira pas plus.

Le bruit rythmé du moteur résonne contre les hautes falaises de granit, à une centaine d'encablures ; entre les zébrures des sapins, des veines écarlates de paragathe zigzaguent par endroits ; de temps à autre la falaise s'abaisse, recule ou s'écarte pour une crique ou une petite anse. Dans l'une d'entre elles, juste avant que le bateau oblique plein ouest pour se diriger vers la Barrière, Taïriel aperçoit une demeure traditionnelle, sans étage mais assez grande, munie d'un débarcadère en bois. Une barque solitaire est tirée sur le sable et couverte d'une bâche ; une demi-douzaine de quadrupèdes blancs paissent dans le pré au-dessus de la plage, entre les plaques de neige ; trop trapus pour des chevaux : des cabals.

« C'est là que j'habite, dit Guillaume Frontenac.

— Tout seul ?

— Mes enfants vivent et travaillent un peu partout le long de la côte. Ils reviennent pour les jours fériés et la plupart des vacances. » Il rit tout bas : « Trois petits-enfants, de vrais démons. J'aime les voir, mais j'apprécie aussi quand ils s'en vont. »

Taïriel l'observe en biais, pensive : « Et vous vous lancez dans cette équipée avec Simon ? Vous devez drôlement avoir confiance en lui. »

Le vieil homme dit avec simplicité : « Oui », et recommence à tirer de petites bouffées odorantes.

Un quart d'heure plus tard, ils arrivent à la pointe du cap d'Aguay, marquée d'une étroite anse aux eaux sombres dans l'ombre portée des falaises. Un point de lumière immobile en étoile pourtant l'extrémité nord, et Taïriel peut discerner la forme caractéristique d'un pylône sur la rive. On dépasse l'anse d'environ un demi-kilomètre, puis le bateau oblique plein ouest vers l'île. Il fait froid et Taïriel quitte le pont, comme le vieux Frontenac ; ils vont rejoindre Simon dans le poste de pilotage.

Elle observe pendant un moment la Barrière, encore plus énorme, écrasante ; ils en sont à deux kilomètres tout au plus, l'impression d'une surface dure se dissipe, c'est plutôt comme une matière cotonneuse très épaisse, toujours d'un gris mat travaillé de phosphorescences verdâtres, et apparemment verticale.

« Vous avez des jumelles ? » lance Taïriel à la cantonade. Le vieux Guillaume les décroche de la porte de la cabine et les lui tend. Elle les ajuste. La Barrière lui saute aux yeux. L'illusion d'un solide disparaît : on dirait de la brume très épaisse, dont on devine la profondeur à travers les phosphorescences. Taïriel en suit la courbure vers le ciel où elle finit par se perdre, puis en sens inverse jusqu'aux eaux du lac. Elles sont agitées de remous bouillonnants, au pied de la Barrière.

« Il y a un courant ou c'est la Barrière qui produit les remous ?

— Un courant. Entre le cap et l'île. Il y a le même du côté du cap Middledom. De ce côté-ci, le courant pénètre dans la Barrière, en biais. Nous nous laisserons porter. Je veux avoir le moins possible de pilotage à effectuer une fois rendu à la Barrière. »

Les machines tournent à un régime réduit, en effet, et le bateau a ralenti.

« Comment ça va se passer ?

— Très simplement. Je vous englobe dans ma propre barrière-miroir, nous pénétrons dans la Barrière, nous abordons à l'île. Ou bien nous rebondissons, c'est-à-dire que nous nous apercevrons au bout d'un certain laps de temps que j'aurai sans en avoir pris conscience fait tourner le bateau pour le ramener vers le cap, comme l'a fait Bas-Hakim.

— Seulement deux possibilités ? »

Simon tourne la tête vers elle avec une calme certitude : « Oui.

— Les cerveaux frits n'en font pas partie. »

Il ne sourit pas devant sa faible tentative d'humour : « Non. »

Elle l'observe un moment tandis qu'il continue à piloter, impassible, les yeux sur l'horizon terriblement proche de la Barrière. Le vieux Frontenac, derrière lui, s'est appuyé à la vitre de la cabine et semble se désintéresser de la conversation, les bras croisés, les yeux mi-clos, comme s'il se recueillait.

« Qu'est-ce que tu crois trouver là ? » demande-t-elle en espérant que son intonation neutre ne suscitera pas un refus immédiat.

« Le sarcophage d'Eylaï », dit Simon après une petite pause, d'une voix égale.

« Et rien d'autre.

— Il n'y a absolument rien d'autre », répond-il encore volontiers, avec l'apparence de la plus grande sincérité.

L'île d'Aguay était l'endroit où les anciens Ranao rassemblaient et recyclaient leurs morts depuis des milliers de saisons, ceux qu'un décès prématuré avait empêché de rejoindre la Mer, ceux qui avaient choisi pour une raison ou une autre de ne pas la rejoindre – et ceux qui ne le pouvaient pas. Ils n'ont rien laissé derrière eux sur le continent quand ils sont partis avec la Mer sur Atyrkelsaõ, ils en ont sûrement laissé encore moins dans l'île sacrée des Morts – d'ailleurs ils ont tout démonté, à preuve la carte ! Mais n'a-t-on pas retrouvé ici et là sur le continent, et au fond de l'océan dans le Golfe de la Grande Digue, des sites d'enfouissages cérémoniels d'objets divers que les Anciens ne pouvaient pas emporter, mais ne voulaient pas non plus laisser traîner ? Simon risquerait-il la Barrière simplement pour replacer le sarcophage de Ktulhudar auprès de celui de sa défunte épouse ?

Elle n'a pas le temps de réfléchir davantage : la gigantesque paroi grise est toute proche, plus luminescente et mouvante qu'il n'y paraissait de loin, le bateau accélère, la proue pénètre dans la Barrière...

La Barrière disparaît. Pas d'effilochure progressive, aucun bruit, pas même un souffle. Le temps de cligner les paupières : la masse grise était là, elle n'y est plus. Silence total, habité seulement par le battement du moteur. Taïriel se demande si elle a encore été frappée d'une absence. Elle se tourne vers Simon : il n'a pas bougé de la barre, mais son visage est empreint d'une totale stupeur – qui se transforme en une brève colère dans l'instant même où elle le regarde. Derrière lui, le vieux Frontenac se trouve dans la même position que la fraction de seconde précédente.

« On est... passés ? » balbutie Taïriel.

Frontenac se racle la gorge puis murmure: «Ça en a l'air...

— Là, à l'instant?

— Oui», dit Simon. Sa voix est parfaitement calme, son visage impassible. Elle pourrait avoir rêvé son spasme de rage, l'instant d'auparavant.

Elle se tourne du côté de l'île : le bateau en suit maintenant la rive vers le sud-ouest. Des plages de sable où le vent a soufflé la neige, sous des épaules rocheuses couvertes d'arbres-rois et de racalous imposants malgré leur nudité sombre, entremêlés çà et là de sapins zébrés ; des petites anses, des criques, l'embouchure rocailleuse de petits ruisseaux souvent gelés... Elle fait demi-tour et regarde du côté par où ils sont arrivés : rien. Le lac et ses eaux jaunâtres sous le ciel gris, les remous du courant; plus loin, une ligne sombre dans la distance: le cap d'Aguay.

Elle se sent les jambes molles, s'appuie à la table des cartes. Des questions se bousculent dans sa tête, mais elle les écarte, certaine que personne ici n'y répondra pour l'instant, ni le vieux Guillaume ni – encore moins – Simon. Même s'ils ont été surpris eux aussi de passer aussi aisément, elle l'a bien vu.

Au détour d'un petit promontoire apparaît le site de l'ancien port, une anse plus large que les autres, dont une extrémité s'allonge en une large langue rocheuse qui forme comme un quai naturel, au sommet plat ; le terrain environnant monte en pente très douce depuis l'anse, puis s'aplanit. Au contraire de la côte environnante, très peu d'arbres et de buissons, surtout de l'herbe bleuie sous les plaques de neige – sûrement de l'herbe-attila, que les Ranao appellent " herbe-dragon ", la variété intolérante qu'ils sèment lorsqu'ils veulent écarter pour longtemps les autres plantes d'une aire donnée. Dans le lointain la forêt reprend, sapins zébrés, racalous et arbres-rois dénudés, de chaque côté de ce qui devait être la route mais semble à présent une simple zone dégagée entre les arbres.

Simon manœuvre pour approcher ; le battement du moteur s'éteint. Le bateau continue avec lenteur sur son erre, se range le long de la langue de pierre gris-rose puis danse un peu dans son propre retour de vague pour venir heurter doucement le roc. Taïriel jette un coup d'œil à Simon, qui se trouve toujours dans la cabine de pilotage. Il est appuyé à la roue du gouvernail, la tête un peu inclinée, les yeux clos. Puis il pousse un profond soupir et actionne la manette qui laissera se dérouler l'ancre.

Le vieux Frontenac a déjà ouvert une section du bastingage pour abaisser la grande passerelle métallique – le sommet du débarcadère ne se trouve qu'à une vingtaine de centimètres plus haut que le pont du bateau. Taïriel saute à terre et se penche pour examiner la pierre. Granit. On l'a sûrement aidé à être aussi plat. Toute l'île a dû être remodelée au moment où les Ranao l'ont réaménagée pour installer la Barrière.

Simon saute à son tour sur le roc, en examine les dimensions. Le bateau ne bouge pas, il n'y a presque pas de vent, mais ce sera délicat de faire sortir la remorque : naturel ou artificiel, ce débarcadère n'est pas très large. Simon retourne dans le bateau, en revient avec des pitons, un marteau et un filin – il avait prévu de l'escalade ? Il plante les pitons et s'en sert pour arrimer solidement la passerelle au rocher.

Ensuite il monte dans le tout-terrain et fait marche arrière, avec beaucoup de précautions. Manœuvre longuement, avec l'aide muette de Frontenac – ils n'échangent même pas un signe – pour amener tout-terrain et remorque parallèles au débarcadère. Ensuite, ils déchargent le reste de l'équipement, essentiellement du matériel de camping et des vivres, et le tassent dans la remorque.

Taïriel se sent un peu flottante : le contraste de cette aire déserte avec l'épaisse et sombre forêt environnante, le silence – seulement le clapotement tranquille de l'eau et quelques cris aigus et rouillés d'hirondeaux et de mouettes noires...

Simon s'installe au volant du tout-terrain, toujours impassible sous son bonnet de marin enfoncé jusqu'aux sourcils ; après un dernier coup d'œil circulaire, Taïriel monte sur la banquette avant à côté de lui. Frontenac se hisse à son tour.

« Si on a déménagé le sarcophage de Ktulhudar, remarque Taïriel, on a peut-être aussi déménagé celui de la fameuse princesse Eylaï.

— Possible, dit Simon, laconique. On verra bien. »

Le tout-terrain démarre. Sous l'épaisse herbe bleuâtre, aplatie par l'hiver, la surface est agréablement dépourvue de bosses. Ils se retrouvent bientôt sous la voûte parfois refermée des arbres-rois, un lacis de branchages au travers duquel on aperçoit le ciel gris. On a semé aussi d'herbe-attila le site de l'ancienne route ; comme sur le port disparu, buissons et arbustes intrus y sont encore rares et chétifs. La neige s'amoncelle ici et là en vagues irrégulières. On ne voit pas grand-chose à travers les sapins et les arbres-rois, sinon des échappées d'autres résineux, des racalous, et beaucoup d'arbres-à-eau, puisque l'île en était la pépinière officielle, lorsqu'elle était l'île des Morts.

La route est monotone. Une série de collines régulières se succèdent pour constituer le rebord de la cuvette. Au sommet de la première, dans une aire aplanie, herbeuse et dégagée elle aussi, un énorme bloc doré s'étend à la perpendiculaire de la piste.

Simon arrête le tout-terrain. Le vieux Frontenac et Taïriel descendent en premier. Simon reste un moment immobile au volant, puis il coupe le moteur et va les rejoindre.

C'est un bloc de pseudo-pyrite, trois mètres de haut, neuf mètres de long, six mètres de large ; les intempéries ne l'ont pas touché parce qu'il est recouvert du même enduit épais et transparent que les fresques des villes ; arêtes et coins ont été arrondis ; si ce n'était de l'enduit, et de la forme trop régulière, on dirait un simple rocher qui fait le gros dos. Frontenac désigne le sud-ouest : un autre bloc est visible dans la distance ; Taïriel se tourne dans l'autre direction : un autre bloc. Dans la pente de la colline suivante, plus haute, on peut distinguer la ligne qui en suit le relief. Le reste des collincs se perd dans une brume bleuâtre.

« Ils sont enfoncés de trois mètres dans le sol, dit Frontenac, c'est là que se trouve le soubassement et les autres blocs plus petits qui assurent la continuité du réseau ».

Simon ne dit rien. Il a fait le tour du bloc doré, une main sur la surface lisse, les yeux mi-clos.

« Tu sens quelque chose ? » demande Taïriel quand il est revenu près d'eux.

« Rien du tout. Mais on ne sent rien non plus quand on touche les montants des portes. »

Il se dirige sans plus attendre vers le tout-terrain. Le vieux Guillaume prend quelques photos du bloc. Puis ils rejoignent Simon.

Une fois traversées les collines, on redescend vers la plaine centrale et sa forêt dense où s'ouvrent à intervalles réguliers les aires dégagées des blocs. Simon, les traits figés, conduit entre les arbustes et les buissons qui se dressent parfois sur la piste. Frontenac somnole. Taïriel surveille les annonces de fugues. Elle en a une brève vers le début de la troisième heure, qui la prend par surprise, mais sans vision. Même Simon ne s'en est pas rendu compte ; à vrai dire, il est trop concentré sur la piste. Taïriel pêche une barre nutritive dans son sac entre ses pieds, grignote en silence. Elle aussi, au bout d'un moment, se sent tentée par la somnolence.

Soudain, Simon coupe le moteur, et elle ouvre les yeux. Déjà arrivés ? Un coup d'œil à sa montre : trois heures ont passé depuis leur arrivée dans l'île, et ils se trouvent dans la zone centrale. Un anneau de plus d'un demi-kilomètre de large, à l'herbe bleuâtre parsemée de plaques de neige entre buissons et arbustes, entoure la colline couverte d'arbres-rois ; en forme de cône tronqué, mais bien plus longue que haute, et d'une pente parfaitement régulière, elle fait bien six cents mètres de diamètre. Au sommet, quelque chose étincelle à travers le lacis noir des branchages.

Simon a remis le véhicule en route. Ils se rendent jusqu'au pied de la colline ; Taïriel distingue mieux l'objet brillant dans les arbres : la sphère d'un pylône, nettement plus grand que les pylônes du continent, presque à la hauteur des plus hautes branches, une trentaine de mètres. Le tout-terrain fait le tour de la colline vers le nord-est. Là, dans la direction de Hananai, une petite échancrure s'ouvre dans la colline, sur une dizaine de mètres de large ; une paroi apparemment naturelle de pierre dorée en tapisse le fond incurvé, d'environ six mètres de hauteur.

« Pas de sarcophage ? » ne peut s'empêcher de remarquer Taïriel, déconcertée.

« Dans la crypte, dit le vieux Frontenac. On vous fera passer la porte. »

Taïriel se retient de commenter, un peu mortifiée. Évidemment, il y a une porte.

« On s'installe, on mange et on fait la méridienne, intervient Simon d'une voix brève. Après, on verra. »

Ils déchargent l'équipement. Guillaume monte le réchaud et prépare la collation, tandis que Simon et Taïriel déplient tentes-bulles et sacs de couchage. Apparemment, le vieux Frontenac a été prévenu à temps pour se procurer une troisième tente et un troisième sanitaire individuel.

Ils mangent rapidement, puis s'enfournent chacun dans leur tente. « Je vais avoir du mal à dormir », marmonne Taïriel à la cantonade.

« Fais les exercices de relaxation », suggère Simon invisible.

Elle rêve, encore, de Ktulhudar assassin. Mais ne se réveille pas, ou du moins repasse de la transe au sommeil sans s'en rendre compte. Quand elle se réveille, son estomac se contracte : de la soupe est en train de mijoter dehors, ça sent terriblement bon.

Elle sort à quatre pattes, saisie par le froid au sortir de la tiédeur de sa tente. Seul le vieux Guillaume est là, qui la salue d'un sourire bonhomme. Elle consulte sa montre : elle a dépassé la méridienne d'une bonne heure. Il lui tend une gamelle pleine. Elle la prend, souffle un peu sur le liquide épais et brûlant : « Simon est allé explorer ?

— Il vient de partir. Il me préviendra s'il trouve quelque chose.

— Si ? Ce n'est pas sûr, tout d'un coup ?

— Comme vous le disiez, on a peut-être aussi déménagé le sarcophage d'Eylaï, dit le vieil homme en remuant sa cuillère dans sa gamelle.

— Les plaisantins. »

Il continue à jouer avec sa cuillère sans réagir.

« Que certains anciens Ranao pro-contact aient laissé les plaques, je peux le comprendre, insiste Taïriel. Que des fanatiques religieux aient rendu la Barrière plus dangereuse que prévu pour nous, à la rigueur, aussi. Mais que les mêmes fanatiques religieux aient déménagé le sarcophage de Ktulhudar pour nous le rendre plus accessible...

— Pas tellement plus accessible. On a découvert le puits de Dnaõzer par accident.

— Mais il était dépourvu de protection particulière, et de toute façon, si j'ai bien compris, c'est en contradiction expresse avec le vœu formellement exprimé de Ktulhudar de reposer auprès de son épouse. Pas très logique pour de supposés fanatiques religieux.

— En effet », concède le vieil homme entre deux bouchées.

« Et la théorie, c'est quoi ?

— Les Ranao cherchent toujours dans leurs archives pour y retrouver la trace éventuelle de ces gens, aussi bien en ce qui concerne les plaques que la Barrière et le sarcophage. Mais ils disent que ce sont les Ékelli qui ont modifié la Barrière. »

Taïriel se met à rire, incrédule : « Des êtres mythiques ! Mais sérieusement, votre théorie, et celle de Simon ?

— Je ne peux pas vous parler de la théorie de Simon », dit Frontenac en setlâd, la formule habituelle, et Taïriel retient une mimique agacée : il peut, mais il ne veut pas.

« Votre théorie à vous, alors.

— Vous voulez vraiment la connaître ? » demande le vieil homme d'un ton gentiment sceptique.

Sans réfléchir, elle hausse un peu les épaules : à vrai dire, c'est plutôt pour passer le temps.

« Alors je préférerais ne pas en parler », conclut aussitôt Frontenac avec douceur mais fermeté.

Taïriel se consacre à sa soupe en dissimulant sa vexation. Un tenant de la philosophie des Enfants d'Iptit, c'est bien sa chance ! Elle finit d'avaler sa portion, tend la gamelle pour un deuxième service.

Elle est en train de terminer le troisième quand Frontenac se redresse, le regard lointain : « Il l'a trouvé. » Il se lève en soupirant : « Eh bien, allons voir. »

Après avoir éteint le réchaud, il se dirige vers la paroi de pseudo-pyrite et elle le suit, un peu hésitante. Il la prend par la main : « Fermez les yeux. » Elle obéit et se laisse guider. Elle ne sent rien mais devine quand ils ont passé la porte : la texture du sol est devenue dure, le son des pas résonne dans un espace à la fois vaste et étroit. Un craquement lui fait ouvrir les yeux.

C'est le vieux Frontenac qui a allumé une de leurs torches à gaz. Il ferait plutôt sombre, sinon, une fois quittée la flaque de lumière de la porte. Ils se trouvent dans un large passage, ou une salle très étroite, d'une quinzaine de mètres de large. Son autre extrémité se perd dans l'obscurité la plus totale, loin devant. La lumière de la torche en illumine le plafond voûté de pierre dorée, lisse, sans jointures visibles ; la pente en est assez abrupte – le fond de la salle doit être plus haut que l'entrée. Les parois, légèrement obliques, montrent l'habituelle maçonnerie de paragathe et de pierre dorée ; mais au lieu de dalles carrées entourées par des bandes de pseudo-pyrite, de petites briquettes écarlates et dorées alternent en chevrons sur le plancher. Aucune autre décoration, si c'en est une. Par réflexe, Taïriel se retourne vers le jour : une porte voûtée haute et étroite, creusée sur au moins un mètre d'épaisseur dans la paroi, donne sur l'herbe bleuâtre de l'esplanade, le tout-terrain, leurs tentes-bulles ; un léger flou doré tremble dans l'ouverture.

« Je vois dehors, d'ici...

— Projection directionnelle, alors, lance Frontenac en s'éloignant. C'est la même chose pour les portes des souterrains. »

Elle le rejoint en hâte. Le vieil homme avance d'un pas rapide. « Vous connaissez le chemin ? » demande Taïriel ; elle aussi sait exactement où se trouve Simon, mais elle veut vérifier.

« Tout droit. Simon me sert de phare.

— Ou de boussole ?

— Si vous voulez. Mais je le vois plutôt comme... un phare. Chacun utilise ses propres métaphores.

— Vous le... sentez ? Ses émotions, ses pensées ? »

Frontenac lui jette un regard un peu surpris mais répond encore volontiers : « Pour les émotions, je n'ai pas une très grande portée, seulement une dizaine de mètres. Souvent le cas avec des téleps, passé un certain niveau. Et les pensées, on ne cherche pas à les percevoir si elles ne sont pas offertes. Tout télépathe s'entoure d'un écran plus ou moins imperméable, d'ailleurs, question de discrétion mutuelle. Pas la barrière-miroir, mais chaque esprit finit par développer une sorte de signature naturelle. Difficile à expliquer. En tout cas, on l'interprète comme des images, des sons, des sensations tactiles et gustatives, ou un mélange, mais toujours les mêmes. » Il sourit : « J'ai toujours été à dominante visuelle. »

Taïriel continue de marcher sans insister davantage. Pas de signature de Simon pour elle, seulement la boussole intérieure – ou bien est-ce un équivalent ? Et sans doute à sens unique, mais il faudrait demander à Simon. Si elle était seule avec Frontenac et qu'elle le perdait, elle ne le retrouverait pas plus qu'il ne la retrouverait ; ils devraient avoir recours aux bons vieux signaux ordinaires... Interminable, ce corridor, ou cette salle. Elle évalue la durée de leur progression : au moins cinquante mètres, déjà ! Toujours les mêmes parois obliques sans décoration, le sol et ses chevrons rouges et dorés. La lumière de la torche atteint à peine le plafond, maintenant.

Après une autre cinquantaine de mètres, la torche illumine un autre mur, et une porte, haute, étroite, et voûtée encore. Le mur est le fond, également fort épais à en juger par la profondeur de la porte, d'une autre salle, dont les dimensions se perdent dans l'obscurité autour de la portion d'espace illuminée par la torche, mais certainement plus haute – et plus large : l'écho y résonne encore plus lointain. Ils la traversent. Encore au moins cent mètres. Toujours tout droit, Simon. Difficile de se perdre, à vrai dire. Une troisième salle... et Taïriel s'immobilise après avoir passé la porte voûtée. Frontenac en a d'ailleurs fait autant: la pression de l'espace est presque physique. Une salle immense : l'écho de leur entrée s'y perd. On ne distingue pas les parois au-delà de la portée de la torche. À une certaine distance d'eux, cependant, environ une cinquantaine de mètres, les briquettes dorées du pavage sont illuminées, apparemment sur toute la largeur de la salle – au moins cent mètres, dans ce cas –, et la lueur avance avec lenteur dans leur direction, comme une marée. La zone lumineuse s'étend jusqu'à la paroi oblique du fond, également activée jusqu'à une bonne hauteur. Mais la lumière douce de la pseudo-pyrite est éclipsée par l'intense phosphorescence bleutée qui émane de l'objet dressé devant la paroi. Simon se trouve là, invisible dans la distance.

À mesure qu'ils s'approchent du fond de la salle, Taïriel commence à pouvoir visualiser le plan d'ensemble. Ils doivent se trouver près du centre de la colline. Trois salles en enfilade, de cent mètres de long chacune, de plus en plus hautes et larges, et la dernière une énorme pyramide tronquée, en creux. Et la masse de la colline par-dessus.

La phosphorescence bleue est celle du sarcophage. La forme s'en précise à mesure qu'ils avancent : un grand parallélépipède de cristal à longues facettes biseautées, plus large à la base et solidement planté dans un socle à cinq côtés. Ils peuvent également distinguer Simon, maintenant : il est assis sur le socle voisin, qui est vide ; il a posé sa propre torche sur le rebord et la lumière bleuâtre, effacée de loin par la luminescence du bloc, s'en reflète dans les pans de cristal translucide, dérobant les contours du corps nu qui y est enfermé.

Simon se lève à leur arrivée, les mains dans la poche de poitrine de sa parka. Même si la vague lumineuse suscitée au sol par sa présence s'est à peine rendue au milieu de la salle, il ne fait pas froid – leur souffle ne produit même pas de vapeur. Pas étonnant, sous des millions de mètres cubes de terre. Encore un peu assommée par les dimensions de la crypte ultime, Taïriel fait quelques pas de côté pour trouver une distance et un angle d'où les reflets des torches ne l'empêcheront pas de voir à l'intérieur du cristal. Eylaï, l'épouse du Prince Ktulhudar. Une Hébaë nue, à la peau cuivrée, aux courbes généreuses, assez jeune, environ la trentaine. Ses longs cheveux ondulés, rouge sombre, sont tressés en une multitude de minces nattes qui se déploient derrière elle comme une cape. Le visage a la classique forme de cœur, avec une bouche aux lèvres charnues où flotte une ombre de sourire, et de grands yeux noirs, fixes, sous les sourcils presque jointifs à l'arc étonné...

Taïriel se fige. Bouge d'un mouvement saccadé pour se trouver un autre angle. Non. Non, impossible. Elle entend de très loin Simon demander d'une voix inquiète : « Quoi ? »

C'est la femme de son rêve, dans le laboratoire aux bras mécaniques. La première dormeuse massacrée par Ktulhudar.

Elle se laisse asseoir sur le rebord du socle vide. Après un moment, elle se force à balbutier : « J'ai rêvé de Ktulhudar massacrant son épouse ? » mais la façon dont l'immense espace absorbe son chuchotement la replonge dans sa stupeur hébétée. Simon s'assied près d'elle, sans la toucher. Il ne demande rien. Le vieux Frontenac non plus, qui se balance d'avant en arrière, les mains derrière le dos. Même pas l'air surpris. Doit être au courant. Simon lui a expliqué sans qu'elle le sache, n'ont pas besoin de se parler, ces deux-là.

Elle sait que son mouvement d'humeur est injuste, et une dérobade, mais elle s'y accroche : une façon comme une autre de reprendre ses esprits. Elle se lève, va d'un pas délibéré se planter devant le sarcophage et affirme à voix haute : « J'ai vu Ktulhudar massacrer son épouse.

— Tu es certaine que c'est elle ? » demande alors Simon, comme si elle venait de lui en donner la permission. « La femme que tu m'as décrite est plus jeune, et elle a les cheveux bien plus courts.

— Je suis sûre. »

Son élan s'est épuisé ; elle revient s'asseoir près de Simon. « Ce n'est pas ce que dit la légende. Il ne l'a pas tuée.

— Non, dit Frontenac. Les Ékelli l'ont tuée. »

Elle ne comprend pas son intonation vaguement sarcastique, le dévisage en fronçant les sourcils : « Ils n'ont pas réussi à la rendre immortelle, et elle en est morte, c'est ce qu'implique la légende, mais ce n'est dit nulle part. Et puis, c'est la légende. Moi, j'ai vu un homme qui ressemble comme deux gouttes d'eau à Ktulhudar massacrer une femme ressemblant exactement à cette femme. Et si c'est une vision, si je suis en train de me débloquer en Rêveuse...

— Dans une sorte de laboratoire, ce rêve, si j'ai bien compris, insiste le vieil homme. Avec des caissons d'animation suspendue et des outils sophistiqués apparemment sans contrôle direct ? Les Ranao n'ont jamais rien eu de tel. Pas même nous. »

Simon intervient d'une voix un peu sèche : « Tu sais très bien, Guillaume, qu'il y a une différence essentielle entre les visions des aïlmâdzi ranao et celles des proto-Rêveurs étudiés dans nos groupes : le bagage personnel des aïlmâdzi ne contamine jamais leur vision. Il y a peut-être un rapport entre leur personnalité et le genre de visions qu'ils sont amenés à voir, mais c'est une hypothèse qui n'a jamais été vérifiée hors de tout doute. Au contraire, les rêves de nos proto-Rêveurs ont toujours paru fortement influencés non seulement par la présence de l'inducteur du groupe mais par leur propre vie : les éléments de leurs visions étaient retravaillés, transformés, intégrés à des éléments personnels, comme dans des rêves ordinaires. Taïriel est une ingénieure. Et si c'est moi son inducteur... Je suis au courant de l'histoire de Ktulhudar... » – il ébauche un sourire sarcastique – « ... et de certaines théories. Si frappant qu'il soit, ce rêve du massacre des dormeurs peut très bien être une fabrication induite de Taïriel autour de mes connaissances sur Ktulhudar et Eylaï.

— Mais tu n'avais jamais vu Eylaï avant de voir ce sarcophage ! proteste Taïriel.

— Bien sûr que si, Tiri, dit Simon avec douceur. Des Rêveurs ranao l'ont vue avec Ktulhudar. La légende de Ktulhudar, montée en alternance avec certains de ces Rêves, faisait partie des plaques découvertes dans le souterrain du Musée. »

Elle examine la nouvelle information. « Ils n'ont jamais vu Ktulhudar la tuer, ces Rêveurs.

— Pas que nous sachions. Il y a des trous dans l'histoire.

— Nous ne connaissons pas toutes les plaques des Rêveurs », remarque le vieux Guillaume.

Simon lui adresse un petit sourire sarcastique : « Certes non, et de très loin. Mais, sur ce point particulier, mon "nous" inclut les Ranao.

— Tu leur as demandé ?

— Je sais tout ce qu'ils savent de l'histoire de Ktulhudar, laquelle en ce point se confond avec la légende. Le Prince est revenu sans Eylaï de chez les Ékelli, et nul ne l'a jamais revue. Tout indique que sa disparition a été pour lui un choc terrible. »

Taïriel soupire : « Et s'il ne l'a pas tuée, c'est moi qui fabriquerais cette histoire dans mon rêve, alors ? »

Simon se retourne vers elle: «C'est possible», dit-il en accentuant légèrement le dernier mot.

«Eh bien, ça ferait plaisir à Lasconti!» ne peut-elle s'empêcher de murmurer.

«Qui?

— Le psychologue que j'ai vu à l'hôpital, quand je suis allée me faire faire les premiers examens, après ton départ. Les absences pouvaient être dues au stress, et...»

Frontenac émet un petit rire amusé: «Les dormeurs, hein?

— Vous n'allez pas me servir la même interprétation!

— C'est toujours au rêveur d'abord d'interpréter», intervient Simon, avec un regard sévère à l'adresse du vieil homme. «Comme pour les rêves ordinaires.

— Mais je ne fais pas de rêves ordinaires! Je veux dire, je dois en faire, tout le monde rêve, mais je ne me rappelle jamais avoir rêvé. Seulement ce rêve-là... et l'autre, le type au bord du lac en train de regarder la Barrière.

— Un type au bord du lac?» Guillaume Frontenac a l'air très intéressé.

Ah bon, Simon ne lui en a rien dit, de ce rêve-là? «C'est très bref...» commence Taïriel.

Simon l'interrompt: «Un autre rêve induit, Tiri. D'après la description que tu en fais, j'ai rencontré cet homme dans mon enfance. La vision de Ktulhudar est plus déroutante.

— Sans aucun doute», remarque Frontenac, et Taïriel voit que Simon retient une mimique agacée. Qu'est-ce qu'ils ont, ces deux-là? La dynamique de leurs conversations est déroutante, leur comportement... Le plus vieux aux ordres du plus jeune. Frontenac fait pourtant au moins une tête et demie de plus, et il est bâti en proportions. Des histoires de hékellin, alors: Simon est le plus puissant des deux *mentalement*. C'est ce qui compte encore pour eux, il faut croire, même maintenant.

Ce qui la ramène à son problème à elle. «Mais comment vais-je chercher tous ces éléments "induits"? Je ne suis toujours pas une télep ni même une sensitive.»

Simon soupire : « Comme pour les proto-Rêveurs dans les groupes. Extrêmement difficile de faire la part des choses. Même si c'est plutôt de ce côté que tu te situerais. »

Elle lui adresse une ébauche de sourire : elle apprécie le mode hypothétique. Et le silence qui suit, pendant lequel personne ne s'aventure à proposer des interprétations. Elle ne se sent quant à elle vraiment pas d'humeur à le faire.

Simon regarde sa montre : « Il nous reste trois heures de jour. On met le sarcophage en place maintenant, Guillaume ?

— Certainement », dit le vieux Frontenac.

Ils ressortent. Le ciel est plus gris, il fait beaucoup plus froid, et le vent du nord s'est levé en petites bourrasques, soufflant les langues de neige sur l'herbe bleuâtre. Simon manœuvre le tout-terrain pour approcher la remorque de la petite falaise. Avec Taïriel et Frontenac, il s'attaque ensuite aux panneaux de la caisse. Tout en se frottant les joues et le nez, elle a l'impression de geler, Taïriel considère d'un œil sceptique la masse imposante du sarcophage, une fois délivré de ses enveloppes de matériau isolant. « Et vous allez faire ça tout seul ? » dit-elle à Frontenac qui se tient près d'elle, les mains dans les poches de sa canadienne.

« Presque, dit le vieil homme avec un sourire en biais. Simon va me prêter un peu d'énergie.

— Simon est un manos ?

— Non. Mais, dans certains cas, un manos télépathe et un télep peuvent se mettre... en batterie, si vous voulez. On l'a découvert en étudiant les groupes, après l'Ouverture. On a surtout découvert qu'on n'a pas besoin du groupe pour utiliser ainsi les manos et les batzi, maintenant. Seulement d'un inducteur, ou d'un télep ayant appris à fonctionner comme tel en dehors de la transe. Comme chez les Ranao – au moins un aspect de la mutation que nous avons en commun. »

Elle dit « Oh », en espérant qu'il ne va pas lui faire un cours sur les modalités de fonctionnement des divers hékellin. Quoique la notion d'un inducteur fonctionnant indépendamment de la transe... Peut-il le faire à son insu ? Simon est remonté dans le tout-terrain et crie par la portière ouverte, plus pour le bénéfice de Taïriel que celui du vieil homme, certainement : « Vas-y, Guillaume ! » Il ne doit pas plus avoir besoin d'être à proximité pour lui prêter son énergie que pour communiquer avec lui.

Taïriel resserre sa capuche et remonte sur son menton le col de son pull-over, tout en observant quand même Frontenac avec une certaine curiosité. À part la batzi de la falaise, l'autre jour, au Parc, elle n'a jamais vu de hékellin à effets physiques dans l'exercice de leurs pouvoirs. Rien de spectaculaire, bien entendu. On s'attendrait à ce qu'il y ait au moins une tension immobile, des poings fermés, des sourcils froncés... Même pas. Le vieil homme semble parfaitement détendu, les bras ballants, presque rêveur, et imperméable au froid. Il contemple le sarcophage ; on dirait qu'il regarde à travers sa base – à l'intérieur du bloc de cristal.

Le bloc ne repose plus aussi lourdement sur le fond de la caisse. Taïriel voit la remorque remonter sur ses roues avant de voir bouger le bloc. Puis, sans à-coups, comme s'il flottait soudain dans un milieu fluide, le cristal se soulève, dix, vingt, trente centimètres... Le tout-terrain démarre, caisse et remorque s'écartent de la trajectoire verticale du sarcophage. Qui s'immobilise, à environ un mètre du sol, puis se renverse avec une lenteur majestueuse sur sa tranche moins large. Il ne passerait pas par la porte, sinon.

La portière du tout-terrain claque. Simon revient vers Frontenac en contournant le bloc ; il a son expression habituelle, même pas l'air distrait ; si le vieil homme lui pompe de l'énergie mentale, ça ne se voit pas ! Il continue son chemin, s'enfonce et disparaît dans l'entrée invisible. Le vieil homme tourne le dos au sarcophage et se dirige vers la petite falaise de pseudo-pyrite. Le bloc, toujours sur sa tranche moins large, le suit au bout de sa laisse immatérielle pour glisser vers la paroi, dans la paroi, disparaître à son tour...

Taïriel sursaute et se précipite : « Eh, et moi ?

— Passe, je t'ai », crie en retour la voix de Simon.

Télep multitâches, hein ? Elle s'approche de la paroi, un peu hésitante, mains tendues, les voit disparaître. Non, en regardant de près, on les voit de façon indistincte à travers la pellicule dorée. Elle prend son souffle, un réflexe stupide mais elle ne peut s'en empêcher, et plonge.

Les deux autres marchent sans se presser mais se trouvent déjà au centre de la salle, devant le sarcophage flottant. Taïriel les rattrape en hâte. Il fait très sombre, même avec l'intense lueur bleue qui émane du cristal ; Simon a pourtant une torche passée à la ceinture. Il ne veut pas l'utiliser ? Mais c'est peut-être mieux ainsi, le retour de Ktulhudar à se dernière demeure dans la nuit et le silence... Elle arrive à la hauteur de Frontenac et l'observe à la dérobée. Une couche de sueur brille quand même sur son large front dégarni.

Ils traversent sans encombre la porte menant à la deuxième salle, puis entrent dans la crypte, où la marée lumineuse s'est éteinte. Seule luit au loin la masse bleutée du second sarcophage, mais l'obscurité environnante n'en est que plus oppressante. Malgré la bulle luminescente qui s'arrondit derrière eux comme en écho, ils avancent dans un mur de noirceur qui recule sans se dissiper. Taïriel possède une excellente vision nocturne, son héritage rani, mais elle peut à peine distinguer les briquettes du solage un mètre en avant.

Ils arrivent malgré tout sans encombre au fond, où la lueur conjuguée des deux sarcophages suffit apparemment à Guillaume Frontenac. Simon va se placer derrière le socle. Le bloc où se trouve Ktulhudar pivote de nouveau sur sa tranche, puis va se placer, toujours avec la même lenteur délibérée et sans à-coups, au-dessus du socle. Puis il se redresse. On peut voir les contours du corps – de face, on avait déposé le bloc du bon côté dans la caisse de façon à éviter au maximum les manipulations futures ; la large base du parallélépipède et sa pointe se trouvent juste au-dessus de l'espace qui leur est réservé dans le socle, il suffit de laisser descendre le bloc.

Simon surveille l'opération, bien plus lente que le transport. Taïriel décèle les petites corrections d'angle, au fur et à mesure, même si Simon n'échange pas un mot avec Frontenac. Et enfin, avec un léger grincement et un choc sourd, le bloc de cristal est entièrement enfoncé dans son socle, bien droit, le jumeau exact de son voisin. Taïriel consulte machinalement sa montre, mais elle n'a pas regardé l'heure quand ils ont commencé ; en tout cas, ils sont restés assez longtemps pour que la pseudo-pyrite du pavage se soit illuminée sur toute la largeur de la salle dans leur coin, tout comme la paroi derrière les sarcophages. Taïriel la suit des yeux, renverse la tête en arrière, la bouche un peu béante : si la pierre est activée jusqu'au sommet, cette paroi fait au moins quatre-vingts mètres de haut !

Un grognement étouffé vient la distraire de son léger vertige. Le vieux Frontenac vacille. Elle se précipite pour l'épauler, tandis que Simon contourne le socle pour en faire autant. « Ça ira, ça ira », dit le vieil homme. Ils l'asseyent sur le rebord du socle. Simon tire d'une de ses poches un petit flacon de métal plat et le tend à Frontenac qui marmonne : « Pas de refus !

— Bois tout.

— De l'alcool ? » ne peut s'empêcher de souffler Taïriel, un peu surprise.

« Bien sûr que non », répond Simon sans élaborer davantage.

Le vieil homme s'essuie la bouche. Il a l'air épuisé, il est en sueur, son crâne luit dans la lumière bleutée du sarcophage, mais il parvient quand même à sourire : « J'avais prévu, remarque... », en sortant un flacon identique de sous sa veste. Il le tend à Simon, qui se met à rire en le prenant : « Tu sais bien que je n'en ai pas besoin.

— Pour le principe. »

Simon boit une rasade et, après réflexion, tend le flacon à Taïriel.

— Qu'est-ce que c'est ?

— Anthaldèn, un reconstituant. Ça ne peut pas te faire de mal. »

Elle en verse une petite quantité prudente dans le bouchon. C'est d'une couleur laiteuse, un peu jaunâtre, la consistance de la crème légère. L'odeur est agréable, mentholée, avec un relent d'anis. Et le goût est plus que supportable, même si la texture s'avère plus râpeuse que prévue. Elle avale sa gorgée et rend le flacon rebouché à Frontenac qui le remet en place. « Avec l'âge, ça tape, quand même, dit le vieil homme. Il fut un temps où j'aurais jonglé avec trois blocs de cette taille-là. »

Il est toujours assis sur le rebord au pied de Ktulhudar, qui semble flotter dans son cristal bleu juste au-dessus de lui. Taïriel lève les yeux avec un soudain sentiment d'irréalité. Ktulhudar, l'homme de son rêve, ou pas, le prince de la légende en tout cas – ou plutôt sa version historique : son cadavre. Parfaitement bien conservé, aussi vrai que nature, on a l'impression que s'il sortait de sa gangue, il se mettrait à parler... Mais bien sûr que non. C'est un cadavre. On peut voir clairement les lignes dans le cristal, là où l'on a ouvert le sarcophage, et les marques sombres de l'autopsie sur le corps par ailleurs lumineux. Sous le sein droit, on distingue aussi le petit trou noir et rond de la blessure qui a tué le prince.

« L'autopsie a donné quoi ? » demande-t-elle, pour s'arracher au regard presque hypnotique du cadavre.

C'est Simon qui répond : « Mâle rani, entre trente et trente-cinq saisons, en parfaite condition, sauf une infestation interne par une sorte de fungus qui a laissé des traces microscopiques juste sous la peau et dans les os, mais c'était peut-être symbiotique. Mort par perforation du myocarde.

— Due à une arme thermique », enchaîne Frontenac ; il est encore épuisé, ça s'entend au timbre éraillé de voix.

Elle lui adresse un regard stupéfait. « Pas une flèche ? » Le dossier de presse ne disait rien de tel.

Il a un petit air goguenard : « Plutôt quelque chose du genre laser.

— La *légende* dit qu'il a été tué par une flèche de feu », intervient Simon, d'un ton à la fois indulgent et un peu las. « Et le rapport d'autopsie ne dit nullement " arme thermique ". Il y a cautérisation des chairs. Un stylet métallique ou un carreau d'arbalète rond, très fin, très résistant et chauffé à blanc peuvent aussi avoir causé ce genre de blessure. Les Ranao connaissaient depuis longtemps la métallurgie du sirid. Le prince a été assassiné, de près ou de loin. On a enjolivé ensuite selon les besoins du mythe. »

Frontenac fait une petite moue : « Rond, très fin, très résistant et chauffé à blanc. Pourquoi, une lame ou une flèche ordinaires ne faisaient pas l'affaire ?

— Guillaume ! dit Simon avec plus d'impatience. Je connais toutes tes théories par cœur et tu connais toutes les miennes, on ne va pas recommencer. »

Taïriel s'assied près du vieil homme : « Moi, je ne les connais pas. Racontez-moi, Ser Frontenac. »

Il lui sourit : « Appelez-moi Guillaume, je vous en prie... » Il pousse un grand soupir : « D'après Simon et, je dois le dire, la majorité des spécialistes, le prince était considéré comme un dieu, " fils de l'éclair ", et il avait la réputation d'être invulnérable : on ne tue pas un dieu comme un simple mortel, et les assassins peuvent être aussi superstitieux que tout le monde : le même tue le même, du sirid chauffé à blanc en guise de trait de feu. Ce qui satisfait Simon. »

Simon a passé les mains dans les poches ventrales de sa parka et secoue un peu la tête avec une expression chagrine : « Tu crois ce que tu veux croire, Guillaume. Et je ne pense pas que Taïriel désire servir d'arbitre. Ces histoires ne l'intéressent pas.

— Si je continue à faire ce genre de rêves, je vais avoir besoin d'un cours accéléré, remarque-t-elle avec une certaine amertume. Alors, allez-y donc. Si j'ai bien compris, et si je me rappelle les idioties que j'ai vues sur le Réseau quand j'étais petite et que j'avais du temps à perdre, il s'agit de *La Nature des Ékelli : Légende ou Réalité ?* »

Elle n'a pas pu s'empêcher de terminer sur un ton sarcastiquement solennel, les derniers mots étant un titre à succès des années 70, régulièrement réédité dans les groupes de discussion hétéroclites sur les Ranao – comment s'appelait l'auteur, déjà, Angström ?

Mais le vieux Frontenac ne sourit pas. « Pas des idioties, des spéculations légitimes », dit-il avec dignité, et Taïriel se sent un peu rougir de sa désinvolture. « Puisque vous êtes au courant, je vous ferai grâce des détails... »

Taïriel fait une petite grimace : « Au courant, c'est vite dit.

— Les Ékelli ne sont pas des créatures extraterrestres comme le prétendent les Ranao, résume Simon d'un ton monocorde. Ce sont des Ranao chez qui la mutation s'est développée bien avant les autres, aux temps préhistoriques. Ils ont développé une culture technologique plus avancée que la nôtre et se sont fait passer pendant des millénaires pour des êtres surnaturels parmi les Ranao. Ils sont restés de ce côté au lieu de passer sur Atyrkelsaõ, et nous observent et manipulent depuis.

— Simon est d'accord seulement avec la première phrase », conclut Frontenac.

Taïriel fait une petite moue : « Une variante sur les plaisantins des plaques, de la Barrière et du sarcophage de Ktulhudar, si je comprends bien ? »

Simon soupire : « Ah, mais ces Ranao-ci étaient bien plus nombreux, et ils se sont reproduits pendant plus d'un millier de saisons, tapis dans l'île d'Aguay... » Il a un petit sourire en biais : « Plus maintenant, je pense, Guillaume, nous avons fait grâce de cette hypothèse une fois pour toutes. Tapis dans le Catalin, alors.

— Pas n'importe quels proto-mutants, insiste le vieux Frontenac, irrité. Des kvaazim ! Et ils n'avaient pas forcément besoin de développer une culture technologique comme la nôtre, ne me fais pas dire ce que je n'ai pas dit !

— Oh pardon. Ce que tu disais. C'était ta première théorie, dans le temps, non ? Même si tu as évolué depuis. » Simon reprend sur le même ton de récitation : « Les kvaazim ranao se sont développés les premiers, aux temps préhistoriques, se sont fait passer pour des dieux, etc. Contrairement à tout ce que nous savons de l'évolution de la mutation chez les Ranao, les kvaazim étant arrivés en dernier, longtemps après les Rêveurs dont ils sont une variante. »

Le regard de Taïriel passe de Simon au vieux Guillaume. Ils ne sourient pas. Toute cette discussion est très sérieuse pour eux, est-ce possible ? Elle est coincée entre un autodidacte et un spécialiste également opiniâtres d'un domaine dont elle ignore presque tout, et qui ne sont pas d'accord – horreur ! Pourtant, elle voit bien l'attrait de l'hypothèse : les kvaazim sont une variété de hékellin capables de manipuler de façon explosive les possibilités de la matière au niveau quantique. La flèche de feu qui a tué Ktulhudar devient nettement plus... possible, et sans avoir recours à un laser. Sauf qu'il existe pour cette blessure une explication bien plus simple et tout aussi satisfaisante. Par ici, le rasoir d'Occam !

« Non, Guillaume », est en train de dire Simon, les sourcils froncés – elle a perdu un bout de la discussion – « Les Ékelli des Ranao ne sont pas passés avec la Mer et sont restés sur Virginia tout simplement parce que, en tant que divinités tutélaires des Ranao, ils *devaient* rester sur Tyranaël pour veiller sur la terre ancestrale. C'est aussi pour cela que les Ranao ont laissé Ktulhudar et son épouse de ce côté-ci. Une image du couple originel.

— Mais d'après Ralström...

— Saul Ralström ! » s'exclame Taïriel. Ils la regardent tous deux d'un air surpris ; avaient-ils déjà oublié sa présence ? « Depuis tout à l'heure je cherchais le nom de l'auteur. » Elle les dévisage tour à tour, se sent presque gênée de les avoir interrompus : « Du bouquin. Que j'avais vu sur le Réseau. Mais continuez donc... »

Simon pousse un grand soupir excédé : « Et en plus, on lui casse les pieds. Arrêtons là, Guillaume. On ferait tous mieux d'aller manger un morceau, et tu pourrais te reposer. Tu en as besoin. »

Taïriel fait une petite moue : « Vous ne me cassez pas les pieds. Je ne suis pas trop capable d'apprécier les arguments, nuance... » Puis, comme le vieux Frontenac semble avoir de la difficulté, elle l'aide à se lever. Il a presque l'air boudeur, elle a pitié de lui : « Que disait Ralström ? »

Il s'illumine : « Eh bien, beaucoup d'énigmes cessaient d'en être avec l'hypothèse des kvaazim. Par exemple, avec les effets massifs des kvaazim sur la matière, pas besoin d'Ékelli extraterrestres pour expliquer comment les Ranao ont pu réaménager le continent aussi vite en prévision de l'arrivée de la Mer...

— Et justement, dit Simon, ils ont utilisé des kvaazim, explicitement. Les Ranao n'ont jamais dit que *les Ékelli* ont collaboré aux Grands Travaux. Ils ont dit qu'ils étaient présents et les surveillaient pour aider en cas de besoin. Certaines activités des kvaazim s'accompagnent de champs électromagnétiques intenses, et nous savons que c'est un des effets de ce genre de champ sur le cerveau humain, des perceptions lumineuses – et le sentiment d'une présence, souvent interprétée comme visitation d'êtres invisibles et surnaturels, en plus... Il n'y a pas tellement de différences entre le cerveau humain et le cerveau rani. Bien sûr que des Ranao voyaient les sphères lumineuses des Ékelli sur les chantiers des Grands Travaux ! Mais Ékelli et kvaazim ont toujours été distincts pour eux, et pour cause : les premiers sont des divinités tutélaires, les autres des Ranao bien réels.

— Les Ékelli n'étaient plus des dieux ni même des demi-dieux depuis près de six mille saisons au moment des Grands Travaux, proteste Frontenac. Ils se faisaient passer pour des extraterrestres depuis l'apparition des Rêveurs !

— Et dans ce cas, on aurait eu des kvaazim pseudo-extraterrestres et des kvaazim-kvaazim en même temps, en train de se marcher sur les pieds dans les chantiers ? Guillaume ! »

Simon passe un bras sous le bras du vieil homme et commence à l'entraîner vers la sortie, dans la lueur claire et douce de la pseudo-pyrite réactivée ; c'est très étrange, ce gigantesque espace lumineux avec son couvercle noir. « Comment se seraient-ils fait passer pour des extraterrestres ? dit Taïriel, pour penser à autre chose. Comment se seraient-ils fait passer pour des *dieux*, d'ailleurs ! Les téleps ranao n'étaient pas capables de passer au travers de leurs mensonges ? »

Elle regrette sa question – qui était plutôt rhétorique : Frontenac s'arrête en titubant un peu et se tourne vers elle : « Non, justement. Outre leur capacité de kvaazim, ils sont pourvus d'une barrière absolument infranchissable même par des surtéleps... »

Simon adresse une mimique muette et implorante à Taïriel, et elle prend avec un sourire l'autre bras du vieil homme pour recommencer à marcher vers la sortie ; il se laisse faire en continuant : « ... Et ils se sont fait passer pour des extraterrestres parce que les Rêveurs avaient commencé à voir d'autres planètes et d'autres races – et à les voir eux, dans des situations pas du tout divines ni mêmes semi-divines. D'après Ralström... »

Ils entrent dans la deuxième salle, complètement obscure, et Simon fait craquer sa torche chimique ; la lumière bleuâtre vient repousser l'obscurité qui se refermait sur eux. Il profite de l'effet de surprise pour commenter : « Ralström attribuait tout et n'importe quoi à ses proto-kvaazim, Guillaume, non seulement cette barrière mentale infranchissable, mais tout ce qu'on ne comprenait pas bien à l'époque, les portes des souterrains, les plaques, les pylônes, la Barrière, le défilé de la Hache, l'irradiation de la lune, le fait que la Mer arrive et part en même temps que des éclipses totales, la Mer elle-même ! Normal, il était tributaire de son époque, le début de l'Ouverture, quand l'existence de la mutation a été rendue publique, et celle des Ranao de l'Autre Côté de la Mer. Tous les délires et dérives paranoïaques se sont donné libre cours ! Mais ensuite, le tableau s'est assez bien complété pour générer des explications plus économes et rationnelles de toutes ces soi-disant énigmes, y compris celle des Ékelli.

— Les Rêveurs ranao ont vu...

— Aucun Rêveur n'a jamais vu avec un “ Ékelli ”. Et les Rêveurs transmettent seulement ce que perçoivent et croient les gens dont ils partagent les visions ! Tu sais bien que ce n'est pas une *preuve* ! Nous savons que quelque chose a été perçu ou cru, mais nous ne pouvons considérer l'interprétation de la perception ou l'énoncé de la croyance comme une preuve de la réalité du stimulus. Seulement comme une information... sur le stimulé, sur l'interprétateur. Et ne parlons pas des *Rêveurs* qui colorent la transmission de leurs visions. »

Le vieil homme émet un « Ha ! » sarcastique, mais ne réplique pas davantage. Taïriel le sent s'alourdir un peu plus à chaque pas. C'est avec soulagement qu'elle voit apparaître la porte donnant sur l'esplanade.

La lumière du jour décline, et elle est bien sombre. Des flocons de neige volent dans le vent, de plus en plus froid et de plus en plus violent. Taïriel examine d'un œil sceptique sa tente-bulle, pourtant bien arrimée au sol.

« C'est idiot de camper en plein air, surtout dans une tempête de neige. Pourquoi ne pas nous installer dans la première salle ? »

Simon comme Frontenac lui adressent avec un bel ensemble un regard à la fois surpris et presque scandalisé. Elle proteste : « Quoi, c'est un sacrilège ? On n'abîmera rien. On n'aura pas besoin d'arrimer les tentes. »

Simon se met brusquement à rire : « Ma foi, tu as raison ! Dépêchons-nous avant la tempête. Guillaume, prends ton sac de couchage et rentre dans la salle, on va s'en occuper, Tiri et moi. »

Le vieil homme proteste un peu pour la forme, mais il est visiblement soulagé de pouvoir aller se reposer. Taïriel aide Simon à télescoper les tentes, puis à transporter à l'intérieur les vivres et le reste de l'équipement nécessaire. Ensuite, il s'occupe de ranger le tout-terrain et la remorque le long de la paroi la mieux abritée de la petite falaise après avoir aidé Taïriel à passer la porte.

Près de l'entrée de la salle – difficile de la considérer comme une antichambre ou un corridor, avec ces dimensions – Frontenac est profondément endormi dans son sac de couchage ; sa présence a activé la pseudo-pyrite autour de lui, un cercle lumineux qui commence à atteindre les parois latérales. En essayant de ne pas faire de bruit, Taïriel déplie la tente-bulle du vieil homme, puis celle de Simon et la sienne, y installe sacs de couchage et blocs sanitaires, puis examine la caisse de vivres. Simon s'approche, en balayant les flocons accumulés sur sa parka. Il en a encore accrochés sur les joues, dans sa barbe naissante. Taïriel les chasse d'un geste réflexe, se reprend, refuse de se reprendre, reste figée, la main en l'air, tout près de la joue de Simon. Ils se regardent un instant, puis une ombre passe sur le visage de Simon. Il se détourne et regarde Frontenac endormi. « Il aurait dû manger quelque chose. Avec tout ça, on a sauté la collation de l'après-midi.

— On soupera tôt.

— Il y a du ragoût de lamshker ? Il aime bien. Je vais le préparer, laisse. »

Se sent-il coupable d'avoir entraîné le vieil homme dans cette aventure ?

« Pourquoi n'as-tu pas pris quelqu'un de plus jeune ? Il n'y en avait pas d'aussi puissant ?

Il verse le produit lyophilisé dans la marmite, cherche autour de lui la cantine d'eau. Elle la lui tend. « Si, mais pas aussi fiable, surtout comme ça, sans préavis. Et puis, il ne me l'aurait jamais pardonné. Il a toujours voulu aller dans l'île.

— Pour savoir si elle était pleine de kvaazim ranao clandestins ? »

Simon sourit à peine. « Entre autres. »

Taïriel l'observe pendant qu'il allume le réchaud et y place la marmite. Après un moment, tandis qu'il remue le mélange, elle répète : « Fiable. Tu crois que personne ne saura que Ktulhudar est là, maintenant que la Barrière a disparu ? »

Il hausse un peu les épaules : « Oh, elle n'a peut-être pas disparu très longtemps, ou pas du tout, même si on ne la voit pas de ce côté-ci. Elle est peut-être directionnelle comme les portes. »

La voix du vieux Frontenac s'élève derrière eux : « C'est déjà arrivé que la Barrière s'éclipse. » Ils se retournent : il s'est levé et s'étire en se faisant craquer les articulations. Il s'approche en poursuivant : « Vous saviez ça, Taïriel ? »

Taïriel se pousse pour faire une place au vieil homme, mais il a pris un tabouret et le déplie pour s'y asseoir devant Simon, de l'autre côté du réchaud. « En 26, au tout début de la mutation. Il y a eu une éclipse de la Barrière en même temps que les pylônes s'allumaient. »

Taïriel sait ce que ce sont les pylônes, mais elle ignorait ce détail. En 26 ? Personne ne pouvait aller dans l'île à ce moment-là, de toute évidence. La Barrière peut-elle avoir des ratés ? Sûrement pas. « Si les pylônes dépendent de la Barrière pour leur énergie, leur mise en réseau a dû pomper trop fort...

— Non », dit Simon, sans cesser de faire tourner le ragoût qui se réchauffe et commence à déployer son odeur alléchante. « Ils dépendent de ce qu'on a convenu d'appeler le champ énergétique humain : une fois dépassé un certain nombre d'individus ayant subi un niveau suffisant de mutations, les sphères des pylônes... s'activent. C'est du psirid, après tout. La lumière des sphères n'est pas photographiable...

— ... comme les portes ?

— Non, comme le brouillard de la Mer. » Il adresse un bizarre petit sourire en biais à Guillaume Frontenac : « Mais l'hypothèse la plus communément acceptée est en effet un phénomène de type interférence entre la Barrière et le pylône qui se trouve au sommet de la colline. »

Le vieil homme semble moins combatif quand il est plus reposé. Il se contente de sourire en retour.

8

C'est une pièce dans une maison ancienne, la nuit. Une chambre. Une chambre de malade : la petite lampe de chevet réglée en veilleuse éclaire des flacons et des boîtes de pilules sur la table de nuit, un bassin posé par terre. Et, surtout, un petit vieillard émacié dans un lit bas, mains veinées de bleu à l'abandon sur le drap. Vieux, plus de quatre-vingt-dix saisons, peut-être la centaine. Pas un Rani, un Virginien. La peau livide, couverte d'une mince couche de sueur. Sur l'oreiller, une masse de cheveux blancs en désordre, vigoureuse et touffue, forme un contraste étrange avec le visage desséché au relief cruel, mince nez en bec d'aigle, orbites creuses, pommettes où pointe l'os, rides profondes et amères. Le vieil homme doit dormir ou, en tout cas, il vit encore : sa poitrine se soulève, de brèves inspirations un peu sifflantes.

La chambre se trouve dans une maison ancienne : murs de paragathe et de pierre dorée, plancher et plafond marqueté de même. Meubles de bois élégants mais simplement fonctionnels. Aucun objet personnel, ou alors dans la salle de bain, le bureau et l'armoire, mais portes et tiroirs sont fermés, et on n'a pas de mains. Une pièce sans caractère particulier, sans décoration. À part peut-être la lampe à gaz en céramique, de facture artisanale, astucieusement conçue. Pas de calendrier – il ne faut pas trop en demander.

La porte s'ouvre. Taïriel n'avait pas été tournée de ce côté, elle la voit pourtant s'ouvrir. Le point de vue change, elle voit la porte sous un angle qui ne correspond pas à sa position précédente, plutôt comme si elle était couchée sur le lit à la place du vieillard. Une haute et mince silhouette se détache dans l'encadrure, un homme à la peau brune, en habits sombres, veste, chemise et pantalon gris anthracite, tenant à la main une grosse mallette qui semble pourtant ne pas peser bien lourd. Il s'approche et à mesure qu'il entre dans le faible halo lumineux diffusé par la lampe, Taïriel le reconnaît : ces cheveux argentés, ces yeux verts, ce visage à l'expression à la fois ironique et concentrée... L'homme du bord du lac, celui qui regardait la Barrière.

Elle s'attend, avec une soudaine nausée d'appréhension, à se retrouver en lui, à partager encore malgré elle ses sensations, ses émotions, peut-être ses pensées... mais non, et pourtant, la vision dure. L'inconnu pose sa mallette par terre, va chercher le grand et certainement lourd fauteuil qui se trouve près d'une des fenêtres, le porte sans effort apparent près du lit où il le dépose sans faire de bruit. Cet homme est aussi fort qu'un bœuf ! Il soulève la mallette et la place sur le fauteuil, puis il s'assied sur le bord du lit.

Le vieillard a ouvert les yeux – des yeux très pâles, où la pupille est à peine dilatée malgré la pénombre. Impossible de dire s'il reconnaît son vis-à-vis, son expression change à peine.

Taïriel voit maintenant le visage de l'autre. Son point de vue, encore, est celui du vieillard. L'homme en gris hoche la tête et dit : « Il est temps, Simon. »

Un instant, sous le choc d'horreur incrédule, Taïriel pense qu'elle va se réveiller, quitter la vision. Mais non. Elle voit l'homme ouvrir la mallette, un peu comme un très gros coffre à outils – toujours du point de vue du vieillard, qui ne distingue rien de ce qui se trouve à l'intérieur de la mallette. Mais si elle partage ses yeux, c'est tout. Elle ne sait pas ce qu'il ressent, ni ce qu'il peut penser lorsque l'homme place autour de son crâne un bandeau souple qui adhère apparemment tout seul et n'a pas besoin d'être attaché; il en sort, sans discontinuité, un fil qui sans doute est raccordé à quelque chose dans la mallette.

Taïriel voit maintenant le vieil homme et l'inconnu ensemble, de son point de vue à elle, enfin. Le vieillard a les yeux fermés; il porte toujours le bandeau. Le drap a été rabattu, et la veste de pyjama ouverte sur sa poitrine décharnée. Il est raccordé par des fils et de minces tuyaux à des sans doute instruments toujours invisibles; un léger battement rythmé émane de la mallette; les tuyaux véhiculent du sang et un liquide incolore. L'homme en gris tient un objet en forme de gros stylo sans plume, peut-être une seringue car il l'applique sur la peau du vieillard, à la saignée du bras, sur le cou, en rechargeant chaque fois avec une cartouche neuve qu'il tire de la mallette.

La vision change d'une façon abrupte, qui laisse Taïriel un moment désorientée. L'homme à la mallette est en train de descendre un escalier de cour intérieure, toujours la nuit; les marches et la végétation qui les borde du côté de la cour sont illuminées par les lunes – les deux petites, à en juger par les nuances de la lumière. Une autre silhouette se trouve au pied des marches, de profil, la tête levée vers l'arrivant, un adolescent mince, en short, tenant un t-shirt jeté sur son épaule droite. Taïriel le voit maintenant comme si elle était en face de lui. Il est plus grand qu'elle, elle doit lever un peu la tête pour le regarder – il semblait petit par comparaison avec l'homme à la mallette. C'est un jeune homme dans la vingtaine, à la peau claire, d'une minceur athlétique mais nerveuse. Il semble venir de prendre une douche – ses épais cheveux noirs sont mouillés et lissés vers l'arrière; en réalité, short et t-shirt sont détrempés, il doit plutôt avoir été pris sous une averse. Un visage à l'ossature un peu trop accusée mais d'une régularité pas déplaisante ; belle bouche ; la couleur des yeux est impossible à déterminer, la pupille est trop dilatée dans la pénombre ; le front est court et bombé ; au-dessus du sourcil droit, le trait d'une cicatrice. Sans l'avoir voulu, Taïriel regarde maintenant la poitrine du jeune homme : sous le sein gauche, le bourrelet d'une autre escarre dessine une sorte d'éclair.

L'homme à la mallette est debout devant le jeune homme qui le contemple, la tête rejetée en arrière. Il pose une main sur le cou du jeune homme, comme pour l'attirer vers lui. Ils restent un instant ainsi sans bouger, puis l'homme à la mallette dit « Viens » et se dirige vers la porte arrière de la cour ; le jeune homme le suit sans un mot.

Taïriel reste un instant figée dans la pénombre de sa tente-bulle, le cœur battant la chamade. Puis d'un seul élan, elle se propulse à l'extérieur. Reste un moment à quatre pattes, enregistrant le décor : la salle longue et étroite aux parois fantomatiques dans la lueur presque subliminale de la pierre dorée, les formes sombres et allongées des deux autres tentes, les formes noires aussi des panneaux démontés de la caisse, empilés devant la porte pour faire obstacle à la tempête. Sous ses mains, deux cercles lumineux plus intenses se propagent, se fondent et s'élargissent de briquette dorée en briquette dorée. Guillaume Frontenac ronflote dans sa tente. Elle se glisse jusqu'à la tente de Simon, refuse d'hésiter, entre en rampant, le secoue.

Il s'éveille instantanément. « Tiri ? »

Mais l'élan de Taïriel s'est épuisé et elle ne peut pas parler. Il dit pour elle : « Une autre vision ?

— Oui. »

Il se redresse, elle s'écarte, ils s'installent tant bien que mal dans l'espace exigu. Il tâtonne autour de lui, fait craquer une mini-torche avant qu'elle ait pu dire non – elle ne veut pas qu'il la voie, elle ne veut pas le voir non plus quand elle lui dira... Il cherche encore, sort une ration en barre et la lui tend. Elle n'a pas faim, mais elle mord dans la ration avec obéissance, se forçant à mâcher au lieu d'avaler tout de suite. Sursis. Simon la dévisage avec gravité, transformé en son propre masque mortuaire par la lumière bleuâtre de la torche. Elle détourne les yeux, atterrée de cette pensée.

Il ne dit toujours rien, un silence attentif qui invite à parler, mais elle en est soudain incapable. Comment pourrait-elle lui dire, à lui, ce qu'elle a vu ? Même, surtout, si ce n'est pas une vision de Rêveuse, mais... quelque chose, perçu dans son esprit à lui, et dont son esprit à elle s'est emparé pour le déformer ! Ce vieillard à l'article de la mort, et qu'on soignait... Non, elle ne peut pas lui dire une chose pareille ! C'est sa terreur à lui, ou son horreur à elle, le souvenir des derniers jours avec Natli, ou les deux, un mélange confus avec les deux autres rêves, l'inconnu du lac, la technologie délirante du " laboratoire " aux dormeurs... Le seul élément légitime, là-dedans, c'est peut-être le jeune homme dans la cour.

Elle reprend son souffle. Commence à raconter : l'homme à la mallette dans l'escalier, le jeune homme qui le regarde descendre les marches.

« Tu peux me les décrire plus en détail ? »

Voix douce et neutre, Simon est en mode analytique, un calme que Taïriel sent avec gratitude déteindre sur elle : « L'homme est celui du bord du lac...

Simon tressaille un peu, et elle commente : « Oui, encore. » Puis elle poursuit avec la description du jeune homme. Les détails sont très précis dans son souvenir ; en fermant les yeux elle le voit presque, le geste négligent de la main qui tient le t-shirt mouillé, le casque humide de cheveux noirs, la petite cicatrice en forme d'éclair sous les gouttes d'eau qui perlent encore sur les pectoraux...

Simon a vraiment réagi cette fois-ci et elle se tourne vers lui, déconcertée par la stupeur qu'accentue encore le jeu des ombres sur son visage. « Tu le connais aussi ?

Long, trop long silence. Simon réfléchit, dents serrées, sourcils froncés. À quoi ? Puis il se tourne vers elle en essayant de paraître calme, mais elle voit bien qu'il ne l'est plus : « As-tu déjà vu des portraits de Mathieu Janvier, Mathieu Odatan, l'ancêtre de ton grand-père Natli ?

— Non », dit Taïriel prise au dépourvu, partagée entre l'irritation et l'incrédulité. Que vient faire ici l'ancêtre premier passeur ? « Il n'y en a pas, de portraits, il n'a jamais voulu, non ? Seulement la plaque du fameux Rêve d'Oghim, la prophétie de son passage. On en avait une copie à la maison – Natli n'appréciait pas du tout. Moi, le psirid... Je ne l'ai jamais vu, le Rêve d'Oghim. On m'a raconté, bien sûr. Quand Natli n'était pas dans les environs. Toi, tu l'as vu ? »

Simon finit par dire : « Oui. »

Soudain, en un éclair, Taïriel entrevoit une explication à l'ensemble de son rêve : elle a fantasmé Simon guéri ! L'Homme à la Mallette est venu sauver Simon avec l'assentiment symbolique de Mathieu Janvier, le premier passeur, toujours vivant près de trois cent cinquante saisons après son passage sur Atyrkelsaõ – parce qu'un effet secondaire de sa mutation le fait vieillir très, très lentement : l'inverse exact du terrible destin de Simon. Sciences de l'esprit, élémentaire : déplacement, condensation, proximité. C'est ainsi que fonctionne la logique nocturne, n'est-ce pas ?

Sauf qu'elle ne peut pas le dire à Simon sans évoquer la première partie du rêve.

« D'après ce que tu dis, reprend-il, ce n'est pas du tout comme ta première vision. Plus haché. Le point de vue change à plusieurs reprises. Il y a des trous dans la continuité.

— Oui, un peu comme... un montage. » Le terme condense l'impression qu'elle avait eue en évoquant le souvenir du rêve : une enfilade de morceaux disjoints d'un sim dont on aurait activé seulement les données visuelles et auditives.

« Et toujours pas de participation. » Il paraît réellement déconcerté, murmure : « Jamais vu ça. En tout cas, je suis bien l'inducteur, c'est confirmé, si besoin en était. »

Taïriel soupire en essayant de changer de position – une tente-bulle individuelle n'est pas faite pour discuter à deux assis en tailleur : malgré son nom, c'est plus un tunnel qu'une bulle. Elle se couche sur le côté, obligeant Simon à se pousser dans une position encore plus inconfortable. Elle hausse les épaules : « Viens donc là ! Je ne vais pas te mordre. »

Il s'étend dans son sac de couchage après avoir placé la torche à la tête de la tente ; Taïriel se couche sur le dos ; il reste sur le côté, en appui sur un coude. « Tu vas avoir froid », dit-il.

Elle réplique avec une ironie appuyée : « Invite-moi. »

Il secoue la tête, mais elle enchaîne sans le laisser parler : « Il fait assez chaud avec la pseudo-pyrite, va. »

Il reste immobile un instant, puis s'installe plus à l'aise et lui offre son épaule : « Demi-invitation. »

Elle accepte, se blottit contre lui. Ne peut s'empêcher de marmonner : « Pas la peine de me traiter comme une pestiférée. »

Après un petit silence, il murmure : « Ce serait plutôt moi. »

Elle se redresse sur son coude, atterrée : « Oh, Simon, non !

— Je sais. » Il esquisse un petit sourire sans joie.

Elle se recouche et, délibérément, se serre davantage contre lui en passant son bras autour de sa taille par-dessus le sac de couchage. Il ne réagit pas. Elle ferme les yeux, flottant dans une tristesse résignée.

La voix de Simon la tire de sa torpeur naissante : « Ton grand-père l'a connu ? Mathieu ? »

Tant qu'à faire, elle préférerait somnoler, mais elle consent : « Non. N'en parlait pas.

— Rancune ?

— Discrétion.

— Et ta famille ?

— ... les avait dressés...

— Même toi ? »

Elle se redresse un peu : « Quoi, même moi ?

— Le sujet de tes lignées a bien dû intervenir à un moment ou à un autre. »

Elle s'écarte et le regarde : « Ça a un rapport avec le rêve ? »

Il lui rend son regard sans broncher : « Sans doute pas. »

Elle soupire en reprenant sa place : « Une seule fois. La première fois que nous sommes allés au Cercle de Cristobal, à ma sixième saison. » Un souvenir inattendu de chaise-longue et de perce-oreilles noir et jaune la traverse soudain – mais curieusement dépourvu de nostalgie ; c'est si loin. Il s'en est passé des choses, cette saison-là. « Dans le train, entre Broglie et Cristobal, il m'a expliqué en détail mes lignées, et pourquoi ce serait important pour les psi du Cercle. J'étais au courant, en gros – l'histoire familiale, pas moyen d'y couper, c'est comme des meubles, de temps en temps on se cogne dedans. Mais à la façon dont il en parlait... Que son grand-père soit le fameux Mathieu Janvier, et que ce nom-là se retrouve aussi dans une petite boîte de *mon* arbre généalogique, j'ai vite compris que c'était en dehors de mon contrôle.

— Vetz onlit, murmure Simon en setlâd.

— Oui, c'était ainsi. Comme mon blocage. Et Grand-Père m'a appris à ne pas m'appesantir sur ce que je ne peux pas contrôler.

— Un homme sage.

— Je ne sais pas. Je l'aimais. »

Taïriel se tait, surprise d'avoir soudain la gorge serrée. Elle enfonce davantage sa tête dans le creux de l'épaule de Simon. Comme s'il avait senti son chagrin, il la serre contre lui en lui caressant les cheveux. Après un moment il veut s'écarter, elle s'accroche par réflexe, elle est trop bien, il murmure : « Tiri... »

Elle le laisse s'éloigner, frustrée. Au bout d'un moment, elle sent qu'un rire silencieux le secoue. Il dit, un souffle incrédule: «Pas croyable...»

Elle est prête à se raidir, vexée, mais il ajoute: «Les hormones n'ont quelquefois pas grand-chose à voir avec le cerveau chez les mâles.»

Elle hésite puis, pour en avoir le cœur net, passe la main le long de son corps, rencontre son érection à travers le sac de couchage. Il n'essaie pas de se dérober. Elle se dresse en appui sur un coude, le regarde. « Ça nous ferait peut-être à tous les deux beaucoup de bien», dit-elle quand il consent à ouvrir les yeux dans la lueur bleuâtre de la torche.

Il soupire: « C'est un réflexe, Tiri. Mon corps s'est habitué au tien...

— Et il te dit que tu es vivant ici et maintenant, Simon.»

Il la regarde fixement pendant de longues secondes, les yeux agrandis, comme vibrant de paroles qu'il se retient de crier, mais elle refuse de détourner les yeux. C'est lui qui cède. Il se détend brusquement, bat des paupières en ébauchant un sourire: «Pas ici. On réveillerait Guillaume.

— Je peux être discrète, quand je veux.»

Il lève une main pour lui caresser la joue, nostalgique mais résolu: «Non, Tiri, pas ici. Pas maintenant. Pas dans cette île.» Un sourire hésitant: « Mais plus tard. Ailleurs. Si tu veux encore.»

Elle fait une petite moue, mais elle voit dans ses yeux que sa décision est prise. Dans un soudain élan de tendresse, elle caresse la brosse drue et douce des cheveux blonds coupés trop ras, le front marqué maintenant de deux rides parallèles qui ne s'effacent pas. Puis elle se penche pour l'embrasser, en souriant: «Dans ce cas, je vais retourner dans ma tente, c'est plus confortable pour dormir.»

9

Le lendemain matin, ils rangent tout pour repartir. Sans avoir exploré davantage : Simon l'a fait la veille, il n'y a pas d'autres entrées dans la colline. « Ou s'il y en a, remarque Frontenac en aparté à Taïriel, nous ne les voyons pas, et comme la Mer est là, pas moyen de sonder. » Quant au pylône central, c'est un pylône, plus grand que les autres, c'est tout. Guillaume insiste pour aller le voir, Simon le laisse faire pendant qu'il arrime l'équipement sur la remorque, où ils ont aussi empilé les panneaux de la caisse et le matériel isolant. On laisse cet endroit dans l'état où on l'a trouvé. Ou presque.

« Qu'est-ce qu'ils vont dire, au Shandaar, en n'ayant pas leur sarcophage ? » demande Taïriel à Simon.

Il hausse les épaules : « Le musée ne l'a pas demandé. Le sarcophage n'a jamais été prêté à aucun musée depuis l'Ouverture. Question de ménager la sensibilité des Ranao. À défaut de ramener Ktulhudar dans l'île. Ou dans le puits de Dnaõzer.

— Eh bien, eux, au moins, ils seront contents. »

Il hausse les épaules sans répondre.

« Tu n'as pas l'intention de le leur faire savoir ?

— Oh si.

— Et tu ne crains pas les retombées ici ? Tu as quand même kidnappé le sarcophage à Cristobal. Ils doivent être dans tous leurs états. »

Avec une distraction lasse : « Mais non, ils savent déjà. »

Elle imagine plusieurs questions et commentaires, les écarte tous. Simon a de toute évidence utilisé ses capacités particulières pour duper les employés du Musée de Cristobal, un tabou chez les hékellin. Chez les télépathes. Ce doit être un surtélep particulièrement puissant s'il considère les sanctions pourtant inévitables avec autant de désinvolture... D'un autre côté, on peut arguer qu'il a effectivement rendu un service en satisfaisant enfin le désir exprimé de si longue date par les Ranao. D'ailleurs, l'a-t-il vraiment fait de sa seule initiative ?

« Et que dira-t-on aux simples citoyens ?

Simon fronce les sourcils : « La vérité. Mon cas est un peu particulier présentement, Taïriel, mais crois-tu que je ne suis pas un simple citoyen ? Que les hékellin n'en sont pas ? »

Elle lève les mains pour prévenir l'éventuelle tirade – elle sait, on se donne assez de mal, depuis l'Ouverture, pour intégrer les hékellin à la société et habituer la société aux hékellin. « Pour moi, oui, Simon. Je suis une bloquée. Hékellin ou pas, vous êtes tous des citoyens et des individus égaux, *pour moi*. Je ne prétends pas parler au nom de tous les non-bloqués, cependant. Il y aura sûrement des réactions. »

Simon la considère un moment en silence, sombre et pensif. « Ce ne sera plus mon problème », dit-il enfin d'une voix brève, et il tourne les talons.

Taïriel se sent brusquement glacée. Dans une Année, plus rien ne sera son problème. Simon... est un homme qui sait exactement quand et comment il va mourir. Terrible liberté. Le connaît-elle assez pour penser comme elle le fait qu'il n'est pas dangereux ? Allons, pas de paranoïa superflue. Compte tenu de ce qu'elle a vu jusque-là, il n'est pas dangereux pour elle, en tout cas. Pour lui, ou d'autres... sans doute pas. Et s'il est si puissant, il doit être plus surveillé par ses pairs que n'importe quel autre hékellin. "Simples citoyens." Non, pas vraiment, Simon. D'une certaine façon, bien moins libres que de simples citoyens, sans doute pour encore très longtemps.

Frontenac revient, déçu mais philosophe, il n'y avait vraiment rien là-haut, mais il a photographié le pylône, c'est déjà ça. Il va photographier les deux sarcophages

– une preuve que celui de Ktulhudar est arrivé à bon port ? « Plutôt pour moi », sourit le vieil homme. Mais Simon ne les accompagne pas.

Taïriel s'enfonce avec Frontenac dans l'enfilade de salles menant à la crypte. C'est elle qui tient la torche. Un sentiment curieux l'étreint, mélange de respect un peu effrayé et de simple stupeur. Ce n'est pas l'espace, cette fois, mais la durée ; elle n'y avait pas songé auparavant, écrasée par les dimensions physiques des salles, mais ils étaient les premiers à y entrer depuis plus d'un millier de saisons. La lueur jumelle des sarcophages enfin réunis brille, inaltérable, au fond de la dernière salle, pour combien d'autres milliers de saisons ?

La tête lui tourne un peu tandis qu'elle s'immobilise devant les blocs. Elle contemple le prince et son épouse. Il ne peut pas l'avoir tuée, bien sûr : le corps de la jeune femme ne porte aucune marque. Assez inquiétant de penser que toute cette sauvagerie, dans son rêve, viendrait d'elle seule... Ou de Simon.

Frontenac n'a pas encore commencé à prendre des photos. Il regarde les sarcophages, lui aussi, avec une expression indéchiffrable. Puis il soupire et tire l'appareil de son étui.

Maintenant qu'il est sorti de sa contemplation, elle peut lui demander : « Y a-t-il une théorie, au moins, supposant que Ktulhudar a tué sa femme ? »

Le vieil homme tourne la tête vers elle, un peu surpris. « Pas... exactement. Et elle n'est pas très répandue. »

Il se met à prendre des photographies en reculant au fur et à mesure, pour avoir un, puis les deux sarcophages dans le champ. Taïriel s'écarte en hâte avec sa torche. Il utilise sûrement de la pellicule extrasensible.

« Et c'est quoi ? »

Frontenac se rapproche et commence à photographier le sarcophage de la princesse. « Vous pourriez placer la torche derrière un socle ? »

Taïriel s'exécute puis s'assied sur le socle du sarcophage de Ktulhudar : « J'ai *vraiment* envie de le savoir, Guillaume. »

Après une dernière rafale de photos, Frontenac remet le couvercle sur l'objectif, l'air hésitant.

« Eh bien... vous êtes une descendante de Mathieu Janvier, n'est-ce pas ? Vous êtes au courant de sa longévité. »

Elle hausse les épaules, surprise, « Oui », et le vieil homme enchaîne : « Il existe une autre théorie sur les Ékelli – il ébauche un petit sourire contrit devant la grimace que n'a pu retenir Taïriel : « Attendez. Selon les Ranao, les Ékelli sont immortels...

— Comme il sied à des divinités.

— Le Ktulhudar de la légende est un Ékelli, immortel et invulnérable... »

Il attend, et elle s'impatiente : « Quel rapport avec Janvier ?

— Mathieu Janvier... dure, depuis qu'il est passé de l'Autre Côté. Effet secondaire de sa mutation, ou de son passage sur la Mer, en tout cas il s'est fixé à la quarantaine et il vieillit très lentement depuis. Et il est invulnérable, ou du moins ses cellules se régénèrent plus vite que la normale quand il est blessé. »

Taïriel ignorait ce dernier détail, mais elle ne peut s'empêcher d'éclater de rire – se retient quand les échos commencent à rebondir dans le lointain : « Mathieu Janvier est un Ékelli ! »

Frontenac ne bronche pas : « Non. Ktulhudar, et peut-être les Ékelli, seraient une mutation rare chez les Ranao. Et encore plus rare chez nous. »

Il range son appareil dans son étui. Taïriel attend la suite, mais il reste debout devant elle, les bras ballants, illuminé par la lueur bleutée des sarcophages.

« Ça se tiendrait plus ou moins, concède-t-elle. Mais quel rapport avec le meurtre d'Eylaï ? »

Le vieil homme soupire en s'asseyant près d'elle : « Eylaï était une mortelle. Ils ont essayé de la rendre immortelle, dit la légende, mais on peut interpréter : de la modifier génétiquement pour la pourvoir de la même longévité qu'eux, et...

— Ça aurait raté ! comprend soudain Taïriel. Et, en un sens, il l'aurait tuée ! » Elle fronce les sourcils :

« Mais ça impliquerait qu'ils disposaient d'une technologie...

— Pas si c'étaient aussi des kvaazim. »

Taïriel sent disparaître le soudain intérêt qui l'avait traversée : « Parce que ce sont aussi des kvaazim, dans cette théorie-là ? Des kvaazim de longue durée, existant depuis la préhistoire rani...

— Pas forcément ! » s'exclame le vieil homme sur un ton défensif, et l'écho lointain répercute ses paroles. « Je serais prêt à admettre que c'est une mutation préhistorique de ce genre, et non des kvaazim, qui aurait donné naissance au mythe des Ékelli, qu'elle se soit éteinte, et qu'il y en ait eu une résurgence au temps de Ktulhudar. Ça expliquerait d'ailleurs cette dernière renaissance de la guerre après trois générations de paix parmi les Ranao.

— C'est ce que pense Simon ? » fait Taïriel avec une petite moue.

Le nom de Simon semble faire à Frontenac l'effet d'une douche froide. Il se raidit, finit par dire comme à regret : « Simon estime que les Ékelli sont intégralement un mythe. Et que l'éventuelle mutation de Ktulhudar aurait à la rigueur été une aberration unique, qui se serait fondue aisément dans ce mythe préexistant. L'histoire avec Eylaï serait alors la transformation en légende d'une relation impossible entre un longève et une rani normale – ou même sa fabrication intégrale, avec tous les éléments habituels : le pacte avec les dieux, la transformation contre nature de la mortelle, qui échoue inévitablement, et ainsi de suite. »

Taïriel réfléchit un moment. « Ça se tient aussi. Ça se tient même mieux. Pourquoi cette théorie n'est-elle pas plus répandue ? »

Le vieil homme se lève, avec un grand soupir : « Eh bien, relativement peu de gens sont au courant, pour Mathieu Janvier. Et Simon dirait que les Ranao ont toujours refusé cette interprétation de Ktulhudar, et qu'ils sont pourtant mieux placés que nous pour la faire. Ils ont su bien avant nous, pour Janvier. Ils ont toujours été stupéfaits. Mais ils n'ont jamais démordu de leur interprétation des Ékelli. Il les croit quand ça l'arrange, Simon, les Ranao !

— Des créatures extraterrestres. Que *vous* interprétez comme des kvaazim ou des "longèves".

— Pas seulement moi », remarque Frontenac à mi-voix, d'un air digne.

« Je préfère l'interprétation de Simon », dit Taïriel en se levant à son tour.

Elle reprend la torche et ils se dirigent vers l'entrée de la salle.

« Les Ékelli sont des divinités anciennes que le choc culturel suscité par les Rêveurs a fait transformer par les Ranao en extraterrestres lointains et invisibles, hein ? commente le vieil homme à mi-voix. Eh bien, on est au moins d'accord sur le choc suscité par les Rêveurs. Mais, comme dirait Simon, il n'y a pas de *preuves* qu'une interprétation est tellement plus exacte qu'une autre.

— Et que disent les Ranao quand on leur en parle ?

— "Vous avez votre vérité, nous avons la nôtre, nous ne sommes pas là pour vous convertir, et vice versa."

— Encore heureux », dit Taïriel avec un petit rire, en imaginant des passeurs missionnaires enflammés de zèle sillonnant Virginia – et Atyrkelsaõ.

Simon les attend dans le tout-terrain ; il fait beau, le ciel s'est dégagé depuis le début de la matinée, la neige fraîche brille, c'est beau mais ça ne durera pas, il fait plus doux. Guillaume et Taïriel s'asseyent sur la banquette avant, et ils repartent.

Une fois revenus au site de l'ancien port, ils trouvent le bateau à sa place, dégagent la neige amassée sur le pont. Ils réembarquent le tout-terrain avec la remorque ; ils feront la méridienne chez Guillaume. Ils quittent l'anse. Taïriel a rejoint le vieil homme sur le pont, regardant la côte de l'île qui s'éloigne. Le lac est vraiment couleur de mandarine sous le soleil.

« Toujours pas de trace de la Barrière », remarque Taïriel après un moment.

« Mais si elle avait disparu, il y aurait toute une flottille de bateaux dans le coin, croyez-moi », réplique

le vieux Guillaume en tirant sur sa pipe. Taïriel est obligée de se rendre à son raisonnement.

Et puis, à un certain point de leur périple, Guillaume pousse une petite exclamation inarticulée. Taïriel n'a absolument rien senti – Simon a dû être assez rapide, ou bien en réalité la Barrière ne l'affecte pas plus que la Mer, elle. Le dôme gris aux phosphorescences verdâtres s'arrondit de nouveau derrière eux autour de l'île invisible. Ils le contemplent un moment, puis Taïriel se tourne vers Simon, visible de dos à la barre dans la cabine de pilotage. Il ne s'est pas retourné, il pilote toujours.

« Ktulhudar et Eylaï ne risquent pas d'être dérangés, au moins », murmure-t-elle après un moment, en s'accoudant de nouveau au bastingage. « À moins que d'autres surtéleps aussi puissants que Simon n'en entendent parler et ne décident de s'essayer...

— Oh, ça ne risque rien », dit Guillaume Frontenac entre deux bouffées.

« Pourquoi, ils n'en entendront pas parler ?

— Bien sûr que si. Mais il n'y a pas encore de surtélep plus puissant que Simon. »

Taïriel ne commente pas, un peu sceptique, même si cela va dans le sens de ce qu'elle pensait plus tôt. Puissant, oui. Le plus puissant... Y en a-t-il un qui soit plus puissant que les autres, parmi les surtéleps ? Ça se saurait... Ou bien non, la manie du secret est difficile à secouer chez eux. Même si ce n'est pas forcément un *secret*, ils n'iraient sans doute pas le crier sur les toits. De toute façon, ce qu'elle disait à Simon est la stricte vérité : pour elle, cela ne change rien : lui ou un non-hékellin, c'est la même chose. Même si elle est en train de se débloquer en Rêveuse ou en Dieu sait quoi.

Mais si tu devenais réellement une télep, ou même juste une sensitive, et même à éclipses, serait-ce encore vrai ?

Elle a honte, mais elle doit admettre que non. Elle se dépêcherait bel et bien de se faire immuniser avec la barrière-miroir. Immuniser. Pour la première fois, elle

prend conscience de la bizarrerie du terme, compte tenu de la situation qu'il décrit et de son sens véritable – ou plutôt elle prend conscience de ce que signifie son emploi si largement répandu. Comme si les hékellin étaient porteurs d'une sorte de maladie... L'utilisent-ils, eux, ce terme ? Sûrement pas. Taïriel ne l'a en tout cas jamais entendu dans sa famille, où il y a quand même, d'une génération à l'autre, quelques petits télépathes. Il ne vient sûrement pas non plus des psis des Cercles, ni des conseillers gouvernementaux qui ont géré, qui gèrent encore, l'Ouverture. Ils ont tous dû se résigner à son usage, le voir comme un symptôme dont ils doivent surveiller l'évolution avec attention. Quand on ne parlera plus d'" immunisation " à propos de la barrière-miroir, les hékellin... eh bien, seront devenus de simples citoyens.

Pas de mon vivant. Il faudra des générations. Il en a fallu des dizaines de milliers aux Ranao. Ils s'en sont plutôt bien tirés. Pas de mérite, sur une durée pareille. Font tout plus lentement. Grand-Père Natli : « Arrête donc de courir, Tiri ! »

Décidément la compagnie de Simon et de Guillaume Frontenac l'a contaminée. Pour un peu, elle serait réellement curieuse des cousins de l'Autre Côté.

Ils arrivent en vue de la petite anse où se trouve la demeure de Guillaume. Il fait toujours beau mais la neige de la nuit n'a pas encore fondu ici, la prairie en est couverte. Les cabals sont sans doute rentrés dans leur abri. Le bateau oblique vers le petit débarcadère. Taïriel s'inquiète : « On ne va pas s'échouer ?

— Non, répond Frontenac, le bateau est moins lourdement chargé, il a besoin de moins de tirant d'eau. Et l'eau est assez vite profonde ici. L'anse a été recreusée. C'était une maison de pêcheur, autrefois. »

Une fois au débarcadère, Taïriel saute du bateau pour enrouler le filin à la bitte d'amarrage ; Guillaume lance la petite passerelle et descend. Taïriel retourne prendre son sac à dos. Dans la cabine de pilotage, Simon

ne bouge pas, appuyé au gouvernail, les yeux fixés sur la maison. Le moteur est pourtant arrêté. « Tu viens ?

— Dans un petit moment », dit-il d'un ton lointain.

Elle empoigne son sac et dévale la passerelle. Pas une seule absence depuis le rêve de la nuit, mais elle est affamée. Espérons que ça ne prendra pas des heures à Guillaume pour préparer le déjeuner.

Elle saute sur le débarcadère.

Elle flotte sur la Mer, à quelques encablures d'une côte déserte, rocailleuse. Elle la voit, la Mer, sans le brouillard, comment peut-elle la voir ? Bleue, un bleu vaguement fluorescent, intense, et d'une texture étrange, comme du mercure. Elle la voit comme dans un sim. Se trouve-t-elle dans un sim ? Non. Un homme se tient debout près d'elle, ou bien il vient d'apparaître, car il n'y avait personne auparavant. Il est grand, mince, vêtu d'une combinaison de coupe inhabituelle, et d'un gris vaguement métallisé. Cheveux argentés, longue face sarcastique, mais ce doit être une sorte de rictus, car les yeux verts ont un regard intense, concentré. Encore lui. Décidément, ce souvenir tracasse beaucoup Simon.

L'homme en gris marche sur la Mer, les bras étendus, comme sur un fil. Croise les bras avec une expression amusée.

Il fait nuit. Elle n'avait pas vu qu'il faisait nuit. Le ciel est violacé. La nuit du retour de la Mer ? Elle lève les yeux – elle le peut, son regard est libre, semble-t-il. Non, c'est le disque noir du soleil. Presque entièrement noir, seul un mince liseré étincelant... La Mer va partir.

La Mer est partie. Le bleu a disparu. Un très bref instant, l'homme en gris reste comme en suspens au-dessus du gouffre brusquement ouvert puis, avec un sourire féroce, il tombe.

Elle tombe avec lui. Avec son corps, non avec son esprit, mais son esprit à elle supplée l'épouvante. Elle tombe, sans bouger, bras et jambes étendus en croix, le vent de la chute sifflant à ses oreilles, martelant ses joues, sa poitrine, son ventre, ses cuisses, elle tombe, l'aspiration vorace de la gravité, long, long, un kilomètre. Un instant, elle lève les yeux, elle voit la falaise qui défile comme un éclair, veines écarlates et grises brusquement dépliées puis effacées, ensuite elle regarde de nouveau vers le bas, le sol noir et nu des collines, une grande main dure qui monte vers elle, qui monte, comme l'horreur, la terreur, la certitude de la douleur.

Le choc est bref mais terrible.

Taïriel se retrouve étendue sur le débarcadère, à moitié assise. Le vieux Guillaume la soutient, Simon est en train de se pencher sur elle, l'air anxieux. Elle le contemple un moment, pétrifiée, puis elle sent monter une nausée irrésistible, se retourne sur le ventre au bord du quai et se met à vomir dans l'eau, à grands spasmes secs.

Elle reste à plat ventre, hors d'haleine, la tête pendante. Puis, avec un effort surhumain, elle se soulève sur ses avant-bras, pivote et s'assied. Les deux autres n'ont pas bougé, Frontenac toujours accroupi, Simon debout près de lui. Elle voudrait se relever, mais elle n'en a pas la force. Et elle se met à trembler, la réaction. Elle entoure ses genoux de ses bras pour essayer de se contrôler, en vain.

« Tiri ? » dit Simon à mi-voix.

« Vision... Ça va... aller », dit-elle avec difficulté entre ses dents serrées.

Guillaume s'approche d'elle avec circonspection. Lui tend la main. Elle voudrait protester, “ je ne suis pas enragée ”, mais elle sait qu'elle ne pourra pas empêcher ses mâchoires de claquer. Elle prend la main tendue pour se redresser. Les muscles de ses mollets et de ses cuisses se tétanisent, elle titube, toute raide. Le vieux Frontenac lui entoure la taille de son bras, la soulevant presque. Simon ne bouge pas quand ils passent devant lui, ne la touche pas, se contente de les suivre après avoir ramassé le sac à dos.

Ils entrent dans le passage voûté menant à la cour, mais obliquent tout de suite vers une porte poussée à gauche par Guillaume et donnant sur une grande cuisine où la lumière du jour entre à flots. Il y fait froid. Le vieil homme assied Taïriel sur une des chaises qui entourent la table centrale ; tandis que Simon, sans un mot, s'affaire à allumer du feu dans la cuisinière, Frontenac fourrage dans une armoire pour en tirer des verres ; il en pousse un vers elle après l'avoir rempli aux deux tiers avec le contenu du flacon plat qu'il a sorti de sa canadienne. « Buvez tout. »

Taïriel obéit sans discuter – c'est déjà assez difficile de boire sans en renverser partout, elle doit tenir le verre à deux mains. Du bois brûle en pétillant derrière elle, une odeur qui se mélange bizarrement au parfum mentholé du liquide dans son verre. Guillaume est en train d'ouvrir des bocaux de soupe sur le plan de travail près de l'évier.

Le liquide n'est peut-être pas de l'alcool, mais il a le même effet, une boule chaude qui irradie de son estomac vers la surface de sa peau. En tout cas, les tremblements s'apaisent. Soudain en sueur, elle ouvre sa veste. Après un moment, elle se sent assez sûre de ses jambes pour se lever et aller remplir son verre d'eau à l'évier. Quand elle retourne s'asseoir, Simon se tire une chaise à l'autre extrémité de la table, loin d'elle, et s'y assied un peu lourdement. La dévisage en silence, mains à l'abandon sur les cuisses. Puis il passe une main dans la brosse de ses cheveux en poussant un petit soupir, s'appuie des deux coudes sur la table, penché vers elle : « Qu'est-ce que c'était, Tiri ? »

Elle hésite. Le choc commence à passer, des ébauches d'interprétation, presque malgré elle, s'entrecroisent dans son cerveau. Simon est réfractaire à la Mer, n'est-ce pas ? Mais il la voit. Il lui a dit qu'il y était tombé par accident... Mais pourquoi encore cet homme gris ? Simon n'est pas sauvé, même symboliquement, dans ce rêve, au contraire. L'homme gris tombe. Est-ce Simon, symboliquement, l'homme gris ? Ou bien elle, et... quoi, je me punis parce que je ne peux rien faire pour sauver Simon ? Non, stupide, plutôt fantasme de Simon, sûrement. Séquelle de son accident. Un accident...

Le sourire de l'homme gris, juste avant de tomber, comme s'il *voulait* s'écraser... Mais c'est moi qui m'écrase dans ce rêve !

Un brusque retour de nausée lui fait fermer les yeux.

« Il faut le dire, Tiri », insiste Simon avec une douceur anxieuse.

Elle raconte, de la façon la plus impersonnelle possible. Facile, en fait, c'était très impersonnel. Jusqu'à la chute, et l'écrasement final.

Quelque part au cours du récit, elle a baissé les yeux sur son verre d'eau, qu'elle fait tourner méthodiquement, d'abord dans un sens, puis dans l'autre. Dans le long silence qui suit, elle entend la soupe qui commence à mijoter sur la cuisinière. La chaise de Frontenac craque. Le vieil homme s'est accoudé à la table, le menton sur ses mains croisées. Il regarde Simon. Mais il ne dit rien.

Simon se lève enfin. Il va prendre des bols dans une armoire, des cuillères et une louche dans un tiroir, les place sur la table. Puis il décroche un dessous de plat en liège suspendu près de la cuisinière et, après y avoir posé la casserole bouillante, il commence à remplir les bols. Va pour s'asseoir, se ravise, prend la grosse miche de pain rassis qui se trouve sur le comptoir avec sa planche de bois, et se met à en découper des tranches, qu'il tend à la ronde.

Taïriel en prend une, machinalement, l'émiette dans sa soupe. À part un retour intermittent de frissons, elle se sent très lucide, détachée. C'est quoi, exactement, cette potion que le vieux Guillaume lui a fait boire ? Mais profitons-en pendant que ça dure.

« Ce type, tu m'as dit que tu l'avais rencontré dans ton enfance. Un rapport quelconque avec l'accident dont tu m'as parlé, quand tu es tombé dans la Mer ? » demande-t-elle. Si elle ne le regarde pas, elle peut lui poser la question.

« Pas que je sache », dit Simon d'une voix claire et neutre.

Frontenac a pris une brusque inspiration comme quelqu'un qui veut parler, mais il baisse le nez sur son bol et continue d'y enfoncer son pain à petits coups de cuillère.

Taïriel serre les dents, brusquement irritée. « Je veux bien raconter, Simon, mais essaie de coopérer. Le rêve de la nuit dernière, au début, passe encore, mais cette fois, ça ne peut venir que de toi, ce type...

— Quel début ? » demande Simon de sa voix posée.

Taïriel hésite. A-t-il réellement besoin d'être ménagé ? Et cette partie-là du rêve s'expliquait tellement bien... « Je ne t'ai pas raconté. Avant, le type à la mallette venait rendre visite... à un vieillard très malade. Il lui faisait tout un tas de manipulations bizarres, des injections, et comme... une sorte de dialyse. »

Elle jette un coup d'œil à Simon. Il est toujours impassible, mais il a pâli. Elle se force, obstinée : « Et il appelait le vieillard Simon. Mais tu vois, c'est facile à interpréter : Janvier est pourvu de longévité, et j'ai imaginé l'homme à la mallette en quelque sorte envoyé par lui pour... te sauver.

— Elle a rêvé de Mathieu Janvier ? » dit Frontenac d'une voix étranglée. Il suffoque presque.

« L'interprétation par un phénomène d'induction et de reconstruction est tout à fait valide ici, l'interrompt Simon. Au mieux, la vision de Mathieu, indépendamment de l'homme à la mallette, est une véritable induction télépathique : elle a vu mon souvenir de Mathieu. »

Frontenac se fige. Puis il respire à fond en croisant les bras. « Il y a quand même des limites à tout expliquer par l'induction, dit-il enfin d'une voix qui tremble un peu. Ça n'a jamais marché de façon aussi détaillée avec Toni, dans le groupe, Simon, et tu le sais très bien ! »

Simon remue sa soupe sans sourciller : « Et on n'a jamais pu déterminer non plus si les fragments de visions des proto-Rêveurs, tout liés qu'ils soient à l'inducteur, portaient sur l'avenir, le passé ou un univers parallèle. Même chose pour cette vision de Taïriel. Et Taïriel est de toute évidence encore quelque chose de nouveau. »

Taïriel intervient : « Vous étiez dans un groupe, Guillaume ?

— Toni était notre Rêveuse, et... »

Simon interrompt encore le vieil homme : « On a essayé de reconstituer des groupes après l'Ouverture, surtout pour étudier les proto-Rêveurs, maintenant qu'on savait un peu mieux de quoi il retournait. On a eu du mal : il n'y en avait guère, la variante de la mutation qui a donné les Rêveurs et les kvaazim chez les Ranao a produit chez nous ceux qui se sont révélés être en fin de compte des passeurs. Par ailleurs, tous les manos et les batzi ne sont pas susceptibles de travailler en synergie, et les inducteurs ne courent pas les rues non plus. Mais on a pu rassembler quelques groupes. Celui dont Guillaume faisait partie a particulièrement bien fonctionné.

— Mais Toni n'avait jamais des visions aussi longues et détaillées, et l'induction avec Tran était bien plus floue. Quelquefois, on ne savait même pas... Et Taïriel et toi, vous n'étiez même pas en conjonction !

— En transe », explique Simon à Taïriel, sans la regarder et toujours de la même voix posée. « Non, il n'y a pas participation de sa part, ou enfin, juste une fois, très brièvement, des émotions, et cette fois-ci, des sensations physiques. Comme je le disais, peut-être une variante complètement nouvelle. Impossible de déterminer avec certitude ce qui est induction dans ses visions et ce qui ne l'est pas. Non, ce qu'il faut maintenant, Taïriel, c'est que tu te rendes au Cercle de Morgorod. Ils ont tout le nécessaire. J'irai avec toi. »

Le premier réflexe de Taïriel est de protester mais elle le réprime. Soyons réaliste, à ce stade : que faire d'autre ? Elle mange sa soupe sans la goûter, comme elle se force à manger ensuite les deux barres nutritives que Simon a tirées de son sac à dos. Une seconde vague de réaction est en train de crouler sur elle, elle tombe de sommeil, son esprit fonctionne au ralenti, dans la brume.

Quand elle a fini de manger, Simon la conduit dans une toute petite chambre de l'autre côté de l'entrée voûtée, simplement meublée, lit, fauteuil, table de nuit, quelques étagères à livres. Il y fait froid, même si les pierres dorées s'activent vite au contact de Simon, mais le lit est pourvu de couverture légères et chaudes, et d'une couette mousseuse. « Fais les exercices de relaxation, il faut que tu dormes.

— Mais si...

— Après deux visions presque d'affilée, ça ne devrait pas recommencer tout de suite. » Une légère ombre d'hésitation passe sur son visage. « As-tu un peu de contrôle à l'intérieur de la vision ?

— Au début, oui. Je peux regarder où je veux, mais après...

— Alors, au début, dès que tu comprends qu'il s'agit d'une vision, essaie les exercices de relaxation. La bulle permet d'établir une certaine distance, pour se protéger émotivement. » Il fronce les sourcils : « Ça marchait pour les proto-Rêveurs des groupes. Et ils étaient en participation directe. Ça devrait marcher encore mieux pour toi. »

Il reste un moment planté devant elle. D'un geste un peu raide, il lui effleure le bras, « Essaie de dormir », et tourne les talons.

Elle a tout juste la force de se déshabiller. Elle se glisse en sous-vêtements dans le lit froid, recroquevillée en chien de fusil, respire pendant un moment en dessous des draps, bouche ouverte, pour les réchauffer – le truc habituel des bivouacs en montagne. Puis elle se couche sur le dos, les mains croisées au niveau du plexus solaire comme le lui a montré Simon et elle commence à respirer plus lentement, en essayant de visualiser son souffle et de détendre ses muscles. Dedans... dehors... dedans... Et si le rêve revient ? Il en a de bonnes, Simon, “ essaie la relaxation dans le rêve ”, ce rêve-là ne s'est même pas annoncé, elle y a basculé tout d'un coup. S'est ramassée sur le débarcadère, eu de la chance de ne pas se faire mal. Et elle n'aurait pas eu le temps de faire les exercices, le type est apparu, la Mer a disparu, elle est tombée tout de suite, sans pouvoir rien faire, esclave de la vision.

Esclave. C'est vraiment ce qui l'attend, alors ? Une vie d'esclavage ? Elle sent tous ses muscles se nouer tandis que le mot rebondit dans son crâne, esclave, esclave. Que pourront-ils faire, les psis du Cercle, à Morgorod ? Pas empêcher les visions, ça c'est sûr. Les aménager. Même pas, lui apprendre à aménager sa vie pour les accommoder ! Lui apprendre à vivre handicapée !

Le bout de ses phalanges entrelacées lui fait mal, elle les serre trop fort. Handicapée. Et alors, tu ne serais pas la seule ! Et puis, ce n'est pas comme si tu devenais subitement aveugle, ou paraplégique – les variétés qui ne se soignent toujours pas avec les prothèses ou les greffes. Non, simplement des visions. À n'importe quelle heure du jour et de la nuit. Et impossible de comprendre ce qu'elle voit – à moins que cela ne fasse partie de ce que les psis peuvent vous apprendre au Cercle, comment interpréter les visions ? Faire la part de l'induit, des déformations personnelles et du reste ? Mais elle s'en moque, de comprendre les visions ! Elle n'a rien demandé ! Elle ne veut pas le savoir ! Un rire nerveux la saisit, qu'elle essaie de réprimer sans succès. *Elle ne veut pas le savoir.* “ À chacun ce qu'il veut savoir, à chacun ce qu'il peut savoir ”, la maxime des Enfants d'Iptit. Pour tout le monde sauf les Rêveurs, apparemment. Ou les proto-Rêveurs, ou les néo-, les para-... quelle étiquette, pour elle ? Au fait, y en a-t-il d'autres comme elle ? Devrait demander à Simon. Sont pourtant des enfants d'Iptit, les Rêveurs, comme les kvaazim – où a-t-elle entendu dire ça ? À la maison, sûrement. Non, ne pas penser à... trop tard. La maison. Qu'est-ce qu'ils diront ? Rien, bien sûr, mais si fort...

Elle se raidit tout d'un coup : quel jour est-on ? Elle a complètement perdu la notion du temps. On est... le 16 ? Le 17 Janvier ! Trois jours qu'elle devrait être à Morgorod. L'appartement de Cristobal libéré. Han'maï !

Elle n'a dit à personne où elle allait. La logeuse... a les coordonnées des parents d'Estéban pour les cas d'urgence. Disparue depuis trois jours. Ils ont dû prévenir Sanserrat. Vérifier avec Morgorod : pas descendue à la résidence étudiante où elle avait réservé une chambre, pas été s'inscrire. Et le rendez-vous, tiens, le rendez-vous pour le scan à l'hôpital de Morgorod, au fait, elle n'a jamais vérifié si le pneumatique de la confirmation était dans son courrier quand elle est rentrée chercher ses affaires avant de partir pour Sanserrat.

Elle se redresse dans le lit, catastrophée, il faut absolument qu'elle contacte ses parents, Polytech, sa logeuse...

Ses parents, au moins. D'abord. Polytech... Polytech, on peut se reprendre à la session de printemps. La logeuse, c'est le moins grave. Au pire, elle aura flanqué toutes les affaires dans des boîtes au sous-sol, le déménagement sera fait ! Mais contacter Sanserrat. Après la méridienne. Et elle paiera ce qu'il faudra, des pneus jusqu'à Nouvelle-Venise, y a-t-il un système de pneumatique sur la côte, ici ? Il doit au moins y avoir un télégraphe optique à Cap Sörensen. Sûrement, ou alors un ballon postal, ils ne sont quand même pas rétrogrades à ce point, ces Vieux-Colons... Ensuite, un message de Tourcom à Tourcom de Nouvelle-Venise à Cristobal, les Fukuda devraient le savoir au début de la soirée et ils feront le nécessaire pour prévenir Sanserrat. Ou bien, mais non, bien plus simple, aller directement au poste de police à Cap Sörensen, voir s'il y a un avis de recherche à son nom, leur dire "je suis là", et eux feront tout le nécessaire, et gratuitement !

Elle a trop chaud, elle rejette la couette – ça lui a fait piquer une suée, ce soudain rappel à la réalité. *C'est* la réalité ! Aussi. Aménager sa vie. Peut-être possible, après tout. Natli avait raison. Ne pas s'hypnotiser sur un avenir dont elle ne sait rien, à plus forte raison sur l'avenir qu'elle s'imaginait hier. Ne pas gémir sur un passé devenu obsolète. Voir quelles sont les options, ici et maintenant. Et les options, c'est Cap Sörensen tout à l'heure, Morgorod ensuite. Avec Simon, mais Morgorod quand même.

Non, ici et maintenant, tu devrais dormir, Taïriel.

Même plus la peine d'essayer encore les exercices, elle est bien trop énervée. La chimie est plus sûre, et plus rapide. Oh, zut ! les pilules sont dans le sac à dos. Laissé dans la cuisine.

Elle se lève, passe pantalon et pull-over, fourre ses pieds nus dans ses bottes et traverse en hâte la voûte d'entrée venteuse et froide pour pousser la porte de la cuisine. Le sac à dos est sur la table.

« Mais elle finira bien par l'apprendre, Simon ! Tu préfères que ce soit par le Cercle ? »

La voix de Guillaume Frontenac, en provenance de la pièce voisine. Taïriel se fige, une main sur le sac.

« Ils ne lui diront rien. Elle ne demandera rien. Elle ne sait rien et elle n'a pas besoin de savoir quoi que ce soit là-dessus.

— Si tu es réellement l'inducteur, ça ne peut pas ne pas sortir ! Et c'est à toi de le lui dire ! Tu n'as pas le droit de lui cacher la vérité, pas si elle fait ce genre de rêve-là !

— Tout peut être attribué à l'induction et à la déformation. »

Un claquement : quelqu'un vient de frapper la surface dure d'un meuble.

Taïriel s'approche de la porte en arceau qui sépare la cuisine de l'autre pièce. Ses bottes ne font pas de bruit. De toute façon, les deux hommes ne l'entendraient pas, ils parlent trop fort.

« Tu peux dire ça après la vision qu'elle a eue de toi, ce type en train de te faire Dieu sait quoi chez les Bordes ?

— C'est toi qui délires, Guillaume ! Je me suis débloqué tout seul en passant la Barrière, il ne s'est rien passé d'autre dans l'île. Et personne ne m'a jamais rien fait ! C'est une aberration génétique, arrivée en bout de course et c'est tout ! »

Frontenac est assis face à la porte, à l'extrémité la plus éloignée de la grande table qui occupe toute la longueur de la pièce, sans doute la salle à manger d'apparat. Devant le mur de gauche, entre deux fenêtres, près d'un grand poêle aux portes ouvertes et où flambe une brassée de bûches, Simon est tourné vers le vieil homme, le tisonnier à la main, vibrant de rage.

Guillaume Frontenac voit Taïriel en premier. Simon suit la direction de son regard. Reste un instant pétrifié. Puis avec un bref rictus douloureux, il se détourne pour fermer les portes du poêle et déposer le tisonnier. Et reste là, tête basse, les épaules arrondies, défait.

Taïriel s'appuie au chambranle de la porte, les bras croisés – elle n'est pas sûre que ses jambes la porteront jusqu'aux chaises, de l'autre côté de Simon. Elle n'est pas sûre de sa voix non plus, mais elle dit quand même : « Reprenons depuis le début ? » – et ça s'éraille et ça tremblote, mais elle s'en moque.

Personne ne parle et ne bouge pendant un moment. Puis, comme si son corps était de plomb, Simon se dirige vers le fond de la pièce et se laisse tomber dans une chaise en face de Frontenac.

Taïriel, à pas prudents, vient s'asseoir à son tour au long côté de la table, loin de Simon.

Il regarde ses mains posées devant lui, le visage contracté. Ses lèvres remuent en silence, puis il murmure : « Je n'ai pas vu Mathieu Janvier seulement dans la plaque du Rêve d'Oghim. »

Totalement prise au dépourvu, Taïriel répète : « Janvier ?

— Le vieil homme, dans ta vision, avec l'homme à la mallette, c'est moi. Chez les Bordes, dans le Sud-Est, en 102. Mathieu s'y trouvait aussi. J'allais mourir. J'ai... ressuscité. Pas la première fois. Je vis une vie, et puis je tombe dans une sorte de coma. Et après, c'est reparti pour un tour. Pas le seul mutant doué de longévité, Mathieu. Autrement, lui. Mais l'homme à la mallette, ton homme gris de tout à l'heure... jamais vu. Pas chez les Bordes, ni ailleurs. Seulement quand j'étais môme, au bord du lac, et dans la forêt... »

La voix hachée s'éteint de nouveau.

« Dans l'île, ajoute Frontenac.

— Pas dans l'île, proteste faiblement Simon. Rien dans l'île... aucuns souvenirs fiables. Tu as bien vu. Pareil pour mon père et Joseph. »

Taïriel pose les mains sur la table, bien à plat, en appuyant ; elle a besoin de toucher quelque chose de solide. Elle regarde Simon, puis Frontenac, dit d'une voix qu'elle entend trop aiguë : « Dans l'île ? »

Simon ne dit rien, affaissé dans sa chaise. Au bout d'un moment, Frontenac reprend à mi-voix : « Simon est déjà allé dans l'île. Avec son père et son frère. Samuel et Joseph Rossem. Pendant trois jours. Ils ont eu tous les trois des souvenirs assez différents de ce qui s'y est passé. »

Simon rompt soudain le silence, un murmure rauque. « Tellement bizarre, ces souvenirs. Une double, une triple vision... Laquelle était la bonne ? Au début, j'ai pensé, souvenirs implantés, mais par qui, par quoi, comment, pourquoi ? Tant qu'on ne savait pas d'où venait la Barrière, ce qu'elle était, facile de penser à un agent extérieur, n'importe quoi, le gouvernement, l'autre race de Shandaar... Et après, encore pire, ces résurrections à répétition... Et les plaques, et le sarcophage... Mais je ne pouvais jamais être sûr. Et je ne pouvais rien dire à personne ! »

Il adresse à Taïriel un regard implorant. Elle ne peut même pas détourner les yeux.

« Toutes mes hypothèses ont changé, après l'Ouverture », reprend Simon après un petit moment. Il parle de plus en plus vite, une digue a sauté. « Les souvenirs de l'île, ce pouvait être un effet secondaire de la Barrière, des images de l'île telle qu'elle était avant le déménagement, qui se seraient surimposées à l'île réelle, c'était *possible*, ça l'est toujours, Guillaume ! »

Taïriel avale sa salive. Son cerveau a plusieurs répliques de retard. Elle parvient enfin à dire presque à haute voix : « En... 102 ? Tu es né... avant l'Ouverture ? Avant Mathieu Janvier ? »

Simon se détourne, le visage convulsé.

« Bien avant », dit le vieux Frontenac, navré mais ferme. Puis, plus doucement : « Dis-lui, Simon. C'est toi qui dois le lui dire.

— Avant qu'il y ait des Janvier, souffle enfin Simon. En 21. Les Janvier descendent de mon frère Abraham. »

Le temps se déplie par saccades dans la mémoire de Taïriel. L'Ouverture, la fin de la Sécession, le règne des Fédéraux, et avant eux des Gris, avant, plus loin en arrière, l'organisation originelle de mutants clandestins qui ont gagné la première Indépendance contre la Terre, mais non, plus loin encore, le tout début de la mutation, avant même l'organisation... Une brusque illumination, mais c'est comme une bouée de secours de pouvoir s'accrocher même à un minuscule détail : « La Barrière éclipsée... c'était toi ?

— Oui. »

Une bûche s'effondre avec un choc sourd dans le poêle, Taïriel sursaute. Elle se sent flotter. Une fugue qui s'annonce ? Non, juste le choc. Normal. Elle se surprend à respirer selon le rythme des exercices de relaxation, ah tiens, l'entraînement commence à prendre... Devrais pas être si calme. Simon. Peux pas vraiment appréhender. Surdose d'informations. Simon a près de sept cents saisons. Intellectuellement, peux l'admettre. Pourquoi me raconterait-il une histoire pareille ? Ça le déchire. Le vieil homme, dans le rêve, c'était lui ? Oh, Simon...

Elle le dévisage – il ne la regarde pas, elle peut. La brosse drue des cheveux blancs à force d'être blonds, l'ossature accusée du visage, les yeux dérobés, cernés, ridés... L'image lisse de Samuel flotte devant elle, irréelle. Né en 21. Et un surtélep. Au tout début de la mutation. Sept cents saisons. Cela ne veut rien dire. Il a la trentaine, il a l'air d'avoir la trentaine !

Elle balbutie : « Rien n'était vrai, alors ? Ton grand-père, la progeria ?

— Je venais... de ressusciter, murmure la voix atone. Et la progeria, oui, c'est vrai. » Une ombre d'ironie : « Ma dernière vie. Fin de partie. »

Taïriel porte les mains à sa poitrine, s'appuie sur les côtes en se forçant à se redresser, à respirer – sa raison ne suit pas mais son corps croit, son corps a compris, son corps a mal pour Simon. Respire, Taïriel. Dedans, dehors. Pas devenir hystérique maintenant. Aimais mieux l'état de choc. Respire. Pense à Natli : " Ce qui est en notre pouvoir et ce qui ne l'est pas. " Simon, quel qu'il soit, tu n'y peux rien. Mais Simon dans tes visions...

« J'ai vraiment vu... le passé, alors ?

— Un souvenir », murmure Simon d'une voix étouffée. « Mathieu. Mathieu le jour où j'ai compris qu'il pouvait être l'Étranger vu par Oghim. Le reste... Des fantasmes, des reconstructions, les tiennes, les miennes, je ne sais pas. Je n'ai jamais vu cet homme chez les Bordes. Ni à la fin d'aucune de mes vies.

— Mais qui est-ce ? Un docteur de quand tu étais petit ?

— Non. Je pense l'avoir vu dans la forêt, j'avais des... absences. Et une fois au bord du lac.

— Des absences ? Comme moi ?

— Beaucoup plus longues. » Un soudain petit ricanement silencieux : « Plus tard, j'ai pensé que j'étais peut-être un proto-Rêveur avorté.

— Mais tu as longtemps cru que quelqu'un t'avait... » commence Frontenac.

« Plus maintenant ! coupe Simon avec un soubresaut d'énergie. Je suis seulement... une aberration de la mutation. Mathieu en est peut-être un autre exemple, la phase suivante de l'évolution pour cette variante. »

Taïriel regarde soudain Frontenac, les yeux écarquillés. Elle souffle : « Voilà pourquoi vous croyez... Ktulhudar, Simon et Mathieu Janvier ! »

Simon s'adosse dans sa chaise en se passant une main sur la figure : « Oh, Guillaume... », murmure-t-il avec lassitude.

« Mais ce n'est pas forcément la même mutation », dit Taïriel ; elle a soudain l'impression que son cerveau bouillonne. « Janvier est fixé à la quarantaine, il vieillit très lentement, ses cellules s'auto-régénèrent quand il est blessé. Simon vieillissait normalement et il rajeunissait et...

— Non », dit Simon.

Le silence qui suit a une qualité bizarre. Le vieux Frontenac regarde ses mains. Les traits de Simon se sont durcis. Il reprend posément : « Non, je ne rajeunis pas. J'avais soixante-seize saisons lors de... la première remise à jour. Toujours purement interne, la réjuvénation. C'est la première fois que... » Son calme s'émiette brusquement, il baisse la tête.

Après un moment, Frontenac murmure d'une voix un peu rauque : « C'est pour ça que j'ai failli ne pas le reconnaître, à Cap Sörensen. »

Taïriel n'ose pas regarder Simon. Pêle-mêle dans sa mémoire, les souvenirs de leur rencontre dans le Parc, de leurs promenades dans Cristobal. Et après. "La première fois comme ça depuis longtemps." La première fois. Comme ça. Depuis longtemps.

C'est Frontenac qui rompt le long silence, d'une voix embarrassée mais résolue : « La première vision de Taïriel, Simon. Ces caissons. Eylaï... Peut-être qu'elle aussi. Une remise à jour qui aurait mal tourné. L'animation suspendue, c'est la seule façon d'arrêter le processus... Tu as dû y penser ! »

Simon se redresse dans sa chaise avec un grand soupir : « Une technologie ignorée des Ranao, Guillaume, tu régresses à tes anciennes théories des Ékelli. Et tu te contredis : tu as dit toi-même que tes kvaazim n'auraient pas besoin de technologies de ce genre.

— Mais des longèves ! s'entête le vieil homme. Ils auraient pu inventer...

— Guillaume, l'interrompt Simon avec une ombre de sarcasme, j'ai vécu près de sept cents saisons, et je n'ai jamais rien inventé. » Il secoue la tête, indulgent et triste : « Non, Guillaume, tu prends tes désirs pour des réalités. Je comprends, moi aussi, autrefois. Si quelqu'un m'avait fait ça, quelqu'un pouvait le défaire. Mais non. J'ai abandonné cette hypothèse depuis longtemps. »

Taïriel baisse la tête : elle l'a bien senti elle-même en écoutant le vieil homme, ce soudain élan, ce désir de croire... Et elle comprend trop bien Simon. S'imaginer en marionnette dont on ne sait qui tire les fils, avec on ne sait quelles motivations... Quelle horreur ! Et quelle lâcheté, en fin de compte : “ Je suis une victime. ” Succomber à un sursaut aléatoire de l'univers, à un raté de la mutation qui échappe à tout contrôle, c'est autre chose. L'univers n'a pas d'intentions malignes, personne n'en est “ victime ”.

« Mais si tu n'y crois plus, pourquoi aurait-elle eu la seconde vision ? Ce type chez les Bordes, qui... Ça correspondrait bien avec des opérations de remise à jour. Si tu l'as rencontré, cet homme, si *ta mère* l'a rencontré...

— Des visions de proto-Rêveur ! s'exclame Simon avec impatience.

— Tu n'y crois pas une seconde, rétorque Frontenac, presque sévère. Il y a la sphère, quand même ! »

Taïriel s'accroche de nouveau au seul élément intelligible de leur échange : « La sphère de ton grand-père ? Celle que tu as démolie ?

— Tu l'as démolie ? » rugit Frontenac en se dressant à demi dans son siège.

Simon marmonne, sans le regarder : « Pas de mon grand-père. On me l'a donnée il y a longtemps. Avant l'Ouverture. »

Frontenac se laisse retomber dans sa chaise. « Tu l'as démolie, souffle-t-il. La seule preuve.

— Ce n'est pas une *preuve* ! » s'exclame Simon en frappant sur la table ; Taïriel sursaute. « Bertran pouvait être un surtélep appartenant à un groupe clandestin travaillant chez les Fédéraux, Dieu sait que je n'étais plus trop au courant à l'époque ! Et même, tiens, si tu veux, Bertran pouvait être un autre de tes fameux longèves, pour ce que j'en sais ! Il a pu trouver la sphère n'importe où, on découvrait constamment des artefacts à l'époque, après les dégâts de la guerre. S'il croyait aux mêmes théories que toi, c'est son problème ! » Sa voix monte. « Je n'allais pas me précipiter au Catalin au signal comme un bon chien-chien, non ? Je ne l'avais pas fait jusque-là, je n'allais pas commencer, bon sang ! »

Il reste un instant tendu vers Frontenac, livide, les poings serrés, puis il prend une grande inspiration et ferme les yeux en appuyant sa nuque contre le dossier haut de sa chaise.

Taïriel se sent redevenir flottante. Elle écarte plusieurs questions, choisit la plus concrète : « La sphère était une preuve ou pas de quoi ?

— Théories de Shandaar », laisse tomber Simon d'une voix atone, sans ouvrir les yeux. « Une autre race sur Virginia, très ancienne, peut-être des occupants de la Lune avant son irradiation, vivant dans le Catalin depuis des dizaines de millénaires. Ont installé les pylônes. Manipulé la mutation et les Ranao. Sont toujours là. Nous surveillent. Sa version des Ékelli, à l'époque.

— Shandaar aurait trouvé la sphère..., commence Frontenac

— ... une sphère..., rectifie Simon, toujours les yeux fermés.

— ... dans le temple d'Ékriltan. Avec une porte secrète menant dans un souterrain fermé par une infranchissable paroi métallique. La sphère était la clé de la paroi.

— Et comme par hasard il l'a perdue avec tout le reste de ses preuves, on n'a jamais trouvé sa porte secrète ni son souterrain, et on a fini par l'enfermer dans un asile, conclut Simon en se redressant. Tu es vraiment incorrigible, Guillaume. Je croyais que tu avais renoncé à cette théorie-là aussi. »

Le regard de Taïriel passe de l'un à l'autre, Frontenac obstiné, Simon las, mais vaguement amusé. « Tu n'es jamais allé vérifier ? » souffle-t-elle, incrédule.

Il hausse les épaules : « Depuis le début de la mutation, j'avais autre chose à faire que de caresser mes petites angoisses personnelles. Et ensuite, après l'Ouverture, il y avait assez de données pour tout expliquer de façon raisonnable. »

La réponse est venue juste un peu trop vite. Taïriel plisse les yeux : « Tu m'as dit... que c'était pour se rappeler la possibilité du choix. La sphère. Le choix de croire ou de ne pas croire ? Tu n'avais pas besoin de la démolir. »

Simon se tient très droit sur sa chaise, les mains croisées sur la table devant lui. « Non. Je l'ai démolie dans un mouvement de rage, si tu veux le savoir. Idiot mais humain. » Un sourire presque narquois se dessine sur ses lèvres : « De toute façon, si on voulait tellement que j'y aille, on m'ouvrirait même sans la clé, n'est-ce pas, Guillaume ?

– Ou tu l'as démolie parce que tu ne veux pas être obligé de croire », murmure le vieil homme sans détourner les yeux.

Le rictus sarcastique de Simon s'accentue : « Croire quoi ? Que j'ai été un rat de laboratoire pendant des siècles et que maintenant on se débarrasse du cobaye et on nettoie la cage ? Tu m'excuseras si je préfère mon interprétation ! » Il fait un effort visible pour se calmer : « De toute façon, j'avais l'intention d'aller faire un tour au Catalin, après l'île, par principe. Mais c'est plus important de s'occuper de Taïriel, maintenant. »

Frontenac émet un grognement étouffé, irrité ou sceptique. Taïriel proteste aussi : « J'ai le temps ! Il faut aller au Catalin pendant que tu le peux, Simon. Morgorod, le Cercle, ça peut attendre. Je ne suis peut-être même pas en train de me débloquer, c'est peut-être le symptôme d'autre chose ! On n'a pas fait les examens neurologiques...

– À plus forte raison, il faut que tu ailles te les faire faire tout de suite.

– Je n'ai pas besoin de toi pour ça. »

Simon fronce les sourcils : « Mais si tu es en train de te débloquer, je veux être là, tu auras besoin de moi.

– C'est un prétexte pour ne pas aller au Catalin ? » lance Taïriel excédée de ce nouvel accès de paternalisme.

« Et toi, c'est un prétexte pour ne pas aller au Cercle ! »

Elle ne sait que répliquer, reste toute raide à le regarder fixement.

Frontenac remarque, d'un ton faussement paisible : « Vous pourriez allez faire faire les examens à l'hôpital Hokasz, et en avoir le cœur net tout de suite. »

Taïriel sc tourne vers lui avec un élan de gratitude : « C'est l'hôpital de la région ?

— Oui, à l'extrême pointe nord-est du plateau des Deux Rivières. Ils pourront faire le scan et tout le reste, là-bas. Plus de deux mille mètres. »

Taïriel considère la possibilité, prend sa décision : « D'accord, mais Simon va au Catalin après les examens, quel que soit le résultat.

– Pas question, dit aussitôt Simon. Si tu es bien en train de te débloquer, de quelque manière que ce soit, c'est avec moi, et on va tous les deux à Morgorod. »

Il la dévisage d'un air buté. Elle pousse un grand soupir excédé. Il doit bien y avoir un moyen terme.

« Combien de temps ça te prendrait, au Catalin ? Qu'est-ce que tu voulais faire là-bas ? »

Un instant, elle croit qu'il ne va pas répondre, mais il consent : « Quelques jours à tout casser. Visiter Ékriltan. Et je pensais emprunter un moddex à Dalloway pour faire le tour de la montagne, vérifier si la fameuse plateforme de Shandaar est toujours invisible.

– La plate-forme ? » ne peut s'empêcher de répéter Taïriel.

Simon se lève brusquement : « Ah non, ça suffit. Je vais me reposer. Vous devriez en faire autant. Cet après-midi, on ira à Cap Sörensen et de là on prendra le train pour Hokasz. C'est tout. »

Il contourne la table et sort par la porte du fond, la claque presque ; Taïriel le sent s'éloigner dans la maison. Le vieux Frontenac n'a pas bougé. Elle ne sait pas si elle va être capable de bouger elle-même. Elle a le bout des doigts qui fourmille, la tête qui tourne un peu. Réaction, encore. Surdose après surdose. Plus envie de questionner. D'ailleurs le vieux Guillaume se lève lourdement : « Il a raison, marmonne-t-il, on ferait mieux d'aller dormir. »

Il se dirige vers la cuisine, et elle le suit. Son pas ralentit, pourtant, il s'arrête, regarde autour de lui : « C'était chez lui ici, vous savez, la maison des Rossem. Il l'a rachetée après l'Ouverture. Mais il ne l'a pas habitée avant le groupe. Seulement avec nous. Ensuite, on est allés tous les deux vivre à Nouvelle-Venise. »

Une lointaine curiosité pousse quand même Taïriel à demander : « Vous aviez quel âge ?

– Au début ? Trois, quatre saisons. Orphelin. Il m'a élevé. Le groupe, c'était plus tard. »

Elle prend son sac au pied du portemanteau : « Vous étiez au courant ? »

Le vieil homme vérifie la charge de bois de la cuisinière et se redresse avec un petit grognement d'effort : « Oui, mais toujours vaguement. Les détails sont venus petit à petit. Il est... Une remise à jour a eu lieu quand j'avais trente-deux saisons, j'étais là. Il m'en a dit davantage. Oh, il n'essaie plus de le cacher, mais... Et tous ceux qui sont au courant sont discrets aussi. Pas pour dissimuler à tout prix, vous savez. C'est pour lui. Pareil pour Janvier, de l'Autre Côté. »

Taïriel hoche machinalement la tête, elle comprend très bien, mais elle ne peut s'empêcher de remarquer : « Je n'aurais rien su si je n'avais pas surpris votre conversation. »

Frontenac la dévisage un moment, les yeux plissés : « Vous, c'est un peu particulier... Et puis, la situation est différente maintenant. » Son visage se brouille, sa voix devient un murmure : « Tout a changé. »

Ils passent sous la voûte d'entrée, Taïriel pousse la porte de sa chambre. Au dernier moment, elle se rappelle. « Guillaume ! »

Le vieil homme, qui commençait à s'éloigner en direction de la cour, se retourne. « Je devrai prévenir mes parents. Ils doivent se demander où je suis passée. Ce sera faisable, depuis Cap Sörensen, en urgence ? »

Frontenac sourit : « Oui, ne vous en faites pas. Simon s'en occupera. »

Dans l'après-midi, ils retournent à Cap Sörensen avec Guillaume Frontenac, qui s'occupera de revendre le bateau, la remorque et l'équipement – le camion tout-terrain lui appartient. Mais ils se rendent d'abord au poste de police de la ville. Il y a bel et bien un avis de recherche pour Taïriel. Elle montre son idicarte et ses papiers, explique sa situation, un peu embarrassée, à la policière à laquelle on les a envoyés. « J'ai pris l'initiative de contacter le Cercle de Nouvelle-Venise », dit Simon ; quelque chose passe entre lui et la jeune femme – sûrement une télep, les hékellin sont nombreux dans les services publics : la jeune femme se raidit, les yeux écarquillés, puis fronce les sourcils et marmonne : « Je vais vérifier. Ne bougez pas de là. » Elle sort en hâte.

« Qu'est-ce qui se passe ?

— Elle vérifie mon identité », dit Simon, en haussant un peu les épaules.

Une dizaine de minutes passent. Simon et Frontenac attendent, parfaitement détendus. Quand la jeune femme revient, elle a retrouvé son amabilité professionnelle et diligente ; mais elle évite de regarder Simon. Elle fait remplir un formulaire à Taïriel. « Puisque Ser Rossem s'en est occupé, votre famille sera notifiée cet après-midi même, ne vous en faites pas. »

Et ils ressortent, sans plus de formalités. Taïriel hésite entre la surprise et l'ironie : elle n'a pas l'habitude de penser en termes de hékellin – tout un autre monde invisible, qui double celui des gens ordinaires... Elle jette un regard à Guillaume, à Simon impassible, et ne peut s'empêcher de souligner : « Tu as contacté Nouvelle-Venise.

— C'est un cas d'urgence un peu particulier », réplique le vieux Guillaume, avec le plus parfait sérieux. « Normalement, on passe par le courrier, les optitels, les pneus ou les Tours, comme tout le monde. »

Simon ne fait pas de commentaire.

Le vieux Guillaume les accompagne à la gare, où ils prennent leurs billets pour Hokasz.

« Eh bien », dit-il d'une voix bourrue quand ils reviennent vers lui, « tu me tiendras au courant, Simon ? »

Simon hoche la tête en silence. Ils se dévisagent un instant. Ils hésitent tous les deux, puis Guillaume enveloppe Simon dans une étreinte d'ours, que Simon lui rend tant bien que mal. Puis Simon se dégage et s'éloigne, sac sur l'épaule. Le vieil homme le suit un moment du regard, puis se tourne vers Taïriel, l'embrasse à son tour en disant : « Tout ira bien, ne vous en faites pas.

— On va peut-être se revoir, dit Taïriel, surprise d'avoir la gorge serrée. Si on va au Catalin... »

Frontenac secoue la tête avec mélancolie : « Je ne supporte plus l'altitude. » Il regarde encore une fois dans la direction de Simon qui attend à l'entrée du passage menant aux quais, le dos tourné. « Prenez soin de lui », murmure-t-il encore d'une voix brouillée, puis il fait demi-tour et se dirige d'un pas lourd vers la sortie.

10

La voie ferrée grimpe en se tortillant vers le haut plateau, accrochée à des pentes d'abord masquées de sapins enneigés puis de plus en plus abruptes, de grands pans de falaise nue, granit bleu et rose, paragathe, avec de loin en loin la boule ronde d'un arbuste ou d'un buisson sous la neige, périlleusement accrochés dans des fentes. Une fois sur le haut plateau, à la surface assez chaotique si près du fossé d'effondrement de la Holodbolchoï, on serpente encore sous le ciel gris à travers les sapins zébrés parfois presque invisibles dans la blancheur environnante, sur laquelle flottent de grandes écharpes de brouillard. La chaîne des McKelloghs bouche tout l'horizon à l'est, indistincte, comme une masse de nuages aux formes bizarrement déchiquetées, tour à tour dérobée et révélée par les tournants de la voie. De la glace miroite ici et là sur des pans de falaise, parfois en plaques lisse, presque noire, parfois en amoncellements opaques et verdâtres, colonnes et piliers de cascades gelées. Taïriel croise les bras par réflexe en frissonnant, même si le wagon est parfaitement bien chauffé. Loin du répit des eaux tièdes du lac, c'est vraiment l'Hiver, ici.

Ils ont des places face à face au milieu du wagon. Personne dans les sièges voisins, ni de l'autre côté de l'allée. Hasard, ou bien même ainsi, au dernier moment, Simon s'est-il arrangé pour leur assurer une certaine tranquillité ? À peine assis, en tout cas, il a déplié la petite tablette, y a posé un livre et s'est mis à lire. Un autre livre. Combien en a-t-il dans ce gros sac ? Elle va devoir lui en demander un, ils en ont encore pour près de cinq heures de route. Elle le contemple, d'abord son reflet dans la vitre puis, comme il semble vraiment absorbé par sa lecture, sans se dissimuler. Mais elle se rappelle trop Samuel, c'est lui qu'elle voit encore sous la brosse sévère des cheveux blonds, sous les rides de ce visage anguleux. Elle essaie d'imaginer le temps passé, toutes ces Années, mais son esprit glisse, se dérobe, la durée ne veut rien dire, Samuel ou Simon, peu importe, toutes ses vies passées ne sont rien en comparaison de cette précieuse vie présente qui va s'achever trop tôt. Des questions... À peine si elle arrive à les formuler pour elle-même, comment pourrait-elle les lui poser à lui ? Il y en a tant, de toute façon, qu'elles s'écrasent sous leur propre avalanche.

Bercée par le mouvement du train, dans la chaleur qui émane du radiateur, elle ferme les yeux et se laisse aller à la somnolence. Si une absence frappe, ou un rêve, tant pis, on verra bien. Elle pourra toujours essayer de faire les exercices. Même si c'est encore un rêve-surprise. « Rêve », oui, elle préfère ce terme-là, en fin de compte. Avec l'induction et le reste, comment peut-on parler de " vision " ? Aucun moyen de savoir... Jamais eu de vision, en fait. Des souvenirs de Simon. Ou des fantasmes de Simon. Pas étonnant qu'elle ait rêvé de Ktulhudar et d'Eylaï. " Mon violon d'Ingres. " Ils ont toujours dû être importants pour lui, mais plus encore maintenant. Et Mathieu Janvier. Et l'homme du bord du lac. Toujours pas clair s'il est tombé dans la Mer ou s'il s'y est jeté, Simon...

Avec un soupir, elle rouvre les yeux : la dérive de ses pensées l'a trahie, la somnolence s'est dissipée. Elle s'accote à la fenêtre, contemple le défilé monotone des sapins zébrés et des affleurements de roc à travers le reflet immobile de Simon. Il s'est assis dans le sens de la marche. Elle tourne le dos à leur destination. Il a simplement désigné les sièges en disant « 27 et 28 A », et elle a choisi 27A. Symbolique ? Ah non, elle ne va pas se mettre à voir des symboles partout, maintenant ! Elle veut aller faire ces tests. Si elle a une tumeur au cerveau, elle veut le savoir. Enfin... oui, elle veut le savoir. Mais elle n'y croit pas. Elle n'y croit plus. Stupide : c'est toujours *possible*. Dénégation ? Qu'est-ce que tu préfères *réellement*, Taïriel ? Veux-tu être... une para-rêveuse, une pseudo-télépathe ? Non, et en quoi savoir ce que tu sais désormais de Simon y changerait-il quoi que ce soit ?

Elle se rend soudain compte qu'il ne tourne pas très souvent les pages. En fait, il n'a pas bougé depuis un bon moment. Son cœur se serre. Elle ferme les yeux à nouveau, submergée par une vague de chagrin impuissant.

Les rouvre avec un sentiment désagréable de discontinuité, comprend en voyant par la fenêtre la perspective transformée du paysage qu'elle a eu une absence – sans avertissement, encore ? Elle ne va même plus pouvoir s'y préparer, maintenant ?

Et elle se trouve devant un grand édifice semi-circulaire, adossé à une falaise écarlate. C'est le Printemps, des plaques de neige sont encore visibles au sol, comme de petits amoncellements en train de fondre le long de l'arcade couverte et de chaque côté des grandes portes voûtées qui s'ouvrent dans la circonférence du bâtiment. Mais il n'y en a pas trace sur la coupole qui le surmonte, apparemment constituée de blocs de verre à la transparence verdâtre ; elle est soutenue par des arcs de pierre dorée et des nervures concentriques de métal argenté. Personne. À l'angle de la lumière, il est très tôt le matin.

Elle a juste le temps de reconnaître l'endroit, pas celui d'amorcer les exercices de relaxation comme Simon l'avait suggéré. Et puis, avec un petit sursaut, elle voit de nouveau le paysage qui défile, encore différent, et dans la vitre le reflet de Simon qui a levé les yeux et l'observe, patient.

Avec un soupir, elle fouille dans son sac à la recherche d'une barre nutritive – il faudra qu'elle se réapprovisionne à Hokasz, il ne lui en reste plus que deux. Après quelques bouchées, elle demande : « Étais-tu en train de penser au Catalin, Simon ? J'ai vu le Relais. »

Il hausse un peu les sourcils, et elle précise : « Juste ça. Le Relais, le matin, au Printemps. Pas un chat, pas une voiture, rien. Mais habité, la neige était dégagée. »

Simon réfléchit un moment : « J'y pensais tout à l'heure, dit-il enfin. Mais les pensées conscientes de l'inducteur n'entrent pas nécessairement en jeu. Tu as déjà vu le Relais ? »

Elle hoche la tête : « Dans des brochures touristiques. » Quand elle rêvassait, adolescente, aux expéditions qu'elle ferait un jour en haute montagne. Qu'elle ne fera sans doute jamais, maintenant.

« En tout cas, dit-elle, morose, il n'y a pas eu d'avertissement. Une absence, sans avertissement non plus, et presque tout de suite après, cette image. »

Simon s'accoude sur la petite tablette : « Tout de suite... C'est la première fois, ce genre d'enchaînement ?

— À ce que je sache. »

Il marmonne, les sourcils un peu froncés : « De plus en plus atypique. »

Taïriel s'enfonce dans son siège, les bras croisés. Eh bien, c'est gai ! Comme pour la rassurer, il ajoute : « Mais ça finira par se stabiliser, sûrement.

— Si c'est bien un déblocage, tu veux dire.

— Bien entendu. »

Y croit-il, lui, à la possibilité que ce n'en soit pas un ? Mais elle demande plutôt, après un petit silence : « Me parlerais-tu du fameux Shandaar et de ses théories, maintenant, Simon ? C'est bien le Shandaar qui a donné son nom au golfe et à la digue de la côte est, n'est-ce pas ? Et celui du musée de Nouvelle-Venise ? Pas exactement n'importe qui. »

Elle croit un moment qu'il va l'ignorer, mais finalement, il soupire : « Tout le monde peut se tromper. »

Il referme son livre, le tient un moment entre ses deux mains à plat, les yeux baissés. « Que sais-tu des pylônes ?

— Réseau de surveillance de la mutation, installés par les anciens Ranao », dit aussitôt Taïriel.

À son expression, elle s'attendait à ce qu'il proteste encore " C'est tout ? " mais il enchaîne plutôt : « Non, ça, c'est l'interprétation remaniée des Ranao pour aller de pair avec leur réinterprétation des Ékelli en créatures extraterrestres. Les pylônes sont bien plus anciens que la mutation. On en trouve dans des peintures rupestres, ou représentés par des objets votifs datant d'une centaine de milliers de saisons. C'était le symbole religieux d'une civilisation préhistorique qui a essaimé sur tout le continent. On a trouvé des traces de ses monuments mégalithiques un peu partout.

— La religion des Ékelli », fait Taïriel en fronçant le nez.

Simon ébauche un petit sourire : « Des divinités archaïques qui ont donné naissance au mythe des Ékelli, oui. Mais, selon Shandaar, les pylônes seraient encore plus anciens, et installés par une autre race que les Ranao. Ils suivent un plan en spirale à pas constant, dont le foyer se trouve au Catalin. Il en manque dans l'alignement. Ces trous correspondraient à des mouvements tectoniques précédant de loin les premiers Ranao.

— Une spirale d'Archimède ? Préhistorique ?

— Préhistorique n'a jamais voulu dire stupide. Les sites mégalithiques sont aussi répartis le long de cette spirale. Il est vraisemblable que les premicrs pylônes étaient des stèles en pierre. »

Il s'adosse dans son siège, comme s'il attendait un commentaire, mais elle ne dit rien et il poursuit : « Il est très difficile d'attribuer une date fiable aux pylônes actuels. Il y a bel et bien eu des mouvements tectoniques – moins anciens que les hypothèses de Shandaar, mais qui ont créé des trous dans le réseau. Et surtout, les sols ont été bouleversés en de nombreux endroits quand ont eu lieu les Grands Travaux : on n'a pas seulement réaménagé les zones côtières... Les sols ont également été perturbés avant, quand les Ranao ont doublé les pylônes en pierre de psirid archaïque, et après, systématiquement, quand ils ont remplacé les pylônes en pierre par des pylônes entièrement faits de psirid, il y a environ quatre mille deux cents saisons, au moment où ils ont compris comment se servir de la Mer pour rendre le procédé d'imprégnation vraiment efficace. » Il a une petite moue indulgente : « Ce n'est pas ce que disent les Ranao, bien entendu. Les pylônes ont toujours été en métal incorruptible, *les Ékelli* les ont installés " au commencement du monde ", et *les Ékelli* ont demandé aux Ranao de les doubler de psirid. Ils font toujours participer les Ékelli à tous les événements importants de leur histoire, c'est une invocation-réflexe chez eux.

— Mais Shandaar ne le savait pas », murmure Taïriel, qui commence à voir où il veut en venir.

« Non. Il a été extrêmement perspicace compte tenu des données en sa possession : c'est lui qui a décelé l'agencement en spirale des pylônes. Il en a déduit leur ancienneté – et il avait raison, puisque la spirale est préhistorique, plus d'une centaine de milliers de saisons. Mais la métallurgie du sirid chez les Ranao remonte à seulement treize mille saisons, on le savait déjà plus ou moins à l'époque. La non-concordance l'a fait dérailler, et pas dans la bonne direction : une race plus ancienne, disposant déjà de la capacité de fabriquer du sirid des milliers de saisons plus tôt. Par ailleurs, le bruit courait apparemment, à l'époque, qu'on avait découvert un pylône dans une mine, des couches datant de trois cent mille Années. Une rumeur. Et maintenant une rumeur de rumeur : impossible d'en trouver même la source. Le pylône, bien sûr, personne ne l'a jamais vu. Ça a dû être l'élément décisif pour lui. »

Taïriel hoche la tête. Shandaar était prisonnier de son époque, encore plus que Ralström : pas sa faute. Il ne savait rien de la mutation ni de l'histoire des Ranao. La Barrière et les Grands Travaux, la Mer et la disparition des Anciens étaient des mystères pour lui. Assez raisonnable somme toute d'imaginer une autre race à l'œuvre, dotée d'une autre technologie... Les premiers colons se voyaient comme des " extraterrestres " eux-mêmes, alors pourquoi pas une autre race que les Ranao ? Les Ranao en ont bien fait autant avec leurs Ékelli quand ils ont découvert l'existence d'autres races intelligentes par l'intermédiaire des Rêveurs.

Simon s'est accoudé, la joue sur le poing, et regarde par la fenêtre.

« Et le reste ? » insiste Taïriel.

Il la regarde, sourcils arqués.

« Le souterrain à Ékriltan, la sphère. »

Il dit « Oh », d'un air à la fois ironique et résigné, croise les bras : « Tu en sais l'essentiel. Quelques Années avant sa mort, Shandaar a fait une expédition au Catalin, ou plutôt à Ékriltan, la ville-temple bâtie au pied du Catalin. Il y aurait découvert une sphère identique à celle que tu as vue et, grâce à un tremblement de terre providentiel, le chemin d'une caverne creusée à l'intérieur du Catalin, avec plate-forme d'accès extérieur, à flanc de montagne, près du sommet. Quand il est revenu avec des agents du gouvernement, il n'y avait plus rien, ni souterrain ni plate-forme, et il a été enfermé dans un asile parce qu'il était tout simplement devenu sénile. D'ailleurs, il s'en est échappé par la suite pour essayer de passer avec la Mer. »

Taïriel fronce les sourcils en se rappelant de vagues souvenirs de cours d'histoire: « Mais il est bel et bien passé.

— En se droguant avec de l'hibernine, pour se plonger dans un coma à répétition auquel il n'a survécu que trois jours de l'Autre Côté. Ce qui ne me paraît pas le summum de la santé mentale. »

Simon s'étire, les mains entrelacées au-dessus de la tête, soupire : « Non, moi aussi, au début, et avant l'Ouverture, j'ai pensé que ce genre d'histoire pouvait avoir des fondements, même si ce n'était plus aussi que des rumeurs de rumeurs pieusement conservées dans les groupes les plus délirants d'amateurs de conspirations – le compte-rendu initial diffusé par Shandaar à propos de ses prétendues découvertes a disparu depuis longtemps. Je n'en ai retrouvé que quelques fragments... hypothétiques. J'ai pensé aussi que la mutation avait été manipulée, au début, par d'autres que les gouvernements de l'époque. Mais non: elle était latente chez les premiers colons, et un élément naturel de cette planète l'a activée et intensifiée, comme il en a été des Ranao eux-mêmes. Si on examine leur mythe des Ékelli, d'ailleurs, il dit que les Ékelli ont manipulé *la vie* sur la planète depuis le " commencement des temps ", pas la mutation... Qu'ils la *surveillent*, et non qu'ils la dirigent. »

Taïriel essaie d'imaginer ce que dirait Guillaume Frontenac: « Ce n'est pas bizarre, pour des dieux, cette limitation ? Ça n'appuierait pas l'hypothèse de leur réalité ? »

Simon sourit, un peu narquois: « Hananai est devenue la seule divinité avant même qu'ils aient été réinterprétés en extraterrestres. Ce serait un sacrilège d'attribuer la mutation aux Ékelli, Taïriel. »

Soudain, sans discrétion, l'estomac de Taïriel se rappelle à son souvenir, et elle se hâte de revenir à sa barre nutritive.

« Ils leur attribuent quand même la manipulation de la vie, à leurs extraterrestres », dit-elle à travers la première bouchée.

Le sourire de Simon ne change pas : « Mais ils ne l'ont pas *créée*, Tiri. »

Elle continue à mâcher en silence ; chocolat et amandes, il faudra essayer d'autres sortes de barres, elle se lassera vite de ce goût-là. Mais elle a encore faim quand elle a terminé. Elle va chercher la dernière barre, mord dedans. Simon se lève pour ouvrir son sac dans le porte-bagages, en sort un thermos et le lui tend. Eau minérale. Il pense vraiment à tout.

« Mais quand même, murmure-t-elle au bout d'un moment, tu n'as jamais essayé d'y aller. » Elle se rend compte qu'elle va dire " moi, à ta place ", se mord les lèvres.

Simon se rassied, croise les mains sur la tablette devant lui. « Je ne savais rien au début, dit-il, avec une indulgence lasse. Simplement qu'une mutation était en train d'avoir lieu, qu'elle semblait s'être déclenchée d'une façon étrange, qu'il fallait se cacher. Il y avait des hypothèses incontournables, le gouvernement, des recherches secrètes... Et il fallait s'occuper des autres comme nous, c'était la priorité. C'est seulement après ma première remise à jour que j'ai vraiment commencé à me poser des questions. Mais il n'y avait pas de réponses satisfaisantes, juste des éléments disparates. Et davantage de questions. » Il relève les yeux, la regarde bien en face : « Je serais devenu fou, Tiri. Je n'avais pas envie de devenir fou. Et il y avait réellement tant de choses à faire... » Un petit rire silencieux le secoue : « Je dois avoir un instinct de survie particulièrement puissant, reprend-il plus bas. Je n'ai jamais essayé de me tuer, par exemple. À l'époque, je me disais que ça "leur" ferait trop plaisir. Mais j'ai dû abandonner l'idée qu'on me manipulait, surtout après l'Ouverture. Non sans regret, crois-moi. J'aurais préféré penser qu'il y avait une intention derrière ce qui m'arrivait. »

Taïriel le regarde, surprise ; elle s'est trompée sur lui, alors ? Elle ne peut se retenir de remarquer : « Vraiment ? Moi, c'est l'inverse...

— Ça changera peut-être, Tiri. »

Sa voix est un peu triste, un peu amusée. C'est bien la première fois qu'il lui fait le coup du " tu es jeune ", même déguisé. Elle s'obstine, un peu vexée : « Mais pendant tout ce temps, jamais, jamais tu n'as eu l'occasion d'aller voir ? Tu ne voulais pas y aller. C'est comme la sphère, tu l'as démolie pour ne pas être tenté de t'en servir. »

Il ne se démonte pas : « On a toujours plus d'une raison de faire quelque chose. Quelquefois, je n'avais pas le temps. D'autres fois, je m'arrangeais pour ne pas avoir le temps. Ou je décidais que ça ne servait à rien. Ou encore que je ne " leur " donnerais pas cette satisfaction, si c'était ce qu'" ils " voulaient... Ça dépendait des vies. »

Après un petit silence, Taïriel demande : « Et maintenant ?

— Maintenant, je préférerais m'occuper de toi. » Il lève une main pour arrêter sa protestation. « Maintenant, je n'ai réellement plus de temps, Tiri, et il me paraît un peu absurde de le consacrer à chercher une réponse en laquelle je ne crois pas. Je préférerais faire quelque chose d'utile. » Sa voix n'était pas triste, mais elle s'alourdit d'une soudaine ironie : « La force de l'habitude, peut-être. Me mêler de ce qui ne me regarde pas forcément, c'est sans doute la seule façon que j'aie trouvée de justifier mon existence. Mes existences. »

Taïriel murmure enfin : « Jamais rien trouvé d'autre ? »

Simon la dévisage, le regard lointain, fait une petite moue : « Ça aussi, ça dépendait des vies », concède-t-il enfin ; serait-il en veine de confidences, tout d'un coup ? Et elle, serait-elle capable de les entendre ? Elle se force à ne pas détourner les yeux, mais il ne semble pas s'être rendu compte de son flottement. Il poursuit : « Parfois, c'était la connaissance, apprendre, comprendre. J'ai passé des vies à étudier les plaques, les informations dont on pouvait disposer sur les Anciens, les sciences nécessaires pour interpréter ces informations... Et puis je finissais par reprendre le collier, par choix ou par accident. Pas beaucoup de positions possibles pour un être humain, et jusqu'à nouvel ordre, je suis toujours humain. Solitaire, solidaire, et le balancement entre les deux. On a beau connaître, on ne *sait* pas forcément. Et la sagesse... » Il secoue la tête avec mélancolie.

Après tout ce temps, il ne se pense ni savant ni sage ? Mais elle n'ose pas le dire tout haut.

Il doit voir son expression, cependant, il devine – ce ne doit pas être la première fois qu'il a ce genre de conversation, se dit-elle avec un petit tressaillement intérieur ; il sourit, sans amertume : « La sagesse ne progresse pas de façon linéaire, désolé, Tiri. Ce n'est pas une fonction du temps, ni même des expériences accumulées. Ce serait trop facile. Tu te rappelles, ton matériau à mémoire ? On peut évoluer, mais dans des limites fixées à l'avance ? Pareil pour moi. Et je ne dispose pas d'une mémoire totale et permanente – heureusement. Je l'ai beaucoup développée, dans certaines vies. Et j'ai toujours conservé aussi des notes, des documents, des journaux personnels. Mais j'oublie, comme tout le monde. J'essaie de ne pas oublier les choses importantes, mais en définitive il n'y en a pas tellement, en ce qui concerne la sagesse. » Son visage s'assombrit un peu. « Et il faut toujours les réapprendre, semble-t-il. »

Le silence se prolonge. Taïriel se penche et lui effleure la main : « Solidaire, alors », dit-elle avec défi, avec anxiété, avec obstination.

Simon la dévisage, puis il lui prend la main et la presse contre ses lèvres.

Quand il la lâche, ils restent un instant les yeux dans les yeux. Elle rompt le contact et demande, assez contente de son intonation juste assez désinvolte : « Tu aurais un bouquin à me prêter ? »

On les fait passer très vite, le lendemain matin, à l'hôpital, lorsque Simon explique de quoi il retourne. Et ils ont les résultats presque tout de suite : négatifs ou, plutôt, normaux. Pas de tumeur, pas de condition épileptique, absolument rien. La jeune docteure venue leur présenter les résultats ne fait pas de commentaires, mais Taïriel le peut à sa place : pendant le reste du voyage et la nuit à l'hôtel du complexe hospitalier où ils ont pris des chambres, elle a encore eu trois absences – dont une seule avec avertissement – et de nouveau le rêve, ou la vision, du Relais du Catalin. Elle se tourne vers Simon, avec un calme qui l'étonne un peu quand même : « D'accord, je suis en train de me débloquer. »

Simon hoche la tête ; il semble soulagé. Elle, elle n'est pas trop sûre. Mais au moins, maintenant, elle sait à quoi s'en tenir. Ou presque.

Ils se rendent dans une des cafétérias du complexe pour faire la collation de mi-matinée. Taïriel s'assied à une table proche des grandes baies vitrée ; Simon s'installe en face d'elle. Il n'a pas pris grand-chose non plus. Elle regarde un moment le paysage enneigé du plateau qui s'étend en contrebas du complexe – on a encore un peu aidé la nature en édifiant une petite colline artificielle, comme on l'a fait pour les complexes hospitaliers du massif de la Tête près de Cristobal afin qu'ils dépassent les deux mille mètres fatidiques. Puis elle contemple Simon, qui incise avec application la pelure de son orange, d'un pôle à l'autre. « Je suis en train de me débloquer, bon. Mais en quoi ? »

Il commence à soulever avec soin la peau grumeleuse, suscitant des petites explosions de fines gouttelettes parfumées : « En télépathe par mono-induction ponctuelle, c'est l'hypothèse la plus vraisemblable pour le moment, qui ne préjuge pas d'autres développements possibles. Tes inductions sont longues et détaillées, quoique fortement colorées par ta psyché, et la mienne, ce qui est compatible avec ce que nous savons des proto-Rêveurs, mais il est trop tôt pour en décider. »

Taïriel prend un des quartiers de peau, le roule sous son nez – elle a toujours adoré l'odeur des oranges. « Et maintenant, dit-elle, tu vas au Catalin. »

Elle a pris sa décision.

Les mains de Simon s'immobilisent. « Non, on va à Morgorod, au Cercle, tous les deux. »

Taïriel commence à découper en spirale la peau de sa propre orange. « Et on fera quoi, exactement au Cercle ?

— On t'apprendra à contrôler tes absences, dit-il d'une voix posée, les moments où ont lieu les inductions, et jusqu'à un certain point les inductions elles-mêmes.

— Certes, mais surtout, on me flanquera des électrodes et des senseurs en permanence pour savoir ce qui se passe quand j'ai des absence et des " inductions ", et à toi aussi. On essaiera de reconstituer un groupe autour de nous, aux membres duquel on flanquera des électrodes, *idem*. On nous fera des examens, des analyses, des tests constants. On aura des psychologues sur le dos pour essayer de déterminer ce qui peut être induit, mes déformations, les tiennes, et l'éventuel résidu de vraie vision. Et ça prendra des semaines, des Mois, des saisons. Et pendant ce temps... » Elle dépose la spirale de peau odorante dans son plateau, relève la tête pour regarder Simon bien en face. « Tu vieilliras. Non, Simon. Le seul endroit où je veux bien aller avec toi, c'est au Catalin, à Ékriltan. Ou alors tu y vas tout seul, mais tu ne resteras pas coincé avec moi à Morgorod. »

Simon laisse tomber son couteau : « Je ne serai pas " coincé " ! » Il baisse la voix, son éclat a fait tourner quelques têtes : « Je m'en moque, du Catalin ! »

Elle le regarde avec patience. Il finit par détourner les yeux et se met à peler le reste de son orange avec les doigts, l'air buté.

« Simon, en toute honnêteté, y a-t-il quelque chose que les psis du Cercle pourraient m'apprendre à faire pour contrôler les absences et tout le reste, et que tu ne pourrais pas m'apprendre ? »

Il éventre son orange avec une énergie superflue, concède enfin : « Non. Ils utiliseraient la rétroaction biologique pour t'aider à apprendre plus vite au début, mais c'est tout. »

Elle se penche un peu vers lui au-dessus de la table : « Alors, allons à Ékriltan. Tu auras bien le loisir de continuer à m'enseigner d'autres rudiments, n'est-ce pas ? »

Il sépare le premier quartier en tranches, tressaille quand du jus lui gicle dans la figure, marmonne à regret : « Sans doute. »

Elle retient un petit sourire, se carre sur sa chaise et se met à peler avec soin les fragments de peau blanche qui adhèrent encore à sa propre orange à la rondeur intacte. « Après, on verra où on en est, aussi bien toi que moi. Une chose à la fois. »

Après un moment, un bref petit rire étouffé de Simon lui fait relever les yeux. Il la regarde en secouant la tête, à la fois incrédule et amusé.

« Et si tu as plus d'une raison de ne pas vouloir aller au Catalin, Simon », enchaîne-t-elle avec dignité, sans se laisser contaminer par son amusement, « je sais parfaitement bien aussi que j'ai plus d'une raison de ne pas vouloir aller à Morgorod tout de suite. » Elle n'a soudain plus du tout envie de sourire et conclut, presque sévère : « Mais la raison principale, c'est que j'ai le temps, et pas toi. »

Simon la dévisage un moment en silence, calculateur, indulgent, elle ne sait. « Tu as décidé de faire mon bien malgré moi, Tiri ? »

Un peu prise au dépourvu, mais résolue, elle ouvre à son tour son orange et s'en met une tranche dans la bouche, savourant l'éclatement à la fois doux et piquant du jus entre sa langue et son palais : « Rien ne t'oblige à accepter. Tu as le choix, Simon. »

Il répète, un peu perplexe : « Le choix. »

Taïriel hésite une fraction de seconde puis elle se risque, avec une amorce de sourire : « Tu n'as plus la sphère. »

Il reste un instant pétrifié, puis il se renverse dans sa chaise en éclatant d'un rire franc.

Soulagée, elle lui tend une tranche de son orange.

TROISIÈME PARTIE

11

Ils ne retournent pas à Nouvelle-Venise s'équiper pour la haute montagne – Ékriltan se trouve à trois mille deux cents mètres : il y aura le minimum nécessaire au Relais, si besoin est.

« Mais si on fait de l'escalade ? » demande Taïriel.

Simon hausse les épaules avec un sourire amusé : « Je n'ai pas du tout l'intention de faire de l'escalade, Tiri ! »

Elle notifie ses parents une fois de plus, mais par les voies habituelles : elle envoie du complexe hospitalier un message à la Tourcom de Cristobal, qui se chargera d'acheminer. Ensuite, vers le milieu de la matinée, ils reprennent le train en direction du sud, dans un compartiment couchette, car ils feront la méridienne à bord : ils en ont pour huit heures de voyage. La voie principale continue à suivre le plateau des Deux Rivières, toujours aussi accidenté, mais leur train bifurque pour continuer plein est et franchir le canyon de la Holodbolchoï par l'impressionnant viaduc de Saut-du-Fou ; le canyon est plus étroit ici que dans la partie inférieure de la rivière, mais c'est quand même près de six cents mètres d'arches dentelées au-dessus d'un à-pic de huit cents mètres – et en s'écrasant le nez contre la vitre, on peut à peine distinguer les rapides écumants, tout au fond. La voie s'arrête à Saut-du-Fou; ils louent une voiture et continuent par la route, droit sur les McKelloghs et le col Alban qui donne accès au massif du Catalin. C'est une route des Anciens, à une seule voie mais bien dégagée par les chasse-neige. Ils devraient arriver à destination vers l'heure du souper. La nuit tombera deux heures après leur départ, mais le temps est dégagé, et ils ont décidé d'un commun accord de ne pas coucher à Saut-du-Fou.

Taïriel contemple le paysage. Elle se sent un peu oppressée par l'altitude, depuis qu'ils sont passés à deux mille mètres, et le train a rarement quitté cette altitude depuis Hokasz ; maintenant, ils grimpent, lentement mais sûrement. Est-ce le manque d'oxygénation ou la chaleur confortable du véhicule ? Elle se sent tout ensommeillée... Elle se redresse brusquement quand la pensée la traverse: «Eh, pas d'absence ni de rêve depuis la nuit dernière !

— Il y a quelquefois une période de latence chez les Rêveurs Ranao après la première explosion de visions, remarque Simon. Peut-être devrions-nous davantage tenir du compte du fait que tu es une halatnim, sinon pour la nature de ton déblocage du moins pour certaines de ses modalités. »

Elle se blottit de nouveau dans son coin, les deux mains passées dans la ceinture de sécurité en travers de sa poitrine. Elle a proposé à Simon de conduire en alternance, mais il a refusé : « Quatre heures de route, j'en suis encore capable. » C'était dit sans impatience, plutôt avec amusement, et elle n'a pas insisté. Elle se laisse bercer par le ronronnement du moteur, le défilé des sapins et des pans de rocs enneigés. Personne sur la route. On se rend rarement au Catalin en cette saison. Royaume de neige et de glace, de plus en plus majestueux et escarpé à mesure qu'on monte. Dans le lointain bleuté, on distinguerait presque le serpent du Grand Glacier; au sud monte, trait gris sur le ciel blanc, la fumée du Mattapié, un des volcans en activité dans la région.

Il fait nuit, même avec la lueur fantomatique de la neige dans les phares, quand ils arrivent au Relais du Catalin, à deux mille huit cents mètres d'altitude. Vu du terre-plein où ils stationnent la voiture, c'est simplement un dôme en briques de verre d'une quarantaine de mètres de diamètre, vaguement illuminé de l'intérieur entre les nervures sombres de son armature, au pied d'une paroi abrupte qui se perd dans l'obscurité : le Relais proprement dit se trouve entièrement en sous-sol. Il fait froid au sortir du havre de la voiture, un vent du nord glacial souffle par rafales. Taïriel se hâte vers l'entrée derrière Simon. Si elle ne se sentait aussi poussive, elle se réjouirait de voir se confirmer l'hypothèse de la période de latence : le voyage a été absolument dénué d'incident, pas une absence, pas la moindre petite miette de vision. Mais elle a beau savoir que c'est l'altitude, elle se sent angoissée, à chercher comme elle le fait son souffle sans jamais réussir à le trouver. Ils prennent deux chambres, mangent rapidement et vont se coucher.

Le lendemain matin, après un sommeil d'une merveilleuse banalité, sans rêve ni rêve ordinaire, mais qui a duré fort longtemps, Taïriel se hâte d'aller déjeuner. Elle suit les flèches vers la seule salle à manger ouverte en cette saison – le Relais est en régime d'Hiver, et pratiquement désert, mais il est de taille plus que respectable : une centaine de chambres. Petites, mais confortables, avec au plafond une coupole en briques de verre qui affleure à la surface et par où entre plus ou moins le jour. On a gardé intactes la disposition des lieux comme l'architecture ancienne. Beaucoup de pierre dorée, comme partout dans le Nord. Mais il y a un chauffage d'appoint, une fournaise centrale, des tubulures d'eau chaude dans les planchers. Même ainsi, les couvertures et la douillette n'étaient pas de trop.

Taïriel rate une flèche et se retrouve devant une rampe menant à l'extérieur – or la salle à manger, comme tout le reste, se trouve au sous-sol. Elle poursuit son chemin quand même, curieuse, émerge sous la voûte de la large esplanade couverte qui encercle le dôme. Elle trotte jusqu'à l'entrée en s'entourant de ses bras. Belle falaise écarlate et grise derrière le terre-plein, une escalade intéressante. Quatre voitures, la leur et celles du Relais ; dans un coin, sur un carré d'atterrissage, la forme bâchée d'un hélijet. À l'est, le terrain est relativement plan – c'est la fin du col Alban – puis il s'élève peu à peu ; la blancheur environnante dérobe le relief, mais on distingue quand même la ville-temple à l'est – quatre cents mètres plus haut que le Relais, mais à trente kilomètres de distance, c'est seulement une colline aplatie trop régulière dans le lointain. Une route aux lacets paresseux serpente dans sa direction. Le massif du Catalin emplit tout l'horizon derrière la ville-temple mais, à neuf mille mètres d'altitude, le sommet du Catalin proprement dit est invisible depuis l'esplanade du Relais.

Taïriel frigorifiée redescend au sous-sol et suit odeurs de nourriture et bruits de conversations jusqu'à la salle à manger. Rapetissée par des cloisons mobiles, celle-ci donne sur un grand jardin intérieur qui occupe tout l'espace couvert par le dôme : arbres, arbustes, buissons, fleurs, parfums de verdure, humidité tiède et chants d'oiseaux un peu surprenants dans la lumière quand même atténuée. Tous adaptés aux conditions particulières de leur environnement, bien entendu. Les trois arbres-à-eau, la variété de taille moyenne, sont d'un âge respectable, et sans doute les seuls locataires d'origine : les Ranao ont dû défaire ce jardin lors de leur départ ; malgré tous leurs talents biotechnologiques, il ne se serait pas conservé sans surveillance humaine pendant des centaines de saisons.

Simon a choisi une table proche du jardin. Quand elle arrive, il pousse vers elle une petite pile de brochures, avec sur le dessus un dépliant représentant le temple d'Ékriltan. « Lectures édifiantes », dit-il d'un air entendu. Elle a trop faim, elle regardera les brochures ensuite. Elle va se servir au buffet.

La salle est presque vide. Pas d'alpinistes en cette saison, même pour les sommets voisins plus accessibles comme au sud-ouest du Catalin le Chéops, pyramidal, à quatre mille cinq cents mètres, la Couronne à six mille mètres, et l'Escalier, au sud-est, à sept mille cinq cents mètres ; les audacieux qui veulent y tenter des expéditions d'Hiver, surtout sur le Chéops et la Couronne, le font pendant la semaine du Retour de la Mer : la modification des patterns climatiques dus au Vent du Retour assure une dizaine de jours de temps dégagé sur cette partie des McKelloghs surnommée, pour de bonnes raisons, les monts des Tempêtes. S'il y a eu des groupes la semaine dernière, ils sont déjà repartis. Le Catalin, personne n'en tente l'ascension en plein Hiver. Une demi-douzaine de personnes sont en train de déjeuner ensemble à une table, de toute évidence des employés du Relais. D'autres s'affairent dans la cuisine. Ils ne doivent pas être plus d'une douzaine en tout.

Quelqu'un est entré pendant qu'elle se servait, et parle avec Simon. Un homme, jeune, de haute taille, un halatnim sûrement récent, aux traits ranao encore très accentués. Taïriel revient à la table, curieuse. Le jeune homme se retourne vers elle en suivant le regard de Simon, tandis que celui-ci le présente : « Ankit Alériu Stolàdan, un des gardiens d'Ékriltan.

— Taïriel Kudasaï », dit le jeune homme en lui tendant les mains avec un respect qui la laisse d'abord perplexe, puis elle comprend et lui rend son salut avec un soupir intérieur – petite-fille de passeur, et descendante des Passeurs avec majuscule, Mathieu Janvier, Lian Flaherty ; ce type doit être un dânan, arrivé avec la Mer depuis pas très longtemps... Elle s'assied et plonge dans ses œufs brouillés. L'autre reste debout et conclut sa conversation avec Simon : « Vous pouvez venir quand vous voudrez, ce sera ouvert pour vous. Prévenez-nous un peu à l'avance, c'est tout. »

Puis, sans plus de cérémonie, il s'incline un peu et tourne les talons.

Taïriel hausse les sourcils : « Tu les as prévenus que nous arrivions ? Ils ont des téleps ?

– Oui, le site est fermé, en cette saison. Et oui, bien sûr, il y a au moins un télep à Ékriltan comme au Relais, c'est indispensable. Mais j'ai téléphoné depuis Hokasz. »

Il la considère d'un œil amusé, un sourcil levé, et elle lui sourit en retour. Depuis leur conversation de la veille, à l'hôpital, il semble avoir suivi sa suggestion et choisi la voie de l'humour – politesse du désespoir, mais elle peut s'en accommoder, tant qu'il ne se raidit pas trop. Ils ne vont pas passer leur temps à se tordre les mains, ni l'un ni l'autre.

Sa première faim calmée, en égrenant sa grappe de raisins, Taïriel commence à feuilleter les brochures. Pas besoin de lectures édifiantes en ce qui concerne les sommets, elle est assez au courant ; mais le Relais en tant que lieu historique, elle connaît moins. Le seul détail qui lui est resté de brochures consultées lors de ses fantaisies d'escalade en haute montagne, c'est que les trois pics ont été nommés d'après leur aspect vu depuis le Relais par Wang Shandaar, aux temps héroïques de la Première Expédition ; il faisait partie du groupe d'exploration envoyé dans cette région juste avant l'arrivée catastrophique de la Mer. Il avait d'ailleurs aussi baptisé le Catalin – " le Géant " – mais on a changé ce nom ensuite pour celui du responsable du groupe.

Et le Relais n'est pas très éloigné d'une ancienne place forte rebelle datant de la Rébellion, dont le petit aéroport sert encore lorsque la Mer n'est pas là – les rebelles avaient renoncé à s'installer plus près, afin de protéger Relais et ville-temple des déprédations aériennes au cas où les Fédéraux perdraient toute mesure ; ils s'étaient installés plus bas au sud-est du col Alban, dans un site qu'ils avaient aménagé eux-mêmes dans la montagne en secret. Personne ne logeait au Relais à cette époque, bien entendu, et on n'avait pas fait d'ascensions dans la région depuis près de deux cent cinquante saisons.

Ce sont les deux seuls titres de gloire du Relais, en ce qui concerne les Virginiens. En ce qui concerne les Ranao... Mais non, guère plus : c'était simplement l'hostellerie point de passage obligé au sortir de ce qui était pour eux la Passe Blanche, avant de se rendre à la ville-temple. “ Édifiée sur sa colline artificielle de 5774 à 5764 AT (*Aõti Tyrnialë*, “ avant la Mer ”), exactement au nord-est de Nouvelle-Venise (Ansaalion) et foyer de la spirale sacrée le long de laquelle se trouvent placés les pylônes. Des fouilles et des sondages ont indiqué que la colline a été édifiée sur un site mégalithique préexistant... ”

Six cents mètres de large, deux cents mètres de haut... « Eh, ce sont les dimensions de la colline dans l'île ! » constate Taïriel.

Simon hoche la tête d'un air approbateur tout en continuant à manger.

La ville ressemble un peu à Tihuanco, dans le sud-ouest du continent, construite elle aussi sur une colline, mais naturelle. Et pas de rampes ni d'escaliers pour passer d'un niveau à l'autre, ici, mais une spirale d'édifices anciens traditionnels à un ou deux étages, avec terrasse sur le toit – des brochures montrent la ville en Été, et la spirale bordée de verdure, la végétation adaptée exprès par les Ranao, “ une modification tardive. Les édifices de la ville originelle devaient faire partie des fortifications ”. Il y a cinq niveaux de hauteur égale, le temple lui-même constituant le cinquième étage, un pentagone d'une centaine de mètres de large. Ah, on se retrouve en terrain de connaissance : “ Une rareté unique dans l'architecture ancienne : tous les autres temples sont carrés sauf celui de Morgorod, qui est de forme rectangulaire ; la place ronde qui les entoure remplit le rôle de “ la direction de Hananai ” autrefois joué par le cinquième côté, nord-est, du pentagone. ”

« Comme l'ancien temple de l'île », remarque encore Taïriel, après avoir fini de lire le passage à haute voix.

« Oui, les Ékelli sont censés avoir résidé d'abord douze cents saisons dans leur île d'Ékellulan, et douze cents autres à Ékriltan, dit Simon avec un sourire amusé. On les a déménagés quand ils sont devenus des demi-dieux. Ce qui correspond aussi au début de la période des premiers hékel ranao, après Oghim, entre 5800 et 6100 AT environ. Ékriltan a été pendant tout ce temps le lieu sacré de pèlerinage de tous les hékellin, dans leur seizième saison – l'âge adulte pour les Ranao. Pendant les cinq dernières lunaisons de l'année rani, ils s'y relayaient pour subir trois jours d'initiation "en présence des Envoyés divins". »

C'est une terrasse, vaste, en plein Hiver, le matin, peu de temps après le lever du soleil. Des adolescents et adolescentes ranao au crâne rasé, vêtus seulement de tuniques courtes bleu sombre, décorées de bandes blanches au cou et à l'ourlet, sont éparpillés entre les arbustes et les buissons, et sous les arbres dénudés. Immobiles dans la neige, assis dans une posture traditionnelle de méditation. Autour de certains, la neige a fondu.

Taïriel n'a pas désiré bouger, mais elle se met à faire le tour de la terrasse, dont les segments ne forment pas des angles droits. Avec retard, le cœur soudain serré, elle comprend : une vision. Aucune liberté, apparemment : elle arpente la terrasse de bout en bout. Cinq segments : la terrasse du temple d'Ékriltan ? Les adolescents ne la voient pas. Ils sont en transe, de toute façon. Environ une soixantaine. Dehors, en plein Hiver, à peine habillés.

La lumière a brusquement changé, il est plus tard dans la journée. Taïriel se trouve dans la cour. Les adolescents aussi : ils marchent autour du bassin, pieds nus, en priant à haute voix et en se flagellant les uns les autres avec des fouets à cinq queues.

Elle n'a pas eu le temps de regarder autour d'elle que soudain c'est la nuit. Dans la cour du temple, à la lueur de hautes torchères, les adolescents dansent, toujours vêtus de leur seule tunique, extatiques, les bras levés, les yeux mi-clos, au son de tambours obsédants mais invisibles dont le grondement résonne entre les façades intérieures. Ils semblent moins nombreux, mais c'est difficile à déterminer parmi les ombres qui multiplient leurs saccades effrénées sur les parois.

Une autre discontinuité : le jour, le milieu de la matinée, à peine une trentaine d'adolescents ; ils dansent toujours dans la cour, mais seulement vêtus d'un pagne, et leur corps est couvert de dizaines d'incisions symétriques, superficielles mais sanglantes. Certains tiennent à peine debout, d'autres titubent ou oscillent sur place, on ne peut pas dire qu'ils dansent.

Taïriel cligne des yeux. Une salle entièrement constituée de pseudo-pyrite ; la lueur de la pierre activée en dessine la forme circulaire et le plafond en coupole. Les adolescents, de nouveau en tunique courte, mais blanche, sont rassemblés en cercle, au centre d'un cercle de Ranao adultes auxquels ils font face. Répartis sur tout le pourtour de la salle, qui fait bien une centaine de mètres de circonférence, les adultes, femmes et hommes, à l'allure de prêtres ou de moines : crâne rasé, robe bleu sombre, mains dissimulées dans de larges manches. Ils suivent des yeux une large coupe de porcelaine blanche à cinq côtés qui circule parmi les adolescents. Lorsque le dernier a bu, il la brandit au-dessus de sa tête et la jette à terre où elle se brise ; un reste de liquide ambré, à l'aspect sirupeux, rejaillit sur les dalles illuminées. Un bref murmure indistinct passe parmi les prêtres, le ton et le rythme d'une invocation. Les adolescents rompent leur cercle et s'éloignent les uns des autres pour se placer à la circonférence de la salle tandis que les prêtres s'écartent pour leur faire place dans leur cercle.

Après un long moment, un adolescent plie les genoux, s'assied par terre ; puis un autre, un autre encore, tous enfin se retrouvent étendus par terre. Leurs yeux sont grands ouverts, mais aveugles. Les prêtres sortent en file, en contournant ou en enjambant les corps, toujours sans un mot. La lueur de la pierre dorée baisse, reflue du plafond et des parois, palpite seulement, affaiblie, autour des adolescents étendus. Autour de trois d'entre eux, peu à peu, elle s'éteint.

Deux prêtres entrent avec une civière, soulèvent un de ces corps – de ces cadavres ? –, le placent sur la civière et ressortent. Quatre autres entrent bientôt, en font autant avec les deux autres cadavres.

Six adolescents sont maintenant agités de mouvements spasmodiques, frissons intermittents ou convulsions. Deux autres semblent toujours plongés dans leur transe – ou leur coma. Des prêtres viennent emporter les deux immobiles.

Un saut dans le temps, mais toujours la salle au plafond en coupole. Il y fait curieusement sombre, car tous les adolescents y sont rassemblés, ou du moins les survivants, ils ne sont plus qu'une quinzaine. Mais ils portent tous d'épaisses sandales, leur chaleur n'atteint pas la pierre dorée. Ils sont debout, mains levées à hauteur de poitrine, paumes offertes, vêtus de la robe bleu sombre des prêtres, lesquels ont aussi repris leur place à la circonférence de la salle. Tous sont tournés vers l'entrée obscure. Leurs lèvres remuent en silence : ils prient.

Soudain, un soupir collectif passe dans la congrégation. Trois très hautes silhouettes vêtues d'amples tuniques à manches longues, d'un blanc étrangement scintillant, viennent d'apparaître à l'entrée de la salle. On ne distingue pas bien leur visage ni leurs mains, à la blancheur lumineuse. Leurs pieds invisibles ne touchent pas le sol, car ils ne marchent pas, ils glissent.

Les prêtres adultes s'agenouillent. Les adolescents se prosternent à plat ventre, puis se redressent à genoux. Dans le plus grand silence, les silhouettes blanches flottent entre les rangées, posant sur chaque tête inclinée une main phosphorescente.

Taïriel reprend conscience avec un sursaut, regarde un bref instant autour d'elle, égarée. Quelques secondes seulement se sont écoulées, encore : le mouvement de Simon vers la corbeille à pain, la tonalité des conversations dans la salle, la vapeur qui monte toujours de son bol de chocolat au lait...

« Raconte », dit Simon avec douceur.

Il ne dissimule pas sa fascination, quand elle a terminé : il ignorait tous ces détails. L'initiation des hékellin ranao était un mystère religieux, il n'en existe aucun témoignage pictural, seulement quelques mentions tardives et lacunaires. Il en a lu des reconstitutions tentées par des historiens ranao à partir de quelques visions de Rêveurs, mais il n'en a jamais rien vu : il n'a pas eu l'occasion de consulter ces plaques lui-même.

« Les Scintillants participaient bel et bien à l'initiation, alors. Des tzinao, de toute évidence. Peints d'un enduit lumineux – les trucs les plus simplistes, et ça marche toujours. Enfin, c'était le symbole qui comptait, comme dans toutes les religions à mystères. Mais quel luxe de détails dans cette vision. Vraiment aucun flou onirique là-dedans !

— À vrai dire », commente Taïriel avec une ironie un peu sèche, désarçonnée par le soudain enthousiasme de Simon, « comme je n'ai jamais fait de rêve ordinaire, je ne sais pas trop ce que serait un "flou onirique".

— Justement, toi qui ne rêves jamais ! Peux-tu avoir recomposé tout cela en quelques secondes à partir de mes quelques connaissances – qui ne sont pas des souvenirs à proprement parler ? La richesse et la texture de tes sensations... » Il réfléchit un instant, avec l'air concentré d'un déchiffreur de rébus : « Mais sans participation, toujours. Observatrice. Comme si tu étais présente en personne, jamais par l'intermédiaire d'un des actants...

— Cette initiation était de la torture ! » s'exclame Taïriel, soudain excédée de la tournure de ses commentaires. « Après avoir pris de cette drogue, il y en a qui sont *morts* ! Et d'autres sont sûrement morts avant, d'épuisement ! »

Simon se mord les lèvres. « Pardonne-moi », dit-il enfin avec une grave contrition. Il reprend après une pause pensive : « Les premiers hékellin étaient des bloqués, sauf chez les purs Tyranao, mais c'est là qu'ils sont apparus en tout dernier – un paradoxe... Ils se sont manifestés d'abord dans la masse de la population métissée après les grandes guerres d'unification. » Son regard assombri se perd dans le vide : « Où crois-tu qu'on ait pêché l'idée d'utiliser des chocs physiques et psychologiques pour forcer le déblocage, à l'époque de nos propres kerlïtai ? Et des drogues... » Sa voix s'éteint.

« Vive le progrès », ne peut s'empêcher de remarquer Taïriel à mi-voix, sarcastique.

« La mutation change, murmure Simon, elle ne *progresse* pas. Et nous nous y adaptons si lentement... » Il se redresse, et conclut avec un soupir : « En tout cas, l'hypothèse que tu sois une proto-Rêveuse deviendrait plus plausible. Liée de très près à l'inducteur et peut-être uniquement en résonance avec des images du passé – parallèle ou non.

— En résonance ? »

Il fait une petite moue d'excuse : « Un terme usuel, comme " induction ". Pratique, mais aucune certitude que ça corresponde à quoi que ce soit.

— En tout cas, il y a un déclencheur clair à ce... rêve, ou cette vision-là. Tu était en train de m'en parler. Cause à effet. C'est fréquent ? »

Simon secoue la tête : « Jamais à ma connaissance. Mais les autres fois, le rapport était beaucoup plus indirect... Il faudra attendre que ça se répète pour voir si c'est un hasard ou une surdétermination, si la modalité de l'induction est en train de changer. »

Il observe Taïriel, songeur, et dit enfin : « Si tu continues à ne pas participer, et que tu restes toujours une bloquée hors-vision aussi, il se pourrait que l'induction soit encore plus étroite que je ne le pensais. Liée exclusivement à moi. Auquel cas elle cesserait avec moi. »

Taïriel se rappelle avoir eu cette idée elle-même, mais Simon est très calme, clinique, objectif : le moment n'est pas à la culpabilité, à l'horreur ou à la compassion. Elle hoche la tête, prend un autre morceau de pain : « Si c'est juste du passé rani, ce serait peut-être plus supportable. »

Une tempête s'abat sur le Relais ce matin-là. Impressionnant, mais surtout inquiétant pour Taïriel. Elle a toujours vécu dans les régions tropicales. Combien de temps la pierre dorée peut-elle rester chargée, sans soleil ?

Le Relais n'est pas du tout équipé de dispositifs modernes, en dehors de son chauffage central à eau chaude – l'installation d'origine, à peine remise au goût du jour. Mais Margot Kenneur, la patronne bien en chair du Relais, la rassure : les plus longues tempêtes ne durent guère plus d'une journée en cette saison, et la pseudo-pyrite a une autonomie de plus de trois jours, surtout avec aussi peu de monde dans le Relais. Taïriel s'abandonne donc au plaisir d'observer, bien en sécurité, le déchaînement de la nature. Simon joue aux échecs avec le jeune halatnim, Ankit Alériu Stolàdan, qui était venu au ravitaillement pour ses collègues d'Ékriltan mais qui a renoncé à repartir dans la tempête. Taïriel le soupçonne vaguement d'avoir surtout voulu rester un moment en leur compagnie, puisqu'il semble être également au courant de l'identité de Simon. Un croyant.

L'après-midi, le chasse-neige dégage le terre-plein devant le Relais, puis s'en va dégager Ékriltan, suivi par la camionnette du gardien qui repart sans eux : Simon ne semble pas pressé de se rendre à pied d'œuvre. Taïriel ne proteste pas : elle se sent tout engourdie. Elle n'a pourtant toujours pas rêvé pendant la méridienne. Elle va acheter des cartes postales au magasin du Relais, passe une heure à les rédiger. Simon lui propose ensuite de commencer à lui apprendre les rudiments de la satlàn – « Tant qu'à faire, autant assurer la base. Et ça nous donnera le temps de nous habituer un peu à l'altitude. »

Pendant deux jours ils restent au Relais. C'est comme des vacances, Taïriel devine et comprend le désir qu'a sans doute Simon de les prolonger. Ils dorment, ils mangent, elle s'initie à la satlàn – « Une sorte de yoga, en fin de compte. » « Si tu veux. » L'effet calmant en est indéniable : une fois sur deux, elle s'endort, comme avec les premiers exercices de relaxation. Le reste du temps, ils se promènent aux alentours avec les chiens du Relais. Le deuxième jour, ils prennent la voiture et se rendent jusqu'au Grand Glacier, qui tombe entre Chéops et la Couronne et longe le col ; les Anciens avaient aménagé une plate-forme d'observation donnant directement sur le fleuve de glace, le panorama est grandiose. Le soir, ils jouent aux cartes avec la patronne et ses employés – il s'agit en fait d'une petite commune, une famille élargie dont les deux tiers des membres sont allés travailler un peu partout pendant la saison creuse. L'atmosphère est familiale, détendue, accueillante. Depuis la vision de l'initiation, aucune autre n'est venue interrompre la période de latence de moins en moins hypothétique, et pas une seule absence non plus. Taïriel, qui se sent un peu moins essoufflée déjà, oublierait presque pourquoi ils se trouvent là. Le troisième soir, elle va rejoindre Simon dans sa chambre.

Il la fait entrer, lui demande avec sollicitude: « Une autre vision ? »

Elle dit « Non », un peu vexée, un peu inquiète – est-ce tout ce à quoi il peut penser si elle vient le trouver ? Soudain, il se raidit : il vient de comprendre. Elle dit très vite: « Tu te rappelles, dans l'île ? Tu avais dit "pas ici, mais après, ailleurs, si tu veux." Je veux. Je voudrais. Et toi ? »

Il la dévisage en silence, les traits un peu crispés. « Moi, j'ai six cent soixante-quatorze saisons », dit-il d'une voix trop nette.

S'il veut le prendre sur ce ton, elle le peut aussi : « Tu ne les fais pas », réplique-t-elle avec enjouement. Elle voit l'ombre qui passe sur son visage. C'est une glace si mince, où ils patinent tous deux... Elle s'approche de lui – il n'ébauche même pas un recul, c'est déjà ça.

« Simon, dit-elle d'une voix un peu altérée, tu avais cet âge-là aussi quand nous nous sommes rencontrés.

— Ce n'est plus pareil.

— Parce que je le sais ? Tu le savais, et ça ne t'a pas empêché de rester avec moi.

— Ce n'était pas la même chose ! Je croyais...

Elle s'approche davantage, lui pose un doigt sur les lèvres. « Tu croyais. Et je croyais. Et maintenant nous savons tous les deux. Mais pour moi, c'est pareil. »

Elle le découvre, mais c'est la vérité, et elle se sent envahie d'une curieuse satisfaction en le disant. « Au début, avec toi, il y avait Morgorod à l'horizon : je partirais, tu ne me suivrais pas, je n'avais pas d'attentes. J'étais... libre, et toi aussi. Maintenant, nous n'avons pas d'attentes non plus, pour d'autres raisons, mais ça revient au même. Ici, maintenant, nous sommes ensemble. Nous pouvons être ensemble. Je peux, Simon. Je veux. »

Au bout d'un moment, sans la quitter des yeux, toujours un peu raide, il murmure : « Solidaire. »

Elle essaie un petit sourire : « Rien d'aussi... délibéré, Simon. » Elle va pour dire "je t'aime", passe au setlâd pour traduire ce qu'elle ressent réellement : "je suis prête à t'aimer".

Il s'affaisse un peu sur lui-même – détente ou résignation ? Mais il ne recule toujours pas quand elle le prend dans ses bras. Il la serre contre lui après une infime hésitation, enfouit son visage dans ses cheveux et, pendant un instant, elle ne sait pas qui des deux berce l'autre en silence, avec tendresse, avec nostalgie.

12

Quand elle se réveille, le lendemain matin, tard encore, Simon n'est pas là, mais elle sait où il se trouve, comme toujours. Elle prend sa parka, fait un petit détour par la salle à manger pour s'emparer de quelques fruits et se confectionner à la va-vite un sandwich au fromage, puis elle se rend sur l'esplanade couverte et la longe vers l'ouest, le chemin le plus court pour redescendre à l'écurie-étable qui occupe toute une aile du Relais. Aski et chevaux s'y côtoient sans acrimonie, pour le lait et la monte – les randonnées sont populaires, à partir de l'Été. Tout près de la rampe qui donne sur l'esplanade, Simon est en train de nourrir les aski en compagnie de Cary, l'un des préposés aux animaux.

« On peut vous donner un coup de main ?

— Oh, on a presque fini », dit l'homme avec un grand sourire.

Simon lui sourit avec plus de réserve mais sans réticence. Elle lui caresse le bras au passage, et tend sa dernière pomme à moitié grignotée à l'un des aski, qui la renifle avec intérêt puis la gobe d'un seul coup de langue. Après lui avoir caressé les naseaux, elle va se planter devant la rampe et contemple le terre-plein, où une petite chute de neige a accumulé dans la nuit une dizaine de centimètres de blancheur intacte et scintillante sous le soleil. Elle se sent fraîche et dispose, il fait beau...

« On pourrait visiter le temple aujourd'hui », lance-t-elle par-dessus son épaule à Simon. Elle se retourne, séduite par une idée soudaine : « Et y aller en traîneau, tiens, ça ferait plus couleur locale ! » Ce serait plus lent, aussi, pour monter à trois mille deux cents mètres.

Simon ne déborde pas d'autant d'enthousiasme qu'elle, mais il accepte sans se faire prier. « Je vais téléphoner », dit-il simplement. Quand il revient, il aide Cary à sortir un des petits traîneaux légers sur le terre-plein et choisit un asker qu'il attelle avec dextérité. Après être allé chercher gants et bonnets dans leurs chambres, ils partent. Simon tient les rênes. « Y a-t-il quelque chose que tu ne sais pas faire ? » plaisante Taïriel. Il lui adresse un petit regard en biais et répond sur le même ton : « Je ne sais pas danser, tu te rappelles ? »

Ils suivent les lacets de la route au rythme régulier des clochettes qui ornent l'attelage traditionnel de l'asker. Il fait froid mais sec, et l'heure est assez tardive pour que le trajet se déroule parfois au soleil malgré l'ombre du Catalin. Taïriel est ravie. Les verres polarisés de ses lunettes atténuent l'éclat impitoyable de la neige et prêtent au décor une netteté surnaturelle. Elle se blottit contre Simon, il lui passe un bras autour des épaules.

Enfin la ville, plus impressionnante que dans les brochures : à cette heure de la journée, le soleil accroche des myriades d'échardes argentées dans les parois dorées des fortifications et dans les murs des édifices. Des incrustations de psirid archaïque, à destination purement rituelle et décorative comme celui qui devait ornait les premiers pylônes, mais d'un poli non moins éclatant. Le traîneau suit en carillonnant la spirale de la rue unique, entre les édifices aux terrasses couronnées de neige. On n'a pas jugé nécessaire de dégager la rue aujourd'hui, heureusement pour les patins du traîneau. Ils arrivent sur la place ronde qui entoure le temple et la suivent jusqu'au nord-est, où se trouve la seule entrée.

Les gardiens n'habitent pas dans le temple, mais dans une grande maison à deux étages dans le bras immédiatement inférieur de la spirale. On les attend devant l'entrée du temple, deux silhouettes emmitouflées dans des parkas bleues, un halatnim qui s'empare de l'asker sans rien dire et emmène le traîneau une fois qu'ils en sont descendus, et une femme, qui les salue avec aménité et se présente : Adriane Bernier, elle sera leur guide ; Simon sourit : « Nous pouvons visiter seuls. »

La femme n'insiste pas, elle semble même plutôt soulagée et leur remet à tous deux une torche électrique et une brochure contenant le plan du Temple. « S'il arrive quoi que ce soit, appelez-moi ». Simon acquiesce sans faire de commentaires.

« La télep du coin ? » demande Taïriel.

Il hoche la tête en examinant le plan. Taïriel met le sien dans sa poche : « Je ne risque pas de me perdre, de toute façon.

— Ah non ? » fait Simon avec un sourire, en repliant la brochure.

« Je sais toujours où tu es.

— Comment ça ?

— Comme une boussole intérieure, pas d'émotions ni de pensées, juste... comme une aiguille de boussole. »

Il se rend compte qu'elle est sérieuse – et il est bien plus surpris qu'elle ne l'aurait cru. « Depuis quand ? demande-t-il enfin.

— Depuis la gare de Cristobal, quand je t'ai suivi.

— Jamais avant ?

— Non. »

Il est totalement éberlué. Taïriel hausse les sourcils : « Ça ne fait pas ça, d'habitude, avec les inducteurs ?

— Non, pas du tout, murmure-t-il.

— Ça veut dire quelque chose ? »

Il médite un instant : « Je n'en sais rien. »

On descend par de larges marches dans un passage voûté souterrain et sonore, assez étroit, à peine trois mètres, mais d'une trentaine de mètres de long, et on émerge de nouveau par des marches dans la cour du temple, un pentagone aussi, qui a été dégagé après la tempête précédente, mais pas ce matin. Taïriel éprouve une impression bizarre de familiarité, moins le souvenir des brochures que celui de son rêve – de sa vision. Les parois intérieures et extérieures du temple sont obliques, comme dans tous les édifices de ce genre, et percées des habituelles fenêtres étroites ; ce temple-ci est cependant plus petit et surtout très simple : aucun des enchevêtrements de niveaux caractéristiques des immenses complexes occupant le centre des grandes cités. Seulement le rez-de-chaussée, et la terrasse avec ses arbres dénudés sous la neige. Pas d'arcade à colonnes, s'il y a l'omniprésent bassin central – également à cinq côtés – avec son arbre-à-eau, dont le feuillage d'Hiver est bien plus ras que dans le sud, un manchon cuivré au ras des branches. Occupant le centre de chaque façade, un grand escalier extérieur mène à la terrasse, flanqué de deux portes voûtées – sauf pour l'aile nord-est près de laquelle ils viennent d'émerger ; elle présente seulement une grande porte de bois clouté de sirid, à deux battants.

Les façades intérieures sont recouvertes de fresques, mais pas la façade nord-est à la mosaïque entièrement blanche et, comme en miroir, la façade nord-ouest et sa mosaïque entièrement bleue. Les autres ressemblent à celles de tous les temples, du moins pour les jeux des couleurs liées aux points cardinaux et aux diverses peuplades ranao : vert et or, rouge et noir, arc-en-ciel. Taïriel suit Simon dans le grand passage voûté qui fait le tour de la cour – l'équivalent de l'arcade habituelle, mais fermé, et sans même des fenêtres sur le jour : l'éclairage se fait comme dans le Relais par le plafond, des coupoles en briques de verre. On les a dégagées sur la terrasse en prévision de leur passage mais la pénombre doit être de l'obscurité pour Simon, car il hésite à l'entrée, sans pourtant allumer sa torche. Il fait assez clair pour Taïriel avec ses yeux de rani ; elle se dégante et va poser les mains sur la pierre dorée du mur, entre les lacis de psirid. L'armature du temple, comme de tous les édifices de la ville, est de paragathe massive, mais il est partout doublé d'un épais revêtement de pseudo-pyrite : la pierre s'illumine presque aussitôt. Simon vient la toucher à son tour. La lueur gagne de proche en proche, dessinant le dallage puis allant activer les nervures et les pierres de la voûte.

Il y a trois salles par aile. Vides, bien sûr, malgré les fresques, consacrées dans chacune des quatre ailes traditionnelles à l'un des peuples rani. Avec Simon, qui joue volontiers les guides, Taïriel suit le trajet consacré : on pénètre dans la première salle de l'aile nord-ouest, à droite de l'entrée, on suit les fresques sur deux murs consécutifs (les autres n'en portent pas, simplement une bande de mosaïque abstraite aux couleurs de la peuplade dont c'est l'aile). On passe ensuite dans la salle voisine par une porte voûtée ouverte au fond dans le mur de gauche, pour entrer dans la salle de cérémonie. Là, pas de porte au fond, on doit retourner dans le passage principal pour accéder à la salle suivante, et ainsi de suite, d'aile en aile, d'ouest en est. Ni porte ni passage pour se rendre dans l'aile nord-est – la plus sacrée. Il faut ressortir dans la cour et pénétrer par la porte centrale dans la salle de cérémonie. Celle-ci occupe en réalité toute l'aile, avec deux murs-cloisons interrompus en leur centre, permettant de passer dans les salles voisines. Ces deux salles sont entièrement blanches, et il y fait nettement plus froid.

La salle principale, par contre, s'orne d'une fresque unique, sur le mur en face de l'entrée. Quatre hommes et quatre femmes l'encadrent, par couples ; ils appartiennent à chacune des peuplades ranao et sont vêtus d'habits richement décorés. Ils portent les symboles de leur culture : griffes de karaïker et corne de licorne, harpe et flèche, rame et épi, globe et poisson. Ils tendent leurs dons vers les silhouettes bien plus grandes qui occupent un cercle bleu au centre de la fresque, trois figures debout côte à côte, dans de larges tuniques d'un blanc scintillant – comme si des paillettes d'argent avaient été incorporées au pigment ; leurs mains portent des sortes de moufles blanches, on ne voit pas s'ils ont des doigts ; leurs pieds sont invisibles ; et seulement un halo blanc là où devrait se trouver leur visage. Les silhouettes blanches de gauche et de droite sont légèrement tournées vers les orants, mais celle du centre fait face à la porte, une main sur la poitrine et l'autre tendue à l'horizontale, paume offerte.

« Une fresque qui a contribué à nourrir les théories de Shandaar et toutes ses variantes, commente Simon, un peu ironique. Alors qu'elle représente symboliquement les hékellin de chaque peuplade venant s'offrir à la trinité des Envoyés divins. »

L'entrée de la rampe menant aux souterrains se trouve dans la dernière salle, la plus au nord. C'est la même disposition dans les autres temples : l'accès aux souterrains officiels – et non ceux auxquels on accède par les portes dérobées – se trouve dans l'aile nord. Ils allument leurs torches et suivent le passage obscur jusqu'à une salle au plafond en coupole que Taïriel reconnaît avec un petit tressaillement. Mais sur les dalles dorées du sol s'arrondit un large motif circulaire de mosaïque bleue qui ne se trouvait pas dans sa vision.

« Il a été ajouté beaucoup plus tard, dit Simon. Après l'arrivée de la Mer. »

Taïriel suit le tracé jusqu'au fond de la salle, intriguée. Un motif complexe, qui se répète en cercles concentriques de plus en plus petits. « On dirait des fractals...

— Une reproduction approximative du Signe de la Mer, tel qu'on le voit lors de l'eïldaràn », dit encore Simon, qui n'a pas bougé de l'entrée où, déganté à nouveau, il s'emploie à activer la pseudo-pyrite de l'encadrement.

Taïriel abandonne le motif pour aller examiner la paroi du fond de plus près à la lueur de sa torche. Immuable pierre dorée...

« La porte du fameux souterrain de Shandaar se trouvait plus à droite », lance Simon, de nouveau sarcastique, « juste en face de l'entrée.

— Là ? » dit Taïriel en se déplaçant comme indiqué. Par plaisanterie, elle tend une main pour tâter le mur. Et s'y enfonce jusqu'au poignet.

Simon s'approche à pas lents, torche braquée. En fait jouer le faisceau sur la paroi. Tend la main. La regarde disparaître à son tour.

Il reste figé. Il respire à peine. C'est Taïriel qui demande au bout d'un moment, pour rompre l'intolérable silence : « Tu ne vois rien ?

— Non. Adriane me dit qu'il n'y a jamais eu de porte là pour elle. »

Il l'a contactée ? Sa voix est d'un calme stupéfiant. Il se tourne vers Taïriel, demande d'un ton incisif : « Tu n'es jamais passée dans les portes secrètes ?

— Non, seulement avec toi et Guillaume, dans l'île...

— Jamais essayé de toucher le mur, à Cristobal ? »

Elle hausse les épaules, déconcertée : « Pour quoi faire ? Je suis une bloquée, Simon. »

Il hoche la tête en silence. La lumière de la pseudo-pyrite illumine déjà la moitié de la salle ; il éteint sa torche. Taïriel en fait autant. Elle a un peu le vertige. Elle regarde la lumière ramper jusqu'à elle, monter le long de la paroi. Au bout d'un petit moment, secouée par un brusque frisson nerveux, elle s'exclame : « On attend quoi, là ?

— Adriane. »

Elle préférerait bouger plutôt que de se laisser spéculer sur ce que peut signifier cette porte, et le fait qu'elle peut la traverser même si elle ne voit toujours que le mur. « On n'a pas besoin de...

— On l'attend. »

La voix est toujours calme, le ton sans appel. Taïriel pousse un soupir ostentatoire, mais croise les bras en s'appuyant à la paroi – largement à l'écart de la porte invisible. Elle fixe le motif bleu, qui semble flotter sur les dalles dans la lueur de la pseudo-pyrite. C'est apaisant d'en suivre vers le centre les volutes sans cesse recommencés, comme un de ces mantras de la satlàn que Simon s'efforce de lui apprendre. Au moins, pendant ce temps-là, elle ne pense pas.

Un bruit de course résonne enfin et Adriane Bernier apparaît dans l'encadrure de la porte, essoufflée, sans gants et sans bonnet. Quand elle les a rejoints au fond de la salle, Simon, sans un mot, tend le bras et enfonce la main dans la paroi.

La jeune femme laisse échapper un soupir étranglé. Tend une main hésitante, qui disparaît à son tour.

« Je ne vois absolument rien... souffle-t-elle.

— Moi non plus », dit Simon.

La jeune femme lui jette un coup d'œil médusé.

« Un peu comme dans l'île, la Barrière, propose Taïriel. Une projection tellement puissante que même Simon... »

Adriane Bernier hoche lentement la tête : « Possible, avec la quantité de pseudo-pyrite contenue dans le temple – dans la ville...

— Bien plus puissant que la Barrière, remarque Simon, clinique. Je ne vois pas une ombre de transparence et j'ai le nez dessus. Même si la colline entière était faite de pseudo-pyrite, et nous savons que ce n'est pas le cas...

— Bon, interrompt Taïriel, impatientée, on y va ? »

Il reste un instant en suspens, les sourcils froncés, puis, du bout du pied, il tâte la paroi au ras du sol pour déterminer la largeur du passage – environ un mètre, une porte ordinaire. Il étend les deux bras, trouve les montants et, après une petite hésitation, il plonge son visage dans la paroi. « Escalier », l'entend marmonner Taïriel. Il ressort. « Comme à Cristobal. » Il reste là un moment, le dos tourné, appuyé au chambranle invisible. Puis, avec un petit haussement d'épaules, il traverse la porte et disparaît.

Sa voix s'élève après quelques secondes, un peu plus loin et plus bas, avec un accent légèrement ironique : « Venez donc ! »

Adriane Bernier se met en mouvement comme à regret. Taïriel hésite, cherche la marche de l'escalier à l'aveuglette, puis elle prend son souffle, comme dans l'île, et elle plonge.

L'escalier est assez large mais descend tout droit, très raide, entre deux parois recouvertes d'un enduit bleuté phosphorescent dans la pénombre – le même cocktail que sur la Tête, sans doute, bactérie bio-luminescente et champignon. Les marches sont en pierre écarlate. Devant, Adriane et Simon ont allumé leurs torches. Il ne fait pas trop froid, on distingue à peine son souffle. Machinalement, elle se met à compter les marches.

Cent soixante-quinze marches plus tard – au moins trente mètres de dénivellation – les torches éclairent un haut passage voûté, large d'au moins six mètres, de grandes surfaces de pseudo-pyrite assez grossièrement taillée, séparées par des arceaux lisses de paragathe. Adriane Bernier est allée poser la main sur la pierre dorée, qui s'illumine avec obéissance après un moment. Simon s'est immobilisé au milieu du passage, faisant jouer sa torche sur les parois ; il émet un petit « ha » qui ressemble à un début de ricanement. Le son ne porte pas très loin. La torche qu'Adriane n'a pas encore éteinte allume un vague reflet, loin dans le passage, qui s'enfonce à un angle assez accusé.

« C'est quoi, là-bas ? » dit Taïriel en allumant sa propre torche.

« On dirait du métal », dit Adriane Bernier avec une intonation parfaitement neutre ; elle doit être au courant de l'histoire de Shandaar.

Taïriel s'arrête à la hauteur de Simon, qui n'a pas bougé ; son visage est aussi expressif que les parois du souterrain. Elle attend un peu puis, avec un petit soupir, s'éloigne seule dans le passage, rattrapant puis dépassant la marée lumineuse de la pierre dorée.

La voie est obstruée, après une cinquantaine de mètres, par une masse de métal argenté qui semble pénétrer dans chacune des parois. Ou avoir été coulée en place, car il n'y a pas de discontinuité entre la pierre et le métal. En plein milieu, interrompant le poli de miroir, un tracé rectangulaire assez régulier, en forme de porte, est creusé sur environ trois centimètres de profondeur. Le métal, un peu terni sur le rebord, n'est pas noirci. Perçeuse à infrasons.

Taïriel cogne la paroi du doigt – au son, il y en a très épais. " Une porte "... Et la sphère, la clé toute cabossée, inutilisable, se trouve à cette heure-ci quelque part dans une usine de recyclage de Cristobal.

Elle voit le rayon des torches se rapprocher dans le métal, entend que les deux autres sont arrivés derrière elle. Deux mains se posent à plat sur le métal à sa droite. Simon. En appui sur ses bras légèrement fléchis, la tête basse, les yeux clos.

Adriane Bernier, qui est allé toucher le métal aussi, a déjà retiré sa main. « Psirid », murmure-t-elle avec ce qui ressemble à un effroi respectueux. « Jamais rencontré une telle masse...

— Qu'est-ce que ça dit ? » demande Taïriel en baissant la voix aussi par effet de contagion.

« Juste du bruit blanc. » La jeune femme jette un coup d'œil un peu effrayé à Simon : « Je ne sais pas comment il fait pour le supporter aussi longtemps. »

Justement, Simon se redresse, se retourne. Son visage est un masque indéchiffrable. « Bruit blanc, confirme-t-il. Rien à faire ici. Allons-nous-en. »

13

Ils retournent au Relais. L'heure de la collation est dépassée, mais Taïriel, pour une fois, n'a pas faim. Les clochettes de l'attelage résonnent toujours aussi joyeusement, la neige est aussi immaculée, il fait presque bon. Mais elle a l'impression d'avoir basculé dans un autre monde. Simon est muet ; ses mains remuent à peine sur les rênes. Pour se tirer de sa propre hébétude, elle se force à dire : « Alors, Shandaar...

— Ça ne concorde pas, dit aussitôt Simon d'une voix trop neutre. Les parois du souterrain devraient être lisses, avec des plaques ressemblant à du métal, mais lumineuses. Et il devrait y avoir une petite niche près de la paroi métallique, là où avait été placée la sphère. »

Taïriel examine l'information, fait une petite moue : « Ils peuvent avoir été trompés par des projections secondaires, comme toi dans l'île. En tout cas, il y a la paroi métallique et la trace de leur tentative pour la traverser. Une telle quantité de psirid, la force proportionnelle de l'illusion...

— Du bruit blanc. Même si c'était possible, ça validerait seulement une partie des allégations de Shandaar sans préjuger du reste. Ils ont trouvé un souterrain. Ordinaire. Avec une énorme masse de psirid. Rien que les Ranao n'auraient pu installer eux-mêmes.

— Et ils disent quoi là-dessus, les Ranao ? »

Un rictus étire les lèvres de Simon : « Qu'il n'y a jamais rien eu de tel à Ékriltan.

— Mais que c'était la demeure des Ékelli », ajoute Taïriel, par principe.

Simon hausse les épaules sans répliquer et s'enferme dans un mutisme total jusqu'au Relais.

Même si elle comprend sa réaction, Taïriel est un peu agacée : ce n'est pas comme si elle dérapait dans des théories délirantes ! Elle a seulement dit que cette partie-là de l'histoire de Shandaar s'avérait en grande partie exacte.

L'heure de la méridienne est presque arrivée quand ils s'arrêtent devant le Relais. Après avoir confié asker et traîneau à Cary, ils mangent un morceau, par pur réflexe en ce qui concerne Taïriel, puis ils vont se coucher. Simon ouvre sa porte et la referme avant même qu'elle ait eu le temps de rassembler son courage pour lui proposer de rester avec lui. Avec un soupir résigné, elle pousse la porte voisine de sa chambre.

Elle se trouve dans la grande salle-laboratoire au plafond hérissé de bras manipulateurs. Une lumière intense est concentrée sur le plateau surgi du plancher. Il semble être en plastique, ou en céramique souple, noir bordé de blanc, et repose sur un unique pilier. Un corps humain nu y est étendu, un homme, jeune et mince, peut-être un adolescent, à la peau très claire et dont la tête est enserrée jusqu'au menton dans un gros casque à l'éclat noir mat. Une mince torsade de fils relie l'arrière du casque à la table, dont le plateau est assez épais et épouse les contours du corps. Des protubérances et des renflements se distinguent en dessous du plateau, peut-être les instruments de maintenance et de contrôle.

Les bras manipulateurs sont en train d'écorcher le jeune homme. Les tissus sous-cutanés de la partie supérieure du torse ont été mis à jour jusqu'au cou, on peut voir le fin réseau des veines sur la chair luisante. Aucune pulsation. Ce corps doit être un cadavre. Des lambeaux de peau flottent dans des contenants disposés sur une table voisine. De longues estafilades apparaissent sur la partie inférieure du torse dans le sillage des bras manipulateurs, qui pourtant ne semblent pas être au contact. Il n'y a pratiquement pas de sang.

Un homme de haute taille, vêtu d'une ample combinaison rouge faite d'un matériau léger et brillant, est appuyé des deux mains au rebord ; penché sur le torse écorché, il observe les opérations. Ses cheveux argentés, lisses et épais, sont coupés en courte frange sur son front ; ses yeux sont d'un vert intense ; il semble avoir la trentaine ; sa longue face imberbe a une expression à la fois attentive et curieuse, un peu sarcastique aussi. C'est l'homme du bord du lac.

Une fois le corps écorché sur presque toute sa face antérieure, surtout le torse et l'abdomen, les bras manipulateurs se retirent, la table auxiliaire s'écarte. Une autre table surgit, avec d'autres conteneurs où, dans un liquide transparent, flottent des fragments plus ou moins gros de matière blanchâtre, à l'aspect mou, à la surface sanguinolente. D'autres bras s'allongent. Ils s'affairent maintenant à effeuiller la chair pour mettre plus en évidence à certains endroit le réseau profond des veines et des artères, et le réseau lymphatique. Des incisions sont faites, surtout au niveau du muscle cardiaque. Du sang coule maintenant, avec lenteur, étanché par des bras-aspirateurs. Deux autres bras fleurissent en une série de pinces minuscules qui vont saisir des fragments de matière blanchâtre dans les conteneurs et les introduisent un à un dans les conduits ainsi ouverts.

Pendant ce temps deux bras sinueux semblent s'employer à larder tout le corps, à l'aide d'une aiguille très longue et très fine, d'un curieux fil blanc étincelant comme de l'argent qu'elle faufile le long des principaux vaisseaux sanguins, des tendons, des os et de la colonne vertébrale, là où ils ont été mis à nu. Un cinquième bras s'est allongé et replié pour être parallèle au corps, en dessous et hors du chemin des autres bras, pour fixer le fil dans leur sillage avec de minuscules gouttes d'un liquide couleur de sang qui se décolore et semble se fondre dans les tissus avoisinants.

Sans transition, la table d'opération a disparu, un caisson sans couvercle l'a remplacée, d'environ un mètre de haut, aux parois translucides. Le torse du jeune homme y flotte dans un liquide clair, vu de dos. Le caisson est en fait un parallélépipède rectangle à section cubique, enfoncé jusqu'à mi-hauteur dans le sol – ou partiellement extrudé du sous-sol – et le corps s'y trouve en position verticale, bien que sans attaches ni support visibles. Seule la tête émerge.

On a pratiqué six incisions en croix dans le cuir chevelu et rabattu chacun des pans ainsi formés afin de dégager l'os du crâne. Toujours très peu de sang. À ce qu'on peut voir des cheveux flottant dans le liquide, le jeune homme était blond. Devant l'homme en combinaison – l'opérateur, le chirurgien ? – une main articulée est en train de soulever le dernier segment de boîte crânienne, faisant ainsi apparaître la couche externe du cerveau. Les autres segments ont été déposés dans le liquide clair, bien alignés au ras de la paroi du caisson. Un autre outil vient découper avec précision les méninges, écartées couche après couche, et le cerveau proprement dit est bientôt à nu.

Sur une table près du caisson, dans un plateau aux reflets mats, reposent des séries d'objets de formes et de tailles différentes, allant du minuscule au presque invisible. Sur le plateau voisin est étalée une sorte de résille faite d'un enchevêtrement apparemment aléatoire de fils d'araignée argentés. L'homme en combinaison rouge observe avec une attention redoublée tandis que les pinces des bras manipulateurs placent les objets le long des plis du cortex, dans la cavité entourant l'hypophyse, à la base du crâne, dans la fente séparant les deux hémisphères, autour du cervelet...

Les bras manipulateurs vont ensuite saisir la résille, qu'ils déposent sur le cerveau nu. Les fils s'animent alors d'un lent grouillement, comme si chacun cherchait sa place en s'enfonçant dans la matière gris-rosâtre, jusqu'à ce qu'il ne reste plus qu'un reflet brillant à la surface pour en indiquer la présence.

Chacune des couches des méninges est remise en place. Un des bras a extrudé un fin tentacule ; il semble caresser chacune des incisions, qui se referme et disparaît. Les segments de la boîte crânienne sont replacés un à un après avoir été enduits sur leur tranche de ce qui doit être une colle spéciale, car les traces des découpures disparaissent peu à peu. Enfin, les pinces habiles drapent les sections de cuir chevelu sur le crâne, les soudant à l'aide de minuscules gouttes du liquide rouge, qui une fois de plus disparaît en se diffusant. Le corps s'enfonce dans le liquide clair jusqu'à ce que la tête elle-même soit immergée. Il tourne un peu, profil perdu, trois quarts, face...

C'est un très jeune homme, dix-huit saisons à peine. On ne distingue aucune incision sur le torse et l'abdomen, mais la peau imberbe y est plus lisse, plus rose. Les cheveux blonds, très clairs, flottent en dense halo autour du visage qui devient visible, une face anguleuse aux yeux clos, d'un modelé net, près de l'os, grand front, nez aquilin, joues creuses mettant en relief la bouche pulpeuse, presque enfantine par contraste.

Simon.

Taïriel reprend conscience dans un grand spasme de nausée, se précipite au lavabo et se passe de l'eau froide sur la figure. Elle avale convulsivement sa salive, puis un grand verre d'eau maintenant glacée. S'agrippe à la porcelaine rose, ruisselante, les jambes en coton, le cœur déchaîné.

Quand elle a réussi à reprendre un peu son souffle, elle se retourne vers la porte toujours ouverte, reste un moment immobile. Puis elle va la fermer et s'étend sur le lit en s'efforçant de respirer comme Simon le lui a montré, tout en détendant ses muscles un par un.

Simon. Une certitude absolue, massive : elle ne lui en parlera pas. Pas maintenant – plus maintenant ! Une induction massive de Simon, ces images – après ce qu'ils ont vu à Ékriltan, tous ses anciens cauchemars ont dû être réactivés. Et sûrement déformés par elle, à cause peut-être du rêve qu'elle a fait des aspirants hékel. Oh, Simon ! C'est cela son fantasme de manipulation ? Ce qu'il imagine qu'on lui aurait fait ? Ces images doivent lui appartenir, sûrement, elle ne peut s'imaginer elle-même capable d'une telle horreur...

Elle continue à respirer le plus profondément possible, mais sans pouvoir oublier la sensation d'oppression, en bout de course, la certitude qu'elle ne pourra jamais cesser d'être essoufflée... Combien de temps pour s'accommoder à cette altitude ? Plusieurs semaines, aurais pas le temps. À moins que, oui, il voudra vraiment aller voir, maintenant. La plate-forme. Mais pas en escalade ! L'hélijet. Grimper à quoi, sept, huit mille mètres, me rappelle plus. Non, guère plus de cinq mille mètres, les hélijets.

Des éclairs du rêve passent en rafales, disparaissent. *Le regard curieux, presque avide, des yeux verts. Le sourire fixe, l'immobilité fascinée...* Pourquoi toujours ce type du bord du lac ? Qui était-ce ? Il ne me l'a jamais dit clairement... " Vision ". Peut-être. *Le crâne, ouvert comme une fleur.* Tous ces détails morbides... Jamais vu une telle opération, moi. Pas mon truc, les sims médicaux. C'est de Simon, sûrement. Côté noir, soigneusement contrôlé, mais... Qu'a-t-il fait pendant toutes ces vies ? A-t-il jamais été médecin ? Chirurgien ? Aidé les mutants, d'après ce qu'il dit. Des siècles de secret et de luttes et de guerres. Tous ces morts... Tous ceux à qui il a survécu. Quel fardeau de culpabilité ne doit-il pas traîner ? *Le torse, effeuillé couche après couche, la palpitation du cœur à nu...* Autopunition. Simon. Mon pauvre Simon.

Après la méridienne – elle a triché, elle a eu recours à des comprimés, mais aucun autre rêve n'en a profité pour s'introduire dans son sommeil – elle se rend à la salle à manger. Les employés ont terminé leur collation, mais le petit buffet est toujours dressé. Elle se sert – cette fois elle est affamée, malgré les deux barres nutritives dûment engouffrées après le rêve. Quand elle a reporté son plateau à la cuisine, elle s'enfonce dans le jardin, à la pénombre illuminée par la lueur de la coupole et du pilier central de pierre dorée. Assis sur le rebord du bassin, à demi détourné, Simon contemple l'eau où la fontaine soulève de discrets remous. Elle s'assied en face de lui. Il ne bouge pas

« Tu as mangé ? Je t'ai apporté un sandwich.

— J'ai mangé, merci. »

L'eau clapote dans le bassin ; des oiseaux froufroutent dans les branches proches ; quelques-uns ont retrouvé assez d'insouciance pour se remettre à chanter malgré les intrus.

« Qu'est-ce qu'on fait, maintenant ? » demande Taïriel, vaincue.

« J'ai contacté Dalloway. Ils nous envoient un moddex. Il devrait arriver dans l'après-midi, le temps de régler les problèmes techniques et autres. »

Elle digère l'information en silence. « Tu as des amis partout », murmure-t-elle enfin.

Il dit avec simplicité : « Oui. »

Elle regarde les formations de caliches se faire et se défaire dans l'eau autour des miettes de pain qu'elle leur lance.

« La plate-forme.

— Oui. »

Simon n'a pas bronché. Elle essaie de se rappeler ce qu'il lui a dit de Shandaar et de son expédition : « Il n'y avait pas une histoire de passage découvert par accident dans la montagne ? »

Simon consent un petit hochement de tête : « Juste derrière Ékriltan, Shandaar aurait vu s'ouvrir, à la suite d'un propice tremblement de terre, un passage vers l'intérieur du Catalin, qu'il a pu atteindre par escalade avec son équipe. Menant à une caverne. Un deuxième tremblement de terre, malencontreux celui-là, aurait fait disparaître le passage. On ne va pas perdre de temps avec ça. »

Il n'a pas encore relevé la tête une seule fois pour la regarder. Il a l'air épuisé. Elle se reprend avec un petit pincement intérieur : non, ce n'est pas une fatigue temporaire qui vieillit son jeune Samuel, c'est Simon, qui vieillit insensiblement jour après jour. Elle s'efforce, en vain, d'écarter les images de son rêve. Au bout d'un moment, désolée, impuissante, elle se lève en lui effleurant une main. Il ne bouge toujours pas. Elle s'éloigne.

« Taïriel. »

Surprise, elle se retourne.

« Tu es sûre que tu veux rester ? »

Inutile de se raidir, sa voix était calme, une simple demande d'information, c'est clair ; il n'est pas du tout en train de lui dire qu'il désire la voir partir.

« Absolument », dit-elle d'une voix ferme.

Il se replonge dans sa contemplation du bassin.

14

Le moddex arrive à la nuit, pendant le repas du soir ; ils mangent maintenant avec les gens du Relais, à la grande table commune, dans la cuisine. « Les voilà », dit Simon, et ils sortent pour aller voir. Ils ne distinguent d'abord que le sifflement des propulseurs et le faisceau des projecteurs ventraux tandis que l'appareil descend lentement, à la verticale, vers le carré d'atterrissage illuminé, débarrassé pour l'occasion de l'hélijet. Puis ils se réfugient plus loin sous l'esplanade couverte pour échapper à la neige soufflée. « Drôlement bien, lance Tania, la fille aînée des Kenneur, on n'aura pas trop besoin de déblayer demain ! »

Trois silhouettes bien emmitouflées descendent la passerelle et se dirigent vers l'entrée. La première, une femme brune d'âge moyen, ralentit et s'immobilise quand son regard a accroché Simon parmi ceux qui l'accueillent. Elle le dévisage, les yeux agrandis. « Simon », dit-elle, avec la même intonation que le vieux Frontenac dans la salle à manger de l'hôtel, à Cap Sörensen. Il incline la tête, se tourne vers Taïriel et le groupe des gens du Relais pour les présentations. « Greta Salucci, coordonnatrice de projet. Taïriel Kudasaï... »

Les deux autres silhouettes sont des jeunes gens, une fille et un garçon, tous les deux vêtus comme la femme, sous leur parka, de la combinaison à l'aspect vaguement militaire frappée du sigle du projet Ulysse, un U barré en haut par la queue du 2 qui le surmonte, ce qui le fait bizarrement ressembler à la majuscule du son õ en graphie setlâd. Greta Salucci présente à son tour les deux jeunes gens, Macha Odonsky et Tor Rykvist, respectivement pilote et radio, en concluant : « Quelques heures de vol de plus ne leur feront pas de mal. On est trop tard pour le dîner ?

— Non », dit la patronne, joviale.

On leur fait place à la table commune. La première faim apaisée, Greta Salucci se laisse aller à quelques réminiscences cryptiques impliquant son père à elle, Simon, et le début du projet Ulysse 2 : la reconstitution des industries nécessaires à Dalloway redevenu centre spatial. C'était en 178, elle était à peine née. Les deux jeunes semblent un peu désarçonnés – l'époque impliquée concorde encore moins avec l'âge apparent de Simon. Taïriel se dévoue pour détourner leur attention en discutant avec eux. Découvre avec étonnement que Macha Odonsky est une bloquée comme elle – ou, du moins, une bloquée. Comme Tor Rykvist, c'est une ingénieure en mécanique spatiale. Ils parlent boutique. La conversation laisse à Taïriel une impression étrange, comme si elle avait un pied dans deux univers différents. D'un côté, elle éprouve un indéniable plaisir à se retrouver en terrain connu, à être *compétente* ; de l'autre, c'est comme secondaire, dénué d'importance. Quelque chose proteste en elle : elle pourra très bien devenir ingénieure. Et même, après tout, aller travailler dans Lagrange. Que ses projets aient été repoussés ne signifie pas qu'elle les a *abandonnés*.

Entre-temps, la conversation a dérivé sur l'état présent du projet Ulysse 2 et les contacts avec Lagrange – Macha y a effectué un stage comme pilote ; toute la tablée s'en mêle, l'époux de la patronne sort les alcools maison. Pas beaucoup de distraction, l'Hiver, au Relais... Vers trente heures, quand même, tout le monde va se coucher: demain matin, ils iront faire ce petit tour vers le sommet du Catalin. Le temps s'annonce beau, il faut en profiter.

L'alarme du réveil tire brusquement Taïriel de son sommeil. Elle se lève, un peu vaseuse – elle y est allée un peu fort sur la liqueur d'arpelle. Mais la nuit a été sans incident; la période de latence semble se maintenir, malgré ses quelques éclipses. Elle s'habille et se rend dans la salle à manger. Tout le monde est là, piaffant d'impatience – sauf Simon, plus calme et lointain que jamais. Ils déjeunent en vitesse, tout en discutant du plan de vol avec Salucci et la pilote. Bien emmitouflés, ils se dirigent ensuite vers le moddex.

Elle s'avance dans la salle souterraine parmi les aspirants agenouillés. Il s'avance. Elle est un homme, grand, solide, une aura intérieure de bonne santé. Vêtu de bleu sombre, les bras glissés dans ses larges manches. Il va rejoindre les autres hékel qui ont déjà pris place à la circonférence de la salle, s'immobilise en parcourant du regard les adolescents en prière. *Seulement vingt et un dans ce groupe. Quel gâchis. Le plus haut taux de déchets pour cette année. Bon, la petite rousse a survécu, pari gagné. Tov ne veut pas me croire, mais depuis le temps, sapristi, on finit par les repérer. Ceux que la drogue frappe tout de suite, ils passent ou ils cassent. Fausse bonne idée, de toute façon, cette drogue, je l'ai toujours dit. Trente-cinq pour cent de pertes! Inacceptable! Ce sont peut-être des kerlïtai inutilisables, mais pourquoi perdre leurs gènes? Qui dit que leurs descendants ne feront pas mieux? Et passer tout ce temps ici en plein hiver, mais quel ennui! Perte d'énergie. Il y en a de moins en moins, de ces kerlïtai, la mutation est encore en train de se modifier. Il devrait y avoir une autre façon de procéder pour débloquer tout ce joli monde sans en tuer un tiers.* Il s'agenouille la tête baissée tandis que les trois silhouettes blanches flottent avec lenteur dans l'entrée. *Et sans passer par ces insupportables mômeries.*

Elle se trouve seulement quelques pas derrière Simon. Encore une fois la durée de la fugue et la durée réelle ne coïncident pas, quelques secondes, personne ne s'est rendu compte de rien ; elle a dû émettre un son, malgré tout, car Simon se retourne dans les marches du moddex, inquisiteur, elle a à peine le temps de se recomposer un visage.

« Une absence ?

— Non, je ne suis pas très réveillée. »

Il hoche la tête et disparaît dans le moddex. Elle le suit, le cœur battant, en essayant de mettre de l'ordre dans ses pensées. Une chose à la fois. Elle ne va pas lui dire maintenant, il a d'autres sujets de préoccupation – et il serait capable de vouloir lui interdire de venir, ou de retarder le vol, pas question !

Elle va s'asseoir à la place qui lui a été assignée, devant les écrans de télémétrie visuelle, entend sans les écouter les dernières instructions de Rykvist – ce n'est pas comme si elle n'avait jamais mis les pieds dans un moddex. Enfin, des pieds et des mains virtuels, mais pour ce qu'elle devra faire cela revient au même. Elle regarde à peine les images du décollage – nuages de neige, puis le Relais qui se précise en rapetissant, le paysage qui se replie, la route, la ville-temple, l'ombre nette du massif. Un moment de répit pour penser à ce qu'elle a vu, éprouvé... Avec cet homme, ce Rani – c'est ainsi, la participation ? Les deux contacts avec l'homme du bord du lac étaient si brefs, un éclair, une bouffée intense de sensations-émotions... Là, c'est un peu pareil, mais la bouffée a duré bien plus longtemps, le temps pour elle de traduire, oui, c'était ça, il y avait un infime délai, elle n'a pas réellement vu ni entendu des mots, elle les a... ressentis, un bloc compact, complexe, de sensations-perceptions-émotions, et elle les a traduits, adaptés pour elle-même, dans sa propre voix, en idées, en “pensées”. Et en virginien. Elle ne sait même pas si ce type pensait en setlâd ! Un mot a surnagé, pourtant, “kerlïtai”. Parce qu’il l’a utilisé délibérément, comme on cite une langue étrangère ? Ou était-ce de l’ironie, encore ? La tonalité dominante. Ironie, ennui, dédain, irritation... Un des hékel du temple d’Ékriltan, en tout cas. C’est ainsi qu’ils considéraient les aspirants ? Comme... du bétail ? “Taux de déchet.” Vraiment pas le genre de personnage avec qui – à qui ? – elle voudrait “participer”. Si c’est ainsi, la participation... Elle pense confusément “viol”, une métaphore, oui, mais le sentiment de révulsion impuissante ne s’efface pas, et elle ne sait ce qui la révolte le plus, du processus ou de la nature du partage.

Le flot de pensées désordonnées s’interrompt net, comme gelé. Encore une vision du passé, d’un passé, et elle a *participé* ! Elle continue à se débloquer ! Mais toujours bloquée par ailleurs : les autres sont bien enfermés dans leurs propres corps autour d’elle.

Elle se force à regarder le paysage grandiose qui glisse dans ses écrans. Le massif du Catalin, le Grand Glacier qui révèle toute son ampleur, un fleuve verdâtre et gris qui serpente bien au-delà de Chéops et de la Couronne et entoure en réalité le Catalin comme une écharpe à demi dénouée, glissant de l’Épaule Est. Le froncement formidable de la cordillère s’étire à perte de vue. Tectonique. Collision lente de la plaque de Paalu avec la plaque sud et la plaque centrale, ondes de choc mesurées en centaines de millénaires, surrection des McKelloghs d’un côté et, sur Paalu, des Flaherty ; ces montagnes sont encore vivantes, fumée faussement paisible du Mattapié et, plus au nord, des Trois Sorcières... Mais c’est comme si elle habitait son propre esprit en intruse, elle se voit regarder en se rappelant délibérément ses leçons de géologie et, en même temps, elle continue à penser à la vision, ne devrait pas appeler ça “vision”, aussi inexact que “rêve” – les autres fois, oui, mais pas là. “ Fugue ”, elle était ailleurs, tout entière, esprit et chair. Ce corps masculin. Maintenant c’est étrange, un souvenir, elle est revenue en elle-même et elle essaie de se rappeler les différences, équilibre, répartition du poids, densité, tensions, à peine des différences, au niveau du sexe, oui, peut-être, sûrement, ce léger poids, le frottement... Mais sur le coup pas de différences : c’était simplement... son corps, normal, naturel. Elle n’était pas *en lui*, elle était lui !

Fascinant.

Puis, aussitôt, le second réflexe : épouvantable ! Voir, et n’importe quand, passe encore. Mais participer ainsi ? À n’importe qui ? Sans pouvoir se protéger ? Pas de barrière-miroir pour les Rêveurs dans leurs Rêves, a dit Simon. À la rigueur, quelquefois, une légère distance, ne pas se perdre soi-même totalement grâce à la satlàn, dédoublement : participer, mais en restant observateur.

Elle se ramène avec brutalité à ses écrans. Une chose à la fois. La montagne, l’hypothétique plate-forme, la quête de Simon, ouvre les yeux, Taïriel. (Simon. Pas une induction, cette vision, n’est-ce pas ? Pas en participant de cette façon... Arrête, Taïriel !) Ils sont en train de tourner autour des contreforts du Catalin – les deux sommets moins escarpés qui le flanquent, les “ épaules ” du Père des Montagnes, quand on regarde le massif depuis l’ouest. On les dépasse, cinq mille neuf cents, six mille, dit l’altimètre-rappel dans le coin de son écran principal. On surplombe le glacier, six mille deux cents, et on commence à tourner autour de la base du Catalin lui-même. Pas de turbulences, on est à au moins un kilomètre de distance de la paroi. Taïriel se penche vers ses écrans, les yeux plissés. Rien, mais la plate-forme est censée se trouver plus haut vers le sommet, non ? Et d’ailleurs, verront-ils, verraient-ils quoi que ce soit ? Elle avait le nez sur la porte, et Simon aussi, dans la salle souterraine. Ils continuent à monter en spirale en examinant section par section au LIDAR. Rien. Qu’est-ce que donnerait la porte de la salle, si on l’observait au LIDAR ?

Huit mille mètres, on a maintenant dépassé de loin l'altitude de l'Escalier, l'autre haut sommet du massif ; le Catalin règne dans toute sa splendeur solitaire sous le ciel bleu cobalt et le soleil glorieux de la haute altitude. Au sud-est, le vent d'ouest souffle des écharpes de neige au sommet de Chéops et des sommets jumeaux de la Couronne.

Ils se rapprochent avec prudence de la paroi tout en continuant à monter. Taïriel se penche brusquement vers son écran de droite. « Eh, dit la jeune pilote presque en même temps, qu'est-ce que c'est que ça ? » Comme une zone floue dans la montagne à environ deux cents mètres. La mise au point ne clarifie pas l'image. « Plus près », murmure Simon. Le moddex se rapproche. À partir de cent mètres, la zone est moins brouillée. Devient de plus en plus transparente. À vingt mètres, on distingue clairement une large surface plane, apparemment liquide : elle brille sous les rayons du soleil qui donne encore sur la face est à cette heure-ci. À peu près cent cinquante mètres de large, cent mètres de profondeur, au fond le basalte bien ordinaire du Catalin... Mais que se passe-t-il avec la télémétrie laser ? Non-concordance avec la télémétrie visuelle... Taïriel vérifie les mesures, la non-concordance s'obstine : le signal met nettement plus de temps à revenir de la paroi quand il ricoche juste au-dessus de la surface, et jusqu'à une élévation d'environ cinquante mètres. La distance à la paroi du fond serait bien plus grande à l'intérieur de cette zone ? Contradiction flagrante avec le télémètre optique : la distance à la paroi du fond est d'environ cent mètres.

« Pouvez-vous essayer d'atterrir ? » demande Simon d'une voix neutre.

Greta Salucci hésite un instant, évalue la situation : « En vertical, alors. Tout le monde est attaché ? Allons-y, Macha. »

Ils s'élèvent puis viennent se placer au-dessus de la plate-forme. La pilote doit lutter contre les turbulences de plus en plus marquées. La surface est bien visible en dessous, noire, comme vitrifiée. Quatre-vingts mètres... soixante... La pilote diminue la puissance des réacteurs ventraux, on descend... Cinquante-cinq mètres et des poussières...

On descend beaucoup plus lentement qu'on ne le devrait. Le mouvement ralentit... cesse...

Le moddex repart en sens inverse, de plus en plus vite, comme s'il avait rebondi sur une surface élastique. L'accélération colle Taïriel dans son siège quand la pilote relance les propulseurs ventraux à pleine puissance. Une oblique assez raide éloigne l'appareil de la plate-forme et le stabilise deux cents mètres plus haut. Salucci lance des coordonnées à la pilote. Au lieu de poursuivre autour du Catalin, le moddex redescend et amorce une trajectoire en boucle devant la plate-forme.

Taïriel tourne la tête pour regarder Simon à la station voisine. Le visage crispé, il fixe sans les voir les écrans en face de lui. « Personne », marmonne-t-il enfin en s'affaissant un peu dans son siège. Il sondait, il ne sent personne, c'est ce qu'il veut dire ? Personne aux alentours de la plate-forme. Mais ils ont rebondi. Comme Bas-Hakim à la Barrière. Macha Odonsky n'est pas du tout une télep... Ah, voilà pourquoi c'est elle qui pilote. Ils auraient réellement rebondi, alors. Physiquement. Cette zone floue serait un champ de forces ? Visible à une certaine distance à l'œil nu et indécelable par leurs instruments. Ou seulement par défaut, avec les données incohérentes du LIDAR. Mais à plus grande distance, seulement de la montagne bien ordinaire. Et qui irait se promener le nez sur le Catalin en moddex ?

Ils font encore un peu de surplace devant la plate-forme brouillée qui semble les narguer, puis Simon fait pivoter son fauteuil pour se détourner de ses écrans : « Retournons au Relais. »

À peine rentré, il demande à Margot Kenneur l'inventaire de son magasin d'alpinisme et se met à éplucher les listes en prenant des notes. Apparemment, il a changé d'idée.

« On va faire de l'escalade », conclut Taïriel, quand même un peu incrédule. Mais d'un autre côté, pourquoi pas : sa première grande escalade, l'escalade de sa vie, le Catalin face est en Hiver !

« Je vais, rectifie Simon. Tu ne viens pas, pas dans ta condition, trop dangereux. »

Elle proteste : « Je n'ai pas eu une seule absence depuis qu'on est arrivés, et juste une vision !

— Je ne prendrai pas ce risque », dit Simon, définitif.

Elle sait qu'elle mentait, mais elle est plus furieuse que honteuse. Si elle ne rêve que la nuit ou pendant la méridienne... Les deux fugues proprement dites, les visions, ont eu lieu en plein jour, à vrai dire. Comme des absences. " Handicapée. " Elle avait presque oublié, avec cette stupide période de latence !

« On ne peut pas pénétrer à l'intérieur du champ de forces », dit-elle – par esprit de contradiction : on ne sait même pas s'il s'agit d'un champ de forces.

« Le moddex ne pouvait pas », rétorque Simon en continuant à cocher des articles et à les recopier dans sa liste. « Je veux aller y voir de plus près. »

Elle va pour dire "Tu pourrais te faire treuiller depuis le moddex ", mais elle sait qu'elle est encore de mauvaise foi : bien trop dangereux. Elle remarque plutôt : « Il te faudra au moins quatre semaines pour te mettre en condition et t'habituer à l'altitude. »

Elle le regrette aussitôt : une ombre soucieuse passe sur le visage de Simon, qui reste un moment le crayon levé. Calcule-t-il de combien de temps il va vieillir pendant ce délai ? Elle détourne les yeux, dégoûtée d'elle-même : son commentaire n'était pas innocent, elle s'en rend compte avec retard. Sois bonne joueuse, Taïriel. Il veut faire l'escalade, tu l'aideras comme tu le peux, un point c'est tout.

Et d'abord, elle regarde par-dessus son épaule tandis qu'il constitue sa liste. Et quand il établit celle de l'équipement qu'il va demander à Greta Salucci de lui rapporter, parce que le Relais ne l'a pas en stock. Il a déjà fait de l'escalade, c'est évident – mais elle remonte à quand, sa vie d'alpiniste ou de varappeur ? Elle ne le lui demande pas ; elle se contente de compléter la liste. Marteaux, piolets, harnais, pitons et mousquetons, tentes-bulles, sacs-tentes, matériel de cuisine, rations lyophilisées, Rochassier, médicaments, huile " gants liquides ", extracteurs pour concentrer l'oxygène, panneaux solaires pour alimenter les extracteurs, batteries plastiques rechargeables, combinaisons d'escalade thermiques à fibres creuses, casques, cordes, sangles et cordelettes à monocarbone et fullérène... oui, bon, très bien, mais il y a aussi ce nouveau modèle de sac à dos ultra-léger, avec armature en réseau 3D de céramique souple. Et pour les chaussures, on a fait mieux depuis les semelles en gomme synthétique : des semelles en aérogel "ultra-grip"...

Simon relit la liste en hochant la tête, puis ils se rendent dans la cuisine déserte où se trouvent Greta Salucci et les deux autres, autour d'un pot à café fumant. Il tend la liste à Salucci, qui y jette un coup d'œil rapide.

« Vous aurez tout ça dans la semaine. »

Ils les accompagnent au moddex. Un vent frisquet s'est levé et Taïriel reste sous l'entrée couverte après avoir souhaité bonne route aux voyageurs. Simon s'attarde un peu avec Salucci en bas de la passerelle. Puis il revient, et le moddex décolle, s'élève et disparaît en direction du sud dans le ciel qui se couvre. Taïriel remarque à la cantonade : « Ils ne vont en parler à personne ?

— Non », dit Simon avec une certitude absolue.

Taïriel ne lui pose pas de question superflue.

15

Elle marche dans un passage souterrain aux formes irrégulières, certainement naturel... Il marche, elle est cet homme, ce Rani, encore ! Mais la participation est toute différente. Taïriel est parfaitement consciente d'elle-même, elle se trouve vraiment *dans* le corps de cet homme, sans être confondue avec lui... Et surtout les sensations, les perceptions semblent curieusement lacunaires, comme aplaties ; impossible de les traduire en pensées complexes ; la gamme des émotions elle-même semble très limitée. Le souterrain est familier à ce Rani, en tout cas, il sait exactement où il va. Quand des embranchements se présentent, il n'hésite pas.

Un véritable labyrinthe, pourtant. Creusé par les eaux, des eaux qui y courent encore : un bruit lointain de torrent retentit maintenant à travers les passages, se rapprochant à chaque embranchement. Parfois, le plafond de roc s'abaisse, il faut se plier. Parfois il s'élargit en vaste caverne souterraine où l'on doit serpenter entre les piliers de roches aux tubulures luisantes, et les flaques de plus en plus souvent bordées de mousses rases et de petites fougères argentées. Le bruit de l'eau est partout, multiple et obstiné. Il ne fait pas sombre : un lichen luminescent tapisse la plupart des parois. L'atmosphère est tiède, humide, mais non confinée : de l'air circule dans le réseau des galeries.

Le rugissement du torrent est maintenant tout proche, le lichen des parois plus épais, sa lumière plus intense. L'homme s'immobilise enfin sur un rebord. Une salle immense s'étend en contrebas. Dans la lueur sans ombre du lichen, elle ne semble pas tout à fait réelle, comme un décor inachevé. Le torrent surgit en cascade écumeuse de la paroi, à une centaine de mètres à gauche, pour disparaître ensuite dans le petit canyon qu'il s'est creusé et où il se précipite en lançant par intermittences des gerbes d'écume. Ici encore, des petites mares miroitent dans la luminescence du lichen. Et des flaques rouges parsèment par endroits le sol de la caverne, entre les touffes de fougères. Le Rani sait que ce sont des champignons, et qu'ils sont comestibles. Il sait comment nourrir un humain dans les cavernes. Il en éprouve une paisible fierté.

Sur un rocher entouré de fougères, une silhouette humaine est assise. Le Rani descend dans la caverne et se dirige vers le rocher, satisfait: il a rempli sa mission, il est arrivé à son but. Il sait comment se retrouver dans le labyrinthe depuis la porte noire, de onze façons différentes.

L'autre a sauté du rocher et attend, bras croisés. C'est aussi un Rani, vêtu d'une tunique bleu sombre qui lui arrive aux genoux ; grand, massif, cheveux blond-roux, les yeux violets, la peau dorée – un pur Tyrnaë. Sa longue face aux traits accusés semble jeune, la trentaine ; un sourire un peu goguenard étire ses lèvres. « T'es-tu perdu, Galaas ? » demande-t-il quand l'autre homme s'arrête devant lui.

« Non, Galaas », dit celui-ci avec le plus profond sérieux. Il sait bien qu'il ne peut pas se perdre. Il n'a pas compris la plaisanterie, ou du moins n'a pas interprété le ton de l'autre comme celui d'une plaisanterie.

Et soudain, la perspective change, laissant Taïriel désarçonnée pendant quelques fractions de seconde. Puis elle sait qu'elle regarde avec le second Rani, celui qui était assis sur le rocher, et, tout en fusionnant avec lui, elle le reconnaît – elle ne saurait dire comment, c'est un continuum de perceptions et d'émotions aussi net qu'une signature: le hékel de la salle souterraine d'Ékriltan. Mais elle est en même temps assez consciente d'elle-même, assez à distance, pour être stupéfaite de ce qu'elle voit avec lui : l'homme qui lui fait face est son double parfait. Excepté sa tunique déchirée par endroits, le sac qu'il porte en bandoulière, et l'expression grave et calme de son visage.

Vraiment aucun sens de l'humour. Pas indispensable. Parcours exécuté en deux heures et trois minutes, c'est bien, vitesse optimale pour ce trajet-là. Deuxième phase, maintenant.

« Retourne au temple de l'île, Galaas. »

Le premier Galaas fait demi-tour et s'éloigne le long du torrent invisible. Taïriel le regarde en même temps que l'autre Rani, médusée. Son hôte est satisfait, lui, et sarcastique. *J'aurais dû avoir cette idée plus tôt. Une évidence. On ne voit jamais les évidences. Pourtant toujours connu l'existence de ces souterrains sous l'île Voïstra. Encore quelques mois et on pourra commencer à effectuer le transfert depuis Ékriltan. Ce projet touche à sa fin. Passe-temps amusant, dommage... Certainement une amélioration par rapport à l'ancienne initiation, en tout cas. Ça devrait leur prendre quoi, une journée pour effectuer le périple au complet ? Peut-être plus... Le Passage de la Rivière, le Karaïker, l'Enfant Zotaï, Matal Ughataï et la Fleur, l'Homme Fou... Peut-être supprimer un épisode. Le karaïker ? Mais on suit la légende ou on ne la suit pas. Et après tout le mal que je me suis donné pour fabriquer cette bestiole ? Il va falloir faire les essais en grandeur réelle maintenant, avec des aspirants. Il ne devrait pas y avoir d'incidents majeurs. Les mannequins sont parfaitement programmés, et pour le reste, nous serons là. Enfin, je serai là, si mes chers collègues déclarent forfait. Manquent de suite dans les idées, quelques siècles et ils se lassent ! Mais l'autre système est périmé. Et puis, il y a si peu de kerlïtai maintenant... Évoluer avec son temps. Et ces épreuves-ci, avec un peu d'aëllud pour amorcer, rien de tel pour vous débloquer un kerlïtai en souplesse, pas de pertes, ou très peu, et illumination religieuse garantie. On étendra à tous les hékellin, ensuite, ce sera bon pour leur âme. Ils aiment tant s'initier en voyageant, nos Ranao. On va leur en donner, du Oghim – à leur propre sauce, puisqu'ils la préfèrent à la sauce d'origine.*

Taïriel tombe vers son lit, se rattrape en appui sur les deux bras. Elle s'apprêtait à se coucher pour la méridienne quand la fugue a frappé. Quand elle est sûre de ses jambes, elle se dirige vers le lavabo, se fait couler un grand verre d'eau qu'elle boit d'un trait. Puis elle revient prendre une barre nutritive dans le tiroir de la table de nuit, s'assied sur le lit ouvert et commence à mâcher sans appétit, avec une sombre obstination. Le rituel. Ça en deviendra un. Impossible de continuer à dire " peut-être " : elle est bel et bien une sorte de Rêveuse. Tournée vers le passé – ou des passés parallèles. Est-ce fréquent, des visions liées à un seul individu ? Deux fois, ce Rani... Comme s'il était un inducteur aussi, alors, mais à travers le temps (ou les univers ?). Il faudrait demander...

À Simon. Elle reste un moment la gorge serrée, incapable d'avaler. Dire à Simon. Lui parler aussi de la première fugue avec ce Rani, alors. Et qu'entendrait-il, Simon ?

Ce Rani et son double *programmé*. Ce Rani qui assistait à l'initiation des aspirants à Ékriltan, avec ses " collègues ", et qui élabore un autre type d'initiation, si elle a bien compris, des siècles plus tard. Que disait Simon ? Pendant douze cents saisons, en gros, l'initiation des hékellin à Ékriltan. Toutes les hypothèses de Guillaume Frontenac, alors : des longèves ranao *et* se faisant passer pour des Ékelli, *et* clandestins sur Virginia *et* pourvus d'une technologie capable de fabriquer des machines comme ce Galaas. Un " mannequin ", un androïde perfectionné. Elle a participé à une *machine* ? À l'image de son créateur, en tout cas. Galaas. Une initiation qui imiterait l'histoire d'Oghim. On la lui a racontée, cette histoire, c'est certain, quand elle était petite, mais comme tout le reste, entré par une oreille, sorti par l'autre... Y avait-il un Galaas là-dedans ?

On se calme, Taïriel, la légende est une légende. Et bien avant Ékriltan, l'Oghim historique. N'exagérons rien. Bien assez s'il y avait des longèves clandestins, ici et maintenant, pourvus de ce genre de technologie.

Car alors, le rêve du jeune Simon dans le laboratoire... comme le rêve du vieux Simon chez les Bordes.... ne seraient peut-être pas du tout des inductions. Ou alors des inductions donnant lieu à de véritables visions.

Simon, horriblement manipulé. Il n'aurait même pas besoin d'être au courant du rêve du jeune Simon pour imaginer...

Mais l'homme du bord du lac est un Virginien !

Si de l'Autre Côté les Ranao ont pu modifier génétiquement les Virginiens et se modifier eux-mêmes pour se croiser avec eux, des longèves ranao clandestins de ce côté-ci auraient pu en faire autant. Et donc, l'homme du bord du lac en serait un. Interférant d'abord avec le jeune Simon au début de la colonisation, et ensuite chez les Bordes au temps de Mathieu Janvier des centaines de saisons plus tard, et à chaque "remise à jour" entretemps et depuis.

Mais plus maintenant : elle l'a vu tomber après le départ de la Mer, elle l'a ressenti elle-même, il est mort, elle le sait, extrêmement mort ! Peut-être en a-t-il eu assez. Et *quand* en aurait-il eu assez ? Son absence pourrait-elle expliquer ce qui arrive maintenant à Simon ? La réjuvénation aurait mal tourné parce que ce type n'était pas là pour la contrôler ?

Ou bien, malgré tout, le rêve de ce suicide était vraiment une induction et pas du tout une vision. Personne ne flotte ainsi au-dessus de la Mer. Ah, mais ce longève était peut-être aussi un batzi... Non, le plus raisonnable, c'est quand même l'hypothèse du fantasme, une induction à la fois suicidaire et vengeresse de Simon. Comment faire la différence ? Vraies inductions, inductions dérapant en visions, véritables visions, rêves déformés...

En parler à Simon. Aurait-il des réponses ? Je ne suis pas une Rêveuse ni une proto-Rêveuse ordinaire, semble-t-il. Et puis, surtout, s'il y a eu un temps où il préférait croire en une intention derrière ce qui lui arrivait, plus maintenant, il l'a bien dit ! Et justement, une intention : laquelle ? S'il a été manipulé ainsi, pourquoi ? Savoir comment et par qui – enfin, en avoir une idée plus précise – mais sans savoir *pourquoi*... "Je ne voulais pas devenir fou, Taïriel." Je ne peux pas infliger ça à Simon. Pas maintenant, avec cette plate-forme, il serait capable de faire des bêtises.

Elle sent que sa décision est prise. Si elle attend un peu, d'autres visions lui en apprendront peut-être davantage. Attendre, oui, c'est le plus raisonnable. Elle lui dira, mais pas maintenant. Avoir plus d'informations, et attendre le moment propice. Simon n'a vraiment pas besoin de ça maintenant.

16

Le moddex revient bientôt avec les caisses d'équipement. Simon doit vraiment avoir des amis à Dalloway, on a même ajouté quelques petits extras dernier cri, que Taïriel elle-même ne connaissait que par les revues spécialisées, et non encore disponibles pour le grand public. Ils commencent les entraînements, d'abord au gymnase du Relais rouvert pour la circonstance. S'habituer à l'altitude, c'est une chose, s'habituer à un effort physique intense et soutenu en altitude, et à ces altitudes-là, même avec des oxygénateurs et les pilules de Rochassier, c'en est une autre. Après deux saisons de varappe quasi hebdomadaire, Taïriel est en bonne forme. Simon a plus de travail à faire. La falaise qui domine le Relais devient rapidement son terrain d'entraînement de prédilection : presque verticale, mais en trois paliers, et le même genre de roche que l'aiguille du Catalin, où il devra effectuer la dernière partie de son escalade : basalte, et un peu de paragathe.

Taïriel l'accompagne bientôt. Elle n'a plus d'absences, elle ne rêve plus, elle est certainement arrivée dans la période de latence – et chez les Rêveurs Ranao, selon Simon, cela peut durer des Mois. Elle ment d'ailleurs à peine, puis plus du tout : après deux ou trois nuits où elle a des visions très brèves, fragments des deux précédentes visions avec Galaas – ou des variantes, impossible à dire –, voilà qu'elle fait des rêves ordinaires dont elle se souvient, très rares, mais dont elle peut dire avec certitude que ce sont des rêves, car ils portent clairement sur les événements présents ou immédiatement passés de son existence. Et surtout la texture, l'atmosphère et la dynamique en sont très différentes. Au moins pourra-t-elle plus aisément faire la distinction, maintenant, c'est toujours ça de gagné. Simon se laisse convaincre, en la surveillant d'abord de façon intensive puis, après une semaine sans incident, un peu plus détendu. Elle ne se risque cependant pas à évoquer la possibilité de l'accompagner sur le Catalin – aucune certitude, après tout, que cette période de latence va se manifester et durer de façon normale chez elle.

Quand le temps est dégagé et la température relativement clémente – il fait souvent au-dessus de 0° au Relais, les jours ensoleillés où aucun vent ne souffle, mais jusqu'à moins 30°, les combinaisons thermiques aidant, on peut considérer la température comme « clémente » – ils font des marches forcées en direction d'Ékriltan, avec l'équipement sur le dos, ou s'entraînent dans la falaise à laquelle s'adosse le Relais. Les trop mauvais jours, vent et tempête, ils se réfugient dans la cuisine du Relais pour étudier jusqu'à plus soif les cartes et les photos aériennes du trajet que Simon va suivre. Il va monter en express, à la course. L'hélijet le déposera avec l'équipement à cinq mille cinq cents mètres, sur la rive ouest du glacier ; Simon montera ensuite le matériel jusqu'au pied de l'aiguille du Catalin proprement dite, à sept mille mètres. Pas très sportif de court-circuiter ainsi la traversée du glacier, mais il n'est pas là pour établir un record.

Il n'est pas extraordinairement doué pour l'escalade, bien qu'il soit avantagé, comme Taïriel, par sa petite taille. Mais il compense par une obstination farouche, et s'adapte plus vite au froid ; Taïriel se sent très oiseau des tropiques, au début, malgré la combinaison thermique, les oxygénateurs et la pilule journalière de Rochassier, qui active la circulation, facilite la métabolisation et sert aussi de régulateur intestinal ; ils se sont mis au régime montagne, elle s'habitue à n'aller à la selle qu'une fois par jour. Après une semaine, ils forment une excellente équipe, tous les deux, dans la falaise.

Mais Simon est de plus en plus laconique et absent, dévoré par son urgence intérieure. Toute son énergie se concentre sur l'escalade future. Taïriel essaie de l'amadouer, deux ou trois fois : la fin de non-recevoir est douce mais très claire. Elle n'insiste pas. Au moins n'a-t-il pas renoncé à être son instructeur pour la satlàn – on ne peut s'exercer au gymnase ou étudier des cartes pendant des journées entières, quand il fait mauvais temps. Après des débuts un peu cahotants, elle commence à prendre le tour – ne s'endort plus qu'une fois sur quatre, une amélioration de cinquante pour cent, remarque-t-elle en riant. Simon sourit. Quand elle ne s'endort pas, la discipline mentale lui est plus facile et, à mesure que le temps passe, elle y trouve un réconfort inattendu. Quelquefois, lorsqu'ils marchent vers Ékriltan ou, à partir de la deuxième semaine, dans les contreforts de l'Épaule Est, elle se surprend à répéter intérieurement des mantras, pour le rythme et la concentration, et l'impression d'atemporalité qui la fait parfois flotter pendant plusieurs kilomètres sans prendre conscience du vent qui s'insinue malgré tous ses efforts sous son masque pour lui piquer les joues et le nez.

« La période de latence semble bien installée », constate-t-elle un matin, au petit-déjeuner.

Elle est sûre que Simon la voit venir, mais il dit : « Oui.

– Je pourrais aller avec toi. »

Il ne refuse pas aussi abruptement qu'elle l'aurait cru : « On verra si ça se maintient. »

Au début de la troisième semaine, elle le trouve dans l'atelier du Relais, en train de monter une sorte de mécano compliqué dont les pièces sont rangées avec soin devant lui. Déconcertée, elle l'observe pendant un moment sans qu'il la remarque – il ne sait jamais quand elle est là, c'est une de ces occasions où elle en apprécie l'avantage – et au bout de quelques minutes elle reconnaît avec stupeur ce qu'il est en train d'assembler : le torse d'un exosquelette. Pas le modèle industriel, mais celui qu'on utilise pour les diverses formes de handicap moteur généralisé.

Elle a dû laisser échapper un petit soupir étranglé, car il se retourne. Après un petit froncement de sourcils, il se remet au travail en silence. Elle s'approche, examine les pièces – aérogels, sandwichs de céramique 3D souple et de fullérène, ultra-résistant et ultra-léger. Les batteries sont remarquablement compactes. Elle trouve le manuel d'instructions, avec le plan de l'exosquelette tout monté. C'est un modèle plus aérodynamique que ceux qu'elle a déjà rencontrés, presque une œuvre d'art dans sa fonctionnalité épurée.

Elle repose le livret. Remarque au bout d'un moment : « Ce n'était pas dans la liste. » Il n'y a pas eu d'autres livraisons ; il a dû le commander à Greta Salucci lors de leur petit conciliabule au pied du moddex.

« J'ai décidé de m'économiser », réplique Simon d'une voix encore plus neutre que la sienne – elle ne le battra jamais à ce petit jeu. « On m'avait prévenu que l'effort physique pouvait accélérer le processus de vieillissement. Ce qui est le cas. Ne me dis pas que tu ne l'as pas remarqué. »

Elle se mord les lèvres. Elle espérait que c'était seulement la fatigue de l'entraînement, quelque chose de passager. Simon est maintenant un homme en bonne forme physique – qui s'en va vers la quarantaine. Elle attend un peu, le temps de s'assurer que sa voix ne tremblera pas, puis elle demande : « Tu vas faire l'ascension avec ça ? Ou seulement l'entraînement ?

— Je vais m'entraîner avec. Et je l'emporterai. Guère de surcharge de poids. »

Elle s'appuie à la table de travail, dans un élan de colère brûlante qui la laisse médusée : « Je vais avec toi ! Je ne te laisserai pas faire cette ascension tout seul ! »

Il se tourne vers elle avec un léger froncement de sourcils : « N'exagère pas, Tiri. C'est seulement en cas de besoin. Une mesure de sécurité.

— J'irai avec toi. Tu ne peux pas m'en empêcher !

— Pas question. C'est trop risqué.

— Je n'ai pas eu une seule fugue depuis deux semaines ! »

Une lueur angoissée passe dans le regard pâle : « Sois raisonnable, Tiri...

— Et toi, tu es raisonnable ? »

Elle regrette sa répartie dès les deux premiers mots, mais il est trop tard. Simon redevient de pierre, se tourne vers son assemblage et recommence à travailler en silence.

Ce soir-là, elle a une vision. Et la nuit suivante et encore après. Pas pendant les méridiennes, seulement la nuit, cinq nuits d'affilée. Comme une histoire à suivre, et avec une participation curieuse, parfois à éclipses, mais elle ne s'y sent plus noyée comme parfois auparavant ; elle reste toujours une observatrice, sollicitée par ce qu'elle voit, certes, mais libre de ses émotions, de ses opinions, de ses jugements. En tout cas, elle sait chaque fois dès le début que ce sont des visions. Pas un rêve personnel, pas une induction de Simon. Elle ne voit d'abord vraiment pas quel rapport il pourrait y avoir avec Simon, et elle est trop consternée de penser que la période de latence a pris fin pour lui en parler. Puis, quand les visions cessent, et que les jours se remettent à passer sans la moindre petite alerte, elle décide de garder le silence. La période de latence est peut-être en pointillé, mais ces visions ont toutes eu lieu la nuit ; ce ne serait pas dangereux, la nuit, en montagne : on ne grimpe pas, on dort ; elle peut encore faire l'escalade avec Simon – même si, d'un commun accord, ils n'en parlent plus. Et puis, qu'aurait-elle à apprendre de nouveau à Simon par rapport à ses deux autres visions avec Galaas ? Pas grand-chose, en fin de compte. Des confirmations, tout au plus. Mais rien qui le concerne directement.

Galaas est en train de manger à une longue table de bois, assis sur un banc. Autour de lui, des conversations à mi-voix, des chocs de couverts ; des odeurs de nourriture, appétissantes, quelque chose en train de rôtir. L'auberge est seulement à moitié pleine à présent, surtout des gens du cru et quelques voyageurs. Par la fenêtre, quand il lève les yeux, il peut voir le scintillement du Hleïtan sous le soleil, les voiles des petits bateaux de pêche qui parsèment le lac, dans le lointain les longs traits noirs des barges de fret à la cheminée fumante qui se dirigent vers la côte ouest. Une fin d'après-midi de printemps bien tranquille. Tout à l'heure, il reprendra sa route vers Hleïtzer. Voyage ordinaire dans le sud-est, rien de bien particulier à noter. Tout est calme sur le front de la mutation, encore, toujours, comme depuis des siècles. Une de ces interminables et ennuyeuses périodes où les générations se succèdent sans histoire, disséminant les gènes endormis.

Il regarde autour de lui ; tous les indices habituels sont là : le serveur a rempli le verre de celui-ci, mais pas de son voisin, sans avoir à demander ; les deux femmes qui discutent d'un contrat de transport de bois, à la table voisine, n'ont pas élevé la voix une seule fois et s'acheminent vers un accord, bien qu'elles aient commencé sur des positions très différentes. Tous plus ou moins des sensitifs, surtout ici, en plein cœur de l'ancien empire paalao. Et ils en ont bien conscience, maintenant – ils ont même un mot pour le dire : *laôdzaï*. Étymologie intéressante... *laôdzàï*, avec l'accent sur la troisième syllabe, littéralement, c'est d'abord spatial et directionnel : “ orientation claire ”. Mais il suffit de retirer l'accent, *laôdzaï*, pour faire migrer le terme vers le domaine des sentiments, “ orientation, attraction intense ". Le plus curieux, c'est encore que ce mot ait remplacé l'ancien tyrnaë *mnaïten*, " le partage de la voix intérieure ". Ou pas si curieux. Les Tyranao n'ont jamais entendu de " voix ". Phénomène très physique au départ : phéromones, modulations du champ électromagnétique, les manifestations biochimiques des émotions – qu'ils ont choisi de désigner par une métaphore verbale et sociétale, c'est bien d'eux ! Mais les Paalani, plus individualistes, se méfient aussi des métaphores. Peut-être aussi, dirait Ar'k'hit, est-ce leur façon inconsciente de l'emporter, au moins au point de vue linguistique, sur leurs anciens ennemis les Tyranao. Huit cent cinquante saisons après la fin de l'unification ? Sûrement pas, même s'ils ont la mémoire longue. Non, d'après leurs descriptions, leur variété présente de la mutation correspond davantage à de la *laôdzaï*, voilà tout. Les Tyranao en sont au stade du contrôle presque parfait de leur propre capacité, imperceptibles et imperméables s'ils le désirent – et leur mnaïten a dépassé depuis longtemps le stade des phéromones pour entrer dans cette dimension énigmatique où Galaas ne peut plus en faire l'expérience à travers sa propre chair d'emprunt. Aussi bien garder l'apparence d'un Tyrnaë pour ces voyages : personne ne songe à s'étonner de leur absence de laôdzaï perceptible...

Il sauce avec méthode son assiette avec son dernier morceau de pain, termine sa bière et se lève. Après avoir remercié et salué l'aubergiste assise sur la galerie près de l'entrée pour profiter du soleil après l'agitation du repas de midi, il se dirige vers sa carriole. Sur la place centrale, des enfants se poursuivent en criant entre les tingalyai ; quelques aski et une palukaï boivent à la fontaine. Un dernier petit tour dans les boutiques des artisans ouvertes pour le marché du jour sur la place, et il va repartir.

Pas grand-chose de nouveau là non plus. Les motifs traditionnels des tissus et des tapis n'ont guère changé. Ces gens évoluent avec une lenteur stupéfiante. Quand même, cette série de pots en céramique dénote une influence nordique certaine, leur forme, en tout cas... Et les bijoux et ornements ? Ceintures et collerettes de type hébao, mais c'est sûrement de l'importation, pas de la fabrication locale... Eh, mais qu'est-ce qu'il fait, ce gamin ?

Devant lui, un adolescent d'une quinzaine de saisons qui longe les étals d'un pas pressé vient de saisir une bague et de la mettre dans la poche de sa veste longue tout en continuant à marcher. Le mouvement était si rapide, si naturel aussi, que Galaas ne l'aurait pas remarqué s'il n'avait été en train de regarder justement dans cette direction. L'artisan, en tout cas, n'a rien vu, pas plus que la jeune femme avec laquelle il est en train de conclure un marché – ce qui est nettement plus curieux. À cette distance réduite, ils auraient tous deux dû percevoir l'intention du gamin, sa nervosité.

Intrigué, Galaas suit l'adolescent des yeux. Le voit répéter son manège à l'étal suivant, une petite statuette de bois noir filigranée d'or – et là il n'y a personne pour distraire l'artisan au travail. Ce garçon peut-il *contrôler* sa laôdzaï ?

Galaas lui emboîte le pas avec nonchalance. L'adolescent subtilise une saucisse sèche à l'étal du boucher, une poignée d'arpelai, un pain rond... Ses poches commencent à s'arrondir, mais il marche toujours du même pas de qui sait où il va, et nul ne lui prête attention. Il s'éloigne maintenant des étals, passe non loin d'un petit groupe d'adolescentes en train de discuter... Ah, elles le regardent. Elles le regardent, se taisent et se retournent sur lui, même – peut-être est-il joli garçon sous sa tignasse de cheveux rouges, Galaas l'a surtout vu de dos. Mais non, ce n'est pas ce que disent leurs expressions. Un mélange de surprise et de... dégoût ? De crainte ? Certes, il n'est pas très bien vêtu, ses habits sont plutôt disparates, mais ni sales ni déchirés ; sûrement pas un vagabond – et les vagabonds ne suscitent plus ce genre de réaction depuis longtemps.

De plus en plus perplexe, Galaas continue à suivre à une distance raisonnable l'adolescent qui s'éloigne du marché – mais quelle est la distance raisonnable, si ce petit est une nouvelle variété de la mutation ? En tout cas, il ne semble pas se rendre compte qu'il est suivi. Les rues du village sont tranquilles – toute l'activité est concentrée sur la place, à cette heure-ci. Un groupe de banki s'écartent en sifflant et en crachant au passage de l'adolescent, poils hérissés. De plus en plus curieux. Le gamin se retourne, peut-être pour vérifier que les banki ne le suivent pas – il y en a deux là-dedans de la variété hanat des montagnes, qui peuvent être dangereux ; mais pourquoi seraient-ils dangereux puisqu'ils vivent au village avec les humains ? Le garçon doit bien le savoir.

En se retournant, cependant, il a vu Galaas. Difficile de ne pas être remarqué : personne dans la rue, un pur Tyrnaë en ce pays de Paalani... L'adolescent presse l'allure et tourne dans une ruelle. Galaas arrive à l'embranchement. Personne dans la ruelle. Mais en s'arrêtant, il constate du coin de l'œil qu'il n'était pas le seul dans la rue. Non seulement les deux grands banki hanat l'ont suivi sans bruit, mais trois hommes costauds se trouvent derrière eux, et ils n'ont pas l'air aimable. Ils ralentissent un bref instant à sa hauteur tandis que les deux banki galopent dans la ruelle, nez à terre, queue ramassée en tire-bouchon sur le dos ; le plus vieux des hommes lui lance au passage : « Vous aussi, il vous a volé ? »

Les deux banki émettent un unique sifflement strident et les trois hommes se mettent à courir. Il leur emboîte le pas, perplexe et un peu inquiet sur le sort de sa peut-être nouvelle variante de la mutation. Les deux animaux ont tourné dans une autre allée, grimpent l'escalier extérieur d'une petite terrasse. Les trois hommes et Galaas les suivent.

Les banki ont disparu entre les arbustes et les buissons de la terrasse, mais la tonalité de leurs sifflements est claire : ils ont coincé leur proie. Galaas profite de ses grandes enjambées pour dépasser les trois autres. L'adolescent est acculé à la tourelle à oiseaux ; les deux banki maintenant silencieux se dandinent de droite à gauche toutes griffes dehors en posture d'attaque, accroupis sur leurs hanches, queue à l'horizontale au ras du sol. Le gamin est livide, et pour cause: la gueule des banki et leurs crocs découverts se balancent devant sa figure.

« Vide tes poches et donne-leur ce que tu as volé », dit d'un ton sec le plus vieux des poursuivants.

Avec une lenteur prudente, le garçon fouille dans sa veste. Les griffes disparaissent, les mains prestes d'un des banki s'emparent du pain et de la saucisse. L'autre saisit la statuette filigranée.

« La bague, dit l'homme, les arpelai. »

L'adolescent tend la bague au banker. Sort les petites prunes et les jette par terre. Un banker siffle un avertissement, mais le gamin a croisé les bras d'un air buté.

« Et ce que tu as volé au Tyrnaë. »

Le garçon lance un regard maussade à Galaas : « Je ne lui ai rien pris, à lui.

— Je l'ai vu faire et je l'ai suivi », explique Galaas.

L'homme hoche la tête et se tourne de nouveau vers le gamin : « Sais-tu quelle est la punition des voleurs, ici, kerlïtai ? crache-t-il. Cinq coups de fouet par objet volé, et tu devras travailler une journée pour chaque coup de fouet. »

Le garçon ne dit rien. Les banki l'attrapent chacun par un bras. Ils traversent la terrasse en direction de l'escalier, suivis par les trois hommes. Aucun d'entre eux n'a encore touché l'adolescent. Une fois dans l'escalier, Galaas dit à la cantonade, « *Kerlïtai* », d'un ton neutre, en espérant que l'un des villageois réagira. Jamais entendu ce mot-là. Quelque chose à voir avec l'absence de lumière et la terre, ou l'immobilité...

Le plus vieux des trois hommes émet un grognement dégoûté : « Parce qu'il est sans laôdzaï, il s'imagine qu'il peut faire ce qu'il veut sans être repéré ! Mais nous avons toujours des yeux pour voir. Pas assez que Hananai l'ait oublié, il faut encore qu'il vole ! »

Le pain et la saucisse ne sont pas perdus pour tout le monde, en tout cas : les banki se les sont partagés et les dévorent avec entrain tout en surveillant le garçon.

Et on les laisse faire ? Sans laôdzaï, ce petit – ou bien capable de la contrôler totalement ? Jamais rencontré de tel cas pour l'instant en dehors de Tyranu... Difficile pourtant de poser des questions sans trop se faire remarquer. Au moins peut-il bénéficier ici de son statut de visiteur : « En avez-vous beaucoup, par ici ? demande-t-il.

— Le premier que je vois. Plusieurs jours qu'il rôde dans le coin.

— Il n'est pas du village.

— Non ! »

Impossible de se tromper sur l'intonation offensée. “Oublié de Hananai.” Et ils ne le touchent pas.

« Qu'allez-vous faire de la bague et de la statuette ? »

L'homme soupire : « Kar Armilliaz les purifiera. »

Le prêtre du village. Ce gamin est impur ? Tabou ? Parce qu'il n'a pas de laôdzaï – ou la contrôle trop bien. Rejeté, paria. N'a sans doute pas d'autres ressources que de voler ! Non, puisqu'il travaillera pour payer son forfait – sans doute avec les purifications appropriées ensuite. Un développement nouveau dans la société paalao, Ar'k'hit serait intéressée. Mais l'homme impliquait que le phénomène est relativement connu – “ le premier que je vois ” : il en a entendu parler auparavant.

Les questions de Galaas semblent tout de même avoir éveillé la curiosité de son interlocuteur : « Vous n'en avez pas, dans le Nord », marmonne l'homme, pensif. Sans inflexion interrogative – il a déjà la réponse : les Tyranao sont trop proches des Envoyés divins pour être ainsi affligés.

Ils évitent la place du village ; selon la coutume – on ne fait pas d'exception pour un kerlïtai, alors – on ne fouettera pas le gamin en public : on se dirige vers le petit temple. Le prêtre et ses acolytes ont dû être prévenus, ils les attendent dans la cour, près du bassin. Le prêtre tient d'un air sombre le fouet à cinq queues. Il entonne une invocation rituelle à Hananai pour assurer la pureté de la procédure, puis ordonne au garçon d'enlever sa veste et sa chemise, et de s'agenouiller.

Le garçon ne bouge pas. Les banki se font menaçants de nouveau, mais il refuse de céder. Il y a un flottement parmi les prêtres, et parmi les trois villageois ; mais que peuvent-ils faire, s'ils ne doivent pas toucher le gamin ? Et apparemment les banki n'ont pas le droit de le mordre ni de le griffer non plus à l'intérieur du temple – seul le prêtre peut infliger des blessures dans l'enceinte sacrée ; voilà quelque chose qui n'a pas changé non plus.

Finalement, avec un soupir, le prêtre arrache lui-même la veste et la chemise du garçon, sans aller jusqu'à le toucher pour le mettre à genoux. Il se met à fouetter le dos nu, sans hargne particulière, mais avec méthode. Pas de marques sur ce dos – c'est la première fois que le gamin se fait prendre... Vers le dixième coup de fouet, les genoux du garçon commencent à plier, mais il n'a pas émis d'autre son qu'un grognement étouffé. Vers le quinzième coup de fouet, le dos sanglant, il vacille, mais il ne tombe pas.

Galaas compte les coups, écœuré. Comment faire pour récupérer ce gamin ? Vingt, vingt et un... ça s'achève. Toujours debout. Belle obstination, petit. Mais un peu curieuse. Quel âge a-t-il, quinze, seize saisons ? Il ne doit pas contrôler sa laôdzaï : plus vraisemblablement, il en est bel et bien dépourvu. Il doit être né ainsi, on ne le *devient* pas ! Il ne devrait plus avoir d'orgueil, après tout ce temps. Ne devrait jamais en avoir eu, en fait ! Vingt-quatre, il va attendre le vingt-cinquième coup pour tomber ? Eh, vingt-six, qu'est-ce qu'ils font ? Ils comptent chaque arpelai séparément ? Temps d'intervenir.

« Hananai désire-t-elle sa mort ? » demande-t-il, d'un ton pensif.

Le prêtre suspend son mouvement – les réflexes culturels sont encore en place, au moins : on écoute toujours un pur Tyrnaë, même aussi loin dans le sud. L'adolescent s'effondre sur les dalles en silence, comme si seul le rythme régulier du fouet l'avait tenu debout.

« Hananai ne le voit pas », dit quand même le prêtre, les sourcils un peu froncés.

« Sommes-nous les yeux de Hananai ? »

Le prêtre hésite. L'un des hommes, le plus jeune, intervient d'un ton rogue : « C'est un voleur. Cinq coups de fouet par objet volé. Il a pris huit arpelai. Et c'est seulement pour les vols d'aujourd'hui. Ça fait deux jours qu'on l'a repéré. »

De leur point de vue, ils font preuve de clémence. Mais ils vont le tuer quand même. Eh bien, espérons que cet autre réflexe est encore opérant... « Je réclame ce garçon pour l'amour de Hananai », déclare-t-il, la formule rituelle.

Le prêtre écarquille les yeux : « Mais c'est un *kerlïtai* ! » souffle-t-il enfin, respectueux mais consterné.

« Et je suis un ékellian », réplique Galaas sans se démonter, secrètement amusé : à peine un mensonge, après tout. Les prêtres des Ékelli n'ont pas préséance sur les autres, en théorie ; mais en pratique, et surtout un pur Tyrnaë...

Personne ne bouge lorsqu'il va soulever le corps inconscient pour le jeter sur son épaule. Délibérément, il n'a pas feint de faire un effort, tout comme il plie les genoux pour ramasser les vêtements du garçon et se relève comme s'il ne portait aucun fardeau. Les yeux du prêtre et de ses acolytes se sont encore agrandis. Ils s'écartent, comme les trois hommes, pour le laisser passer. Ah, les superstitions ont parfois du bon, n'en déplaise à Ar'k'hit...

Brusquement c'est la nuit, mais toujours avec Galaas, près d'un feu de camp en rase campagne. Le ciel est couvert, pas d'étoiles, pas de lunes. À proximité du feu, la lumière vacillante révèle la masse de la carriole dételée ; l'asker souffle et renifle par intermittences dans l'obscurité. Galaas est agenouillé près du feu ; les flammes lèchent la petite marmite suspendue à un trépied ; une odeur pénétrante, un peu âcre, flotte sur le campement. De l'autre côté du feu, le garçon le surveille, couché sur le ventre, la tête posée sur les bras.

Galaas retire la marmite du feu et la pose dans l'herbe. Peut-être temps de faire les présentations. « Je m'appelle Galaas », dit-il en remuant l'onguent avec une cuillère pour le refroidir plus vite.

Au bout d'un moment, le garçon déclare, avec un petit rictus sarcastique: « Oghim. »

Un prénom ordinaire. « C'est tout?

— Tu t'appelles seulement Galaas », rétorque le garçon. Il le tutoie? Un adulte inconnu? Orgueilleux *et* insolent.

« Je suis un ékellian », explique Galaas, curieux de voir si le garçon comprendra. Et en effet, son expression change, stupeur, respect, embarras. Il essaie de se redresser, fait une grimace en soufflant, en tyrnaë, à la grande surprise de Galaas: « Pardonnez-moi...

— Reste couché. » Orgueilleux et insolent, mais éduqué. De plus en plus curieux.

Le garçon obtempère. Après un petit silence, il demande, un peu buté quand même, toujours en tyrnaë: « Je suis un sans ombre, pourquoi me réclamer? »

Sans ombre... la traduction de *kerlïtai* en tyrnaë? « Hananai ne voulait pas ta mort. »

Le garçon semble s'affaisser sur lui-même. « Hananai ne me voit pas », murmure-t-il, accablé.

Et un croyant. Qui parle un tyrnaë impeccable. En pleines terres paalani.

« D'où viens-tu? »

Le garçon semble hésiter puis ferme les yeux, les traits crispés. « Dnaõzer. »

Galaas tressaille – mais pourquoi, Taïriel n'en a pas la moindre idée: il y a comme un blanc dans ses pensées. Il connaît très bien la ville, en tout cas, même s'il n'y a pas mis les pieds depuis longtemps, cela, elle peut le comprendre. Et il sait aussi que les seuls à même de parler le tyrnaë à Dnaõzer, ce sont les habitants du Palais. Et pas n'importe lesquels: les nobles qui servent la famille royale.

Galaas soulève la marmite, vérifie du doigt la température de l'onguent, tiède, parfait, et vient s'agenouiller près du garçon après avoir pris dans son sac de premiers soins des bandes de tissu léger. « Tu n'as pas toujours été un vagabond, Oghim », affirme-t-il, tout en trempant dans la marmite une série de bandes.

« Quelle importance ? » murmure le garçon, les yeux toujours fermés. Il tressaille quand Galaas étale la première bande sur une des entailles.

« Ça va piquer un peu. Longtemps que tu es parti ?

— Trois saisons. »

Et il a réussi à survivre pendant tout ce temps. Débrouillard, en tout cas.

« Pourquoi es-tu parti ?

— Parce que je suis sans ombre ! »

Le ton est à la fois impatient et désespéré. Galaas étend une seconde bande, une troisième.

« Pourquoi n'es-tu pas parti plus tôt ? »

Le garçon murmure avec lassitude : « Parce que je ne savais pas. Ils me l'ont caché. Ils l'ont caché à tout le monde. Pendant des Années. »

Galaas se redresse, trempe une autre série de bandes dans l'onguent et les dépose sur le rebord de la marmite. « Comment t'appelles-tu, Oghim ? » demande-t-il avec toute la grave autorité de l'ékellian qu'il n'est pas.

Le réflexe de respect joue, comme espéré : « Oghim Karaïdar », admet le garçon, très bas.

Encore une fois un blanc dans l'esprit de Galaas. Est-ce l'intensité de sa réaction qui en brûlerait le contenu pour Taïriel ? Quand elle le retrouve, des échos de stupeur résonnent encore en lui tandis qu'il dit à mi-voix : « Le prince héritier ?

— Plus maintenant, dit le garçon d'une voix rauque. Ma sœur Maïlat montera sur le trône. Mon père voulait... que je reste. Mais je ne pouvais plus... Je ne pouvais pas rester ! » Dans sa passion, il se soulève à demi sur ses avant-bras, retombe avec un petit gémissement.

Galaas, dévoré de curiosité, étale une à une les bandes imprégnées d'onguent sur le dos de l'adolescent.

La deuxième vision est très brève. Il s'agit plutôt d'un tableau. Une région accidentée, à la fin de l'Hiver, près d'un ravin. Un torrent invisible rugit au fond. Un pont de bois et de cordes permettait de franchir le ravin, mais il devait être trop ancien et mal entretenu, car il s'est effondré. On en distingue une moitié de tablier toute déglinguée encore attachée aux poteaux, de l'autre côté du ravin, et qui se balance encore. En plein milieu du ravin, Oghim flotte, sans support visible, les bras autour d'une jeune fille aux cheveux noirs dénoués. Elle a les yeux fermés et s'accroche à lui avec l'énergie du désespoir. Il a les yeux fermés aussi. Il est plus vieux, la vingtaine au moins.

Galaas les contemple avec une immense stupeur. Il est au bord du ravin avec une petite troupe de Ranao également emmitouflés dans d'épais habits de voyage. Juste à côté de lui, à genoux dans la neige, un jeune homme balbutie comme une litanie : « Alishtyn, Alishtyn... »

Oghim ouvre les yeux, regarde autour de lui. Une expression de stupeur totale se peint sur son visage, mêlée de terreur. Il ferme de nouveau les yeux. Au bout d'un moment, il les rouvre, et commence à flotter vers le bord du ravin où se trouvent les autres.

La troisième nuit, la vision dure beaucoup plus longtemps, mais elle se déclenche tout aussi brusquement que les deux premières. Taïriel est en train de lire le manuel de l'exosquelette qu'elle a subtilisé à Simon et *l'odeur est plus nette ici*, Galaas déjà certain de ce qu'il va trouver ouvre la porte d'une main, de l'autre tend la lanterne. Accablé, il contemple le corps étendu sur la couche. Alishtyn semble dormir dans ses cheveux noirs étalés autour d'elle. Les rangées de son collier de pierres bleues ne recouvrent pas tout à fait la plaie béante de son cou, dont le sang se perd dans l'écarlate de la robe nuptiale.

Galaas referme la porte à la volée, se retourne vers Oghim – un Oghim plus vieux dans ses habits de noces, la trentaine, les cheveux roux coupés plus courts. Il le retient, consterné, « Non, Oghim, non ! ».

Oghim n'est pas de taille à lutter contre lui quand il veut faire usage de toute sa force, et il s'abat contre sa poitrine en sanglotant : « Où est-elle ? Où est-elle ? Je veux la voir ! »

Il ne tient pas debout. Galaas l'assied sur les marches de la galerie entourant la petite maison de bois rond. C'est la nuit. Tous les hékellin sont rassemblés là, hommes, femmes et enfants, torches et lanternes en main, eux aussi vêtus d'habits d'apparat, visages aux ombres bouleversées, épouvantées, furieuses. Soudain il se fait un mouvement à l'orée de la clairière, deux silhouettes qui en traînent une troisième. Les autres s'écartent. Avec un sombre triomphe, les deux hommes jettent le troisième à quatre pattes au milieu du cercle : « On l'a trouvé, ce chien, on l'a trouvé, Oghim ! »

Oghim se lève et Galaas en fait autant, mais un peu plus lentement. Il est encore sous le choc. Bayïsil. Il l'a tuée. Je le savais. Je le savais depuis le début que ça tournerait mal. Pourquoi n'a-t-il pas voulu me croire ? " Mais c'est son frère. " Oh, Oghim, ça n'a jamais rien empêché. Il l'a tuée. Il l'a vraiment tuée.

Après s'être levé, Oghim est resté immobile, comme tétanisé par sa propre fureur. Bayïsil, l'homme à quatre pattes dans le cercle, redresse la tête. Ses cheveux noirs sont longs et emmêlés, son visage sali et ensanglanté, ses vêtements en lambeaux. À travers sa tunique déchirée, on voit clairement son propre collier de pierres bleues. Ses yeux fous sont aveugles. Ses lèvres s'agitent en silence, puis un long hurlement strident s'en échappe : « Alishtyyyyyn ! » Il se relève et se précipite vers la galerie en trébuchant.

Oghim pousse un rugissement inarticulé en fonçant vers lui, échappant à Galaas qui a essayé de le retenir par réflexe. Les deux jeunes hommes se heurtent de plein fouet devant les marches, avec un choc sourd, vont rouler à plusieurs mètres de là, toujours enlacés. Ils restent un bref moment immobiles, aussi assommés l'un que l'autre, puis Bayïsil échappe à l'étreinte d'Oghim et se met à ramper vers la cabane. Oghim le rattrape et le roue de coups au hasard. Ce n'est pas vraiment un combat : Bayïsil se débat en silence pour se rapprocher de la cabane, Oghim le retient et tente de le frapper, en sanglotant des paroles incohérentes.

Et soudain, il s'immobilise. Et Bayïsil aussi. Ils respirent – on entend distinctement leur halètement douloureux – mais ils ne bougent plus. Oghim à demi accroupi sur Bayïsil au torse à demi tourné vers la cabane, Oghim, le poing brandi, Bayïsil un coude levé pour se protéger ; Bayïsil regarde vers la cabane, son visage est bien distinct dans la lueur des torches et des lanternes. La bouche un peu entrouverte, les yeux fixes et agrandis.

Un grand silence est tombé sur la clairière, on entend seulement le grésillement intermittent des torches. Tout le monde regarde les deux hommes pétrifiés, et les gens au premier rang de l'assistance esquissent un mouvement de recul.

Galaas se secoue, dévale les marches pour venir se pencher sur Oghim. Même visage aux yeux fixes. Effrayé, sans comprendre, Galaas saisit Oghim par l'épaule, essaie de le relever. Le jeune homme est si totalement crispé qu'il n'y parvient pas. Il n'insiste pas, s'agenouille pour toucher Bayïsil. Lui aussi est aussi raide qu'une barre de sirid.

L'esprit en tumulte, Galaas se relève. Au même instant, Oghim s'affaisse d'un seul bloc sur Bayïsil, puis s'arrache à lui et se propulse sur les mains et les genoux à l'écart. Et se met à vomir, des spasmes secs et déchirants. Le regard affolé de Galaas passe d'Oghim à Bayïsil, qui s'est recroquevillé en position fœtale, les yeux clos. Mort ?

On s'est précipité vers Oghim, mais il repousse tout le monde en hurlant « Non ! Non ! », comme s'il était à la fois épouvanté et horrifié. Il est devenu fou, il faut intervenir ! Galaas s'avance vers lui. Oghim le regarde d'un œil égaré mais ne recule pas. Une stupeur sans bornes se dessine peu à peu sur son visage. Avec une incrédulité qui se colore peu à peu d'un incompréhensible soulagement, il balbutie : « Je ne te vois pas... je ne te vois pas... » Galaas le serre contre lui, bouleversé – une pression assez longue sur la carotide, Oghim s'affaisse contre lui, il le soulève comme un enfant et traverse le cercle muet des assistants pour quitter la clairière.

Galaas regarde Oghim dormir dans le lit qui aurait dû être son lit de noces. On a sauté ailleurs et à un autre moment : il fait jour, dans une chambre aux murs dorés. Galaas caresse la main abandonnée, d'un geste absent, consterné. Trois jours qu'il dort. Pas un véritable coma. Transe ? Le choc, sûrement. Et Bayïsil ne dira rien. Pas avant très longtemps, s'il parle jamais de nouveau. Retombé en enfance. Régression totale. Un bébé. Le choc, sûrement. Mais il a bon dos, le choc, le choc de quoi, que s'est-il passé ? Il a beau se rejouer la scène du combat avec le plus de précision possible, il ne comprend toujours pas. Arrêtés net, et ensuite... " Je ne te vois pas. " Cécité hystérique ? Impossible à dire, il va falloir attendre qu'il se réveille. Oh, si nous étions dans l'île...

Oghim bat des paupières. Galaas tressaille et se penche, submergé de soulagement. Les pupilles noires se fixent sur lui, un regard d'abord vague puis qui se concentre en se teintant d'incrédulité. « Galaas – un souffle rauque – je ne te...vois pas. »

Consterné, Galaas passe la main devant les yeux d'Oghim, mais le jeune homme secoue la tête. « Non... non. Je te vois. Mais je ne te *vois* pas. » Son regard se perd, comme s'il écoutait quelque chose. « Je les vois tous », murmure-t-il d'une voix où résonne un début d'émerveillement. « Je les vois tous, et ça ne fait plus mal... » Son regard revient sur Galaas. « Mais toi, je ne te vois pas du tout, ajoute-t-il d'un ton presque enfantin. Pourquoi ? »

Galaas hésite une fraction de seconde, mais le mensonge qui lui a déjà servi autrefois devrait faire l'affaire encore maintenant, même si la situation est toute différente – pas une mnaïten soudain déclenchée, ici, c'est certain ! Il reste un instant silencieux en soutenant le regard d'Oghim, puis déclare avec juste la nuance voulue d'embarras maîtrisé – pour la surprise, il n'a pas eu besoin de feindre : « Je suis un kerlïtai, Oghim. Un kerlïtai qui n'a jamais trouvé ses pouvoirs. »

Les yeux du jeune homme s'agrandissent : « Mais tu es un ékellian !

— Les Envoyés divins ne se soucient pas de cela. On peut être leur prêtre et chéri de Hananai sans être un hékellin. Ne le sais-tu pas encore ? »

Oghim ferme les yeux. « Je l'oublie parfois », dit-il enfin d'une voix éraillée.

Après un long silence, il demande : « Bayïsil ?

Galaas retient sa curiosité, dit d'une voix paisible : « Il dort. Il est comme un enfant. »

Oghim hoche un peu la tête, les yeux clos.

« Tu aurais pu le tuer. »

Nouveau hochement de tête. Puis Oghim murmure d'une voix qui se brise : « Mais je ne pouvais pas. J'ai vu. Comme il l'aimait. J'ai senti. » Un spasme douloureux convulse son visage. « Il avait tellement mal... je lui ai enlevé les souvenirs. »

Pour la première fois depuis très longtemps, la vision de la quatrième nuit s'annonce. Taïriel se lave les dents, et elle reconnaît soudain l'aura qui l'environne : le temps au ralenti, l'espace obscurci, subtilement déformé... Elle s'immobilise, la bouche pleine d'écume mentholée, se force à respirer selon le rythme maintenant habituel en se répétant son mantra favori. Une fois l'aura dissipée, elle se rince les dents en hâte et va s'étendre sur le lit. Machinalement, elle tend la main pour éteindre la lampe à gaz.

Galaas contemple les eaux orangées. Un dôme gris occulte tout l'horizon, la Barrière qui dissimule l'île. Elle ne ressemble guère à celle qu'a vue Taïriel : une simple luminescence immuable, couleur de perle. C'est au coucher du soleil, au printemps, au bord d'une petite crique qui paraît familière à Taïriel. Si Galaas pense quelque chose, elle n'en sait rien: elle ne partage pour l'instant que ses sens. Et le sentiment diffus qu'il a de son corps est différent: extérieurement, il est beaucoup plus vieux. Intérieurement, aucune différence.

« Dois-je voler jusque-là ? » demande Oghim en se retournant vers lui, avec une ironie incrédule. Ce doit être beaucoup plus tard, en effet : Oghim a dans la soixantaine ; ses cheveux rouge vin ont pâli jusqu'à une curieuse teinte d'un blond rosé ; des rides bienveillantes mais profondes marquent son visage.

« Ni voler ni nager, dit Galaas. La Barrière tue les êtres humains qui la touchent. »

Oghim se retourne vers la Barrière, les épaules un peu affaissées. « Ékellulan, enfin, et je ne peux pas y aller, murmure-t-il.

— J'en ai bien peur », dit Galaas. Il ajoute : « Je te l'avais dit. » Taïriel peut commencer à sentir qu'il n'en est pas mécontent. Si son corps est vieux, la signature unique de son esprit n'a pas changé : ironie et curiosité. Mais elles ont beaucoup perdu de leur tranchant ; Galaas s'inquiète pour Oghim.

Celui-ci se redresse : « Hananai ne m'aurait pas béni de ses dons pour m'empêcher d'offrir mes respects à ses Envoyés », dit-il d'un ton obstiné.

Galaas soupire. Quand cessera-t-il donc de croire en l'origine divine de ses facultés ? Mais s'il n'a pas été persuadé en près de cinquante saisons, il ne le sera pas maintenant. « Tu n'es pas le seul à posséder ces pouvoirs, Oghim.

— Je suis le seul à les posséder tous », rétorque Oghim, un simple énoncé factuel.

Galaas est contraint d'admettre qu'il a raison au moins sur ce point. D'autres kerlïtai se sont révélés être comme lui des tzinao ou des keyrsani, mais très inférieurs en puissance, et jamais les deux à la fois. La danvéraï, le pouvoir déclenché de façon si brutale en cette terrible nuit, après le meurtre d'Alishtyn, cette faculté de pénétrer dans l'esprit d'autrui et de le transformer... ne s'est manifestée chez personne d'autre. Pour l'instant.

« Viens, dit enfin Oghim, en se retournant. Allons voir si ce pêcheur consentirait à nous prêter une barque. »

Galaas se dirige avec lui vers une petite maison de pierre qui se dresse au creux de l'anse. Taïriel reconnaît le paysage, maintenant : c'est la crique où se trouvait, se trouve (se trouvera ?), la demeure de Guillaume Frontenac. Pas de ponton ; trois barques à la peinture écaillée sont tirées sur le sable. Et la maison est minuscule, toute simple, la pierre dorée y alterne avec du granit bleu grossièrement taillé. Le pêcheur, un homme dans la quarantaine, ravaude ses filets devant sa porte, baigné par la lumière tiède du couchant. Il répond de façon brève au salut d'Oghim, sans doute trop paalao pour lui, accorde un peu plus d'égard à Galaas. Il se nomme : Maltsïn.

« Je cherche à louer une barque », dit Oghim sans plus de cérémonie.

La grande aiguille de bois continue sa danse entre les mailles. « Pour quoi faire ?

— Pour aller à Ékellulan », dit Galaas sans laisser le temps à Oghim de formuler une réponse moins compromettante.

Les mains de Maltsïn s'immobilisent, il tourne vers eux un visage incrédule : « Êtes-vous fous ? On ne peut pas y aller ! La Barrière foudroie quiconque essaie de la traverser.

— Je crois que les Ékelli me laisseront passer », murmure Oghim.

L'autre a un petit rire goguenard : « Et en quel honneur ?

— Je suis Oghim Karaïdar », dit enfin Oghim, un peu embarrassé comme toujours.

L'expression du pêcheur ne change pas.

« Il semblerait que ton renom ne se soit pas rendu jusqu'ici », commente Galaas.

Oghim a un petit mouvement d'impatience : « Peu importe. Je désire louer une barque. Si vous ne voulez pas louer une des vôtres, connaissez-vous quelqu'un qui le ferait dans les environs ? »

L'autre a repris son ravaudage : « Mes frères sont partis pour la Pêche à Mérèn-Iliu. Mais je ne connais personne qui soit intéressé à perdre sa barque. » Une petite pause, puis : « Si vous désirez perdre votre propre barque, par contre...

— Je n'ai pas d'argent et mon compagnon non plus, dit Galaas, qui s'amuserait presque. Nous avons coutume de travailler pour notre écot. »

Le pêcheur les dévisage des pieds à la tête : « Eh bien, si vous pouvez me pêcher assez de poisson pour remplacer ma barque, pourquoi pas ? Vous pourriez commencer par m'en pêcher un pour le souper. » Et il se met à rire tout bas en reprenant son travail.

« Viens, dit Galaas à Oghim, retournons au village. » Le pêcheur ne l'amuse plus autant. Mais Oghim contemple le lac houleux, où les derniers rayons du soleil illuminent, malgré la Barrière, de fantastiques couleurs écarlates : les jours de la Pêche sont commencés, pendant lesquels l'atéhan, le poisson-roi du Leïtltellu, devient comestible ; les remous de l'eau ne sont pas causés par le vent, mais par les poissons rassemblés pour le frai annuel.

« Un atéhan serait-il à votre goût ? » demande Oghim d'une voix calme.

L'autre se remet à rire, bien entendu. On ne pêche pas individuellement l'atéhan : seuls les bateaux communaux peuvent entreprendre cette tâche, et avec les plus grandes précautions ; le poison des atéhani se répand en cette période à la surface de leurs écailles, purgeant leur chair mais les rendant mortels pour tout imprudent qui entre en contact direct avec eux.

Oghim s'est avancé au bord de la crique. Galaas le suit des yeux, un peu inquiet.

Dans une grande gerbe d'éclaboussures, un corps massif et fuselé jaillit des eaux pour retomber sur la plage rose. L'atéhan semble se débattre furieusement, mais après un moment, on se rend compte qu'il est retourné d'un côté puis de l'autre et traîné dans le sable par une main invisible ; le sable lui-même se soulève et frotte les écailles, qui perdent leur aspect verdâtre et vitreux. Le corps argenté à la tête camuse bouge une dernière fois pour venir s'abattre aux pieds du pêcheur paralysé.

« Combien de ces poissons faudrait-il pour remplacer votre barque ? » demande Oghim, toujours de la même voix paisible.

L'homme sort brusquement de son hébétude. Il se jette à genoux, épouvanté – loin du poisson : « Prenez ma barque, prenez ma barque ! Je ne savais pas que vous étiez un magicien ! »

Oghim soupire, par habitude : « Pas un magicien. Combien de poissons ? »

Maltsïn finit par relever la tête, et Galaas serait encore presque amusé : l'homme jette un coup d'œil vers le poisson mort, renifle un peu. « Des comme ça ?

— Plus gros, si tu veux. »

Une petite lueur s'est allumée dans l'œil du pêcheur. « Quarante-cinq atéhani aussi gros que celuï-ci, et ma barque est à vous.

— Trente, dit Galaas, et ce sera bien payé.

— Trente-cinq. Il faudra que je nettoie la plage, après.

— Trente », répète Galaas, sévère, en prenant sa voix résonnante d'ékellian. « Tu sais très bien que le poison se décompose à la lumière du soleil.

— Laisse, Galaas, intervient Oghim. Ce n'est pas un problème. » Et, au pêcheur : « Demain matin. Il faudra prévenir vos frères. On aura besoin de bras et de carrioles pour ramasser les poissons.

— Tu nous logeras pour la nuit, Maltsïn », dit Galaas. Ce n'est pas une question et, sans attendre de réponse, Galaas se dirige avec Oghim vers la petite maison de pierre, tandis que le pêcheur se relève pour aller contempler le poisson – il boite bas, voilà pourquoi il n'est pas à la Pêche comme les autres.

Oghim s'assied un peu lourdement devant le grand poêle qui occupe le mur du fond. Il fouille dans sa veste pour en sortir la gourde d'aalud, se verse un bouchon du liquide ambré, puis un autre. Galaas se retient de faire un commentaire, aussi agacé qu'inquiet. La dose n'a cessé d'augmenter petit à petit ; il y a accoutumance, c'est certain. Il faudrait raffiner davantage cette drogue – et d'abord l'étudier correctement. Les Hébao l'utilisent peut-être depuis des siècles dans leurs cérémonies rituelles d'initiation, mais c'est un usage ponctuel, et non répété. Un régulateur cardiaque, pour Oghim. Un psychotrope pour les Hébao, mais pas du tout pour lui, ni pour les autres kerlïtai. Pas d'effets secondaires nocifs pour l'instant, et ils l'emploient depuis une quinzaine de saisons déjà, mais... Et Oghim s'en sert davantage que les autres, bien sûr, ses pouvoirs sont plus souvent sollicités. Qui sait ce qu'il est en train d'infliger à son organisme ? J'aurais dû l'emmener dans l'île dès le début. Mais je ne savais pas, au début. Et après... Tu t'es laissé distraire, dirait Tov, il n'aurait pas tort, bien sûr. Décennies après décennies de distraction. Rien de mal à se laisser distraire, à simplement suivre au lieu de vouloir à tout prix anticiper... Et maintenant que l'île est toute proche, j'essaie de le décourager d'y aller. Belle logique. Mais les autres n'ont pas vécu toute une vie avec lui. Moins distraits, eux. Difficile de le garder pour moi seul, une fois là-bas, et ils ne le ménageraient sans doute pas autant que moi. Et à quoi bon l'y emmener maintenant ? Il y en a eu un comme lui, il y en aura sûrement d'autres. Il suffit d'attendre. C'est toujours ainsi que semble fonctionner cette mutation. Un ou plusieurs précurseurs isolés, puis une vague de mutations mineures du même type, qui croissent lentement en intensité, une période de latence plus ou moins longue ensuite, de nouveaux précurseurs, et le cycle reprend. Il vieillit, mon pauvre Oghim. Inutile de l'emmener dans l'île maintenant. Il faudrait l'effacer. Ou le garder avec nous. Sa foi n'a jamais été ébranlée, mais cela, il n'y survivrait sûrement pas. Et l'effacer... Non. Non ! D'ailleurs, le processus n'est pas si précis, qui sait ce que nous effacerions aussi ? À moins qu'ils n'aient affiné la procédure. Toujours possible. Devrais visiter plus souvent, ou au moins me tenir au courant... Mais peut-être sont-ils tous en sommeil, dans l'île !

Le pêcheur vient de rentrer, le poisson dans les bras, enveloppé dans un grand morceau de cuir ciré. Il le dépose dans l'évier où, après avoir passé des gants, il lui coupe la tête et le tronçonne en trois segments. Puis il le lave à grande eau sous la pompe avec une grosse brosse et se met en devoir de le dépiauter. Quand il a fini, il sort de nouveau et on peut le voir s'affairer dans le petit jardin qui flanque la maison : il ramasse des légumes. Oghim se lève et remet du bois dans le poêle.

Il va bien falloir avoir cette conversation.

« Vas-tu vraiment aller dans l'île, Oghim ? »

Les yeux noirs se fixent sur lui, dans leur réseau de rides lasses : « Oui.

— Je suis un ékellian et je n'y ai jamais mis les pieds ! » Pourquoi est-il si désagréable d'avoir recours à ce genre d'argument, à présent ?

« Tous les ékelliani ne sont pas comme toi, Galaas », murmure Oghim en baissant les yeux.

Prendre un air digne. « Mon handicap n'y est pour rien. Aucun d'entre eux n'est jamais allé dans l'île non plus, ils te l'ont bien dit à Mérèn-Illiu. » Voilà, au moins, qui n'est pas un mensonge. « Veux-tu te suicider ?

— Tu sais bien que non, dit Oghim avec douceur. Mes jours appartiennent à Hananai. Si elle veut y mettre fin, elle le fera. Je désire seulement aller dans l'île et rencontrer les Envoyés divins.

— Et comment pourraient-ils te retirer tes pouvoirs, si c'est Hananai qui te les a accordés ?

— Ils peuvent intercéder auprès de Hananai. Ne le sais-tu pas, toi qui es leur ékellian ? »

Terrain périlleux. Oh, cette conversation ne tourne pas bien du tout ! « Tu remets en question les dons de Hananai, et tu veux la mettre au défi de t'empêcher de passer la Barrière, Oghim. Quel orgueil. »

— Rien de ce que je suis n'est inconnu de Hananai. Mes questions, mes doutes, mes faiblesses. Et tu devrais savoir aussi, depuis tout ce temps, que je n'ai plus d'orgueil, Galaas. Mais je suis las, c'est vrai. J'aimerais déposer mon fardeau. Ce que Hananai a donné, elle peut le retirer. Et je peux le lui demander. Elle sait que j'ai essayé de la servir de mon mieux pendant toutes ces années. Elle est généreuse. Elle ne me tiendra pas rigueur de ma prière, qu'elle l'exauce ou non. »

Il est réellement décidé. Constater la réalité de la Barrière et la réaction des ékellian comme des gens du cru lorsqu'il leur a parlé de son intention ne l'a pas fait changer d'avis. Toujours aussi obstiné !

Changer de tactique. Contrôle des dommages. Il l'aura voulu : « Alors, j'irai intercéder avec toi.

— Non ! »

Une réaction un peu trop brusque. Galaas ne sait s'il doit en être satisfait ou atterré : « Tu n'es pas si convaincu de pouvoir traverser la Barrière, alors. Ou dans ton orgueil, malgré tout, penses-tu que tu pourrais passer mais pas moi, un ékellian ?

— Ce n'est pas cela », murmure enfin Oghim, défait. « Mais si... ma démarche devait irriter les Ékelli, je ne voudrais pas que tu...

— Ne parlais-tu pas de la générosité de Hananai ? Pourquoi le serait-elle moins avec moi qu'avec toi ? C'est elle qui décide et non ses Envoyés. »

Oghim ne dit rien. Puis il relève la tête, un peu angoissé – pris au filet de sa propre logique de croyant. « Tu as raison. »

Le pêcheur revient avec une bassine pleine de légumes déjà nettoyés à la pompe extérieure. Oghim va s'installer à la table pour les éplucher. Galaas en fait autant, sombrement résolu. Demain, ils partiront pour l'île. Mais Oghim n'y arrivera pas. Il aura une absence, juste une petite absence, et il se retrouvera dans la crique avec Galaas. Repoussé par les Ékelli, mais il ne devrait pas en être trop accablé. Il comprendra – sa foi peut intégrer ce genre de péripétie. S'il le faut, on inventera des précédents. Qu'est-ce qu'un mensonge de plus, à ce stade ? Au moins, Oghim sera sauf.

L'aube point à la fenêtre, à présent. Galaas à moitié endormi se redresse en bâillant. Désagréable journée en perspective. Ou bien, il n'y avait pas pensé auparavant, Oghim sera tellement épuisé après avoir pêché tous ces poissons à l'aide de son pouvoir qu'il remettra l'expédition à l'après-midi. Reculer pour mieux sauter, mais ce sera toujours ça de gagné.

Le lit d'Oghim est vide. Déjà ? Méditation matinale ? Ou appel de la nature.

Galaas se lève pour aller soulever le rideau de la fenêtre. Une bonne tempête sur le lac retarderait aussi cette stupide expédition... mais peu probable, en cette saison.

Des corps fuselés, arqués dans une ultime convulsion, parsèment la plage.

Il manque une barque.

Galaas se précipite dehors, sans même passer une veste sur ses vêtements de nuit. Retourne une des deux barques restantes comme si elle était en papier, la pousse dans l'eau et saute dedans, d'un seul mouvement. Passe les rames dans les tolets et se met à ramer. Pas une pensée, seulement l'urgence, et l'effort physique, féroce, concentré. La barque vole sur l'eau rougeâtre, vers le petit point noir, là-bas, qui est Oghim.

Et bientôt, la certitude horrifiée, à chaque coup d'œil jeté par-dessus son épaule : Oghim a trop d'avance. Galaas redouble d'effort, mais même avec une force surhumaine, il y a des limites à la résistance du bois. Il se rapproche, en parallèle avec la trajectoire d'Oghim, il peut distinguer sa silhouette dans la barque, il hurle : « Oghim ! » Oghim continue à ramer. Il faut arriver avant lui, il faut ! La fureur le plie de nouveau sur les rames. La Barrière s'élève dans le ciel et s'incurve vers l'horizon, avec sa fausse luminescence perlée, et la véritable force mortelle et invisible qui y crépite. Un élan d'espoir : le courant qui entoure l'île. Suit les contours, pénètre dans la Barrière plus haut à l'est, mais en ressort ensuite. Avec un peu de chance, la barque d'Oghim sera prise dans le courant qui l'éloignera de l'île...

Du coin de l'œil il voit l'autre barque accélérer. Vers la Barrière. Non, non ! « Oghim ! », de toutes ses forces, sa voix se déchire dans sa gorge. Oghim ne rame plus, il a rangé les avirons. Il prie, l'imbécile, il prie !

La barque d'Oghim pénètre dans l'illusion de la Barrière. Galaas s'affaisse sur ses rames en fermant les yeux. Il sait qu'il n'y aura aucun bruit. Pas le temps de crier, quand la Barrière vous foudroie. Lorsqu'il regarde à nouveau, la barque a disparu, emportée par le courant de l'autre côté de la Barrière. Sa propre barque a filé sur son erre en tournant – une des rames traînait dans l'eau – jusqu'au courant qui s'en est emparé à son tour. Il abaisse l'autre rame pour se remettre à ramer mais il n'a plus de force. Il se laisse aspirer dans la Barrière, qui reconnaît son signal et s'éteint brièvement pour le laisser passer. S'oblige à chercher des yeux l'autre barque, peut-être en flammes, et le cadavre calciné.

Oghim est toujours assis dans la barque. Intacte, la barque. Et Oghim, intact.

Galaas le contemple un instant, paralysé, puis il se remet à ramer furieusement, les yeux toujours fixés sur la silhouette immobile. Vingt mètres, dix mètres... le visage d'Oghim est visible, maintenant. Dénué d'expression, bouche un peu entrouverte, yeux aveugles.

Galaas range ses rames, se lève pendant que sa barque file sur son erre pour venir accoster l'autre, y monte. S'assied en hâte pendant que la barque roule, tend un bras vers Oghim pour l'empêcher de tomber, mais Oghim semble vissé au banc de nage. Souffle « Oghim ? », par réflexe, mais il se rappelle. Il l'a déjà vu ainsi. Il se rappelle.

Au bout d'un moment, comme le courant les entraîne parallèlement au rivage, il reprend les rames, les glisse dans les tolets de l'autre banc de nage et se met à ramer avec vigueur vers la plage de sable rose.

Galaas est assis sur le sable, l'esprit vide, près d'Oghim étendu mais toujours inconscient, les yeux fixes. Il frissonne un peu dans ses vêtements de nuit – le vent est frisquet si tôt le matin, en cette saison. Mais non, c'est le choc. Le contrecoup de l'effort physique et le choc. Les images se succèdent en boucle dans son esprit, la barque pénétrant dans la Barrière, la barque de l'autre côté de la Barrière. Intacte. Oghim, intact. En transe. Un nouveau pouvoir ? Mais la boucle reprend, court-circuitant ses avortons de pensées.

Un violent frisson secoue soudain Oghim, qui se redresse sur ses coudes en prenant une grande inspiration comme s'il avait suffoqué et revenait à la surface. Galaas se penche vers lui, lui glisse un bras sous les épaules. Dans la face livide et ravinée, les yeux noirs étincellent. « J'ai vu... j'ai vu...

— Ne parle pas, Oghim...

— Si, j'ai vu... un homme. Jeune. C'était la nuit. L'éclipse de lune. J'étais avec lui ! Ce n'était pas l'un de nous, Galaas. Je le voyais mais ce n'était pas l'un... »

Il se met à tousser. Galaas regarde autour de lui, affolé, que font les autres ? ils devraient déjà être là !

« L'aalud, s'étrangle Oghim. Dans... ma veste. »

Galaas trouve la fiole, la débouche avec maladresse. Oghim la saisit à deux mains, boit directement au goulot, reprend, haletant : « Il était petit. Nu. Pas un Rani. Pas un Rani ! Des cicatrices. Sur la poitrine. Le front. En forme d'éclairs. Les yeux... les yeux... comme le ciel. Bleus, pâles. Et il ne savait pas où il était. Il sortait... d'une lumière. Une lumière bleue. Comme du métal liquide, mais bleu. Et des gens venaient à sa rencontre. Je le voyais... avec eux aussi. Une foule, avec des torches. Des nôtres. Joyeux. Ils le reconnaissaient. Ils criaient... " Odatan, Odatan ". Matieu. Il s'appelait. Matieu. »

Il s'affaisse, les yeux clos, le souffle court. Malgré l'aalud son cœur bat à toute allure, il est agité de tremblements spasmodiques. Galaas, affolé, impuissant, le berce contre lui en balbutiant : « Ne dis rien, ne te fatigue pas, on va venir... »

Un autre moment a passé. Galaas accroupi n'en a pas souvenir. Il tient toujours Oghim, mais Oghim ne tremble plus et son souffle est plus régulier ; son visage a repris des couleurs plus normales. Il rouvre les yeux, esquisse un sourire en voyant Galaas penché sur lui. Fronce un peu les sourcils. « La Barrière... a-t-elle... disparu ?

— Non. Mais tu avais raison, les Envoyés divins t'ont laissé passer.

— Non, souffle Oghim. Moi, je suis... passé. » Il dévisage un instant Galaas, avec moins de stupeur qu'il ne le devrait : « Tu es passé... aussi. »

Galaas se mord les lèvres, accablé : « Je suis un ékellian...

— Non », répète Oghim. Il ferme les yeux. Reste un moment silencieux puis reprend : « Je pensais... si je pouvais déplacer des objets... sans les toucher, je pouvais déplacer les particules... invisibles, dans l'air. Protection. Contre la Barrière. Physique... la Barrière. Foudroie. Comme les éclairs. Tu sais ? Les expériences... de Karat-Alliz, à Hleïtzer. »

Galaas dévisage Oghim, stupéfait. Avec les cerfs-volants, il y a une demi-douzaine de saisons, une de ces redécouvertes périodiques de l'électricité qui restent pour l'instant des curiosités... Oghim en avait entendu parler ? Il ne lui en a jamais rien dit.

Puis il s'affaisse un peu sur lui-même en prenant la mesure du silence d'Oghim. Des silences. Épouvanté, il voit les conséquences possibles se ramifier dans son esprit. Impossible. Toutes ces années ? Et il ne lui a jamais dit... Non, il ne pouvait pas savoir. Il ne pouvait pas se douter. Impossible.

Et une pensée détachée : il faudra encore transformer la Barrière.

Oghim le contemple avec gravité, avec respect aussi. Puis son regard se porte derrière lui, ses yeux s'agrandissent. Galaas se retourne. Une grande sphère lumineuse flotte à hauteur d'homme. Pas trop tôt.

« Tes compagnons, Galaas », souffle encore Oghim, les yeux brillants.

Galaas baisse la tête. Puis il lisse avec une tendresse désolée les cheveux pâlis d'Oghim autour de son front, contemple le vieux visage si plein d'espoir : « Oui, mais tu ne t'en souviendras pas. »

Oghim est mort. Galaas, appuyé à un parapet, dans le parfum des fleurs et des feuilles de l'été, regarde en contrebas une place pleine de monde, c'est jour de marché à Paaltaïr. Tiens, c'est jour de marché. Et Oghim est mort.

Éteint, sans douleur, une belle mort pour les livres, paisible. Il l'avait vue, sa mort. Dans une de ses visions. Une de ses morts. Difficile à dire. Les nombreuses demeures de Hananai. Dans les nombreuses demeures de Hananai, de nombreux Oghim qui n'ont jamais été Oghim, qui n'ont jamais rencontré de Galaas, qui ne sont jamais allés dans l'île, qui n'en sont jamais revenus illuminés par leur vision et la rencontre des Envoyés divins. Mais dans cette demeure-ci, Oghim est mort.

Ils prient toujours, dans la chambre, leurs voix se mêlent au crissement des insectes, aux chants des oiseaux de la terrasse. Les ékellian, et les prêtres de Hananai, et tous leurs acolytes, et les enfants d'Oghim, ses vrais enfants et les autres, les représentants de ceux qu'il est allé chercher partout sur Tyranaël, les enfants de tous les kerlïtai méprisés, rejetés, auxquels il a offert un espoir, et son cœur. Un si grand cœur, Oghim. Miné par l'aalud, à laquelle il a fini par succomber, mais un si grand cœur. Assez grand pour un faux ékellian qui lui avait menti toute sa vie – et pendant toute sa deuxième vie, après l'île, mais Oghim ne se rappelait plus, ce n'était pas un mensonge, seulement une nouvelle réalité. Pas si différente, somme toute, toujours été un croyant, Oghim. Croyait un peu plus, c'est tout. Doutait moins. Plus heureux, sûrement. Sûrement. Presque vingt saisons de plus, la nouvelle réalité, mais plus maintenant, ce n'est plus la peine de mentir, Oghim est mort.

Ils prient, ils prient, ça n'en finit plus. Mais ils doivent répéter la vision d'Oghim autant de fois qu'elle lui a été accordée, huit fois. Ne l'a jamais eue dans l'île, dommage, on aurait pu essayer de l'enregistrer.

Eux, en tout cas, les enfants d'Oghim – ils ne s'appellent pas encore tous *hékel*, mais cela viendra, lorsqu'il y en aura davantage comme lui – ils la connaissent par cœur. Et mieux que par des mots. Se la transmettent de génération en génération de danvérani – transfert direct d'esprit à esprit, mémoire instantanée. Ils ne considèrent pas cette réitération comme un rituel sacré, à vrai dire. Pas comme une *prière*. Simplement la commémoration d'Oghim, le premier hékel béni de tous les dons de Hananai. Y compris la Vision, le don ultime, le plus mystérieux – et unique. Combien de temps il le restera, les paris sont ouverts. Mais Oghim, le premier et le seul *aïlmâdzi* pour l'instant, ne pariera plus jamais. Oghim est mort.

L'aalud, sûrement. Il faudra étudier cette drogue à fond. Sa synergie avec... quoi ? Des variantes latentes de la mutation, qui finiront par se déclarer aussi chez d'autres, dans quelques centaines de saisons, après la prochaine période de latence ? Ou des capacités exclusives à Oghim, et qui ne se représenteront plus – la théorie de Lin'k'lo ? Elle n'a pas tout à fait tort, d'ailleurs : très aléatoire, le déclenchement de ce dernier pouvoir. Se serait-il déclaré, même, sans le choc de la Barrière, l'effort qu'Oghim avait fait pour s'en protéger ? Et aucun contrôle de ces Visions. " Voir les multiples demeures de Hananai. " Qui aurait pu imaginer un pareil développement ? Ni moi, ni Lin'k'lo, ni Tov. Aucun rapport avec les autres pouvoirs. Tombé du ciel, ce pouvoir-là. Pas surprenant, cette foi renouvelée d'Oghim. Si paisible, Oghim, sur la fin. « Tout quelque part a été, tout est, tout sera. C'est bien ainsi. » Mort croyant, Oghim, comme il a vécu, et je n'ai jamais pu le comprendre, ne le comprendrai jamais. Un de perdu. La mutation continue, continuera. Oh, elle n'a pas fini de nous surprendre, si nous voulons encore être surpris. Nous avons le temps.

Mais Oghim, mon brave petit voleur, mon petit kerlïtai obstiné, Oghim est mort.

Taïriel se lève dans l'obscurité, sort dans le couloir, ouvre sans faire de bruit la porte de la chambre de Simon. Il dort, bien sûr, il dort. L'étau de sa poitrine se desserre un peu, juste assez, juste trop, les larmes n'attendaient que cela et roulent, brûlantes. Elle s'assied au bord du lit en ravalant ses sanglots, ça fait mal, elle regarde Simon dormir dans la pénombre lumineuse de la pierre dorée en sommeil aussi. Et puis elle n'y tient plus, elle se blottit contre lui, ramassée en une petite boule dure de chagrin et d'angoisse. Il se réveille en sursaut, murmure son nom, elle ment, incohérente, « juste un rêve, un rêve ordinaire » et elle se met à pleurer pour de bon tandis qu'il la prend dans ses bras et lui caresse les cheveux. Elle l'étreint de toutes ses forces, elle veut le toucher, se rassurer. Et la texture de sa peau est différente, subtilement plus sèche, la chair sous sa peau, malgré les muscles, subtilement plus flasque... Elle l'embrasse en aveugle, et bientôt il l'étreint avec la même passion muette et désespérée, et elle ne sait plus pour qui elle pleure, pour tout ce qu'elle ne lui a pas encore dit, pour Oghim, pour lui, ou même, encore, avec le chagrin de Galaas.

17

Quatre semaines sont presque écoulées. La météo annonce une semaine assez belle sur le Catalin, après quoi le temps redeviendra exécrable pour le reste du Mois. Simon décide de ne pas attendre plus longtemps et déclare un matin qu'il partira le lendemain ; a-t-il si hâte de poursuivre sa course contre la montre ? Mais

Taïriel ravale son commentaire, les yeux baissés sur son bol de chocolat. Dans le visage osseux de Simon, tanné par le soleil, les rides s'inscrivent plus profondes, les cheveux blonds, qui ont repoussé, ont pourtant repoussé moins épais. Elle se force à relever les yeux. Simon l'observe par-dessus la table du petit-déjeuner. Taïriel rassemble son courage. « Quatre semaines sans fugue », dit-elle, obstinée. Ce n'est pas un tel mensonge : plus rien depuis les visions d'Oghim. La période de latence se maintiendra bien pendant encore une semaine – et il ne faudra pas une semaine pour faire cette ascension, une demi-douzaine de jours au pire.

Simon la contemple sans rien dire, les yeux un peu plissés.

Résignée – elle aurait quand même préféré ne pas avoir à lui tordre le bras ainsi – elle révise mentalement ses autres arguments : comment l'empêchera-t-il, il la fera enfermer au Relais ? Comment l'expliquera-t-il à Margot Kenneur et aux autres ? Et si elle leur expliquait pourquoi elle veut l'accompagner ? Si elle leur parlait de l'exosquelette ?

« D'accord, dit Simon. Mais tu procéderas avec la plus grande prudence, et à la première alerte, je te redescends. »

Prise à contre-pied, elle le dévisage un instant, puis masque sa stupeur en se versant une seconde tasse de chocolat, presque froid, mais c'est pour le principe. « D'accord », dit-elle, assez satisfaite de la neutralité de son intonation : elle fait des progrès.

Ce matin-là, il lui donne un cours accéléré d'ajustement et de montage de l'exosquelette. Il ne peut pas ne pas se rendre compte qu'elle s'en tire très bien – et pour cause : elle a étudié le manuel. Mais il ne dit rien, et l'emmène sur l'Épaule Est, pour recommencer l'exercice de façon un peu plus réaliste, dans le vent, à -40°.

Le lendemain, par une belle matinée froide et ensoleillée, Fredo Kenneur les dépose avec le matériel sur un méplat en haut du névé à l'ouest du glacier. Ils gardent un lien radio avec le Relais, bien entendu. Ils rassemblent le matériel, ajustent leurs crampons, se harnachent et commencent à grimper en essayant de contourner les champs de neige et leurs crevasses cachées. Le fleuve de glace, derrière eux, est moins bruyant que lorsqu'ils sont allés lui rendre visite près du col Alban, mais à cette distance on entend encore claquer, comme des coups de feu, les séracs qui s'effondrent dans les crevasses adjacentes. Le massif est surtout constitué de vastes éboulis de rocs, vagues après vagues ; des champs de neige dure y alternent avec des zones rocailleuses découvertes par le vent. Simon marche en premier de cordée. Dans les éboulis, quand on est dans les cailloux ou sur la roche, c'est un peu plus rapide, mais il faut regarder où on met les pieds, ça glisse facilement. Pas d'escalade proprement dite – encore heureux en traînant ce poids –, juste grimper de quinze cents mètres en marche lente sur une pente d'environ trente pour cent, jusqu'à la base de l'aiguille, à sept mille mètres, où ils passeront la nuit. Ils devraient y être à la fin de la journée.

À la pause de la méridienne, Taïriel est plus épuisée qu'elle ne voudrait le reconnaître – Simon doit l'être encore plus. Elle l'observe du coin de l'œil, mais il prépare à manger, méthodique et silencieux. Économiser son souffle, bonne idée. Le pire, c'est encore l'altitude, malgré les oxygénateurs et l'entraînement. Quant au reste... Taïriel, fidèle au contrat, s'est surveillée avec la plus grande attention, mais pas une seule alerte.

Ils reprennent leur lente ascension. Le beau temps ne se dément pas pendant toute cette première journée, et ils arrivent à leur destination avant la tombée du jour : une zone rocheuse plane où ils peuvent arrimer les tentes-tunnels sans problème une fois qu'ils les ont dépliées – le matériau compressé, polymère et buckyte, se déploie tout seul en claquant quand on le secoue, et la pompe à gaz finit de tendre les triples parois et le plancher gonflable qui permet de se passer de sac de couchage. Ces tentes sont prévues pour une seule personne à l'aise, mais ils dormiront dans la même tente, l'autre est pour le matériel. Taïriel rentre à quatre pattes et déplie le cuiseur catalytique – ils se sont partagé les tâches ; Simon installe la buga pour les latrines, elle fait à manger. Elle déchire les sachets lyophilisés en se demandant ce qui se passera si jamais elle a une vision dans la nuit. Elle est prête à argumenter avec acharnement, de toute façon, s'il s'en rend compte.

Mais la nuit se passe sans incident – trop épuisée pour les visions, peut-être, Taïriel s'endort comme une masse, ne se réveille que le lendemain dans une lueur incertaine, et le crépitement de la neige sur les parois extérieures de la tente quand le vent se calme. « Petite tempête, dit Simon, philosophe. J'ai arrimé la buga. Rendors-toi. »

La petite tempête dure toute la journée, avec une ou deux accalmies dont ils profitent pour aller faire leurs besoins ; heureusement, leur camp est bien abrité du vent, la toile de leur sanitaire ne s'envolera pas. Simple, léger, inélégant. Il faudrait persuader quelqu'un de mettre au point des bactéries ou des champignons capables de gérer des sanitaires chimiques à cette altitude ! Simon somnole, elle aussi, le reste du temps ils jouent aux échecs sur un minuscule échiquier de voyage magnétique. Taïriel sait depuis leur cohabitation à Cristobal qu'elle n'a aucune chance, mais ça passe le temps. La seule autre distraction, c'est de déplier puis de replier le four catalytique pour faire à manger – en essayant de ne pas laisser entrer la neige par la porte entrouverte de la tente, bouffe de l'oxygène, ce four. Au moins nulle absence ne se manifeste-t-elle, ni transe, ni fugue, ni rêve ni vision, rien. Et en plus, ils auront pu se reposer avant la véritable escalade. Taïriel s'endort satisfaite.

Le temps s'est rétabli le lendemain. Ils communiquent avec le Relais pour signaler leur départ ; puis ils se harnachent à nouveau. Simon ne met pas encore son exosquelette ; ce sera plus difficile de l'ajuster et de le monter dans la paroi verticale, même s'ils ont repéré des corniches assez larges. Mais Taïriel ne fait pas de commentaires. Simon a sa fierté, c'est son droit.

Ils commencent à escalader le Catalin proprement dit, une gigantesque aiguille de basalte de deux mille mètres que le froncement obstiné du continent a fait jaillir du massif environnant. La plate-forme se trouve à environ huit mille cinq cents mètres. Harnais, cordes et gants, grattonnage et, dans les passages plus difficiles, pitons ou pattes-de-mouche – pour un surplomb non prévu. Ce n'est pas trop pénible, à part le froid, et l'oxygénateur dont une des branches a tendance à gratter la joue de Taïriel sous la visière ; elle a même le loisir d'admirer au passage de fort belles veines d'anorthite blanche, vaguement nacrée, marquée de cristaux translucides d'augite et de macles de hornblende, caractéristiques de cette partie des McKelloghs. Elle ne fait pas partager son intérêt à Simon : elle l'entend souffler dans les écouteurs de son casque – elle pourrait les régler au minimum, mais le son la rassure. Simon respire avec régularité, mais fort, ce n'est sûrement pas le moment d'engager la conversation ; elle n'est d'ailleurs pas sûre qu'elle y arriverait elle-même. Serait pratique d'être télépathe, tiens, dans ces circonstances.

Elle s'est endormie comme une masse lors des méridiennes et les deux premières nuits, mais la troisième nuit, sur la corniche prévue cinq cents mètres plus haut, elle n'arrive pas à fermer l'œil. Quoi, avec tout ce grand air et cet exercice ? Mais après une heure, elle ne sourit plus. Elle a beau essayer plusieurs mantras différents, ce n'est pas évident de trouver le bon rythme respiratoire à sept mille cinq cents mètres d'altitude. Elle écoute le silence irréel de la montagne, souligné par le léger chuintement du vent – un silence de commencement du monde...

Le silence. Elle n'entend plus Simon respirer près d'elle. Elle écoute dans le noir, tétanisée. Se détend, douloureusement, quand elle entend Simon prendre une profonde respiration. Une autre, moins profonde, encore une autre, encore plus courte, une troisième presque inaudible... Et de nouveau le silence. Un long, long silence, plusieurs minutes pendant lesquelles Taïriel se crispe à nouveau. Il ne respire plus, *il ne respire plus* ! Elle est complètement paralysée d'horreur. Non, un nouveau grand respir... et les inspirations de longueur décroissante. Et le silence.

Elle n'y tient plus, elle allume la torche électrique, « Simon ! », et se sent devenir toute molle quand une voix ensommeillée mais alarmée marmonne : « Quoi, qu'est-ce qu'il y a ?

— Tu respires... d'une drôle de façon. »

Il y a un petit silence puis il rit tout bas : « Cheynes-Stokes. Toi aussi tu fais ça quand tu dors, Tiri. C'est l'altitude. Pas assez de pression relative du CO_2, nous nous en débarrassons trop facilement, et c'est la teneur sanguine en CO_2 qui déclenche le réflexe respiratoire... Bienvenue en très haute montagne, ma petite varappeuse. »

Elle le dévisage dans la lueur trop brutale de la torche, ses traits creusés, le pli que son oreiller lui a marqué en travers de la joue gauche. Elle ne peut pas lui dire, plus maintenant, Natli, les derniers jours... Il se penche vers elle, bute légèrement son front contre le sien puis y pose ses lèvres, paternel : « Dors, Tiri. Tout va bien. »

Il se rendort avant elle. Elle rallume la lampe, en veilleuse, et elle le regarde dormir. Et soudain, venu elle ne sait d'où, un flot de tendresse terrible la submerge, pure, désincarnée. Elle éteint la lampe et se blottit contre lui. Elle ne désire rien pour elle, rien, pas même qu'il survive. En cet instant elle l'aime pour lui-même, en lui-même, totalement. Elle veut seulement l'aider à obtenir ce qu'il désire. Elle veut seulement qu'il soit en paix.

18

Le quatrième jour, ils grimpent les deux tiers de la distance prévue, trois cent cinquante mètres : il fait beau, mais le vent s'est mis à souffler en rafales après la méridienne et ils s'arrêtent au début de l'après-midi, trop dangereux. Ils campent sur l'une des corniches repérées d'avance et qui se trouve au rendez-vous, juste la place de planter les tentes-tunnels. Le cinquième jour – temps splendide, vent minimal, il ferait presque trop chaud, il faut régler très à la baisse les combinaisons thermiques – ils font péniblement deux cents mètres dans un mur de basalte particulièrement dur, lisse et nu, aux prises rares et offrant peu de failles pour les pitons. Simon est encore premier de cordée, mais il monte plus lentement. La méridienne, ils la passent accrochés à la paroi dans leurs sacs-tentes. La vire de deux mètres de large où ils passent la nuit semble un véritable luxe, ensuite.

Le lendemain matin, un cliquetis réveille Taïriel : Simon est en train de monter son exosquelette. Elle l'aide sans un mot à s'en harnacher par-dessus sa combinaison orange. Il a beaucoup maigri. Il faut changer tous les réglages. Ça leur prend trois heures.

Ils repartent, Simon en étrange araignée à quatre pattes avec l'exosquelette noir sur sa combinaison orange. Taïriel est passée en tête, d'un accord tacite. Ils grimpent une dizaine de mètres, s'arrêtent – il fait terriblement froid, les articulations de l'exosquelette ont tendance à se gripper – repartent. Ils renoncent quand le vent se lève à nouveau, se blottissent cent soixante-quinze mètres plus haut pour la méridienne, avec leurs sacs-tentes, dans une cavité trop peu profonde pour une tente-tunnel. La plate-forme ne se trouve plus qu'à deux cent vingt-cinq mètres. Pendant qu'ils mangent tant bien que mal, Taïriel observe Simon à la dérobée à la lueur des petites lunes qui montent avec un éclat coupant dans le ciel. Il est comme dévoré de l'intérieur par l'épuisement, émacié, littéralement la peau sur les os. Un vieillard, han'maï, Simon! Et s'il n'y arrive pas? S'il bloque cet après-midi dans la paroi ? Elle le hisse ou elle le redescend? Pourra-t-elle le redescendre?

Quand ils ouvrent les yeux, ils ne voient pas à cinq centimètres devant eux, des nuages épais entourent la montagne, sans cesse poussés par le vent, sans cesse renouvelés. Ils restent coincés pendant toute la période restante de jour utile dans leurs sacs-tentes; Simon n'a pas retiré son exosquelette. Il somnole, Taïriel veut croire qu'il somnole, que ce ne sont pas des périodes d'inconscience. Elle essaie d'oublier le hurlement du vent et le froid et l'angoisse en se récitant des mantras, mais elle a l'impression que même son esprit claque des dents. Et soudain, le froid disparaît, le vent s'éteint, elle rêve.

Galaas traverse des champs arrachés à la forêt tropicale dont on peut apercevoir l'orée à moins d'un kilomètre de distance. C'est l'après-midi, en plein soleil; il ne porte pas de chapeau mais il n'a pas trop chaud; l'humidité elle-même ne semble pas l'affecter, et pourtant on la voit presque diffuser du sol et des plantes en un impalpable voile brumeux. Il se laisse bercer par le pas tranquille de son asker, tout en songeant à la dernière bourgade rencontrée, un drôle de petit village du nom de Kareïlat. Il avait aperçu la coupe claire dans la forêt, depuis le plateau, et décidé d'aller voir, histoire aussi de se réapprovisionner. Étrange village. Des gens mornes, moroses et irritables, méfiants, taciturnes... Un accueil étrange aussi – même si ces villageois ne sont sans doute pas habitués aux voyageurs, dans ce coin perdu; il est bien trop grand et massif pour un Paalao, surtout à peine métissé, et il a choisi avec soin son apparence: juste assez guerrière pour limiter les interférences non désirées; mais les réactions ne correspondaient guère à ce qu'il a rencontré jusque-là. On l'a servi en silence, on a eu l'air anxieux quand il a essayé d'engager la conversation. Il a passé le début de l'après-midi à l'unique taverne, en se faisant oublier dans la pénombre et en observant. Il y a parmi ces gens les signes d'une fracture raciale qui ne devrait plus exister depuis longtemps – après plus de quatre mille saisons de règne paalao, les Hébao de cette région ont largement eu le temps de se métisser, même à cette extrême frontière sud de l'ancien empire et compte tenu de la politique de pureté raciale des Paalani – elle a subi assez d'éclipses, surtout à partir de la Quatrième Dynastie. Pourtant, nombre de ces villageois possédaient des caractéristiques plus paalani que hébao. Et des deux groupes, c'étaient ceux-là qui étaient les plus effacés, les plus craintifs. Ne semblaient pourtant rien avoir à craindre de leurs voisins : on les tient à distance, avec une nuance de pitié effrayée.

Séquelles de l'Unification ? Seulement une cinquantaine de saisons depuis le Traité de Dnaõzer, la fin de la dernière guerre – que les Paalani et leurs alliés volontaires ou non ont perdue. Bien sûr, ce n'est pas ce que dit la propagande de Markhal le Cinquième : tout le monde a gagné, la guerre n'existera plus jamais. Mais la propagande propose, les pesanteurs ancestrales disposent – et ces gens ont de la mémoire, une des raisons sans doute de leur évolution si lente... Les Paalani ont tout de même été les conquérants et les maîtres depuis des millénaires, dans cette partie du continent. Le seraient sûrement encore si Térel'k et les siens n'avaient pas triché. Dans ce genre de partie, les règles sont bien claires, pas d'intervention auprès des indigènes. Quand nous avons ouvert la passe de la Hache, nous n'étions même pas sur les lieux ! “Le contact doit être direct et actif pour constituer une infraction.” Se présenter comme des divinités n'est pas un contact actif et direct ? “Nous n'avons rien fait, rien dit, rien ordonné ni suggéré, nous avons laissé Markhal et les siens tirer leurs propres conclusions. ” Et quelles conclusions pouvaient-ils en tirer ? Les Envoyés de Hananai sont avec nous ! Ça vous galvanise une armée. Quelle incroyable mauvaise foi ! Et une fois le coup joué, dans ces parties, impossible de le reprendre, bien entendu. Un coup de force, voilà ce que c'était, nous mettre ainsi devant le fait accompli !

Il a continué à avancer pour arriver à l'extrémité des terres du village, où la jungle reprend ses droits. Végétation tropicale ordinaire pour la région. Pourquoi ces réactions, au village, quand il a dit qu'il passerait par là ? On lui a suggéré de contourner la forêt plus au sud – ce qui triple au moins le trajet pour se rendre à Triskellaõ. " Impraticable. " Pas du tout. C'est de la forêt de deuxième repousse, d'ailleurs, à voir la taille des plus gros arbres, et on distingue des souches coupées : elle a été exploitée, cette forêt, et sûrement par le village – d'ailleurs la trace fort large d'une piste y serpente, encore reconnaissable. Quelle superstition s'est donc développée parmi ces gens ? Il aurait fallu rester un peu plus longtemps et les faire parler. Après tout, c'est la raison de ces longs voyages solitaires, constater par lui-même où ils en sont, travail sur le terrain, en personne, rien de tel qu'un corps à corps bien physique avec le réel – sans aller jusqu'à l'excès, bien entendu ; inutile de subir les limitations agaçantes du tout-organique : pourquoi se faire piquer par les insectes, par exemple, quand on peut l'éviter ? Il continue son chemin tout en s'amusant à isoler tel ou tel cri du vacarme général, ou en repérant la signature infrarouge des oiseaux et des autres habitants invisibles de la canopée.

Un glissement – le sentiment intérieur du temps écoulé indique plusieurs heures, et l'angle de la lumière comme l'aspect de la forêt ont changé. Galaas a arrêté sa monture et examine les environs, perplexe. La piste est plus nette, avec des petits chemins qui serpentent dans la pénombre verte entre les arbres plus clairsemés et des coupes récentes. Mais surtout, depuis plusieurs minutes, une puanteur fort déplaisante l'environne, excréments, pourriture, bois brûlé, de plus en plus nette à mesure qu'il avance vers le nord-ouest.

Rien ne bouge aux alentours. L'odeur disparaît brusquement des narines désincarnées de Taïriel, toutes les odeurs. Galaas remet son asker en route ; la bête, mal à l'aise, secoue la tête de droite à gauche en renâclant par intermittences. Une fois dépassé le tournant de la piste, elle s'arrête et refuse d'avancer. Odorat trop délicat, ces animaux. Avec un soupir, Galaas descend de sa monture pour gagner à pied l'aire dégagée dans la forêt, où s'élève une haute palissade à moitié démolie – les énormes rondins ont été cassés net par le milieu, ou déracinés et renversés par pans entiers. À l'intérieur de la palissade, un village, une trentaine de grandes cabanes en bois rond autour de la place centrale et de son bosquet de tingalyai. Coupés bien nets à mi-réservoirs, les tingalyai, et pas à la scie, leurs troncs basculés autour d'eux, de grand tas de bois pourrissant sous les feuilles encore intactes mais desséchées. Et les cabanes, écrasées, comme si un poing géant s'était abattu sur elles. Certaines ont pris feu et ne sont plus que des amas calcinés; quelques-uns fument encore.

Il y a des tas de vêtements un peu partout. Et des nuages de mouches. Des corps. Plus de deux cents, à première vue. Des femmes, des hommes, des enfants, des bébés. Pas de vieillards. Beaucoup, une soixantaine au moins, sont des soldats, en uniforme paalao ; une demi-douzaine d'autres portent des tuniques de prêtres; uniformes et tuniques sont des modèles archaïques, datant d'au moins un millénaire. Certains cadavres sont empilés les uns sur les autres. D'autres isolés, ou par couples. Certains gonflés et livides, mais apparemment intacts. D'autres carbonisés. D'autres comme explosés de l'intérieur. Ici et là une tête sans corps, un torse sans membres, des bras et des jambes éparpillés au hasard. Nettement tranchés. Gonflés aussi, mais on distingue encore bien les bords cautérisés des coupures. Des animaux, aussi, les entrailles à l'air, moins nombreux, une demi-douzaine de palukaï et d'aski, diverses volailles déchiquetées, un banker.

Tous les humains sont des Paalani pratiquement purs, excepté le fait que beaucoup ont des cheveux blancs, quel que soit leur âge.

Galaas balaie les ruines du regard. Deux, trois jours, pas plus longtemps. Il change de registre, au cas improbable où il y aurait des survivants. Mais si, là, une faible signature thermique sous cette pile – apparemment une seule famille d'une dizaine de personnes, les enfants au milieu, les bébés dans les bras des adultes, criblés de part en part de petits trous ronds et noircis ; pas une goutte de sang. Il écarte les cadavres, écœuré – son odorat est coupé, et tant qu'à faire, le tactile, mais il doit quand même voir. Quand le dernier corps roule sur le côté, un faible gémissement s'en élève. Une fillette, repliée en chien de fusil. Il la déplie – elle est trop affaiblie pour résister – examine ses blessures, moins nombreuses et moins profondes que pour les autres cadavres. Elle devait se trouver au centre du groupe, ce qui l'a un peu protégée. Elle a des cheveux blancs.

Il prend un perfuseur dans sa sacoche, y glisse une cartouche et l'appuie contre le cou de la fillette. Le cocktail de drogues fait presque aussitôt effet. Elle prend plusieurs inspirations plus amples, ouvre des yeux vacants.

« Que s'est-il passé ici ?

— Le Dieu s'est fâché. »

Galaas soupire – avec ces drogues, on n'obtient en général que la réponse à la question posée, ou la réaction à l'ordre donné ; il cherche la bonne formulation : « Dis-moi pourquoi le Dieu s'est fâché et ce qu'il a fait.

— Le Dieu s'est fâché parce qu'il avait dit que Tiërèz et Weildan devaient se joindre, mais Tiërèz a aussi eu un bébé avec Askoliën parce qu'elle le préférait, et en punition, le Dieu a aplati les maisons et tué tout le monde.

— Où est le Dieu, maintenant ?

— Je ne sais pas.

— Comment s'appelle le Dieu ?

— Le Dieu. »

Voilà qui est d'un grand secours. « Quel est l'aspect du Dieu ?

— Des fois une boule de lumière, des fois un géant qui brille. »

Évidemment. Il médite la formulation de la question suivante, demande : « Que faisait le Dieu avec vous au village ? », se dit avec un peu de retard que la petite est sans doute trop jeune pour le savoir.

Mais elle répond sans hésiter : « Il voulait que nous ayons tous les cheveux blancs, comme lui. »

Galaas reste un moment interdit. *Térel'k* ? Puis il se redresse, irrité. Tous les adultes en âge de se reproduire, personne au-dessus de la cinquantaine. Un *élevage*. Mais s'il demande depuis combien de temps existe le village, la gamine va sans doute répondre " longtemps "... Difficile d'évaluer la taille des tingalyai, dans l'état où ils se trouvent, mais au moins deux centaines de saisons, sans doute davantage. Ce qui ne veut rien dire, le village peut être plus ancien... Un élevage de *Paalani* ! Ses beaux, ses fiers Paalani, réduits à l'état de bétail ! Et les autres, à Kareïlat, ils étaient au courant, et ils n'ont rien fait. Les misérables lâches, les misérables *imbéciles*...

On est bien loin du Nord, ici, à vrai dire, perdu au pied des Aëltelaïllia, à l'écart des grandes voies de passage. Que savent-ils seulement des Envoyés divins, ces villageois ? À peine s'ils connaissent le nom du gouverneur de Dnaõzer. Il faut des voyageurs comme lui pour passer par là, des curieux qui ne vont nulle part en particulier. Les tingalyai n'étaient pas très vieux non plus à Kareïlat, il faudrait y retourner pour en avoir le cœur net. Les deux villages sont peut-être aussi artificiels l'un que l'autre. Créés en même temps par le Dieu, avec Kareïlat comme réserve génétique de secours. Le Dieu, qui a donc dû se manifester il y a au minimum deux cents saisons – bien avant le contact de Térel'k avec Markhal. Résiste-t-on à un Dieu ? Il a dû édicter ses lois, ordonner le plus grand secret – et installer prêtres et soldats pour veiller à l'ordre. Pas de réel contrôle mental, en tout cas, si l'une des femmes a pu désobéir à l'ordre du Dieu. Ou bien sa surveillance s'était-elle relâchée ?

Ce ne peut être une expérience conçue pour étudier la mutation. La mutation n'a jamais été liée à la couleur des cheveux chez les Tyranao, et de toute façon, c'est un cul-de-sac, il peut bien l'admettre maintenant : elle ne s'est présentée nulle part ailleurs que chez eux. Les animaux ont évolué plus vite que les humains, de ce point de vue, sur cette damnée planète ! S'il y avait des expériences à faire, certes, ce serait parmi les descendants des métissages des Tyranao avec les autres peuples, et en particulier avec les Paalani, puisqu'ils se sont croisés systématiquement avec eux en profitant de la loi édictée sous Paaltaïru II, une des plus étranges éclipses de la politique raciale des conquérants – ou pas si étrange, quand on songe à la capacité particulière des Tyranao... Qui ne s'est transmise à aucun de leurs descendants hybrides. À quoi pourrait bien servir, du point de vue de l'étude de la mutation, de recroiser des lignées pour obtenir des Paalani pur-sang ?

Des Paalani aux cheveux blancs. Un caprice de Térel'k, tout simplement. Il a dû rencontrer un hybride paalao pourvu de ce gène, ou peut-être une famille, fruits du hasard, et il a décidé d'en faire l'élevage.

Une femme a désobéi, et tout le village y est passé. Une réaction pour le moins disproportionnée. L'existence de ce village et de son voisin constitue déjà une infraction majeure aux règles généralement admises – ils en auraient une attaque, figurée, dans l'île – mais cela, c'est plus grave. Térel'k a perdu toute mesure. Térel'k est en train de devenir fou ? S'est-il effectivement incarné en un géant ? Non, pas son genre, avec son mépris de l'organique. Un mannequin, sûrement. Quelqu'un a-t-il *vu* Térel'k en personne depuis la dernière réunion ? Il n'est même pas venu en personne se faire proclamer vainqueur de la partie, c'était clairement un mannequin aussi... Voilà qui expliquerait bien des choses – pourquoi il a contacté Markhal et ses alliés de façon aussi flamboyante, en faisant fi de toutes les règles ; pourquoi il a été aussi désinvolte et insultant lorsque Galaas a contesté avec Tov et Lin'k'lo les résultats de la partie. Même les siens en ont été surpris, Ar'k'hit le leur a confié ensuite. Mais à ce moment-là, personne n'a pensé... Une perspective toujours déplaisante, il est vrai. Et Térel'k s'est fait rare depuis – fou, mais pas stupide. Jusqu'à maintenant. Un géant lumineux aux cheveux blancs. Ne savait-il pas qu'on le reconnaîtrait tout de suite à ce trait ? Il l'arbore dans toutes ses manifestations. À la limite, on pourrait presque penser qu'il s'agit d'un appel au secours.

Pas grand-chose à faire, bien sûr. Attendre que son présent support se défasse sous lui, ce qui ne saurait tarder à en juger par l'état de ce village, et le retour automatique le purgera – du moins ce qui peut être corrigé, la défectuosité du support. Térel'k lui-même n'a jamais été bien solide.

Mais si sa présente incarnation est folle, ne devrait-on pas annuler la décision de la dernière partie ? Lancer une autre partie, au moins. En tenant compte de la nouvelle donne, puisqu'on ne peut annuler les conséquences de la révélation de Térel'k à Markhal. Les Dieux pourraient se retirer, à vrai dire... Mais leur souvenir resterait du côté des vainqueurs. Trop de monde a vu le globe dans le ciel à côté du soleil, trop de monde a entendu la voix géante. Impossible de revenir là-dessus. Non, il faudrait égaliser le terrain. Des Dieux pour tout le monde – Térel'k a créé un précédent, n'est-ce pas ? Et on verrait, alors, de quoi sont réellement capables les Paalani. Ils ne se seraient jamais écroulés sans l'arrivée inopinée des Envoyés divins dans le camp de Markhal. Ar'k'hit a beau arguer, le cœur de l'Empire était toujours solide. Ce n'étaient pas quelques révoltes aux frontières ! Éklandaru IV se faisait vieux, mais il serait venu à bout de ces révoltes, comme de toutes les autres.

La fillette remue faiblement, le souffle court. Elle pourrait survivre, mais dans quel état ? Et s'il la ramène à Kareïlat, avec ses cheveux blancs, quel accueil lui feront les villageois ? Qui sait de toute façon si le Dieu fou ne va pas détruire aussi l'autre village, dans un second accès de délire. Il choisit une autre cartouche dans son sac, se penche, soulève les lambeaux de robe et appuie le perfuseur sur la petite poitrine haletante. Qui se soulève encore une fois, un profond soupir, et s'immobilise.

Il replace le cadavre de la fillette parmi ceux de sa famille. Inutile de retourner à Kareïlat. S'ils revenaient enterrer les morts, peut-être attireraient-ils sur eux, et sur lui, une attention malvenue. Les animaux, les insectes et la jungle s'en occuperont bien tôt ou tard.

Le glissement est si brusque, ensuite, si différent l'environnement extérieur et intérieur, qu'il faut une fraction de seconde à Taïriel pour se retrouver en synchronicité avec l'homme auquel elle participe. Ce n'est plus Galaas. Un Rani, mais elle ne sait pas son nom, il n'y songe pas, il est simplement lui-même. Ce qui prend Taïriel par surprise, surtout, c'est la violence de ses émotions, qui noie toute pensée cohérente. Désespoir déchirant, désir, culpabilité. Il est assis à une table de lourd bois rouge, dans une salle à la décoration barbare – tapisseries guerrières aux teintes violentes, étendards, armes et armures. Ses yeux se lèvent vers la personne qui vient d'entrer, une femme...

Taïriel voit la Hébaë Eylaï. L'homme voit la femme qu'il désire de toutes ses forces, sa captive, sa geôlière. Elle porte ses dizaines de fines nattes rouges en cape sur les épaules, une longue tunique légère simplement brodée de motifs géométriques et, autour du cou, une collerette d'or et d'émail bleu. Le regard de Ktulhudar se fixe, douloureux, sur ce collier.

« Tu m'as fait appeler, Seigneur ? » dit Eylaï d'une voix plus neutre que respectueuse.

Il la contemple un instant, puis baisse les yeux. Il ne peut supporter de la regarder. Il aime cette femme avec un désespoir terrible, sans rédemption. Des images d'incendie et de massacres passent dans sa mémoire et son désespoir s'alourdit.

« Approche », murmure-t-il ; il ne se sent pas capable de parler plus fort.

Elle s'avance, et son pas ralentit à mesure.

« Plus près. »

Elle s'immobilise enfin devant lui. Déclare soudain à mi-voix, comme malgré elle : « Ton cœur est troublé. »

Il relève les yeux. Elle le dévisage avec une pitié lointaine. Il croyait pourtant être impassible. Finissons-en.

Il se lève. Elle n'esquisse pas de mouvement de recul. Il est pourtant tout proche d'elle. Elle n'a jamais eu peur de lui. Ou jamais longtemps. Il tend les mains, fait jouer la fermeture du collier d'esclave, perçoit brièvement la stupeur d'Eylaï quand il touche sa peau, retourne s'asseoir – il ne veut pas voir son expression de joie. « Tu es libre. Va prendre ce que tu veux dans ta chambre. Retourne parmi les tiens. Va. »

Sa voix le trahit sur le dernier mot, et il sait que son visage le trahira aussi ; il reste le dos tourné. Le silence se prolonge. Qu'attend-elle ?

« Selrig. »

Il tressaille. Elle ne l'a jamais appelé ainsi, pas depuis la nuit où il gisait dans sa stupeur épouvantée et où elle aurait pu le tuer si aisément. Aucun esclave n'oserait l'appeler autrement que " Seigneur ". Mais elle a dit " Selrig ", sans inflexion interrogative, une injonction, d'égale à égal.

Il se retourne. Elle n'est pas calme. Le souffle un peu court, la bouche entrouverte, elle retient la collerette sur sa poitrine, à deux mains, et elle le regarde fixement, les yeux agrandis, mais non de surprise ou de joie. Que voit-elle ainsi, comme s'il était transparent, avec cette certitude empreinte de résignation ?

Elle remonte le collier autour de son cou, en presse les extrémités ensemble, à l'aveuglette. Le léger cliquetis du mécanisme refermé résonne comme un tonnerre aux oreilles de Ktulhudar.

Ils restent immobiles, les yeux dans les yeux. Il balbutie enfin : « Pourquoi ? »

Et comme on saute d'une falaise, elle dit : « Parce que je t'aime aussi. »

C'est cela, être foudroyé ? Comme si son corps était devenu une salle immense et fragile, où l'écho de chaque mot résonne infiniment. Incrédule, presque horrifié, il souffle encore : « Comment peux-tu ?

— Je ne sais pas », dit-elle de cette curieuse voix posée, au-delà de la panique. « C'est ainsi. Je n'ai pu m'en empêcher. Tu es trop près de moi. Je sais trop ce que tu ressens. J'ai essayé... de ne pas le savoir. Mais ce n'est pas en mon pouvoir. Seulement, quelquefois, je ne sais rien du tout. Alors, tu es Ktulhudar, le Dieu vivant des Paalani, tes soldats ont détruit ma ville et massacré les miens, je suis ton esclave, et je pourrais te haïr. Mais trop souvent... » Elle penche un peu la tête de côté, les sourcils légèrement arqués, tend la main et la pose à plat sur sa poitrine : « ... je connais ton cœur, Selrig. » Son visage se brouille : « Et ton cœur... a touché le mien. »

Et dans l'instant où elle le touche, où ils se touchent, enfin, il peut sentir qu'elle dit vrai – sa laôdzaï à lui, si embryonnaire soit-elle, ne peut pas mentir.

Ktulhudar disparaît. Une éclipse incompréhensible, et c'est Galaas qui regarde le visage frémissant d'Eylaï levé vers lui, soulevé par une vague de stupeur, de joie, de consternation mêlées. Eylaï l'ignore, mais elle est une mnaïtàni ! Voilà pourquoi elle répugnait tant à l'approcher : elle perçoit à distance et non au simple contact. La mutation n'a pas disparu, elle faisait son chemin, secrètement, parmi les hybrides paalani. Ce n'était pas un cul-de-sac, après tout ! Il doit y en avoir d'autres comme Eylaï. Il est encore plus urgent de mettre fin à ce conflit, maintenant, on ne peut pas continuer à gaspiller tous ces gènes...

On ne peut continuer à gaspiller toutes ces *vies*. Et c'est la consternation qui l'emporte, la culpabilité, la honte, et avec elle Galaas disparaît à nouveau en Ktulhudar.

Eylaï le contemple avec une perplexité un peu anxieuse. Le cœur battant, emporté par un soudain espoir de salut, il lui prend les mains, les porte à ses lèvres, flottant enfin dans la certitude de son amour : « Et tu as pénétré mon âme, Eylaï. »

Elle le dévisage d'un air un peu égaré maintenant; il peut percevoir sa brusque angoisse. Elle murmure d'une voix entrecoupée: « Mais comment est-ce possible ? Tu es véritablement un Dieu vivant. Invulnérable, je l'ai vérifié moi-même le lendemain de l'attentat. Et tu es le fils de l'éclair, il t'obéit. »

Il proteste ; il lui tient toujours les mains, elle comprendra, au-delà des paroles, qu'il est aussi angoissé qu'elle : « Mais je suis un humain aussi. Toi seule, Eylaï, tu me connais pour tout ce que je suis. »

Elle le dévisage avec une gravité un peu tremblante à présent. Le chagrin le mord encore au cœur, plus profondément. Pour elle, cette double nature est un profond mystère qu'elle doit méditer depuis longtemps, tout comme Dalgyan, l'historien tyrnaë qui s'est rendu à lui de sa propre volonté pour écrire son histoire. Et bien d'autres. Lui, il ne sait pas. Il ne sait plus. Il était si certain pourtant, au début. Sa naissance miraculeuse, que sa mère lui a contée tant de fois, et surtout la force irrésistible qui s'est emparée de lui le jour de son quatrième anniversaire, à l'âge d'homme, le roi son grand-père à genoux, et toute la cour, et tout le peuple de Dnaõzer quand il a traversé la cité en caracolant sur son tovker noir... Sa mission sacrée, le retour des Paalani dans toute leur gloire injustement perdue aux mains des Tyranao et de leurs alliés divins... À présent, c'est comme s'il s'était éveillé d'un rêve de folie. Il était fou, à la tête de la croisade triomphante des Paalani. Il était fou quand il contemplait, de loin, de trop loin, la splendide mécanique des armées au combat. Et puis le sac de la ville ouverte des Hébao, les mirages de chaleur sous le soleil et la folie, oui, la folie a éclaté comme une fleur rouge en lui, il a sauté au bas de son tovker qui renâclait, et il a plongé dans le massacre, affolé par le sang. À un moment, il a perdu son épée, il tuait à mains nues, il les sentait mourir sous ses doigts, leur terreur, leur douleur, c'était la sienne, la sienne, mais il revivait sans cesse. Jusqu'à la nuit. Les incendies, les explosions. Plus assez de vivants. La folie sanglante s'est épuisée, ou bien c'est Eylaï, quand il l'a arrachée aux mains des soudards, quand il l'a touchée, la seule fois, et cette douleur devenue sienne encore l'a fait basculer, il s'est éveillé. Et il a vu ce qu'il avait fait. Tout ce qu'il avait fait.

Il se plie soudain en deux avec un petit gémissement, terrassé de nouveau par l'horreur, mais les bras d'Eylaï l'entourent, son amour farouche, son courage, sa foi. Il se redresse. Avec elle, oui, avec elle. Il peut encore faire la paix. Un dieu, un humain, peu importe. Il a commencé ceci – il était un autre alors, mais il doit y mettre fin avec celui qu'il est devenu.

Il contemple Eylaï, sa victime, sa rédemption. Tant de lumière sur un visage de femme, mes yeux mortels pourraient la contempler jusqu'à la fin du monde, et je ne puis mourir, aucune arme ne m'a jamais blessé, aucune bête sauvage. Mais elle...

« M'aimeras-tu, si je dois vivre toujours ? » murmure-t-il, accablé.

Les yeux d'Eylaï s'agrandissent un peu. Avec une grave tendresse, sans une hésitation, elle réplique : « M'aimeras-tu si tu dois vivre toujours ? »

Et il dit oui, oui, et comment savoir s'il ment ou s'il dit la vérité, mais elle est sa vérité, et il l'étreint, le cœur déchiré.

Dans le bref instant de désorientation qu'elle a appris à reconnaître, Taïriel voit maintenant la salle aux dormeurs. Ils sont là, dans leurs caissons translucides, sous les bras manipulateurs encore immobiles. À peine le temps de flotter dans une stupeur consternée, elle bascule en Ktulhudar, en Galaas, ils ne font plus qu'un et il n'a plus de nom, il n'est qu'une condensation brûlante de douleur, de rage, de culpabilité. Il contemple les caissons, et dans le premier, c'est elle, ce n'est pas elle, ne le sera jamais, un double sans âme, elle est morte, morte, " il y a des cas où le transfert échoue ", statistiques, la vengeance de l'univers, c'est ma faute, je l'ai tuée, c'est moi qui l'ai tuée, et il abat son bras avec un rugissement de bête sur le caisson qui se fracture, et encore, le fluide commence à gicler, pas assez de bras, venez, venez m'aider, les bras mécaniques s'éveillent brusquement et viennent arracher les morceaux du couvercle éclaté, et oui, les pinces, les crocs, les tranchoirs, que ce corps disparaisse, tous nos corps, pas d'éternité pour les amants magnifiques, seulement le mensonge de la chair et du cartilage et des os et du sang, du sang !

Quand il revient à lui – et seule Taïriel se rappelle, avec une horrible précision, tout ce qui s'est passé entretemps – il contemple le carnage d'un œil égaré en essayant de se relever. Il dérape et retombe, se redresse et glisse encore, se résout à faire un bout de chemin à quatre pattes, et soudain, quelque part en lui, inattendu, bienvenu, s'allume le phare glacé de l'ironie. Il parvient à se relever, s'essuie machinalement les mains sur son habit, sent des choses flasques et grasses glisser sous ses paumes. Il enlève sa veste et contourne la zone centrale pour se diriger vers la sortie tout en ordonnant aux bras de s'immobiliser. Une autre commande active le système de nettoyage, tandis qu'il passe dans le sas. Reste le temps requis debout les bras levés sur la plateforme de nettoyage et de stérilisation. S'engage dans les corridors familiers. Il n'y a pas mis les pieds depuis des millénaires, mais il est chez lui. Mettre les pieds. Étrange expression. Chez lui, pour un temps. Il va falloir retourner à Dnaõzer. Auprès de son fils. De leur fils. Miracle absurde, cet enfant. La forme la plus ancienne d'éternité, la plus illusoire, la plus obstinée. Et interdite, mais il n'en était plus à une règle près. Eylaï est morte. L'enfant vit. Qui sait ce qui est passé d'elle en cet enfant ? Et de lui, ou du moins du corps de Ktulhudar, surveillé avec tant de soin depuis les premières cellules de l'embryon.

Et Ktulhudar tiendra parole, même si les Envoyés ses frères n'ont pu tenir la leur. Il gagnera la paix. Il faut préparer maintenant la mort du héros.

Taïriel reprend conscience dans la tempête toujours hurlante, frigorifiée. Elle règle sa combinaison au maximum. Esprit au ralenti. Trop d'informations. Les longèves pouvaient cloner des corps. À l'époque de Ktulhudar. Sur mesure. Y transférer des personnalités. Et dans des androïdes aussi. Plus ou moins perfectionnés. Et dans des *machines*. Une vie en pointillé pour les longèves, oui, déjà compris, l'histoire d'Oghim, les Ékelli dans l'île, techniques d'animation suspendue, pourquoi pas – pas besoin d'aller jusqu'aux caissons. L'hibernine, pour nous, soutien technologique assez simple. Mais ça... plus rien à voir ! Technologie dont nous ne disposons pas. Toujours restée une théorie. Copie des engrammes neuronaux, transfert de personnalité. D'un corps à un autre, d'un support matériel à un autre ? Pas moyen de penser. Trop froid, trop haut. Tout à l'heure, demain, la plate-forme. À ce moment-là, Simon, dire à Simon. Tout ? D'un seul coup ? Trop. Pas parlé assez tôt. Sera dur. Trop tard. Tant pis. Après. On verra. La plate-forme d'abord.

19

Le lendemain, il fait assez beau, le vent est revenu en tout cas à une intensité supportable. Ils reprennent l'ascension. Très lentement. Peut-être d'avoir passé toutes ces heures dans la tempête, Taïriel se sent épuisée. Simon rampe sur la paroi dans son exosquelette comme un insecte martyrisé. À la méridienne, ils ont parcouru seulement quatre-vingt-cinq mètres. Pas de corniche, se suspendent encore dans leurs sacs-tentes, déplient le cuiseur catalytique sur son plateau accroché à la paroi, grattent de la neige sur l'étroite saillie qui se trouve à proximité, la font bouillir, mangent en silence. Le silence,

Taïriel en prend soudain conscience, c'est ce qui l'épuise, peut-être, son énorme silence à l'égard de Simon, qu'il va falloir remplir bientôt. Ne pas y penser ! Elle ferme les yeux pour se concentrer sur les mantras de la satlàn, et c'est vrai, le réflexe conditionné est en place, le seul rythme du premier mantra la détendrait presque.

Et puis elle sent venir la vision, les versets du mantra s'étirent... elle n'a pas le temps d'être inquiète, seulement celui de reconnaître la chambre de chez les Bordes et le vieux Simon à l'agonie. Elle le voit en poussant la porte, atterrée, atterré : elle est l'homme en gris – mais pourquoi n'a-t-il jamais de nom, cet homme, pourquoi ne sait-elle jamais son nom, alors qu'elle partage ses sensations, ses émotions, ses pensées ?

Il s'avance vers le lit, plus consterné qu'irrité. Simon a résisté très longtemps, cette fois-ci – il a appris à reconnaître les symptômes annonciateurs et à retarder le coma ; il devient un peu trop habile à pratiquer la satlàn. Il ouvre les yeux.

Et Taïriel peut sentir la vague de satisfaction triomphante qui le soulève, la certitude, enfin. L'homme gris, l'homme de la forêt, l'homme de l'île, l'homme qu'a rencontré sa mère. Elle est avec Simon !

Elle a à peine eu le temps de la stupeur, elle est de nouveau avec l'homme gris. Simon l'a reconnu, comme d'habitude. Il oubliera. L'homme gris va saisir le lourd fauteuil qu'il soulève comme un fétu pour l'installer près du lit. Pose la mallette dessus, s'assied sur le bord du lit, prend la main de Simon, et dit avec douceur : « Il est temps, Simon. Pourquoi résistes-tu ainsi ? Qu'est-ce qui te retient ici ?

Le vieillard le dévisage, les yeux mi-clos. Souffle enfin : « Mathieu. »

Mélange de surprise et d'amusement : c'est Simon qui l'a récupéré ? Il croyait ce Mathieu repris par les Gris depuis belle lurette à sa sortie du labyrinthe ! Il sourit, indulgent : « Tu crois qu'il pourrait être l'Étranger d'Oghim. » Lui aussi a été frappé par la ressemblance quand il a transféré les données du Galaas si inopinément réactivé dans le labyrinthe de l'île Voïstra – si du moins les reproductions qu'il avait fait faire à partir des plaques du Rêve d'Oghim sont exactes. « Mais ce petit est un bloqué profond, qui ne se débloquera jamais. » Il a beau avoir activé la Porte Noire dans le souterrain, quel que soit son pouvoir, de toute évidence il est trop bien enfermé. « L'Étranger d'Oghim était un télépathe, Simon, et presque aussi puissant que toi. »

Le vieux Simon secoue faiblement la tête : « Il voit la lumière de la Mer, souffle-t-il encore. Il porte... les cicatrices. »

Les cicatrices ? Le Mathieu du labyrinthe ne portait pas de cicatrices. Et un bloqué qui perçoit la lumière de la Mer ? Une vague de curiosité traverse l'homme gris : il ne possédait pas ces données ! Les possibilités se ramifient à la vitesse de l'éclair. Ce Mathieu, si c'est l'Étranger d'Oghim : un bloqué profond mais aussi un réfractaire, puisqu'il sort de la Mer, de l'Autre Côté. Un bloqué qui ne serait plus bloqué de l'Autre Côté, non plus. *Passé avec la Mer ?* Pas de Rêveurs, chez les Virginiens, mais des... saute-univers ? La mutation lui ferait un nouveau croc-en-jambe ? Il va falloir s'occuper de ce petit Mathieu, mesure de sécurité élémentaire. Si jamais il se retrouvait de l'Autre Côté, pas question de perdre ces précieux gènes.

Mais chaque chose en son temps. Sortir le bandeau de la mallette.

« Laissez-moi... me rappeler », dit le vieux Simon, une prière.

Un éclair d'agacement triste : « Tu sais bien que non. » Il place le bandeau : « Dors, Simon. »

Le vieil homme ferme les yeux, ses traits se détendent complètement. « Dors, murmure l'homme gris, et voyons ce que tu as fait de cette vie... » Il a repris la main décharnée et il la tient en contemplant le visage pacifié du trop vieux Simon, avec une tendresse coupable.

20

Ils déclarent forfait pour la journée à une centaine de mètres de la plate-forme. Taïriel se sentait grimper en automatique, mortel dans une paroi comme celle-ci. La voix blanche de Simon, dans les écouteurs, a dit : « Moi aussi. On arrête. Il y a une faille, une dizaine de mètres à gauche. En latéral. » Une fois dans la faille, ils ont constaté qu'elle était assez large pour s'asseoir, mais pas pour déplier les tentes-bulles – et certainement pas question de démonter l'exosquelette, Simon dormira dedans une nuit de plus. Mais c'est mieux que de pendouiller dans le vide. Le ciel s'obscurcit, les premières étoiles s'y allument, d'une netteté presque douloureuse ; il y a longtemps que Taïriel n'essaie plus de repérer le point brillant de Lagrange quand la grosse lune se lève. Dans la journée, ils se trouvent à présent presque tout le temps au-dessus de la couverture de nuages, quand il y a en a une ; Taïriel n'avait pas idée que soleil et ciel bleu pouvaient être aussi cruels. Mais c'est la fatigue accumulée. Et son silence.

Elle a du mal à réveiller Simon le lendemain matin ; elle ne le voit pas – la faille est en deux parties, à un décrochement de la paroi, elle ne distingue que l'extrémité de son sac-tente ; mais elle l'entend marmonner : « Encore un peu... », et elle décide de le laisser somnoler tandis que le soleil continue à monter, éblouissant, au-dessus de la mer moutonneuse qui noie la zone des six mille mètres. Ils ne sont plus pressés maintenant – ni lui, ni elle, même si leurs raisons sont certainement différentes. Mais elle ne veut pas penser. Elle ferme les yeux, rabat le capuchon de son sac et égrène des mantras jusqu'à ce que la voix affaiblie de Simon la tire de sa méditation.

Ils repartent. Simon n'a jamais été aussi lent, malgré l'exosquelette. Ces cent derniers mètres sont cependant presque cléments : la pente s'est infléchie plus en oblique, et il n'y aura pas de verticale d'ici à la plate-forme. Taïriel finit d'enfoncer le piton, assure sa prise, et prend son souffle en tendant ses muscles, prête à l'effort qui va

Sur les rives de l'anse, au printemps, poussent en buissons de grandes fleurs à la corolle en cloche, d'un bleu violacé, où les sonnettes viennent inlassablement puiser du nectar pendant l'unique semaine de leur floraison. Elles ressemblent à des jacinthes, " bluebells " en anglam. D'après Oswald Rossem, c'est sans doute l'origine du mot. Mais peu importe l'origine du nom de l'Anse-aux-Belles. Dès qu'elle a vu l'endroit, Maura a su que ce serait le but de ses promenades, son lieu de prédilection, son refuge. C'est un décor austère, pourtant, à l'extrême pointe du cap d'Aguay, juste en face de l'île : on n'y voit pas s'ouvrir devant soi, comme ailleurs sur le pourtour du lac, un espace quasiment maritime à l'horizon sans limites. Au contraire, l'eau orangée du lac est presque immédiatement occultée par le mur tout proche de la Barrière qui se perd dans le ciel et s'étend à perte de vue.

Maura s'assied sur son rocher favori, une pierre plate au pied du pylône qui se dresse, énigmatique relique des Anciens, à l'extrémité nord de l'anse. Elle s'adosse au métal tiède et observe un instant le halo complexe du soleil dans le ciel toujours un peu brumeux. Puis elle renverse la tête en arrière et suit des yeux la courbe du pylône qui s'effile jusqu'à la sphère plantée à son sommet, elle aussi de métal, et elle aussi presque intacte malgré les siècles. Première phase du rituel. Ensuite, fermer les yeux, s'imaginer qu'on flotte dans un œuf translucide, au repos, parfaitement détendue ; sentir à la surface de sa peau la pression des limites invisibles mais élastiques de l'œuf. Ensuite, imaginer chaque souffle comme une traînée de lumière, qui pénètre bleue dans le corps, en fait le tour puis en ressort diversement teintée de mauve, emportant tous les soucis, toutes les peines, toutes les colères. Quand l'œuf est entièrement mauve – ou violet foncé, ou pourpre, selon les jours – ouvrir les bras, doigts tendus, et faire exploser la membrane en dispersant toutes les émotions négatives.

C'est un rituel qu'elle observe depuis sa toute petite enfance – sa mère le lui a enseigné, qui le tenait de sa grand-mère et ainsi de suite : apparemment, toutes les femmes de la lignée ont un caractère explosif qui a besoin d'être contrôlé ! Un exercice mental efficace, en tout cas, peu importe l'imagerie. Si elle a des filles, elle le leur apprendra : entre ses gènes et ceux de Samuel, les pauvres petites ne seront sûrement pas du genre placide ! Des garçons non plus d'ailleurs, à en juger par les rapports entre Samuel et son père. Devra-t-elle toujours servir d'arbitre, ou de tampon, entre eux ? Un Mois seulement qu'ils sont arrivés du Sud, elle et Samuel, et Samuel avait quitté la maison familiale depuis plus de quatre saisons, mais son père et lui semblent reprendre leurs querelles exactement là où ils les avaient laissées. Ils s'aiment tant, et si mal. Heureusement qu'elle est là, maintenant.

Elle rouvre les yeux avec un petit soupir.

Sursaute : un homme à quelques pas, très grand, très mince, la peau très brune. Combinaison ordinaire de travail, d'un gris neutre. L'air jeune, malgré les épais cheveux gris argentés que la brise lui fait voler dans la figure. Il se tient debout de profil, les mains croisées dans le dos ; il regarde la Barrière, sans doute. Il doit être là depuis un moment. Et elle ne l'a pas entendu arriver ? Sur l'épais tapis de mousses et d'herbes, c'est assez facile de la surprendre – mais elle ne l'a pas non plus senti arriver ; or elle sait toujours quand quelqu'un s'approche d'elle à moins de deux mètres – si elle ignore comment elle le sait.

L'homme en gris, vaguement amusé, observe le profil de la jeune femme, qui ne le regarde plus. Quels yeux étranges, si pâles... Mais avec cette rousseur incendiaire, on dirait presque une Hébaë, si elle était plus grande. Pas une froussarde, cette humaine. Un inconnu soudainement apparu dans un coin désert, et elle ne bronche pas ; il n'a rien de menaçant, à vrai dire.

« Vous n'êtes pas d'ici, dit-il enfin, presque curieux.

— Je suis arrivée depuis un Mois.

— Et vous venez de loin ?

— Du Sud. »

Elle est loin de chez elle, sur le lac Mandarine. « Du Sud. Quel côté ?

— Joristown. »

Ville nouvelle, à une centaine de kilomètres des ruines de Dnaõzer, tiens... Il se tourne de nouveau vers la Barrière.

« Et vous ? »

Il répond avec un léger retard, distrait : « Moi ? Oh, j'habite par ici. C'est beau, n'est-ce pas ?

— La Barrière ? Oui.

— Je voulais dire le lac. Mais la Barrière aussi, je suppose. » Un regain de curiosité : « Comment la voyez-vous ? »

Elle semble surprise, et il enchaîne : « Tout le monde ne la voit pas exactement de la même façon, vous savez. »

La jeune femme examine la Barrière un moment. « Comme un rideau de brume, un peu incurvé, vaguement lumineux, vaguement verdâtre. » Elle semble hésiter, les yeux un peu plissés, ajoute comme par acquit de conscience. « Il y a des espèces de chatoiements. Et ça bouge lentement, comme de la fumée... Non, en fait, c'est comme voir de la fumée vaguement colorée, au fond d'un miroir. »

Taïriel est surprise : elle n'a pas vu ainsi la Barrière, tout à l'heure, par les yeux de la jeune femme – elle l'a vue en fait comme lors de l'expédition avec Simon et Frontenac. L'homme gris est bien plus surpris encore, il ne peut tout à fait dissimuler sa stupéfaction, car la jeune femme demande, curieuse à son tour : « Vous ne la voyez pas comme ça ? »

Il sourit, avec un léger retard, tandis que son esprit galope. Ce serait arrivé, alors ? La mutation, parmi ces Virginiens, autrement que latente ? « Si, si. Vous êtes mariée ? »

Un peu trop abrupt : elle est surprise ; mais elle se met à rire : « Oui. Quel rapport ?

— À quelqu'un de la région ?

— Samuel Rossem. »

Pas n'importe qui, ici, les Rossem... Il faudrait vérifier si ce sont des latents.

« Des enfants ?

— Pas encore », rétorque-t-elle, au bord de l'agacement maintenant, un peu de prudence, que diantre ! « Mais quel rapport ?

— Oh, c'est juste que ça varie parfois un peu selon les familles. La façon dont on voit la Barrière. Normal, je suppose. » Il lui adresse un grand sourire innocent : « Vos enfants la verront comme vous, sans doute. »

Et maintenant elle se trouve dans la salle-laboratoire, nue, sous les bras mécaniques qui s'activent, couchée sur la même table que le jeune Simon. Endormie. L'homme gris est penché sur elle. Taïriel éprouve une brève horreur étrangement désincarnée, puis elle est de nouveau l'homme gris. Il surveille ses machines qui travaillent en douceur – pas une seule incision sur la chair blanche constellée de taches de rousseur. Avec une tendresse lointaine, un peu ironique, il suit des yeux les courbes rondes du corps endormi – un corps généreux, et qui sera sûrement fertile. La routine, implanter les puces de surveillance ; on implantera les éventuels enfants au fur et à mesure. Peut-être cela vaut-il la peine de vérifier un peu ce qui se passe maintenant avec ces Virginiens. La mutation va bien démarrer un de ces jours. Ce serait une évolution infiniment plus rapide que pour les Ranao. Déjà présente chez ces Terriens à l'état latent, cette mutation, une mutation, bien avant qu'ils n'arrivent ici

– qui sait depuis quand ? Ce petit Terrien, ce contact à travers le temps avec la jeune Rêveuse Eïlai... Cela ne ressemblait à absolument rien d'autre. Ou alors, Oghim – mais si les probabilités de réalisation de sa vision ont augmenté, rien ne dit qu'elle aura lieu. Ou qu'elle aura lieu *ici*. Peu importe, quelles perspectives... S'ils sont en train de se transformer, pourtant, ce ne sera pas à partir des mêmes éléments de base que les Ranao. Quelles variantes ? J'avais raison, en tout cas, ce contact entre les deux enfants n'était pas un pic aléatoire. Tous ces gens devenus fous à proximité de la Mer, pendant les premières années de la colonisation, ce n'était pas leur fameuse névrose virginienne, en fin de compte.

Je crois toujours m'être lassé de cette mutation, et elle me surprend toujours.

Maintenant Taïriel est avec l'homme gris et elle flotte, et pendant une fraction de seconde elle pense que c'est la vision où il tombe après le Départ de la Mer, parce qu'elle ne voit pas la Mer, uniquement les collines de terre noire, loin en dessous, et dans le lointain la ligne bleu-vert de l'océan. Et puis elle bascule en lui, et c'est Galaas. L'ironie sèche, la curiosité, et quelque chose de sombre aussi, qu'elle avait déjà rencontré en lui, et oublié. C'est avant que la Mer s'en aille, mais il ne la voit pas, la Mer, ni son brouillard, ni la substance bleue en dessous, rien, totalement aveugle à la Mer comme au reste – aveugle, sourd, muet, sauf nos corps et leurs phéromones, quelquefois, quand nous avons des corps. Comme si elle n'était pas là, la Mer. Nous ne la voyons pas, elle ne nous voit pas – et pourtant, elle est curieuse de nous comme des autres. Est-ce cela qu'elle cherche, à travers les univers, des êtres capables de communiquer par son intermédiaire, ou avec elle ? Pas à cause de nous qu'elle est là, cependant. Nous, nous sommes un extra. Oghim, voilà ce qui l'attire ici, l'apparition soudaine d'Oghim dans la dimension où elle se promène, celle qui nous manque. Et le petit Terrien, aussi, ou plutôt la rencontre de ses rêves avec ceux d'Eïlaï. Curieuse, la Mer – nous avons au moins ce vice en commun. Mais toujours aussi mutuellement énigmatiques. Elle n'est jamais passée dans notre univers. Ne pourrait pas. Notre méta-univers. Les univers : des arbres juxtaposés, mais non communicants, séparés à jamais par le nombre de leurs dimensions. Oh, Hananai est infiniment plus joueuse que les Ranao ne se l'imaginaient... Et l'arbre d'où nous sommes tombés n'est pas celui où la Mer a pris naissance. Ce grand élan de curiosité, quand les Rêveurs Ranao l'ont vue, la Mer – et surtout quand elle est arrivée. Plus personne en sommeil, quelques décennies de recherche furieuse... et sans résultat. Comment nous sommes tombés de notre arbre, nous l'ignorons toujours – et donc comment y retourner, si nous le désirions encore. Et la Mer ne peut nous y aider. Comme la mutation, la Mer : nous pouvons l'étudier et même parfois la comprendre, mais la terre promise, comme diraient les Virginiens, nous est interdite. Invisible pour nous. Pas même visible au second degré à travers les Ranao, ou maintenant ces Virginiens. Nous sommes les ultimes réfractaires... Curieux, pas de réfractaires parmi eux pour l'instant. Serait intéressant de les comparer aux réfractaires Ranao. Peut-être intégrer les séquences génétiques que nous avons conservées, et les intégrer à l'ADN de quelques sujets choisis... Devrais en parler à Ojiu'k. Un rapport, pour eux, entre la mutation et le fait de ne pas être absorbé par la Mer ? Les réfractaires ranao possèdent toutes les dimensions nécessaires dans ce méta-univers – c'est le leur, comme c'est celui des Virginiens et de la Mer. Alors pourquoi des réfractaires ? Si la Mer le sait, elle n'en a jamais rien dit. Sûrement pas une question de morale, en tout cas : parmi les rejetés, il y a des hékel ! Peut-être un autre aspect de la mutation qui ne handicape pas nécessairement les autres capacités, mais qui les fait constamment avorter, un blocage si profond que rien, jamais, n'en viendra à bout.

Voilà, l'éclipse touche à son apogée, la Mer va disparaître – ou, enfin, disparaître encore plus. Pour aller de l'Autre Côté. Mon pauvre Simon, il espérait si fort qu'elle lui permettrait de passer aussi. Mais elle l'a rejeté. Avec douceur, avec ménagement : elle le voyait quand même, lui. Elle voit tous les réfractaires. Mais moi non. Elle ignore que je suis là. Elle va disparaître et si je ne mets pas mon antig en marche, je suis mort. Mille mètres. On doit avoir le temps de penser, en mille mètres.

Éclipse totale. Que pense-t-on, quand on tombe de si haut ?

Il tombe, sans bouger, bras et jambes étendus en croix, le vent de la chute sifflant à ses oreilles, martelant ses joues, sa poitrine, son sexe, ses cuisses, il tombe, l'aspiration vorace de la gravité, long, long, un kilomètre. Un instant, il lève les yeux, il voit la falaise qui défile comme un éclair, veines de pierre écarlate et grise brusquement dépliées puis effacées, ensuite il regarde de nouveau vers le bas, la terre noire et nue des collines, une grande main dure qui monte vers lui. Activer l'antig ? Non. S'écraser. S'écraser jusqu'au bout. *Tu triches, tu sais bien que...*

Choc massif, éclair à peine de douleur, mais d'annihilation totale.

Et Taïriel tombe, en déséquilibre, a perdu ses prises, bloquer le frein du harnais, choc, mais elle ne tombe plus, se balance le long de la paroi six mètres plus bas à droite de Simon, le cœur dans la gorge.

Elle n'attend pas que son cœur ait ralenti, ouvre avec maladresse une de ses poches ventrales pour la ration de secours – infusion ultra-rapide d'énergie. Puis, une fois calmée, avec méthode, elle se hisse vers sa position initiale. Se rend compte alors, enfin, en arrivant à la hauteur de Simon, qu'il n'a pas essayé de communiquer avec elle après son dévissage. Qu'il ne bouge plus, accroché dans la paroi par les doigts impavides de son exosquelette.

« Simon ? »

Pas de réponse, mais il avait coupé sa radio, sans doute pour qu'elle ne l'entende plus souffler. Elle change de trajectoire, le rejoint en latéral. Casque appuyé contre la paroi, il a les yeux fermés. Il respire à peine. Il a dû bloquer les commandes, mais il est inconscient, affaissé dans l'exosquelette.

Taïriel fonctionne en automatique. Elle sort le harnais, le boucle autour de Simon, dispose cordes et sangles, vérifie que les poulies sont libres, accroche Simon et le hisse jusqu'à la position qu'elle occupait avant de dévisser. Puis, lentement, avec obstination, vide de pensées sinon la prochaine prise, le prochain piton, elle prépare l'étape suivante, redescend, hisse à nouveau Simon inconscient, un peu plus haut. Remonter. S'assurer que Simon est bien accroché. Continuer vers le haut. Enfoncer le piton, passer la corde, chercher les prises suivantes, plus haut, enfoncer le piton, passer la corde, mètre par mètre par mètre. Il n'y a même pas de plate-forme au bout, son esprit ne va pas jusque-là.

Et finalement la main de Taïriel rencontre une saillie, et elle commence à se hisser et il n'y a plus de paroi au-dessus. Juste une surface noire, comme vitrifiée, dans laquelle le piton suivant refuse obstinément de s'enfoncer. Elle reste un moment décontenancée, puis causes et conséquences s'enchaînent avec lenteur, peux pas enfoncer le piton, dois l'enfoncer plus bas, elle enfonce. Puis elle redescend chercher Simon, elle le hisse sur les cinq derniers mètres, bloque la corde, remonte elle-même, lentement, lentement.

Elle finit de se hisser, roule sur le dos à l'horizontale, tellement vidée qu'elle ne se rend pas compte tout de suite qu'elle se trouve sur la plate-forme. Le champ de forces a disparu – elle enregistre sans réaction, c'est une donnée inerte, non pertinente. Simon. Tirer Simon. Sur la plate-forme.

Il pend dans la vide, à environ un mètre. Elle redescend accrocher une corde sur le devant de son harnais, puis elle remonte, s'éloigne assez du bord, s'assied au sol jambes écartées après s'être assurée que la semelle de ses chaussures bloque bien sur la surface lisse, et commence à tirer sur la corde, en y mettant tout son poids. Lentement, une main après l'autre, elle hale Simon jusqu'au bord, puis par-dessus. Rigidifié par son exosquelette, il bascule enfin le nez en avant puis glisse vers elle.

Il bouge. De petits mouvements saccadés, qui doivent être des tremblements, ou des contractions, amplifiés par l'exosquelette. Avec un regain de force, affolée, elle le retourne, le traîne à une dizaine de mètres du bord, déconnecte l'exosquelette puis déboucle et arrache le sac dorsal pour pouvoir étendre Simon à plat. Il ne bouge plus. Elle relève machinalement la visière de son casque, surprise par la tiédeur de l'atmosphère. Pas un souffle de vent. Elle soulève son oxygénateur, prend une inspiration prudente. Un air presque trop riche. Elle retire l'oxygénateur de Simon, les gants de la combinaison thermique, cherche le pouls. Très faible.

Elle fouille dans son sac à la recherche de la trousse de premiers soins et des cartouches de neurotonine, vaguement consciente de la vaste étendue de la plateforme tout autour d'eux. Sous le ciel bleu sombre, une surface noire, comme vitrifiée, mais qui ne renvoie pas le soleil en éclats aveuglants, le capture dans des profondeurs comme liquides. Quand Taïriel laisse tomber la trousse dessus, aucun bruit. Mais elle est toute tendue vers Simon. Elle applique la seringue à pression sur la carotide, puis retire le casque et ouvre la capuche de la combinaison thermique. Les cheveux blancs sont aplatis et assombris par la sueur.

Blancs ?

Elle se fige : elle n'a pas eu l'occasion de voir réellement Simon depuis deux jours – ils étaient l'un pour l'autre des sacs-tentes, ou de simples silhouettes bardées de leur casque, de leur oxygénateur, de leur visière. Mais sa chair s'est creusée de centaines d'autres rides, l'ossature de son visage montre son squelette, c'est un homme d'au moins quatre-vingts saisons qui la regarde.

Qui la regarde. Un regard épuisé, mais lucide. Paniquée, soulagée, elle n'a pas la force de parler. C'est lui qui dit : « Le champ de forces ?

— On est passés. » Pour ne pas avoir à regarder ce visage ruiné, pour lui dissimuler son propre visage, elle se met en devoir de démonter l'exosquelette.

« Toujours là ?

— Non. Peut-être directionnelle, comme la Barrière.

— Vu quelque chose ?

— La paroi, au fond. Pas d'ouverture. Veux que j'aille vérifier ?

— Non, reste... » Ce n'est plus qu'un souffle. Il referme les yeux, sa respiration redevient brève, le pouls erratique. L'effet du stimulant est déjà passé ? Elle hésite, reprend la seringue, une autre cartouche. Attend. Le pouls se calme, mais reste faible.

Les paupières se soulèvent à nouveau sur les yeux pâles. Il essaie de se redresser, elle l'aide, le cale contre son sac, désespérée. « Je vais appeler le Relais. Il faut qu'on vienne te chercher. Le moddex... »

Les doigts secs et brûlants se referment sur son poignet : « Non. » Son expression est étrangement pacifiée : « Je savais... que ça accélérerait le processus. Je suis où je voulais être. »

Dans l'état où elle se trouve, elle éprouve sa propre volonté comme une chose presque tangible. Elle force ses mains à ouvrir des rations, à faire manger Simon, à se faire manger elle-même. À finir de démonter l'exosquelette, à dérouler les sacs-tentes, à aider Simon à se glisser dans le sien.

La nourriture concentrée semble lui faire un peu de bien. Il demande, en s'interrompant pour reprendre son souffle : « Tout à l'heure. Quand tu as dévissé. Une absence ?

Elle n'a pas la force de mentir : « Vision.

— Raconte. »

— La chute après le départ de la Mer. »

Trop épuisée pour en dire plus. Pas assez pour espérer s'en tirer ainsi.

Après un silence où elle sent ses paupières se fermer, Simon remarque, sans inflexion interrogative : « Tu en as eu d'autres.

— Oui.

— Raconte. »

Et il a l'air si vieux, si paisible, si attentif, au-delà des frontières de l'épuisement lui aussi, elle raconte. Pêle-mêle, de plus en plus vite, ce qu'elle a appris, ce qu'elle sait ou croit savoir, tout, le jeune Simon, le vieux Simon, Maura, Oghim, Galaas, Ktulhudar, l'homme gris.

Simon reste si longtemps silencieux, les yeux clos, elle espère qu'il s'est endormi, qu'il n'a pas entendu la moitié de ce qu'elle a dit. Mais il souffle, sans ouvrir les yeux, avec une ébauche de sourire : « Je vois. »

Elle balbutie, éperdue : « Tu vois quoi ? »

Il souffle encore : « Je te pardonne. »

Et elle entend qu'il lui pardonne de ne pas lui avoir dit plus tôt, elle voit qu'il respirc à peine, des inspirations de plus en plus espacées, elle lui dit qu'elle l'aime, elle lui dit de ne pas mourir, elle l'appelle " Grand-Père ", elle délire à moitié, mais il est tombé dans un sommeil trop profond pour elle, trop loin, et elle se met à sangloter, d'épuisement, de chagrin, d'impuissance.

Une voix dit derrière elle. « Il est temps. »

Le spasme de la réaction l'envoie à plusieurs mètres de Simon, à quatre pattes sur la surface vitreuse...

Non, c'est ce que son corps a voulu faire. Mais son corps ne lui appartient plus. Son corps se retourne vers les deux silhouettes qui se tiennent derrière lui, de part et d'autre d'une civière flottante. Une vieille Rani en tunique bleue et noire brodée de fils dorés, et une Virginienne dans la fleur de l'âge, aux courbes généreuses dans sa combinaison de travail verte, qui tient à la main une grosse mallette, elle les reconnaît, il les connaît, Lin'k'lo, Tov, *une femme maintenant, Tov ? Tamara ? Tamara.* Son corps prend la mallette, l'ouvre, ajuste une cartouche dans un perfuseur et l'applique sur le cou de Simon. *Désolé, Taïriel, urgence. Stabiliser Simon d'abord, le temps de l'emmener dans la caverne.*

Elle hurle de toutes ses forces désincarnées : *SORTEZ DE LÀ !*

Et son corps redevient son corps, le temps d'amorcer un mouvement de fuite, puis sa conscience s'éteint.

21

Elle se réveille comme d'un rêve agréable, reposée, détendue, elle a envie de sourire en se retournant et en enfonçant sa joue dans l'oreiller juste assez moelleux... puis tout lui revient, comme un coup dans la poitrine et elle se redresse, le cœur affolé. Elle est nue. Elle porte la main à son cou par réflexe, mais on lui a laissé son collier. Elle est seule. En face d'elle, un mur incurvé de couleur crème où s'ouvre une grande fenêtre-bulle ronde, avec une unique vitre bombée. Soleil, mais impossible de deviner l'heure à l'angle de la lumière. Petite chambre simplement meublée, lit, table, chaise, le tout en bois sculpté, de style vaguement rani.

Elle se donne le temps de reprendre son souffle. Consulte sa montre qui se trouve dans une petite niche de la paroi près de la tête du lit. Doit être détraquée. Trente heures quarante. Ils étaient partis vers dix heures du matin, et il fait plein jour.

Elle se lève. Le plancher, de la même couleur crème que le mur incurvé et le mur vertical où est adossé le lit, est d'une tiédeur et d'une souplesse inattendues. Devant la fenêtre, sur la table, sous une cloche transparente, un plateau avec ce qui ressemble à une théière de la même couleur que les murs et le plancher – fumante, mais il n'y a pas de condensation sur la cloche protectrice ; un bol couleur crème aussi, des couverts, du beurre et un bloc de sans doute fromage, des fruits et des pains dans des petits paniers. Sur une des deux chaises, devant la fenêtre, une combinaison verte et des sous-vêtements pliés, avec des sandales. À droite et à gauche du lit, une porte.

Elle se dirige aussitôt vers la porte de droite, se ravise, s'habille en hâte, va ouvrir la porte. Lavabo dans une niche, baignoire dans une autre, bol de toilette dans une troisième, installations bizarres, mais reconnaissable salle de bain. L'autre porte donne sur un couloir tubulaire, incurvé. Une petite tour, cet édifice ? La lumière vient apparemment des parois elles-mêmes. Silence total.

Elle referme la porte, va inaugurer la salle de bain, et revient se planter devant la fenêtre. La bulle surplombe une rivière tumultueuse ; au-delà, des prairies, des bosquets, des étangs, des chemins ou des routes, un vaste panorama en cuvette à la netteté presque irréelle – l'atmosphère est d'une extrême limpidité.

L'édifice où se trouve la chambre est bien une tour, mais semble pourvu d'un étage en surplomb. Et il est bâti à une courbe de la rivière : en amont et en aval, on distingue d'autres édifices, entourés d'arbres et de jardins – si ce sont des édifices et non des sculptures géantes. À droite, une demi-pyramide à trois étages, percée de larges fenêtres ovales ; quelqu'un, une silhouette en combinaison verte, est suspendu à un échafaudage apparemment volant, au deuxième étage, en train d'appliquer un enduit crémeux sur des plaques noires à l'aspect vitreux qui l'absorbent presque aussitôt. À gauche, la vue est masquée par un énorme marronnier rose en fleur, mais plus loin le long de la courbe de la rivière s'élève une pyramide, de la pierre bleue incrustée de paragathe, piquée en terre la tête en bas ; et plus loin, sur la rive d'en face, une grappe de bulles transparentes, enjambant la rivière sur d'improbables pattes filiformes... D'autres constructions se perdent dans la distance, aux formes et aux couleurs également déconcertantes. À droite, vers l'amont, où la vue n'est pas obstruée, se dresse un hémisphère de matériau transparent à facettes, partiellement métallisé; puis une espèce d'oursin géant noir et vitreux, et en face, sur l'autre rive, une empilade de boîtes multicolores posées de guingois les unes sur les autres, et défiant l'équilibre... La rivière, vers l'amont, se révèle être, est en fait, un torrent aux rapides écumeux ; plus loin, à environ un kilomètre, une immense cascade d'un blanc verdâtre jaillit d'une paroi rocailleuse.

Le regard de Taïriel suit la paroi qui s'incurve au-dessus de la cascade, mais elle ne trouve pas de ciel. Elle fait le tour de la table pour mieux voir par la fenêtre, se rend compte que la vitre, si c'est de la vitre, sort sans joint visible du plancher et du mur, comme si elle en avait été extrudée. Cherche encore le ciel, est-ce le ciel, cet espace indistinct et lumineux qui s'étend à perte de vue ? Pas à perte de vue. Il *descend*. Il se courbe dans le lointain pour rejoindre prairies et bois qui montent vers lui.

Un bref instant, Taïriel désorientée pense : Lagrange ? Puis ses idées se remettent en place. Non. Une caverne, mais pas une des cavernes de Lagrange. Celle de Shandaar, la caverne à l'intérieur du Catalin.

Elle s'assied. Avec des gestes méthodiques, elle se verse un bol de chocolat au lait, puisque c'est ce que contient le pot ventru, bien sûr, se beurre sombrement une tartine et mord dedans avec férocité sans plus regarder par la fenêtre. On la loge, on l'habille, on la nourrit. Hôtel Ékelli. Pourquoi pas ? Reprendre des forces pendant que c'est possible. Non qu'elle en ait besoin : elle se sent très bien, même pas un muscle douloureux. Mais elle a faim. Manger, et ensuite, elle ira à la recherche de Simon. Elle ignore où il se trouve : la boussole intérieure a disparu.

Elle ne le cherche pas longtemps. Des portes s'ouvrent dans le couloir tubulaire, elle est partie vers la droite – elle est droitière – elle ouvre la porte à droite de la sienne, et elle voit Simon, couché dans un lit identique au sien. Son souffle est ample et régulier. Rajeuni. Bien sûr. Pas trop : la quarantaine. Il dort profondément. Elle le contemple, incertaine de ce qu'elle ressent, puis se détourne. Sur la table devant la fenêtre, un autre plateau et sa cloche transparente.

Elle sort et referme la porte sans bruit. Continue à suivre le couloir. Les trois autres portes sont fermées, mais le couloir se termine par un escalier aux larges marches peu élevées. Elle les gravit.

Ralentit sur les dernières marches et finit par s'immobiliser au sommet. L'escalier débouche sur un couloir assez étroit, d'une demi-douzaine de mètres de longueur, donnant sur une salle apparemment circulaire. Mais un fouillis de couleurs et de formes occupe toutes les surfaces disponibles des murs du couloir, et son plancher ; la partie visible de la salle est décorée de la même façon ; le plafond aussi. Pas de fenêtres, mais des nervures lumineuses, dans le plafond, qui sont les sources d'un éclairage égal et suffisant.

Taïriel n'ose d'abord avancer. Elle reste sur la dernière marche pour observer le mur du couloir. Il faut un moment pour distinguer quelque chose, mais on s'accroche à un détail, à un autre, et de proche en proche un dessin se reconstitue, des scènes de la vie des Ranao : bataille, chasse, assemblée, intérieur domestique. C'est difficile : les scènes sont juxtaposées sans séparation, changent de sujet sans prévenir, mais aussi d'échelle, de gammes de couleurs – de temps : une scène d'Hiver près d'une scène d'Été. Mais elles ne changent pas de style : minutieux, hyperréaliste, maniaque.

La fresque, si c'est une fresque, semble vernie, et Taïriel passe machinalement un doigt sur l'enduit de la paroi la plus proche d'elle. Très lisse, l'enduit, pas du tout comme le vernis des Ranao.

« Ce n'est pas la même substance. Incluse dans le pigment », dit une voix masculine derrière elle.

Elle maîtrise son réflexe. « Les changements d'échelle signifient quelque chose ? demande-t-elle sans se retourner.

— Caprice du moment. Et quelquefois, je laissais des trous entre certaines scènes, et je comblais après, mais je n'avais plus assez d'espace pour ce que je voulais faire. »

Il passe derrière elle pour s'avancer vers le centre de la salle. Il est vraiment très grand : s'il tendait un bras, il toucherait sans problème le plafond. En combinaison de travail grise, ordinaire, et les mains dans les poches. La version virginienne de Galaas : cheveux argentés, longue face osseuse au rictus sarcastique, yeux très verts qui rencontrent les siens – trop tard pour se détourner.

Pour se donner une contenance, elle s'avance aussi, plus lentement, en examinant de temps à autre sur le mur du couloir à sa droite les scènes dont l'échelle n'exige pas de se pencher pour bien voir.

« Il y a un sens pour visiter ?

— En gros. Sur le plancher l'histoire la plus ancienne, ensuite les parois, d'ouest en est par rapport à l'entrée, une alvéole par peuplade, et ensuite le plafond. »

Elle fait quelques pas, jette un coup d'œil autour d'elle en contrôlant avec soin son expression. « Et que pensent les Ranao de tout ce que vous leur avez fait ?

— Nous leur en avons bien moins fait que vous ne le pensez », dit la voix avec un léger amusement ; puis, pensive : « Certains ont pitié de nous. La majorité nous ignore. Quelques-uns travaillaient avec nous. »

Taïriel contemple le plancher, intriguée, finit par reconnaître ce qu'elle voit : des cartes, des projections planes de la planète, des continents à la dérive, dont elle a déjà vu les contours dans ses cours de géologie : Virginia, il y a au moins trois millions de saisons. Elle reporte en hâte les yeux sur le mur du passage. Des villages lacustres, des Ranao primitifs, des Tyranao ; quelques sphères lumineuses flottent ici et là, grosses comme une tête d'homme. Et voici un pylône, bien reconnaissable, avec sa forme élancée et la petite boule piquée au sommet. Éteinte.

« Les pylônes étaient déjà là sous leur forme actuelle, lance-t-elle à la cantonade.

— Beaucoup moins nombreux et simplement en métal. Les Ranao sont responsables de la spirale. Nous nous y sommes conformés au fur et à mesure que nous en ajoutions de nouveaux, et nous avons déplacé en conséquence les pylônes originaux. Le psirid est venu ensuite. »

Elle arrive au bout du passage, jette un coup d'œil autour d'elle. La salle est en réalité constituée de quatre grandes alvéoles découpées par de minces parois incurvées des deux côtés et qui se rendent à mi-chemin du centre, un peu comme un trèfle à quatre feuilles. Toutes dévorées par la même fresque délirante. Elle lève la tête pour regarder le plafond, vaguement oppressée. Trop loin pour bien voir, mais elle reconnaît ici et là le même pigment bleu scintillant utilisé par les Ranao pour représenter la Mer, ou la tunique des hékel.

Assez. Cette créature peut bien être aussi vieille que ça lui chante, cette incarnation de Galaas est avec elle, ici et maintenant. Elle se tourne vers lui et croise les bras.

Il ne baisse pas les yeux. Tout au plus pousse-t-il un petit soupir. « Par quoi voulez-vous commencer ?

— Simon et moi. »

Il a un léger sourire : « Ah. La revanche d'Iptit. » Enchaîne avant qu'elle ait pu réagir : « Un pur hasard. Mais une telle synchronicité... »

Elle l'interrompt, abrupte : « Qu'est-ce que vous faisiez en moi ? »

Il ne se démonte pas. Son amusement s'accentue, même : « Rien du tout. Je ne savais même pas que j'y étais. Mon prime le savait, mais pas l'algorithme clone qui avait été implanté en vous.

— Quand ? »

Il entre dans la première alvéole à droite du passage d'entrée, et elle le suit, irritée. Quoi, il n'est pas capable de la regarder en face ? Ou bien croit-il l'impressionner en la suffoquant sous les millénaires de sa fresque en folie ?

« Je me suis toujours choisi des vies humaines, au hasard », dit-il en s'immobilisant devant une scène de baignade: des Tyranao primitifs nageant dans des bassins creusés dans le roc, des femmes ; les hommes sont rassemblés sur les bords, comme en prière. « Je n'en prends connaissance, conscience, qu'à la cessation de la personne choisie : le clone retourne alors au prime en automatique.

— Du voyeurisme en différé.

— Une existence en différé. En participation totale. De la naissance à la mort. Une véritable mort, chaque fois.

— Je suis morte avec vous, vous saviez que ce n'était pas vrai. »

Il soupire de nouveau: « Cette fois-là, oui. »

Le silence se prolonge. « Et c'est tombé sur moi, remarque enfin Taïriel. Par hasard. »

Il contemple toujours la fresque, en se balançant un peu d'avant en arrière. « Eh bien, pas tout à fait, concède-t-il enfin. Le hasard propose, et quelquefois je dispose. J'ai tendance à sélectionner des kerlïtai, ou des gens qui en sont au stade initial de la mutation. »

Taïriel hoche presque la tête. Logique. À quoi bon se choisir une vie de télep ou d'autres types de mutants, si leur expérience centrale, fondamentale, doit toujours vous échapper – comme pour elle la vision que Maura avait de la Barrière ? Et puis, la collecte des informations doit en être simplifiée en bout de ligne: moins de trous.

Une autre conséquence lui vient à l'esprit ; elle est déconcertée de ne pas en éprouver davantage de joie. « Je n'ai jamais été en train de me débloquer. »

Il lui jette un bref coup d'œil en biais : « Non. J'ai décidé d'accepter l'offre d'Iptit quand il m'a trouvé une kerlïtai dans votre famille. »

Des descendants des Janvier. Des descendants des *Rossem* ! Mais elle devine juste un peu trop pour être aussi furieuse qu'elle le voudrait.

« Pourquoi feindre un déblocage ? Simon était parti !

— Justement. Mais il vous faut comprendre que j'ai improvisé. » Un brusque petit rire muet le secoue. « Je devrais savoir, depuis le temps, qu'il faut se méfier lorsqu'Iptit offre des cadeaux. » Il reste un moment silencieux, toujours à se balancer un peu devant la fresque et ses époques entrelacées. « Je vous connais très peu. Je vous aurais connue plus tard, mais je ne vous connaissais pas. Simon, je crois le connaître, et il me surprend toujours. Je suivais Simon, pas vous. Votre rencontre m'a... surpris, amusé, mais je n'y suis pas intervenu. C'était une amourette, charmante, touchante, la première pour Simon ainsi rajeuni, mais je la savais condamnée. Une semaine après sa réjuvénation, les symptômes commenceraient à se manifester, il irait voir un médecin, et il comprendrait. Et il se rendrait à Ékriltan avec la sphère.

— Mais il l'a démolie. »

Il se tourne brusquement vers elle : « Mais ce n'était pas une amourette. Ou en tout cas j'ai mal évalué ce que cette relation pouvait signifier pour lui, la synergie explosive avec la découverte de sa condition... »

Il recommence à longer la fresque et reprend d'un ton détaché, presque clinique : « Si vous commenciez à vous débloquer en Rêveuse, vous iriez au Cercle. Le Cercle alerterait Simon. Une Rêveuse, et avec vos lignées, et Rêvant de Ktulhudar, il viendrait. »

Taïriel s'immobilise, stupéfaite ; il se retourne vers elle. « Vous plaisantez ! Vous n'avez pas fait tout ça pour...

— J'avais des remords », dit-il en lui adressant un sourire sarcastique. « Et j'improvisais. Je n'ai pas rassemblé les symptômes assez vraisemblables tout de suite, le Cercle n'a pas jugé bon de prévenir Simon avant le résultat des tests neurologiques. Et vous n'y êtes même pas restée le temps pour moi de préparer d'autres visions plus convaincantes. Je ne savais rien de vous, comment vous pensiez, comment vous réagissiez...

— Vous n'aviez pourtant qu'à regarder. »

Arrêté en plein élan, il la dévisage un instant, puis secoue un peu la tête, attristé : « Je n'ai jamais activé mon clone en vous pour autre chose que vos visions et vos absences, Taïriel. Je vous suivais de loin, comme je suivais Simon – physiquement. En essayant de comprendre ce que vous faisiez et pourquoi.

– Vous ne vous êtes pas gêné avec Ktulhudar. »

Il se fige. « Justement », dit-il enfin d'une voix un peu éraillée. « Plus jamais ensuite. Les humains que j'habite l'ignorent toute leur vie, et moi aussi – jusqu'à la fin. Si j'ai quelque chose à faire, j'habite des clones organiques créés de toutes pièces, comme celui-ci, ou comme l'étaient certains Galaas. » Il conclut avec une soudaine lassitude : « Peu importe. Vous avez raison. Je vous ai forcée, si vous voulez, une fois. J'ai contrevenu à ma règle : je ne voulais vous donner qu'une seule vision récurrente et sans participation, la première, mais j'en ai activé une autre, avec participation, pour vous renvoyer au Cercle au moment où Simon se trouvait au Musée. Et oui, j'étais prêt à insister très directement si vous preniez un autre itinéraire que l'itinéraire logique depuis chez vous, mais ce n'a pas été nécessaire. Cette fois, j'avais bien calculé vos réactions. Après cela, le reste dépendait de vous. De vous deux. »

Ils sont entrés dans la seconde alvéole. Il suit du doigt les contours d'une scène, des pêcheurs tyranao se montrant du doigt la silhouette caractéristique d'un agraïllad dans le ciel. « Premiers contacts... » Taïriel le suit sans parvenir à rester aussi irritée qu'elle le voudrait. Elle était donc libre d'agir, et Simon aussi – dans le cadre de la contrainte, mais elle se rend bien compte qu'elle le croit. Elle a pu constater quel respect il a pour ses propres règles. Elle en sait bien trop long sur lui, de fait ! Sans doute était-ce le but de l'opération. Un des buts. « Et l'effet-boussole avec Simon, ce n'était pas une intervention directe ? »

Il a un sourire inattendu : « Non, une mesure de sécurité générale. Je voulais être sûr que vous ne le perdriez pas. » Le sourire s'efface. « Et c'est ainsi que je sais toujours où il se trouve. Un indice de plus pour lui quand vous le lui diriez. Vous avez pris votre temps, là aussi. »

Que veut-il dire, “là aussi” ? Mais elle ne peut prétendre qu’elle l’ignore. Son silence à l’égard de Simon. Ses silences. Pas tellement l’effet-boussole, mais les visions. Destinées à confirmer son statut de Rêveuse, mais d’abord destinées à Simon, bien sûr. Elle était censée les lui confier, d’autres indices pour lui. D’une certaine façon, elle est presque contente de ne pas lui en avoir parlé avant la toute fin : il est venu au Catalin de sa propre initiative. Ou presque.

« Vous m’avez donné d’autres visions. Pourquoi ces visions-là ? »

Il lui adresse de nouveau son petit sourire sarcastique – mais ce n’est pas d’elle qu’il se moque, elle le devine : « Le hasard ?

Il s’est remis en marche et contourne la paroi suivante. « Ici, les Hébao », annonce-t-il. Elle répète, irritée : « Pourquoi ces visions-là ?

— Vous devez bien le savoir. » Il observait un détail, un peu penché, se redresse avec un petit sourire las. « La première vision... s’est choisie elle-même. L’inspiration du moment. Je l’ai modifiée comme je le désirais, mais j’ai été surpris. Et ensuite, j’ai suivi ce que m’avait montré le doigt d’Iptit.

— Vous avez choisi une autre règle, vous voulez dire. »

Il ne se démonte pas : « Oui, je vous ai choisie pour juge.

— Iptit a bon dos », lance-t-elle pour ne pas rester interdite.

« J’ai pensé parfois que vous en étiez l’incarnation, tant vous m’avez contrarié, dit-il avec un petit rire inattendu. Ou plutôt, tant j’ai fait d’erreurs à votre sujet.

Irritée par son indéniable amusement, elle rétorque : « Vous étiez peut-être simplement plus défectueux que d’habitude. »

Il s’assombrit, fait quelques pas de plus, murmure enfin : « En effet. »

Elle se sentirait presque honteuse, c’est absurde ! Puis une petite vague glacée la traverse : pas plus absurde que cette conversation avec cet homme qui n’en est pas un, dans cette caverne vieille de combien de millions de saisons ! Mais d'un autre côté, il a choisi cette apparence, et ce lieu, et même elle. Qu'il en subisse les conséquences. Elle n'est sûrement pas là pour le ménager, n'est-ce pas ?

« Et vous êtes content de votre fin de partie ? »

Il lui jette un petit regard en biais tout en entrant dans l'alvéole suivante. « Qu'en pensez-vous ? »

Elle hausse les épaules : « Ç'aurait pu finir bien plus tôt. Vous pouviez vous présenter à Simon n'importe quand et tout lui dire. Mais je suppose que vos règles vous l'interdisaient.

— Non », dit-il après une petite pause, d'une voix un peu altérée. « Mes règles m'interdisaient de faire ce que je lui ai fait. Et continué à lui faire. Et fait à Mathieu. Il y a longtemps que j'étais au-delà des règles, sur ce point. J'aurais pu en inventer d'autres. » Une autre pause. « Pourquoi ne lui avez-vous pas parlé des autres visions ?

— Quel rapport ? » rétorque-t-elle, surprise et aussitôt sur la défensive. Puis son irritation s'éteint. Comme elle, bien plus qu'elle, il n'a rien dit parce qu'il avait trop à dire. Parce qu'il s'était tu trop longtemps. Et aussi parce qu'il n'était plus capable de faire la différence entre protéger Simon et se protéger lui-même – comme avec Oghim. Le désir d'en finir, la terreur d'en finir... Oh, elle comprend. Pourquoi pense-t-elle soudain à Estéban ?

Elle insiste quand même : « Vous n'aviez pas besoin de lui laisser escalader le Catalin. »

Il la regarde d'un air un peu las : « Mais lui, oui. »

C'est elle qui se détourne pour longer en silence le fond de l'alvéole. En plein centre, dans une scène de bataille, la silhouette d'un tovker noir à la corne blanche se cabre sur un fond de ciel orageux.

« Et la progéria, vous justifiez ça comment ? »

Il ne répond pas tout de suite. « Je n'avais pas prévu de procéder ainsi lors de sa remise à jour, dit-il enfin. Improvisation sur improvisation... Mais une fois que c'était fait, pas question de revenir en arrière.

— On ne reprend pas un coup joué.

— Pas exactement », réplique-t-il du tac au tac à son ironie, et sur le même ton mordant : « On ne joue pas deux fois de suite. » Il s'affaisse un peu, reprend un ton plus bas : « Une seconde manipulation, aussi rapprochée, aurait pu être dangereuse pour lui. »

Taïriel le dévisage, sceptique. « Et vous vouliez le punir un peu. Temporairement. »

Il ne nie pas : « Il avait la sphère depuis plus de cent cinquante saisons, dit-il après un petit silence. Il a eu les plaques des souterrains avant tout le monde. Mais il refusait de croire les Ranao. Tant d'obstination ingénieuse dans la dénégation... De votre culture dans son ensemble, je peux l'accepter. De lui... Je me suis impatienté. Je voulais être sûr d'attirer son attention, cette fois.

— Vous avez réussi », remarque la voix de Simon dans leur dos.

Ils se retournent du même mouvement. Il est appuyé au montant d'une des parois, à l'entrée, vêtu de la combinaison verte, et il les observe, impassible, les bras croisés. Depuis quand ? Taïriel voudrait aller le rejoindre, mais elle n'arrive pas à bouger, tout d'un coup. C'est absurde, elle n'y est pour rien ! Elle s'arrache avec un effort conscient à sa paralysie, et va se diriger vers lui quand il se détache de la paroi pour entrer dans l'alvéole à sa droite. Elle reste immobile, appréhensive. Qu'a-t-il entendu ? Lui en veut-il d'avoir eu cette conversation avec son tourmenteur – de l'avoir eue avant lui ?

« Des Tyranao navigant sur le Luleïtan, à cette époque ? Leur histoire connue n'en fait pas état.

— Des petits groupes ont exploré tout l'ouest et le sud du continent », répond Galaas, comme s'ils discutaient tous deux de la fresque depuis des heures. « Mais personne n'a jamais ressenti le besoin de s'y installer. C'est seulement à l'époque des premiers débarquements aritnai dans la région du Golfe, trois mille six cents saisons après, qu'ils ont décidé d'étendre leur territoire vers l'ouest et le sud, sur tout le pourtour du Leïtltellu et au-delà des hauts plateaux encadrant le lac. Les Tyranao n'ont jamais été très territoriaux. »

Simon fait « mmm », tout en continuant son périple. Qui l'amène bientôt près d'eux, dans l'alvéole consacrée au Paalani. Taïriel termine, délibérément, le mouvement qu'elle avait désiré faire plus tôt, réduit maintenant à deux pas qui la conduisent de son côté de l'alvéole. Il lui adresse un rapide sourire, pose le doigt sur une partie de la fresque : « La première migration paalao vers l'ouest, à travers la passe de la Hache. »

Des licornes ouvrent la marche ; les hommes viennent ensuite, tirant leurs aski par la bride et jetant des regards craintifs vers les énormes pans abrupts de pierre écarlate ; sur une hauteur, un karaïker couché les observe en bâillant avec dédain. Les détails sont exécutés avec une finesse exquise. Le tout occupe un rectangle d'environ vingt-cinq centimètres de long sur dix centimètres de haut.

« Un autre de vos coups ? », demande Simon.

« Avec un de mes compagnons, Ojiu'k. »

Galaas parle avec calme – vont-ils faire assaut d'érudition sur les Ranao, maintenant ?

« Et vous êtes ?

— Lin'k'tani », dit Galaas, toujours avec autant de naturel.

Taïriel lui jette un regard surpris, mais Simon répète « Lin'k'tani », en imitant assez bien le claquement glottal. Elle croit qu'il va dire autre chose, mais il reprend son examen de la fresque.

« Tu pourrais bénéficier du même traitement que Mathieu, après la prochaine remise à jour complète, interne et externe », dit enfin Galaas – Taïriel ne peut même pas songer à lui sous un autre nom.

Simon tourne la tête vers lui, sans hâte : « Ç'aurait été possible depuis le début ?

— La réjuvénation complète, oui », dit Galaas – sa voix est presque aussi égale, mais pas tout à fait. « Pas la remise à jour en continu. J'avais amélioré le processus, à l'époque de Mathieu. » Une petite pause, puis, comme s'il ne pouvait s'empêcher de préciser: « Il n'y en a pas eu d'autres. » Il attend un peu, reprend: « Veux-tu ? »

Simon dit « Non », met ses mains dans ses pochcs sans rien dire et se penche un peu pour examiner un autre détail de la fresque.

« Tu n'es pas un réfractaire naturel comme Mathieu. Ce qui t'empêche de rejoindre la Mer peut être neutralisé. »

Taïriel ne se rappelle pas si elle lui a confié ce détail, lors de sa confession incohérente sur la plate-forme, mais Simon ne hausse même pas les sourcils. « L'illumination n'est pas pour moi. J'ai essayé.

— Ce n'est pas réellement indispensable, avec la Mer, remarque Galaas.

— Je sais. »

Taïriel les regarde l'un après l'autre, Simon imperturbable, Galaas déconcerté, presque tendu tout à coup; ne comprend-il donc pas ?

Le silence s'installe à nouveau. Puis, d'une voix un peu étouffée, Galaas reprend: « Tu peux devenir comme nous. »

Pas une hésitation: « Non. »

Galaas demande – et à sa voix défaite Taïriel sait qu'il a enfin compris: « Que veux-tu ?

— Que ce soit la dernière fois. »

Aucune animosité. Mais l'autre s'affaisse sur lui-même. Après un moment, il murmure: « Il te reste une vie complète.

— Merci », dit Simon. Il n'y a pas la moindre trace d'ironie dans sa voix. A-t-il deviné l'autre sens de cette remarque ? Est-il si certain de ne jamais changer d'avis ?

Taïriel prend une grande inspiration pour dénouer sa poitrine oppressée. Ils se tournent vers elle, interrogateurs, mais elle ne regarde pas Galaas. « Solitaire, Simon ? »

Il la dévisage, les sourcils un peu arqués, puis, d'une voix voilée: « Solidaire, Tiri. »

Elle attend un peu pour être sûre de sa propre voix, se tourne vers Galaas et demande: « Et moi ? »

Il dit aussitôt: «Je me suis entièrement retiré de vous sur la plate-forme.»

Elle hoche la tête devant la confirmation, réfléchit un instant. «On peut partir d'ici par le souterrain menant à Ékriltan?

— Oui.»

Galaas a retrouvé son calme; il a de nouveau enfoncé les mains dans les poches de sa combinaison et l'observe, une ombre de sourire sur les lèvres.

«Avec tous nos souvenirs», dit-elle, sans essayer de masquer son scepticisme.

Le sourire se précise, indulgent: «Bien sûr.

— Maintenant?

— Quand vous le désirez.»

Elle regarde Simon, qui incline la tête: «Maintenant.»

Galaas passe devant eux pour les précéder dans le corridor et l'escalier. « Votre matériel se trouve chez Lin'k'lo, la maison d'à côté», lance-t-il par-dessus son épaule.

Ils le suivent dans le couloir tubulaire et sa lumière qui vient de partout, puis empruntent le chemin capricieux qui longe la rivière, sous les racalous et les trembles ; à leur passage, des scioteurs noirs s'envolent en pépiant des buissons d'atlevet. Le grondement sourd de la cascade résonne dans le lointain, à travers les chants d'oiseaux et les crissements des insectes. Simon s'immobilise soudain : une bestiole poilue de la taille d'un chat vient de jaillir d'un buisson pour se planter devant eux sur ses six pattes, les observant de ses yeux à facettes, un peu protubérants et apparemment mobiles.

Simon s'accroupit pour l'examiner de plus près. La bestiole se laisse tomber sur le flanc pour lui offrir son ventre, entre les articulations des pattes. Simon s'exécute, puis lève la tête vers Galaas : « Hexapode. Un animal de votre monde originel?

— Un k'tnit. Nous sommes également des hexapodes.»

Taïriel ne peut s'empêcher d'ouvrir de grands yeux.

« Les Rêveurs ne vous ont jamais vus ainsi, remarque Simon.

— Pas encore », dit Galaas avec un léger haussement d'épaules. « Hasard. Ou polarisation du Rêve à travers le temps : dès que les indigènes ont été assez évolués, nous avons utilisé leur matériel génétique. Les supports organiques de secours que nous avions récupérés de notre vaisseau n'ont pas duré très longtemps. Nous n'étions pas censés ne jamais revenir chez nous... »

Simon se relève, les yeux plissés, regarde la bestiole retourner de sa démarche sautillante dans l'ombre du buisson. « K'tnit. Ojiu'k. Lin'k'lo. Le 'k' indique le sexe ?

— La qualité d'être organique », répond aussitôt Galaas ; il semble satisfait, comme d'un bon élève. « La position du 'k' indique le sexe. En position médiane le sexe féminin, en position finale le sexe masculin. Les k'tnit sont des hermaphrodites. Nos ancêtres primitifs l'étaient aussi. » Après une courte pause, il ajoute, avec un petit sourire : « Désires-tu avoir accès à nos archives ? »

Taïriel jette un coup d'œil alarmé à Simon. Essaie-t-il encore de le tenter ? Leurs archives, une centaine de vies n'y suffiraient sans doute pas ! Mais Simon répond sur le même ton amusé : « Non. Les Ranao doivent savoir tout cela. » Pense-t-il à toutes ces Années où il a préféré ne pas les croire, et tout le monde avec lui ? Que croira-t-on maintenant ?

Ce qu'on pourra. Ce qu'on voudra. Comme avant, comme toujours. Ce n'est sûrement pas elle qui partira en croisade pour rétablir la vérité. Elle glisse son bras sous le bras de Simon, qui lui adresse un rapide sourire.

Ils arrivent enfin devant la demeure voisine, d'où l'échafaudage volant a disparu ; les plaques noires qui soulignent le bord de chaque étage brillent d'un éclat liquide sous le ciel lumineux de la caverne. Personne aux alentours. Une petite camionnette d'aspect bien virginien est rangée devant l'entrée, avec tout leur matériel empilé à l'arrière. Après une rapide vérification,

Taïriel revient vers Simon qui, les bras croisés, contemple le panorama de la caverne.

« Tout y est. »

Elle a tellement hâte de s'en aller, tout d'un coup, elle en a des fourmillements au bout des doigts.

Simon a hoché la tête, mais il ne bouge pas. « Et Mathieu ? » dit-il soudain.

Taïriel reste interdite, mais comprend vite à qui il s'adressait. « Il est de l'autre côté », murmure Galaas après un petit silence. « Pourquoi reviendrait-il ? » Son intonation est déjà résignée.

« Oh, il reviendra », dit Simon, avec la plus calme, la plus absolue certitude.

Il se tourne vers Galaas. Ils restent un instant face à face, comme en suspens. Soudain, avec une lenteur délibérée, Galaas s'incline, tête baissée, les deux mains tendues paumes offertes.

Simon hésite un instant, puis il prend les mains tendues. Taïriel se mord les lèvres. Galaas se redresse, lui jette un rapide coup d'œil, qu'elle soutient le menton levé. Elle lui pardonnera peut-être elle aussi. Plus tard. Pas maintenant.

Simon le regarde, la tête rejetée en arrière, sans lui lâcher les mains. « Mais vous êtes votre seul juge », dit-il enfin, avec douceur.

Il se détourne et grimpe dans le siège du conducteur. Démarre. Engage la camionnette sur le petit pont, puis sur la route qui serpente vers le versant opposé de la caverne. Taïriel s'adosse dans son siège avec un soupir, soulagement, épuisement, elle ne sait trop. Elle ne peut s'empêcher de jeter un dernier coup d'œil vers les étranges demeures le long de la rivière. Si Galaas est encore là, on ne le voit plus.

ÉPILOGUE

Il fait très chaud. Sous le ventre de Tache Blanche, le sol vibre et frémit. La patte que le petit Maître lui a tordue est encore douloureuse, mais ce n'est rien comparé aux ondes de souffrance qui émanent de la Maîtresse. La mère de Tache Blanche ne les sent pas : elle est couchée sur les genoux de la Maîtresse, elle cliquette de plaisir sous la caresse. Un souffle brûlant traverse la pièce ; quelqu'un est entré, venant du dehors : le Maître. Il monte les escaliers en appelant la Maîtresse, et la mère de Tache Blanche saute à terre pour aller à sa rencontre. Mais il ne la voit pas. Tache Blanche se fait tout petit en retenant un gémissement : de la souffrance, encore, plus déchirante que celle de la Maîtresse.

La mère de Tache Blanche rejoint son petit sous le meuble, elle le lèche, elle sent bien qu'il est malheureux mais ne comprend pas pourquoi : elle ne sent pas comme lui que tout est terriblement anormal. Le Maître s'assied près de la Maîtresse ; la peau bleutée de sa face est marbrée de taches livides, les poils de sa tête semblent avoir été arrachés par poignées, mais surtout ses yeux noirs sont trop brillants, trop fixes, et la bouche d'habitude souriante, toute tordue d'un côté, ne cesse de trembler. Le Maître parle, la Maîtresse aussi. Il se lève. Il va donner un grand coup de pied dans les objets rangés par la Maîtresse – souffrance, souffrance furieuse ! On ne part plus ? Oui, quelque chose dit à Tache Blanche que le départ dont l'atmosphère flottait dans la maison bouleversée, le grand départ vers le ciel n'aura pas lieu.

Le Maître va dans la chambre de son petit ; la Maîtresse le regarde avec des yeux qui ne voient pas. Tache Blanche voudrait pouvoir s'enfuir, tant leur douleur est lourde, obscure, glacée... Le Maître revient ; dans l'autre pièce le petit Maître n'est plus là. Le Maître s'assied près de la Maîtresse sans la regarder, il lui tend quelque chose dans sa main, elle le prend, ils se regardent, tout à coup le Maître saisit la Maîtresse dans ses bras, il la serre très fort. Souffrance. La Maîtresse met la chose dans sa bouche, elle se couche, sa main dans celle du Maître. Un moment se passe. Le sol frémit plus fort. Le Maître lâche la main de la Maîtresse, il se lève en appelant Amish d'une voix trop forte. Amish veut répondre ; ne sent-elle pas le danger ? Tache Blanche retient sa mère. Le Maître appelle encore, et cette fois Amish sent la mort dans sa voix. Elle se hérisse, ses oreilles se déploient aux aguets, son corps se ramasse en une boule tremblante et Tache Blanche se serre contre elle.

Le Maître émet un son étrange : les coins de sa bouche sont relevés comme lorsqu'il est content, mais tout le reste de sa figure est tordu pour dire le contraire. Il quitte la pièce en courant, et bientôt Amish et Tache Blanche sentent l'odeur du feu. Amish court en gémissant vers le lit : n'a-t-elle donc pas senti que la Maîtresse n'est plus là, comme le petit Maître ? Tache Blanche siffle, inquiet, et Amish revient vers lui. Ils se faufilent par la porte entrouverte. L'odeur du feu est de plus en plus violente. Dans l'escalier, les flammes montent en grondant, la fumée se tord à travers les couloirs. Amish court en gémissant, Tache Blanche court devant : il faut quitter la maison.

Le feu est dehors aussi, un grondement ininterrompu qui roule à travers la ville. Les morceaux de sol qui bougeaient autrefois pour emporter les Maîtres sont tous immobiles à présent ; les lumières sont éteintes, aucun oiseau métallique ne vole dans le ciel. Des Maîtres courent partout en criant, des flammes surgissent de toutes parts, la terre gronde et s'agite, et le ciel...

Tache Blanche court, les yeux fixés au sol, la fourrure hérissée : le ciel est traversé d'éclairs violets, déchiré de grandes taches multicolores qui bougent lentement, et le soleil... À moitié voilé par des nuages aveuglants, il est énorme, boursouflé, monstrueux.

Tache Blanche et Amish courent de toutes leurs forces sous l'affreuse lumière en direction de la forêt. Loin à l'horizon, la montagne est brisée : un serpent de feu descend de son sommet à demi caché par des nuages rouges et noirs... Soudain un Maître se dresse. Il agite un lance-feu. Tache Blanche s'écarte pour éviter la langue brûlante et saute avec sa mère sous un amas de ferrailles tordues qui dépassent d'une maison écrasée. D'autres Maîtres arrivent, la langue de feu reparaît : les Maîtres courent en hurlant vers elle, deviennent tout noirs et tombent en poussière.

Il fait chaud, de plus en plus chaud ; il faut rejoindre la forêt, l'ombre des arbres, la rivière. La forêt est inquiète aussi, remplie de craquements, de cris discordants, de bêtes affolées galopant parmi les ombres. Un brouillard pestilentiel monte de la rivière où flottent des milliers de créatures mortes. Des troncs effondrés barrent le chemin, il faut se faufiler sous les branches brisées à travers les feuilles déjà pourrissantes. Par endroits l'herbe est si épaisse et si haute, son odeur si étrangère, que Tache Blanche et sa mère préfèrent la contourner.

Soudain, Amish se fige sur place avec un sifflement menaçant : une silhouette s'immobilise non loin d'eux ; c'est l'ennemi héréditaire, le petit tigre aux longues pattes. Mais Amish n'attaque pas et le petit tigre ne bouge pas non plus ; il ne semble avoir vu ni Amish ni son petit en plein milieu du chemin. Il renifle autour de lui, langue pendante ; une membrane blanchâtre couvre ses yeux. C'est un jeune, guère plus grand qu'Amish, mais il ne ressemble pas à l'image des souvenirs ancestraux de Tache Blanche : la fourrure n'a pas la couleur normale, la tête est bien trop grosse, et les dents recourbées, démesurément allongées, percent la mâchoire inférieure. L'animal est très maigre, il vacille un peu sur ses pattes quand il se détourne, et il s'éloigne en titubant. Le poil d'Amish retombe, ses oreilles se replient lentement ; elle repart en avant avec Tache Blanche qui jette de tous côtés des regards épouvantés : la forêt est aussi tordue que la ville des Maîtres.

Bientôt les pas d'Amish se font plus lents ; elle s'arrête, se couche dans l'herbe tiède et commence à lécher ses pattes endolories. Tache Blanche reste debout, oreilles et narines aux aguets. La forêt paraît calme, ici ; les arbres et les plantes ont les couleurs et les formes qui conviennent, le grondement de la montagne est moins perceptible, les cris des autres animaux semblent tourner autour de cette clairière. Mais il y a quelque chose tout près, quelque chose...

Un bruit de course dans le sous-bois : un Maître, noirci, en lambeaux ; il avance comme s'il savait où il va et Tache Blanche sent avec étonnement que, malgré sa chair brûlée, le Maître est... heureux ? Il voit Tache Blanche et Amish, il sourit, il les appelle ; aussitôt Amish bondit vers lui. Tache Blanche hésite, mais un reste d'instinct lui dit de ne pas quitter sa mère. Ils s'en vont tous les trois vers l'autre côté de la clairière où se dresse un épais buisson d'épineux. Le Maître écarte les branches avec ses mains, les épines lui déchirent le corps, mais il ne sent rien. Il est heureux. Amish et Tache Blanche se faufilent sous les épines pour le suivre.

Et soudain Tache Blanche s'immobilise et agrippe sa mère de toutes ses forces. Amish hésite, prise entre son petit et le Maître qui se dirige tout droit vers une énorme silhouette dressée d'où émane ce qui a alerté Tache Blanche : des ondes, des couleurs, des odeurs qui crient : « VIENS ! VIENS ! » Au ras du sol, un gros bouquet de feuilles très longues et très épaisses, rouges, scintillant dans la lumière déformée du jour, et qu'agitent des frissons spasmodiques ; une tige s'élève au-dessus, presque un tronc, qui s'évase en une grosse boursouflure sphérique d'un blanc nacré, agité de courants mauves. La tige-tronc continue jusqu'à un autre renflement, trois petites boules nacrées collées les unes aux autres. Un calice sombre et gonflé se penche vers le Maître, abaissant une grosse corolle vert émeraude parcourue de clignotements mordorés. Au milieu, une forêt de filaments, des tentacules livides qui se tordent et ondulent ; au centre, un cœur étoilé couleur d'or se dilate et se contracte avec lenteur. Le Maître est tout près de la plante, du monstre animé, ses ondes de bonheur oblitèrent presque le souffle avide qui émane de la fleur. La tige se courbe davantage, la corolle se penche, les tentacules palpitantes se referment sur la tête du Maître qui pousse alors un seul cri étouffé, terrifié.

Amish échappe à l'étreinte de son petit et bondit au secours du Maître. Ses griffes acérées se plantent dans la grosse sphère nacrée au-dessus des feuilles : la plante se tord avec violence dans un orage de couleurs changeantes, la corolle lâche la tête du Maître qui roule à terre en hurlant, un masque rongé à la place du visage. Les feuilles rouges se referment sur la sphère nacrée et sur la mère de Tache Blanche ; Amish se débat un peu en émettant des sifflements indistincts, puis elle se tait, elle ne bouge plus.

Tout crie à Tache Blanche de s'enfuir, mais il reste là. Le Maître ne bouge plus, il n'est plus là. Amish non plus. Tache Blanche horrifié regarde la plante : au-dessus de la coque hermétique des feuilles, les boules nacrées palpitent, la corolle refermée s'agite aussi en changeant de couleurs, le bout des tentacules, rouge vif à présent, en dépasse un peu et se tord avec frénésie. Mais peu à peu la plante s'apaise. La corolle du sommet se rouvre avec lenteur sur les tentacules décolorés. Puis les feuilles se détendent à leur tour, découvrant le globe nacré et le corps écrasé d'Amish qui tombe avec un bruit mou près du corps du Maître.

Le poil hérissé, les oreilles déployées et rigides, Tache Blanche rampe vers les cadavres. Un gémissement ininterrompu sort de sa gorge, mais ce qui le pousse est plus fort que l'instinct. Sur le corps d'Amish, la fourrure noire a presque disparu ; la peau nue est couverte d'une substance translucide ; Tache Blanche voit apparaître la couleur du sang à mesure que la substance pénètre plus avant dans la chair à vif. Et soudain, au-dessus de Tache Blanche, la plante frémit. Les feuilles remuent doucement, la corolle se courbe vers Tache Blanche... « VIENS ! VIENS ! » dit le clignotement mordoré, les filaments rosissants ébauchent des signes tentateurs... Tache Blanche fait un formidable saut en arrière, hors d'atteinte, et il s'enfuit au hasard dans la forêt, toute conscience éteinte, une simple masse de muscles épouvantés.

◆

Réal reste immobile, en sueur, le cœur battant la chamade, puis il se rappelle et commence à respirer avec méthode tout en murmurant son mantra favori. La satlàn fait son effet, l'horreur s'éloigne peu à peu. Encore Tache Blanche et sa mère. Au moins n'était-ce pas la toute première vision, celle qui le tirait en hurlant de son sommeil quand il a commencé à s'éveiller au Rêve, une pile de cadavres bleus en train de se décomposer dans une rue ; soumise à la curieuse accélération que subit parfois le temps du Rêve, la pourriture s'étend comme l'éclair, fleurit, bouillonne, bientôt apparaissent les os et les cartilages étrangers...

Avec un frisson, Réal s'arrache au souvenir, répète le mantra avec plus d'énergie – ce qui ne convient pas, il faut se détendre, se détendre... Finalement, il se sent assez calmé pour se lever. Ses pieds nus allument des lueurs fugitives dans les dalles de ltellaod tandis qu'il traverse le couloir pour se rendre chez Cygni. Elle est déjà debout et lui ouvre sa porte en silence – il a dû l'appeler sans en avoir conscience. Il va s'asseoir dans le fauteuil, sous le cercle étroit de la petite lampe à gaz, regarde sa sœur préparer la solution d'aëllud. La routine, déjà. Une routine qui va durer toute sa vie ? Il boit le liquide ambré, ferme les yeux en plongeant de nouveau dans la satlàn. Cygni assise en face de lui en a fait autant, la main posée sur la plaque de psirid qu'elle a sortie du secrétaire. Il la sent s'ouvrir à lui, l'envelopper. Le rythme de leurs mantras se synchronise. Il flotte bientôt dans la transe légère de l'induction, et ce n'est plus si horrible d'ouvrir la porte de sa mémoire trop précise de Rêveur. *Il fait très chaud. Sous le ventre de Tache Blanche le sol vibre et frémit...*

Il sent la main de Cygni sur son front, revient à lui avec un petit sursaut. Comme toujours, il lui semble que des heures se sont écoulées – la durée subjective du Rêve. Mais la durée du transfert est différente : quelques minutes. Cygni lui tend l'anthaldèn, il l'avale avec obéissance. Le goût mentholé n'est pas désagréable, mais il pense soudain aux hectolitres qu'il devra ingurgiter au cours des Années, et il aurait presque la nausée. Maussade, il regarde Cygni étiqueter la plaque et la ranger avec les autres. Et ce n'est rien : demain, il faudra recommencer, avec les autres hékel assignés à son cas. Son *cas*. La malédiction familiale, sans doute. Il n'a pas demandé à être un Flaherty ! Et même pas la branche d'Atyrkelsaõ, il aurait été tranquille au moins, pas de halatnim Rêveurs. Non. Pur Virginien. Moyen télépathe, mais Rêveur. Et un *cas*. Ne pouvait pas être un Rêveur ordinaire, non ! Il faut qu'il Rêve à la fois avec des inducteurs non-humains dans leur propre univers, comme le font les haïlmâdzi, *et* avec des inducteurs de Virginia comme les aalmâdzi...

◆

L'herbe est une poussière noire. La terre brûlée fume encore, parsemée de morceaux de pierre écrasés comme des pâtés de sable. Des débris fondus brillent çà et là d'un éclat assourdi. Pas un bruit vivant alentour, mais des craquements intermittents, de brefs sifflements, de petites explosions étouffées, des sons métalliques secs, les métronomes détraqués scandant le lent refroidissement de la masse écrasée. Les sphères qui ont touché le sol en premier sont indiscernables dans le chaos de métal et de verre ; la chaleur les a fondues en une seule masse solide, parcourue de veines noires ou curieusement colorées là où d'autres matériaux ont coulé dans le mélange. Au-dessus de cette colline où le feu rougeoie encore s'élèvent les sphères de la partie médiane. Celles-là, la chaleur les a seulement ternies et le choc les a éventrées, mais elles sont restées en place ; on voit tout le système nerveux des conduits principaux et des passages secondaires, les ganglions verts des zones de culture, l'entrelacs complexe des machines noircies, les ponts d'habitation comme des rayons de miel coupés en deux, avec leurs alvéoles régulières. Les bras des passages extérieurs qui reliaient les sphères entre elles se sont pliés, tordus, cassés : une grosse grappe de raisins débarrassée au hasard de ses fruits.

Les petits groupes de survivants continuent à arriver sur le plateau. Ils s'arrêtent tous au sommet de la colline pour se retourner vers l'étrange montagne subitement poussée au milieu de la plaine bouleversée. Il y avait des buissons, des petits arbres, de l'herbe dans la plaine, mais il n'en reste rien : l'incendie les a réduits en cendre, un épais tapis noir que la pluie torrentielle a détrempé, mais où l'on enfonce par endroits jusqu'aux chevilles, un vaste écrin de mort autour de ce qui a été le Monde et qui n'est plus qu'un monstrueux amas de ferrailles.

Gatménesch regarde arriver les survivants. Ils sont quelques centaines encore à venir de la plaine ; beaucoup sont blessés, souvent gravement brûlés. Un bruit diffus de gémissements arrive par vagues à la conscience de Gatménesch. Penser, prévoir, organiser ; sa tête lui fait mal sous le pansement rudimentaire. Beaucoup sont morts parmi les siens, ceux de la Tache Blanche : elle n'en perçoit guère au milieu des arrivants, mais ses perceptions sont obscurcies par la douleur.

Avec un effort, Gatménesch se retourne vers le camp en train de s'édifier près de la petite rivière qui serpente à travers les collines. Il faudra retourner à l'épave, arracher à ses entrailles refroidies ce qui pourra encore servir... Penser à l'avenir. C'est le rôle des Mères, et Gatménesch est la Mère parmi les Mères. Plus tard on s'interrogera, on se demandera pourquoi le Vaisseau a soudain basculé du ciel... L'essentiel, c'est d'avoir réussi à séparer les quartiers d'habitation pour tomber vers cette planète inconnue. Gatménesch a la tête qui tourne un peu ; une seule certitude échappe au brouillard : il va falloir survivre, vivre sur cette terre étrangère, doublement étrangère au sortir du Vaisseau, réapprendre le ciel, le goût de l'eau qui court, les odeurs de l'air et des véritables plantes.

Peu à peu le matin se lève ; il fait doux, le vent vient avec la lumière du soleil étranger qui brille à travers la masse ajourée de l'épave et monte dans le ciel sans nuages. Gatménesch n'a pas dormi ; elle regarde l'horizon que lui dévoile le jour : loin au-delà de la plaine basse noircie par le feu se dessine l'étendue miroitante d'un océan. Gatménesch et les mères de ses mères sont nées dans le Vaisseau, avec pour seule véritable verdure celle du Parc de l'Initiation, mais la végétation lui semble inhabituelle sous cette latitude et dans un relief tel que celui-ci : la forêt est dense sur le plateau, plus haut. Les arbres devraient être bien plus grands et bien plus nombreux dans cette plaine. Peut-être le sol en est-il moins fertile, pour une raison ou une autre. Il devrait aussi y avoir de grands troupeaux dans la plaine, et dans les collines ; or même les oiseaux et les insectes semblent absents. Mais c'est une autre planète, ici. Le voyage est terminé, le long voyage qu'ils ont si longtemps cru devoir être sans fin.

◆

Cygni a fini de ranger, elle observe Réal, calme et attentive ; mais il n'a pas envie de parler. Il parlera demain, avec les autres hékel, jusqu'à plus soif. Tous tellement fascinés par son *cas*. Quel cas ? Il a des Shipsha pour inducteurs – tous les haïlmadzi ont pour inducteurs des créatures douées à des degrés divers de capacités psi, une seule variété par Rêveur, et qui ne sont ni des Virginiens ni des Ranao – ça, c'est réservé aux aalmâdzi. Il se trouve qu'une Virginia existe dans l'un des univers des Shipsha, et qu'ils viennent s'y écraser, voilà tout. Cela ne fait pas nécessairement de lui un *cas*. Car enfin, si la planète où ils se sont écrasés est bel et bien Virginia, elle est déserte ! L'épidémie qui a exterminé les naufragés était bien reconnaissable : la Peste – ou le virus Ewald, comme ils disent maintenant. Les Shipsha survivants, avant leur extinction, ont exploré une côte vide, et Bird-City silencieuse. Avec des squelettes humains – tous des Virginiens, pas un seul halatnim reconnaissable comme tel. Détruits eux aussi par l'épidémie. Et l'aspect de la ville a permis de la situer sans erreur dans le temps, pour une fois : le passé – un autre passé, bien entendu. Dans cet univers-là, les Fédéraux ont essayé une solution finale au temps de la Rébellion et de la Sécession, et les rebelles n'ont pas trouvé d'antidote au virus, ou l'ont découvert trop tard. Et la stratégie des Fédéraux s'est horriblement retournée contre eux : le virus a muté, et au lieu d'exterminer uniquement les rebelles marqués à leur insu pendant leur exode jusqu'en Licornia, il s'est propagé au-delà des montagnes Rouges pour exterminer tous les humains, et il a sans doute muté encore pour se trouver des hôtes animaux, d'où il a sauté aux Shipsha. Shipsha et Virginiens se sont ratés de peu, quelques dizaines de saisons, mais la stupide férocité humaine a quand même trouvé moyen de les détruire, à retardement.

Un élan de rage impuissante soulève Réal. C'est une monstrueuse injustice que les Shipsha aient ainsi succombé à une guerre fantôme, à une horreur aveugle issue d'un passé qui ne les concernait pas !

Cygni soupire : « C'est ainsi, Réal. » Après la transe de transfert, il est encore grand ouvert, transparent pour elle. Il reconstitue tant bien que mal sa frontière – non que ce soit très utile avec Cygni, une hékel, mais il ne va pas activer sa barrière-miroir, tout de même, pas avec sa sœur. Elle comprendra le signal. Et de fait, elle n'insiste pas, se passe les mains sur la figure avec lassitude, puis se lève pour déposer un baiser affectueux sur son front: « Va te coucher, dilim. Longue journée, demain. »

◆

Les silhouettes noires bondissent en silence sous les feuilles. Réal les reconnaît: ils ont grandi, ils marchent debout, ils tiennent dans leurs petites mains à six doigts des objets qui sont de toute évidence des armes, mais ce sont les êtres du premier Rêve. Il n'est plus un débutant depuis longtemps, il est assez bien entraîné pour se tenir un peu à l'écart, ne pas se laisser engloutir, mais pas assez pour résister à l'incompréhensible polarisation du Rêve et ne rien sentir du tout. Il les perçoit, très clairement: sens aux aguets, prudence, agressivité, excitation de la chasse malgré la fatigue. Plus profond, un puissant sentiment d'appartenance au groupe : ils s'appellent les « Shipsha », cela signifie « fils des Dieux » dans leur langue.

L'un des chasseurs est plus conscient que les autres de sa propre identité: il est le chef. Il porte sur le front une tache blanche. Ce n'est pas le même Tache Blanche. D'ailleurs, il suffit d'observer la forêt, ses formes et ses couleurs nouvelles. S'il s'agit bien du même univers, combien de temps a-t-il fallu aux petits animaux du premier Rêve pour atteindre cette taille, se redresser, parler, fabriquer des armes ? En eux, pas de réelle mesure de la durée; ils ne connaissent que celle de leur propre vie, et elle est très brève: vivre est difficile dans le petit village aux rudimentaires huttes de boue et de branches; la nourriture est rare, il naît peu de petits: le mal les emporte, la même mystérieuse pourriture intérieure qui décime aussi les adultes.

Le petit groupe avance avec prudence, oreilles déployées, doubles paupières battantes ; les cris des oiseaux et des insectes diminuent et reprennent par vagues autour d'eux. Il fait chaud. Des odeurs entêtantes se croisent dans l'air, feuilles et herbes sont lourdes d'humidité. Un vol de gros papillons s'élève d'un buisson, figeant tout le petit groupe en alarme. Soudain le chef s'arrête, le poil hérissé ; il murmure quelque chose et un souffle excité passe parmi les chasseurs, fait de crainte et de haine fervente. Ils changent de route, se glissent sous de grosses lianes enchevêtrées, évitant les épines et les vibrilles traîtresses...

Quatre grosses boules apparaissent dans une petite clairière et Réal croit reconnaître la coque des fleurs carnivores ; les feuilles refermées ne sont pas rouges, cependant, mais d'un vert bleuâtre, et les plantes paraissent se trouver à des phases différentes d'un processus énigmatique : l'une d'elles n'est que sa grosse coque close, au-dessus des feuilles recourbées d'une autre se boursoufle une énorme excroissance blanche trilobée marbrée de vert ; la troisième et la quatrième semblent en train de se décomposer par le haut : la corolle mordorée est complètement absorbée par le calice charnu, une bouillie verdâtre où se reconnaît par endroits la forme presque dissoute d'un filament tentaculaire. Elles sont posées sur des amas de tentacules lovés sur le sol comme autant de serpents, et munis de larges suçoirs collés à la terre.

Les chasseurs ne savent pas non plus ce qui arrive aux fleurs, seulement qu'elles sont vulnérables. Une joie fanatique les a envahis ; ils dansent en silence autour des plantes, avec de lents gestes rituels ; le Dieu auquel ils les dédient est dans leur esprit un être bleu à courte crinière noire, plein de bonté, de sagesse et de douceur. Ils se servent ensuite des lances comme de leviers pour écarter les feuilles rigides, qui cassent avec un curieux tintement métallique. Le lobe nacré, énorme, est à présent exposé sans défense et Réal en perçoit alors le sommeil confusément inquiet, tout entier orienté vers... la renaissance ? Oui, la plante est gravide, presque rendue à l'inconscience végétale par le processus de la reproduction.

Les chasseurs plongent tous ensemble leurs lances dans le globe frémissant. Comme le chef à la tache blanche, mais bien plus clairement, Réal perçoit le hurlement silencieux de la plante blessée à mort, l'appel frénétique... Doit-il donc Rêver avec tout le monde en même temps dans cette vision ? Mais il ne peut briser le contact : il est impuissant, malgré son scandale, pour toute la durée capricieuse du Rêve.

Les chasseurs s'attaquent à une deuxième plante. Le chef à la tache blanche est inquiet, il regarde à la dérobée autour de lui tandis que les autres s'apprêtent au sacrifice... Et soudain les rideaux de lianes et de feuilles s'ouvrent autour de la clairière ; de grandes silhouettes brunes, filiformes, bondissent en silence sur les Shipsha terrifiés, puis furieux. Un combat acharné s'engage, formes noires et brunes entrelacées au corps à corps. Les bruns sont plus nombreux, leurs mains aux multiples doigts ont une force étonnante, leurs longues jambes curieusement articulées sont comme des serpents, elles s'enroulent, elles paralysent, elles agrippent.

Bientôt tous les Shipsha sont immobilisés. On les attache avec des lianes et ils se débattent en criant des insultes aux êtres bruns. Mais ceux-ci n'ont aucune réaction. Sont-ils sourds ? Mentalement muets, en tout cas, un soulagement lointain pour Réal. Leur tête ronde est sans poils, leur face plate, avec de grands yeux opaques ; pas de narines visibles, mais une courte trompe à la place de la bouche. Ils fabriquent des sortes de civières où ils placent les deux plantes intactes.

Le cortège s'éloigne à travers la forêt. Le chef avance, accablé, et inquiet pour les siens : ils sont fatigués par la chasse, et tous plus ou moins atteints de la maladie ; certains donnent bientôt des signes de faiblesse. On les met sur les civières avec les plantes, malgré leurs cris d'horreur et les vains efforts du chef pour l'empêcher. Aucune animosité apparente, pourtant, chez les êtres bruns : ils semblent très détachés, comme étrangers aux émotions.

On arrive enfin à l'orée de la forêt; une grande plaine marécageuse s'étend en contrebas, où serpente une rivière aux reflets d'étain. Çà et là sous le tapis de la végétation percent une tour, un squelette métallique, la silhouette d'un bâtiment à demi rongé. Une grande détresse envahit les Shipsha et leur chef: une ville sacrée, une place des Dieux, un endroit qu'il est sacrilège pour eux de traverser! Mais les êtres bruns s'avancent sans frémir dans les anciennes avenues, jusqu'à la rivière où les attendent d'autres êtres bruns avec des radeaux. On y pose les civières, on y installe les Shipsha, on plonge dans l'eau presque immobile de longues perches de bois.

Le chef à la tache blanche est plus perplexe que furieux, à ce stade. Il n'existe pas de nom propre pour désigner les êtres bruns: ce sont seulement « les sans-nez », les alliés des fleurs; ils visitent souvent les cités sacrées pour y trouver du métal et tout ce que les fleurs leur demandent de leur rapporter. Les affrontements sont incessants entre eux et les Shipsha qui essaient de les empêcher de profaner les lieux divins. Où peuvent-ils bien les emmener? Pourquoi ne les ont-ils pas tués?

La rivière s'élargit. On dépasse une cité presque entièrement engloutie et le courant devient plus fort; le chef à la tache blanche, comme ses compagnons, tremble maintenant de terreur: on approche de l'eau-qui-tue. Un air salé emplit leurs poumons, un vaste estuaire se dessine au coude de la rivière, et au-delà apparaît une vaste étendue verte et bleue: l'océan.

Le chef à la tache blanche hésite longuement, puis il pose une question au sans-nez le plus proche; on lui répond par une série de couinements modulés. Réal a du mal à saisir la pensée sous les mots, même à travers le chef: c'est la première fois dans ces Rêves qu'il rencontre les sans-nez et leur langage, il faudrait plus de temps à son pouvoir pour traverser la barrière de l'étrangeté; mais les images et l'horreur dans l'esprit du chef à la tache blanche suppléent aux mots: on emmène les Shipsha dans la Grande Île.

La Grande Île s'étend au sud de l'estuaire. Colère et chagrin: d'immenses structures aux reflets métalliques, des sphères géantes à demi enfouies sous la végétation. Des demeures des Dieux, les fleurs ont profané les demeures des Dieux!

Un autre bateau attend les sans-nez et leurs prisonniers, un bateau à moteur, à la grande surprise de Réal et à la grande terreur des Shipsha pour qui tout objet de ce type est tabou. Le bateau emmène tout le monde sur l'eau salée, celle qui tue les Shipsha s'ils y tombent, car leur corps ne s'accommode que de l'eau douce. Ils ont très peur, ils sont épuisés, presque résignés à présent, sauf le chef à la tache blanche qui lutte de toutes ses forces contre la torpeur qui l'envahit et où il reconnaît avec une rage chagrine les symptômes de la maladie.

Sur l'île, d'autres sans-nez accueillent les arrivants; tous ensemble ils transportent les fleurs et les déposent avec précaution sur le sol labouré, non loin du débarcadère. D'autres fleurs s'y trouvent déjà; quelques-unes ont pleinement repoussé et se tournent avec lenteur vers les Shipsha. Leurs corolles clignotent, leurs bulbes nacrés palpitent, une horreur sacrée envahit le chef à la tache blanche: on va sur-le-champ les livrer en pâture aux monstres!

Mais après ce qui paraît être une conversation avec les fleurs, et qui échappe totalement à Réal, les sans-nez conduisent les Shipsha à l'intérieur de l'Île. Il se produit alors un de ces curieux télescopages de la durée propres aux Rêves et, dans la désorientation qui s'ensuit, Réal espère un moment qu'il va se réveiller. Mais non, il se trouve de nouveau avec un Shipsha, un autre. Combien de temps s'est écoulé cette fois ? Réal l'ignore pour le moment.

Ménesch est debout devant une Fleur, qu'il contemple la tête rejetée en arrière : elle le domine de plus d'un mètre. Il n'a pas peur. Il est habitué à de telles entrevues: elles ont lieu régulièrement. Il est le porte-parole des tribus Shipsha; des membres de sa tribu, ceux du moins qui portent au front la tache blanche, ont été choisis par les Fleurs pour jouer ce rôle depuis que les Shipsha ont été amenés dans la grande île, plusieurs dizaines de générations auparavant.

Ce Shipsha est en meilleure condition physique que son ancêtre de la forêt. Dans la conscience diffuse qu'il a de son corps, la faiblesse perpétuelle de la maladie a disparu, et avec elle le nuage qui brouillait les perceptions de l'autre tache blanche ; celui-ci voit très clairement la Fleur, les milliers de petits tubes clignotants par où elle le regarde et, quand elle lui parle, il perçoit bien la voix immatérielle qui ne passe pas par ses oreilles mais s'insinue directement dans sa tête. Il ne sait cependant s'il s'agit de la même Fleur que lors du dernier entretien : il ne les rencontre pas assez souvent pour les distinguer les unes des autres.

Bonne chasse pour toi, Ménesch, dit très clairement la Fleur.

Ménesch demande tout de suite : *Pourquoi m'as-tu fait appeler ?*

Nous avons appris que les tribus ont décidé de te choisir pour chef. C'est une bonne chose.

À travers cette Fleur particulière, Ménesch peut sentir toutes les autres, dans la petite île voisine, à des degrés divers d'attention. *Vous allez faire un long voyage*, poursuit la Fleur sans être troublée par son silence, *ton peuple aura besoin d'un bon chef.*

Ménesch ne dit rien.

Tu sais que les Shipsha ne peuvent pas rester sur le continent. Et seuls les soins que vous donnent les Sans-Nez vous permettent de survivre dans votre île. Nous avons longtemps essayé de comprendre ce qui vous tue là-bas, et nous avons trouvé la réponse : c'est vous-mêmes. Votre corps n'est pas adapté à votre nouvel environnement. Vous êtes les survivants d'une race qui a disparu depuis longtemps partout ailleurs, des fantômes de l'ordre ancien. Lorsque le soleil a tout changé, il vous a changé un peu aussi, mais pas assez pour que vous puissiez survivre après la fin des changements.

Quel est ce voyage dont tu parles ? demande Ménesch. *Vous êtes-vous enfin décidées à nous exterminer ?*

Il le dit sans conviction ; ce n'est pas Ménesch qui parle en cet instant, mais le chef de tous les Shipsha : il doit exprimer leurs craintes, non les siennes. Il le regrette, car il sent que la Fleur est choquée, et il sait pourquoi : leurs émotions sont rares, difficiles à éveiller, mais l'une des plus profondes est désormais celle qu'elles éprouvent à sentir mourir un être conscient. Elles ne se nourrissent plus que d'insectes, de poissons, de petits animaux qu'élèvent pour elles les Sans-Nez, mais cette nourriture même excite leur répugnance et toutes leurs recherches tendent à les libérer des exigences de leur nature carnivore, de leur instinct.

Les Sans-Nez ont fini de remettre en état trois des vaisseaux que les Bleus espéraient utiliser pour échapper à la colère de leur soleil, avant qu'il les rende fous, reprend la Fleur après un silence de couleurs changeantes. *Ils se trouvent présentement dans le ciel et vous attendent.*

Ménesch lève machinalement la tête, mais la Fleur enchaîne : *Tu ne peux les voir. Vous vous y rendrez dans de plus petits vaisseaux que les Sans-Nez ont aussi réparés et qui se trouvent, eux, dans notre île. Il va te falloir expliquer à ton peuple ce que nous t'avons nous-mêmes expliqué. Il faudra ensuite qu'ils passent tous par les machines-à-apprendre que les Sans-Nez ont réparées, afin de pouvoir vivre sans danger dans les vaisseaux. Et enfin il faudra les faire monter à bord et partir loin de ce soleil. Il existe d'autres terres comme celle-ci, où ton peuple pourra vivre et se multiplier. Les vaisseaux sont conçus pour naviguer ensemble, et pour trouver les autres terres.*

Ménesch médite en silence, consterné. Il a réfléchi de son côté et tout l'a mené à la même conclusion : les Shipsha doivent quitter la planète qui les tue. Il sait que la Fleur dit vrai. Mais il ne peut faire partager cette certitude à son peuple, hormis à ceux de la Tache

Blanche : ils sont les seuls à pouvoir entrer directement en contact avec les Fleurs. Cela leur a valu beaucoup de méfiance aux premiers temps de leur séjour dans l'île, et maintenant même, quelle opposition n'a-t-il pas dû combattre avant d'être désigné comme Chef des Chefs ! Si les améliorations que ceux de sa tribu ont pu apporter à la vie du peuple Shipsha n'avaient pas été là pour parler en sa faveur...

Ils ne m'écouteront pas, dit enfin Ménesch avec un effort : c'est dur de devoir admettre qu'il est le chef seulement s'il conduit son peuple là où celui-ci peut aller ; des chemins trop étrangers lui aliéneraient la difficile confiance qu'il a réussi à obtenir.

La Fleur a du mal à comprendre : pourquoi les Shipsha refuseraient-ils ce qui est la pure et simple vérité ? Les moustaches de Ménesch s'agitent avec impatience : les Fleurs oublient trop facilement que les Shipsha ne pensent pas comme elles. Lui et ceux de sa tribu, ils ont changé, à leur contact, mais les autres, les deux ou trois mille Shipsha qui ne rencontrent jamais les Fleurs, croient toujours à ce que leur disent les anciens : il faut vénérer les Dieux bleus, et haïr les Fleurs et leurs alliés les Sans-Nez. Malgré la paix et l'abondance qu'ils connaissent dans l'île, des révoltes fréquentes soulèvent les Shipsha ; des fanatiques ne cessent d'aller attaquer les Fleurs dans l'île voisine, malgré les dangers de l'eau salée ; certains essaient aussi de rejoindre le continent sans croire ce qu'on leur en a dit, et la plupart sont ramenés mourants par les Sans-Nez – on accuse ensuite les Sans-Nez, et non la maladie, de les avoir tués. Les Shipsha devraient pourtant bien voir au moins que sur l'île les naissances sont rares si la maladie a disparu, que le peuple décroît régulièrement... Que s'il demeure sur la planète métamorphosée par son soleil, il est condamné à l'extinction.

Nous ferons courir des rumeurs, finit-il par dire, après avoir longuement médité. *Nous ferons croire à une maladie des Sans-Nez qui les rendrait incapables de bien garder les petits vaisseaux. Nous dirons que vous avez décidé de nous exterminer, que notre seule chance de salut, c'est de partir dans le ciel, sous la protection des Dieux. Nous nous en emparerons avec quelques Sans-Nez prisonniers pour nous apprendre à les faire fonctionner... Y a-t-il des machines-à-apprendre sur les grands vaisseaux ?*

Oui, mais aucun mal ne devra être fait aux Sans-Nez intervient aussitôt la Fleur, *ils devront être retournés vivants dans la Grande Île.*

Les miens les protégeront.

C'est bien, dit la Fleur. *Mihing va te conduire à une machine-à-apprendre et te montrer comment t'en servir.*

La corolle clignotante se détourne, tandis que Mihing s'approche de sa démarche aux multiples jointures.

◆

« Eh, Réal, Sven organise une soirée pour fêter le retour de Lagrange, tu en es ? »

Il finit de presser l'une contre l'autre les bordures velcro de sa blouse verte en s'approchant du petit groupe de ses condisciples et en essayant de se mettre au diapason de leur excitation. Il devrait être excité. La station vagabonde revient, et avec des nouvelles encore plus extraordinaires que la première fois. Il était trop jeune alors, à peine trois saisons – ils l'étaient tous : nés en 235, l'Année même du retour de Lagrange après vingt saisons dans l'espace sur les ailes de la propulsion Greshe. Ils ont grandi dans un univers transformé, où une planète tournait autour de 61 Cygni A (beaucoup de petites filles appelées Cygni, quand la nouvelle de la découverte est arrivée par WOGAL à Dalloway, au Printemps 232...), une planète où la vie était en voie de développement, et déjà bien avancée dans les océans et sur la terre ferme. La station est repartie en 237, laissant des hordes de chercheurs batifoler avec délice dans les données qu'elle avait rapportées. Échantillons, enregistrements divers, sims, sites-Réseau, plaques mémorielles, expositions, tournées de conférence... Mais pour les enfants puis les adolescents de l'époque, un élément normal du décor, vite devenu familier au point d'être banal – sujet-bateau d'exposés et de travaux de recherche obligatoires à mesure qu'ils avançaient dans leurs études: ils n'en ont apprécié que rétrospectivement l'importance. Assister maintenant à un second retour de Lagrange, après six Années d'absence, c'est leur chance à tous de s'émerveiller pour de bon, de vivre, en pleine conscience, un moment historique : ils ont raté, et de loin, l'autre grande période exaltante, à partir de 222, quand l'*Ulysse II* a envoyé à Virginia des nouvelles de la Terre, et de la Confédération solaire.

Réal se joint à ses camarades, un peu morose. Il ira à la soirée, bien sûr – Sven, le blond Terrien, organise la soirée, et il est amoureux de Sven. Mais tout cela n'a pas le même sens pour lui. Bien sûr que la vie existe ailleurs, et la vie consciente – il la connaît, comme les autres haïlmâdzi, dans ses visions. Mais pour Sven et les autres, l'idée qu'il a existé une autre civilisation, même non humanoïde, même primitive, et même éteinte, dans le système de Sigma 2398, est plus fascinante que toutes les visions des Rêveurs. Réal le comprend, d'une certaine façon : c'est plus concret pour eux – ces créatures n'existent peut-être plus, mais elles ont existé dans le même univers qu'eux.

« Prêt pour notre ronde, jeunes gens ? » La voix du Docteur Afanghani vient les tirer de leur conversation. Ils le suivent dans les couloirs de l'hôpital, en écoutant la description du premier malade auquel ils vont avoir affaire ce matin. Réal n'arrive pas à se concentrer, ses pensées ont pris un tournant morbide. Une civilisation éteinte. Une de plus. Il a vu la destruction des Bleus par les yeux du premier Tache Blanche, et les Shipsha eux-mêmes, à présent, il les voit vivants mais tout du long il sait qu'ils vont mourir. Il les a déjà vus disparaître de trois façons différentes depuis son adolescence : sur leur planète en folie, dans les convulsions de l'Ewald, et annihilés par le retour de la Mer juste après leur naufrage. Et c'est la même chose avec tous les êtres vivants. Lui, Afanghani, Ingrid, Leigh, Sven, tout le monde, ils finiront bien par mourir. Dans d'autres univers, ils sont déjà morts – ou n'ont jamais existé. Quelle idée de vouloir devenir médecin...

Soudain, avec un ennui maussade, il reconnaît les signes annonciateurs de la vision : aura lumineuse, brusque diminution de l'acuité des autres perceptions, sensation de vertige... Il s'immobilise, marmonne : « Excusez-moi, je vous rejoins », a le temps de voir la mimique un peu agacée d'Afanghani, l'expression compatissante de Leigh et – bien plus désolant que tout le reste – le léger recul de Sven. Il les regarde s'éloigner tout en répétant intérieurement son mantra. Une fois certain que la transe est passée, il rejoint ses condisciples en courant. Il tiendra au moins jusqu'à la fin de la ronde. Après quoi il se rendra dans l'aire de repos, au troisième niveau, et il laissera venir la vision. Encore heureux qu'il ait un excellent contrôle sur ces fugues – on ne l'aurait pas admis en internat de médecine générale, sinon. En fait, s'il le voulait, il pourrait retarder celle-ci toute la journée. Mais il en paierait le prix le lendemain. À dix-sept saisons, quand il a fait sa grande crise de refus, il a réussi à ne pas Rêver pendant une demi-semaine. Trois jours de coma, ensuite. Et des visions à la chaîne pendant quatre autres jours. Il a appris sa leçon.

◆

C'est un jardin, un bosquet, une étendue verte où poussent des plantes, avec de petits arbres disposés régulièrement autour d'un étang rond. Il n'y a pas de vent, il fait chaud et humide. Le ciel n'est pas très haut : c'est un plafond, on en aperçoit la courbe à travers la lumière égale qui en émane.

La brève désorientation cesse ; l'être qui regarde, et avec qui Réal regarde, cesse d'être opaque. Ce que voit Réal à présent, c'est la Forêt. Un endroit sacré : les plantes qu'on y cultive ne sont pas destinées à la nourriture. Un groupe de Shipsha est rassemblé au bord de l'eau, des Anciens avec leur pagne de cérémonie accroché à la ceinture, des bijoux brillant sur leur vieille fourrure marbrée de jaune. Des jeunes sont avec eux, nus, sans ceinture ni collier ; leur cou et leur taille n'en ont jamais porté, leur fourrure noire et lisse n'en montre pas la dépression un peu ternie. Ils sont une trentaine. Trop de naissances, encore, dans le clan Ménesch.

Les Anciens les entourent, et derrière les Anciens les gardes avec leurs armes. Les jeunes sont effrayés. Une peur claire et brûlante chez certains, floue et diffuse chez d'autres – mais Issménesch sent leur peur à tous, comme il sentira leur douleur. Les Anciens ne parlent pas. Ils ordonnent par gestes aux jeunes d'ouvrir la bouche, ils leur donnent quelque chose à mâcher, puis s'en vont.

D'où il se trouve, très haut au ras du plafond, Issménesch peut les voir se dissimuler avec les gardes à la lisière de la Forêt. Le temps passe. La chaleur augmente, la lumière du plafond devient plus forte, les jeunes commencent à s'agiter. Certains se rapprochent de l'eau ; d'autres, qui ont très soif aussi, se sont assis à l'écart, au contraire, comme s'ils en avaient peur. Mais une jeune femelle reste à mi-chemin entre les deux groupes ; elle observe ceux qui sont restés près de l'eau ; l'un de ceux-ci s'accroupit soudain, approche sa tête de la surface tentante... La jeune femelle bondit, désespérée, essaie de l'empêcher de boire, en vain : l'autre plonge la tête dans l'eau, il ne peut résister à la soif qui le dévore. Il boit.

Aussitôt les gardes surgissent, le mettent à mort sans un mot, disparaissent à nouveau dans la Forêt. Les autres restent immobiles après cela, loin de l'eau traîtresse, la gorge brûlée par ce que les Anciens leur ont donné à mâcher.

Après le temps prescrit, les Anciens reviennent ; ils font signe aux jeunes qu'ils peuvent boire. Certains se précipitent tout entiers dans l'eau, mais d'autres s'accroupissent avec dignité et boivent dans leurs mains en coupe. Lorsqu'ils se sont tous désaltérés, les gardes les conduisent jusqu'au cercle de terre nu et noirci. On y apporte des morceaux de bois, les Anciens frottent un petit objet brillant, une flamme claire s'élève bientôt.

Les gardes forment deux rangées devant le feu. Ils n'ont pas besoin de pousser le premier candidat avec sa lance : c'est la jeune femelle qui a essayé d'empêcher l'autre de boire. Elle marche d'elle-même, avec calme, vers les flammes ; son esprit est clair et précis ; elle a un peu peur, mais ce qui la pousse à s'éloigner du feu est bien moins fort que ce qui la fait se ramasser et bondir au travers pour aller rejoindre les Anciens. Déjà un autre jeune s'avance ; celui-là va moins vers les flammes qu'il ne fuit la pointe de la lance. Il hésite longuement devant le brasier, recule comme pour prendre son élan, s'immobilise... Le garde le plus proche lui plonge sa lance dans le corps. On traîne sa dépouille à l'écart.

Quand l'Épreuve s'achève, les jeunes éteignent le feu avec l'eau qu'ils vont puiser à l'étang sous la direction des Anciens. Il y a deux autres cadavres près des premiers ; il y en aura encore d'autres avant la fin de l'Initiation. Ce n'est pas la première fois qu'Issménesch assiste, invisible, aux Épreuves ; les jeunes succombent à celle de l'eau, ou à celle du feu. Ou bien ils n'ont pas réussi à s'échapper de la cage où l'on va enfermer ces jeunes-ci. Ou bien ils ne pourront résister à l'attrait du mâle ou de la femelle qu'on leur amènera chacun à leur tour dans la petite hutte de l'autre côté de la Forêt. Quelles que soient les raisons des Anciens, elles n'en sont pas pour Issménesch : tous les jeunes meurent avec la même douleur étonnée. Le plus horrible, pour lui, c'est que les Anciens eux-mêmes ne croient pas entièrement en la sainteté des Épreuves ; mais ils savent que le Monde ne peut nourrir trop de bouches.

Issménesch s'éloigne sans bruit par les chemins connus de lui seul. La Période Vague s'annonce et il préfère se trouver dans son territoire lorsqu'elle arrive. Demain il retournera dans la Forêt pour assister à la dernière Épreuve : les jeunes sortiront un à un de l'enclos où ils auront été enfermés, pour être amenés devant un Ancien au front marqué de la tache blanche. Alors chaque jeune devra dire à haute voix son nom d'adulte, le nom secret qu'on lui a confié au début des Épreuves. S'il n'en est pas capable, on le tuera, et son cadavre servira comme les autres de viande au festin qui suit les Épreuves.

Issménesch connaît son nom. Pourtant on le tuerait s'il devait passer cette Épreuve : il ne pourrait pas le dire aux Anciens, parce qu'il ne peut pas parler. Et, tout comme sa mère renégate qui l'a pourtant emporté dans les régions interdites pour lui éviter la mort, les Anciens n'entendraient pas sa voix silencieuse, celle qui ne passe pas par sa gorge. Combien de jeunes ont-ils tués, dont la gorge, comme la sienne, était muette ? Issménesch, quant à lui, en a déjà vu périr une douzaine ; il les repère lors de ses randonnées secrètes près des villages : des petits laissés de côté, méprisés de tous parce qu'ils n'ont pas de voix audible, promis à la mort lors de l'Initiation à laquelle on les prépare à peine. S'ils peuvent mourir avant les Épreuves, tant mieux : ils sont une disgrâce pour leur famille. Personne ne s'occupe d'eux, on les laisse à eux-mêmes, on les traite comme des animaux indésirables, comment ne seraient-ils pas victimes des Épreuves ?

Il soupire tristement ; demain il retournera dans la Forêt pour assister à la fin de l'Initiation. Mais pour le moment il faut retourner vers la sécurité de son repaire pour la Période Vague.

Souple et silencieux, Issménesch s'éloigne à travers le dédale des passages oubliés dans les entrailles interdites du domaine Tssingh. Il passe les rangées d'yeux clignotants, les sourds bourdonnements, les frémissements rythmés des grandes bêtes qui se tiennent immobiles dans les clairières au plafond bas... Une fois dans son repaire, Issménesch mange un peu, puis il s'étend sur sa couche. Il attend la Période Vague en contemplant les parois lisses, brillantes et dures qui délimitent son horizon comme partout dans le Monde. Il les touche, et une fois de plus il a le sentiment que le Monde ne devrait pas être ainsi. Il devrait y avoir partout de la terre et des choses vertes, comme dans la forêt ou les régions de culture, et au-dessus un espace immense et bleu avec une seule lumière dorée qui disparaîtrait régulièrement, laissant la place à mille petites lumières clignotant dans l'espace devenu noir. On devrait entendre d'autres bruits, un air plus frais devrait souffler, et parfois de l'eau tomberait d'en haut ; alors des arbres gigantesques pencheraient vers le sol de larges feuilles à l'intérieur couvert de petits poils où brilleraient les gouttes d'eau...

Il sent l'odeur du sommeil monter dans ses narines, et la Période Vague brouiller son esprit. Les lignes et les couleurs se tordent, l'intérieur et l'extérieur de son corps échangent leurs sensations... Issménesch n'essaie pas de résister – ses souvenirs ancestraux sont sa seule compagnie. Ses paupières se ferment une à une.

À travers les herbes mouillées, bondissant sur les traces de leur proie, trois chasseurs à la courte lance aiguë. Le premier est une femelle et se nomme Assphara, née de la Tache Blanche Didrin, le second est son oncle, Setphara, le troisième, Issphara, est son père. Assphara est fatiguée, ils poursuivent le kikuio depuis le matin ; il a la lance de Setphara dans le flanc, mais il court toujours. Il les a entraînés dans des régions très éloignées de leurs terrains de chasse habituels, mais elle pense à sa chair juteuse, aux habits solides qu'on taillera dans sa peau, aux armes que donneront ses cornes et ses sabots coupants. Narines et yeux aux aguets, malgré la maladie qui ronge ses entrailles, elle suit avec son père et son oncle l'odeur du sang, l'herbe foulée et les brindilles cassées...

Ils arrivent à l'orée de la forêt. Ils ralentissent : ils n'ont pas l'habitude de chasser à découvert. Un vaste horizon de collines basses s'ouvre devant eux, parsemé de rochers et de buissons secs. La bête blessée a ouvert un chemin dans l'herbe haute brûlée de soleil, et les chasseurs la voient se diriger en vacillant vers la rivière brillant au loin. Ils s'élancent de nouveau à sa poursuite, ils se rapprochent lentement, du haut de la dernière colline ils voient la bête s'affaisser au bord de l'eau et Assphara pousse un cri de victoire...

◆

Réal reconnaît avec consternation le décor de la vision. Le sud de Krillialtaoz, avant le retour de la Mer. C'est la version du naufrage où les Shipsha se sont écrasés sur le continent est, et non sur la côte ouest près de Bird-City.

La nuit est tombée. Une grosse lune grêlée est montée dans le ciel, accompagnée de deux autres plus petites, dont l'une à la couleur plus ambrée. Comme tous ceux de la Tache Blanche qui n'ont pas été grièvement blessés, Gatménesch a trop à faire pour dormir ; elle centralise les informations des équipes de reconnaissance : on a pêché des poissons dans les ruisseaux, ils y sont nombreux et semblent comestibles ; le sol n'est pas très fertile, mais se prêtera à la culture, il y a de l'eau en abondance...

Elle sent soudain passer une rumeur d'étonnement, puis de crainte, parmi les siens. Comme eux, elle lève les yeux vers l'astre étranger : un liseré noir est en train de calciner la courbe pleine de la lune. Gatménesch connaît avec les siens une brève terreur, puis s'en détache : c'est une éclipse, la planète doit se trouver entre son satellite et le soleil qui l'illumine. Ce n'est rien, la lumière de la lune va revenir. Elle transmet le message rassurant aux siens, qui le communiquent aussitôt aux autres Shipsha ; encore quelques regards inquiets vers le ciel, puis chacun revient à sa tâche : soigner les blessés, bâtir des abris, rassembler la nourriture...

Et Réal connaît la suite. Gatménesch fermera les yeux en pensant : est-ce un mauvais présage, malgré tout, cette nuit dans la nuit ? Elle appellera à elle encore une fois tout ce qu'elle a appris du Vaisseau et parviendra à écarter sa crainte. Mais une nouvelle onde inquiète viendra lui faire ouvrir les yeux : le ciel sera baigné d'une lumière étrange, la même lumière violacée qui commencera à irradier de la lune aveuglée. Toute activité cessera dans le camp des Shipsha ; ils contempleront la paupière violette en train de se fermer peu à peu sur la lumière. Le mince croissant clair diminuera, inexorable, ne sera plus qu'un fil ténu... Les petites lunes termineront leur transit vers le centre de la grosse lune, et bientôt l'œil de la nuit sera ouvert.

Non, non, pense Réal, désespéré, impuissant, ne ferme pas les yeux, Gatménesch, il faut aller plus haut, plus haut, vous êtes en dessous du niveau de la Mer, elle va revenir et vous absorber, il faut monter sur la troisième colline, c'est la limite, vous serez en sécurité mais il faut monter, Gatménesch, sauve ton peuple, sauve-toi !

Gatménesch ferme les yeux. Elle ne peut secouer le malaise qui l'a envahie, qui se précise. Est-ce un mauvais présage, malgré tout, cette éclipse ? Elle rouvre les yeux, observe le campement, les feux rougeoyants, les silhouettes noires des siens affairés. Trop exposé, ce campement en terrain plat. Ils auraient dû aller plus haut dans les collines, ils auraient été plus en sécurité. Personne aux alentours, d'après tous les éclaireurs, mais on ne sait jamais. Oui, demain matin, quand tout le monde sera reposé, on montera dans les collines. Doubler les sentinelles, ce soir.

Mais une nouvelle onde inquiète passe parmi les siens ; elle lève les yeux comme eux, encore : le ciel est baigné d'une lumière étrange. Une paupière violacée est en train de se fermer peu à peu sur la lumière de la lune. Le mince croissant clair diminue, une tache sombre, ovale, flotte avec lenteur vers le centre de l'astre mauve, comme une pupille maléfique... Et bientôt l'œil de la nuit est ouvert, et la Mer apparaît, engloutissant en un éclair bleu le campement des Shipsha et Gatménesch qui n'a presque pas le temps d'avoir peur.

Réal reprend conscience, médusé. Il s'assied dans le divan, tend la main pour saisir le verre d'anthaldèn qu'il a placé sur la table à café avant de s'étendre pour la vision. Il le boit, machinalement – il ne remarque plus le goût de menthe, la texture un peu râpeuse. Par la fenêtre ouverte, il peut apercevoir dans le lointain les pentes formidables du mont Babel dans la lumière du couchant, un panorama grandiose, mais il le distingue à peine, ses pensées bourdonnent, obstinées, autour de sa vision. Ce n'était pas une réitération exacte. Gatménesch n'a jamais songé à déplacer le camp, les deux autres fois ! Une variante ? Elle a eu cette idée juste après que... Mais non, quelle idiotie, il n'y a jamais eu de tels contacts dans les Rêves ! Ou enfin, il ne se rappelle pas ; Cygni a toujours été plus intéressée que lui par l'histoire des Rêveurs ; mais elle est à Bird, Cygni. Et il a mis à l'écart cette partie de sa vie, autant qu'il l'a pu, quand il est venu s'installer à Barthow il y a une Année. Pas de hékel ici pour enregistrer ses visions – pas de hékel du tout, il a choisi de vivre non seulement dans les îles, mais dans une communauté de kerlïtai. Son choix, pour le meilleur et pour le pire. Sûrement pour le meilleur : il est bien plus utile ici comme médecin que là-bas comme Rêveur.

◆

C'est de nouveau Issménesch qui oriente le Rêve. Plus vieux maintenant, Issménesch, fatigué. Fatigué de sa solitude, fatigué de se cacher pour regarder les autres être ensemble... Il observe depuis sa cachette un jeune de la dernière Initiation – une autre Initiation.

Le jeune se nomme Alatménesch. C'est son nom qui a attiré le solitaire, ainsi que la tache blanche qu'il porte au front comme lui. La voix intérieure du jeune est claire et plaisante ; Alatménesch aime travailler dans la Forêt, cela lui permet de penser, à l'écart des autres : ils ne comprennent guère son intérêt pour le Vaisseau, son fonctionnement, ses mystères – la plupart d'entre eux y pensent encore comme “ le Monde ”. Au moins, parmi les plantes, personne ne se moque de lui. Peut-être parce qu'il passe beaucoup de temps dans le silence, sa voix intérieure est plus forte que celle des autres, et Issménesch se prend à rêver, à rêver qu'il descend de sa cachette et se montre à lui... il lui parlerait en esprit, et dans les yeux d'Alatménesch s'allumerait une soudaine compréhension...

L'image est si claire, le désir si fort qu'Issménesch s'avance vers le jeune avant d'avoir pris conscience de ce qu'il est en train de faire. L'autre cesse de bêcher, il est très étonné... et c'est de la méfiance qui fait étinceler son regard, qui va de la tache blanche sur le front d'Issménesch à sa fourrure nue, sans collier, sans ceinture. Il parle d'une voix défiante : il demande à Issménesch qui il est, d'où il vient... Et comme Issménesch ne répond pas, le jeune brandit sa bêche d'un air menaçant et appelle les autres travailleurs de la Forêt : Issménesch est un étranger au clan ; sans collier, sans ceinture, il ne peut être qu'un malfaiteur, un renégat.

Issménesch comprend, et il voit bien qu'Alatménesch ne l'a pas entendu, ne sait rien de sa propre voix intérieure ; ce qui l'a attiré en lui n'était qu'un leurre, la fatigue de la solitude... Il voit tout cela et aussi la folie de son geste : les autres travailleurs arrivent en courant. Issménesch fait demi-tour et s'enfuit, le cœur serré.

Bientôt il arrive dans la région interdite, le labyrinthe pour lui familier des passages et des clairières abandonnées où les bêtes immobiles se parlent à elles-mêmes à mi-voix. Peut-être n'oseront-ils pas le suivre ? Et même s'ils osent, ils ne pourront le retrouver dans ce dédale... Mais un bruit de course retentit tout près : Alatménesch. Comment... Puis Issménesch devine : sans le savoir, le jeune suit la piste de son esprit. Issménesch se remet à courir, mais il sait qu'il est perdu : il ne peut fermer son esprit, il ne peut couper le lien invisible qui l'unit, pour la première fois hors des souvenirs ancestraux, à l'un des siens.

Il s'enfonce plus avant dans la région interdite, loin de son repaire, dans des endroits sombres et hérissés de pièges inattendus, où il ne va pas souvent. Les passages y sont étroits, parfois il faut ramper, il y règne une lumière glauque qui n'éclaire pas vraiment, et parfois des abîmes s'ouvrent sous les pas imprudents. Des bêtes y sont tapies aussi, encore plus grosses que les autres, et une odeur étrange, effrayante, émane de leurs masses compactes. Elles ne bougent pas plus que les autres, pourtant, peut-être pourrait-il se cacher sur leur dos ? Il grimpe, essoufflé, épuisé, suivant l'approche d'Alatménesch dans les passages qui précèdent la clairière...

Il entend le double cri que pousse le jeune, celui de sa gorge et celui de son esprit : tout à la poursuite, Alatménesch n'a pas vu le puits, le sol s'est dérobé sous lui, il s'est agrippé au bord du gouffre, ses doigts vont bientôt glisser...

Issménesch redescend de la bête : il ne peut pas ne pas répondre à la terreur d'Alatménesch. Il revient sur ses pas en sautant par-dessus les autres pièges, arrive au puits au moment où les doigts du jeune finissent de lâcher prise ; il a juste le temps de se jeter à plat ventre et d'attraper à bout de bras les mains tendues. Le choc lui arrache presque les épaules et il croit un instant que le poids du jeune va le tirer à son tour dans le gouffre, mais il tient bon. Ils restent un moment les yeux dans les yeux, puis Issménesch essaie de tirer Alatménesch vers le haut. Mais il se rend compte aussitôt qu'il n'y parviendra pas ; s'il était accroupi, peut-être, mais l'autre est trop lourd. Que faire ? Un seul espoir : que les autres aient réussi à suivre le jeune malgré tout... Il sent croître l'affolement du petit, et désespéré, exaspéré, il lui hurle en silence, peut-être que s'il parle assez fort Alatménesch entendra : *NE BOUGE PAS !*

Alatménesch a entendu ! Mais les autres approchent. De toutes ses forces – c'était juste une question d'intensité, Issménesch le comprend maintenant – il lui crie : *APPELLE-LES, DIS-LEUR DE SE DÉPÊCHER, JE NE POURRAI PAS TENIR LONGTEMPS !*

Le jeune appelle, et quand les autres arrivent, il leur crie : « Ne faites pas de mal à l'étranger, il me tient, je suis tombé dans un puits ! »

Une fois sorti du puits, Alatménesch reste un instant accroupi, tremblant. Puis il se relève. Touche la tache blanche sur le front d'Issménesch, puis la sienne. Ses moustaches frémissent, ses paupières battent, ses pensées désordonnées s'organisent peu à peu tandis qu'il comprend ce qui s'est passé. Aucune hostilité dans son esprit, mais de la gratitude, et surtout une immense curiosité. « Je suis Alatménesch, dit-il avec lenteur. Qui es-tu ? » Et en lui, maladroitement, les mêmes paroles s'ébauchent en silence.

Issménesch est épuisé, il tremble sur ses pattes et il a l'impression qu'il n'aura jamais assez de force pour répondre... Mais il le faut, c'est la première fois qu'on lui parle vraiment ! Alors il fait un effort qui lui donne le vertige, et il répond : *ISSMÉNESCH. ISSMÉNESCH.*

« Issménesch », murmure Réal en reprenant conscience.

La lampe de la table de chevet est allumée du côté de Sabeline ; la jeune femme s'est soulevée sur un coude et l'observe avec une tendresse un peu inquiète : « Encore Issménesch ? »

Il se redresse dans le lit, abasourdi. Puis tend le bras pour prendre la bouteille d'anthaldèn, s'en verse le verre prescrit, boit avec lenteur sans arriver à remettre de l'ordre dans ses idées. « Oui, murmure-t-il enfin. Mais c'était différent. Ils ne meurent pas. Ni l'un ni l'autre. »

Sabeline s'illumine d'un brusque sourire de plaisir : « Une bonne variante, alors. »

Il murmure encore : « Oui... ». Une variante, sûrement, quoi d'autre ? Et pourtant... Il était là avec Issménesch, et il savait ce qui allait se passer, et il pensait avec rage, avec désespoir, *mais parle-lui donc plus fort, plus fort, ils vont arriver et te tirer une flèche et tu vas le lâcher et il va mourir et toi aussi...* Et Issménesch... a réussi à contacter l'autre. Et tout a changé.

Il n'ose regarder Sabeline, vaguement embarrassé. Elle dirait qu'il prend ses désirs pour des réalités, il se le dit lui-même, c'est infantile, bien sûr qu'il n'a aucune influence dans ses visions, ni même sur la nature de leurs variantes. D'ailleurs il en voit très peu, en fin de compte, des variantes. Une fois qu'il a eu une vision, elle tend à s'ajouter simplement au catalogue et à se répéter à intervalles aléatoires. Sans variantes.

Il repose le verre sur la table de nuit, exaspéré. Trop fort, il l'entend au bruit. Sabeline aussi: «Il est cassé.

— Mais non!» s'exclame-t-il, de mauvaise foi.

Mais du coin de l'œil il regarde le culot du verre, et elle a raison: il peut voir le plan de clivage dans l'épaisseur vitreuse.

«Ce n'était pas un mauvais Rêve», remarque-t-elle.

Il hausse les épaules sans répondre. Avec un petit soupir résigné, elle éteint sa lampe et se blottit contre lui.

«Tout leur est venu de la tache blanche, en fin de compte, dit-elle encore après un moment, pensive. Leur pouvoir, et cette soi-disant mémoire ancestrale... En fait, ce sont des espèces de Rêveurs, eux aussi, mais avec leur passé...»

Réal retient son petit mouvement d'impatience. Quelquefois, il a l'impression qu'elle considère ses Rêves comme un livre déchiré dont elle trouverait les chapitres au hasard; elle essaie de combler les lacunes de l'histoire des Shipsha, elle en cherche la logique, la cohérence... Les Rêves ne sont pas une énigme à résoudre! Ni un spectacle. La souffrance qu'il partage avec les Shipsha est bien réelle, et pour eux et pour lui, elle le sait bien, pourtant.

Leurs souffrances – et leurs joies. C'est vrai que dans cette variante, l'histoire d'Issménesch et d'Alatménesch n'est pas un mauvais Rêve. Mais la terrible et longue solitude d'Issménesch...

Oh, assez. Ni une énigme, ni un spectacle, des fragments de vies qu'il se trouve partager mais qui doivent rester sans incidence sur la sienne. Il a fait sa paix avec tout cela. Le fardeau des Rêveurs, la leçon des Rêveurs – que Cygni, avec tant de délicatesse, ne lui a jamais assénée, le laissant libre de la découvrir lui-même. Passif et impuissant dans le Rêve, acteur ici, parmi les siens. Ses patients, ses amis, sa femme, leurs enfants. Fini le temps où il s'apitoyait sur son triste sort. Les Rêves d'un côté, sa vie de l'autre. C'est ainsi. Variante ou pas.

◆

« Est-ce qu'il va mourir ? »

Réal quitte un instant des yeux la plaie qu'il est en train de refermer et sourit au visage anxieux levé vers lui : « Non, Gamil a seulement mis une de ses pattes là où il ne devait pas. Tu me l'as amené à temps. Tu vois, il ne dit rien. »

En effet, le maalker est tranquille dans sa membrane repliée autour de lui comme une cape. L'analgésique local y est pour beaucoup, mais Carole ouvre de grands yeux admiratifs et respectueux. Mon père, le magicien. Michelle semble plus curieuse qu'impressionnée, elle. Plus âgée d'un An, aussi. Presque huit saisons. Grandissent trop vite.

« Voilà, vous pouvez l'emmener à présent. Donnez-lui un peu de lait, et laissez-le dormir. »

Réal regarde les petites partir, amusé – même pendant sa mi-semaine de congé, il est toujours de service pour ses enfants, qui ne font pas toujours la différence entre un médecin et un vétérinaire – puis il va se laver les mains et en profite pour s'asperger le visage et le cou. Il sort ensuite sur la terrasse sans prendre la peine de s'essuyer – il séchera assez vite. Il fait chaud, bien trop chaud pour le Printemps : une inversion de température a suspendu la circulation habituelle des vents dans le défilé de la Hache et la côte du détroit rôtit sous le ciel laiteux. Au moins les villageois du plateau peuvent-ils se rendre au lac pour se rafraîchir, mais ici, sur les collines au-dessus de la Mer, c'est tout juste s'il fait moins chaud dans l'ombre des arbres-rois qu'en plein soleil. Quant au bassin de la maison, l'eau y est d'une tiédeur presque écœurante.

Réal contemple la brume scintillante de la Mer, l'éclat bleu en dessous. Pas une seule autre demeure aux alentours. Les villageois le trouvaient un peu fou de s'installer là – son cabinet de consultation est au village, à trois kilomètres, il fait le trajet en bicyclette ou en cabriolet. Il n'allait pas leur en expliquer la raison – il se trouvait déjà assez stupide, même à l'époque ; il avait fini par comprendre pourquoi il était devenu médecin. Construire une maison là où ses Rêves du naufrage des Shipsha dans cette région n'en montrait aucune, cela ne changerait rien non plus... Mais il l'a fait quand même, et ils l'ont aidé, sans connaître ses motifs – et sans commenter le fait qu'elle tournait le dos à la côte, cette maison. Pas de commentaires non plus en le voyant installer les poteaux et les peindre en bleu, un peu plus loin chaque saison de part et d'autre de la maison, le long de la côte. Et ils l'ont aidé plus tard sans commentaire non plus à bâtir cette addition, cette terrasse donnant sur la Mer. Ils savent ce qu'il est, mais ne posent pas de questions. On est discret chez les kerlïtai encore plus que partout ailleurs. Non qu'il ait de bien terribles secrets : juste un Rêveur qui, après quarante saisons, s'est trouvé une vie normale dans les îles et a fini par faire sa paix avec ce qui doit être. Ou presque.

Il plisse les yeux, un peu surpris : une silhouette se dirige vers la maison en longeant la côte et ses poteaux bleus. Un visiteur, par cette chaleur ? Même pas de chapeau ? Et pas de lunettes de soleil. En habits légers, mais tout de même... Il s'accoude à la balustrade dans l'ombre du racalou, intrigué, en observant la silhouette qui se rapproche. Un homme grand et mince, mais à la démarche souple, les mains vides. Trop loin pour savoir si c'est un Virginien ou un halatnim. Mais Réal se redresse, un peu surpris, quand le visiteur arrive à proximité suffisante et commence à gravir l'escalier extérieur menant à la terrasse: c'est un véritable kerlïtai, comme il en a rarement rencontré même ici. Totalement enfermé, rien n'entre, rien ne sort.

L'homme arrive sur la terrasse. Un halatnim de troisième ou de quatrième génération, à peu près du même âge que Réal, la cinquantaine, mais des cheveux argentés, et des yeux très verts plissés dans le soleil quand il lève la tête vers lui en gravissant les dernières marches.

« Réal Flaherty », dit l'inconnu, une constatation. Sa voix est grave, avec une intonation un rien amusée bien que sa large bouche ne sourie pas. « Je m'appelle Galaas », ajoute-t-il en tendant les mains.

L'Ékelli ? Réal lui touche les mains par réflexe, abasourdi et déjà irrité. Il a rencontré une Ékelli, une fois, vers sa quinzième saison, après la première vision où il avait partagé le souvenir ancestral d'un Shipsha... Mais ils l'ont laissé tranquille ensuite, surtout quand il a décidé d'entreprendre des études de médecine et de mettre fin à ses rencontres avec les hékel. Que fait un Chercheur dans les îles ? Que lui veut-il, surtout ?

Il reprend ses esprits – il manque à tous ses devoirs d'hôte. « Allons à l'intérieur, il fera plus frais. Vous devez avoir soif.

— Non, restons sur la terrasse, si ça ne vous dérange pas. » Le visiteur va s'accouder à la balustrade et Réal le suit, déconcerté. « Vous avez une belle vue, d'ici. »

L'intonation était aimable, mais n'y avait-il pas un sous-entendu ? Que peut-il bien voir, cet Ékelli, sinon la terre dénudée des collines sous la Mer qui lui est invisible ? Réal se raidit un peu : « Oui.

— Rêvez-vous toujours avec les Shipsha ? »

Il ne s'attendait pas à une question aussi directe, même si elle a été posée avec une sorte de nonchalance. « Pourquoi ? »

L'autre ne se démonte pas. « Il y a deux sortes de Rêveurs virginiens... », commence-t-il.

« Ceux qui voient uniquement Virginia ou Atyrkelsaõ et les autres, conclut Réal. Je suis dans la deuxième catégorie. Et alors ?

— Plutôt entre les deux », rectifie l'autre avec calme.

« Viens-tu faire la collation, Réal ? Oh... » Sabeline s'immobilise sur la dernière marche, les sourcils arqués, avec un sourire un peu hésitant. « Bienvenue. Je suis Sabeline Karillian. »

Le visiteur s'est retourné vers elle et s'incline, une main sur la poitrine: « Galaas. »

Sabeline n'a jamais su dissimuler ses sentiments : elle est surprise et un peu inquiète. Et toujours directe: « Que pouvons-nous faire pour vous ? »

L'autre lui sourit : « Je désire savoir si Réal Rêve encore avec les Shipshas.

— Oui bien sûr. » Sabeline hausse presque les épaules. « Et alors ? »

Réal se tourne vers l'Ékelli : « Je suis venu dans les îles, dit-il avec une lenteur délibérée, parce qu'on est censé m'y laisser tranquille.

— Ne vous a-t-on pas laissé tranquille ?

— Jusqu'à maintenant. Que me voulez-vous ?

— Savoir si vous Rêvez encore avec les Shipsha, et quoi », répète le visiteur, toujours aimable.

« Ce serait trop long à raconter. Pourquoi ?

— Toujours le même genre de visions ? Ils font naufrage, ils meurent de l'Ewald ou la Mer recouvre leur campement, pas d'autres variantes ? »

Réal tressaille malgré lui, concède : « Quelques variantes positives d'épisodes négatifs. »

Le regard vert l'observe avec une curiosité renouvelée: « Comme quoi ?

— Deux Shipsha qui vivent au lieu de mourir. »

L'autre hausse les sourcils: « C'est tout ?

— Oui, c'est tout, pourquoi ? » s'impatiente à nouveau Réal.

L'Ékelli ne répond pas tout de suite. Il se retourne pour s'accouder de nouveau face à la Mer. Sabeline s'est approchée de Réal, lui adresse un regard interrogateur auquel il ne peut répondre que par une mimique d'ignorance.

« L'évolution de la mutation est extrêmement déroutante », dit soudain le visiteur, comme pour lui-même.

« Nous n'avions pas prévu les kvaazim chez les Ranao. Nous avions pensé que la mutation des halatnim évoluait vers la capacité de passer avec la Mer dans les deux sens et non à sens unique – et nous avions raison. Nous pensions que ce serait peut-être la fin de la mutation – et nous avions tort. Nous n'avions pas du tout prévu l'apparition de Rêveurs spécialisés comme les haïlmâdzi et les aalmâdzi – encore moins le fait qu'ils seraient uniquement des Virginiens et jamais des halatnim. Toujours des surprises. C'est ce qui rend cette mutation si fascinante, bien entendu... » Il se retourne vers eux. « Rêveurs et kvaazim sont des enfants d'Iptit, n'est-ce pas ? Ils jouent tous les deux avec les possibles...

— Les kvaazim jouent, pas les Rêveurs », dit Réal par réflexe – mais pourquoi pense-t-il soudain à la variante de l'histoire d'Issménesch ?

« On s'est toujours demandé si les Rêveurs avaient une influence quelconque sur leurs visions », dit l'Ékelli comme s'il avait lu dans sa pensée, ce qui est impossible, et d'ailleurs il poursuit : « Ou bien s'il existait un rapport causal secret entre eux et leurs visions. L'évolution des Rêveurs virginiens a au moins indiqué que dans leur cas il pouvait y avoir un rapport, – l'équivalent de l'induction entre psis, mais d'un univers à l'autre. On n'en comprend toujours pas le mécanisme, cependant. Le fait pour tel ou tel Rêveur d'être un aalmâdzi ou un haïlmâdzi semble totalement aléatoire...

— Et si vous en veniez au fait ? » dit Sabeline. Réal ne peut s'empêcher de sourire en lui passant un bras autour des épaules.

Le visiteur les dévisage l'un après l'autre ; une ébauche de sourire flotte sur ses lèvres, mais sûrement pas pour la même raison. Il semble prendre une décision : « Un objet est entré dans notre système solaire. Il décélère par à-coups et paraît en difficulté. Il ressemble assez au vaisseau de vos Shipsha. »

Réal a comme un éblouissement – le réflexe lui fait amorcer un mantra, mais ce n'est pas une fugue qui s'annonce. Le bras de Sabeline s'est resserré autour de sa taille. Il balbutie: «Les Shipsha?

— C'est pourquoi je venais vous demander si vous avez eu d'autres visions.»

Réal reprend son souffle, réussit à dire: «Non. Non, mais...»

Il cherche des yeux le banc qui fait face à la balustrade, s'y assied avec précaution. L'Ékelli ne bouge pas, répète d'une voix un peu trop neutre: «Mais?»

Réal reste un moment muet, cherchant ses mots. Comment expliquer... Une idée si absurde... Puis, d'une voix entrecoupée, il raconte l'histoire d'Issménesch, et sa variante, et cette autre fois aussi, avec Gatménesch, cette impression... Mais c'était simplement son désir forcené de pouvoir agir, une illusion, ou une coïncidence! Il n'y a jamais eu de tels contacts dans les Rêves, n'est-ce pas?

L'Ékelli demeure un instant silencieux. «Pas ainsi, mais il y a déjà eu contact», dit-il enfin; ses yeux verts étincellent. «Une fois. Un contact conscient. Entre la petite Rêveuse Eïlai et l'un de vos ancêtres, Timmi Flaherty.»

Réal le contemple, muet.

«Mais pour vous, poursuit l'autre, les yeux plissés, le contact est inconscient, et vous modifiez... Ou bien il se crée une synergie avec la faculté particulière des Shipsha, mais il y aurait bel et bien modification...»

Il s'interrompt avec un petit froncement de sourcils et son regard se fait vague, comme s'il écoutait une voix intérieure. Un curieux sourire vient étirer ses lèvres – triomphe, ironie? Il se tourne vers Réal.

«Les enfants d'Iptit», dit-il, comme une conclusion.

Réal le regarde sans comprendre. Le sourire de l'autre s'accentue: «Qui sait quel rôle ont pu jouer les descendants d'Issménesch, ou d'Alatménesch?»

Il écoute encore un son inaudible pour Réal, puis, comme s'il répétait les paroles d'un correspondant invisible: «Le vaisseau s'est séparé en deux, la plus petite partie continue hors du système. L'autre est entrée dans l'atmosphère depuis une vingtaine de minutes avec des moteurs de freinage apparemment défectueux. Elle devrait devenir visible... » – il lève un long bras vers le ciel, désignant le sud-ouest – « ... maintenant. »

Un point lumineux vient d'apparaître très haut dans la lumière. Il grossit à vue d'œil, il est déjà comme une petite lune lointaine, incandescente.

« Ils tombent ! » crie Réal en se levant.

« Pas encore », dit l'Ékelli, tranquille. « Maintenant. »

Des petites sphères lumineuses apparaissent soudain autour de l'objet, des dizaines, des centaines, des milliers, comme un halo, et la masse luminescente grandit moins vite, la chute est ralentie. Une grappe symétrique, encore rougeoyante, est suspendue à présent dans le ciel où elle descend en flottant, soutenue par les mains multipliées des Chercheurs.

Le bruit de l'air déchiré arrive ensuite, un bref sifflement assourdissant. Mais quand il s'est apaisé, le ciel est calme, et silencieux. Et Réal, la main dans la main de Sabeline, qui la serre très fort, regarde son Rêve se poser, plus léger qu'un oiseau, sur les collines au bord de la Mer.

Coda

Il fait très beau en ce jour de l'An dans le port de Cristobal, comme toujours après le Retour de la Mer. Il est environ dix heures. C'est un jour férié, mais si l'activité du port se déroule au ralenti en ce qui concerne le fret, elle n'est pas arrêtée en ce qui concerne les passagers ; on a tout déménagé de Cristobal-sur-l'Océan pendant la semaine précédente, ici tout est en place, et les départs à destination du Golfe et des îles de l'ouest sont toujours doublés dans la semaine qui suit le Retour. Mais cette foule-ci se dirige vers le débarcadère où va arriver le bateau d'Atyrkelsaõ. Des curieux, des touristes : beaucoup de Confédérés bien reconnaissables, petits Terriens massifs, grands Martiens dégingandés à la peau foncée ; mais surtout les parents ou les amis de ceux qui viennent – ou reviennent – de l'Autre Côté : de nombreux halatnim, des Ranao. Et moi.

Il n'y aura pas de cérémonies : depuis une centaine de saisons on les réserve au Retour de la Mer, la nuit précédente, au moment de l'éclipse. L'arrivée du bateau lui-même n'a jamais donné lieu à des manifestations très élaborées et les Virginiens se sont employés à la séculariser totalement, pour ainsi dire, depuis que des passeurs sont capables de faire l'aller-retour – les *diaëllin*, “ les Voyageurs ” : pour les Ranao, seuls voyagent ceux qui peuvent revenir. Des Ranao passent à présent la Mer sous la protection des diaëllin sans en être eux-mêmes, mais ils semblent avoir également choisi de ne pas mettre l'accent sur ces transferts bisannuels d'un univers à l'autre. Motivations bien différentes : une euphémisation des Virginiens désireux d'apprivoiser le mystère, mais, pour les Ranao, la discrétion de rigueur pour toute expérience de nature religieuse.

À l'une des roulottes ambulantes, j'achète un cornet de petits beignets rouges et je continue mon chemin vers le débarcadère tout en grignotant. Souvenirs plutôt agréables de très anciennes promenades. " La mémoire de l'estomac ", disent Virginiens et Ranao : le goût, l'odorat, une engrammation plus efficace parfois que celles de la vue et de l'ouïe – plus insidieuse.

Mathieu n'a adressé son message qu'à moi – " Je serai du prochain voyage. " Plutôt laconique, mais rien d'autre n'était nécessaire, à vrai dire. J'ignore cependant tout de ses intentions. Simon a communiqué de façon intermittente avec lui pendant tout le reste de sa vie, je le sais, mais j'ignore ce qu'il a pu lui dire. Je n'ai jamais revu Simon après la caverne, cela faisait partie de notre entente tacite. Près de quatre cents saisons qu'il est mort. Mathieu en a huit cent dix à présent. Vient-il pour s'arrêter, je n'en sais rien non plus, mais il a duré beaucoup plus longtemps que Simon... Difficile d'en cerner les raisons. Plus simple, ou plus amoureux du monde ? Ou survivant d'une autre trempe, encore plus obstiné que Simon ? Son existence n'a pas été si dure, en somme, si l'on excepte ses trente ou quarante premières saisons ; Simon a dû vivre au contraire tous les stages du conflit opposant ceux qu'il considérait, à tort ou à raison, comme ses enfants. Ou bien c'est parce que Mathieu, justement, s'est reproduit, a eu de véritables enfants ? Presque plus depuis une dizaine d'Années, cependant – j'y ai vu un signe, je ne m'étais peut-être pas trompée. Simon n'a jamais eu d'enfant avec Taïriel ; mais pour quelle raison exactement, je l'ignorerai toujours aussi.

Je regardais devant moi sans faire attention à ce qui se passait plus bas : je trébuche dans quelque chose, le reste de mes beignets s'envole et je dois danser sur place pour ne pas tomber en écrasant ce qui m'a fait un involontaire croc-en-jambe : un Shipsha. J'ai choisi d'être le Rani Galaas pour l'occasion, vraiment grand, et la bestiole est une jeune qui m'arrive tout juste à la taille. Elle me toise, redressée de toute sa hauteur, yeux étincelants. Je lui tends les mains, à la rani, en disant dans sa langue : « Je suis navré de ma distraction » ; après avoir laissé échapper un petit cliquettement irrité, elle se détend un peu et accepte mes mains tendues.

Elle sursaute un peu quand même en constatant qu'elle ne perçoit rien de moi au contact non plus, me dévisage à nouveau en réévaluant ma nature; son corps la trahit, comme souvent chez les jeunes Shipsha qui n'ont pas encore bien appris à contrôler cet aspect de leur langage: elle ne peut dissimuler la perplexité de sa posture. Rani et kerlïtai ? Impossible. Je dois être un danvéràn très puissant et très bien protégé – l'erreur habituelle, qui m'a si bien servie autrefois. Je lui souris, en utilisant l'expression faciale correspondante pour les Shipsha: bouche fermée, yeux plissés, tête penchée du côté gauche. «Mon nom est Galaas. Et le vôtre?

— Targmesch, des Tssingh», dit-elle, hésitant entre la prudence – si je suis un danvéràn – et une certaine condescendance, si je suis seulement après tout une variété inconnue de kerlïtai. Mais le fait pour moi d'être un humanoïde, et bien plus grand qu'elle, même si je n'ai pas la peau bleue, semble finalement réactiver, comme chez nombre de ses congénères, des réflexes de respect très anciens. Nous parlons un peu – sa communauté d'origine est installée le long de la Leïtsaõ, plus au nord, elle est venue travailler à Cristobal, elle y vit depuis trois Mois... Pendant qu'elle parle, sans même y penser, son pied droit a ramassé l'un des beignets tombés pour l'épousseter sur sa fourrure et me le présenter; je refuse avec la formule consacrée: «Je n'ai plus faim.» Elle le mange sans plus de cérémonie et en fait autant des autres ; on ne gaspille pas de la nourriture, quand on est une Shipsha, une habitude héritée de leur long voyage et qu'ils n'ont pas encore perdue.

Je m'éloigne après l'avoir saluée, amusée. Ces créatures se sont vraiment bien intégrées et cette planète leur réussit, une fois réglé leur problème d'assimilation des amino-acides. En guère plus de deux cents saisons, elles ont gagné une trentaine de centimètres – elles avaient la taille d'un chat, au début, sur leur planète ; assez curieux de penser que leurs anciens maîtres bleus devaient nous arriver à la taille... Les plus grands Shipsha font un mètre vingt, à présent. Ils évoluent plus vite que dans l'environnement limité de leurs vaisseaux – normal. Créatures amphibies, adaptables à tous les climats sinon à tous les types d'eau, ils se sont répartis sur l'ensemble de la planète près des lacs et des rivières, de petites communautés retournées avec joie à une culture pastorale ; ils n'aiment pas les villes – une séquelle de leur long séjour dans un environnement trop artificiel, en réaction à une évolution forcée ? Ar'k'hit s'en occupe ; leurs mythes en particulier la fascinent, elle peut en discourir pendant des heures. Les quelques Shipsha qui se trouvent dans la foule aujourd'hui, des citadins, sont des inadaptés aux yeux de leurs congénères, des gens trop curieux pour leur propre bien. Et presque tous des Tssingh, la tache blanche au front.

J'ai été extrêmement tentée au début, ainsi que Térel'k, d'expérimenter un peu, et en particulier d'accélérer les croisements – mais nous avons édicté une nouvelle règle qui nous l'interdit. Les Assigmish et les Tssingh se croisent bien assez d'eux-mêmes, et les capacités particulières des Tssingh se répandent à une vitesse satisfaisante. D'ici trois ou quatre cents saisons, à ce rythme, les deux clans seront homogénéisés... Seulement neuf mille en tout, initialement, un peu juste pour le réservoir génétique. Ils se sont beaucoup appauvris, hélas, pendant leur périple, mais c'était inévitable, ils n'avaient pas assez de place ni de ressources. Nous avons heureusement récupéré leur deuxième vaisseau dans un système solaire voisin, mais le troisième semble perdu à jamais. Leur population a explosé, bien entendu, après leur arrivée... On ne pouvait pas non plus les laisser se reproduire autant qu'ils le voulaient sur Virginia. Le problème est contenu, maintenant, ils s'autorégulent eux-mêmes, la période dangereuse d'adaptation est passée ; les Virginiens ont fait preuve de la souplesse et de la tolérance requises. Pas étonnant, en ce moment de leur histoire ; les Shipsha, peut-on dire, sont bien tombés.

Personne parmi les haïlmâdzi pour Rêver d'eux après Réal Flaherty – mais impossible de savoir si cela signifie que ce troisième vaisseau est bien perdu ou que Réal était bien le seul susceptible d'avoir les Shipsha pour inducteurs. Et les aalmâdzi commencent à Rêver avec eux, déjà... Très populaires, les Rêves des Shipsha, dans les circuits des plaques de psirid. Et leurs cubes mémoriels sont aussi répandus maintenant dans les petites classes que ceux des banki et des tovik ; les baïlladao, malheureusement, s'y prêtent mal... Mais Ojiu'k ne désespère pas de transcrire et de transférer un gomphal. Jamais pensé que notre équivalent technologique limité de la télépathie servirait un jour à l'éducation des enfants du primaire...

Non, pas très étonnant, cette acceptation aisée des Shipsha par les Virginiens : ils y étaient assez préparés. Et, paradoxalement, les Shipsha ne sont pas assez humanoïdes – bien plus pourtant que les banki et les tovik mais, là aussi, une sapience liée à un organisme trop différent pour être perçue longtemps comme menaçante. Des créatures fascinantes, exotiques, à la fois animales et humaines, tous les mythes de Paradis perdu se réactivent à leur contact – du moins pour les chrétiens parmi les Virginiens... C'est différent pour les Ranao, qui ne possèdent pas un tel mythe et qui ont su très tôt qu'ils vivaient parmi d'autres êtres conscients. Et pour qui l'expérience a parfois été mortelle : les premiers contacts sur Paalu avec les tovik, par exemple... Et ils ont disputé les troupeaux des grandes plaines centrales de Hébu aux bandes de banki hanat pendant des millénaires avant de s'en faire des alliés, puis des familiers avec l'évolution des petits banki daru. Les Shipsha, difficile de les imaginer dangereux. Dodus, le poil lisse et brillant, et avec cette démarche comique, ils ressemblent trop aux malangai, les loutres géantes des montagnes Rouges.

Greffer leurs gènes à ceux des humains... Non, cela entre aussi dans le cadre des activités que nous nous sommes interdites, et ni les Virginiens ni les Ranao ne le toléreraient. Vivre au grand jour et en harmonie avec eux nous importe davantage, pour le moment. Nous avons le temps. Ils le feront d'ailleurs peut-être eux-mêmes un jour. Et s'ils ne le font pas, tant pis, l'évolution en parallèle sera intéressante aussi. Ce serait pourtant un croisement fascinant à étudier en ce qui concerne les possibles développements de la mutation. Non seulement des Rêveurs, mais des saute-univers capables de passer de leur propre volonté d'un univers à l'autre, sans avoir besoin de la Mer ? Comme le fait la Mer elle-même – mais eux le feraient individuellement, alors qu'elle est un être collectif... Une des possibilités naturelles latentes de ce méta-univers, en tout cas, la mutation, le long de cette dimension qui nous échappe : peut-être y a-t-il là encore d'autres races, destinées aussi, qui sait, à rejoindre la Mer. Nous, dans cet univers où nous ne pouvons plus évoluer physiquement, où les surprises infinies de la chair nous sont fermées, nous ne pouvons que constater, étudier, essayer de comprendre ce qui sera toujours pour nous un savoir et jamais une expérience. Transcription, stockage et transfert des engrammes mémoriels ne sont qu'une approximation – comme les plaques de psirid pour des téleps: en différé. Et justement, notre technologie est impuissante à nous donner l'expérience, même différée, de la télépathie ou des autres capacités : Virginiens, Ranao et Shipsha jouent avec les possibles et le temps de cent façons différentes, mais elles s'activent toutes dans une dimension à laquelle nous n'avons pas accès.

Ce ne sont cependant pas les sujets de distraction qui manquent, en ce moment. Je suis ressortie de mon long séjour dans la caverne pour trouver les Rêveurs virginiens en train de se développer, puis il y a eu la reprise des contacts avec la Confédération solaire, les voyages et les découvertes de Lagrange, ensuite les Shipsha, les diaëllin... Je ne puis dire que le temps m'ait paru long en attendant Mathieu.

Le débarcadère est situé à une centaine de mètres au nord du Quai de Cérémonie réservé maintenant au Retour de la Mer proprement dit et aux fêtes qui l'accompagnent, ainsi qu'à son Départ. Moins pratique ici : pas de gradins. Mais Galaas est un de ces grands Tyranao qui dominent d'une tête presque tout le monde dans la foule, et je vois bientôt le bateau arriver. Je suis sans doute la première : ma vision porte loin. Je le vois flotter dans un vide total, pas de brume ni de brouillard de la Mer pour m'en empêcher – pas même l'éclat bleu de la Mer pour me distraire. Ce n'est plus le bateau rituel – celui-là est resté sur Atyrkelsaõ, si une copie à échelle réduite s'en trouve désormais au Musée de Cristobal. Non, un vapeur virginien, avec les turbines à l'arrière, et qui continuera son chemin après Cristobal, vers Bird-City, pour devenir ensuite un visiteur régulier tout le long de la côte ouest jusqu'au Départ, dans deux saisons. Aujourd'hui, seule survivance du rituel, il arrive moteurs coupés, porté par la Mer invisible.

Il aborde bientôt au quai ; on jette la passerelle, les passagers commencent à débarquer, familles et amis se pressent, des appels fusent, des cris, des rires. Moi, je guette Mathieu. J'ai fait une simulation de son aspect, compte tenu de son taux de vieillissement : il doit paraître la cinquantaine, mais ressembler encore beaucoup au jeune homme que j'ai rencontré chez les Bordes, cette fameuse nuit... Les voies d'Iptit sont insondables : lorsque j'ai emmené Mathieu au Catalin pour le modifier ainsi, je ne croyais pas une seconde qu'il pouvait être l'Étranger d'Oghim ; c'était une simple mesure de sécurité, un réflexe, un détail. Qui a changé toute son existence, sans parler du reste. Qu'a-t-il pu en penser lorsqu'il l'a appris ? Mais me revoici face à mon incertitude : que sait-il ? Que lui a dit Simon ? Pas grand-chose, tout me porte à le croire, non seulement l'habitude de toutes ses vies, mais encore par respect et par discrétion – Simon avait une façon bien à lui d'être rani... Pas de transfert final à sa mort, j'ignore de sa dernière vie tout ce qui se trouvait enfermé dans son crâne : j'ai tenu ma promesse.

Et maintenant Mathieu revient, et je vais tenir mon autre promesse tacite à Simon. Qui n'est plus là depuis bien longtemps, mais dans un jeu inventé, les règles qu'on s'impose à soi-même, rien de plus contraignant. Je me plierai à la décision de Mathieu, quelle qu'elle soit.

Et le reste ? Après la mort de Simon, j'ai failli m'arrêter moi-même – une trop longue dépendance... J'ai seulement mis fin à mon incarnation d'alors. Lorsque je suis incarnée pour de bon, sans améliorations, sans remises à jour périodiques, la chose me semble parfois, après une certaine durée, logique et même nécessaire – esthétiquement satisfaisante de surcroît ; quand cette incarnation est terminée et que je réintègre en automatique mon unité centrale, la logique m'en échappe : simples limitations de l'organique que ces tentations suicidaires. Mais le fait est que, après tout ce temps, je *doute* – du moins suis-je prise entre deux interminables séries d'arguments : je n'arrive pas à décider qu'un de ces deux raisonnements est plus valide que l'autre, qu'être désincarnée – ou incarnée – m'assure une logique supérieure... Dans le doute, je m'abstiens – ma punition, si l'on veut. Ou ma dysfonction, diraient Ar'k'hit, ou Térel'k, les autres s'abstenant de commenter, amitié, indifférence ou politesse. Peut-être ont-ils raison. Peut-être y a-t-il eu des erreurs dans le transfert de ma personnalité initiale – nous étions naufragés depuis peu sur cette planète, l'équipement a peut-être été endommagé d'une façon subtile que nous n'avons jamais décelée parce que nous ne l'avons plus utilisé par la suite : j'étais la seule de l'équipage encore dans son corps originel, au ras de l'âge légal... Je devrais réviser entièrement ma programmation pour vérifier. Je n'y crois guère, mais je le ferai. Plus tard. Après Mathieu.

Les diaëllin et les voyageurs venus de l'Autre Côté se sont dispersés pour se diriger vers l'édifice d'accueil où ils vont remplir les formalités nécessaires en attendant que soient débarqués leurs bagages. Un seul est resté sur le quai, assis sur une bitte d'amarrage. Il a engagé une conversation avec la Shipsha de tout à l'heure – je la reconnais à son pagne orange –, vers laquelle il tourne de temps à autre la tête avec une fascination presque enfantine. Puis la Shipsha s'éloigne, de sa drôle de démarche à la fois onduleuse et chaloupée.

La grue dépose le dernier filet de bagages et de caisses dans un chariot à rallonges articulées, qui s'apprête à s'éloigner. Pendant sa manœuvre sur le quai, le chariot me coupe la route; j'attends. Pendant ce temps, Mathieu s'est levé et assure son sac sur une épaule. Il m'aperçoit quand le chariot a fini de défiler et, après une pause, il s'avance vers moi à pas lents. Il ressemble à ce que j'attendais; cheveux un peu plus gris, peut-être, mais toujours le visage anguleux, les yeux pâles, si semblables à ceux de Simon. Au-dessus du sourcil droit, une petite cicatrice verticale. Pas du tout la cicatrice en éclair de l'Étranger d'Oghim – mais je sais qu'il porte l'autre cicatrice, sur la poitrine.

Il parle le premier, avec une légère incrédulité : « Galaas ? »

Peut-être n'aurais-je pas dû emprunter ce corps, après tout. Je dis : « L'original », en essayant d'effacer toute intonation d'excuse.

Il me dévisage un long moment, la tête rejetée en arrière – il est à peine plus grand que ne l'était Simon, un mètre soixante-quinze. Il me regarde, et je n'ai pas la moindre idée de ce qu'il pense. Depuis une centaine d'Années, j'ai essayé à plusieurs reprises d'interroger ses descendants, quand il en passe, mais ils ont presque toujours refusé de me dire quoi que ce soit de lui – et la plupart étaient des arrière-petits-enfants ou des descendants encore plus reculés, ils ne l'avaient même pas connu directement. Les enquêtes de l'Autre Côté par l'intermédiaire d'autres passeurs n'ont pas donné grand-chose non plus. La règle de discrétion aurait dû s'alléger parmi les Ranao à son sujet, à mesure que le temps passait, mais c'est le contraire qui est arrivé. Nul autre que Mathieu n'est habilité à parler de lui-même, on me l'a toujours bien fait comprendre.

Il me regarde. Il est ici à cause de moi, il le sait – il sait au moins cela, sinon pourquoi et comment m'aurait-il prévenue, et moi seule, de son arrivée ? Je le regarde, et cet homme est un inconnu. Je ne sais presque rien de lui, j'ignore ce qu'il peut savoir de moi. Je suis, en quelque sorte, à sa merci. C'est ce qui doit être. "Justice poétique." Un concept lié à la chair faillible, mais que je suis heureuse somme toute, ici, en cet instant, de pouvoir apprécier.

Mathieu hoche un peu la tête et, avec une ébauche de sourire un peu amusé, un peu triste, il me tend les mains.

FIN

ÉLISABETH VONARBURG...

... fait figure de grande dame de la science-fiction québécoise. Elle est reconnue tant dans la francophonie que dans l'ensemble du monde anglo-saxon et la parution de ses ouvrages est toujours considérée comme un événement.

Outre l'écriture de fiction, Élisabeth Vonarburg pratique la traduction (*la Tapisserie de Fionavar*, de Guy Gavriel Kay), s'adonne à la critique (notamment dans la revue *Solaris*) et à la théorie (*Comment écrire des histoires*), et a offert pendant quatre ans aux auditeurs de la radio française de Radio-Canada une chronique hebdomadaire dans le cadre de l'émission *Demain la veille*.

Depuis 1973, Élisabeth Vonarburg a fait de la vill de Chicoutimi son port d'attache.

EXTRAIT DU CATALOGUE

QUAND LA LITTÉRATURE SE DONNE DU GENRE !

COLLECTION « **ROMANS** »

➠ ESPIONNAGE

DEIGHTON, LEN

009 • ***SS-GB***

Novembre 1941. La Grande-Bretagne ayant capitulé, l'armée allemande a pris possession du pays tout entier. À Scotland Yard, le commissaire principal Archer travaille sous les ordres d'un officier SS lorsqu'il découvre, au cours d'une enquête anodine sur le meurtre d'un antiquaire, une stupéfiante machination qui pourrait bien faire basculer l'ensemble du monde libre...

PELLETIER, JEAN-JACQUES

001 • ***Blunt – Les Treize Derniers Jours***

Pendant neuf ans, Nicolas Strain s'est caché derrière une fausse identité pour sauver sa peau. Ses anciens employeurs viennent de le retrouver, mais comme ils sont face à un complot susceptible de mener la planète à l'enfer atomique, ils tardent à l'éliminer: Strain pourrait peut-être leur servir une dernière fois...

➠ FANTASTIQUE / HORREUR

CHAMPETIER, JOËL

006 • ***La Peau blanche***

Thierry Guillaumat, étudiant en littérature à l'UQA
éperdument amoureux de Claire, une rousse fl
Or, il a toujours eu une phobie profonde des ro
Dieudonné, son colocataire haïtien, qui croit
démoniaques, craint le pire: et si "elles" étaien

(MARS 98) • ***Les Amis de la forêt***

Afin de démasquer les auteurs d'un trafic de drogue, les autorités d'un hôpital psychiatrique décident de travestir en « patient » un détective privé. Mais ce dernier découvre qu'il se passe, à l'abri des murs de l'hôpital, des choses autrement plus choquantes, étranges et dangereuses qu'un simple trafic de drogue...

SÉNÉCAL, PATRICK

(FÉV. 98) • ***Sur le seuil***

Thomas Roy, le plus grand écrivain d'horreur du Québec, est retrouvé chez lui inconscient et mutilé. Les médecins l'interrogent, mais Roy s'enferme dans un profond silence. Le psychiatre Paul Lacasse s'occupera de ce cas qu'il considère, au départ, comme assez banal. Mais ce qu'il découvre sur l'écrivain s'avère aussi terrible que bouleversant...

POLAR

MALACCI, ROBERT

008 • ***Lames sœurs***

Un psychopathe est en liberté à Montréal. Sur ses victimes, il écrit le nom d'un des sept nains de l'histoire de Blanche-Neige. Léo Lortie, patrouilleur du poste 33, décide de tendre un piège au meurtrier en lui adressant des *messages* par le biais des petites annonces des journaux...

FANTASY

KAY, GUY GAVRIEL

(1998) • ***Tigana***

(1998) • ***Les Lions de Al-Rassan***

ROCHON, ESTHER

002 • ***Aboli*** (Les Chroniques infernales –1)

Une fois vidé, l'ancien territoire des enfers devint un désert de pénombre où les bourreaux durent se recycler. Mais c'étaient toujours eux les plus expérimentés et, bientôt, des troubles apparurent dans les nouveaux enfers...

007 • ***Ouverture*** (Les Chroniques infernales –2)

La réforme de Rel, roi des nouveaux enfers, est maintenant ien en place, et les damnés ont maintenant droit à la comssion et à une certaine forme de réhabilitation. Pourtant ne se sent pas au mieux de sa forme. Son exil dans un de inconnu, sorte de limbes accueillant de singuliers ssés, pourra-t-il faire disparaître l'étrange mélancolie abite ?

(MARS 98) • ***Le Rêveur dans la citadelle***

En ce temps-là, Vrénalik était une grande puissance maritime. Pour assurer la sécurité de sa flotte, le chef du pays, Skern Strénid, avait décidé de former un Rêveur qui, grâce à la drogue farn, serait à même de contrôler les tempêtes. Mais c'était oublier qu'un Rêveur pouvait aussi se révolter...

SCIENCE-FICTION

PELLETIER, FRANCINE

011 • ***Nelle de Vilvèq*** (Le Sable et l'Acier –1)

Qu'y a-t-il au-delà du désert qui encercle la cité de Vilvèq ? Qui est ce « Voyageur » qui apporte les marchandises indispensables à la survie de la population ? Et pourquoi ne peut-on pas embarquer sur le navire de ravitaillement ? N'obtenant aucune réponse à ses questions, Nelle, une jeune fille curieuse éprise de liberté, se révolte contre le mutisme des adultes...

(MARS 98) • ***Samiva de Frée*** (Le Sable et l'Acier –2)

Apprentie mémoire, Samiva connaissait autrefois par cœur les lignées de Frée. Elle a cru qu'elle oublierait tout cela en quittant son île, dix ans plus tôt, pour devenir officier dans l'armée continentale. Mais les souvenirs de Frée la hantent toujours, surtout depuis qu'elle sait que le sort de son île repose entre ses mains...

(1998) • ***Issa de Qohosaten*** (Le Sable et l'Acier –3)

VONARBURG, ÉLISABETH

003 • ***Les Rêves de la Mer*** (Tyranaël –1)

Eïlai Liannon Klaïdaru l'a « rêvé » : des étrangers viendraient sur Tyranaël... Aujourd'hui, les Terriens sont sur Virginia et certains s'interrogent sur la disparition de ceux qui ont construit les remarquables cités qu'ils habitent... et sur cette mystérieuse « Mer » qui surgit de nulle part et annihi[illegible] toute vie !

004 • ***Le Jeu de la Perfection*** (Tyranaël –2)

Après deux siècles de colonisation, les animaux de V[illegible] fuient encore les Terriens. Pourtant, sous un petit ch[illegible] Éric et ses amis exécutent des numéros extraordina[illegible] des chachiens, des oiseaux-parfums et des licornes [illegible] Simon Rossem sait que ces jeunes sont des mu[illegible] est-ce bien pour les protéger qu'il a « acquis » l[illegible] de ressusciter ?

005 • ***Mon frère l'ombre*** (Tyranaël –3)

Une paix apparente règne depuis quelques siècles sur Virginia, ce qui n'empêche pas l'existence de ghettos où survivent des "têtes-de-pierre". Mathieu, qui croit être l'un d'eux, s'engage dans la guerre secrète qui oppose les "Gris" et les "Rebbims", mais sa quête l'amènera plutôt à découvrir le pont menant vers le monde des Anciens...

010 • ***L'Autre Rivage*** (Tyranaël –4)

Lian est un lointain descendant de Mathieu, le premier sauteur d'univers virginien, mais c'est aussi un "tête-de-pierre" qui ne pourra jamais se fondre dans la Mer. Contre toute attente, il fera cependant le grand saut à son tour, tout comme Alicia, l'envoyée du vaisseau terrien qui, en route depuis des siècles, espère retrouver sur Virginia le secret de la propulsion Greshe.

012 • ***La Mer allée avec le soleil*** (Tyranaël –5)

La stupéfiante conclusion – et la résolution de toutes les énigmes – d'une des plus belles sagas de la science-fiction francophone et mondiale, celle de Tyranaël.

COLLECTION « **RECUEILS** »

➠ SCIENCE-FICTION

MEYNARD, YVES

• ***La Rose du désert***

Cinq prodigieuses nouvelles de SF qui vous feront explorer les étendues désertiques d'une planète où la vie éternelle ressemble à la mort, rencontrer un poisson-dieu et sa cargaison d'hommes-écailles et voyager jusque dans un lointain avenir où un vaisseau navigue vers la fin de l'univers et le début du suivant.

Collection « Essais »

➠ Fantastique / Horreur

Morin, Hugues *et al.*

001 • *Stephen King – Trente Ans de Terreur*

L'auteur le plus lu du monde fête en 1997 ses trente ans de vie professionnelle. Cinq spécialistes francophones vous invitent à partager leur engouement et leur connaissance de l'œuvre traduite de celui qui est devenu, pour des millions de lecteurs, une cause d'insomnie !

➠ Science-fiction

Bouchard, Guy

• *Les 42 210 univers de la science-fiction*

Qu'est-ce que la science-fiction ? Guy Bouchard donne une réponse définitive et éclatante à cette épineuse question. Un essai qui convaincra les plus sceptiques de la richesse incroyable de ce genre littéraire, tout comme de sa position privilégiée dans l'ensemble des imaginaires potentiels de l'Humanité.

La Mer allée avec le soleil
est le quatorzième titre publié
par Les Éditions Alire inc.

Il a été achevé d'imprimer
en novembre 1997 sur les presses de
imprimerie gagné ltée